總目

引言

徐文助

在中國小說史上，平話小說的出現，是在北宋末年到南宋年間；那時候民間有一行業叫「說話」，相等於現在的「說書」，專門以歷史和民間故事為題材，鋪演成曲折的情節，以吸引聽眾，從事這一行業的人稱為「說話人」。說話人說書時各有他們的底本，稱之為「話本」，話本的作者多為無名的「書會先生」。這些作者寫作話本的目的很單純，只是提供說話人說書的稿本而已，沒有類似一般文人創作的動機，所以他們的文筆非常粗率，情節很曲折，題材不脫離市民生活的領域，小說人物的行為、思想，也都是平民化的；最重要的一點，是它用淺顯的白話文寫成，有些還夾雜相當多的方言俚語，這點和傳統的筆記體、傳記體等文言小說不同，平話小說是更通俗化、群眾化了。

話本是一種講唱會合的文學，說話人靠講唱話本作為謀生的行業，為了吸引聽眾，它自然發展出一套獨特的體例，和一定的語言。就體制來說，一般話本可分：篇首、入話、頭回、正話、篇尾等五大部分，篇首是以詩詞做為開頭。入話是把篇首的詩詞加以解釋，或加以議論。頭回是一個完整的故事，故事內容和正話可能相類，也可能相反；頭回又可稱為「得勝頭回」，或者「笑耍頭回」（如清平山堂話本的刎頸鴛鴦會）。以上篇首、入話、頭回三種，都是說話人在開講前吸引、穩定聽眾，使他們不至離開，以等待更多聽眾到達的權宜作法；由於時間長短不一，所以這三者的內容也可作彈性的伸縮，或解釋、或議論、或感慨、或評估，說話人需要有豐富的歷史、社會等知識或文學素養，才能勝任。

明代中葉以後，由於印刷業發達，書本已較以往容易流通，市場的需要，促使文人也參與話本的著作，話本小說也因此由聽講方式漸進為「只能看不能聽」的文學作品了，直到馮夢龍的擬話本小說「三言」出現，文人擬作話本的風氣開始興盛起來。馮夢龍以其深邃富哲理的思想、豐富的人生體驗，奠定擬話本在中國小說史上的地位，但馮氏「三言」裏的一百二十篇小說，有些並不是完全自作，而是錄自前人的話本，或者就原來話本稍加修訂的；真正完全自作話本小說，得到社會廣大群眾歡迎的，應該是凌濛初，凌濛初所編撰的話本定名為拍案驚奇，原有初刻、二刻各四十篇共八十篇，初刻現只剩三十六篇，二刻雖有四十篇，但最後一篇為雜劇，實際只有三十九篇。凌濛初的話本小說雖然都是自作，但無論體例或語言，卻完全模倣民間的話本小說；就體例、結構說，民間話本的五種結構：篇首、入話、頭回、正話、篇尾等都具備完整；以二刻拍案驚奇為例，除了少數篇卷如第十二卷「硬勘案大儒爭閒氣，甘受刑俠女著芳名」，篇首以一首詩「世事莫有成心，成心專會認錯，任是大聖大賢，也要當著不著。」為起，入話裏就這首詩稍加議論，認為人不可有成心，一有成心連聖賢也要偏執起來，數句帶過，就緊接正話，敘述大賢朱熹因一點成心在心，而錯斷了事的情節，「頭回」的存在較不清楚，其餘大都體例完具，甚至還有不少兩個頭回的例子，如第三十五卷「錯調情賈母詈女，誤告狀孫郎得妻」，第一個頭回描述陳氏女子守貞，不和婆婆同流合污，終被虐待自縊身死的故事；第二個頭回描述姑嫂二人勾搭男人不成，反而身遭奇禍，自縊而死的故事；兩個頭回故事情節各自獨立，和正話雖說性質相同，但情節毫無關聯。

另外就話本獨特的語言來說，擬話本也一概模倣採用，如「卻說、話說、且說、只說、看官聽說、看官且聽小子說、閒話且不說」等，在拍案驚奇裏，可說俯拾皆是。如果情節複雜，說話人為了劃分層次，最常用的語句是：「……不題，話分兩頭」、「自不必說」、「只因此一去，有分交」，這些全部是民間話本遺留下來的詞語，而擬話本全部加以保留採用。

凌濛初擬話本唯一在形式上和話本不同的，就是篇名。從洪楩清平山堂話本和京本通俗小說所收錄的話本裏，可看出民間話本的篇名都是簡單具體的散文句，尤其是清平山堂話本所收錄的，大都以「記」、「傳」為名，到了馮夢龍的喻世明言、警世通言、醒世恆言裏，才加以改變，改以兩卷為一的對偶句，做為該兩卷的篇名，例如警世通言第一卷篇名是「俞伯牙摔琴謝知音」，第二卷篇名是「莊子休鼓盆成大道」，兩個篇名很明顯的是對仗工整的對偶，第三、四卷情形也一樣。凌濛初的初刻、二刻拍案驚奇沿承馮夢龍的作法，也以工整的對偶句做為篇名，但他不採用兩卷合一的作法，而是在一卷之內，就用兩句工整的對句做一篇的篇名，這是凌濛初和馮夢龍體例上唯一不同的地方，不過他們兩人同樣以對偶句做為篇名，和民間的話本是不同的。可見擬話本不管在形式上怎樣模倣民間話本，畢竟作者的思想、生活背景不同，總有不同的痕迹存在，在形式上如此，在內容上更是如此，我們可以把話本和擬話本內容上的差異，稍微比較如下：在取材上，民間話本的取材都是通俗性的人物，情節也大都是小市民身邊的，日常生活所可能發生的事情；在清平山堂話本所收錄的十五種話本，除了第一的「柳耆卿詩酒翫江樓記」，第十的「張子良慕道記」是以歷史人物為背景外，其餘都是一般社會上的奇事奇聞，例如京本通俗小說所收錄的七卷話本小說，除第十四卷的「拗相公」外，也都是如此；但是擬話本出現後，取材更加擴大了，例如馮夢龍警世通言第一卷「俞伯牙摔琴謝知音」，第二卷「莊子休鼓盆成大道」，第三卷「王安石三難蘇學士」，這三卷都刻意在表現文士的才情，顯然也較脫離市民的生活領域；迨至凌濛初的初、二刻拍案驚奇，以地方官吏和大戶貴室為題材的就更多了。從主題意識上看，民間話本裏人物對社會的不平，和政治的黑暗，有切身的感受，他們所表現出來的喜怒哀樂的感情，也是直接而坦率的，對鬼神的態度也是一味的傾倒迷信；而文人擬作的話本裏，雖然仍舊在暴露社會、政治的黑暗面，但對這些黑暗已能做仔細的觀察、細膩的刻劃，對鬼神的態度也較能以理智的態度處理，例如二刻拍案驚奇第十八卷「甄監生浪吞秘藥，春花婢誤洩風情」描繪善惡報應純由巧合，和鬼神無關；古今小說（喻世明言）第二十四卷「楊思溫燕山逢故人」裏，鄭義娘說：「太平之世，人鬼相分；今日之世，人鬼相雜。」這種較有思想的話，顯然是出自文人的手筆。此外，擬話本的作者由於出自有學養的文人，一般都較能注意藝術、情境的塑造，對於小說應具備的條件：人物、結構、背景等也較能注意到，所以常常有技巧不錯，情節感人的作品出現，例如馮夢龍警世通言第三十二卷「杜十娘怒沈百寶箱」描繪男主角李甲理智和情感的衝突，女主角杜十娘為情而死的決心等，都很深刻；第二十八卷「白娘子永鎮雷峰塔」背景描繪的細膩，都是一般民間話本不易達到的境界。

初、二刻拍案驚奇是凌氏最暢銷，也是最令他成名的兩部著作，這二部書共收錄八十篇白話短篇小說，內容和技巧優劣互見，從其中可以看出凌氏對白話短篇小說的見解和觀念，他在初刻拍案驚奇序文說：

近世承平日久，民佚志淫。一二輕薄，初學拈筆，便思污衊世界，得罪名教，莫此為甚。有識者為世道憂，列諸厲禁，宜其然也。獨龍子猶氏所輯喻世等書，頗存雅道，時著良規。復取古今來雜碎事，可新聽睹，佐詼諧者，演而暢之，得若干卷。凡耳目前之怪怪奇奇，無所不有。總以言之者無罪，聞之者足以為戒云爾。

由文中「復取古今來雜碎事，可新聽睹，佐詼諧者，演而暢之」，可看出初刻拍案驚奇都是他自作，和馮夢龍「三言」大都取自古今小說者不同。序文又提到初刻內容「怪怪奇奇，無所不有」，這當是「拍案驚奇」所以命名的原因；底下雖有「言之者無罪，聞之者足以為戒」的話，但到底還是著重在「奇」字，這種堂皇的說法不過是炫人耳目而已。就實際內容看，像卷一「姚滴珠避羞惹羞，鄭月娥將錯就錯」、卷八「張溜兒熟布迷魂局，陸蕙娘立決到頭緣」、卷十六「喬兌換胡子宣淫，顯報施臥師入定」、卷十七「聞人生野戰翠浮庵，靜觀尼晝錦黃沙衖」等，都有十分露骨的色情描寫，足以說明凌氏的寫作態度並不十分嚴謹，雖然他寫作的時間和馮夢龍非常接近，如馮氏「三言」中最後一言醒世恆言編撰的時間在天啟七年，和初刻拍案驚奇出版的時間相同，但顯然地馮夢龍的三言是純淨多了；馮氏在醒世恆言序說：「明者，取其可以導愚也。通者，取其可以通俗也。恆則習之而不厭，傳之而可久。三刻殊名，其義一也。」不像凌氏著重在「奇」字，為了「奇」，當然就不得不在主題和技巧上做一些犧牲。初刻之後，崇禎壬申五年（西元一六三二年）二刻拍案驚奇又刻成，凌氏在序文中說：

丁卯之秋，事附膚落毛，失諸正鵠，遲迴白門，偶戲取古今所聞一二奇局可紀者，演而成說，聊舒胸中磊塊。非曰：「行之可遠」，姑以游戲為快意耳。同儕過從者，索閱一篇竟，必拍案曰：「奇哉所聞乎！」為書賈所偵，因以梓傳請。遂為鈔撮成編，得四十種。支言俚說，不足供醬瓿，而翼飛脛走，較撚髭嘔血，筆塚研穿者，售不售反霄壤隔也。嗟乎！文詎有定價乎？賈人一試之而效，謀再試之。余笑謂：「一之巳甚。」顧逸事新語可佐談資者，乃先是所羅而未及付之於墨，其為柏梁餘材，武昌剩竹，頗亦不少。意不能恝，聊復綴為四十則。其間說鬼說夢，亦真亦誕。然意存勸戒，不為風雅罪人，後先一指也。竺乾氏以此等亦為綺語障。作如是觀，雖現稗官身為說法，恐維摩居士知貢舉又不免駁放耳。

這段序文，說明凌氏二刻拍案驚奇的出版，是因為初刻銷路大好，應商人之請，再事搜集「逸事新語、可佐譚資」者付墨出版的，如此一來，著述的動機已純為利的打算，取材也大受限制，以至於寫作目的所標榜的「意存勸戒，不為風雅罪人」，就變成不易達到的理想而已，理想和實際不能配合，是凌氏初、二刻拍案驚奇的最大致命傷。

誠如書名「拍案驚奇」的提示，小說內容既要「怪奇」到令讀者「拍案」叫絕，又要符合賈人所要求的「通俗」條件，內容範疇已經大受限制，加上初刻已選出四十卷，再刻所能選的已所剩無幾，二刻拍案驚奇的內容主題因而更顯狹隘；綜觀全書四十卷，沒有一篇真正在刻劃忠孝節義的，馮夢龍「三言」裏極力刻劃的義氣知己之交，在本書裏也看不見；大概忠君和義氣知己向為知識分子所嚮往，凌氏既以銷路為第一考慮，為了通俗的要求，這一方面的內容只好割愛。反看以神鬼為題材的有第六卷、第十一卷、第十三卷、第十六卷、第二十三卷、第二十四卷、第二十九卷、第三十卷、第三十七卷共九卷，幾佔全書的四分之一，而且凌氏所描繪的鬼神世界較前人更為複雜；人鬼之間的關係也更為親近，而至於人鬼不分。凌氏筆下的鬼魂行步有影，衣衫有縫，婚姻生活和生人無異，例如第三十卷「瘞遺骸王玉英配夫，償聘金韓秀才贖子」裏的女鬼王玉英不只可以寫詩，還和韓生結婚生子；鬼如此，神也不例外，例如第三十七卷「疊居奇程客得助，三救厄海神顯靈」敘述商人程宰旅途落魄，受海神垂青，不只夜夜美人（海神）在抱，並得海神之助，生意大發，財源廣進；第二十九卷描繪靈狐魅惑蔣生，後來蔣生得靈狐之助，不只身強體健，又娶得如意佳人，文中的狐仙也是有血有肉的「人物」。從小說藝術的觀點看，由於作者屈於賈人的要求，創作了這些迎合世俗趣味的東西，無形中貶低了二刻拍案驚奇在小說中的地位。但從另一個觀點看，凌氏對當時政治風氣、社會環境等客觀的描繪，也提供我們對明代亡國前一段政治、社會背景的瞭解，可見它仍然具有相當的意義的；以第十三卷「鹿胎菴客人作寺主，剡溪里舊鬼借新屍」為例，敘述劉念嗣死後，妻子改嫁，棄孤兒於不顧，乃借張家老丈剛死之屍體還魂，以託好友直生上告官府，得發還田產，孤兒才能免於凍餒；又如第十六卷敘述陳祈田契暫質毛烈家，毛烈欺心不還，陳祈告到官府，以無執照為憑官府不受理，陳祈乃夜告社公祠，毛烈受神懲罰而死。這類小說在當時必然相當盛行，凌氏乃因應習俗而加以創作；按理說有狀應告到官裏，但那時官場一片黑暗，到處貪官污吏，尤以獄訟特別嚴重，民間有冤無處訴，有債無處討，只好訴諸鬼神了；在百姓的觀念裏，鬼神已變成正義的象徵，所以民間之傾向於鬼神，不是用單純的「迷信」一詞就可解釋的；又如在卷三十八的頭回裏，李三被縣官屈打成招，點名起解時，突然霹靂一聲，將掌案孔目震死，屍背上寫著「李三獄冤」四個篆字;如果不是這一聲霹靂,李三的冤情就永遠不白,因為「有勢力的人才可能在上司反告下來。」(語出卷三十八正話)而李三沒有勢力,唯一可依賴、期待的就是鬼神,總算鬼神沒有遺棄他,救了他一命,但別人能有相同的運氣嗎?鬼神之事確實是可疑的,但百姓卻寧可信其有,這說明百姓內心有多少無奈。

災難的消除固然需要鬼神的幫忙,富貴的尋求也非鬼神莫辦;在那是非不明、善惡不辨的時代裏,靠正當途徑而得富貴已不可能;一般守法的百姓對富貴既已沒有能力追求,只有把這種慾望寄託在烏托邦式的幻想裏,所以在明代話本、擬話本小說裏,變泰發迹的故事特別多;二刻拍案驚奇第十九卷敘述言寄兒生來愚蠢,為人看牛,以出力作工度活,這種人富貴簡直和他絕緣,但他卻得道士之助,夜夜做夢享盡榮華富貴,最後還掘得一窖金銀;第三十六卷裏的王甲,也虧得神鬼幫忙,而得到聚寶鏡,才能夠享盡人間的富貴;沒有神鬼做後盾,百姓又如何能滿足他們的富貴之夢呢?

除鬼神外,貪官污吏、屈打成招的事例,在二刻拍案驚奇裏觸目都是,其中尤以第三十一卷「行孝子到底不簡屍,殉節婦留待雙出柩」,對「簡屍」的毒害百姓,說得最為痛切。「簡屍」就是「驗屍」,古代驗屍的人叫做「仵作」;在政治清明的時代裏,簡屍原是追查兇案真相的必要手續,想不到風氣敗壞的明代末年,簡屍變成害人的東西;作者在第三十一卷入話裏說得好:

> 話說戮屍棄骨,古之極刑。今法被人毆死者,必要簡屍。簡得致命傷痕,方准抵償。問入死罪,可無冤枉,本為良法。自古道法立弊生,只因有此一簡,便有許多奸巧做出來,那把人命圖賴人

的，不到得就要這個人償命。只此一簡，已殺奈何著他了。你道為何？官府一准簡屍，地方上搭廠的，就要搭廠錢；跟官、門皁、轎夫、吹手多要酒飯錢；仵作人要開手錢、洗手錢；至於官面前桌上，要燒香錢、硃墨錢、筆硯錢。氈條坐褥俱被告人所備。還有不肖佐貳，要擺案酒，要折盤盞，各項名色甚多，不可盡述。就簡得雪白無傷，這人家已去了七八了。就問得原告招誣，何益於事？

簡屍既如此害人，苦主不簡就可以了吧？事情卻沒這麼簡單，作者又說：

豈知世上慘刻的官，要見自己風力，或是私心嗔恨被告，不肯聽屍親免簡，定要劣撅做去，以致開久殮之棺，掘久埋之骨，隨你傷人子之心，墮傍觀之淚，他只是硬著肚腸不管。原告不執命，就坐他受賄；親友勸息，就誣他私和。一味蠻刑，打成獄案。自道是與死者伸冤，不知死者慘酷已極了。

在這種情況下，有良心、有孝心的兒女，只要事情一發生，只有死路一條，再沒有他路可走了，這就是這一卷故事裏王世名寧可夫婦同死，也不願官府簡亡父之屍的原因。又如第四卷的楊巡道，第十六卷的州官，第二十卷的武進縣知縣，第三十六卷的提點刑獄使者渾耀，都是較為顯著的貪官污吏，尤以第四卷楊巡道的嘴臉刻劃得最為精彩：

這巡道又貪又酷，又不讓體面；惱著他性子，眼裏不認得人；不拘甚麼事由，匾打側卓，一味倒邊。還虧一件好處，是要銀子，除了銀子再無藥醫的。有名叫做楊瘋子，是惹不得的意思。

至於屈打成招的例子也相當多，如第二十一卷吳帥之刑盛彥，第三十八卷大庾縣官之刑李三，第三十八卷兵馬司之刑楊二郎等等，對於這些黑暗面，凌氏都不時地加以描繪，說明凌氏還有讀書人的良心，不是只知一味討好世俗，以求名利的人可比的。

就社會風氣來說，凌濛初的文筆更像一副鏡子，把地方上的一群牛鬼蛇神照耀得原形畢露，讓後人清楚瞭解明末亡國前的社會真象，真個是百害俱生，無毒不有。綜觀二刻拍案驚奇所描繪的傷風敗俗，至少有下列幾條：

1. 紮火囤：紮火囤就是一般人所說的「仙人跳」，第十四卷就敘述吳宣教中了人家的圈套，弄得財物盡失，還生了一場大病，送掉了老命。這是明末的惡俗之一。

2. 好男風：這種惡習，凌氏雖沒有專文加以鋪陳，但第十七卷裏記載人物魏撰之的話說：「而今世界盛行男色，久已顛倒陰陽，那見得兩男便嫁娶不得？」想來這種惡習在當時必然相當盛行。

3. 煉內丹：煉內丹另有一種名稱，叫做「採戰工夫」，如第十八卷描繪甄監生家中廣蓄三妾四婢，以為採戰煉丹之用；其他篇目也時有形容人物深懂採戰工夫的（馮夢龍「三言」中的警世通言第三卷「王安石三難蘇學士」，裏面的劉璽也「善於採戰之術」）；再參考當時一般色情小說如金瓶梅之類的流行，可以看出當時社會必然呈現一片淫穢之風。

4. 蓄妾婢：古代社會，女子地位卑下，有錢人家的男人，除妻妾之外，又蓄養很多女婢；二刻拍案驚奇第三十四卷描繪宋時楊太尉姬妾之多，已令人驚奇，如加上養娘侍婢，更是不勝枚舉，這種風氣，在社會嚴重貧富不均的明末尤其厲害；所謂侍婢，也不過是主人洩慾的工具而已，凌氏在二刻拍案驚奇第十卷裏說：「況且曉得人家出來的丫頭，那有真正的女身？」明顯地說出了這種情況。

5. 女偷男：男女偷情或畸戀，古今中外都有，不足大驚小怪，但一般情況都是男方主動，女方接受，有時女方還是在男方刻意的欺騙下，而成為犧牲品的，像二刻拍案驚奇裏的女偷男這樣大膽的描繪，不要說歷史上少見，其大膽的程度，以現代人的尺度，也不能不令人驚訝；例如第三十四卷「任君用恣樂深閨，楊太尉戲宮館客」裏的楊太尉姬妾成群輪流偷任生，放肆囂張的程度，已到肆無忌憚的地步，而凌氏描繪這些情節所用的文字，也淫穢到不忍卒睹；又如卷三十五「錯調情賈母詈女，誤告狀孫郎得妻」頭回一裏的陳氏，自己和姦夫私通，還要逼媳婦和姦夫同床，終於逼死了媳婦；頭回二裏敘述姑嫂二人不過是二八之齡，就已妄想偷漢子，弄得身敗名裂，自殞而死；其他篇目的偷情情節，所見的女子已不是楚楚可憐的接受者了。這些都可看出當時社會風氣的一般情況。

綜合以上所說，二刻拍案驚奇所保持的民風土俗、社會各階層的生活、官場內幕等，都具有相當的研究價值。它所刻劃的民間思想觀念，又可做為牧民者治政的借鏡；論二刻拍案驚奇的價值，應當從這個觀點去尋求。

就寫作技巧看，二刻拍案驚奇雖然具有如前面所說的，話本小說先天體例上的缺陷，但有幾卷純粹描繪人事，和鬼神無關的篇目，卻也寫得相當不錯。就人物性格的刻劃來說，第二十六卷「懵教官愛女不受報，窮庠生助師得令終」裏高愚溪做了幾任官宦，只因沒有兒子，只有三個女兒，因此退休後把宦囊所有盡數分給三個女兒，指望能獲得女兒們的孝養，安渡晚年。開始時，女兒們看在父親的金錢上，也爭著巴結，但想不到三個女兒在分得家財後，態度漸漸冷淡，幾年之間，高愚溪已變成女兒們心目中的老厭物，他氣忿之餘，正想尋個自盡，正巧姪兒高文明遇見，收容了他，並盡心孝順他，高愚溪感慨萬千，愧無半點財物留給姪兒；正當此時，他以前一位學生李御史來找他，李御史幼年時家貧，讀書時繳不起拜見錢，多虧高愚溪幫忙，今日學成業就，身任御史，為感恩圖報，前來拜見。高愚溪後得李御史看覷，贈受很多程儀，府縣官仰承御史意旨，贈送尤豐，他把所得盡數送與姪兒，女兒們雖再度前來逢迎巴結，他已不再理睬了，後來善終於姪兒家。這篇小說把高愚溪的女兒們由熱衷變成冷淡的過程，寫得相當精彩、細膩；高愚溪老年的心境由期待變成失望，終至絕望意圖自盡的內心刻劃，都很傑出；末了李御史拜見高愚溪時，高愚溪受寵若驚的尷尬舉止，描繪得非常生動有趣。整篇小說不只主題發人深省，人物個性的描繪尤其突出，是相當成功的小說。就結構技巧講，第二十八卷「程朝奉單遇無頭婦，王通判雙雪不明冤」算是較好的一篇，該篇小說不只內容曲折，情節構造也很具匠心；內容敘述富人程朝奉飽暖生淫慾，看上賣酒的李方哥的妻子；李方哥由於窮苦，和妻子協議，答應借妻子給程朝奉一用，價錢為三十兩，想不到在完成約定的那晚，李方哥的妻子卻被人砍了頭，兇手為一敲梆子的游僧，因見李妻倚門盛妝而坐等人，乃起淫慾之心，李妻不從而砍下她的頭，掛在趙大門前樹上，趙大發現人頭，因為自己也做過虧心事，所以雖不知人頭來歷，也不敢聲張，暗中埋在後花園裏；後來東窗事發，官府尋線到趙大家起出人頭，人頭卻是男的。原來這個男頭是趙大所殺的仇家，和李妻一同埋在後花園裏，趙大帶領官府掘土的地點，是埋藏李妻頭的地方，想不到卻陰錯陽差的掘出了仇人的頭，趙大也因此成了殺人犯，真是「天網恢恢，疎而不漏」。這個案件破得太湊巧了，如果情節安排不好，很容易就令人有「無巧不成書」的感覺，但全文的情節發展相當自然，結局令讀者痛快淋漓，絲毫沒有牽強附會的感覺，尤其本文的善惡報應和其他各篇不同，其他各篇的善惡報應脫離不了鬼神關係，而此篇的報應則純由人事的偶然巧合，比較具有服人的力量。另外第十九卷「田舍翁時時經理，牧童兒夜夜尊榮」把言寄兒日間的放牛，和夜間的榮華富貴，雙管齊下一起寫出，牧牛的艱苦，和富貴的享受，成為鮮明的對比，這種交叉的寫作方式相當創新，現代小說和電影技術也有採用這種技巧的，這是很值得提出的一點。

二刻拍案驚奇考證

徐文助

凌濛初字玄房，號初成，又名凌波，又字波斥，別號即空觀主人，浙江烏程人，生於明神宗萬曆八年庚辰（西元一五八〇年），十二歲入學，十八歲時入補為廩膳生（拿公糧的生員），二十二歲時和馮夢禎相識，二十四歲和馮夢禎遊吳時，合評東坡禪喜集，二十六歲時生母蔣氏死於南京，其後就住在南京珍珠橋。由於鄉試連續四次中了副榜，不得已才入都就選。天啟七年丁卯（西元一六二七年）四十八歲，在南京編撰初刻拍案驚奇。崇禎五年壬申（西元一六三二年）五十三歲時，二刻拍案驚奇編成。崇禎七年五十五歲時獲選為上海丞，八年後升擢為徐州判。分署烏村，料理黃河的事情。崇禎十六年（西元一六四三年）六十四歲，上勦寇十策給淮徐兵備道何騰蛟，單騎遊說流寇陳小乙來降，因功授為楚中監軍僉事，仍留在房州不赴任。崇禎十七年甲申（西元一六四四年）李自成等流寇侵逼徐州城，掠奪房村，凌氏率鄉兵浴血苦戰，死守不降，終於嘔血而死，臨死還大呼「無傷吾百姓」，忠義精神，直貫日月，死之日為正月十二日，享年六十五歲。

凌濛初直接受到馮夢龍的影響，致力於小說戲曲的研究和創作，尤其是短篇白話小說，所花的心血更多。除小說外，也寫劇本，沈泰編刊盛明雜劇初二集曾選他的虬髯翁一劇；今存二刻拍案驚奇的四十卷也以他的「宋公明鬧元宵」雜劇充數；其他散曲都保存在他所編的「南音三籟」中。湖州府志卷五十九藝文略四錄有他的著作共十七種如下：

聖門傳詩嫡冢十六卷附錄一卷、言詩翼六卷、詩逆四卷、詩經人物考、左傳合鯖、倪思史漢異同補評三十二卷、嬴滕三笥、蕩櫛後錄、國門集一卷、國門乙集一卷、雞講齋詩文、已編蝨涎、燕筑謳、南音三籟、東坡山谷禪喜集評十四卷、合評詩選七卷、陶韋合集十八卷。

以上所錄十七篇著作中，並沒有包括初、二刻拍案驚奇，著實令人奇怪。

凌濛初著述初刻、二刻拍案驚奇的時間不一，他是在初刻出版後五年，在商人的要求下，又繼續撰述四十則；由於初刻時羅握殆盡，四十篇已是勉強湊合起來，所以今所見的二刻拍案驚奇，其篇目也有可疑的地方，例如卷二十三「大姐魂游完宿願，小姨病起續前緣」，和初刻卷二十三完全相同，到底是後代遺失，坊刻以初刻同回內容充數，還是凌氏原稿即如此，很難斷定。至於卷四十今所見本也已亡佚，改以「宋公明元宵鬧花燈」充數，很明顯是商人的作為；另外卷二十四「菴內看惡鬼善神，井中談前因後果」，孫楷第在三言二拍源流考一文裏，也懷疑是重複出現。不論初刻、二刻，雖說是凌氏自著，但題材還是本之於前人筆記的為多，小說內容的年代也不限於有明一代而已，據鹽谷溫中國文學概論統計：二刻拍案驚奇演春秋事一種、宋十種、元二種、明十六種，時代不明五種。以下據三言二拍資料一書所有資料，考求其本事來源如下：

第一卷「進香客莽看金剛經，出獄僧巧完法會分」頭回出自宋人俞文豹吹劍錄外集。

第二卷「小道人一著饒天下，女棋童兩局注終身」頭回出自明梅禹金青泥蓮花記；正話出自宋洪邁夷堅志補卷第十九蔡州小道人。

第三卷「權學士權認遠鄉姑，白孺人白嫁親生女」頭回出自晉書卷三十六列傳第六張華。

第四卷「青樓市探人蹤，紅花場假鬼鬧」作者自言入話出自宋周密齊東野語，但遍查今本齊東野語無此記載。

第五卷「襄敏公元宵失子，十三郎五歲朝天」正話敘王襄敏公子南陔事，出自桯史卷一，另敘真珠姬事出自馮夢龍情史卷二王從事妻附。

第六卷「李將軍錯認舅，劉氏女詭從夫」頭回出自夷堅丙志卷第十四王八郎。正話出自明瞿佑剪燈新話卷二翠翠傳、情史卷十四劉翠翠條引此文。

第七卷「呂使君情媾宦家妻，吳太守義配儒門女」入話出自南宋辛棄疾竊憤錄，正話出自夷堅支戊卷第九董漢州孫女。

第八卷「沈將仕三千買笑錢，王朝議一夜迷魂陣」頭回出自夷堅支丁卷第七丁湜科名。正話出自夷堅志補卷第八王朝議。

第九卷「莽兒郎驚散新鶯燕，㑳梅香認合玉蟾蜍」入話出自宋李昉等太平廣記卷四百八十六無雙傳（薛調撰。）

第十卷「趙五虎合計挑家釁，莫大郎立地散神奸」頭回出自夷堅志補卷第六葉司法妻，正話出自齊東野語卷二十莫氏別室子。

第十一卷「滿少卿饑附飽颺，焦文姬生讎死報」頭回出自夷堅甲志卷第二陸氏負約，正話出自夷堅志補卷第十一滿少卿。

第十二卷「硬勘案大儒爭閒氣，甘受刑俠女著芳名」正話出自齊東野語卷二十臺妓嚴蕊。

第十三卷「鹿胎菴客人作寺主，剡溪里舊鬼借新屍」入話出自晉書卷四十九列傳第十九阮籍附，正話出自夷堅志補第十六嵊縣山庵。

第十四卷「趙縣君喬送黃柑，吳宣教乾償白鏹」頭回二出自夷堅志補卷第八臨安武將，正話出自夷堅志補卷第八吳約知縣。

第十五卷「韓侍郎婢作夫人，顧提控掾居郎署」入話出自明陳禹謨見聞紀訓卷下，正話出自明陸粲說聽卷下。

第十六卷「遲取券毛烈賴原錢，失還魂牙僧索剩命」頭回出自夷堅支戊卷第五劉元八郎，正話出自夷堅甲志卷第十九毛烈陰獄。

第十七卷「同窗友認假作真，女秀才移花接木」頭回出自明李楨剪燈餘話卷二田洙遇薛濤聯句記。

第十八卷「甄監生浪吞秘藥，春花婢誤洩風情」此篇待考。

第十九卷「田舍翁時時經理，牧童兒夜夜尊榮」頭回出自宋何薳春渚紀聞卷第二瓦缶冰花。

第二十卷「賈廉訪贋行府牒，商功父陰攝江巡」正話出自夷堅志補卷第二十四賈廉訪，頭回出自夷堅志補卷第五楚將亡金。

第二十一卷「許察院感夢擒僧，王氏子因風獲盜」本卷待考。

第二十二卷「癡公子狠使噪脾錢，賢丈人巧賺回頭壻」正話出自明邵景詹覓燈因話卷一姚公子傳，唯結尾浪子回頭，夫妻重圓，與覓燈因話主角老死於斗室不同。

第二十三卷「大姊魂游完宿願，小姨病起續前緣」頭回出自太平廣記卷一百六十李行脩，正話出自剪燈新話卷一金鳳釵記。

第二十四卷「菴內看惡鬼善神，井中談前因後果」正話出自剪燈新話卷一三山福地志。

第二十五卷「徐茶酒乘鬧劫新人，鄭蕊珠鳴冤完舊案」頭回出自明馮夢龍智囊補卷十察智部吉安老吏，正話出自明祝允明九朝野記卷四。

第二十六卷「懵教官愛女不受報，窮庠生助師得令終」資料待查。

第二十七卷「偽漢裔奪妾山中，假將軍還姝江上」頭回一出自宋司馬光涑水紀聞卷七。

第二十八卷「程朝奉單遇無頭婦，王通判雙雪不明冤」正話出自智囊補卷十察智部徽商獄。

第二十九卷「贈芝蔴識破假形，擷草藥巧諧真偶」入話出自夷堅志甲卷第六西湖女子，正話作者自云話本原名為「靈狐三束草」，馮夢龍情史卷十三大別狐亦有記載。

第三十卷「瘞遺骸王玉英配夫，償聘金韓秀才贖子」頭回出自情史卷十易萬戶，正話見情史卷十六王玉英。

第三十一卷「行孝子到底不簡屍，殉節婦留待雙出柩」正話出自明史卷二百九十七列傳第一百八十五孝義二王世名，情史卷一王世名妻亦有記。

第三十二卷「張福娘一心貞守，朱天錫萬里符名」頭回出自夷堅志補卷第十魏十二嫂，正話出自夷堅志補卷第十朱天錫。

第三十三卷「楊抽馬甘請杖，富家郎浪受驚」頭回出自明楊循吉蘇談少師廣孝雅量，正話出自夷堅丙志卷第三楊抽馬。

第三十四卷「任君用恣樂深閨，楊太尉戲宮館客」頭回出自宋龐元英談藪，正話出自夷堅支乙卷第五楊戩館客。

第三十五卷「錯調情賈母詈女，誤告狀孫郎得妻」正話出自情史卷十吳松孫生。

第三十六卷「王漁翁捨鏡崇三寶，白水僧盜物喪雙生」頭回出自夷堅志補卷第七豐樂樓，正話出自夷堅支戊卷第九嘉州江中鏡。

第三十七卷「疊居奇程客得助，三救厄海神顯靈」正話作者自言出自明蔡羽遼陽海神傳。

第三十八卷「兩錯認莫大姐私奔，再成交楊二郎正本」頭回出自夷堅丁志卷第七大庾疑訟。

第三十九卷「神偷寄興一枝梅，俠盜慣行三昧戲」頭回一出自史記卷七十五列傳第十五孟嘗君，頭回二出自元陶宗儀說郛卷第二十三諧史。

第四十卷「宋公明鬧元宵雜劇」原文篇名下已注明紀事出自貴耳集，按即宋張端義貴耳集卷下。

據以上所述，凌濛初二刻拍案驚奇和初刻一樣，雖文字都為自作，但內容上幾乎全有所本，尤其是第三十七卷敘述程宰遇海事，幾乎和蔡羽的遼陽海神傳完全相同，只不過在文字的文言、白話稍加以更改變動而已。另有些篇目凌氏加以變改情節，使原有的本事更具有趣味性，主題更具教育性，如第二十二卷敘述姚公子回頭的故事，本事源頭的覓燈因話只敘述到姚公子浪擲金錢，終至賣妻，窮苦潦倒，為岳家僕役，老死斗室，而始終不知其妻已為岳家所買。凌氏將其結局加以更改，讓他們夫妻相見，並得官府發還前所被騙之田產，從此發憤重新做人，結局由悲離改為團圓，雖不脫俗套，卻比原有本事更富教育性，情節也更加感人，像這樣的技巧，二刻裏也著實不少。

拍案驚奇在入清之後，屢被查禁，坊間翻刻的相當多，篇卷數也跟著不同，但以初刻三十六篇的刊本最多，二刻則不只原刻本不見，坊間也不見刊本通行。初、二刻拍案驚奇四十卷的原刻本中國本土雖然未見，但在彼邦日本卻保留得完完整整(二刻的第四十卷是雜劇)。據孫楷第中國通俗小說書目的記載，日本內閣文庫、佐伯文庫藏有明尚友堂原刊本二刻拍案驚奇三十九卷附宋公明鬧元宵雜劇一卷，另日光晃山慈眼堂藏有初刻拍案驚奇四十卷，也是明尚友堂原刊本。民國四十四年（西元一九五五年）李田意在日本研究，發現到初、二刻拍案驚奇的尚友堂原刊本，將之攝成膠卷，攜回美國研究，加以整理、分段、圈點；其中二刻在民國四十九年（西元一九六〇年）六月由正中書局出版（李田意序文則寫於一九五七年），其後臺灣所見翻印的刊本越來越多，茲就二刻拍案驚奇在臺灣所見的，較為重要的刊本，略為說明如下：

一、正中本：此本由正中書局在民國四十九年六月出版，原稿是根據李田意博士從日本內閣文庫攝回之膠卷，再加以重新排印而成。在此之前（民國四十七年）李田意也曾攝得馮夢龍「三言」，由世界書局加以影印出版，但不知何故，本書卻不採影印而改用排印，排印的好處是可以加上印者的修訂，缺點是失真。此本前面首列睡鄉居士原序，和即空觀主人的小引，次附繪圖七十八頁，少第十二卷第二圖「甘受刑俠女著芳名」，但最後一圖圖面上題名模糊，唯仔細辨認，仍可看出就是缺少的第十二卷「甘受刑俠女著芳名」的圖，顯然是因為原版模糊不清，印者乃列在最後，以為存疑；另第二十一卷第二圖「王氏子因風獲盜」圖上沒有題名，第四十卷「宋公明鬧元宵雜劇」缺圖。圖片之後，附印者李田意博士的序文。小說原文斷句採圈點方式，雖有分段，但不太精細。一般明刻本由於時代久遠，時有缺漏漫漶之處，此書因為經過重新排印，所以行文清爽明晰，印者修訂之功不可沒。在馮氏「三言」的影印本中，最模糊不清的是眉評和夾批，而本書的眉評和夾批都能完全排出，這對後人有關作者凌濛初的思想觀念的研究，有相當的幫助。據印者李田意博士一九五七年八月在美國耶魯大學所寫的序文所載，他已將原刻本作了一遍重新編校的工作，原書斷句零落錯誤之處，他都一一改正了。但本書仍有一些缺點，需要再加修訂，例如卷九第一五一頁第六行「若不是你，我姐姐待怎麼？」「你」「我」二字顛倒，應作「若不是我，你姐姐待怎麼？」卷三十九第五八六頁第九行「賞了聘禮」，其義不明，「賞」應為「賫」之誤，「賫」即「齎」，其意為「送」；卷四十「宋公明鬧元宵雜劇」第五九八頁第一行「末儒巾扮柴進貼」其義不明，應在「柴進」下斷句，「貼」緊接下文，作「末儒巾扮柴進，貼小帽扮燕青仝上」才對。除了以上所述的缺失外，此書最令人遺憾的，還是空缺文字太多，據李田意博士序文，空缺文字的原因是書局方面為慎重計所作的，每刪去一字都用一方塊做記號；由於刪去的實在太多，幾乎處處都可看到方塊記號。其實二刻拍案驚奇本身內容雖或涉淫穢，但較之同屬明代的某些作品如金瓶梅等，還算乾淨多了，所以一定要刪的話，也應限制在較露骨的、直接描繪性動作的字句，如果把所有和「性」有關的字眼全部刪掉，就未免有矯枉過正之嫌，較之王古魯的校注本，此本顯然過分保守。

二、世界本：此本由世界書局出版，收在世界文庫四部刊要裏，出版時間在民國六十七年（西元一九七八年），首頁附有明尚友堂本二刻拍案驚奇本文的書影，次錄睡鄉居士原序，以及即空觀主人小引；

圖片只剩卷一第一圖，其餘均刪，此外並無任何介紹文字；小說本文部分段落，分段情形較正中本尤其仔細、精確；採用新式標點符號，甚至私名號、書名號等也都不放棄，每卷末復加上註解，有關辭彙的解釋都沒有遺漏，人名、地名、官名等的考證也做得相當精到，實為研究二刻拍案驚奇最具成績的本子，可惜並沒有註明校注人姓名，唯近人王古魯氏曾有校注本行世，疑此書乃王氏校注本之翻刻。以此書和正中本相校，第二十三卷「大姐魂游完宿願，小姨病起續前緣」本書文字脫漏甚多，例如四九七頁「這是做過夫婦多時的，如今……」上面脫漏一大段，既然同是據尚友堂本，何以如此，令人費解。他如正中本刪去原有文字甚多，此本雖有刪減，但沒有正中本嚴重，刪減文字但註明刪去多少字，不似正中本用空白方塊補位；最可惜的是卷三十四「任君用恣樂深閨，楊太尉戲宮館客」只保存篇目，圖和本文全部刪棄，反不如正中本，因為正中本在該篇文字雖刪減甚多，但仍保留原文，所刪減的文句雖多，並不損及全文內容和主題的完整。

三、河洛本：河洛圖書出版社在民國六十九年六月重新排印二刻拍案驚奇所根據的本子就是前述的李田意的正中本，和世界書局出版的王古魯校注本，但分段、標點、注釋，文字的刪減，以及第三十四卷的刪棄都沿承王氏本。此書首列明刻本二刻拍案驚奇的書影共三頁，次附睡鄉居士題文以及即空觀主人小引，再附三十九卷繪圖共七十八片（每卷有圖兩片），第四十卷「宋公明鬧元宵雜劇」缺圖；第二十一卷第二圖「王氏子因風獲盜」和正中本一樣，圖面上沒有題名。以上書前所列文字，除書影外，都就原版縮小影印。此書資料收集完密，除書前附有李田意二刻拍案驚奇提要一文外，書後又附節錄自近人鄭氏中國文學研究裏，有關二刻拍案驚奇的研究文字，以及譚正壁二刻拍案驚奇本事源流考、孔另境二拍資料、葉德均凌濛初事蹟繫年等等資料，可方便讀者研究之用。校勘和注釋亦有創見，盡見末後所附「校後記」。但本書雖標榜以前述二書為底本，重做修證，仍有甚多錯誤，需要訂正，例如第二頁第一行「有何重難的事，人肯做。這不肯做，……」文意不通，李田意正中本「人肯做」作「不肯做」，「這不肯做」作「不是人不肯做」文意才通順。本書既有誤字，又有脫漏；四十一頁第十行「大家笑耍各來幫興」，正中本原作「大家笑耍，各有幫興」，「耍」是「玩耍」；「耎」和「輭」同，即「軟」字，就上下文意看，應作「笑耎」才對，此本既承世界本之誤又漏掉標點；二二八頁十四行「各處挨問得見，兄弟你打迭已完」，語意不順，應據正中本改為「各處挨問，得見兄弟你打迭已完……」；二九一頁第六行「婦人不認得銀子好歹，是個白晃晃的」，標點誤，應作「婦人不認得銀子，好歹是個白晃晃的」；三九五頁倒數第三行「乃是商侍郎之孫也。來寄居府中」，標點誤，應作「乃是商侍郎之孫，也來寄居府中。」以上所列舉的，是比較重大的錯誤，其他小誤仍很多。最令人感到奇怪的是卷二十三，剛才提到的世界本四九七頁所漏的一大段，此本已採正中本加以補足，但此本四六四頁倒數第三行仍然承襲王古魯校注本，漏掉一大段，並沒有據正中本補足。另外，對於卷三十四「任君用恣樂深閨，楊太尉戲宮館客」，此本承襲世界書局王古魯校注本，只保存篇目和圖，小說本文全部刪棄。

以上所述，乃明刊尚友堂本在臺灣排印通行的情形，其他各出版社，書局雖然陸續在印行，但都是這三大系統的翻刻，今皆省略。另據鄭氏所記，明末清初坊間另有一種三十四卷的別本二刻拍案驚奇，藏於巴黎國家圖書館，鄭氏曾親眼閱讀過，據其研究，第一卷至第十卷，就是二刻拍案驚奇的第六回至第十一回，加上第十四回至第十八回而成的；但從第十二卷起到第三十四卷，來源不可知；第十五、十

七、二十二、二十六、二十七、二十九、三十等七卷是由夢覺道人西湖居士的幻影中的七回所湊合，顯然這是坊間偽刻的本子。鄭氏並列出三十四卷的篇目名稱；孫楷第在三言二拍源流考一文裏，曾拿這三十四卷本和尚友堂本篇目比較研究過；以其既是偽刻本，今皆省略。又據孫楷第中國通俗小說書目的記載，北平圖書館另有一藏本，缺少卷十三至卷三十。以上所述的這兩種殘本，在尚友堂本被發現之後，都已失去了意義。

本作者應三民書局之邀，將國內二刻拍案驚奇通行之本子作一綜合性的研究，比較優劣，取長補短，凡上述各本的缺點，都已改正；文內艱僻的俗字、古字都已改成正體字，以便閱讀；每篇文章所附的註解，簡潔扼要，讀者可免查考之煩；各本脫漏或缺空的文句，也都儘量補足了。

二刻拍案驚奇序

嘗記博物志云：「漢劉褒畫雲漢圖，見者覺熱；又畫北風圖，見者覺寒。」竊疑畫本非真，何緣至是？然猶曰：「人之見，為之也。」甚而僧繇點睛，雷電破壁；吳道玄畫殿內五龍，大雨輒生烟霧，是將執畫為真則既不可，若云贗也，不已勝於真者乎？然則操觚之家，亦若是焉則已矣。

今小說之行世者無慮百種，然而失真之病起於好奇，知奇之為奇，而不知無奇之所以為奇，舍目前可紀之事，而馳騖於不論不議之鄉，如畫家之不圖犬馬而圖鬼魅者，曰：「吾以駭聽而止耳。」夫劉越石清嘯吹笳，尚能使群胡流涕解圍而去。今舉物態人情，恣其點染，而不能使人欲歌欲泣於其間，此其奇與非奇，固不待智者而後知之也。則為之解曰：「文自南華、沖虛，已多寓言，下至非有先生馮虛公子，安所得其真者而尋之？不知此以文勝，非以事勝也。至演義一家，幻易而真難，固不可相衡而論矣。有如西遊一記怪誕不經，讀者皆知其謬。然據其所載，師弟四人各一性情，各一動止，試摘取其一言一事，遂使暗中摹索，亦知其出自何人，則正以幻中有真，乃為傳神阿堵，而已有不如水滸之譏。豈非真不真之關，固奇不奇之大較也哉！」

即空觀主人者，其人奇，其文奇，其遇亦奇，因取其抑塞磊落之才，出緒餘以為傳奇，又降而為演義，此拍案驚奇之所以兩刻也。其所捃摭大都真切可據，而間及神天鬼怪，故如史遷紀事、摹寫逼真，而龍之踞腹，蛇之當道，鬼神之理，遠而非無，不妨點綴域外之觀，以破俗儒之隅見耳。若夫妖艷風流一種，集中亦所必存，唯污衊世界之談，則戛戛乎其務去。鹿門子常怪宋廣平之為人，言其鐵心石腸，而為梅花賦則清便艷發，得南朝徐庾體。繇此觀之，凡託於椎陋以眩世，殆有不足信者。夫主人之言固曰：「使世有能得吾說者，以為忠臣孝子無難，而不能者不至為宣淫而已矣。」此則作者之苦心，又出於平平奇奇之外者也。時剞劂告成，而主人薄游未返，肆中急欲行世，徵言於余。未知搦管，毋乃刻畫無鹽唐突西子哉！亦曰簸之揚之，糠粃在前云爾。

壬申冬日睡鄉居士題并書

二刻拍案驚奇序

嘗記博物志云漢劉褒畫雲漢圖見者覺熱又畫北風圖見者覺寒竊疑畫本非真何獨至是然猶曰人之見為之也甚而僧繇點睛雷電破壁吳道子畫

殿內五龍大雨輒生烟霧是將
執畫為真則既不可若云贋也
不已勝於真者乎然則操觚之
家亦若是則已矣今小說之行
世者無慮百種然而失真之病
起于好奇知奇之為奇而不知

二刻拍案驚奇小引

丁卯之秋，事附膚落毛，失諸正鵠，遲迴白門，偶戲取古今所聞一二奇局可紀者，演而成說，聊舒胸中磊塊。非曰：「行之可遠」，姑以游戲為快意耳。同儕過從者，索閱一篇竟，必拍案曰：「奇哉所聞乎！」為書賈所偵，因以梓傳請，遂為鈔撮成編，得四十種。支言俚說，不足供醬瓿，而翼飛脛走，較撚髭嘔血筆塚研穿者，售不售反霄壤隔也。嗟乎！文詎有定價乎？賈人一試之而效，謀再試之。余笑謂：「一之已甚。」顧逸事新語可佐談資者，乃先是所羅而未及付之於墨，其為柏梁餘材，武昌剩竹，頗亦不少，意不能恝，聊復綴為四十則。其間說鬼說夢，亦真亦誕。然意存勸戒，不為風雅罪人，後先一指也。竺乾氏以此等亦為綺語障。作如是觀，雖現稗官身為說法，恐維摩居士知貢舉又不免駁放耳。

崇禎壬申冬日即空觀主人題於玉光齋中

二刻拍案驚奇小引

丁卯之秋事附膚落毛失諸正鵠遲迴白門偶戲取古今所聞一二奇局可紀者演而成說聊舒胸中磊塊非曰行

二刻拍案驚奇小引——頁一

之可遠猶似游戲為快意耳
同儕過從者索閱一篇竟必
拍案曰奇哉所聞乎為書賈
所偵因以梓傳請遂為鈔
撮成編得四十種支言俚說

二刻拍案驚奇小引——頁二

二刻拍案驚奇插圖——卷二

二刻拍案驚奇插圖——卷七

目次

卷之一　進香客莽看金剛經　出獄僧巧完法會分

詩曰：

世間字紙藏經同，　見者須當付火中，
或置長流清淨處，　自然福祿永無窮。

話說上古，蒼頡制字❶有鬼夜哭。蓋因造化秘密，從此發洩盡了。只這一哭，有好些個來因。假如孔子作春秋，把二百四十二年間亂臣賊子心事闡發，凜如斧鉞，遂為萬古綱常之鑒。那些奸邪的鬼豈能不哭！又如子產鑄刑書❷，只是禁人犯法，流到後來，奸胥舞文，酷吏鍛罪。只這筆尖上邊幾個字斷送了多多少少人。那些屈陷的鬼，豈能不哭！至於後世以詩文取士，憑著暗中朱衣神，不論好歹，只看點頭❸。他肯點點頭的，便差池些，也會發高科，做高官；不肯點頭的，遮莫❹你怎樣高才，沒處叫撞天

❶蒼頡制字：蒼頡，相傳是上古黃帝時的史臣，中國首創文字的人，一作「倉頡」。

❷子產鑄刑書：子產，即春秋鄭大夫公孫僑；刑書，指刑法條文。子產把刑法條文，鑄於鼎上，所以叫做鑄刑書。因此，「刑書」，一名「刑鼎」。

❸朱衣神……點頭：據宋趙令畤侯鯖錄（此書共八卷）云：「歐陽公知貢舉日，常覺一朱衣人時復點頭，然後其文入格。始疑侍吏，及回視之，一無所見。」這就是過去科場中「文章由命不由人」迷信傳說的來源。

❹遮莫：小說戲曲中常用語，此處作「即使」解。

的屈！那些嘔心抽腸的鬼，更不知哭到幾時？纔是住手。可見這字的關係，非同小可。況且，聖賢傳經、講道、齊家、治國、平天下，多用著他，不消說；即是道家青牛騎出去❺，佛家白馬馱將來❻，也只是靠這幾個字，致得三教流傳，同於三光❼。那字是何等之物，豈可不貴重他！每見世間人，不以字紙為意，見有那殘書廢葉，便將來包長包短，以致因而揩檯，抹桌，棄擲在地，掃置灰塵污穢中，如此作踐，真是罪業深重。假如偶然見了，便輕輕拾將起來，付之水火，有何重難的事，人肯做。這不肯做，一來只為人不曉得關著禍福，二來不在心上的事，匆匆忽略過了。只要能存心的人，但見字紙，便加愛惜，遇有遺棄，即行收拾，那個陰德，可也不少哩。

宋時，王沂公之父，愛惜字紙。見地上有遺棄的，就拾起來焚燒，便是落在糞穢中的，他畢竟設法取將起來，用水洗淨，或投之長流水中，或候烘晒乾了，用火焚過。如此行之多年，不知收拾淨了萬萬千千的字紙。一日，妻有娠將產，忽夢孔聖人來分付道：「汝家愛惜字紙，陰功甚大。我已奏過上帝，遣弟子曾參來生汝家，使汝家富貴非常。」夢後，果生一兒。因感夢中之語，就取名為王曾，後來連中三元❽，官封沂國公。宋朝一代，中三元的，止得三人，是宋庠、馮京與這王曾，可不是最希罕的科名

❺ 道家青牛騎出去：相傳道家老子所騎的是青牛，此處指老子帶著他所著的道德經騎牛出函谷關的故事。

❻ 佛家白馬馱將來：指漢明帝時摩騰竺法蘭從西域用白馬馱佛經來中國的故事。

❼ 三光：據白虎通封公侯云：「天有三光，日、月、星。」

❽ 連中三元：過去在科舉考試中，一個人在鄉試（第一名叫做解元），會試（第一名叫做會元），廷試（又名殿試，第一名叫做狀元），三次考試中連考第一名的，就叫做「連中三元」。

了！誰知內中這一個，不過是惜字紙積來的福，豈非人人做得的事？如今世上人，見了享受科名的，那箇不稱羨道是難得？及至愛惜字紙這樣容易事，卻錯過了不做。不知為何？且聽小子說幾句：

蒼頡制字，爰有妙理。
三教聖人，無不用此。
眼觀穢棄，額當有泚。
三元科名，惜字而已；
一唾手事，何不拾取？

小子因為奉勸世人惜字紙，偶然記起一件事來。一個只因惜字紙拾得一張故紙，合成一大段佛門中因緣。有好些的靈異在裏頭。有詩為證：

翰墨因緣法寶流，山門珍秘永傳留，
從來神物多呵護，堪笑愚人欲強謀！

卻說唐朝侍郎白樂天⑨，號香山居士，他是個佛門中再來人。專一精心內典，勤修上乘。雖然頂冠束帶，是個宰官身；卻自念佛看經，做成居士相。當時，因母病，發願手寫金剛般若經百卷，以祈冥佑，散施在各處寺宇中。後來五代、宋、元，兵戈擾亂。數百年間，古今名蹟，海內亡失已盡。何況白香山一家遺墨，不知多怎地消滅了。唯有吳中太湖內洞庭山一個寺中，流傳得一卷，直至國朝嘉靖年間，依

⑨ 白樂天：即唐白居易，九世紀初期唐代有名詩人（西元七七二－八四六年），晚年，居香山，所以又稱香山居士。著有白氏長慶集。

然完好，首尾不缺。凡吳中賢士、大夫、騷人、墨客，曾經賞鑒過者，皆有題跋在上，不消說得；就是四方名公游客，也多曾有讚歎頂禮，請求拜觀，留題姓名日月的，不計其數。算是千年來希奇古蹟，極為難得的物事⑩。山僧相傳至寶珍藏，不在話下。

且說嘉靖四十三年，吳中大水。田禾渰盡，寸草不生。米價踴貴，各處禁糶閉糴，官府嚴示平價，越發米不入境了。元來大凡年荒米貴，官府只合靜聽民情，不去生事。少不得有一夥有本錢趨利的商人，貪那貴價，從外方賤處販將米來；有一夥有家當⑪囤米的財主，貪那貴價，從家裏廒中發出米去。米既漸漸輻輳，價自漸漸平減。這個道理，也是極容易明白的。最是那不識時務執拗的腐儒做了官府，專一遇荒就行禁糶、閉糴、平價等事。他認道是不使外方糴了本地米去，不知一行禁止，就有棍徒詐害。遇見本地交易，便自聲揚犯禁，拿到公庭，立受枷責。那有身家的怕惹事端，家中有米，只索閉倉高坐；又且官有定價，不許貴賣，無大利息，何苦出糶。那些販米的客人，見官價不高，也無想頭⑫。就是小民私下願增價暗糴，懼怕敗露受責受罰。有本錢的人，不肯擔這樣干係，幹這樣沒要緊的事。所以越弄得市上無米，米價轉高。愚民不知，上官不諳，只埋怨道：「如此禁閉，米只不多；如此抑價，米只不賤。」沒得解說，只囫圇說一句「救荒無奇策」罷了。誰知多是要行荒政，反致越荒的。

閒話且不說。只因是年米貴，那寺中僧侶頗多，坐食煩難。平日檀越⑬也為年荒米少，不來布施。

---

⑩ 物事：吳語中至今沿用，「物」音近北方音「那末」的「末」。「物事」意義相當北方語中的「東西」。

⑪ 有家當：吳語，按「家當」當係「家帑（音蕩）」之訛，「有家當」，就是「有財產」。

⑫ 無想頭：吳語，「無」一作「嘸」，音「姆」。「無想頭」作「沒有好處或利益可圖」解。

又兼民窮財盡，餓殍盈途，盜賊充斥，募化無路。那洞庭山位在太湖中間，非舟楫不能往來。寺僧平時喫著十方⑭，此際料沒得有凌波出險，載米上門的了。真個是：

香積廚中無宿食，　　淨明鉢裏少餘糧。

寺僧無計奈何。內中有一僧，法名辨悟，開言對大眾道：「寺中僧徒不少，非得四五十石米不能度此荒年。如今料無此大施主，難道抄了手坐看餓死不成？我想：『白侍郎金剛經真蹟，是累朝相傳至寶。何不將此件到城中尋個識古董人家？當⑮他些米糧，且度一歲。到來年有收，再圖取贖，未為遲也。』」住持道：「相傳此經值價不少。徒然守著他，救不得饑餓，真是戤米囤餓殺了。把他去當米，誠是算計。但如此年時，那裏撞得個人，肯出這樣閒錢？當這樣冷貨？只怕空費著說話罷了。」辨悟道：「此時要遇個識寶太師，委是不能勾。想起來，只有山塘上王相國府當內嚴都管，他是本山人，乃是本房⑯檀越，就中與我獨厚。這卷白侍郎的經，他雖未必識得，卻也多曾聽得。憑著我一半面皮，挨當他幾十挑米，敢是⑰有的？」眾僧齊聲道：「既然如此，事不宜遲，只索就過湖去走走。」住持走去房中，廂內捧出經來。外邊是宋錦包袱包著，揭開裏頭看時，卻是冊頁一般裝的，多年不經裱褙，糨氣已無，周圍鑲紙，

⑬檀越：和尚對施主的尊稱。

⑭喫著十方：佛經稱「東」、「南」、「西」、「北」、「東南」、「東北」、「西南」、「西北」、「上」、「下」做「十方」。「喫著十方」，就是指和尚靠著各方面養活的意思。

⑮當：俗稱「出物質錢」做「當」。下文「王相國府當內」句中的「當」字，乃是「當鋪」的省略。

⑯本房：和尚雖與俗家不同，而係師徒相傳，但亦分宗支次序尊卑，因此，自稱本支做「本房」。

⑰敢是：作「大概是」解。

多泛浮了。住持道：「此是傳名的古物，如此零落了，知他有甚好處？今將去與人家藏放得好些，不要失脫了些便好。」眾人道：「且未知當得來當不來，不必先自耽憂。」辨悟道：「依著我說，當便或者當得來。只是救一時之急，贖取時，這項錢糧還不知出在那裏？」眾人道：「且到贖時再做計較。眼下只是米要緊，不必多疑了。」當下僱了船隻，辨悟叫個道人隨了，帶了經包，一面過湖，到山塘上來。行至相府門前，遠遠望去，只見嚴都管正在當中坐地。辨悟上前稽首。相見已畢，嚴都管便問道：「師父何事下顧？」辨悟道：「有一件事，特來與都管商量，務要都管玉成則個。」都管道：「且說看何事？可以從命，無不應承。」辨悟道：「敝寺人眾缺欠齋糧。目今年荒米貴，無計可施。寺中祖傳金剛經，是唐朝白侍郎真筆，相傳價值千金，想都管平日也曉得這話的。意欲將此卷當在府上鋪中，得應付米百來石，度過荒年，救取合寺人眾生命，實是無量功德。」嚴都管道：「是甚希罕東西？金銀寶貝做的？值此價錢？我雖曾聽見老爺與賓客們常說，真是千聞不如一見。師父且與我看看，再商量。」辨悟在道人手裏接過包來，打開看時，多是零零落落的舊紙。嚴都管道：「我只說是：『怎麼樣金碧輝煌的？』元來是這等悔氣色臉，到不如外邊這包，還花碌碌好看，如何說得值多少東西！」都管強不知以為知的，逐葉翻翻，一直翻到後面去，看見本府有許多大鄉宦名字及圖書在上面，連主人也有題跋手書印章，方喜動顏色道：「這等看起來，大略也值些東西，我家老爺纔肯寫名字在上面。除非為我家老爺這名字，多值了百來兩銀子，也不見得。我與師父相處中，又是救濟好事，雖是百石不能勾，我與師父五十石去罷。」辨悟道：「多當多贖，少當少贖。就是五十石也罷，省得擔子重了，他日回贖難措處。」當下嚴都管將經包袱得好了，捧了進去。終久是⑱相府門中手段，做事不小，當真出來寫了一張當票，當米五十石，付與辨悟道：「人情當的，不要看容易了。」說罷，便叫開倉斛發。辨悟同道人僱了腳夫，將米一斛一斛的盤明下船，謝別了都管，千歡萬喜，載回寺中不題。

且說這相國夫人，平時極是好善。尊重的是佛家弟子，敬奉的是佛家經卷。那年冬底，都管當中送進一年簿籍到夫人處查算。一向因過歲新正，忙忙未及簡勘。此時已值二月中旬，偶然閒手揭開一葉看去，內一行寫著：「薑字五十九號，當洞庭山某寺金剛經一卷，本米五十石。」夫人道：「奇怪！是何經卷，當了許多米去？」猛然想道：「常見相公說道：『洞庭山寺內，有卷金剛經，是山門之寶。』莫非即是此件？」隨叫養娘們傳出去，取進來看。不踰時，取到。夫人盥手淨了，解開包揭起看時，是古老紙色。雖不甚曉得好處與來歷出處，也知是舊人經卷。便念聲佛道：「此必是寺中祖傳之經，只為年荒將來當米喫了；這些窮寺裏如何贖得去！留在此處褻瀆，心中也不安穩；譬如我齋了這寺中僧人一年，把此經還了他罷！省得佛天面上取利，不好看。」分付當中都管說：「把此項五十石，作做夫人齋僧之費，速喚寺中僧人，還他原經供養去！」都管領了夫人的命，正要尋便捎信與那辨悟，教他來領此經。恰值十九日是觀世音生日，辨悟過湖來觀音山上進香，事畢到當中來拜都管。都管見了道：「來得正好，我正要尋山上燒香的人捎信與你。」辨悟道：「都管有何分付？」都管道：「我無別事。便為你舊年所當之經，我家夫人知道了，就發心布施這五十石本米與你寺中，不要你取贖了，白還你原經，去替夫人供養著，故此要尋你來還你。」辨悟見說，喜之不勝。合掌道：「阿彌陀佛！難得有此善心的施主，使此經重還本寺，真是佛緣廣大。不但你夫人千載流傳，連老都管也種福不淺了。」都管道：「好說。」

⓲ 終久是：吳語作「到底是」解。

隨去稟知夫人，請了此經出來，奉還辨悟。夫人又分付都管：「可留來僧一齋！」都管遵依，設齋請了辨悟。辨悟笑嘻嘻捧著經包，千恩萬謝而行。

到得下船埠頭，正值山上燒香多人，坐滿船上，卻待開了。辨悟叫住，也搭將上去。坐好了，開船。船中人你說張家長，我說李家短。不一時，行至湖中央。辨悟對眾人道：「列位說來說去，總不如小僧今日所遇施主，真是個善心喜捨，量大福大的了。」眾人道：「是那一家？」辨悟道：「是王相國夫人。」眾人內中有的道：「這是久聞好善的。今日卻如何布施與師父？」辨悟指著經包道：「即此便是大布施。」眾人道：「想是你募緣簿上開寫得多了。」辨悟道：「若是有心施捨，多些也不為奇。專為是出於意外的，所以難得。」眾人道：「怎生出於意外？」辨悟就把去年如何當米，今日如何白還的事，說了一遍道：「一個荒年，合寺僧眾多是這夫人救了的。況且寺中傳世之寶正苦沒本利贖取，今得奉回，實出僥倖。」眾人見說一本經，當了五十石米，好生不信。有的道：「出家人慣說大話，那有這事？」有的道：「他又不化我們東西，何故掉謊，敢是真的？」又有的道：「既是值錢的佛經，我們也該看看；一緣一會，也是難得見的。」要與辨悟取出來看。辨悟見一夥多是些鄉村父老，便道：「此是唐朝白侍郎真筆，列位未必識認，褻褻瀆瀆，看他則甚？」內中有一個教鄉學假斯文的，姓黃號丹山，混名黃撮空，聽得辨悟說話，便接口道：「師父出言，太欺人！甚麼白侍郎黑侍郎，便道我們不認得！那個白侍郎名字叫得白樂天，千家詩上多有他的詩。怎欺負我不曉得！我們今日難得同船過湖，也是個緣分，便大家請出來看看古蹟。」眾人聽得，盡拍手道：「黃先生說得有理。」一齊就去辨悟身邊，討取來看。辨悟四不拗六⑲抵當眾人不住，只得解開包袱，攤在艙板上，揭開經來。那經葉葉不粘連的了，正揭到頭一板，怎當得湖中風大，忽然一陣旋風，攪到經邊一掀。急得辨悟忙將兩手撳住，早把一葉吹到船頭上。那時，辨悟只好按著，不能脫手去取，忙叫眾人快快收著。眾人也大家忙了手腳，你挨我擠，吆吆喝喝，磕磕撞撞，那裏捽⑳得著。說時遲，那時快，被風一捲，早捲起在空中！元來一年之中，惟有正二月的風是從地下起的，所以小兒們放紙鳶風箏，只在此時。那時是二月天氣，正好隨風上去，那有下來的風？恰恰吹來還你船中。況且太湖中間瀰瀰漾漾的所在，沒弄手腳處。只好共睜著眼，望空仰看。但見：

天際飛沖，似炊烟一道，直上雲中，蕩漾如游絲幾個翻身。紙鳶到處好為鄰，俊鶻飛來疑是伴。底下叫的叫，跳的跳，只在湖中一葉舟上邊。往一往，來一來，直通海外三千國。不生得補青天的大手抓將住，沒處借繫白日的長繩縛轉來。

辨悟手按著經卷，仰望著天際，無法施展，直看到望不見纔住，眼見得這一紙在瓜哇國㉑裏去了。只叫得苦，眾人也多呆了，互相埋怨。一個道：「纔在我手邊，差一些兒不拿得住。」一個道：「在我身邊飛過，只道你來拿，我住了手。」大家唧噥。一個老成的道：「師父再看看，敢是吹了沒字的素紙還好？」辨悟道：「那裏是素紙！剛是揭開頭一張，看得明明白白的。」眾人疑惑。辨悟放開雙手看時，果然失了頭一板。辨悟道：「千年古物，誰知今日卻弄得不完全了！」忙把來疊好，將包包了。紫漲了面皮，

⑲ 四不拗六：吳語，含義相當「寡不敵眾」。

⑳ 捽：同「撈」字。

㉑ 瓜哇國：瓜哇，島名，即今印度尼西亞共和國的大島之一爪哇島，元史明史中都訛為「瓜哇國」。過去交通不便，一般看瓜哇是一個極遠不易走到的地方，所以常用來形容「渺茫不可尋找」的情形。

只是怨悵。眾人也多懊悔，不敢則聲。黃撮空沒做道理處，文謅謅強通句把不中款解勸的話。看見辨悟不喜歡，也再沒人敢討看了。船到山邊，眾人各自上岸散訖。辨悟自到寺裏來，說了相府白還經卷緣故，合寺無不喜歡讚歎。卻把湖中失去一葉的話，瞞住不說。寺僧多是不在行的，也沒有人翻來看看，交與住持㉒收拾過罷了。

話分兩頭，卻說河南衛輝府，有一個姓柳的官人，補了常州府太守，擇日上任。家中親眷㉓設酒送行，內中有一個人乃是個博學好古的山人㉔，曾到蘇、杭四處遊翫訪友過來，席間對柳太守說道：「常州府與蘇州府接壤。那蘇州府所屬太湖洞庭山某寺中，有一件希奇的物事，乃是白香山手書金剛經。這個古蹟價值千金，今老親丈就在鄰邦，若是有個便處，不可不設法看一看。」那個人是柳太守平時極尊信的，他雖不好古董，卻是個極貪的性子，見說了值千金，便也動了火，牢牢記在心上。到任之後，也曾問起常州鄉士大夫，多有曉得的。只是蘇、松隔屬，無因得看。他也不是本心要看，只因千金之說，上心希圖。頻對人講，或有奉承他的解意了，購求來送他，未可知。誰知這些聽說的人道是隔府的東西，他不過無心問及，不以為意。以後，在任年餘，漸漸放手長了。有幾個富翁為事打通關節。他傳出密示，要蘇州這卷金剛經。詎知富翁要銀子反易，要這經卻難。雖曾打發人尋著寺僧求買，寺僧道：「是家傳之物。」並無賣意。及至問價，說了千金。買的多不在行，伸伸舌，搖搖頭，恐怕做錯了生意，折了重

㉒ 住持：寺院中主僧。
㉓ 親眷：吳語中至今沿用，即「親戚」。
㉔ 山人：指「隱居的人」。因為這類人是隱遁山林的，所以一般稱「隱士」做「山人」。

本，看不上眼，不是算了，寧可苦著百來兩銀子送進衙去。回說：「金剛經乃本寺鎮庫之物，不肯賣的，情願納價罷了。」太守見了白物，收了頑涎，也不問起了，如此不止一次。這金剛經到是那太守發科分起發人的丹頭了，因此明知這經好些難取，一發上心。

有一日，江陰縣中解到一起劫盜，內中有一行腳頭陀僧㉕。太守暗喜道：「取金剛經之計，只在此僧身上了。」一面把盜犯下在死囚牢裏，一面叫個禁子到衙來，悄悄分付他道：「你到監中，可與我密密叮囑這行腳僧，我當堂再審時，叫他口裏扳著蘇州洞庭山某寺，是他窩贓之所，我便不加刑罰了，你卻不可洩漏討死喫！」禁子道：「太爺分付，小的性命，恁地㉖不值錢，多在小的身上罷了。」禁子自去依言行事。果然，次日升堂，研問這起盜犯。用了刑具，這些強盜各自招出贓仗窩家。獨有這個行腳僧，不上刑具，就一口招道：「贓在洞庭山某寺窩著，寺中住持叫甚名字。」元來行腳僧人做歹事的，一應荒廟野寺投齋投宿，無處不到，打聽做眼。這寺中住持姓名，恰好他曉得的，正投太守心上機會。太守大喜，取了供狀，疊成文卷。一面行文到蘇州府捕盜廳來，要提這寺中住持。差人賚文坐守，捕廳僉了牌，另差了兩個應捕㉗，駕了快船，一直望太湖中洞庭山來。真個：

人似饑鷹，船同蜚虎：鷹在空中思攫食，虎逢到處立吞生。靜悄村墟，魆地㉘神號鬼哭；安閒

㉕ 行腳頭陀僧：遊行十方的和尚，叫做「行腳」。釋氏稽古略：「宗一禪師住開元寺受具，雪峰以其苦行，呼為頭陀。」今俗呼僧人之行腳乞食者為「頭陀」，所以「行腳頭陀僧」，就是遊行十方的和尚。

㉖ 恁地：作「這樣地」解。

㉗ 應捕：舊時捕盜廳中緝捕盜賊的公人。

舍宇，登時犬走雞飛。即此便是活無常，陰間不數真羅剎。

應捕到了寺門前，雄糾糾的走將入來，問道：「那一個是住持？」住持上前稽首道：「小僧就是。」應捕取出麻繩來，便套。住持慌了手腳道：「有何事犯，便直得如此？」應捕道：「盜情事發，還問甚麼事犯！」眾僧見住持被縛，大家走將攏來，說道：「上下㉙不必粗魯！本寺是山塘王相府門徒㉚等閒也不受人欺侮。況且寺中並無歹人，又不曾招接甚麼游客住宿，有何盜情干涉？」應捕見說是相府門徒，又略略軟了些，說道：「官差吏差，來人不差。我們捕廳因常州府盜情事，扳出與你寺干連，行關㉛守提。有干無干，當官折辨，不關我等心上。只要打發我等起身。」一個應捕，假做好人道：「且寬了縛，等他去周置，這裏不怕他走了去。」住持脫了身，討牌票看了，不知頭緒。一面商量收拾盤纏，去常州分辨；一面將差使錢送與應捕。應捕嫌多嫌少，詐得滿足了纔住手。應捕帶了住持下船，辨悟叫個道人跟著，一同隨了住持，緩急救應。到了捕廳。點了名，辨了文書，解將過去。免不得書房與來差多有了使費。住持與辨悟、道人，共是三人，僱了一個船，一路盤纏了來差，到常州來。

說話的，你差了。隔府關提，儘好使用支吾，如何去得這樣容易？看官有所不知，這是盜情事，不比別樣閒訟。須得出身辨白，不然怎得許多使用？所以只得來了。未見官時，辨悟先去府中細細打聽劫

㉘ 魆地：含義頗多，此處作「猝然地」解。

㉙ 上下：公人的尊稱。水滸中林冲對董超薛霸亦稱「上下」，即屬類例。

㉚ 門徒：寺院中各房和尚各有相與往還的施主。施主所相與往還的那房和尚，在江南，俗稱之為門徒。

㉛ 行關：「關」，「關文」的省略。這是公文的一種。按「關文」多用於提撥物件，此處則用來提取和尚。

盜與行腳僧名字；來蹤去跡，與本寺沒一毫影響，也沒個仇人在內。正不知禍根是那裏起的，真摸頭路不著。說話間，太守升堂。來差投批，帶住持到。太守不開言問甚事繇，即寫監票發下監中去。住持不曾分說得一句話，竟自黑碌碌地喫監了。太守監罷了住持，喚原差到案前來，低問道：「這和尚可有人同來麼？」原差道：「有一個徒弟，一個道人。」太守道：「那徒弟可是了事的？」原差道：「也曉得事體的。」太守道：「你悄地對那徒弟說：『可速回寺中去取那本金剛經來，救你師父，便得無事；若稍遲幾日，就討絕單㉜了。』」原差道：「小的去說。」太守退了堂。原差跌跌腳道：「我只道真是盜情，元來又是甚麼金剛經！」蓋只為先前借此為題詐過了好幾家，衙門人多是曉得的了。走去一十一五對辨悟說了。辨悟道：「這是我上世之物，怪道日前有好幾起常州人來寺中求買，說是府裏要。我們不賣與他，直到今日，卻生下這個計較，陷我師父，強來索取，如今怎麼處？」原差道：「方纔明明分付：『稍遲幾日就討絕單。』我老爺只為要此經，我這裏好幾家受了累。何況是你本寺有的，不送得他，他怎肯住手，卻不枉送了性命？快去與你住持師父商量去。」辨悟就央原差領了到監裏，把這些話一一說了。住持道：「既是如此，快去取來送他，救我出去罷了。終不成為了大家門面的東西，斷送了我一個人性

㉜討絕單：「絕單」，一名「氣絕單」，乃是監獄中獄吏向該管的州縣官報告犯人在監身死的單子。一般是因病身死，向上申報，獄吏不負任何責任。因此，貪官殘害老百姓或自己不願意的犯人時，就勒令獄吏申報「氣絕單」，結果犯人性命，叫做「討氣絕」或叫做「討絕單」。醒世恆言第二十九卷盧太學詩酒傲王侯（今古奇觀第十五回）中，也提到汪知縣要在獄中結果盧柟性命，所以差令史譚遵到獄中「討氣絕」即一類例。此處用來恫嚇住持徒弟，叫他趕快去取金剛經來救住持性命之意。

命罷！」辨悟道：「不必二三㉝！取了來就是。」對原差道：「有煩上下代稟一聲，略求寬容幾日，以便往回。師父在監再求看覷。」原差道：「既去取了，這個不難，多在我身上。放心前去！」辨悟留下盤纏與道人送飯。自己單身，不辭辛苦，星夜趕到寺中。取了經卷，復到常州。不上五日，來會原差道：「經已取來了，如何送進去？」原差道：「此是經卷，又不是甚麼財物，待我在轉桶邊擊梆，稟一聲，遞進去不妨。」果然原差遞了進去。太守在私衙，見說取得金剛經到，道是寶物到了。合衙人眷多來爭看，打開包時，太守是個粗人，本不在行，只道千金之物，必是怎地莊嚴；看見零零落落，紙色晦黑，先不像意㉞。揭開細看字跡，見無個起首，沒頭沒腦。看了一會，認有細字號數。仔細再看，卻元來是第二葉起的。太守大笑道：「凡事不可虛慕名。雖是古蹟，也須得完全纔好。今是不全之書，頭一板就無了，成得甚用？說甚麼千金百金！多被這些酸子傳聞誤了。空費了許多心機，難為這個和尚坐了這幾日監，豈不冤枉！」內眷們見這經卷既沒甚麼好看，又聽得說和尚坐監，一齊攛掇，叫還了經卷，放了和尚。太守也想道：「沒甚緊要。」仍舊發與原差，給還本主。衙中傳出去說：「少了頭一張，用不著，故此發了出來。」辨悟只認還要補頭張，懷著鬼胎道：「這卻是死了！」正在心慌，只見連監的住持多放了出來。原差來討賞，道：「已此㉟沒事了。」住持不知緣故，原差道：「老爺起心要你這經，故生這風波。今見經不完全，沒有甚麼頭一張，不中他意，有些懊悔了。他原無怪你之心。經也還了，事也

㉝ 不必二三：「二三」指「不專一」。「不必二三」作「不必猶豫不決」解。
㉞ 不像意：「像意」，指「中意」或「趁心如意」。「不像意」即「不中意」。
㉟ 已此：本書用此二字的例頗多，與「已是」用法同。

罷了。恭喜，恭喜。」住持謝了原差，回到下處。與辨悟道：「那裏說起，遭此一場橫禍！今幸得無事，還算好了。只是適纔聽見說，經上沒了頭張，不完全，故此肯還。我想，此經怎的不完全？」辨悟纔把前日太湖中眾人索看，風捲去頭張之事，說了一遍。住持道：「此天意也！若是風不吹去首張，此經今日必然被留，非復我山門所有了。如今雖是缺了一張，後邊名蹟還在，仍舊歸吾寺寶藏。此皆佛天之力。」喜喜歡歡，算還了房錢、飯錢。師徒與道人三人眾僱了一個船，同回蘇州來。

過了滸墅關數里，將到楓橋天已昏黑。忽然風雨大作，不辨路徑。遠遠望去，一道火光燭天。叫船家對著亮處只管搖去。其時風雨也息了。看看至近，卻是草舍內一盞燈火明亮；聽得有木魚聲。船到岸邊，叫船家纜好了。辨悟蹤上去，叩門討火。門還未關，推將進去，卻是一個老者靠著桌子誦經。見是個僧家，忙起身敘了禮。辨悟求點燈。老者打個紙撚兒㊱，蘸蘸油點著了，遞與辨悟。辨悟接了紙撚，照得滿屋明亮。偶然擡頭，帶眼見壁間一幅字紙粘著。無心一看，喫了一驚，大叫道：「怪哉！怪哉！」老者問道：「師父見此紙，為何大驚小怪？」辨悟道：「此話甚長。小舟中還有師父在內，待小僧拿火去照了，然後再來奉告，還有話講。」老者道：「老漢是奉佛弟子，何不連尊師接了起來？」老者就叫小廝祖壽出來，同了辨悟到舟中，來接那一位師父。辨悟未到船上，先叫住持道：「師父快起來！不但投著主人，且有奇事了。」住持道：「有何奇事？」辨悟道：「師父且到裏面見了主人，請看一件物事。」住持同了辨悟走進門來，與主人相見了。辨悟拿了燈，拽了住持的手，走到壁間，指著那一幅字紙道：「師父可認認看！」住持擡眼一看，只見首一行是「金剛般若波羅密經」，第二行是「法會因由分第一」，

㊱ 紙撚兒：過去用黃表心紙捲撚成條，拿來作點火或抽水旱烟之用，俗稱「紙撚兒」。

正是白香山所書，乃經中之首葉，在湖中飄失的！拍手道：「好像是吾家經上的，何緣得在此處？」老者道：「賢師徒驚怪此紙，必有緣故。」辨悟道：「老丈肯把得此紙的根繇一說，愚師徒也剖心相告。」老者擺著椅子道：「請坐了獻茶，容老漢慢講。」師徒領命，分次坐了。奉茶已畢，老者道：「老漢姓姚，是此間漁人。幼年不曾讀書，從不識字，只靠著魚蝦為生。後來中年，家事儘可度日了。聽得長老們說因果，自悔作業㊲太多，有心修行。只為不識一字，難以念經，因此自恨。凡見字紙，必加愛惜，不敢作踐。如此多年。前年某月某日晚間，忽然風飄甚麼物件下來，到於門首。老漢望去，只看見一道火光落地。拾將起來，卻是一張字紙。老漢驚異，料道多年寶惜字紙，今日見此光怪，必有奇處。不敢褻瀆，將來粘在壁間，時常頂禮㊳。後來有個道人到此見了，對老漢道：『此金剛經首葉，若是要念全經，我當教汝。』遂手出一卷，教老漢念誦一遍，老漢隨口念過，心中豁然，就把經中字一一認得。以後日漸增加。今頗能遍歷諸經了。記得道人臨別時，指著此紙道：『善守此幅，必有後果。』老漢一發不敢怠慢，每念誦時，必先頂禮。今兩位一見，共相驚異，必是曉得此紙的來歷了。」住持與辨悟同聲道：「適間迷路，忽見火光沖天。隨亮到此，卻只是燈火微明，正在怪異。方纔見老丈見教，得此紙時，也見火光。乃知是此紙顯靈，數當會合。老丈若肯見還，功德更大了。」老者道：「非師等之物，何云見還？」辨悟道：「好教老丈得知，此紙非凡筆，乃唐朝侍郎白香山手蹟也。全經一卷，在吾寺中，海

㊲ 作業：一作「作孽」，吳語中，此語含意頗多。語氣輕時，等於「罪過，罪過」。此處用作佛家懺悔意義，自認「一生捕捉魚蝦，殺生害命太多，罪孽深重」的意思。

㊳ 頂禮：佛家最敬之禮，即「五體投地，以頭頂尊者之足」。

內知名。吾師為此近日被一個狠官人拿去，強逼要獻，幾喪性命，沒奈何只得獻出。還虧得前年某月某日湖中遇風，飄去首葉，那官人嫌他不全，方得重還。今日正奉歸寺中供養，豈知卻遇著所失首葉在老丈處，重得瞻禮。前日若非此紙失去，此經已落他人之手；今日若非此紙重逢，此經遂成不全之文。一失一得，不先不後。兩番火光，豈非韋馱尊天㊴有靈，顯此護法手段出來麼？」老者似信不信的答應。辨悟走到船內，急取經包上來，解與老者看，乃是第二葉起的；將來對著壁間字法紙色，果然一樣無差。老者歎異，念佛不已。將手去壁間揭下來，合在上面，長短闊狹無不相同。一卷經完完全全了。三人盡皆歡喜，老者分付治齋相款，就留師徒兩人同榻過夜，住持私對辨悟道：「起初我們恨柳太守，如今想起來，也是天意。你失去首葉，寺中無一人知道，珍藏到今。若非此一番跋涉，也無從遇著原紙來完全了。」辨悟道：「上天曉得柳太守起了不良之心，怕奪了全卷去，故先吹掉了一紙；今全卷重歸，仍舊還了此一紙。實是天公之巧，此卷之靈！想此老亦是會中人，所云道人，安知不是白侍郎托化來的！」住持道：「有理，有理。」是夜，姚老者夢見韋馱尊天來對他道：「汝幼年作業深重，虧得中年回首，愛惜字紙。已命香山居士啟汝天聰，又加守護經文，完全成卷，陰功更大，罪業盡消。來生在文字中受報，福祿非凡；今生且賜延壽一紀，正果而終。」老者醒來，明明記得。次日，對師徒二人道：「老漢愛護此紙經年。今見全經，無量歡喜。雖將此紙奉還，老漢不能忘情。願隨師父同行，出錢請個裱匠，到寺中重新裝好，使老漢展誦幾遍，方為稱懷。」師徒二人道：「難得檀越如此信心，實是美事，便請

㊴ 韋馱尊天：印度婆羅門所事之天神。世傳佛涅槃時，捷疾鬼盜取佛牙一雙，韋馱天急追取還。故佛教信徒目為護法神。

下船同往敝寺隨喜一番。」老者分付了家裏，帶了盤纏，喚小廝祖壽跟著；又在城裏接了一個高手的裱匠，買了作料，一同到寺裏來。盤桓了幾日。等裱匠完工，果然裱得煥然一新。便出襯錢㊵請了數眾㊶，展念金剛經一晝夜。與師徒珍重而別。

後來，每年逢誕日或佛生日㊷，便到寺中瞻禮白香山手蹟一遍，即行持念一日，歲以為常。年過八十，到寺中沐浴坐化而終。寺中寶藏此卷，聞說至今猶存。有詩為證：

一紙飛空大有緣，反因失去得周全。
拾來寶惜生多福，故紙何當浪棄捐。

小子不敢明說寺名，只怕有第二個像柳太守的尋蹤問跡，又生出事頭來。再有一詩笑那太守道：

傖父何知風雅緣，貪看古蹟只因錢；
若教一卷都將去，寧不冤他白樂天？

㊵ 襯錢：即「嚫錢」。按「嚫」為梵語「達嚫」之略，翻譯名義集：「『達嚫』，此云：『財施』。今營齋事酬僧道之錢，曰『襯錢』，『襯』與『嚫』，音同。」

㊶ 數眾：「僧」是梵語「僧伽」之略，意譯即是「眾」字，含有眾多比丘和合為一團之意。所以和尚稱其人數為「眾」。如有「幾個和尚」，就稱「幾眾」。此處「數眾」即「數名」之意。

㊷ 佛生日：一名「浴佛節」，即舊曆四月初八日。荊楚歲時記：「荊楚以四月八日諸寺香湯浴佛，共作龍華會，以為彌勒下生之徵也。」

卷之二　小道人一著饒天下　女棋童兩局注終身

詞云：

百年伉儷是前緣，天意巧周全。試看人世，禽魚草木，各有蟬聯。從來材藝稱奇絕，必自種姻婕；文君琴思，仲姬畫手，匹美雙傳。（詞寄眼兒媚）

自古道：「物各有偶。」才子佳人，天生匹配，最是人世上的佳話。看官且聽小子說。山東兗州府鉅野縣有個禮芳亭，乃是地方居民秋收之時祭賽田祖先農公舉社會❶聚飲的去處。向來亭上有一扁額，大書三字在上，相傳是唐顏魯公❷之筆。失去已久，眾人無敢再寫。一日正值社會之期，鄉里父老相商道：「此亭徒有其名，不存其扁。只因向是木扁，所以損壞。今若立一通石碑在亭中，別請當今名筆寫此三字在內，可垂永久。」此時只有一個秀才，姓王，名維翰，是晉時王羲之❸一派子孫。慣寫顏字，

❶ 社會：此二字與今日所用的意義不同，這是必須注意的。「社」是「社日」之略，應作「祭社神之日」解，社有「春」「秋」的分別。「春社」大約在仲春（即立春後第五個戊日）祀土神以祈農事，所以叫做「春祈」。「秋社」是在立秋後第五個戊日，適當秋收，祀土神以表謝意，所以叫做「秋報」。「會」是迎神賽會之意，世俗具儀仗簫鼓雜戲迎神，叫做「賽會」。此處按前後文，應是「秋社」。

❷ 顏魯公：即唐代有名書家顏真卿，因為他在代宗朝曾受封為魯郡公，所以被稱為顏魯公。他善寫正草書，筆力遒勁秀拔，後世學他的字體的，通稱為「顏體」或「顏字」。

書名大盛。父老具禮相求，道其本意。維翰欣然相從，約定社會之日，就來赴會，即當舉筆。父老礱石❹端正。

到於是日，合鄉村男婦兒童無不畢赴，同觀社火。你道如何叫得社火？凡一應吹簫、打鼓、踢毬❺、放彈、抅攔、傀儡、五花爨弄❻諸般戲具，盡皆施呈，卻像獻來與神道觀玩的意思；其實只是人扶人興，大家笑耍取樂而已。所以王孫公子，儘有攜酒挾伎，特來觀看的。直待諸戲盡完，賽神禮畢，大眾齊散，止留下主會幾個父老亭中同分神福❼，享其祭餘，盡醉方休。此是歷年故事。此日只為邀請王維翰秀才書石，特接著上廳行首❽謝天香在會上相陪飲酒。不想王秀才別被朋友留住，一時未至。父老雖是設著

---

❸王羲之：晉代有名書家，曾任右軍將軍，世稱為「王右軍」。草書隸書，可稱為古今之冠，所寫蘭亭集序，最為後世所重視。

❹礱石：「礱」是「磨平」的意思，因為豫備叫王維翰寫字刻碑，所以父老豫先準備磨好的石碑，以便他來寫字。

❺踢毬：通俗編卷三十一引唐音癸籤云：「唐變古蹴鞠戲為蹴毬，其法植兩修（『長』的意思。注者）竹，高數丈，絡網於上為門以度毬，毬工分左右朋，以角勝負。」「蹴毬」即「踢毬」。

❻五花爨弄：元陶宗儀輟耕錄云：「國朝院本五人：一曰『副淨』；一曰『副末』；一曰『引戲』；一曰『末泥』；一曰『孤裝』。又謂之『五花爨弄』。」「爨弄」實即村中所演戲劇，元吳自牧夢粱錄云：「村落野夫罕得入城，遂撰此端，多是借裝為山東河北村叟，以資笑端，」據此可以約略知道它的大概情形。

❼分神福：通俗編云：「今謂牲物曰『福禮』，分胙曰『散福』。」「胙」是祭神的酒肉，「分神福」即「散福」，亦即指「分散祭神的酒肉」。

❽上廳行首：這是過去稱官妓中班行之首的名稱，她管著門戶中人，每遇良辰佳節，或本處有官員來往，必須

酒席，未敢自飲，呆呆等待。謝天香便問道：「禮事已畢，為何遲留不飲？」眾父老道：「專等王秀才來。」謝天香道：「那個王秀才？」父老道：「便是有名會寫字的王維翰秀才。」謝天香道：「我也久聞其名，可惜不曾會面。今日社酒卻等他做甚？」父老道：「他許下在石碑上寫『穠芳亭』三字。今已磨墨停當在此，只等他來動筆罷，然後飲酒。」謝天香道：「既是他還未來，等我學寫個兒耍耍何如？」父老道：「大姐又能寫染？」謝天香道：「不敢說能，粗學塗抹而已。請過大筆一用，取一回笑話，等王秀才來時，抹去了再寫不妨。」父老道：「俺們那裏有大筆？憑著王秀才帶來用的。」謝天香看見瓦盆裏墨濃，不覺動了揮洒之興。卻恨沒有大筆應手。心生一計，伸手在袖中摸出一條軟紗汗巾來，將角兒團簇得如法，拿到瓦盆邊蘸了濃墨，向石上一揮，早寫就了「穠芳」二字。正待寫「亭」字起，聽得鸞鈴響。一人指道：「兀的不❾是王秀才來也！」謝天香就住手不寫。擡眼看時，果然王秀才騎了高頭駿馬，瞬息來到亭前。從容下馬，到亭中來。眾父老迎著，以次相見。謝天香末後見禮。王秀才看了謝天香容貌，謝天香看了王秀才儀表，兩相企羨，自不必說。王秀才看見碑上已有「穠芳」二大字，墨尚未乾，稱贊道：「此二字筆勢非凡，有恁樣❿高手在此，何待小生操筆？卻為何不寫完了？」父老道：

迎新送舊參見伺候侑酒，所以稱為「官身」。（參閱元曲選謝天香楔子）上廳行首，亦稱「大行首」。（參閱元曲選風光好劇三）

❾ 兀的不：小說戲曲中常用語。「兀的」，指示辭，同現在的「這」字或「那」字。下接「不」字，即成為反問語氣或加重語氣。此處作「那不是王秀才來了麼！」的「那不是……」解。

❿ 恁樣：「恁」，「如此」也。「恁樣」即「這樣」。

「久等秀才不到，此間謝大姐先試寫一番看看。剛寫得兩字，恰好秀才來了，所以住手。」謝天香道：「妾身不揣，閒在此間作耍取笑，有污秀才尊目。」王秀才道：「此書顏骨柳筋⓫，無一筆不合法。不可再易，就請寫完罷了。」父老不肯道：「專仰秀才大名，是必⓬要煩妙筆一番。」謝天香也謙遜道：「賤妾偶爾戲耍，豈可當真！」王秀才道：「若要抹去二字，真是可惜！倘若小生寫來，未必有如此妙絕，悔之何及！恐怕難為父老每⓭盛心推許，容小生續成罷了。只問：『適間大姐所用何筆？』就請借用一用。若另換一管，鋒端不同了。」謝天香道：「適間無筆，乃賤妾用汗巾角蘸墨寫的。」王秀才道：「也好，也好，就借來試一試。」謝天香把汗巾遞與王秀才。王秀才接在手中，向瓦盆中一蘸，寫個「亭」字續上去。看來筆法儼如一手寫成，毫無二樣。父老內中也有斯文在行的，大加贊賞道：「怎的兩人寫來恰似出於一手！真是才子佳人，可稱雙絕！」王秀才與謝天香俱各心裏喜歡，兩下留意。父老一面就命勒石匠把三字刻將起來；一面就請王秀才坐了首席，謝天香陪坐，大家盡歡喫酒。席間，王秀才與謝天香講論字法。兩人多是青春美貌，自然投機。父老每多是有年紀歷過多少事體過的，有甚麼不解意處。見兩人情投意合，就攛掇兩下成其夫婦。後來竟諧老終身。

⓫ 顏骨柳筋：「顏」即指本篇❷中的顏魯公；柳指柳公權，兩人都是唐代有名書家。此四字，是王秀才用來讚美謝天香所寫的字體兼有顏柳兩家字體的長處的。

⓬ 是必：小說中常用語，作「務必」解。

⓭ 父老每：「每」字附於代名詞之下構成多數的「們」音之轉。據通俗編，北宋時先借「懣」字用之，南宋別借為「們」，而元時則又借為「每」，小說和元雜劇中頗多用「每」來替代代名詞的複數「們」字的。以下不再註。

這是兩個會寫字的成了一對的話。看來，天下有一種絕技，必有一個同聲同氣的在那裏湊得。在夫妻裏面更為希罕。自古書、畫、琴、棋，謂之文房四藝。只這王、謝兩人便是書家一對夫妻了。若論畫家，只有元時魏國公趙子昂⑭與夫人管氏仲姬⑮兩個多會畫。至今湖州天聖禪寺東西兩壁，每人各畫一壁，一邊山水，一邊竹石，並垂不朽。若論琴家，是那司馬相如與卓文君⑯，只為琴心相通，臨邛夜奔，這是人人曉得的，小子不必再來敷演。如今說一個棋家在棋盤上贏了一個妻子。千里姻緣，天生一對，也是一段希奇的故事，說與看官每聽一聽。有詩為證：

世上輸贏一局棋，　　誰知局內有夫妻。
坡翁當日曾遺語：　　勝固欣然敗亦宜。

話說圍棋一種，乃是先天河圖之數：三百六十一著，合著週天三百六十五度四分度之一；黑白分陰陽以象兩儀；立四角以按四象。其中有千變萬化，神鬼莫測之機。仙家每每好此，所以有王質爛柯⑰之

---

⑭ 趙子昂：趙孟頫，元湖州人，字子昂，號松雪道人，卒贈魏國公，書（即過去通稱為趙體字）畫極有名。

⑮ 管仲姬：管道昇，元吳興人，字仲姬，一字瑤姬，趙子昂妻，世稱管夫人，畫墨竹蘭梅，筆意清絕，亦工山水佛像，畫極有名。

⑯ 司馬相如與卓文君：司馬相如，漢成都人，字長卿，所作有子虛、上林、大人等賦。相傳在他未獻賦得官時，曾遊臨邛縣。臨邛富人卓王孫招飲，卓有女，名文君，適新寡，相如以琴心挑之，文君夜奔相如，後世傳為美談。

⑰ 王質爛柯：「柯」即「斧柄」。「爛柯」，山名，在浙江省衢縣南。據梁任昉述異記：「晉王質入山採樵，見二童子對弈，童子與質一物如棗核，食之不饑。局終，童子指示曰：『汝柯爛矣！』質歸鄉里，已及百歲。」

說。相傳是帝堯所置⑱，以教其子丹朱。此亦荒唐之談，難道唐虞以前連神仙也不下棋？況且這家技藝不是尋常教得會的。若是天性相近，一下手曉得走道兒，便有非常仙著，著出來一日高似一日，直到絕頂方休。也有品格所限，只差得一子兩子地步，再上進不得了。至於本質下劣，就是奢遮的⑲國手師父指教他秘密幾多年，只到得自家本等，高也高不多些兒。真所謂棋力酒量恰像個前生分定，非人力所能增減也。

宋時，蔡州大呂村有個村童，姓周，名國能。從幼便好下棋。父母送他在村學堂讀書，得空就與同伴每畫個盤兒，拾取兩色磚瓦塊，做子賭勝。出學堂來，見村中老人家每動手下棋，即袖著手兒站在旁邊，呆呆地廝看。或時看到鬧處，不覺心癢，口裏漏出著把⑳來指手畫腳教人，定是尋常想不到的妙著。自此日著日高，是村中有名會下棋的高手，先前曾饒過國能幾子的，後來多反受國能饒了，還下不得兩平。遍村走將來，並無一個對手。此時年纔十五六歲，棋名已著一鄉。鄉人見國能小小年紀手段高得崚屼，盡傳：「他在田畔拾棗，遇著兩個道士打扮的在草地上對坐安枰下棋，他在旁邊蹴著觀看。道士覷著笑道：『此子亦好棋乎？可教以人間常勢。』遂就枰上指示他攻守、殺奪、救應、防拒之法。也是他

此處即指這個故事。

⑱ 相傳是帝堯所置：上條所說的「弈」，就是圍棋。據博物志：「堯造圍棋；丹朱善棋，」就是此句的來源。

⑲ 奢遮的：此處作「有本事的」解，吳語中至今還有此用法。

⑳ 著把：「把」字，是約計之詞，「有餘」之意，例如「年餘」叫做「年把」；「一小時多點」叫做「點把鐘」。此處作「一兩著棋」解。

天緣所到，說來就解，一一領略不忘。道士說：『自此可無敵於天下矣！』笑別而去。此後果然下出來的迥出人上。必定所遇是仙長，得了仙訣過來的。」有的說：「是這小夥子調喉㉑，無過是他天性近這一家，又且耽在裏頭，所以轉造轉高，極窮了秘妙，卻又撰出見神見鬼的天話㉒哄著愚人。」這也是強口人不肯信伏的常態。總來不必辨其有無，卻是棋高無敵是個實的了。

因為棋名既出，又兼年小希罕，便有官員、士夫、王孫、公子與他往來。又有那不伏氣甘折本的小二哥與他賭賽，十兩五兩輸與他的。國能漸漸手頭饒裕，禮度熟嫺，性格高傲，變盡了村童氣質，弄做個斯文模樣。父母見他年長，要替他娶妻。國能就心裏望頭㉓大了。對父母說道：「我家門戶低微，目下娶得妻來不過是農家之女。村妝陋質不是我的對頭兒。既有此絕藝，便當挾此出游江湖間，料不須帶著盤費走。或者不拘那裏，天緣有在等待，依心像意，尋個對得我來的好女兒為妻，方了平生之願！」父母見他說得話大，便就住了手。

過不多幾日，只見國能另換了一身衣服，來別了父母出游。父母一眼看去，險些不認得了。你道他怎生打扮？

頭戴包巾，腳蹬方履。身上穿淺地深緣的藍服，腰間繫一墜兩股的黃縚。若非葛稚川侍鍊藥的丹童，便是董雙成同思凡的道侶。

㉑ 調喉：似假換真，叫做「調」，「調喉」有兩種意，一指「假討好」；一指「撒謊」。此處作「撒謊」解。

㉒ 天話：據馮夢龍古今譚槩第三十天話條，註云：「吳下謂大言曰天話。」

㉓ 望頭：吳語即「希望」。

說這國能葛巾野服，扮做了道童模樣。父母喫了一驚問道：「兒如此打扮，意欲何為？」國能笑道：「兒欲從此雲遊四方，遍尋一個好妻子，來做一對耳。」父母道：「這是你的志氣，也難阻你。只是得手便回，莫貪了別處歡樂，忘了故鄉！」國能道：「這個怎敢。」是日是個黃道吉日，拜別了父母，即便登程。從此自稱小道人。

一路行去。曉得汴梁是帝王之都，定多名手，先向汴京進發。到得京中，但是對局，無有不輸與小道人的。棋名大震。往來多是朝中貴人，東家也來接，西家也來迎；或是行教，或是賭勝，好不熱鬧過日。卻並不見一個對手；也無可意的女佳人撞著眼裏的。混過了多時，自想姻緣未必在此，遂離了京師。又到太原、真定等處游蕩。一路行棋，眼見得無出其右。奮然道：「吾聞燕山㉔乃遼國郎主在彼稱帝，雄麗過於汴京，此中必有高人國手天下無敵的在內，今我在中國既稱絕技，料然到那裏不到得輸與人了！何不往彼一游？尋個出頭的國手較一較高低，也與中國吐一吐氣，博他一個遠鄉異域的高名，傳之不朽。況且自古道：『燕、趙多佳人。』或者借此技藝，在王公貴人家裏出入，圖得一個好配頭，也不見得。」遂決意往北路進發。風飧水宿，夜住曉行。不多幾日，已到了燕山地面。且說燕山形勝：

左環滄海，右擁太行，北枕居庸，南襟河濟。向稱天府之國，暫為夷主所都。

此時燕山正是耶律部落稱尊之所，宋時呼之為北朝，相與為兄弟之國。蓋自石晉以來，以燕、雲一十六州讓與彼國了，從此漸染中原教化，百有餘年。所以夷狄名號向來只是「單于」、「可汗」、「贊普」、「郎主」㉕等類，到得遼人，一般稱「帝」稱「宗」；以至官員職名大半與中國相參；衣冠文物，百工

㉔ 燕山：遼置燕京，即今北京。

技藝，竟與中華無二。遼國最好的是弈棋。若有第一等高棋，稱為國手，便要遣進到南朝請人比試。曾有一個王子最高，進到南朝。這邊棋院待詔顧思讓也是第一手，假稱第三手，與他對局。以一著解兩征，至今棋譜中傳下鎮神頭勢。王子贏不得顧待詔，問通事說是第三手，王子願見第一。這邊回他道：贏得第三，方見第二；贏得第二，方見第一。今既贏不得第三，尚不得見第二，怎能勾見得第一。王子只道是真，嘆口氣道：「我北朝第一手贏不得南朝第三手，再下棋何幹！」摔碎棋枰，伏輸而去。卻不知被中國人瞞過了，此是已往的話。

只說那時遼國圍棋第一稱國手的乃是一個女子名為妙觀，有親王保舉，受過朝廷冊封為女棋童。設個棋肆，教授門徒㉖。你道如何教授？蓋圍棋三十二法，皆有定名：

有「衝」、有「幹」、有「綽」、有「約」、有「飛」、有「關」、有「劄」、有「粘」、有「頂」、有「尖」、有「覷」、有「門」、有「打」、有「斷」、有「行」、有「立」、有「捺」、有「點」、有「聚」、有「蹺」、有「挾」、有「拶」、有「嶭」、有「刺」、有「勒」、有「撲」、有「征」、有「劫」、有「持」、有「殺」、有「鬆」、有「盤」。

妙觀以此等法傳授於人。多有王侯府中送將男女來學棋，以及大家小戶少年好戲欲學此道的盡來拜他門

㉕ 單于、可汗、贊普、郎主：據史傳所傳，外邦君主的名稱，匈奴叫做「單于」；西域諸族叫做「可汗」；吐蕃叫做「贊普」。相傳金叫做「狼主」或「郎主」，來源待考。

㉖ 門徒：此處並不和本書卷一㉚中所說的「門徒」意義相同。這是指自己所教的弟子。例如後漢書鄭玄傳中所云：「馬融門徒四百餘人。」也是這個意思。

下，不記其數，多呼妙觀為師。妙觀亦以師道自尊，妝模做樣，儘自矜持，言笑不苟。也要等待對手，等閒未肯嫁人。卻是棋聲傳播，慕他才色的嚥乾了涎唾，只是不能勝他，也沒人敢啟齒求配。空傳下個美名，受下許多門徒，晚間師父娘只是獨宿而已。有一首詞單道著妙觀好處：

麗質本來無偶，神機早已通玄。枰㉗中舉國莫爭先，女將馳名善戰。玉手無慚國手，秋波合喚秋仙。高居師席把棋傳，石作門生也眩。（右詞寄西江月）

話說國能自稱小道人，游到燕山，在飯店中歇下。已知妙觀是國手的話，留心探訪。只見來到肆前，果然一個少年美貌的女子在那裏點指擡腳教人下棋。小道人見了，先已飛去了三魂，走掉了七魄，恨不得雙手抱住了他做一點兩點的事。心裏道：「且未可露機；看他著法如何？」呆呆地袖著手，在旁冷眼廝覷。見他著法還有不到之處，小道人也不說破。一連幾日，有些耐不得了，不覺口中囁嚅，逗露出一兩著來。妙觀出於不意，見指點出來的多是神著。擡眼看時，卻是一個小夥兒，又是道家妝扮的。情知有些詫異；心裏疑道：「那裏來此異樣的人？」忍著只做不保，只是大剌剌教徒弟們對局。妙觀偶然指點一著，小道人忽攘臂爭道：「此一著未是勝著，至第幾路必然受虧！」果然下到其間，一如小道人所說。妙觀心驚道：「奇哉此童！不知自何處而來？若再使他在此觀看，形出我的短處，枉為人師，卻不受人笑話！」大聲喝道：「此係教棋之所，是何閒人？亂人廝混！」便叫兩個徒弟，把小道人攆了出來，不容觀看。小道人冷笑道：「自家棋低，反要怪人指教。看你躲得過我麼？」反了手踱了出來。

私下想道：「好個美貌女子！棋雖非我比，女人中有此也不易得。只在這幾個黑白子上定要賺他到

㉗ 枰：就是棊局，陸游詩云：「圍棊客散但空枰。」

手。倘不如意，誓不還鄉！」走到對門，問個老者道：「此間店房可賃與人否？」老者道：「賃來何用？」小道人道：「因來看棋，意欲賃個房兒住著，早晚偷學他兩著。」老者道：「好，好。對門女棋師是我國中第一手，說道：『天下無敵的。』小師父小小年紀，要在江湖上雲游，正該學他些著法。老漢無兒女，止有個老嬤縫紉度日。也與女棋師往來得好。此門面房空著，專一與遠來看棋的人閒坐，趁幾文茶錢的。小師父要賃，就打長賃了也好。」小道人就在袖裏摸出包來，揀一塊大些的銀子，與他做了定錢。抽身到飯店中，搬取行囊，到這對門店中安下。鋪設已定，見店中有見成壁就的木牌在那裏。他就與店主人說，要借來寫個招牌。老者道：「要招牌何用？莫非有別樣高術否？」小道人道：「也要在此教教下棋，與對門棋師賽一賽。」老者道：「不當人子㉘，那裏還討個對手麼！」小道人道：「你不要管！只借我牌便是。」老者道：「牌自空著，但憑取用。只不要惹出事來，做了話靶㉙。」小道人道：「不妨，不妨。」就取出文房四寶來，磨得墨濃，蘸得筆飽，揮出一張牌來；豎在店面門口。只因此牌一出，有分交：絕技佳人望枰而納款，遠來游客出手以成婚。你道牌上寫的是甚話來？他寫道：

汝南小道人手談，奉饒天下最高手一先㉚。

老者看見了，道：「天下最高手你還要饒他先哩，好大話！好大話！只怕見我女棋師不得。」小道人道：

㉘ 不當人子：原意「不成人」，引申為「不該」，「豈有此理」或「胡說」之意。此處作「胡說」解。下同。

㉙ 話靶：亦作「話欛」，即「話柄」，也就是說：「供人作談論的資料」。

㉚ 奉饒……一先：「饒」即「讓」；「一先」即「先下一著棋子」。「奉饒……一先」即「讓……先下一著棋子」之意。

「正要饒得你女棋師，纔為高手。」老者似信不信；走進裏面去，把這些話告訴老嬤。老嬤道：「遠方來的人敢開大口，或者有些手段也不見得。」老者道：「點點年紀，那裏便有甚麼手段？」老嬤道：「有智不在年高。我們女棋師又是有年紀的麼？」老者道：「我們下著這樣一個人與對門作敵，也是一場笑話。且看他做出便見。」

不說他老口兒兩下唧噥。且說這邊立出牌來，早已有人報與妙觀得知。妙觀見說寫的是「饒天下最高手」，明是與他放對的了。情知是昨日看棋的小夥，心中好生忿忿不平。想道：「我在此擅名已久，那裏來這個小寃家來尋我們的錯處？發個狠，要就與他決個勝負！」又轉一個念頭道：「他昨日看棋時，偶然指點的著數多在我意想之外。假若與他決一局，幸而我勝，劈破他招牌，趕他走路，不難；萬一輸與他了，此名一出，那裏還顯得有我！此事不可造次，須著一個先探一探消息再作計較。」妙觀有個弟子張生，是他門下最得意的高手，也是除了師父再無敵手的。妙觀喚他來，說道：「對門汝南小道人口說大話，未卜手段虛實。我欲與決輸贏，未可造次。據汝力量，已與我爭不多些兒了。汝可先往一試，看汝與彼優劣，便可以定彼棋品。」

張生領命而出，走到小道人店中，就枰求教。張生讓小道人是客。小道人道：「小牌上有言在前，遮末[31]是高手也要饒他一先，決不自家下起。若輸與足下時，受讓未遲。」張生只得占先下了。張生窮思極想方纔下得一著，小道人只隨手應去。不到得完局，張生已敗。張生拱手伏輸道：「客藝果高，非某敵手。增饒一子，方可再請教。」果然擺下二子，然後請小道人對下。張生又輸了一盤。張生心服，

---

[31] 遮末：即「遮莫」，參閱本書卷一[4]。

道：「還饒不住，再增一子。」增至三子，然後張生覺得鬆些，恰恰下個兩平。看官聽說：「凡棋有敵手；有饒先；有先兩；受饒三子，厥品中中，未能通幽，可稱用智。受得國手三子饒的，也算是高強了。只為張生也是妙觀門下出色弟子，故此還掙得來。若是別一個，須動手不得。看來只是小道人高得緊了。」小道人三局後對張生道：「足下之棋也算高強，可見上國一斑矣。不知可有堪與小道對敵的請出一個來，小道情願領教。」張生曉得此言是搦他師父出馬㉜，不敢應答。作別而去。來到妙觀跟前密告道：「此小道人技藝甚高，怕吾師也要讓他一步。」妙觀搖手戒他不可說破，惹人恥笑。

自此之後，妙觀不敢公然開肆教棋。旁人見了標牌，已自驚駭；又見妙觀收斂起來；那張生受饒三子之說漸漸有人傳將開去；正不知這小道人與妙觀果是高下如何。自有這些好事的人三三兩兩議論。有的道：「我們棋師不與較勝負，想是不放他在眼裏的了。」有的道：「他牌上明說饒天下最高手一先；我們棋師難道忍得這話起，不與爭雄？必是個有些本領的，棋師不敢造次出頭。」有的道：「我們棋師現是本國第一手，並無一個男人贏得他的，難道別處來這個小小道人便恁地高強不成！是必等他兩個對一對局，定個輸贏來！我們看一看，也是著實有趣的事。」又一個道：「妙是妙，他們豈肯輕放對？是必眾人出些利物㉝與他們賭勝，纔弄得成。」內中有個胡大郎道：「妙，妙，我情願助錢五十千。」支

㉜ 搦……出馬：「搦」，「逼迫」之意，「搦他師父出馬」，可作「逼他師父出馬」解。此種用法不見於辭書之中，但可在小說中求得相類之例。水滸全傳第五十四回中：「戴宗道：『高廉那廝近日箭瘡平復，每日領兵來搦戰，哥哥堅守不敢出敵。』」句中的「搦戰」，就是「逼戰」、「索戰」之意，用法相同。

㉝ 利物：即「賭注」或「賭采」，賭勝負的財物。

公子道：「你出五十千，難道我又少得不成！也是五十千。」其餘也有認出十千、五千的。一時湊來，有了二百千之數。眾人就推胡大郎做個收掌之人，斂出錢來多交付與他。就等他約期對局，臨時看輸贏對付發利物：名為「保局」，此也是賭勝的舊規。其時眾人議論已定。胡大郎等利物齊了，便去兩邊約日比試手段。果然兩邊多應允了，約在第三日午時在大相國寺方丈內對局。眾人散去，到期再會。

女棋童妙觀得了此信，雖然應允，心下有些虛怯，道：「利物是小事，不爭㉞與他賭勝，一下子輸了，枉送了日前之名！此子遠來作客，必然好利，不如私下買囑他，求他讓我些兒，我明收了利物，暗地加添些與他，他料無不肯的。怎得個人來？與我通此信息，便好。」又怕弟子們見笑，不好商量得。思量：「對門店主老嬤常來此縫衣補裳的，小道人正下在他家，何不央他來做個引頭說合這話也好？」算計定了，魆地㉟著個女使招他來說話。老嬤聽得，便三腳兩步走過對門來。見了妙觀，道：「棋師娘子，有何分付？」妙觀直引他到自己臥房裏頭坐下了。妙觀開口道：「有件事要與嬤嬤商量則箇㊱。」老嬤道：「何事？」妙觀道：「汝南小道人正在嬤嬤家裏下著。奴有句話要嬤嬤說與他。嬤嬤，好說得麼？」老嬤道：「他自恃棋高，正好來與娘子放對。我見老兒說道：『眾人出了利物，約著後日對局。』

㉞ 不爭：小說戲曲中常用語，含義頗多，此處作「如果」解。類例如下，忍字記劇四：「師父也！不爭你昇天去後我如何！」用法相同，其意是說：「師父啊！如果你昇了天，我就不得了啊！」此處全句作「如果和他賭勝……」解。

㉟ 魆地：小說中常用語，此處作「鬼鬼祟祟」解。

㊱ 則箇：此處表示動作進行時的語助辭，相當「……著」字，有此二字，僅取曼聲而無意義，下不專註。

娘子卻又要與他說甚麼話？」妙觀道：「正為對局的事要與嬤嬤商量。奴在此行教已久，那個王侯府中不喚奴是棋師？尋遍一國沒有奴的對手，眼見得手下收著許多徒弟哩。今遠來的小道人卻說饒盡天下的大話。奴曾教最高手的弟子張生去試他兩局，回來說『他手段頗高。』眾人要看我每兩下本事，約定後日放對。萬一輸與他了，一則喪了本朝體面，二則失了日前名聲，不是耍處。意欲央嬤嬤私下與他說說，做個人情，讓我些箇。」嬤嬤道：「娘子只是放出日前的本事來贏他方好，怎麼折了志氣，反去求他？況且見㊲賭著利物哩，他如何肯讓？」妙觀道：「利物是小事。他若肯讓奴贏了，奴一毫不取，私下仍舊還他。」嬤嬤道：「他贏了你棋，利物怕不是他的！又討個大家喝聲采，不好？卻明輸與你了，私下受這樣說不響的錢，他也不肯。」妙觀道：「奴再於利物之外私下贈他五十千。他與奴無仇；況又不是本國人，聲名不關甚麼干係。得了若干利物，又得了奴這些私贈，也勾了他了。只要嬤嬤替奴致意於他，說：『奴已甘伏，不必在人前贏奴，出奴之醜便是。』」嬤嬤道：「說便去說，肯不肯只憑得他。」妙觀道：「全仗嬤嬤說得好些。肯時，奴自另謝嬤嬤。」老嬤道：「對門對戶，日前相處面上，甚麼大事，說起謝來。」嘻嘻的笑了出去。

走到家裏，見了小道人，把妙觀邀去的說話一十一五對他說了。小道人見說罷，便滿肚子癢起來，道：「好！好！天送個老婆來與我了。」回言道：「小子雖然年幼遠游，靠著些小技藝，不到得少了用度，那錢財頗不希罕。只是旅邸孤單。小娘子若要我相讓時，須依得我一件事，無不從命。」老嬤道：「可要怎生？」小道人喜著臉道：「嬤嬤是會事的，定要說出來？」老嬤道：「說得明白，咱好去說。」

㊲ 見：即「現」字。下不再註。

小道人道：「日裏人面前對局，我便讓讓他；晚間要他來被窩裏對局，他須讓讓我。」老嬤道：「不當人子！後生家㊳討便宜的話莫說！」小道人道：「不是討便宜。小子原非貪財帛而來。所以住此許久，專慕女棋師之顏色耳。嬤嬤為我多多致意。若肯容我半晌之歡，小子甘心詐輸，一文不取。若不見許，便當儘著本事對局，不敢容情。」老嬤道：「言重，言重。老身怎好出口？」小道人道：「你是婦道家，對女人講話有甚害羞？這是他喉急㊴之事。便依我說了，料不怪你。」說罷，便深深一喏㊵道：「事成另謝媒人。」老嬤笑道：「小小年紀，倒好老臉皮。說便去說，萬一討得罵時，須要你賠禮。」小道人道：「包你不罵的。」老嬤只得又走將過對門去。

妙觀正在心下虛怯，專望回音。見了老嬤，臉上堆下笑來，道：「有煩嬤嬤尊步。所說的事可聽依麼？」老嬤道：「老身磨了半截舌頭，依倒也依得，只要娘子也依他一件事。」妙觀道：「遮莫㊶是甚麼事，且說將來，奴依他便了。」老嬤道：「若是娘子肯依，到也不費本錢。」妙觀道：「果是甚麼事？」老嬤道：「這件事，易則至易，難則至難。娘子恕老身不知進退的罪，方好開口。」妙觀道：「奴有事相央，嬤嬤儘著有話便說，豈敢有嫌。」老嬤又假意推讓了一回，方纔帶笑說道：「小道人隻身在此，

㊳ 後生家：吳俗年輕人做「後生」或「後生家」。

㊴ 喉急：吳語，「急」音似「極」，作「性急」或「發急」解。此處引申作「急於解法」之意。

㊵ 深深一喏：「喏」音「惹」，吳俗稱「作揖」做「唱喏」。類例可在本書卷六中看到，即「金生小他唱個喏道：『老丈拜揖。』」此處「深深一喏」，即「深深一揖」之意。

㊶ 遮莫：此處的「遮莫」，作「不論」，「不管」解，全句是「不論是甚麼事……」之意。

所慕娘子才色兼全。他陰溝洞裏想天鵝肉喫㊷哩！」妙觀通紅了臉，半晌不語。老嬤道：「娘子不必見怪。這個原是他妄想，不是老身撰造出來的話。娘子怎生算計，回他便了。」妙觀道：「我起初原說利物之外再贈五十千，也不為輕鮮；只可如此求他了。肯讓不肯讓，好歹回我便了。怎胡說到這個所在？羞人答答的。」老嬤道：「老身也把娘子的話一一說了。他說道：『原不希罕錢財，只要娘子允此一事，甘心相讓，利物可以分文不取。』叫老身就沒法回他了，所以只得來與娘子直說。老身也曉得不該說的；卻是既要他相讓，他有話，不敢隱瞞。」妙觀道：「嬤嬤，他分明把此話挾制著我，我也不好回得。」嬤嬤道：「若不回他，他對局之時決不容情。娘子也要自家算計。」妙觀見說到對局，肚子裏又怯將起來；想著說到這話，又有些氣不分。思量道：「叵耐㊸這沒廉恥的小弟子孩兒㊹！我且將計就計，哄他則箇。」對老嬤道：「此話羞人，不好直說。嬤嬤見他，只含糊說道：『若肯相讓，自然感德非淺，必當重報。』就是了。」嬤嬤得了此言，想道：「如此說話，便已是應承的了；我且在裏頭撮合了他兩口，必有好處到我。」千歡萬喜，就轉身到店中來。把前言回了小道人。小道人少年心性，見說有些口風兒，

㊷ 陰溝洞裏想天鵝肉喫：俗語中譏諷別人想做自己能力或身份上所做不到的事，就說他是「癩蝦蟆想喫天鵝肉」。此處「陰溝洞」，係吳語，相當北方的「滲溝洞」，南方潮濕，陰溝洞裏是蝦蟆一個居住的地方，所以此語用來譏笑「小道人是癩蝦蟆」，借此減輕妙觀的羞惱，卻又把小道人的心意完全傳達了出來。

㊸ 叵耐：「叵」是「不可」的切音，「叵耐」就是「奈」，「叵耐」本是「不可奈何」之意，後來轉為罵人語，和現在的「可惡」用法同。此處即作「可惡」解。

㊹ 弟子孩兒：罵人語。「弟子」也用來稱呼「倡伎」的。「弟子孩兒」，指倡伎生的孩兒，引申為「娼婦養的」，用來罵人。

便一團高興，皮風騷癢起來，道：「雖然如此，傳言送語不足為憑，直待當面相見親口許下了，方無番悔。」老嬤只得又去與妙觀說了。妙觀有心求他，無言可辭，只得約他黃昏時候燈前一揖為定。

是晚，老嬤領了小道人徑到妙觀肆中客坐裏坐了。妙觀出來相見。拜罷，小道人開口道：「小子雲游到此，見得小娘子芳容，十分僥倖。」妙觀道：「奴家偶以小藝擅名國中，不想遇著高手下臨。奴家本不敢相敵，爭奈眾心欲較勝負，不得不在班門弄斧㊺。所以奉求心事已托店主嬤嬤說過，萬望包容則箇。」小道人道：「小娘子分付，小子豈敢有違！只是小子仰慕小娘子已久，所以在對寓棲遲，不忍捨去。今客館孤單，若蒙小娘子有見憐之心，對局之時小子豈敢不揣自逞，定當周全娘子美名。」妙觀道：「若得周全，自當報德，決不有負足下。」小道人笑容滿面，作揖而謝道：「多感娘子美情，小子謹記不忘。」妙觀道：「多蒙相許，一言已定。夜晚之間，不敢親送，有煩店主嬤嬤伴送過去罷。」叫丫鬟另點個燈。轉進房裏來了。小道人自同老嬤到了店裏。自想：「適間親口應承，這是探囊取物，不在話下的了。」只等對局後圖成好事不題。

到了第三日，胡大郎早來兩邊邀請對局。兩人多應允了。各自打扮停當，到相國寺方丈裏來。胡大郎同支公子早把利物擺在上面一張桌兒上。中間一張桌兒放著一個白銅鑲邊的湘妃竹棋枰，兩個紫檀筒兒，貯著黑白兩般雲南窰棋子。兩張椅東西對面放著，請兩位棋師坐著交手，看的人只在兩橫長凳上坐。妙觀讓小道人是客，坐了東首，用著白棋。妙觀請小道人先下子。小道人道：「小子有言在前，這一著

㊺ 班門弄斧：這個典故，採自梅之渙題李白墓詩中「……魯班門前弄大斧」一句，之渙自己覺得詩不如李白，所以自謙為「不自量」之意。魯班即公輸子，魯之巧匠，如果有人在他門前弄大斧，可見是「不自量」了。

先要饒天下最高手，決不先下的。直待贏得過這局，小子纔占起。」妙觀只得拱一拱道：「恕有罪，應該低者先下了。」果然妙觀手起一子，小道人隨手而應。正是：

花下手閒敲。出楸枰，兩下交。爭先佈擺妝圈套，單敲這著，雙關那著，聲遲思入風雲巧。笑山樵，從交柯爛，誰識這根苗！（右調黃鶯兒）

小道人雖然與妙觀下棋，一眼偷覷著他容貌，心內十分動火。想著他有言相許，有意讓他一分，不盡情攻殺。只下得個兩平。算來白子一百八十著，小道人認輸了半子。這一番卻是小道人先下起了，少時完局。他兩人手下明白，已知是妙觀輸了。旁邊看的嚷道：「果然是兩個敵手：你先我輸，我先你輸，大家各得一局。而今只看這一局以定輸贏。」妙觀見第二番這局覺得力量掤拽，心裏有些著忙。下第三局時，頻頻以目送情。小道人會意，仍舊東支西吾，讓他過去。臨了收拾了官著，又是小道人少了半子。大家齊聲喝采道：「還是本國棋師高強，贏了兩局也！」小道人只不則聲，呆呆看著妙觀。胡大郎便對小道人道：「只差半子，卻算是小師父輸了。小師父莫怪！」忙忙收起了利物，一同眾人鬨了女棋師妙觀到肆中，將利物交付。各自散去。小道人自和一二個相識尾著眾人閒話而歸。有的問他道：「那裏不爭出了這半子？卻算做輸了一局，失了這些利物。」小道人只是冷笑不答。眾人恐怕小道人沒趣，多把話來安慰他。小道人全然不以為意。

到了店中，看的送的多已散去。店中老嬤便出來問道：「今日間對局事卻怎麼了？」小道人道：「應承過了說話，還捨得放本事贏他？讓他一局過去，幫襯他在眾人面前生光采，只好是這樣湊趣了。」老嬤笑道：「這等卻好。他不忘你的美情，必有好處到你，帶挈老身也興頭則箇。」小道人口裏與老嬤說話，一心想著佳音，一眼對著對門盼望動靜，此時天色將晚，小道人恨不得一霎時黑下來。直到點燈時候，只見對面肆裏撲地把門關上了。小道人著了急，對老嬤道：「莫不這小妮子負了心？有煩嬤嬤往彼處探一探消息。」老嬤道：「不必心慌！他要瞞生人眼哩。再等一會，待人靜後沒消息，老身去敲開門來問他就是。」小道人道：「全仗嬤嬤作成好事。」正說之間，只聽得對過門環瑲的一響，走出一個丫鬟來，徑望店裏走進。小道人猶如接著一紙九重恩赦，心裏好不僥倖，只聽他說甚麼好話出來。丫鬟向嬤嬤道了萬福，說道：「侍長棋師小娘子多多致意嬤嬤，請嬤嬤過來說話則箇。」老嬤就此同行，起身便走。小道人趕著附耳道：「嬤嬤精細著。」老嬤道：「不勞分付。」帶著笑臉，同丫鬟去了。小道人就像熱地上蚰蜒，好生打熬不過，禁架不定。正是：

眼盼捷旌旗，耳聽好消息；
若得遂心懷，願彼觀音力。

卻說老嬤隨了丫鬟走過對門，進了肆中，只見妙觀早已在燈下笑臉相迎，直請至臥房中坐地。開口謝道：「多承嬤嬤周全之力，日間對局，僥倖不失體面。今要酬謝小道人相讓之德，原有言在先的，特請嬤嬤過來，交付利物並謝禮與他。」老嬤道：「娘子花朵兒般後生㊻，恁地會忘事？小道人原說不希罕財物的，如何又說利物謝禮的話？」妙觀假意失驚道：「除了利物謝禮還有甚麼？」老嬤道：「前日說過的：他一心想慕娘子，諸物不愛，只求圓成好事。娘子當面許下了他。方纔叮囑了又叮囑；在家盼

㊻ 後生：吳語中「後生」有兩種用法。一作名詞用，指「年輕人」，參閱本篇㊳；一作形容詞用，指「年輕」。此處作「年輕」解。

望，真似渴龍思水哩。娘子如何把話說遠了？」妙觀變起臉來道：「休得如此胡說！奴是清清白白之人，從來沒半點邪處，所以受得朝廷冊封，王親貴戚供養，偌多㊼門生弟子尊奉。那裏來的野種，敢說此等汙言！教他快些息了妄想，收此利物及謝禮過去，便宜他多了！」說罷，就指點丫鬟將日間收來的二百貫文利物一盤托出，又是小匣一個放著五十貫的謝禮，交付與老嬤道：「有煩嬤嬤將去，交付明白。」分外又是三兩一小封，送與老嬤做辛苦錢。說道：「有勞嬤嬤兩下周全。些小微物，勿嫌輕鮮則個。」那老嬤是個經紀人家眼孔小的人。見了偌多東西，心裏先自軟了。又加自己有些油水。想道：「許多利物，又添上謝禮，真個不為少了。那個小夥兒也該心滿意足，難道只癡心要那話不成？且等我回他去看。」便對妙觀道：「多蒙娘子賞賜。老身只得且把東西與他再處。只怕他要說娘子失了信，老身如何回他？」妙觀道：「奴家何曾失甚麼信！原只說自當重報，而今也好道不輕了。」隨喚兩個丫鬟捧著這些錢物，跟了老嬤送在對門去。分付：「放下便來，不要停留！」兩個丫鬟領命，同老嬤三人共拿了禮物，徑往對門來。果然丫鬟放下了物件，轉身便走。

小道人正在盼望之際，只見老嬤在前，丫鬟在後，一齊進門。料道必有好事到手。不想放下手中東西，登時去了，正不知是甚麼意思。忙問老嬤道：「怎的說了？」老嬤指著桌上物件道：「謝禮已多在此了，收明便是，何必再問！」小道人道：「那個希罕謝禮？原說的話要緊！」老嬤道：「要緊！要緊！你要緊！他不要緊！叫老娘怎處？」小道人道：「說過的話怎好賴得！」老嬤道：「他說道：『原只說自當重報，並不曾應承甚的來。』叫我也不好替你討得嘴。」小道人道：「如此混賴，是白白哄我讓他

㊼偌多：「偌」，副詞，「這樣」之意。「偌多」即「這樣多」。

了。」老嬷道：「見放著許多東西，白也不算白了。只是那話，且消停消停，抹乾了嘴邊這些頑涎，再做計較。」小道人道：「嬷嬷休如此說！前日是與小子覿面講的話，今日他要賴將起來。嬷嬷再去說一說。只等小子今夜見他一見，看他當面前怎生悔得！」老嬷道：「方纔為你磨了好一會牙，他只推著謝禮，並無些子口風。而今去說，也沒幹，他怎肯再見你！」小道人道：「前日如何去一說就肯相見？」老嬷道：「須知前日是求你的時節，作不得難。今事體㊽已過，自然不同了。」小道人嘆口氣道：「可見人情如此！我枉為男子！反被這小妮子所賺。畢竟在此守他個破綻出來，出這口氣。」老嬷道：「且收拾起了利物。慢慢再看機會商量。」當下小道人把錢物併疊過了，悶悶過了一夜。有詩為證：

親口應承總是風，兩家黑白未和同。
當時未見一著錯，今日滿盤全是空。

一連幾日，沒些動靜。一日，小道人在店中閒坐。只見街上一個番漢牽著一匹高頭駿馬，一個虞候騎著，到了門前。虞候跳下馬來，對小道人聲諾道：「罕察王府中請師父下棋。備馬到門，快請騎坐了就去。」小道人應允，上了馬，虞候步行隨著。瞬息之間，已到王府門首。小道人下了馬，隨著虞候進去。只見諸王貴人正在堂上飲宴。見了小道人，盡皆起身道：「我輩酒酣，正思手談㊾幾局。特來奉請，今得到來，恰好。」即命當直的掇㊿過棋桌來。諸王之中先有兩個下了兩局，賭了幾大觥酒。就推過高

㊽ 事體：吳語，即「事情」。
㊾ 手談：指「圍棋」。世說巧藝：「王中郎以圍棋是坐隱，支公以圍棋為手談。」
㊿ 掇：吳語，音近「得」，似係「端」字之轉。意義同「端」，指「雙手持物」之意。即「搬取」。

手與小道人對局。以後輪換請教。也有饒六七子的，也有饒四五子的，最少的也饒三子兩子，並無一個對下的。諸王你爭我嚷，各出意見，要逞手段。怎當得小道人隨手應去，盡是神機莫測。諸王盡皆嘆服，把酒稱慶。因問道：「小師父棋品與吾國棋師妙觀果是那個為高？」小道人想著妙觀失信之事，心裏有些懷恨，不肯替他隱瞞，便道：「此女棋本下劣，枉得其名，不足為道。」諸王道：「前日聞得你兩人比試，是妙觀贏了。今日何反如此說？」小道人道：「前日他叫人私下央求了小子。小子是外來的人，不敢不讓本國的體面，所以故意輸與他。豈是棋力不敵！若放出手段來，管取他輸便了。」諸王道：「口說無憑，做出便見。去喚妙觀來，當面試看。」罕察立命從人控馬去，即時取將女棋童妙觀到來。

妙觀向諸王行禮畢。見了小道人，心下有好些忸怩，不敢撐眼看他，勉強也見了一禮。諸王俱賜坐了。說道：「你每兩人多是國手，未定高下。今日在咱們面前比試一比試。咱們出一百千利物為賭，何如？」妙觀未及答應，小道人站起來道：「小子不願各殿下破鈔。小子自有利物與小娘子決賭。」說罷，袖中取出一包黃金來，道：「此金重五兩，就請賭了這些。」妙觀回言道：「奴家卻不曾帶得些甚麼來，無可相對。」小道人向諸王拱手道：「小娘子無物相賭。小子有一句話說來請問各殿下看，可行則行。」諸王道：「有何話說？」小道人道：「小娘子身畔無金，何不即以身軀出注。如小娘子得勝，就拿了小子的黃金去。若小子勝了，贏小娘子做個妻房。可中也不中！」諸王見說，俱各拍手跌足，大笑起來道：「妙，妙，妙！咱們多做個保親，正是風流佳話。」妙觀此時欲待應承，情知小道人手段高，輸了難處；欲待推卻，明明是怯怕賭勝，不交手算輸了，真是在左右兩難。怎當得許多貴人在前力贊，不繇得你躲閃。亦且小道人興高氣傲，催請對局。妙觀沒個是處，羞慚窘迫，心裏先自慌亂了。勉強就局。沒一子下去是得手的，覺是觸著便礙。正所謂：「棋高一著，縛手縛腳。」況兼是心意不安的，把平日的力量一發減了。連敗了兩局。小道人起身出局，對著諸王叩一頭道：「小子告贏了。多謝各殿下賜婚。」諸王撫掌稱快道：「兩個國手，原是天生一對。妙觀雖然輸了局，嫁得此丈夫，可謂得人矣！待有吉日了，咱們各助花燭之費就是了。」急得個妙觀羞慚滿面，通紅了臉皮，無言可答，只低著頭不做聲。罕察每人與了賞賜。分付從人各送了回家。

小道人揚揚自得，來對店主人與老嬤道：「一個老婆，被小子棋盤上贏了來。今番須沒處躲了。」店主、老嬤問其緣故。小道人將王府中與妙觀對局賭勝的事，說了一遍。老嬤笑道：「這番卻賴不得了。」店主人道：「也須使個媒，行個禮纔穩。」小道人笑道：「我的媒人大哩，各位殿下多是保親。」店主人道：「雖然如此，也要個人通話。」小道人道：「前日他央嬤嬤求小子，往來了兩番。如今這個媒自然是嬤嬤做了。」老嬤道：「這是帶挈老身喫喜酒的事，當得效勞。」小道人道：「小子如今即將昨日賭勝的黃金五兩，再加白銀五十兩，為聘儀，擇一吉日煩嬤嬤替我送去，訂約成親則箇。」店主人即去房中取出一本擇日的星書來，番一番道：「明日正是黃道日，師父只管行聘便了。」一夜無詞。

次日，小道人整頓了禮物，托老嬤送過對門去。連這老嬤也裝扮得齊整起來：

白皙皙臉搽胡粉，紅霏霏頭戴絨花。胭脂濃抹露黃牙，鬏髻渾如斗大。沒把臂一雙窄袖，忒狼犺一對寬鞋。世間何處去尋他？除是金剛腳下。

說這店家老嬤裝得花簇簇地，將個盒盤盛了禮物，雙手捧著，一徑到妙觀肆中來。妙觀接著。看見老嬤這般打扮，手中又拿著東西，也有些瞧科[51]，忙問其來意。老嬤嘻著臉道：「小店裏小師父多多拜上棋師小娘了，道是昨日王府中席間娘子親口許下了親事；今日是個黃道吉日，特著老身來作伐行禮。這個盒兒裏的，就是他下的聘財，請娘子收下則箇。」妙觀呆了一晌，纔回言道：「這話雖有個來因，卻怎麼成得這事？」老嬤道：「既有來因，為何又成不得？」妙觀道：「那日王府中對局，果然是奴家輸與他了。這話雖然有的，止不過一時戲言，難道奴家終身之事，只在兩局棋上結果了不成！」老嬤道：「別樣話戲得，這個話他怎肯認做戲言！娘子前日央求他時節，他兀自妄想；今日又添出這一番賭賽事體，他怎由得你番悔！娘子休怪老身說，看這小道人人物聰俊，年紀不多；你兩家同道中又是對手，正好做一對兒夫妻。娘子不如許下這段姻緣，又完了終身好事，又不失一時口信，帶挈老身也喫一杯喜酒。未知娘子士見如何？」妙觀嘆口氣道：「奴家自幼失了父母，寄養在妙果菴中。虧得老道姑提挈成人，教了這一家技藝，自來沒一個對手。得受了朝廷冊封，出入王宮內府，誰不欽敬？今日身子雖是自家做得主的，卻是上無尊長之命，下無媒妁之言，一時間憑著兩局賭賽，偶爾虧輸，便要認起真來，草草送了終身大事，豈不可羞！這事斷然不可！」老嬤道：「只是他說娘子失了口信，如何回他？」妙觀道：「他原只把黃金五兩出注的。奴家偶然不帶得東西在身畔。以後輸了。今日撿得賠還他這五兩，天大事也完了。」老嬤道：「只怕說他不過。雖然如此，常言道：『事無三不成。』這遭卻是兩遭了，老身只得替你再回他去，憑他怎麼處。」妙觀果然到房中箱裏面秤了五兩金子，把個封套封了，拿出來，放在盒兒面上，道：「有煩嬤嬤還了他。重勞尊步，改日再謝。」老嬤道：「謝是不必說起。只怕回不倒時，還要老身聒絮52哩。」老嬤一頭說，一頭拿了原禮並這一封金子別了妙觀，轉到店中來。

---

51 瞧科：「科」在戲曲中作「動作」解。此處就是說：「瞧出來了。」

對小道人笑道：「原禮不曾收，回敬到有了。」小道人問其緣故。老嬤將妙觀所言一一說了。小道人大怒道：「這小妮子昧了心，說這等說話！既是自家做得主，還要甚尊長之命，媒妁之言？難道各位大王算不得尊長的麼？就是嬤嬤將禮物過去，便也是個媒妁了。怎說沒有？總來他不甘伏，又生出這些話來混賴，卻將金子搪塞！我不希罕他金子，且將他的，做個告狀本，告下他來，不怕他不是我的老婆！」老嬤道：「不要性急！此番老身去，他說的話比前番不同了，是軟軟的了。還等老身去再三勸他。」小道人道：「私下去說，未免是我求他了，他必然還要拿班㊿。不如當官告了他，須賴不去！」當下寫就了一紙告詞，竟到幽州路總管府來。

那幽州路總管泰不華正升堂理事。小道人隨牌進府，遞將狀子上去。泰不華總管接著，看見上面寫道：

> 告狀人周國能。為賴婚事。能本籍蔡州，流寓馬足。因與本國棋手女子妙觀賭賽，將金五兩聘定，諸王殿下盡為證見。詎料事過心變，悔悖前盟。夫妻一世倫常，被賴，死不甘伏！懇究原情，遂斷完聚，異鄉沾化，上告。

總管看了狀詞，說道：「元來為婚姻事的。凡戶、婚、田、土之事，須到析津㊿、宛平兩縣去。如何到這裏來告？」周國能道：「這女子是冊封棋童的；況干連著諸王殿下，非天臺這裏不能主婚。」總

52 聒絮：「費口舌」或「嘮叨」之意。此處指「費口舌」。一作「絮聒」。
53 拿班：俗稱「紮架子」或「粒模粒樣」。
54 析津：原書註云：「即今之大興。」

管准了狀詞。一面差人行拘妙觀對理。差人到了妙觀肆中，將官票與妙觀看了。妙觀喫了一驚道：「這個小弟子孩兒怎便如此惡取笑！」一邊叫弟子張生將酒飯陪待了公差，將賞錢出來打發了，自行打點出官。公差知是冊封的棋師，不敢囉唣，約在衙門前相會，先自去了。妙觀叫乘轎，擡到府前，進去見了總管。總管問道：「周國能告你賴婚一事，這怎麼說？」妙觀道：「一時賭賽虧輸，實非情願。」總管道：「既已輸了，說不得情願不情願。」妙觀道：「偶爾戲言，並無甚麼文書約契，怎算得真？」周國能道：「諸王殿下多在面上作證，大家認做保親，還要甚文書約契？」總管道：「這話有的麼？」妙觀一時語塞，無言可答。總管道：「豈不聞『一言既出，駟馬難追！』況且婚姻大事，主合不主離。你們兩人既是棋中國手，也不錯了配頭。我做主與你成其好事罷。」妙觀道：「天臺張主，豈敢不從。只是此人不是本國之人，萍蹤浪跡。嫁了他，須隨著他走。小婦人是個官身，有許多不便處。」周國能道：「小人雖在湖海飄零，自信有此絕藝，不甘輕配凡女。就是妙觀，女中國手，也豈容輕配凡夫！若得天臺做主成婚，小人情願超籍在此，兩下裏相幫行教，不回故鄉去了。」總管道：「這個卻好。」妙觀無可推辭，只得憑總管斷合。周國能與妙觀各回下處。

周國能就再央店家老嬤重下聘禮，約定日期成親。又到各王府說知。各王府俱各助花紅燈燭之費。胡大郎、支公子一干好事的，纔曉得前日暗地相囑許下佳期之說。大家笑耍各來幫興。成親之日，好不熱鬧。過了幾時，兩情和洽，自不必說。周國能又指點妙觀神妙之著。兩個都造到絕頂，竟成對手。諸王貴人以為佳話，又替周國能提請官職，封為棋學博士，御前供奉。後來周國能差人到蔡州，密地接了爹娘，到燕山同享榮華。周老夫妻見了媳婦一表人物，兩心快樂。方信國能起初不肯娶妻，畢竟尋出好姻緣來，所謂「有志者事竟成」也。有詩為證：

國手惟爭一著先，個中藏著好姻緣。
綠窗相對無餘事，演譜推敲思入玄。

卷之三　權學士權認遠鄉姑　白孺人白嫁親生女

詞云：

世間奇物緣多巧，不怕風波顛倒。遮莫一時開了，到底還完好。豐成劍氣沖天表，雷煥、張華分寶；他日偶然齊到，津底雙龍裊。

此詞名桃源憶故人，說著世間物事有些好處的，雖然一時拆開，後來必定遇巧得合。那「豐城劍氣❶」是怎麼說？晉時，大臣張華字茂先，善識天文，能辨古物。一日，看見天上斗牛❷分野❸之間，寶氣燭天，曉得豫章豐城縣中當有奇物出世。有個朋友雷煥也是博物的人，遂選他做了豐城縣令，托他到彼專一為訪尋發光動天的寶物。分付他道：「光中帶有殺氣，此必寶劍無疑。」那雷煥領命。到了縣間，看那寶氣卻在縣間獄中。雷煥領了從人，到獄中盡頭去處，果然掘出一對寶劍來，雄曰「純鉤」，雌曰「湛

---

❶ 豐城劍氣：此處所記與晉書張華傳略有出入。過延平津失劍的，是雷煥之子雷華，而非張華，當時張華已死，張劍已早失所在了。豐城，今縣名，屬江西省，在南昌縣南。

❷ 斗牛：「斗」是「斗宿」，亦稱「北斗」，玄武七宿的首宿；「牛」是「牛宿」，鄰接「斗宿」，玄武七宿的第二宿。

❸ 分野：原屬天文上專名，用來指稱各星次（即所謂「列宿」）所當的區域。

盧」。雷煥自佩其一，將其一獻與張華，各自寶藏，自不必說。後來，張華帶了此劍行到延平津❹口。那劍忽在匣中躍出，到了水邊，化成一龍，津水之中，也鑽出一條龍來，湊成一雙，飛舞昇天而去。張華一時驚異，分明曉得：「寶劍通神，只水中這個出來湊成雙的，不知何物？」因遣人到雷煥處問「前劍所在？」雷煥回言道：「先曾渡延平津口，失手落於水中了。」方知兩劍分而復合，以此變化而去也。至今人說因緣湊巧，多用「延津劍合」故事。所以這詞中說的正是這話。

而今說一段因緣隔著萬千里路，也只為一件物事湊合成了，深為奇巧。有詩為證：

溫嶠❺曾輪玉鏡臺，　圓成鈿合更奇哉！
可知宿世紅絲繫，　自有媒人月下❻來。

話說國朝有一位官人，姓權，名次卿，表字文長，乃是南直隸寧國府❼人氏。少年登第，官拜翰林編修❽之職。那翰林❾生得儀容俊雅，性格風流；所事在行❿，諸般得趣，真乃是天上謫仙⓫，人中玉

---

❹ 延平津：一名劍津（或劍溪），又名龍津，現在又名建溪，在福建省南平縣東，晉時屬延平縣所以叫做延平津。

❺ 溫嶠：晉祁人，字太真。嶠婦逝世，適從姑有女，屬嶠覓壻，嶠有自婚意，以玉鏡臺一枚為聘禮，得成夫婦。後世相傳為佳話，元明曲中多有演這個故事的。

❻ 月下：指月下老人故事。相傳老人囊中有赤繩（亦稱「紅絲」），一經繫在男女足上，雖仇家異域，亦必成為夫婦。世俗因此稱媒妁為「月下老人」或簡稱為「月老」。

❼ 寧國府：今縣名，屬安徽省，在宣城縣南。

❽ 編修：官名，宋有史館編修（正七品），明代始屬翰林院，稱為史官，掌修國史。

❾ 翰林：凡進士得入翰林院做官的，都尊稱為「翰林」。

樹⓬。他自登甲第⓭，在京師為官，一載有餘。京師有個風俗：每遇初一、十五、二十五日，謂之廟市。凡百般貨物俱趕在城隍廟前，直擺到刑部街上來賣，挨擠不開，人山人海的做生意。那官員每清閒好事的，換了便巾、便衣，帶了一兩個管家、長班⓮出來，步走游看，收買好東西舊物事⓯。朝中惟有翰林衙門最是清閒不過，讀書，下棋，飲酒，拜客，別無他事相干。權翰林況且少年心性，下處閒坐不過，每遇做市熱鬧時，就便出來行走。

一日，在市上看見一個老人家，一張桌兒上擺著許多零碎物件，多是人家動用家伙，無非是些燈臺、銅杓、壺、瓶、碗、碟之類，看不得在文墨眼裏的。權翰林偶然一眼瞟去，見就中有一個色樣奇異些的盒兒。用手去取來一看，乃是個舊紫金鈿盒兒⓰，卻只是盒蓋。翰林認得是件古物，可惜不全。問那老兒道：「這件東西須還有個底兒，在那裏？」老兒道：「只有這個蓋，沒有見甚麼底。」翰林道：「豈有沒底的理？你且說：『這蓋是那裏來的？』便好再尋著那底了。」老兒道：「老漢有幾間空房在東直

---

❿ 所事在行：「所事」作「各事」或「一切事」解。「在行」，俗指「對於某事有經驗」，叫做「在行」或「內行」。

⓫ 謫仙：舊日稱讚「人品的清超，猶如謫降塵世的仙人」時用語。唐書李白傳記李白往見賀知章，知章見其文歎曰：「子，謫仙人也！」來源出此。

⓬ 玉樹：譬喻美好的材料，好比說「不同凡品」。

⓭ 登甲第：明清時俗稱進士為「甲科」，亦稱「甲第」，「登甲第」即「中進士」之意。

⓮ 長班：舊時北京各省會館中服役的人，叫做「長班」。

⓯ 物事：同本書卷一❿。下不再註。

⓰ 紫金鈿盒兒：用紫金鑲嵌的盒子。

門，賃與人住。有個賃房的，一家四五口害了天行症候⑰先死了一兩個後生⑱。那家子慌了，帶病搬去。還欠下些房錢，遺下這些東西作退帳。老漢收拾得，所以將來貨賣度日。這盒兒也是那人家的，外邊還有一個紙簏兒藏著，有幾張故字紙包著。喒也不曉得：『那半扇盒兒要做甚用？』所以擺在桌兒上，或者遇個主兒買去也不見得。」翰林道：「我到要買你的，可惜是個不全之物。你且將你那紙簏兒來看！」老兒用手去桌底下摸將出來，卻是一個破碎零落的紙糊頭簏兒。翰林道：「多是無用之物，不多幾個錢賣與我罷。」老兒道：「些小之物，憑爺賞賜罷。」翰林叫隨從管家權忠與他一百個錢，當下成交。老兒又在簏中取出舊包的紙兒來包了，放在簏中，雙手遞與翰林。翰林叫權忠拿了。又在市上去買了好幾件文房古物。回到下處來，放在一張水磨天然几上，逐件細看，多覺買得得意。

落後看到那紙簏兒。扯開蓋，取出紙包來。開了紙包，又細看那鈿盒。金色燦爛，果是件好東西。顛倒相來⑲，到底只是一個蓋。想道：「這半扇落在那裏？且把來藏著，或者湊巧有遇著的時節也未可知。」隨取原包的紙兒包他，只見紙破處，裏頭露出一些些紅的出來。翰林把外邊紙兒揭開來看，裏頭卻襯著一張紅字紙。翰林取出，定睛一看，道：「元來如此！」你道：「寫的甚麼？」上寫道：

大時雍坊住人徐門白氏，有女徐丹桂，年方二歲。有兄白大子曰留哥，亦係同年生。緣氏夫徐方，原籍蘇州；恐他年隔別無憑，有紫金鈿盒各分一半，執此相尋為照。

---

⑰ 天行症候：流行性病，舊日又稱做「時疫」。

⑱ 後生：吳語，稱年輕人做「後生」。

⑲ 顛倒相來：「相」是「辨察」的意思，此句作「反反覆覆地辨察」解。

後寫著年、月，下面著個押字。翰林看了道：「元來是人家婚姻照驗之物；是個要緊的，如何卻將來遺下？又被人賣了，也是個沒搭煞⑳的人了。」又想道：「這寫文書的婦人既有丈夫，如何卻不是丈夫出名？」又把年、月迭起指頭算一算看，笑道：「立議之時到今一十八年；此女已是一十九歲，正當妙齡，不知成親與未成親？」又笑道：「妄想他則甚？且收起著。」因而把幾件東西一同收拾過了。到了下市，又踱出街上來行走。看見那老兒仍舊在那裏賣東西。問他道：「你前日賣的盒兒，說是那一家掉下的。這家人搬在那裏去了？你可曉得？」老兒道：「誰曉得他？他一家人先從小的死起，死得來慌了，連夜逃去。而今敢是㉑死絕了，也不見得。」翰林道：「他住在你家時有甚麼親戚往來？」老兒道：「他有個妹子，嫁與下路人㉒，住在前門。以後不知那裏去了？多年不見往來了。」權翰林自想道：「問得著時，還了他那件東西，也是一樁方便的好事，而今不知頭緒，也只索繇他罷了。」

回還寓所。只見家間有書信來，夫人在家中亡過了。翰林痛哭了一場。沒情沒緒，打點回家。就上個告病的本。奉聖旨：「權某准回籍調理；病痊赴京聽用。欽此！」權翰林從此就離了京師，回到家中來了。

話分兩頭。且說鈿盒的來歷。蘇州有個舊家子弟，姓徐，名方，別號西泉，是太學中監生。為幹辦前程，留寓京師多年。在下處岑寂，央媒娶下本京白家之女為妾。生下一個女兒，是八月中得的，取名

---

⑳ 沒搭煞：作「荒唐」或「沒有頭腦」解。
㉑ 敢是：同本書卷一⑰，下不再註。
㉒ 卜路人：「下路」即「下江」，指長江下游地方。下路人即長江下游地方的人。

丹桂。同時，白氏之兄白大郎也生一子，喚做留哥。白氏女人家性子，只護著自家人。況且京師中人不知外方頭路，不喜歡攀扯外方親戚，一心要把這丹桂許與姪兒去。徐太學自是寄居的人，早晚思量回家，要留著結下路親眷，十分不肯。一日，太學得選了閩中二尹㉓。打點回家赴任。就帶了白氏出京。白氏不得遂願，戀戀骨肉之情。瞞著徐二尹，私下寫個文書。不敢就說許他為婚，只把一個鈿盒兒分做兩處，留與侄兒做執照。指望他年重到京師，或是天涯海角，做個表證。

白氏隨了二尹到了吳門。元來二尹久無正室，白氏就填了孺人之缺。一同赴任。又得了一子，是九月生的，名喚糕兒。二尹做了兩任官回家。已此把丹桂許下同府陳家了。白孺人心下之事，地遠時乖，只得丟在腦後。雖然如此，中懷歉然。時常在佛菩薩面前默禱，思想還鄉，尋鈿盒的下落。已後，二尹亡逝。守了兒女，做了孤孀，纔把京師念頭息了。想那出京時節，好歹已是十五六個年頭。丹桂長得美麗非凡。所許陳家兒子年紀長大，正要納禮成婚；不想害了色癆，一病而亡。眼見得丹桂命硬，做了望門寡婦㉔！一時未好許人；且隨著母親、兄弟，穿些淡素衣服挨著過日。正是：

孤辰寡宿無緣分， 空向天邊盼女牛。

不說徐丹桂淒涼。且說權翰林自從斷了弦㉕，告病回家，一年有餘，尚未續娶。心緒無聊，且到吳門閒耍，意圖尋訪美妾。因怕上司府縣知道，車馬迎送，酒禮往來，拘束得不耐煩。揣料自已年紀不多，

㉓ 二尹：明清時俗稱「同知」官為「二府」，而職務則同知府事。「二尹」即「二府」。

㉔ 望門寡婦：簡稱「望門寡」，舊俗指「已許婚而未婚夫壻在婚前死亡了」的女子。

㉕ 斷了弦：俗稱喪妻做「斷弦」。

面龐嬌嫩，身材瑣小，傍人看不出他是官，假說是個游學秀才。借寓在城外月波菴隔壁靜室中，那菴乃是尼僧。有個老尼喚做妙通師父，年有六十已上，專在各大家往來，禮度熟閒，世情透徹。看見權翰林一表人物，雖然不曉得是埋名貴人，只認做青年秀士；也道他不是落後的人，不敢怠慢。時常叫香公㉖送茶來，或者請過菴中清話。權翰林也略把訪妾之意問及妙通。妙通說是：「出家之人不管閒事。」權翰林就住口不好說得。

是時正是七月七日，權翰林身居客邸，孤形吊影；想著「牛女銀河㉗」之事，好生無聊。乃詠宋人汪彥章秋閨詞，改其末句一字，云：

高柳蟬嘶，采菱歌斷秋風起。晚雲如髻，湖上山橫翠。簾捲西樓，過雨涼生袂。天如水，畫樓十二，少㉘個人同倚。（詞寄點絳唇）

權翰林高聲歌詠，趁步走出靜室外來。新月之下，只見一個素衣的女子走入菴中。翰林急忙尾在背後，在黑影中閃著身子看那女子。只見妙通師父出來接著。女子未敘寒溫，且把一炷香在佛前燒起。那女子生得如何？

聞道雙銜鳳帶，不妨單著鮫綃。夜香知與阿誰燒？悵望水沉烟裊。雲鬟風前絲捲，玉顏醉裏紅

㉖ 香公：寺廟中「香火」（司香火之事的人），俗尊稱做「香公」。

㉗ 牛女銀河：「牛」、「女」指「牽牛」、「織女」二星；銀河一名天河。牽牛星在天河側，與織女星相對。舊稱七月七日之夜為「七夕」，相傳是夜牛郎織女二星相會。

㉘ 少：據原註云：「『少』字原是『有』字。」

潮。莫教空度可憐宵！月與佳人共僚。（音了。）（詞寄西江月）

那女子拈著香，跪在佛前，對著上面，口裏喃喃吶吶，低低微微，不知說著許多說話，沒聽得一個字。那妙通老尼便來收科㉙道：「小娘子，你的心事說不能盡，不如我替你說一句簡便的罷。」那女子立起身來道：「師父，怎的簡便？」妙通道：「『佛天保佑，早嫁個得意的丈夫。』可好麼？」女子道：「休得取笑！奴家只為生來命苦，父亡母老，一身無靠，所以拜禱佛天，專求福庇。」妙通笑道：「大意相去不遠。」女子也笑將起來。妙通擺上茶食，女子喫了兩盞茶，起身作別而行。權翰林在暗中看得明白。險些兒眼裏放出火來，恨不得走上前一把抱住。見他去了，心痒難熬。

正在禁架不定，恰值妙通送了女子回身轉來，見了道：「相公還不曾睡？幾時來在此間？」翰林道：「小生見白衣大士出現，特來瞻禮！」妙通道：「此鄰人徐氏之女，丹桂小娘子。果然生得一貌傾城，目中罕見。」翰林道：「曾嫁人未？」妙通道：「說不得：他父親在時，曾許下在城陳家小官人。比及將次成親，那小官人沒福死了。擔閣了這小娘子做了個望門寡㉚，一時未有人家來求他的。」翰林道：「怪道穿著淡素。如何夜晚間到此？」妙通道：「今晚是七夕牛女佳期。他遭著如此不偶之事，心願不足，故此對母親說了來燒炷夜香。」翰林道：「他母親是甚麼樣人？」妙通道：「他母親姓白，是個京師人，當初徐家老爺在京中選官，娶了來家的。且是直性子，好相與。對我說，還有個親兒在京，他出京時節，有個侄兒方兩歲，與他女兒同庚的，自出京之後，杳不相聞，差不多將二十年來了，不知生死

㉙ 收科：「科」，在戲曲中作「動作」解。「收科」即「收場」。
㉚ 望門寡：見本篇㉔。

存亡。時常託我在佛前保佑。」翰林聽著，呆了一會。想道：「我前日買了半扇鈿盒，那包的紙上分明寫是徐門白氏，女丹桂，兄白大子白留哥。今這個女子姓徐名丹桂，母親姓白，眼見得就是這家了。那賣盒兒的老兒說：『那家死了兩個後生，老人家連忙逃去，把信物多掉下了。』想必死的後生就是他姪兒留哥，不消說得。誰想此女如此妙麗？在此另許了人家，可又斷了。那信物卻落在我手中，卻又在此相遇，有如此湊巧之事！或者到是我的姻緣也未可知。」以心問心，跌足道：「一二十年的事，三四千里的路，有甚查帳處？只須如此如此。」算計已定，對妙通道：「適才所言白老孺人，多少年紀了？」妙通道：「有四十多歲了。」翰林道：「他京中親兄可是白大？姪兒子可叫做留哥？」妙通道：「正是，正是。相公如何曉得？」翰林道：「那孺人正是家姑！小生就是白留哥，是孺人的姪兒。」妙通道：「相公好取笑。相公自姓權，如何姓白？」翰林道：「小生幼年離了京師，在江湖上游學。一來慕南方風景，二來專為尋取這頭親眷，所以移名改姓，游到此地。今偶然見師父說著端的，也是一緣一會，天使其然。不然，小生怎地曉得他家姓名？」妙通道：「元來有這等巧事！相公，你明日去認了令姑，小尼再來奉賀便了。」翰林當下別了老尼，到靜室中。游思妄想，過了一夜。

天明起來，叫管家權忠，叮囑停當了說話。結束整齊，一直問道徐家來。到了門首，看見門上一個老兒在那裏閒坐。翰林叫權忠對他說：「可進去通報一聲，有個白大官打從京中出來的。」老兒說道：「我家老主人沒了，小官兒又小。你要見那個的？」翰林道：「你家老孺人可是京中人，姓白麼？」老兒道：「正是姓白。」權忠道：「我主人是白大官，正是孺人的姪兒。」老兒道：「這等，你隨我進去通報便是。」老兒領了權忠，竟到孺人面前。權忠是慣事的人，磕了一頭，道：「主人白大官在京中出來，已在門首了。」白孺人道：「可是留哥？」權忠道：「這是主人乳名。」孺人喜動顏色，道：「如此喜事！」即忙喚自家兒子道：「糕兒，你哥哥到了，快去接了進來。」那小孩子嬉嬉顛顛，搖搖擺擺出來，接了翰林進去。翰林靦靦腆腆，冒冒失失進去。見那孺人起來；翰林叫了「姑娘」一聲唱了一喏，待拜下去，孺人一把扯住，道：「行路辛苦，不必大禮。」孺人含著眼淚看那翰林，只見眉清目秀，一表非凡，不勝之喜。說道：「想老身出京之時，你只有兩歲，如今長成得這般好了。你父親如今還健麼？」翰林假意掩淚道：「棄世久矣！小姪只為眼底沒個親人，見父親在時曾說有個姑娘嫁在下路，所以小姪到南方來游學，專欲尋訪。昨日偶見月波菴妙通師父說起端的，方知姑娘在此，特來拜見。」孺人道：「如何聲口不像北邊？」翰林道：「小姪在江湖上已久，愛學南言，所以變卻鄉音也。」翰林叫權忠送上禮物。孺人歡喜收了，謝道：「至親骨肉，只來相會便是，何必多禮？」翰林道：「客途乏物孝敬姑娘，不必說起。且喜姑娘康健。昨日見妙通說過，已知姑夫不在了。適間這位是表弟；還有一位表妹與小姪同庚的，在麼？」孺人道：「你姑夫在時已許了人家，姻緣不偶，未過門就斷了。而今還是個沒喫茶㉛的女兒。」翰林道：「也要請相見。」孺人道：「昨日去燒香，感了些風寒。今日還沒起來梳洗。總是你在此還要久住，兄妹之間時常可以相見。且到西堂安下了行李再處。」一邊分付排飯，一手拽著翰林到西堂來。打從一個小院門邊經過，孺人用手指道：「這裏頭就是你妹子的臥房。」翰林鼻邊悄聞

㉛ 沒喫茶：一名「受茶」，舊日指「女子受聘」，因為聘婦多用茶。至於為甚麼用茶？據天中記云：「凡種茶樹必下子，移植則不生，故聘婦必以茶為禮。」據此可知，用來表示「一經受聘，不再受旁人家之聘」的意思。「沒喫茶」，指至今「尚未受聘」，用現在通語說：「還沒有訂婚」。

得一陣蘭麝之香，心中好生傒倖。那孺人陪翰林喫了飯。著落他行李在書房中，是件㉜安頓停當了，方纔進去。權翰林到了書房中。想道：「特地冒認了姪兒，要來見這女子，誰想尚未得見。幸喜已認做是真，留在此居住，早晚必然生出機會來。不必性急，且待明日相見過了，再作道理。」

且說徐氏。丹桂，年正當時，誤了佳期，心中常懷不足。自那七夕燒香，想著牛女之事，未免感傷情緒；兼冒了些風寒，一時懶起。見說有個表兄自京中遠來。他曾見母親說小時有許他為婚之意，又聞得他容貌魁梧，心裏也有些暗動，思量會他一面？雖然身子懶怯，只得強起梳妝。對鏡長嘆道：「如此好容顏，到底付之何人！」也有綿搭絮一首為證：

瘦來難任，寶鏡怕初臨。鬼病侵尋，悶對秋光冷透襟，最傷心靜夜聞砧。慵拈綉紝，懶撫瑤琴。終宵裏有夢難成，待曉起翻嫌曉思沉。

梳妝完了，正待出來見表兄。只見兄弟糕兒急急忙忙走將來道：「母親害起急心疼來，一時暈去。我要到街上去取藥，姐姐可快去看母親去！」桂娘聽得，疾忙抽身便走了出房，減妝㉝也不及收，房門也不及鎖，竟到孺人那裏去了。

權翰林在書房中梳洗已畢。正要打點精神，今日求見表妹。只聽得人傳出來道：「老孺人一時急心疼，暈倒了。」他想道：「此病惟有前門棋盤街『定神丹』一服立效，恰好拜匣㉞中帶得在此。我且以

㉜ 是件：小說中，「是」字，有時作「一切」或「各」解。此處即「件件」或「各件」之意。

㉝ 減妝：即婦女梳妝匣（盛粉鏡飾物銀錢之具），亦稱「香奩」。

㉞ 拜匣：舊日吳地置柬帖或送禮份的小長方木匣。

子姪之禮入堂問病，就把這藥送他一丸。醫好了他，也是一個討好的機會。」就去開出來，袖在袖裏，一徑望內裏來問病。路經東邊小院，他昨日見孺人說，已曉得是桂娘的臥房，卻見門開在那裏。想道：「桂娘一定在裏頭，只作三不知㉟闖將進去，見他時再作道理。」翰林捏著一把汗㊱走進臥房。只見：

香奩尚啟，寶鏡未收。剩粉殘脂，還在盆中蕩漾；花鈿翠黛，依然几上鋪張。想他纖手理妝時，少個畫眉人湊巧。

翰林如癡似醉，把桌上東西這件聞聞，那件嗅嗅，好不伎癢。又聞得撲鼻馨香。回首看時，那綉帳、牙床、錦衾、角枕且是整齊精潔。想道：「我且在他床裏眠他一眠，也沾他些香氣，只當親挨著他皮肉一般。」一淌淌下去，眠在枕頭上，呆呆地想了一回，等待幾時，不見動靜，沒些意智。慢慢走了出來。將到孺人房前，摸摸袖裏，早不見了那丸藥，正不知失落在那裏了？定性想一想，只得打原來路上一路尋到書房裏去了。

桂娘在母親跟前守得疼痛少定，思量房門未鎖，妝臺未收，跑到自房裏來。收拾已完，身子困倦。揭開羅帳，待要歇息一歇息。忽見席間一個紙包。拾起來，打開看時，卻是一丸藥。紙包上有字，乃是「定神丹，專治心疼，神效」幾個字。桂娘道：「此自何來？若是兄弟取至，怎不送到母親那裏去，卻放在我的席上？除了兄弟，此處何人來到？卻又恰恰是治心疼的藥！果是蹺蹊。且拿到母親那裏去，問

㉟ 三不知：指「匆忙」。來源出左傳，青溪暇筆據此云：「俗謂忙處曰：『三不知，』即『始』、『中』、『終』三者，皆不能知也。」

㊱ 捏著一把汗：吳俗語，形容「提心吊膽」的情形。

個端的。」取了藥，掩了房門，走到孺人處來。問道：「母親，兄弟取藥回來未曾？」孺人道：「望得眼穿，這孩子不知在那裏頑耍？再不來了。」桂娘道：「好教母親得知，適間轉到房中，只見床上一顆丸藥，紙上寫著『定神丹，專治心疼，神效。』我疑心是兄弟取來的，怎不送到母親這裏，卻放在我的房中？今兄弟兀自[37]未回，正不知這藥在那裏來的？」孺人道：「我兒，這『定神丹』只有京中前門街上有得賣，此處那討？這分明是你孝心所感，神仙所賜。快拿來我喫！」桂娘取湯來，遞與孺人，嚥了下去。一會，果然心疼立止，母子歡喜不盡。孺人疼痛既止，精神疲倦，懵懵的睡了去。桂娘守在帳前，不敢移動。

恰好權翰林尋藥不見，空手走來問安。正撞著桂娘在那裏，不及迴避。桂娘認做是白家表兄，少不得要相見的，也不躲閃。這裏權翰林正要親傍，堆下笑來，買將上去，唱個肥喏[38]道：「妹子，拜揖了。」桂娘連忙還禮道：「哥哥，萬福。」翰林道：「姑娘病體若何？」桂娘道：「覺道好些，方纔睡去。」翰林道：「昨日到宅，渴想妹子芳容一見。見說玉體欠安，不敢驚動。」桂娘道：「小妹聽說哥哥到來，心下急欲迎侍；梳洗不及，不敢草率。今日正要請哥哥廝見，恰遇母親病急，脫身不得。不想哥哥又進來問病，幸瞻丰範。」翰林道：「小兄不遠千里而來，得見妹子玉貌，真個是不枉奔波走這遭了。」桂娘道：「哥哥與母親姑姪至親，自然割不斷的？小妹薄命之人，何足挂齒！」翰林道：「妹子芳年美質，後祿正長，佳期可待。何出此言？」此時兩人對話，一遞一來。桂娘年大知味，看見翰林丰姿俊雅，早

[37] 兀自：作「還」解。

[38] 唱個肥喏：見本書卷二[40]。

已動火了八九分；亦且認是自家中表兄妹一脈，甜言軟語，更不羞縮。對翰林道：「哥哥初來舍下，書房中有甚不周到處，可對你妹子說，你妹子好來照瞭一二。」翰林道：「有甚麼不周到？」桂娘道：「難道不缺長少短？」翰林道：「雖有缺少，不好對妹子說得。」桂娘道：「但說何妨。」翰林道：「所少的，只怕妹子不好照管，然不是妹子，也不能照管。」桂娘道：「少甚東西？」翰林笑道：「晚間少個人作伴耳。」桂娘通紅了面皮，也不回答，轉身就走。翰林趕上去一把扯住，道：「攜帶小兄到綉房中，拜望妹子一拜望，何如？」桂娘見他動手動腳，正難分解。只聽得帳裏老孺人開聲道：「那個在此說話響？」翰林只得放了手，回首轉來，道：「是小姪問安。」其時桂娘已脫了身，跑進房裏去了。

孺人揭開帳來，看見了翰林道：「元來是姪兒到此。小兄弟街上未回，妹子怎不來接待？你方纔卻和那個說話？」翰林心懷鬼胎，假說道：「只是小姪，並沒有那個。」孺人道：「這等，是老人家聽差了。」翰林心不在焉，一兩句話，連忙告退。孺人看見他有些慌速失張失志的光景，心裏疑惑道：「起初我服的『定神丹』出於京中，想必是姪兒帶來的，如何卻在女兒房內。適纔睡夢之中分明聽得與我女兒說話，卻又說道：『沒有。』他兩人不要曉得前因，輒便私自往來，日後做出勾當。他男長女大，況我原有心配合他的；只是姪兒初到，未見怎的，又不知他曾有妻未？不好就啟齒，且再過幾時，看相機會圓成罷了。」躊躕之間，只見糕兒拿了一貼藥走將來，道：「醫生入娘賊！出去了，等了多時纔取這藥來。」孺人嗔他來遲，說道：「等你藥到，娘死多時了。今天幸不疼，不喫這藥了。你自陪你哥哥去。」糕兒道：「那哥哥也不是老實人。方纔走進來，撞著他，卻在姐姐臥房門首東張西張，見了我，方出去了。」孺人道：「不要多嘴！」糕兒道：「我看這哥哥也標致。我姐姐又沒了姐丈。何不配與他了，也完了一件事，省得他做出許多饞勞喉急出相。」孺人道：「孩子家恁地輕出口！我自有主意。」孺人雖喝住了兒子，卻也道是有理的事。放在心中打點，只是未便說出來。

那權翰林自遇桂娘兩下交口之後，時常相遇，便眉來眼去，彼此有情。翰林終日如癡似狂，拿著一管筆寫來寫去。茶飯懶喫。桂娘也日日無情無緒，懨懨欲睡，針線慵拈。多被孺人看在眼裏。然兩個只是各自有心，礙人耳目，不曾做甚手腳。

一日，翰林到孺人處去，恰巧遇著桂娘梳妝已畢，正待出房。翰林闌門迎著，相喚了一禮。翰林道：「久聞妹子房闥精致，未曾得造一觀。今日幸得在此相遇，必要進去一看。」不繇分說，望門裏一鑽。桂娘只得也走了進來。翰林看見無人，一把抱住，道：「妹子慈悲，救你哥哥客中一命則箇！」桂娘不敢聲張，低低道：「哥哥尊重。哥哥不棄小妹，何不央人向母親處求親？必然見允。如何做那輕薄模樣！」翰林道：「多蒙妹子指教，足見厚情。只是遠水救不得近火，小兄其實等不得那從容的事了。」桂娘正色道：「若要苟合，妹子斷然不從！他日得做夫妻，豈不為兄所賤！」掙脫了身子，望門外便走。早把個雲髻扭歪，兩鬢都亂了。急急走到孺人處，喘氣尚有未息。孺人見了，覺得有些異樣，問道：「為何如此模樣？」桂娘道：「正出房來，撞見哥哥後邊走來，連忙先跑，走得急了些箇。」孺人道：「自家兄妹，何必如此躲避！」孺人也只道姪兒就在後邊來，卻又不見到。元來沒些意思，反走出去了。孺人自此又是一番疑心，性急要配合他兩個了，只是少個中間撮合的人。猛然想道：「姪兒初到時說道，見妙通師父說了纔尋到我家來的，何不就叫妙通來與他說知其事，豈不為妙？」當下就分付兒子糕兒，叫他去菴中接那妙通。不在話下。

卻說權翰林走到書房中，想起適纔之事，心中怏怏。又思量：「桂娘有心於我，雖是未肯相從，其言有理。卻不知我是假批子，教我央誰的是？」自又忖道：「他母子俱認我是白大，自然是鈿盒上的根瓣了。我只將鈿盒為證，怕這事不成！」又轉想一想道：「不好，不好。萬一名姓偶然相同，鈿盒不是他家的，卻不弄真成假！且不要打破網兒，只是做些工夫，偎得親熱，自然到手。」正胡思亂想，走出堂前閒步。忽然妙通師父走進門來，見了翰林，打個問訊㊴道：「相公，你投親眷好處安身許久了，再不到小菴走走。」權翰林還了一禮，笑道：「不敢瞞師父說：一來家姑相留；二來小生的形孤影隻，岑寂不過，貪著骨肉相傍，懶向外邊去了。」妙通道：「相公既苦孤單，老身替你做個媒罷！」翰林道：「小生久欲買妾。師父前日說不管閒事，所以不敢相央。若得替我做個媒人，十分好了。」妙通道：「親事到有一頭在我心裏。適纔白老孺人相請說話。待我見過了他，再來和相公細講。」翰林道：「我也有個人在肚裏，正少個說合的，師父來得正好。見過了家姑，是必到書房中來走走，有話相商則個。」妙通道：「曉得了。」說罷話，望內裏就走進去。見了孺人。孺人道：「多時不來走走。」妙通道：「見說孺人有些貴恙，正要來看。恰好小哥來喚我，故此就來了。」孺人道：「前日我姪初到，心中一喜一悲，又兼辛苦了些兒，生出病來。而今小恙已好，不勞費心。只有一句話兒要與師父說說。」妙通道：「甚麼話？」孺人道：「我只為女兒未有人家，日夜憂愁。」妙通道：「一時也難得像意的。」孺人道：「有到有一個在這裏，正要與師父商量。」妙通道：「是那個？到要與我出家人商量。」孺人道：「且莫說出那個！只問師父一句話，我京中來的姪兒說道：『先認得你的。』可曉得麼？」妙通道：「在我

㊴打個問訊：僧尼向人合掌或敬揖叫做「問訊」或「打個問訊」。

那裏作寓好些時，見我說起孺人，纔來認親的，怎不曉得？且是好一個俊雅人物！」孺人道：「我這姪兒與我女兒同年所生，先前也曾告訴師父過的。當時在京就要把女兒許他為妻，是我家當先老爹不肯。我出京之時，私下把一個鈿盒分開兩扇，各藏一扇以為後驗，寫下文書一紙。當時姪兒還小。經今年遠，這鈿盒文書雖不知『還在不在？』人卻是了。眼見得女兒別家無緣，也似有個天意在那裏。我意欲完前日之約，不好自家啟齒；抑且不知他『京中曾娶過妻否？』要煩你到西堂與我姪兒說此事，如若未娶，待與他圓成了。可好麼？」妙通道：「這個當得。管取一說就成。且拿了這半扇鈿盒去，好做個話柄。」孺人道：「說得是。」走進房裏去，取出來，交與妙通。妙通袋在袖裏了，一徑到西堂書房中來。

翰林接著道：「師父見過家姑了？」妙通道：「是，見過了。」翰林道：「有甚說話？」妙通道：「多時不見，閒敘而已。」翰林道：「可見我妹子麼？」妙通道：「方才不曾見，再過會到他房裏去。」翰林道：「好個精緻房，只可惜獨自孤守！」妙通道：「目下也要說一個人與他了。」翰林道：「起先師父說：『有頭親事要與小生為媒。』是那一家？」妙通道：「是有一家，是老身的檀越。小娘子模樣儘好，正與相公廝稱。只是相公要娶妾，必定有個正夫人了。他家卻是不肯做妾的。」翰林道：「小生曾有正妻，亡過一年多了。恐怕一時難得門當戶對的佳配，所以且說個取妾。若果有好人家像得吾意，自然聘為正室了。」妙通道：「你要怎麼樣的纔像得你意？」翰林把手指著裏面道：「不瞞老師父說，得像這裏表妹方妙。」妙通笑道：「容貌到也差不多兒。」翰林道：「要多少聘財？」妙通袖裏摸出鈿盒來，道：「不須別樣聘財。卻倒是個難題目！他家有半扇金盒兒，配得上的就嫁他。」翰林接上手一看，明知是那半扇的底兒，不勝歡喜。故意問道：「他家要配此盒，必有緣故。師父可曉得備細？」妙通道：「當初這家子原是京中住的。有個中表曾結姻盟，各分鈿盒一扇為證。若有那扇，便是前緣了。」翰林道：「若論鈿盒，我也有半扇，只不知可配得著否？」急在拜匣中取出來，一配，卻好是一個盒兒。妙通道：「果然是一個！虧你還留得在。」翰林道：「你且說那半扇，是那一家的？」妙通道：「再有那家？怎佯不知，到來哄我。是你的親親表妹桂娘子的。難道你到不曉得！」翰林道：「我見師父藏頭露尾不肯直說出來，所以也做啞妝呆，取笑一回。卻又一件，這是家姑從幼許我的，何必今日又要師父多這些宛轉？」妙通道：「令姑也曾道來，年深月久，只怕相公已曾別娶，就不好意思。所以要老身探問個明白。今相公弦斷未續，鈿盒現配成雙，待老身回覆孺人，只須成親罷了。」翰林道：「多謝撮合大恩。只不知幾時可以成親？早得一日也好。」妙通道：「你這饞樣的新郎。明日是中秋佳節，我攛掇孺人就完成了罷，等甚麼日子！」翰林道：「多感，多感。」妙通袖裏懷了這兩扇完全的鈿盒，欣然而去，回覆孺人。孺人道是：「骨肉重完，舊物再見。」喜歡無盡。只待明日成親，喫喜酒了。此時胸中十萬分那有半分道不是他的姪兒。正是：

只認盒為真，　　豈知人是假？
奇事顛倒顛，　　一似塞翁馬❹⓪。

權翰林喜之如狂。一夜不睡。絕早起來，叫權忠到當鋪裏去賃了一頂儒巾，一套儒衣，整備拜堂。孺人也絕早起來，料理酒席，催促女兒梳妝，少不得一對參拜行禮。權翰林穿著儒衣，正似白龍魚服❹①

---

❹⓪ 塞翁馬：指「塞翁失馬」故事，譬喻禍福之事，應當看後來結果，不能拿一時情況來作結論。

❹① 白龍魚服：此處用來譬喻「所謂貴人化裝微行」。此處說，權翰林按理應冠帶（即官服），因為化名假說是個

掩著口只是笑。連權忠也笑。傍人看的無非道是他喜歡之故，那知其情？但見花燭輝煌，恍作遊仙一夢。有詞為證：

銀燭燦芙渠，瑞鴨微歕麝烟浮。喜紅絲初綰，寶合曾輸。何郎俊才調凌雲，謝女艷容華濯露。月輪正值團圓暮，雅稱錦堂歡聚。（右調西眉序）

酒罷，送入洞房。就是東邊小院桂娘的臥房。乃前日偷眠，妄想強進挨光㊷的所在；今日停眠整宿，你道快活不快活！權翰林真如入蓬萊山島了。入得羅幃，男貪女愛，兩情歡暢，自不必說。雲雨既闌，翰林撫著桂娘道：「我和你千里姻緣，今朝美滿，可謂三生有幸。」桂娘道：「我和你自幼相許，今日完聚，不足為奇。所喜者，隔著多年，又如此遠路，到底團圓，乃像是天意周全耳。只有一件，你須不是這裏人，今入贅我家，不知到底萍蹤浪跡，歸於何處？抑且不知你為儒？為商？作何生業？我嫁雞隨雞，也要商量個終身之策。一時歡愛不足戀也。」翰林道：「你不須多慮。只怕你不嫁得我。既嫁了我，包你有好處。」桂娘道：「有甚好處？料沒有五花官誥夫人之分！」翰林笑道：「別件或者煩難。若只要五花官誥，包管箱籠裏就取得出。」桂娘啐了一啐道：「虧你不羞！」桂娘只道是一句誇大的說話，不以為意。翰林卻也含笑，不就明言。且只軟款溫柔、輕憐痛惜，如魚似水，過了一夜。

明晨起來，各各梳洗已畢，一對兒穿著大衣，來拜見尊姑；並謝妙通為媒之功。正行禮之時，忽聽

游學秀才，所以只能穿戴儒巾儒衣，身分不相稱。因而自覺可笑了。

㊷ 挨光：金瓶梅第三回對此二字曾作解釋云：「怎的是『挨光』？比如今俗呼偷情就是了。」引申作「勾引婦女」解。

得堂前一片價篩鑼，像有十來個人喧嚷將起來，慌得小舅糕兒沒鑽處。翰林走出堂前來，問道：「誰人在此囉唣？」說聲未了，只見老家人權孝同了一班京報人一見了就磕頭，道：「京中報人特來報爺高陞的。小人們那裏不尋得到？方纔街上遇見權忠，纔知爺寄跡在此。卻如何這般打扮？快請換了衣服！」權翰林連忙搖手，叫他不要說破。禁得那一個住？你也「權爺」，我也「權爺」，不住的叫。拿出一張報單來，已陞了學士之職，只管嚷著求賞。翰林著實叫他們「不要說我姓權！」京報人那管甚麼頭絲，早把一張報喜的紅紙高高貼起在中間，上寫：

飛報貴府老爺權：高陞翰林學士，命下。

這裏跟隨管家權忠拿出冠帶，對學士道：「料想瞞不過了，不如老實行事罷！」學士帶笑脫了儒巾儒衣，換了冠帶，討香案來，謝了聖恩。分付京報人出去門外候賞。

轉身進來，重請岳母拜見。那孺人出於不意，心慌撩亂，沒個是處。好像青天裏一個霹靂，不知是那裏起的。只見學士拜下去，孺人連聲道：「折殺老身也！老身不知賢壻姓權，乃是朝廷貴臣，真是有眼不識泰山。望高擡貴手，恕家下簡慢之罪。」學士道：「而今總是一家人，不必如此說了。」孺人道：「不敢動問賢壻；賢壻既非姓白，為何假稱舍姪，光降寒門？其間必有因繇。」學士道：「小壻寄跡禪林，晚間閒步月下，看見令愛芳姿，心中仰慕無已。問起妙通師父，說著姓名、居址、家中長短備細。故此託名前來，假意認親。不想岳母不疑，欣然招納，也是三生有緣。」妙通道：「學士初到菴中，原說姓權。後來說著孺人家事，就轉口說了姓白。小尼也曾問來，學士回說道：『因為訪親，所以改換名姓。』豈知貴人游戲，我們多被瞞得不通風，也是一場天大笑話。」孺人道：「卻又一件，那半扇鈿盒卻自何來？難道賢壻是通神的？」學士笑道：「姪兒是假，鈿盒卻真。說起來實有天緣，非可強也。」孺人與妙通多驚異道：「願聞其詳。」學士道：「小壻在長安市上偶然買得此盒一扇，那包盒的卻是文字一紙，正是岳母寫與令姪留哥的，上有令愛名字。今此紙見在小壻處。所以小壻一發有膽冒認了。求岳母饒恕欺誑之罪。」孺人道：「此話不必題起了。只是舍姪家為何把此盒出賣？賣的是甚麼樣人？賢壻必然明白。」學士道：「賣的是一個老兒，說是令兄舊房主。他說：令兄全家遭疫，少者先亡，止遺老口，一時逃去，所以把物件遺下拿出來賣的。」孺人道：「這等說起來，我兄與姪皆不可保。真個是物在人亡了！」不覺掉下淚來。妙通便收科道：「老孺人，姻緣分定，而今還管甚姪兒？不姪兒？是姓權？是姓白？招得個翰林學士做女壻，須不辱莫了你的女兒！」孺人道：「老師父說得有理。」大家稱喜不盡。

此時桂娘子在旁，逐句逐句聽著。口雖不說出來，纔曉得昨夜許他五花官誥做夫人，是有來歷的，不是過頭㊸說話。亦且鈿盒天緣，實為湊巧。心下得意，不言可知。

權學士既喜著桂娘美貌，又見鈿盒之遇以為奇異，兩下恩愛非常。重謝了妙通師父，連岳母、小舅都帶了赴任。後來秩滿，桂娘封為宜人，夫妻偕老。

世間百物總憑緣，大海浮萍有偶然。
不向長安買鈿盒，何從千里配嬋娟？

㊸過頭：吳語，即「過分」。

卷之四　青樓市探人蹤　紅花場假鬼鬧

昔宋時三衢❶守宋彥瞻以書答狀元❷留夢炎，其略云：

嘗聞前輩之言：吾鄉昔有第奉常而歸，旗者、鼓者、饋者、迓者、往來而觀者闐路駢陌如堵墻；既而閨門賀焉，宗族賀焉，婣者、友者、客者交賀焉，至於讐者亦蒙恥含媿而賀且謝焉。獨鄰居一室扃鐍，遠引若避寇然。予因怪而問之。愀然曰：「所貴乎衣錦之榮者，謂其得時行道也，將有以庇吾鄉里也。今也，或竊一名，得一官，即起朝貴暮富之想。名愈高，官愈穹，而用心愈謬。武斷者有之，庇姦慝、持州縣者有之。是一身之榮，一鄉之害也。其居日以廣，鄰居日以蹙。吾將入山林深密之地以避之！是可弔，何以賀為？」

此一段話，載在齊東野語❸中。皆因世上官宦起初未經發跡變泰❹，身居貧賤時節，親戚、朋友、宗族、

❶ 三衢：現在叫做衢縣，屬浙江省。此處因有三衢山，所以又叫做三衢。

❷ 狀元：癸辛雜識云：「宋以後，皆以廷試首名為狀元，然宋俗一甲三名，均稱狀元，與後世異。」

❸ 齊東野語：書名，宋周密撰，共二十卷。

❹ 發跡變泰：「發跡」，應作「發迹」，指立功顯名起家事；「變泰」指「否極泰來」的意思，與「發跡」意義略同。

鄉鄰那一個不望他得了一日，大家增光。及至後邊風雲際會，超出泥塗，終日在仕宦途中、冠裳裏面馳逐富貴，奔趨利名，將自家困窮光景盡多抹過；把當時貧交看不在眼裏，放不在心上，全無一毫照顧周恤之意，淡淡相看，用不著他一分氣力。真叫得「官情紙薄」。不知向時盼望他這些意思竟歸何用？雖然如此，這樣人雖是惡薄，也只是沒用罷了。撞著有志氣肩巴硬的拚得個不奉承他，不求告他，也無奈我何，不為大害。更有一等狠心腸的人，偏要從家門首打墻腳起：詐害親戚，侵占鄉里，受投獻，窩盜賊，無風起浪，沒屋架梁；把一個地方攪得齏菜不生，雞犬不寧，人人懼憚，個個收斂，怕生出釁端撞在他網裏了。他還要疑心別人仗他勢力得了甚麼便宜，心下不放鬆的晝夜算計。似此之人，鄉里有了他怎如沒有的安靜！所以宋彥瞻見留夢炎中狀元之後，把此書規諷他，要他做好人的意思。其間說話雖是憤激，卻句句透切著今時病痛。

看官每❺不信，小子，而今單表一個作惡的官宦做著沒天理的勾當，後來遇著清正嚴明的憲司做對頭，方得明正其罪。說來與世上人勸戒一番。有詩為證：

> 惡人心性自天生，慢道多因習染成。
> 用盡兇謀如翅虎，豈知有日貫為盈！

這段話文❻乃是四川新都縣❼有一鄉宦，姓楊，是本朝甲科❽。後來沒收煞❾，不好說得他名諱。其人

❺ 看官每：「每」同「們」字，參閱本書卷二⓭。下文同樣用法的例，不再一一註出。

❻ 話文：自唐到宋，一般稱「說書藝人」做「說話人」，他們所用的底本，叫做「話本」。三言二拍是文人採用話本形式敘述的小說，所以稱做「擬話本」。此處用「話文」二字，乃是「擬話本」模擬說話人的口吻來稱自

家富心貪，兇暴殘忍。居家為一鄉之害，自不必說。曾在雲南做兵備僉事。其時屬下有個學霸廩生⑩，姓張，名寅。父親是個鉅萬財主，有妻有妾。妻所生一子，就是張廩生。妾所生一子，名喚張賓，年紀尚幼。張廩生母親先年已死，父親就把家事盡托長子經營。那廩生學業儘通，考試每列高等。一時稱為名士，頗與郡縣官長往來。只是賦性陰險，存心不善。父親見他每事苛刻取利，常勸他道：「我家道儘裕，勾你幾世受用不了。況你學業日進，發達有時，何苦錙銖較量，討人便宜怎的？」張廩生不以為好言，反疑道：「父親必竟身有私藏，故此把財物輕易，嫌道我苛刻。況我母已死，見前父親有愛妾、幼子，到底他們得便宜。我只有得眼面前東西，還有他一股之分，我能有得多少？」為此日夕算計，結交官府。只要父親一倒頭，便思量擺佈這庶母、幼弟，占他家業。

已後父親死了，張廩生恐怕分家，反向父妾要索取私藏。父妾回說：「沒有。」張廩生罄將房中箱籠搜過，並無蹤跡。又道他埋在地下，或是藏在人家。胡猜亂嚷，沒個休息。及至父妾要他分家與弟，卻又分毫不吐，只推道：「你也不拿出來，我也沒得與你兒子。」族人各有私厚薄：也有為著哥子的；也有為著兄弟的，沒個定論，未免兩下搬鬥，搆出訟事。那張廩生有兩子俱已入泮⑪，有財有勢，官府

己所敘述的小說的。

❼ 新都縣：今四川縣名，在成都之北，明清皆屬成都府。

❽ 甲科：明清俗稱進士做「甲科」，亦稱「甲第」。參閱本書卷三⑬。

❾ 沒收煞：俗稱「收束」做「煞」，例如「收煞」、「煞尾」之類。「沒收煞」就是「沒下稍」、「沒收場」的意思。

❿ 廩生：廩膳生員之略，實即「公費生」。

⓫ 入泮：凡入學做生員，叫做「入泮」。

情熟。眼見得庶弟孤兒寡婦下邊沒申訴處，只得在楊巡道⑫手裏告下一紙狀來。

張廩生見楊巡道准了狀，也老大喫驚。你道為何喫驚？蓋因這巡道又貪又酷，又不讓體面；惱著他性子，眼裏不認得人；不拘甚麼事由，匾打側卓，一味倒邊。還虧一件好處，是要銀子，除了銀子再無藥醫的。有名叫做楊瘋子，是惹不得的意思。張廩生忖道：「家財官司，只憑府、縣主張。府縣自然為我斯文一脈，料不有虧。只是這瘋子手裏的狀，不先停當得他，萬一拗彆起來，依著理斷個平分，可不去了我一半家事？這是老大的干係。」張廩生世事熟透，便尋個巡道梯己過龍⑬之人與他暗地打個關節⑭，許下他五百兩買心紅的公價，巡道依允。只要現過采⑮，包管停當；若有不妥，不動分文。張廩生只得將出三百兩現銀，篏寶金壺一把，縷絲金首飾一副，精工巧麗，價值頗多，權當二百兩，他日備銀取贖。要過龍的寫了議單，又討個許贖的執照。只要府縣申文上來，批個像意批語，永杜斷與兄弟之患，目下先准一訴詞為信。若不應驗，原物盡還。要廩生又換了小服，隨著過龍的到私衙門首，當面交割。四目相視，各自心照。張稟生自道算無遺策，只費得五百金，鉅萬家事一人獨享，豈不是「九牛去得一毛」，老大的便宜了，喜之不勝。看官，你道人心不平。假如張廩生是個克己之人，不要說平分家事，就是把

---

⑫ 巡道：明制在按察司之下，設按察分司，在按察使（這是一省的司法長官）之下，置按察副使、按察僉事等員，任按察分司之職，分察府、州、縣，叫做「分巡道」，簡稱「巡道」。楊巡道，按照上文，乃是兵備僉事。

⑬ 梯己過龍：「梯己」，指的是「貼身親隨人」；「過龍」，指「過付賄賂」。

⑭ 打個關節：指「通賄賂」。

⑮ 現過采：吳俗語，「好處」叫做「采頭」；「得利」叫做「得采頭」。此處巡道要求的是「現過采」，就是說：「要求先付賄賂」。

這一宗五百兩東西讓與小兄弟了，也是與了自家骨肉，那小兄弟自然是母子感激的。何故苦苦貪私，思量獨喫自疴⑯！反把家裏東西送與沒些相干之人。不知驢心狗肺怎樣生的！有詩曰：

私心只欲蔑天親，反把家財送別人。
何不家庭略相讓？自然忿怒變歡欣。

張廩生如此算計，若是後來依心像意⑰，真是天沒眼睛了。豈知世事浮雲，倏易不定？楊巡道受了財物，准了訴狀下去，問官未及審詳⑱，時值萬壽聖節⑲將近，兩司⑳裏頭例該一人賫表進京朝賀。恰好輪著該是楊巡道去，沒得推故。楊巡道只得收拾起身。張廩生著急，又尋那過龍的去討口氣。楊巡道回說：「此行不出一年可回。府縣且未要申文。待我回任，定行了落。」張廩生只得使用衙門，停閣了詞狀，呆呆守這楊僉憲㉑回道㉒。爭奈天不從人願，楊僉憲賫表進京，拜過萬壽，赴部考察㉓。他貪聲

---

⑯ 獨喫自疴：「疴」應作「屙」。吳俗語，叫大便做「屙屎」。此處就是說：「自喫自拉（屎）」，形容「一人獨吞」之意。

⑰ 像意：即稱心如意。參閱本書卷一㉞。

⑱ 審詳：舊時訴訟問案，叫做「審」，下級官對上級官有所陳報時所用的官文書叫做「詳」。

⑲ 萬壽聖節：舊稱皇帝生日做「萬壽節」。

⑳ 兩司：明代官制，每省中最高的官署是兩司。一名「承宣布政使司」，最高長官為左右布政使各一人，下設左右參政等官，布政使掌一省之政；一名「提刑按察使司」，最高長官為按察使一人。此處指四川一省中的「承宣布政使司」和「提刑按察使司」兩司。

㉑ 楊僉憲：「僉」字是「按察使司兵備僉事」之略；「憲」是舊日對上官的尊稱，如「憲臺」、「大憲」之類。

大著，已註了不謹㉔項頭，冠帶閒住。楊僉憲悶悶出了京城，一面打發人到任所接了家眷，自回籍去了。家眷動身時，張廩生又尋了過龍的去要倒出這一宗東西。衙門回言道：「此是老爺自做的事。若是該還，須到我家裏來自與老爺取討，我們不知就裏。」張廩生沒計奈何，只得住手。眼見得這一項銀子拋在東洋大海裏了。這是張廩生心勞術拙，也不為奇。

若只便是這樣沒討處罷了，也還算做便宜。張廩生是個貪私的人，怎捨得五百兩東西平白丟去了？自思：「身有執照，不幹得事，理該還我。他如今是個鄉宦，須管我不著，我到他家裏討去。說我不過，好歹還我些；就不還得銀子，還我那兩件金東西也好。況且四川是進京必由之路，由成都省下到新都只有五十里之遠，往返甚易。我今年正貢㉕須赴京廷試，待過成都時，恰好到彼討此一項做路上盤纏，有何不可？」算計得停當，怕人曉得了，暗地把此話藏在心中，連妻子多不曾與他說破。此時家中官事未決，恰值宗師考貢㉖。張廩生已自貢㉗出了學門，一時興匆匆地回家受賀，飲酒做樂了幾時。一面打點

㉒ 回道：「道」是楊兵備僉事所巡察的區域，此處指楊僉道出差回來之意。

㉓ 考察：明制外官三年一朝，朝以「丑」、「辰」、「未」、「戌」年，前期移撫按官，各綜其屬三年內功過狀，註考彙送覆核，以定黜陟。

㉔ 註了不謹：此處對楊巡道加註「考語」的，當然是他的上司撫按官，考語項內，註的是「不謹」，雖則不滿，語氣還輕，所以只去了他現任職務，而是「原官休致在家」，因此，下句稱為「冠帶閒住」了。

㉕ 貢：「貢監」或即「貢生」之略，貢生可參加會試，中式者皇帝親試於廷，就叫做廷試，又叫做殿試。（按科舉時代，選府州縣學生員之學行俱優者，貢諸京師，升入太學，有副貢、拔貢、優貢、歲貢、恩貢等名，統叫做貢生。）

長行，把爭家官事且放在一邊了。

帶了四個家人，免不得是張龍、張虎、張興、張富，早晚上道，水宿風餐，早到了成都地方，在飯店裏宿了一晚。張貢生想道：「我在此間還要迂道往新都取討前件，長行行李留在飯店裏不便。我路上幾日心緒鬱悶，何不往此間妓館一游，揀個得意的宿他兩晚，遣遣客興，就把行囊下在他家，待取了債回來帶去，有何不可？」就喚四個家人說了這些意思。那家人是出路的，見說家主要闞㉘，是有些油水的事，那一個不願隨鞭凳。簇擁著這個老貢生竟往青樓㉙市上去了。

老生何意入青樓？　豈是風情未肯休。
只為業冤當顯露，　埋根此處做關頭。

卻說張貢生走到青樓市上，走來走去，但見：

艷抹濃妝，倚市門而獻笑；穿紅著綠，搴簾箔以迎歡。或聯袖，或憑肩，多是些湊將來的姐妹；或用嘲，或共語，總不過造做出的風情。心中無事自驚惶，日日恐遭他假母怒；眼裏有人難撮合，時時任換□□生來。

張貢生見了這些油頭粉面行徑，雖然眼花撩亂，沒一個同來的人，一時間不知走那一家的是，未便入馬。

㉖ 考貢：即提學使考試生員充貢之期。
㉗ 自貢：即「納粟馬捐貢監」，所以叫做「自貢」。
㉘ 闞：明人小說中多此字，音「瓢」，越諺，指「宿娼」，即現在的「嫖」字。
㉙ 青樓：梁劉邈詩：「倡女不勝愁，結束下青樓。」始指妓館，後為妓館之稱。

只見前面一個人搖擺將來，見張貢生帶了一夥家人東張西覷，料他是個要鬫的勤兒❸⓪沒個幫的人，所以遲疑。便上前問道：「老先生定是貴足，如何踹此賤地？」張貢生拱手道：「學生客邸無聊，閒步適興。」那人笑道：「只是眼闥，怕適不得甚麼興。」張貢生也笑道：「怎便曉得學生不倒身？」那人笑容可掬道：「若果有興，小子當為引路。」張貢生正投著機，問道：「老兄高姓貴表？」那人道：「小子姓游，名守，號好閒，此間路數最熟。敢問老先生仙鄉上姓？」張貢生道：「學生是滇中。」游好閒道：「是雲南了。」後邊張興攛出來❸①道：「我相公是今年貢元，上京廷試的。」游好閒道：「失敬，失敬。小子幸會，奉陪樂地一游，喫個盡興，作做主人之禮何如？」張貢生道：「最好，不知此間那個妓者為最？」游好閒把手指一掐二掐的道：「劉金、張賽、郭師師、王丟兒都是少年行時的姐妹。」張貢生道：「誰在行些？」游好閒道：「若是在行，論這些雛兒多不及一個湯興哥，最是幫襯❸②軟款，有情親熱，也是行時過來的人。只是年紀多了兩年，將及三十歲邊了。卻是著實有趣的。」張貢生道：「我每自家年紀不小，倒不喜歡那孩子心性的，是老成些的好。」游好閒道：「這等，不消說，竟到那裏去就是。」於是陪著張貢生一直望湯家進來。

興哥出來接見，果然老成手頿，是個作家體段。張貢生一見心歡。告茶畢，敘過姓名，游好閒一一

❸⓪勤兒：據大宋宣和遺事和金瓶梅的例子，推定這是「使錢散漫的主兒」的隱語。又據明徐渭南詞敘錄：「勤兒，言其勤於悅色不憚煩也，亦曰刷子，言其亂也。」

❸①攛出來：吳語，插入其間之意，此處作「插嘴」解。

❸②幫襯：對人體貼衛護。

代答明白。曉得張貢生中意了，便指點張家人將出銀子來，送他辦東道。是夜游好閒就陪著飲酒。張貢生原是洪飲的，況且客中高興，放懷取樂。那游好閒去了頭便是個酒鐔。興哥老在行，一發是行令不犯，連觥不醉的。三人你強我賽，喫過三更方住。游好閒自在寓中去了。張貢生遂與興哥同宿。興哥放出手段，溫存了一夜。張貢生甚是得意。次日叫家人把店中行李盡情搬了來，頓放在興哥家裏了。

一連住了幾日，破費了好幾兩銀子。貪慕著興哥才色，甚是戀戀不捨。想道：「我身畔盤費有限，不能如意；何不暫往成都討取此項到手？便多用些在他身上也好。」出來與這四個家人商議，裝束了鞍馬往新都去。他心裏道指日可以回來的，對興哥道：「我有一宗銀子在新都，此去只有半日路程。我去討了來，再到你這裏頑耍幾時。」興哥道：「何不你留住在此，只教管家們去取討了來？」張貢生道：「此項東西必要親身往取的。叫人去，他那邊不肯發。」興哥道：「有多少東西？」張貢生道：「有五百多兩。」興哥道：「這關係重大，不好阻得你。只是你去了，萬一不到我這裏來了，教我家枉自盼望。」張貢生道：「我一應行囊都不帶去，留在你家，只帶了隨身鋪蓋并幾件禮物去。好歹一兩日隨即回來了。看你家造化，若多討得到手，是必㉝多送你些。」興哥笑道：「只要你早去早來，那在乎此！」兩下珍重而別。

看官，你道此時若有一個見機的人對那張貢生道：「這項銀子是你自己欺心不是處，黑暗裏葬送了，還怨悵兀誰？那官員每手裏東西，有進無出，『老虎喉中討脆骨』，『大象口裏拔生牙』，都不是好惹的，不要思想到手了。況且取得來送與衏衏人家㉞，又是個填不滿的雪井。何苦枉用心機，走這道路。不如

㉝ 是必：此處作「一定」解。

認個晦氣，歇了帳罷。」若是張貢生聞得此言轉了念頭，還是老大的造化。可惜當時沒人說破。就有人說，料沒人聽。只因此一去，有分交：半老書生，狼籍作紅花之鬼；窮兇鄉宦，拘攣為黑獄之囚。正是：

豬羊入屠戶之家，　一步步來尋死路。

這裏不題。

且說楊僉憲自從考察斷根回家，自道日暮窮途，所為愈横。家事已饒，貪心未足。終日在家設謀運局，為非作歹。他只有一個兄弟，排行第二。家道原自殷富，並不干預外事，到是個守本分的。見哥子作惡，每每會間微詞勸諫。僉憲道：「你仗我勢做二爺，掙家私勾了，還要管我！」話不投機。楊二曉得他存心尅毒，後來未必不火併自家屋裏。家中也養幾個了得的家人，時時防備他。近新一病不起。所生一子，止得八歲。臨終之時，喚過妻子在面前，分付眾家人道：「我一生只存此骨血。那邊大房做官的虎視眈眈。須要小心只對他，不可落他圈套之內，我死不瞑目。」淚如雨下，長嘆而逝。死後妻子與同家人輩牢守門戶，自過日子，再不去叨忝僉憲家一分勢利。僉憲無隙可入，心裏思量：「二房好一分家當！不過留得這一個黃毛小廝，若斷送了他，這家當怕不是我一個的。」欲待暗地下手，怎當得這家母子關門閉戶，輕易不來他家裏走動。想道：「我若用毒藥之類暗算了他，外人必竟知道是我，須瞞不過，亦且急忙不得其便。若糾合強盜劫了他家，害了性命，我還好瞞生人眼，說假公道話，只把失盜做推頭㉟，誰人好說得是我。總是不害得他性命，劫得家私一空，也只當是了。」他一向私下養著劇盜三

㉞ 衏衏人家：指妓家。
㉟ 推頭：吳語，即「藉口」。

十餘人，在外莊聽用。但是擄掠得來的，與他平分。若有一二處做將出來，他就出身包攬遮護。官府曉得他刁，公人怕他的勢，沒個敢正眼覷他。但有心上不像意或是眼裏動了火的人家，公然叫這些人去挪了來莊裏分了。弄得久慣，不在心上。他只待也如此劫了小侄兒子家裏，趁便害了他性命。爭奈他家家人晝夜巡，還養著狼也似的守門犬數隻，隄防甚緊。也是天有眼睛，到別處去拵㊱了就來；到楊二房去幾番，但去便有阻礙，下不得手。

僉憲正在時刻挂心，算計必克。忽然門上傳進一個手本㊲來，乃是：「舊治下雲南貢生張寅稟見。」心中喫了一驚道：「我前番曾受他五百兩賄賂，不曾替他完得事，就壞官回家了。我心裏也道此一宗銀兩必有後慮，不想他果然直尋到此。這事元不曾做得，說他不過，理該還他；終不成嚥了下去，又吐出來？若不還他時，他須是個貢生，酸子㊳智量必不干休。倘然當官告理，且不顧他聲名不妙，誰奈煩與他調唇弄舌！我且把個體面見見他，說話之間或者識時務不提起也不見得。若是這等，好好送他盤纏，打發他去罷了。若是提起要還，又做道理。」僉憲以口問心，計較已定，踱將出廳來，叫：「請貢生相見。」張貢生整肅衣冠，照著舊上司體統行個大禮。送了些土物為候敬。僉憲收了，設坐告茶。僉憲道：「老夫承乏貴鄉，罪過多端。後來罷職家居，不得重到貴地。今見了貴鄉朋友，還覺無顏。」張貢生道：「公祖大人直道不容，以致忤時。敝鄉士民迄今廑想明德。」僉憲道：「惶恐，惶恐。」又拱手道：「恭

㊱ 拵：即「撈」。

㊲ 手本：明萬曆間士夫名刺多用六扣白柬，稱做「名帖」，後改用青殼黏前後葉，始稱「手本」。

㊳ 酸子：墨娥小錄載秀才調侃為酸丁。此處「酸子」也用來指讀書人的。

喜賢契歲薦了。」張貢生道：「挨次幸及，殊為叨冒。」僉憲道：「今將何往？得停玉趾。」張貢生道：「赴京廷試，假途貴省，特來一覲臺光。」僉憲道：「此去成都五十里之遙，特煩枉駕，足見不忘老朽。」張貢生見他說話不招攬，只得自說出來道：「前日貢生家下有些瑣事，曾處一付禮物面奉公祖大人處收貯，以求周全。後來未經結局，公祖已行，此後就回貴鄉。今本不敢造次，只因貢生赴京缺費，意欲求公祖大人發還此一項，以助貢生利往。故此特此叩拜。」僉憲作色道：「老夫在貴處只喫得貴鄉一口水，何曾有此贓污之事？出口誣衊！敢是賢契被別個光棍哄了！」張貢生見他昧了心，改了口不認帳。若是個知機的，就該罷了，怎當得張貢生原不是良善之人，心裏著了急，就狠狠的道：「是貢生親手在私衙門前交付的，議單執照俱在，豈可昧得！」僉憲見有議單執照，回嗔作喜道：「是老夫忘事。得罪，得罪。前日有個妻弟在衙起身，需索老夫餽送。老夫宦囊蕭然，不得已故此借宅上這一項打發了他。不匡㊴日後多阻，不曾與宅上出得力。此項該還。只是妻弟已將此一項用去了，須要老夫賠償。且從容兩日，必當處補。」張貢生見說肯還，心下放了兩分鬆。又見說用去，心中不捨得那兩件金物。又將僉憲道：「內中兩件金器是家下傳世之物，還求保全原件則個。」僉憲冷笑了一聲道：「既是傳世之物，誰教輕易拿出來？且放心！請過了洗塵的薄款再處。」就起身請張貢生書房中慢坐，一面分付整治酒席。張貢生自到書房中去了。

僉憲獨自算了一回。他起初打白賴之時，只說張貢生會意，是必湊他的趣；他卻重重送他個回敬做盤纏，也倒兩全了。豈知張貢生算小，不還他體面，搜根剔齒一直說出來。然也還思量還他一半現物，

㊴不匡：「匡」字在戲曲小說中常見。通常與「不」字或「誰」字連用，作「不料」或「誰許」解。

解了他饞涎。只有那金壺與金首飾是他心上得意的東西，時刻把玩的，已曾幾度將出來誇耀親戚過了。你道他捨得也不捨得？張貢生恰恰把這兩件口內要緊。僉憲左思右思，便一時不懷好意了。哏地㊵一聲道：「一不做，二不休。他是個雲南人，家裏出來中途到此間的。斷送了他，誰人曉得！須不到得屍親知道。」就叫幾個幹僕約會了莊上一夥強人，到晚間酒散聽候使用。分付停當，請出張貢生來赴席。席間說些閒話，評論些朝事，且是殷勤。又叫俊俏的安童㊶頻頻奉酒。張貢生見是公祖的好意，不好推辭。又料道是如此美情，前物必不留難。放下心懷，只顧喫酒，早已喫得醺醺地醉了。又叫安童奉了又奉，只等待不省人事方住。又問：「張家管家們可曾喫酒了未？」卻也被幾個幹僕輪番更換陪伴飲酒。那些奴才們見好酒好飯，道是投著好處，那裏管三七二十一，只顧貪婪無厭。四個人一個個喫得瞪眉瞠眼，連人多不認得了。稟知了僉憲，僉憲分付道：「多送在紅花場結果去！」元來這楊僉憲有所紅花場莊子，滿地種著紅花，廣衍有一千餘畝。每年賣那紅花有八九百兩出息。這莊上造著許多房子，專一歇著客人，兼亦藏著強盜。當時只說送張貢生主僕到那裏歇宿。到得莊上，五個人多是醉的，看著被臥，倒頭便睡，鼾聲如雷，也不管天南地北了。那空闊之處一聲鑼響，幾個飛狠的莊客走將攏來，多是有手段的強盜頭，一刀一個。遮莫有三頭六臂的，也只多費得半刻工夫；何況這一個酸子與幾個騃奴，每人只生得一顆頭，消得幾時，早已罄淨，當時就在紅花稀疏之處，掘個坎兒做一堆兒埋下了。可憐張貢生癡心指望討債，

㊵ 哏地：即「狠狠地」。

㊶ 安童：小說戲曲中，多稱書童為安童。通俗編卷十八稱謂云：「俚俗小說每有『安童』之稱，嘗疑其為『家童』之訛，今據此（即夢粱錄）則當時自有此稱。」

還要成都去見心上人，怎知遇著狠主，弄得如此死於非命！正是：

不道逡巡命，　還貪傾刻花。
黃泉無妓館，　今夜宿誰家？

過了一年有餘。張貢生兩個秀才兒子在家，自從父親入京以後，並不曾見一紙家書，一個便信回來。問著個把京中歸來的人，多道不曾會面，並不曉得。心中疑惑，商量道：「滇中處在天末，怎能勾京中信至。還往川中省下打聽，彼處不時有在北京還往的。」於是兩個湊些盤纏在身邊了，一逕到成都尋個下處宿了。在街市上行來走去閒撞，並無遇巧熟人。兩兄弟住過十來日，心內無聊，商量道：「此處儘多名妓，我每各尋一個消遣則個。」兩個小夥子也不用幫閒，我陪你，你陪我，各尋一個雛兒：一個童小五，一個顧阿都，接在下處，大家取樂。混了幾日，鬧烘烘熱騰騰的，早把探父親信息的事撇在腦後了。

一日，那大些的有跳槽[42]之意。兩個雛兒曉得他是雲南人，戲他道：「聞得你雲南人，只要闖老的。我每敢此不中你每的意？不多幾日，只要跳槽。」兩個秀才道：「怎見得我雲南人只要闖老的？」童小五便道：「前日見游伯伯說：『去年有個雲南朋友到這裏來，要他尋表子，不要興頭的，只要老成的。後來引他到湯家興哥那裏去了。』這興哥是我們母親一輩中人。他且是與他過得火熱，也費了好些銀子。約他再來，還要使一主大錢。以後不知怎的了。這不是雲南人要老的樣子？」兩個秀才道：「那雲南人姓個甚麼？怎生模樣？」童小五顧阿都大家拍手笑道：「又來趄了。不在我每肝上的事，管他姓張姓李！

[42] 跳槽：舊日浮浪子弟嫖院，忽然拋棄一個素識的妓女，又到一妓女處來往，叫做「跳槽」。

那曾見他模樣來?只是游伯伯如此說，故把來取笑。」兩個秀才道：「游伯伯是甚麼人?住在那裏?這卻是你每曉得的。」童小五、顧阿都又拍手道：「游伯伯也不認得，還要鬭！」兩個秀才必竟要問個來歷。童小五道：「游伯伯千頭萬腦的人。撞來就見，要尋他卻一世也難。你要問你們貴鄉里，竟到湯興哥家問不是。」兩個秀才道：「說得有理。」留小的秀才窩伴著兩個雛兒，大的秀才獨自個問到湯家來。

那個湯興哥自從張貢生一去，只說五十里的遠近，早晚便到，不想去了一年有多，絕無消息。留下衣囊行李，也不見有人來取。門戶人家不把來放在心上，已此放下肚腸了。那日無客，在家閉門晝寢。忽然得一夢，夢見張貢生到來，說道：「取銀回來。」正要敘寒溫。卻被扣門聲急，一時驚醒。醒來想道：「又不曾念著他，如何魆地有此夢?敢是有人遞信息取衣裝，也未可知。」正在疑似間，聽得又扣門響。興哥整整衣裳，叫丫鬟在前，開門出來。丫鬟叫一聲道「客來了。」張大秀才纔那得腳進，興哥擡眼看時，喫了一驚道：「分明像張貢生一般模樣，如何後生了許多?」請在客座裏坐了。問起地方姓名，卻正是雲南姓張。興哥心下老大稀罕，未敢遽然說破。張大秀才先問道：「請問大姐，小生聞得這裏去年有個雲南朋友往來，可是甚麼樣人?姓甚名誰?」興哥道：「有一位老成朋友姓張，說是個貢生，要往京廷試，在此經過的。盤桓了數日，前往新都取債去了。說半日路程，去了就來。不知為何一去不來了?」張大秀才道：「隨行有幾人?」興哥道：「有四位管家。」張大秀才心裏曉得是了，問道：「此去不來，敢是竟自長行了?」興哥道：「那裏是。衣囊行李，還留在我家裏，轉來取了纔起身的。」張大秀才道：「這等，為何不來?難道不想進京，還留在彼處?」興哥道：「多分是取債不來，擔閣在彼。就是如此，好歹也該有個信，或是叫位管家來。影響無蹤，竟不知甚麼緣故?」張大秀才道：「見說新都取甚麼債？」興哥道：「只聽得說有一宗五百兩東西，不知是甚麼債？」張大秀才跌腳道：「是了，是了。這等，我每須在新都尋去了。」興哥道：「他是客官甚麼瓜葛，要去尋他？」張大秀才道：「不敢欺大姐，就是小生的家父。」興哥道：「失敬，失敬。怪道模樣恁地廝像，這等，是一家人了。」笑欣欣的去叫小二整起飯來，留張大官人坐一坐。張大秀才回說道：「這到不消。小生還有個兄弟在那廂等候，只是適間的話，可是確的麼？」興哥道：「怎的不確。見有衣囊行李在此，可認一認看，是不是？」隨引張大秀才到裏邊房裏來，把留下物件與他看了，張大秀才認得是實。忙別了興哥道：「這等，事不宜遲，星夜同兄弟往新都尋去。尋著了，再來相會。」興哥假親熱的留了一會，順水推船送出了門。

張大秀才急急走到下處，對兄弟道：「問到問著了，果然去年在湯家鬭的正是。只是依他家說起來，竟自不曾往京哩！」小秀才道：「這等，在那裏？」大秀才道：「還在這裏新都。我們須到那裏問去。」小秀才道：「為何住在新都許久？」大秀才道：「他家說是聽得往新都取五百金的債。定是到楊瘋子家去了。」小秀才道：「取得取不得，好歹走路。怎麼還在那裏？」大秀才道：「行囊還在湯家，方纔見過的。豈有不帶了去，徑自跑路的理？畢竟是擔閣在新都不來，不消說了。此去那裏苦不多遠，我每收拾起來一同去走遭，訪問下落則個。」兩人計議停當，將出些銀兩，謝了兩個妓者，送了家去，一徑到新都來。

下在飯店裏。店主人見是遠來的，問道：「兩位客官貴處？」兩個秀才道：「是雲南，到此尋人的。」店主人道：「雲南來是尋人的，不是倒贓的麼？」兩個秀才喫驚道：「怎說此話？」店主人道：「偶然這般說笑。」兩個秀才坐定，問店主人道：「此間有個楊僉事，住在何處？」店主人伸伸舌頭：「這人不是好惹的。你遠來的人，有甚要緊，沒事問他怎麼？」兩個秀才道：「問聲何妨！怎便這樣怕他？」店主人道：「他輕則官司害你，重則強盜劫你。若是遠來的人沖撞了他，好歹就結果了性命。」兩個秀才道：「清平世界，難道殺了人不要償命的？」店主人道：「他償誰的命？去年也是一個雲南人，一主四僕投奔他家。聞得是替他討甚麼任上過手贓的，一夜裏多殺了。至今寃屈無伸。那見得要償命來！方才見兩位說是雲南，所以取笑。」兩個秀才見說了，嚇得魂不附體，你看我，我看你，一時做不得聲。呆了一會，戰抖抖的問道：「那個人姓甚名誰？老丈，可知得明白否？」店主人道：「我那裏明白。他家有一個管家，叫做老三，常在小店喫酒。這個人還有些天理的。時常飲酒中間，把家主做的歹事一一告訴我，心中不服。去年雲南這五個被害，忒煞㊸乖張了。外人紛紛揚揚，也多曉得。小可每㊹還疑心，不敢輕信。老三說是果然真有的，煞是不平。所以小可每纔信。可惜這五個人死得苦惱，沒個親人得知。小可見客官方纔問及楊家，偶然如此閒講。客官『各人自掃門前雪』，不要閒管罷了。」兩個秀才情知是他父親被害了，不敢聲張，暗暗地叫苦。一夜無眠。次日到街上往來察聽，三三兩兩幾處說來，一般無二。兩人背地裏痛哭了一場。思量要在彼發覺，恐怕反遭網羅。亦且鄉宦勢頭，小可衙門㊺奈何不得他。含酸忍苦，原還到成都來。

見了湯興哥，說了所聞詳細。興哥也賠了幾點眼淚。興哥道：「兩位官人何不告了他討命？」兩個

㊸ 忒煞：吳語，即「太」的反切，作「太過分」解。

㊹ 小可每：「小可」，自稱謙詞；「每」即「們」。

㊺ 小可衙門：即「小一點的衙門」。

秀才道：「正要如此。」此時四川巡按察院❹❻石公正在省下。兩個秀才問湯興哥取了行囊，簡出貢生赴京文書放在身邊了。寫一狀，抱牌進告。狀上寫道：

告狀生員張珍、張瓊，為冤殺五命事。有父貢生張寅，前往新都惡宦楊某家取債，一去無蹤。珍等親投彼處尋訪，探得當被惡宦謀財害命，併僕四人，同時殺死。道路驚傳，人人可證。屍骨無蹤。滔天大變，萬古奇冤！親勦告。

告狀生員張珍，係雲南人。

石察院看罷狀詞。他一向原曉得新都楊僉事的惡蹟著聞，體訪已久，要為地方除害。只因是個甲科，又無人敢來告他，沒有把柄，未好動手。今見了兩生告詞，雖然明知其事必實，卻是詞中沒個實證實據，亂行不得。石察院趕開左右，直喚兩生到案前來，輕輕地分付道：「二生所告，本院久知。此人罪惡貫盈，但彼奸謀叵測。二生可速回家去，毋得留此！倘為所知，必受其害。待本院廉訪得實，當有移文至彼知會，關取爾等到此明冤。萬萬不可洩漏！」隨將狀詞摺了，收在袖中。兩生叩頭謝教而去。果然依了察院之言，一面收拾，竟回家中靜聽消息去了。

這邊石察院待兩司作揖之日，獨留憲長❹❼謝公敘話。袖出此狀與他看著道：「天地間有如此人否！本院留之心中久矣。今日恰有人來告此事，貴司刑法衙門可為一訪。」謝廉使❹❽道：「此人梟獍為心，

---

❹❻ 巡按察院：官名，明於十三省各置巡按御史一人，專以察吏安民，職權與漢刺史相似。因為巡按全銜為「巡按某處監察御史」，故稱為「巡按察院」。

❹❼ 憲長：刑法衙門長官的尊稱，此處指提刑按察使。

❹❽ 廉使：即「廉訪」，提刑按察使的別名。

豺狼成性，誠然王法所不容。」石察院道：「舊聞此家有家僮數千，陰養死士數十。若不得其實跡，輕易舉動，吾輩反為所乘。不可不慎！」謝廉使道：「事在下官。」袖了狀詞，一揖而出。這謝廉使是極有才能的人，況兼按臺囑付，敢不在心。他司中有兩個承差，一個叫做史應，一個叫做魏能，乃是點頭會意的人，謝廉使一向得用的。是日叫他兩個進私衙來分付道：「我有件機密事要你每兩個做去。」兩個承差叩頭道：「憑爺分付那廂使用，水火不辭。」廉使袖中取出狀詞來與他兩個看，把手指著楊某名字道：「按院老爺要根究他家這事。不得那五個人屍首實跡，拿不倒他。必要體訪的實，曉得了他埋藏去處，才好行事。卻是這人兇狡非常，只怕容易打聽不出。若是洩漏了事機，不惟無益，反致有害，是這些難處。」兩承差道：「此宦之惡，播滿一鄉。若是曉得上司尋他不是，他必竟先去下手，非同小可。就是小的每往彼體訪，若認得是衙門人役，惹起疑心，禍不可測。今蒙差委，除非改換打扮，只做無意游到彼地，乘機緝探，方得真實備細。」廉使道：「此言甚是有理。你們快怎麼計較了去。」兩承差自相商議了一回道：「除非如此如此。」隨稟廉使道：「小的們有一計在此，不知中也不中？」廉使道：「且說來。」承差道：「新都專產紅花。小的們曉得楊宦家中有個紅花場，利息千金。小的們兩個打扮做買紅花客人，到彼市買，必竟與他家管事家人交易往來。等走得路數多，人眼熟了，他每沒些疑心，然後看機會空便留心體訪，必知端的。須拘不得時日。」廉使道：「此計頗好。你們小心在意訪著了此宗公事，我另眼看你不打緊，還要對按院老爺說了，分別擡舉你。」兩承差道：「蒙老爺提挈，敢不用心。」叩頭而出。

元來這史應、魏能多是有身家的人，在衙門裏圖出身的。受了這個差委，日夜在心。各自收拾了百來兩銀子，放在身邊了，打扮做客人模樣，一同到新都來。只說買紅花。問了街上人，曉得紅花之事，多是他三管家姓紀的掌管。此人生性梗直，交易公道，故此客人來多投他買賣做得去。每年與家主掙下千來金利息，全虧他一個。若論家主這樣貪暴，鬼也不敢來上門了。當下史應、魏能一竟來到他家拜望了，各述來買紅花之意，送過了土宜。紀老三滿面春風，一團和氣，就置酒相待。這兩個承差是衙門老溜，好不乖覺。曉得這人有用他處，便有心結識了他。放出虔婆手段，甜言美語，說得入港。魏能便開口道：「史大哥，我們新來這裏做買賣，人面上不熟。自古道：『人來投主，鳥來投林。』難得這樣賢主人，我們序了年庚結為兄弟何如？」史應道：「此意最好。只是我們初相會，況未經交易，只道是我們先討好了，不便論量。待成了交易，再議未遲。」紀老三道：「多承兩位不棄，足感盛情。待明日看了貨，完了正事，另治個薄設，從容請教，就此結義何如？」兩個同聲應道：「妙，妙。」當夜紀老三送他在客房歇宿，正是紅花場莊上之房。次日起來，看了紅花，講倒了價錢，兩人各取銀子出來兌足了。兩下各各相讓有餘，彼此情投意合。是日紀老三果然宰雞買肉，辦起東道來。史魏兩人市上去買了些紙馬香燭之類，回到莊上擺設了，先獻了神，各寫出年月日時來。史應最長，紀老三小一歲，魏能又小一歲。挨次序立拜了神，各述了結拜之意道：「自此之後，彼此無欺，有無相濟，患難相救，久遠不忘；若有違盟，神明殛之！」設誓已畢，從此兩人稱紀老三為二哥；紀老三稱兩人為大哥、三哥。彼此喜樂，當晚喫個盡歡而散。元來蜀中傳下劉、關、張三人之風，最重的是結義。故此史、魏二人先下此工夫，以結其心。卻是未敢說甚麼正經心腸話。只收了紅花停當，且還成都。發在鋪中兌客，也原有兩分利息。收起銀子，又走此路。數月之中，如此往來了五六次。去便與紀老三綢繆，我請你，你請我，日日歡飲，真個如兄若弟，形迹俱忘。

一日酒酣，史應便伸伸腰道：「快活，快活。我們遇得好兄弟，到此一番，盡興一番。」魏能接口道：「紀二哥待我們弟兄只好這等了。我心上還嫌他一件未到處。」紀老三道：「小弟何事得罪？但說出來。自家弟兄不要避忌！」魏能道：「我們晚間貪得一覺好睡。相好弟兄，只該著落我們在安靜去處便好。今在此間，每夜聽得鬼叫，夢寐多是不安的。有這件不像意。這是二哥欠檢點處。小弟心性怕鬼的，只得直說了。」紀老三道：「果然鬼叫麼？」史應道：「是有些詫異。小弟也聽得的，不只是魏三哥。」魏能道：「不叫，難道小弟掉謊？」紀老三點點頭道：「這也怪他叫不得。」對著斟酒的一個夥計道：「你道叫的是兀誰？畢竟是雲南那人了。」史應、魏能見說出真話來，只做原曉得的一般，不加驚異，趁口道：「雲南那人之死，我們也聞得久了。只是既死之後，二哥也該積些陰隲，與你家老爺說個方便，與他一堆土埋藏了屍骸也好。為何拋棄他在那裏了，使他每夜這等叫苦連天？」紀老三道：「死便死得苦了。屍骸原是埋藏的。不要聽外邊人胡猜亂說！」兩人道：「外人多說是當時拋棄了。二哥又說是埋藏了。若是埋藏了，他怎如此叫苦？」紀老三道：「兩個兄弟不信，我領你去看。煞也古怪，但是埋他這一塊地上，一些紅花也不生哩。」史應道：「我每趁著酒興，斟杯熱酒兒，到他那埋裏澆他一澆，叫他晚間不要這等怪叫。就在空曠去處，再喫兩大盃盡盡興。」兩個一齊起身，走出紅花場上來。紀老三只道是散酒之意，那道是有心的，也起了身，叫小的帶了酒盒，隨了他們同步，引他們到一個所在來看。但見：

瀰漫怨氣結成堆，　　凜冽淒風團作陣。

若還不遇有心人，　　沈埋數載誰相問。

紀老三把手指道：「那一塊一根草也不生的底下，就是他五個的屍骸。怎說得不曾埋藏？」史應就斟下個大盃，向空裏作個揖道：「雲南的老兄，請一盃兒酒，晚間不要來驚嚇我們。」魏能道：「我也奠他一杯，湊成雙杯。」紀老三道：「一飲一啄，莫非前定。若不是大哥三哥來，這兩滴酒，幾時能勾到他泉下？」史應道：「也是他的緣分。」大家笑了一場。又將盒來擺在紅花地上，席地而坐，豁了幾拳，各各連飲幾個大觥。看看日色曛黑，方才住手。兩人早已把埋屍的所在周圍暗記認定了。仍到莊房裏宿歇。次日對紀老三道：「昨夜果然安靜些，想是這兩杯酒喫得快活了。」大家笑了一回。是日別了紀老三要回，就問道：「二哥幾時也到省下來走走，我們也好做個東道，盡個薄意，回敬一回敬。不然，我們只是叨擾，再無回答，也覺面皮忒厚了。」紀老三道：「弟兄家何出此言！小弟沒事不到省下。除非冬底要買過年物事，是必要到你們那裏走走，專意來拜大哥三哥的宅上便是。」三人分手，各自散了。

史應、魏能，此番踹知了實地，是長是短，來稟明了謝廉使，廉使道：「你們果是能幹。既是這等了，外邊不可走漏一毫風信。但等那姓紀的來到省城，即忙密報我知道，自有道理。」兩人稟了出來，自在外邊等候紀老三來省。

看看殘年將盡，紀老三果然來買年貨，特到史家、魏家拜望。兩人住處差不多遠。接著紀老三，歡天喜地道：「好風吹得貴客到此。」史應叫魏能偎伴了他，道：「魏三哥且陪著紀二哥坐一坐，小弟市上走一走。看中喫的東西，尋些來家請二哥。」魏能道：「是，是。快來則個。」史應就叫了一個小廝，拿了個籃兒，帶著幾百錢，往市上去了。一面買了些魚肉果品之類，先打發小廝歸家整治；一面走進按察司衙門裏頭去，密稟與廉使知道。廉使分付史應先回家去伴住他，不可放走了。隨即差兩個公人，寫個硃筆票與他道：「立拘新都楊宦家人紀三面審，毋遲時刻！」公人賫了小票，一徑到史應家裏來。史應先到家裏整治酒肴，正與紀老三接風。喫到興頭上，聽得外邊敲門響。史應叫小廝開了門，只見兩個公人跑將進來。對史、魏兩人唱了喏，卻不認得紀老三，問道：「這位可是楊管家麼？」史、魏兩人會了意，說道：「正是楊家紀大叔。」公人也拱一拱手說道：「敝司主要請管家相見。」紀老三喫一驚道：「有何事要見我，莫非錯了？」公人道：「不錯，見有小票在此。」便拿出硃筆的小票來看。史應、魏能假意喫驚道：「古怪，這是怎麼起的？」公人道：「老爺要問楊鄉宦家中事體，一向分付道：『但有管家到省，即忙緝報。』方才見史官人市上買東西，說道請楊家的紀管家。不知那個多嘴的，稟知了老爺。故此特著我每到來相請。」紀老三呆了一晌道：「沒事喚我怎的？我須不曾犯事！」公人道：「誰知犯不犯？見了老爺便知端的。」史、魏兩人道：「二哥自身沒甚事，便去見見不妨。」紀老三道：「決然為我們家裏的老頭兒，再無別事。」史、魏兩人道：「倘若問著家中事體，只是從直說了，料不喫虧。」道：「既然兩位牌頭到此，且請便席略坐一坐，喫三杯了去何如？」公人道：「多謝厚情。只是老爺立等回話的公事，從容不得。」史、應不由他分說，拿起大觥，每人灌了幾觥，喫了些案酒，公人又催起身。史應道：「我便陪著二哥到衙門裏去去。魏三哥在家再收拾好了東西，燙熱了酒，等見見官來盡興。」紀老三道：「小弟衙門裏不熟。史大哥肯同走走，足見幫襯。」紀老三沒處躲閃，只得跟了兩個公人到按察司裏來。

傳梆稟知謝廉使。廉使不升堂，竟叫進私衙裏來。廉使問道：「你是新都楊僉事的家人麼？」紀老三道：「小的是。」廉使道：「你家主做的歹事，你可知道詳細麼？」紀老三道：「小的家主果然有一兩件不守分勾當。只是小的主僕之分，不敢明言。」廉使道：「你從直說了，我饒你打。若有一毫隱蔽，我就用夾棍了。」紀老三道：「老爺要問那一件？小的好說。家主所做的事非一，叫小的何處說起？」廉使冷笑道：「這也說的是。」案上番那狀詞，再看一看，便問道：「你只說那雲南張貢生主僕五命，今在何處？」紀老三道：「這個不該是小的說的，家主這件事，其實有些虧天理。」廉使道：「你且慢慢說來。」紀老三便把從頭如何來討銀，如何留他喫酒，如何殺死了埋在紅花地裏，說了個備細。謝廉使寫了口詞道：「你這人到老實，我不難為你。權發監中，待提到了正犯就放。」當下把紀老三發下監中。史應、魏能到也為日前相處分上，照管他一應事體，叫監中不要難為他。不在話下。

謝廉使審得真情，即發憲牌一張，就差史應、魏能兩人賫到新都縣，著落知縣身上，要僉事楊某正身。係連殺五命公事。如不擒獲，即以知縣代解。又發牌捕衙在紅花場起屍。兩個領命到得縣裏，已是除夜那一日了。新都知縣接了來文，又見兩承差口稟緊急，嚇得兩手無措。忖道：「今日是年晚，此老必定在家；須乘此時調兵圍住，出其不意，方無走失。」即忙喚兵房㊾僉牌出去，調取一衛兵來，有三百餘人，知縣自領了，把楊家圍得鐵桶也似。其時楊僉事正在家飲圍年酒。日色未晚，早把大門重重關閉了。自與群妾內宴，歌的歌，舞的舞。內中一妾唱一隻黃鶯兒道：

> 積雨釀春寒，見繁花樹樹殘。泥塗滿眼登臨倦，江流幾灣，雲山幾盤。天涯極目空腸斷。寄書難，無情征雁，飛不到滇南。

㊾兵房：舊制知縣衙門內部組織有吏、禮、戶、兵、刑、工六房。兵房掌軍事、調兵等事。

楊僉事見唱出「滇南」兩字，一個撞心拳，變了臉色道：「要你們提起甚麼滇南不滇南？」心下有些不快活起來。不想知縣已在外邊。看見大門關上，兩個承差是認得他家路徑的，從側邊梯墻而入。先把大門開了，請知縣到正廳上坐下，叫人到裏邊傳報道：「邑主在外有請。」楊僉事正因「滇南」二字觸著隱衷，有些動心。忽聽得知縣來到正廳上，想道：「這時候到此何幹？必有蹺蹊，莫非前事有人告發了？」心下驚惶，一時無計，道：「且躲過了他再處。」急往廚下竈前去躲。知縣見報了許久不出，恐防有失，忙入中堂，自求搜尋。家中妻妾一時藏避不及。知縣分付喚一個上前來說話。此時無奈，只得走一個婦女出來答應。知縣問道：「你家爺那裏去了？」這個婦人回道：「出外去了，不在家裏。」知縣道：「胡說。今日是年晚，難道不在家過年的？」叫從人將拶子拶將起來。這婦人著了忙，喊道：「在，在。」就把手指著廚下。知縣率領從人竟往廚下來搜。僉事無計可施，只得走出來道：「今日年夜，老父母何事直入人內室？」知縣道：「非干晚生之事。乃是按臺老大人、憲長老大人相請，問甚麼連殺五命的公事。要老先生星夜到司對理。如老先生不去，要晚生代解。不得不如此唐突。」僉事道：「隨你甚麼事，也須讓過年節。」知縣道：「上司緊急，兩個承差坐提，等不得過年。只得要煩老先生一行，晚生奉陪同往就是。」知縣就叫承差守定，不放寬展。僉事無奈，只得隨了知縣出門。知縣登時僉了解批，連夜解赴會城。兩個承差又指點捕官一面到莊上掘了屍首，一同趕來。那些在莊上的強盜，見主人被拏，風聲不好，一鬨的走了。

謝廉使特為這事歲朝升堂。知縣已將僉事解進。僉事換了小服，跪在廳下，口裏還強道：「不知犯官有何事故？鈞牌拘提，如捕反寇。」廉使將按院所准狀詞，讀與他聽。僉事道：「有何憑據？」廉使道：「還你個憑據。」即將紀老三放將出來道：「這可是你家人麼？他所供口詞的確，還有何言。」僉事道：「這是家人懷挾私恨誣首的，怎麼聽得！」廉使道：「誣與不誣，少頃便見。」說話未完，只見新都巡捕縣丞已將紅花場五個屍首，在衙門外著落地方收貯，進司稟知。廉使道：「你說無憑據，這五個屍首，如何在你地上？」廉使又問捕官：「相得屍首怎麼的？」捕官道：「縣丞當時相來，俱是生前被人殺死，身首各離的。」廉使道：「如何，可正與紀三所供不異，再推得麼？」僉事俛首無辭，只得認了道：「一時酒醉觸怒，做了這事。乞看縉紳體面，避蓋些則個。」廉使道：「縉紳中有此！不但衣冠中禽獸，乃禽獸中豺狼也。石按臺早知此事，密訪已久，如何輕貸得！」即將楊僉事收下監候，待行關❺⓪取到原告再問。重賞了兩個承差。紀三釋放寧家去了。

關文行到雲南，兩個秀才知道楊僉事已在獄中，星夜赴成都來執命。曉得事在按察司，竟來投到。廉使叫押到屍場上認領父親屍首。取出僉事對質一番。兩子將僉事拳打腳踢。廉使喝住道：「既在官了，自有應得罪名，不必如此！」將僉事依一人殺死三命者律，今更多二命，擬淩遲處死，決不待時。下手諸盜以為從定罪，候擒獲發落。僉事係是職官，申院奏請定奪。不等得旨意轉來，楊僉事是受用的人，在獄中受苦不過，又見張貢生率領四僕日日來打他，不多幾時，斃於獄底。

僉事原不曾有子，家中竟無主持，諸妾各自散去。只有楊二房八歲的兒子楊清是他親姪，應得承受，潑天家業多歸於他。楊僉事枉自生前要算計并姪兒子的，豈知身後連自己的倒與他了？這便是天理不泯處。

❺⓪ 行關：「關」是「關文」之略，參閱本書卷一❸①。下不再註。

那張貢生只為要欺心小兄弟的人家，弄得身子冤死他鄉。幸得官府清正有風力，纔報得仇。卻是行關本處，又經題請，把這件行賄上司圖占家產之事各處播揚開了。張賓此時同了母親稟告縣官道：「若是家事不該平分，哥子為何行賄？眼見得欺心，所以喪身。今兩姓執命，既已明白，家事就好公斷了。此係成都成案，奏疏分明，須不是撰造得出的。」縣官理上說他不過，只得把張家一應產業兩下平分。張賓得了一半，兩個姪兒得了一半，兩個姪兒也無可爭論。

張貢生早知道到底如此，何苦將錢去買憔悴，白折了五百兩銀子，又送了五條性命！真所謂「無梁不成，反輸一帖」也。奉勸世人，還是存些天理，守些本分的好。

錢財有分苦爭多，反自將身入網羅。
看取兩家歸束處，心機用盡竟如何？

卷之五　襄敏公元宵失子　十三郎五歲朝天

詞云：

瑞烟浮禁苑。正絳闕春回，新正方半，冰輪桂華滿。溢花衢歌市，芙蓉開遍。龍樓兩觀。見銀燭星毬有爛；捲珠簾盡日笙歌，盛集寶釵金釧。堪羨。綺羅叢裏，蘭麝香中，正宜遊翫。風柔夜煖。花影亂。笑聲喧，鬧蛾兒滿路，成團打塊，簇著冠兒鬥轉。喜皇都舊日風光，太平再見。

（詞寄瑞鶴仙）

這一首詞乃是宋紹興年間詞人康伯可❶所作。伯可元是北人，隨駕南渡，有名是個會做樂府的才子。秦申王❷薦於高宗皇帝。這詞單道著上元佳景，高宗皇帝極其稱賞，御賜金帛甚多。詞中為何說「舊日聲名掃地。」（以上據鶴林玉露）他是南渡後一個宮廷的詞人，是一個柳永派的重要作家，此詞即伯可上元應制時所作，可以看出確是「諛豔粉飾」的了。

---

❶ 康伯可：康與之，字伯可。宋「建炎（西元一一二七—一一三〇年）中高宗駐維揚，伯可上中興十策，名聲甚著，後秦檜當國，乃附會求進，擢為臺郎。值慈寧歸養，兩宮燕樂，伯可專應制為歌詞，諛豔粉飾，於是聲名掃地。」（以上據鶴林玉露）他是南渡後一個宮廷的詞人，是一個柳永派的重要作家，此詞即伯可上元應制時所作，可以看出確是「諛豔粉飾」的了。

❷ 秦申王：即秦檜。宋江寧人，字會之。靖康間，官御史中丞，徽、欽二帝北遷，從至金。高宗時縱歸，後為相，欲挾金人以自重，力主和議，誣殺岳飛等。據位十九年，誅殺忠臣良將略盡，易執政二十八人。性陰險，晚年尤為殘忍。死後贈封「申王」，開禧（寧宗年號）追奪王爵，改謚「繆醜」。

風光太平再見」？蓋因靖康之亂，徽欽被擄，中原盡屬金夷；僥倖康王南渡，即了帝位，偏安一隅，偷閒取樂，還要模擬盛時光景，故詞人歌詠如此，也是自解自樂而已。怎如得當初柳耆卿❸另有一首詞云：

禁漏花深。綉工日永。薰風布煖，變韶景都門十二。元宵三五，銀蟾光滿。凌飛觀，聳皇居麗，佳氣瑞烟烟蔥蒨。翠華宵幸，是處層城閬苑。龍鳳燭交光星漢，對咫尺鼇山開雉扇。會樂府兩籍神仙，梨園四部絃筦。向曉色都人未散。盈萬井山呼鼇抃，願歲歲。天仗裏，常瞻鳳輦。（詞寄傾盃樂）

這首詞，多說著盛時宮禁說話。只因宋時極作興❹是個元宵，大張燈火，御駕親臨，君民同樂。所以說道：「金吾不禁夜，玉漏莫相催。」然因是傾城士女通宵出游，沒些禁忌，其間就有私期密約，鼠竊狗偷，弄出許多笑柄來。當時李漢老又有一首詞云：

帝城三五，燈光花市盈路。天街游處，此時方信鳳闕都民，奢華豪富。紗籠纔過處，喝道轉身

❸ 柳耆卿：初名三變，字耆卿，福建崇安人，因為喜作小詞，好游狹邪，未能致身科第，後改名永，方中景祐（宋仁宗年號）元年（西元一〇三四年）進士。官至屯田員外郎，世稱柳屯田。所作歌詞，旖旎動情，教坊每得新腔，必求耆卿作辭，所以流傳得極為廣遍，相傳當時遐方異域以及有井水之處，都歌唱詠誦他所作的歌詞。死的那天，因為家無餘財，好多妓女出錢，葬在襄陽縣南門外，每春月上墓，稱做「弔柳七」。他的故事，有柳耆卿詩酒翫江樓（收清平山堂話本集；亦收入綉谷春容中）。此處所引的傾盃樂一詞，查汲古閣本宋六十名家詞柳永樂章集中，在「銀蟾光滿」下，有「連雲複道」四字。「佳」作「嘉」，但萬紅友詞律註，亦作「佳」。

❹ 極作興：「作興」二字，意義很多。此處作「習俗極盛行」解。

一壁，小來且住，見許多才子艷質，攜手並肩低語。東來西往誰家女？買玉梅爭戴，緩步春風度。北觀南顧，見畫燭影裏，神仙無數，引人魂似醉。不如趁早步月歸去。這一雙情眼，怎生禁得許多胡覷！（詞寄女冠子）

細看此一詞，可見元宵之夜，趁著喧鬧叢中幹那不三不四❺勾當❻的，不一而足。不消說起。而今在下說一件元宵的事體❼，直教：

鬧動公侯府，分開帝主顏。
猾徒入去地，稚子見天還。

話說宋神宗朝，有個大臣王襄敏公❽，單諱著一個韶字。全家住在京師。真是潭潭相府，富貴奢華，自不必說。那年正月十五元宵佳節，其時王安石未用，新法未行，四境無侵，萬民樂業：正是太平時候。家家戶戶，點放花燈。自從十三日為始，十街九市，歡呼達旦。這夜十五日是正夜。年年規矩，官家❾

---

❺ 不三不四：作「不清不楚」或「不法」解。
❻ 勾當：通俗編云：「勾當乃『幹事』之謂，今直以『事』為勾當。據元典章延祐三年（西元一三一六年）均賦役詔有云：『只交百姓當差勾當，也成就不得。』蓋其時已如是矣。」此處「勾當」即作「事情」解。
❼ 事體：見本書卷二㊽，下不再註。
❽ 王襄敏公：王韶，字子純，宋史（卷三百二十八）有傳。江州德安人，第進士。熙寧元年（西元一五六八年）詣闕上平戎策三篇，得神宗賞識，從此即以一文人出掌軍事，用兵有機略，熙寧七年熙河之役，大敗羌人，召為樞密副使，為宋名將。後因與王安石政見不合，失官，元豐二年（西元一五七九年）復官，知洪州，四年病疽死，年五十二，贈金紫光祿大夫，謚曰襄敏。

親自出來，賞翫通宵。傾城士女，專待天顏一看。且是此日難得，一輪明月當空，照耀如同白晝；映著各色奇巧花燈，從來叫做「燈月交輝」，極為美景。襄敏公家內眷，自夫人以下，老老幼幼，沒一個不打扮齊整了，只候人擡著帷幙出來，街上看燈遊耍。

看官，你道如何用著帷幙？蓋因官宦人家女眷，恐防街市人挨挨擦擦，不成體面，所以或用絹段或用布疋等類，扯作長圈圍著。只要隔絕外邊人，他在裏頭，走的人原自四邊看得見的。晉時叫他做「步障」❿。故有「紫絲布步障」、「錦布障」之稱。這是大人家規範如此。

閒話且過。卻說襄敏公有個小衙內⓫，是他末堂最小的兒子，排行第十三，小名叫做南陔⓬。年方五歲。聰明乖覺，容貌不凡，合家內外大小都是喜歡他的。公與夫人自不必說，其時也要到街上看燈。大宅門中衙內穿著齊整，還是等閒。只頭上一頂帽子，多是黃豆來大不打眼的洋珠，穿成雙鳳穿牡丹花

---

❾ 官家：稱皇帝。名義考引廣記云：「五帝官天下，三皇家天下，稱『官家』，猶言帝王也。」

❿ 步障：古貴顯者出行所設屏蔽風寒塵土的行幕。晉書石崇傳：「崇與貴戚王愷、羊琇之徒，以奢靡相尚。愷作紫絲布步障四十里；崇作錦步障五十里以敵之。」

⓫ 小衙內：唐末到宋初，「衙內」是藩鎮親衛之官，大都用親子弟擔任。因此，世俗相沿，遂呼貴家子弟為「衙內」或「小衙內」。

⓬ 南陔：宋岳珂桯史卷一載此事，本篇即據此敘述。「南陔」，係王寀自取的號，可是本篇則以南陔作他的小名，後來才取名王寀，乃是不同的地方。按宋史王韶傳記載「韶子十人」；可是桯史則稱寀係第十三，不悉有無根據。王寀事蹟，附在其父王韶傳中。寀，字輔道，好學，工詞章，登第至校書郎，忽感心疾，好道流，言丹砂神仙事，徽宗時為林靈素所陷，下大理獄棄市。

樣，當面前一粒貓兒眼⑬寶石睛光閃爍，四圍又是五色寶石鑲著，乃是鴉青祖母綠⑭之類。只這頂帽，也值千來貫錢。襄敏公分付一個家人王吉，馱在背上，隨著內眷一起看燈。那王吉是個曉法度的人，自道身是男人，不敢在帷中走，只是傍帷外而行。

行到宣德門前，恰好神宗皇帝正御宣德門樓⑮。聖旨許令萬目仰觀，金吾衛⑯不得攔阻。樓上設著鰲山⑰，燈光燦爛，香烟馥郁；奏動御樂，簫鼓喧闐。樓下施呈百戲⑱，供奉御覽。看的真是人山人海，

⑬貓兒眼：寶石名，一稱「貓眼石」，石英之屬，中含石絨，有「灰」、「綠」、「褐」等色，磨成圓塊，狀如貓眼，所以有這個名稱，產在錫蘭島，用作寶石，極珍貴，又名貓睛石。據格古要論：「貓睛石出南蕃，性堅，黃如酒色。睛活者中間有一道白橫搭，轉折分明，與貓兒眼睛一般者為佳。若眼睛散及死而不活或青色者，皆不為奇。」

⑭祖母綠：寶石名，即「綠柱玉」，一名「翠玉」，即一種透明帶綠色的綠柱石。珍玩考云：「寶石中有祖母綠者，形似玻璃而晶瑩過之。元陶九成輟耕錄載回回石頭品極多，有『助木剌』者。……蓋『助木剌』，回回石頭，明是外國方言，有音無字，久之，遂訛為『祖母綠』，又稱為『子母綠』、『助水綠』矣。」

⑮神宗皇帝正御宣德門樓：按宋史本紀，宋代皇帝喜御宣德門觀燈的，確是神宗。熙寧四年春正月庚子；七年春正月壬子；八年春正月丁未；十年春正月乙丑；元豐元年庚申；二年春正月甲申；五年春正月丙申；六年春正月庚寅，均有「御宣德門觀燈記事」。

⑯金吾衛：「金吾」，官名，顏師古云：「金吾，鳥名也，主辟不祥，天子出行，職主先導，以禦非常，故執此鳥之象，因以名官。」復據宋史職官志環衛官中有左右金吾衛上將軍、大將軍、將軍，皆以宗室為之。可知金吾衛乃係侍衛親軍之一種。

⑰鰲山：疊燈綵為山形。乾淳歲時記：「元夕二鼓，上乘小輦幸宣德門觀鼇山，擎輦者皆倒行，以便觀賞。山

擠得縫地都沒有了。有翰林承旨王禹玉上元應制詩為證：

雪消華月滿仙臺，萬燭當樓寶扇開。
雙鳳雲中扶輦下，六鰲海上駕山來。
鎬京春酒沾周宴，汾水秋風陋漢才。
一曲昇平人盡樂，君王又進紫霞盃。

此時王吉擁入人叢之中。因為肩上負了小衙內，好生不便，觀看得不甚像意。忽然覺得背上輕鬆了些。一時看得渾了，忘其所以，伸伸腰，擡擡頭，且是自在，呆呆裏向上看著。猛然想道：「小衙內呢？」急回頭看時，眼見得不在背上。四下一望，多是面生之人，竟不見了小衙內蹤影。欲要找尋，又被擠住了腳，行走不得。王吉心慌撩亂，將身子儘力挨出。挨得骨軟觔麻，纔到得稀鬆之處。遇見府中一夥人，問題：「你們見小衙內麼？」府中人道：「小衙內是你負著，怎到來問我們！」王吉道：「正是鬧嚷之際，不知那個伸手來我背上接了去。想必是府中弟兄們見我費力，替我抱了，放鬆我些，也不見得。我一時貪個鬆快，人鬧裏不看得仔細，及至尋時已不見了。你們難道不曾撞見？」府中人見說，大家慌張

燈凡千數百種，極其新巧。中以五色玉柵簇成『皇帝萬歲』四大字，其上伶官奏樂，其下為大露臺，百藝群工，競呈奇技。內人及小黃門百餘，皆巾裹翠蛾，倣街坊清樂傀儡，繚繞於燈月之下。」

⑱百戲：即「雜技」。唐書樂志曰：「……秦漢已來，又有雜伎，其變非一，名為百戲……」後漢書安帝紀：「乙酉，罷魚龍曼延百戲。」劉晏詠王大娘戴竿詩：「樓前百戲競爭新，唯有長竿妙入神。」可以知道百戲的情形。

起來，道：「你來作怪了！這是作耍的事，好如此不小心！你在人千人萬處失去了，卻在此問張問李，豈不悞事！還是分頭再到鬧頭裏尋去。」一夥十來個人同了王吉挨出挨入，高呼大叫。怎當得人多得緊了，茫茫裏向那個問是。落得眼睛也看花了，喉嚨也叫啞了，並無一些影響。尋了一回，走將攏來，我問你，你問我，多一般不見，慌做了一團。有的道：「或者那個抱了家去了。」有的道：「你我都在，又是那一個抱去！」王吉道：「且到家問問看又處。」一個老家人道：「決不在家裏。頭上東西耀人眼目，被歹人連人盜拐去了。我們且不要驚動夫人，先到家稟知了相公，差人及早緝捕為是。」王吉見說要稟知相公，先自怯了一半，道：「如何回得相公的話！且從容計較打聽，不要性急便好。」府中人多是著了忙的，那繇得王吉主張，一齊迭了家來。私下問問，那得個小衙內在裏頭。只得來見襄敏公。卻也囁囁嚅嚅，未敢一直說失去小衙內的事。襄敏公見眾人急急之狀，到問道：「你等去未多時，如何一齊跑了回來？且多有些慌張失智光景，必有緣故。」眾家人纔把王吉在人叢中失去小衙內之事說了一遍。王吉跪下，只是叩頭請死。襄敏公毫不在意，笑道：「去了自然回來，何必如此著急？」眾家人道：「此必是歹人拐了去，怎能勾回來？相公還是著落⑲開封府及早追捕，方得無失。」襄敏公搖頭道：「也不必。」眾人道是一番天樣大、火樣急的事，怎知襄敏公看得等閒，聲色不動，化做一杯雪水。眾人不解其意，只得到帷中稟知夫人。夫人驚慌抽身急回，噙著一把眼淚來與相公商量。襄敏公道：「若是別個兒子失去，便當急急尋訪。今是吾十三郎，必然自會歸來，不必憂慮。」夫人道：「此子雖然伶俐，點點年紀，奢遮煞也⑳只是四五歲的孩子。萬眾之中擠掉了，怎能勾自會歸來。」養娘每道：「聞得歹人

⑲ 著落：吳語「叫……負責」的意思。

拐人家小廝去，有擦瞎眼的，有斫掉腳的，千方百計擺佈壞了，裝做叫化的化錢。若不急急追尋，必然衙內遭了毒手。」各各啼哭不住。家人每道：「相公便不著落府裏緝捕，招帖也寫幾張，或是大張告示，有人貪圖賞錢，便有訪得下落的來報了。」一時間你出一說，我出一見，紛紜亂講。只有襄敏公怡然不以為意道：「隨你議論百出，總是多的，過幾日自然來家。」夫人道：「魔合羅般㉑一個孩子，怎生捨得！失去了不在心上，說這樣懈話！」襄敏公道：「包在我身上，還你一個舊孩子便了。不要性急。」夫人那裏放心。就是家人每、養娘每也不肯信相公的話。夫人自分付家人各處找尋去了不題。

卻說那晚南陔在王吉背上，正在挨擠喧嚷之際，忽然有個人趁近到王吉身畔，輕輕伸手過來接去，仍舊一般馱著。南陔貪著觀看，正在眼花撩亂，一時不覺。只見那一個人負得在背，便在人叢裏亂擠將過去，南陔纔喝聲道：「王吉！如何如此亂走！」定睛一看，那裏是個王吉！衣帽裝束，多另是一樣了。南陔年紀雖小，心裏煞是聰明。便曉得是個歹人，被他鬧裏來拐了。欲待聲張，左右一看，並無一個認得的熟人。他心裏思量道：「此必貪我頭上珠帽，若被他掠去，須難尋討，我且藏過帽子；我身子不怕他怎地！」遂將手去頭上除下帽子來，揣在袖中，也不言語，也不慌張，任他馱著前走，卻像不曉得甚

---

⑳ 奢遮煞也：「煞」在吳語中用在形容詞之後，作「極」字用。如果下面緊接著「也」字，上半句便構成「假定的」意思。例如：「熱煞，我也要去」，等於說：「便是（或『即使』）熱極，我也要去。」此處「奢遮」，作「伶俐」或「有本事」解。就是說：「即使十三郎十分伶俐，也不過是四五歲的孩子」的意思。

㉑ 魔合羅般：「魔合羅」，又作「摩侯羅」、「摩侯羅兒」、「摩訶羅」，乃是宋俗七夕乞巧時所供的「小塑的泥娃娃」，是美妙可愛的兒童形象。「般」，作「一樣」解。此處是說「十三郎是和魔合羅一般地美妙可愛的一個孩子」的意思。

麼的。將近東華門，看見轎子四五乘疊聯而來，南陔心裏忖量道：「轎中必有官員貴人在內，此時不聲張求救，更待何時？」南陔覷轎子來得較近，伸手去攀著轎幰，大呼道：「有賊！有賊！救人！救人！」那負南陔的賊出於不意，驟聽得背上如此呼叫，喫了一驚，恐怕被人拿住，連忙把南陔撩下背來，脫身便走，在人叢裏混過了。轎中人在轎內聞得孩子聲喚，推開簾子一看，見是個青頭白臉魔合羅般一個小孩子，心裏喜歡。叫住了轎，抱將過來，問道：「你是何處來的？」南陔道：「是賊拐了來的。」轎中人道：「賊在何處？」南陔道：「方纔叫喊起來，在人叢中走了。」轎中人見他說話明白，摩他頭道：「乖乖，你不要心慌，且隨我去再處。」便雙手抱來，放在膝上。一直進了東華門，竟入大內㉒去了。

你道：「轎中是何等人？」元來是穿宮的高品近侍中大人㉓。因聖駕御樓觀燈已畢，先同著一般的中貴四五人前去宮中排宴。不想遇著南陔叫喊，抱在轎中，進了大內。中大人分付從人，領他到自己入直的房內，與他果品喫著，被臥溫著，恐防驚嚇了他，叮囑又叮囑。內監心性喜歡小的，自然如此。次早，中大人四五人直到神宗御前叩頭跪稟道：「好教萬歲爺爺得知，奴婢等昨晚隨侍賞燈回來，在東華門外拾得一個失落的孩子，領進宮來。此乃萬歲爺爺得子之兆，奴婢等不勝喜歡。未知是誰家之子，未請聖旨，不敢擅便。特此啟奏。」神宗此時前星㉔未耀，正急的是生子一事。見說拾得一個孩子，也道

㉒ 大內：皇帝宮殿之內，謂之「大內」。舊唐書德宗紀：「睿直皇后生子於長安大內之東宮。」

㉓ 中大人：即「中官」（宦官），亦稱「中貴」或「中貴人」。皇帝貴幸的內臣。「中大人」的稱呼，早見於後漢書鄧禹傳，傳云：「宮人出入，多能有所毀譽，其中耆宿，皆稱中大人。」

㉔ 前星：「太子」之稱。漢書：「心大星，天王也。其前星太子；後星庶子也。」此處所說「前星未耀」，就是

是宜男之祥。喜動天顏，叫：「快宣來見。」中大人領旨，急到入直房內抱了南陔。先對他說：「聖旨宣召，如今要見駕哩，你不要驚怕！」南陔見說「見駕」，曉得是見皇帝了，不慌不忙，在袖中取出珠帽來，一似昨晚戴了。隨了中大人竟來見神宗皇帝。娃子家雖不曾習著甚麼嵩呼拜舞之禮，卻也擎拳曲腿，一拜兩拜的叩頭稽首。喜得個神宗跌腳歡忭，御口問道：「小孩子，你是誰人之子？可曉得姓甚麼？」南陔竦然起答道：「兒姓王，乃臣韶之幼子也。」神宗見他說出話來，聲音清朗，且語言有體，大加驚異。又問道：「你緣何得到此處？」南陔道：「只因昨夜元宵舉家觀燈，瞻仰聖容，嚷亂之中，被賊人偷馱背上前走。偶見內家㉕車乘，只得叫呼求救。賊人走脫。臣隨中貴大人一同到此。得見天顏，實出萬幸。」神宗道：「你今年幾歲了？」南陔道：「臣五歲了。」神宗道：「小小年紀，便能如此應對，王韶可謂有子矣。昨夜失去，不知舉家何等驚惶。朕今即要送還汝父，只可惜沒查處那個賊人。」南陔對道：「陛下要查此賊，一發不難。」神宗驚喜道：「你有何見，可以得賊？」南陔道：「臣被賊人馱走，已曉得不是家裏人了，便把頭戴的珠帽除下藏好。那珠帽之頂，有臣母將綉針綵線插戴其上，以厭不祥。臣比時在他背上，想賊人無可記認，就於除帽之時將針線取下，密把他衣領縫線一道，插針在衣內，以為暗號。今陛下令人密查，若衣領有此針線者，即是昨夜之賊，有何難見？」神宗大驚道：「奇哉，此兒！一點年紀，有如此大見識！朕若不得賊，孩子不如矣！待朕擒治了此賊，方送汝回去。」又對近侍誇稱道：「如此奇異兒子，不可令宮闈中人不見一見。」傳旨：「急宣欽聖皇后見駕！」穿宮人

說：「還沒有太子。」

㉕ 內家：即「內宮」。

傳將旨意進宮，宣得欽聖皇后到來。山呼行禮已畢。神宗對欽聖道：「外廂有個好兒子，卿可暫留宮中，替朕看養他幾日，做個得子的讖兆。」欽聖雖然遵旨謝恩，不知甚麼事由，心中有些猶豫不決。神宗道：「要知詳細，領此兒到宮中問他，他自會說明白。」欽聖得旨，領了南陔自往宮中去了。

神宗一面寫下密旨，差個中大人賫到開封府，是長是短的，從頭分付了大尹，立限捕賊以聞。開封府大尹奉得密旨，非比尋常訪賊的事，怎敢時刻怠緩。即喚過當日緝捕使臣何觀察㉖分付道：「今日奉到密旨，限你三日內要拿元宵夜做不是的㉗一夥人。」觀察稟道：「無贓無證，從何緝捕？」大尹叫何觀察上來附耳低言，把中大人所傳衣領針線為號之說說了一遍。何觀察道：「恁地的，三日之內，管取完這頭公事。只是不可聲揚。」大尹道：「你好幹這事。此是奉旨的，非比別項盜賊。小心在意！」觀察聲喏而出。到得使臣房，集齊一班眼明手快的公人來商量道：「元宵夜趁著熱鬧做歹事的，不止一人；失事的也不止一家。偶然這一家的小兒不曾撈得去，別家得手處必多。日子不遠，此輩不過在花街柳陌酒樓飯店中，慶鬆取樂，料必未散。雖是不知姓名地方，有此暗記，還怕甚麼？遮莫沒蹤影的，也要尋出來。我每幾十個做公的分頭體訪，自然有個下落。」當下派定張三往東，李四往西。各人認路，茶坊酒肆，凡有眾人團聚，面生可疑之處，即便留心挨身體看。各自去訖。

元來那晚這個賊人，有名的叫做「鵰兒手」，一起有十來個，專一趁著熱鬧時節人叢裏做那不本分的

㉖ 觀察：據癸辛雜識，宋時稱緝捕使臣為觀察。

㉗ 做不是的：即「做歹事的」。又例：「不想卻有一個做不是的，日間賭輸了錢，沒處出豁，夜間出來掏摸些東西。……」（京本通俗小說錯斬崔寧）

勾當。有詩為證：

昏夜貪他唾手財，　全憑手快眼兒乖。
世人莫笑胡行事，　譬似求人更可哀。

那一個賊人當時在王家門首，窺探蹤跡，見個小衙內齊整打扮背將出來，便自上了心。一路尾著走，不離左右。到了宣德門樓下，正在挨擠喧鬧之處，覷個空，便雙手溜將過來，背了就走。欺他是小孩子，縱有知覺，不過驚怕啼哭之類，料無妨礙，不在心上。不隄防到官轎旁邊卻會叫喊「有賊」起來。一時著了忙，想道利害，卸著便走。更不知背上頭，暗地裏又被他做工夫，留下記認了，此是神仙也不猜到之事。後來脫去，見了同夥團聚攏來，各出所獲之物：如簪釵、金寶、珠玉、貂鼠煖耳、狐尾護頸之類，無所不有。只有此人卻是空手，述其緣故。眾賊道：「何不單鵰了珠帽來？」此人道：「他一身衣服多有寶珠鈕嵌，手足上各有釧鐲。就是四五歲一個小孩子好歹也值兩貫錢，怎捨得輕放了他？」眾賊道：「而今孩子何在！正是貪多嚼不爛了。」此人道：「正在內家轎邊叫喊起來，隨從的虞候虎狼也似，好不㉘多人！在那裏不兜住身子便算天大僥倖，還望財物哩！」眾賊道：「果是利害。而今幸得無事，弟兄們且打平夥，喫酒壓驚去。」於是一日輪一個做主人，只揀隱僻酒務㉙，便去暢飲。是日，正在玉津園旁邊一個酒務裏頭歡呼暢飲。一個做公的，叫做李雲，偶然在外經過，聽得猜拳豁指，呼紅喝六之聲。

㉘ 好不：作「很」解，和「好」字單用，大略相同。例如元曲曲江池中「好淒涼人也」，假如加一「不」字，成為「好不淒涼人也」，意思毫無不同之處。此處「好不多人」也就是「好多人」。

㉙ 酒務：即「酒店」。

他是有心的，便踅進門來一看，見這些人舉止氣象，心下有十分瞧科。走去坐了一個獨副座頭，叫聲：「買酒飯喫。」店小二先將盞筯安頓去了。他便站將起來，背著手踱來踱去，側眼把那些人逐個個覷將去。內中一個果然衣領上挂著一寸來長短綵線頭。李雲曉得著手了。叫店家：「且慢盪酒，我去街上邀著個客人一同來喫。」忙走出門，口中打個胡哨，便有七八個做公的走將攏來，問道：「李大，有影響麼？」李雲把手指著店內道：「正在這裏頭，已看的實了。我們幾個守著這裏，把一個走去，再叫集十來個弟兄一同下手。」內中一個會走的飛也似去，又叫了十來個做公的來了。發聲喊，望酒務裏打進去。叫道：「奉聖旨拿元宵夜賊人一夥！店家協力，不得放走了人！」店家聽得「聖旨」二字，曉得利害，急集小二、火工、後生人等，執了器械出來幫助。十來個賊，不曾走了一個，多被綑倒。正是：

日間不做虧心事，夜半敲門不喫驚。

大凡做賊的見了做公的，就是老鼠遇了貓兒，見形便伏；做公的見了做賊的，就是仙鶴遇了蛇洞，聞風即知。所以這兩項人每每私自相通，時常要些孝順，叫做「打業錢」。若是捉破了賊，不是甚麼要緊公事，得些利市，便放鬆了。而今是欽限要人的事，衣領上針線鬥著海底眼㉚，如何容得寬展！當下綑住，先剝了這一個的衣服。眾賊雖是口裏還強，卻個個肉顫身搖，面如土色。身畔一搜，各有零贓。一直裏押到開封府來，報知大尹。大尹升堂，驗著衣領針線是實，明知無枉，喝教：「用起刑來。」令招實情。掤、扒、吊、拷，備受苦楚。這些頑皮賴肉只不肯招。大尹即將衣領針線問他道：「你身上何得有此？」賊人不知事端，信口支吾。大尹笑道：「如此劇賊，卻被小孩子算破了，豈非天理昭彰！你可

㉚ 鬥著海底眼：吳語，指「符合無誤」之意。

記得元宵夜內家轎邊叫救人的孩子麼？你身上已有了暗記，還要抵賴到那裏去？」賊人方知被孩子暗算了，對口無言。只得招出實話來：乃是積年累歲，遇著節令盛時，即便四出剽竊；以及平時略販子女，傷害性命。罪狀山積，難以枚舉。從不敗露，豈知今年元宵行事之後，卒然被擒；卻被小子暗算，驚動天聽，以致有此。莫非天數該敗，一死難逃，大尹責了口詞，疊成文卷，大尹卻記起舊年元宵真珠姬一案，現捕未獲的那一件事來。你道又是甚事？看官且放下這頭，聽小子說那一頭。

也只因宣德門張燈，王侯貴戚女眷多設帷幙在門外兩廡，日間先在那裏等候觀看。其時有一個宗王家在東首，有個女兒名喚真珠，因趙姓天潢㉛之族，人都稱他真珠族姬㉜。年十七歲，未曾許嫁人家。顏色明艷，服飾鮮麗，耀人眼目。宗王的夫人姨妹族中卻在西首。姨娘曉得外甥真珠姬在帷中觀燈，叫個丫鬟走來相邀一會，上覆道：「若肯來，當差兜轎來迎。」真珠姬聽罷，不勝之喜，便對母親道：「兒正要見見姨娘，恰好他來相請，是必要去。」夫人亦欣然許允。打發丫鬟先去回話，專候轎來相迎。過不多時，只見一乘兜轎打從西邊來到帷前。真珠姬孩子心性，巴不得就到那邊頑耍。叫養娘們問得是來接的，分付從人隨後來，自己不耐煩等待，慌忙先自上轎去了。纔去得一會，先前來的丫鬟又領了一乘

㉛ 天潢：封建時皇族之稱。

㉜ 真珠族姬：按本篇稱真珠為「姬」，又稱「族姬」，究竟這兩個名稱有無不同呢？有的。宋徽宗政和三年，從蔡京請「改『公主』（皇帝女）曰『帝姬』；『郡主』（太子女）曰『宗姬』；『縣主』（宗王女）曰『族姬』，南渡後廢。」據此，真珠係宗王女，稱「族姬」是不錯的。不過本篇既稱神宗時的故事，就不該有此稱。可以看出這是不符合史實的。

兜轎來到，說道：「立等真珠姬相會，快請上轎。」王府裏家人道：「真珠姬方纔先隨轎去了，如何又來迎接？」丫鬟道：「只是我同這乘轎來，那裏又有甚麼轎先到？」家人們曉得有些蹺蹊了，大家忙亂起來。聞之宗王。著人到西邊去看，眼見得決不在那裏的了。急急分付虞候只從人等四下找尋，並無影響。急具事狀，告到開封府。府中曉得是王府裏事，不敢怠慢，散遣緝捕使臣挨查蹤跡。王府裏自出賞揭，報信者二千貫，竟無下落不題。

且說真珠姬自上了轎後，但見轎夫四足齊舉，其行如飛。真珠姬心裏道：「是頃刻就到的路，何須得如此慌走？」卻也道是轎夫腳步慣了的，不以為意。及至擡眼看時，倏忽轉彎，不是正路，漸漸走到狹巷裏來；轎夫們腳高步低，越走越黑。心裏正有些疑惑，忽然轎住了，轎夫多走了去，不見有人相接。只得自己掀簾走出轎來。定睛一看，只叫得苦。元來是一所古廟：旁邊鬼卒十餘個各持兵杖夾立，中間坐著一位神道，面闊尺餘，鬚髯滿頦，目光如炬，肩臂搖動，像個活的一般。真珠姬心慌，不免下拜。神道開口大言道：「你休得驚怕！我與汝有夙緣，故使神力攝你至此。」真珠姬見神道說出話來，愈加驚怕，放聲啼哭起來。旁邊兩個鬼卒走來扶著。神道說：「快取壓驚酒來。」旁邊又一鬼卒斟著一杯熱酒，向真珠姬口邊奉來。真珠姬欲待推拒，又懷懼怕，勉強將口接著，被他一灌而盡。真珠姬早已天旋地轉，不知人事，倒在地下。神道走下座來笑道：「著了手也！」旁邊鬼卒多攢將攏來，同神道各卸了裝束，除下面具。元來個個多是活人，乃一夥劇賊裝成的。將蒙汗藥灌倒了真珠姬，擡到後面去。後面走將一個婆子出來，扶去，放在床上眠著。眾賊漢乘他昏迷，次第姦淫。可憐金枝玉葉之人，零落在狗黨狐群之手。姦淫已畢，分付婆子看好，各自散去，別做歹事了。

真珠姬睡至天明，看看甦醒；睜眼看時，不知是那裏，但見一個婆子在旁邊坐著。真珠姬自覺陰戶疼痛，把手摸時，周圍虛腫，明知著了人手。問婆子道：「此是何處？將我送在這裏？」婆子道：「夜間眾好漢每送將小娘子來的。不必心焦，管取你就落好處便了。」真珠姬道：「我是宗王府中閨女，你每歹人怎如此胡行亂做！」婆子道：「而今說不得王府不王府了。老身見你是金枝玉葉，須不把你作賤。」真珠姬也不曉得他的說話因繇，傜❸著眼只是啼哭。原來這婆子是個牙婆，專一走大人家僱賣人口的。這夥劇賊掠得人口，便來投他家下，留下幾晚，就有頭主來成了去的。那時留了真珠姬，好言溫慰得熟分。剛兩三日，只見一日一乘轎來擡了去，已將他賣與城外一個富家為妾了。

主翁成婚後，雲雨之時，心裏曉得不是處子。卻見他美色，甚是喜歡，不以為意，更不曾提起問他來歷。真珠姬也深懷羞憤，不敢輕易自言。怎當得那家姬妾頗多，見一人專寵，盡生嫉妬之心。說他：「來歷不明，多管是在家犯姦被逐出來的奴婢。」日日在主翁耳根邊激聒。主翁聽得不耐煩，偶然問其來處。真珠姬揆著心中事，大聲啼泣，訴出事繇來。方知是宗王之女，被人掠賣至此。主翁多曾看見榜文賞帖的，老大喫驚，恐怕事發連累，急忙叫人尋取原媒牙婆，已自不知去向了。主翁尋思道：「此等奸徒，此處不敗，別處必露，到得根究起來，現贓在我家，須藏不過，可不是天大利害！況且王府女眷不是取笑，必有尋著根底的日子。別人做了歹事，把個愁布袋丟在這裏，替他頂死不成？」心生一計，叫兩個家人家裏擡出一頂破竹轎來裝好了，請出真珠姬來。主翁納頭便拜道：「一向有眼不識貴人，多有唐突。卻是辱莫了貴人多是歹人做的事，小可並不知道。今情願折了身價，白送貴人還府。只望高擡

❸ 傜：同「搗」字。

貴手，凡事遮蓋，不要牽累小可則個。」真珠姬見說送他還家，就如聽得一封九重恩赦到來。又原是受主翁厚待的；見他小心陪禮，好生過意不去。回言道：「只要見了我父母，決不題起你姓名罷了。」主翁請真珠姬上了轎，兩個家人擡了飛走。真珠姬也不及分別一聲。慌忙走了六七里路，一擡擡到荒野之中，擡轎的放下竹轎，抽身便走，一道烟去了。

真珠姬在轎中探頭出看，只見靜悄無人。走出轎來，前後一看，連兩個擡轎的影蹤不見。慌張起來道：「我直如此命蹇！如何不明不白抛我在此？萬一又遇歹人，如何是好？」沒做理會處，只得仍舊進轎坐了，放聲大哭起來。亂喊亂叫，將身子在轎內擲攧不已，頭髮多攧得蓬鬆。此時正是春三月天道，時常有郊外踏青的。有人看見空曠之中，一乘竹轎內有人大哭，不勝駭異，漸漸走將攏來。起初止是一兩個人；後來簸箕般圍將轉來。你詰我問；你喧我嚷。真珠姬慌慌張張，沒口得分訴，一發說不出一句明白話來。內中有老成人搖手，叫四旁人莫嚷，朗聲問道：「娘子是何家宅眷？因甚獨自歇轎在此？」真珠姬方纔噙了眼淚，說得話出來道：「奴是王府中族姬，被歹人拐來在此的。有人報知府中，定當重賞。」當時王府中賞帖，開封府榜文，誰不知道。真珠姬話纔出口，早已有請功的飛也似去報了。須臾之間，王府中幹辦虞候走了偌多人來認看，果然破轎之內坐著的是真珠族姬。慌忙打轎來換了，擡歸府中。父母與合家人等，看見頭髯鬢亂，滿面淚痕，抱著大哭。真珠姬一發亂攧亂擲，哭得一佛出世，二佛生天❸❹。直等哭得盡情了，方纔把前時失去今日歸來的事端，一五一十告訴了一遍。宗王道：「可曉

---

❸❹ 一佛出世，二佛生天：亦作「一佛出世，二佛槃涅！」（見水滸全傳第三十九回）「出世」指「生」；「生天」或「涅槃」指「生於天界」或「寂滅」，即「死」。此二語形容真珠族姬的哭，說她「哭得死去活來」的情形。

得那討你的是那一家？便好挨查。」真珠姬心裏還護著那主翁，回言道：「人家便認得，卻是不曉得姓名，也不曉得地方，又來得路遠了，不記起在那一邊。抑且那人家原不知情，多是歹人所為。」宗王心裏道：「是家醜不可外揚。」恐女兒許不得人家只得含忍過了，不去聲張下老實根究。只暗地囑付開封府，留心訪賊罷了。

隔了一年，又是元宵之夜，弄出王家這件案來。其時大尹拿倒王家做歹事的賊，記得王府中的事，也把來問問看，果然即是這夥人。大尹咬牙切齒，拍案大罵道：「這些賊男女，死有餘辜！」喝交加力行杖，各打了六十訊棍，押下死囚牢中。奏請明斷發落。奏內大略云：

> 群盜元夕所為，止於胠篋；居恆所犯，盡屬椎埋㉟。似此梟獍㊱之徒，豈容輦轂之下！合行駢戮，以靖邦畿。

神宗皇帝見奏，曉得開封府盡獲盜犯，笑道：「果然不出小孩子所算。」龍顏大喜。批准奏章，著會官即時處決。又命開封府再錄獄詞一通來看。開封府欽此欽遵處斬眾盜已畢，一面回奏，復將前後犯由獄詞詳細錄上。神宗得奏，即將獄詞籠在袍袖之中，含笑回宮。

且說正宮欽聖皇后那日親奉聖諭，賜與外廂小兒鞠養，以為得子之兆，當下謝恩領回宮中來。試問他來歷備細，那小孩子應答如流，語言清朗。他在皇帝御前也曾經過，可知道不怕面生，就像自家屋裏一般嘻笑自若。喜得個欽聖心花也開了，將來抱在膝上，寶器心肝的不住的叫。命宮娥取過梳粧匣來，

㉟ 椎埋：指「殺人害命」事。史記王溫舒傳：「少時椎埋為姦。」集解引徐廣曰：「椎殺人而埋之，或謂發冢。」

㊱ 梟獍：「梟」，惡鳥，食母；「獍」，惡獸，食父。因此，過去常拿這兩字來譬喻「很惡忘恩」的人的。

替他掠髮整容，調脂畫額，一發打扮得齊整。合宮妃嬪聞得欽聖宮中御賜一個小兒，盡皆來到宮中，一來稱賀娘娘，二來觀看小兒。蓋因小兒是宮中所不曾有的，實覺稀罕。及至見了，又是一個眉清目秀，唇紅齒白，魔合羅般一個能言能語，百問百答，你道有不快活的麼？妃嬪每要奉承娘娘，亦且喜歡孩子，爭先將出寶玩金珠釧鐲等類來，做見面錢，多塞在他小袖子裏，袖子裏盛滿了著不得。欽聖命一個老內人㊲逐一替他收好了。又叫領了他到各宮朝見頑耍。各宮以為盛事，你強我賽，又多各有賞賜。宮中好不喜歡熱鬧。

如是十來日，正在喧哄之際，忽然駕幸欽聖宮，宣召前日孩子。欽聖當下率領南陔朝見已畢。神宗問欽聖道：「小孩子莫驚怕否？」欽聖道：「蒙聖恩敕令暫鞠此兒。此兒聰慧非凡，雖居禁地，毫不改度，老成人不過如此。實乃陛下洪福齊天，國家有此等神童出世，臣妾不勝欣幸。」神宗道：「好教卿等知道，只那夜做歹事的人，盡被開封府所獲，則為衣領上針線暗記，不到得走了一個。此兒可謂有智極矣。今賊人盡行斬訖。怕他家裏不知道，在家忙亂，今日好好送還他去。」欽聖與南陔各叩首謝恩。當下傳旨，敕令前日抱進宮的那個中大人護送歸第。御賜金犀一簏，與他壓驚。中大人得旨，就御前抱了南陔，辭了欽聖，一路出宮。欽聖尚兀自好些不割捨他，梯己自有賞賜；與同前日各宮所贈之物總貯一篋，令人一同交付與中大人收好，送到他家。中大人出了宮門，傳命輛起犢車，賫了聖旨，就抱南陔坐在懷裏了，徑望王家而來。

㊲ 老內人：凡承應於宮中的人，皆稱「內人」，就是所謂「宮人」。例如後漢書鄧皇后紀：「康（太后從兄）以太后久臨朝政，心懷畏懼，託病不朝，太后使內人問之。」此處「老內人」就是「老宮人」。

去時驀地偷將去，　來日從天降下來。
孩抱何緣親見帝？　恍疑鬼使與神差。

話說王襄敏家中自那晚失去了小衙內，合家裏外大小沒一個不憂愁思慮，哭哭啼啼。只有襄敏毫不在意，竟不令人追尋。雖然夫人與同管家的分付眾家人各處探訪，卻也並無一些影響。人人懊惱，沒個是處。忽然此日朝門上飛報將來，有中大人親齎聖旨到第開讀。襄敏不知事端，分付忙排香案迎接。自己冠紳袍笏，俯伏聽旨。只見中大人抱了個小孩子，下犢車來。家人上前來爭看，認得是小衙內，到喫了一驚。不覺大家手舞足蹈，禁不得喜歡。中大人喝道：「且聽宣聖旨！」高聲宣道：

卿元宵失子，乃朕獲之，今卻還卿。特賜壓驚物一簏，獎其幼志。欽哉！

中大人宣畢，襄敏拜舞謝恩已了，請過聖旨。與中大人敘禮，分賓主坐定。中大人笑道：「老先兒，好個乖令郎！」襄敏正要問起根繇，中大人笑嘻嘻的袖中取出一卷文書出來，說道：「老先兒要知令郎去來事端，只看此一卷便明白了。」襄敏接過手來一看，乃開封府獲盜獄詞也。襄敏從頭看去，見是密詔開封捕獲，便道：「乳臭小兒，如此驚動天聽，又煩聖慮獲賊，直教老臣粉身碎骨難報聖恩萬一。」中大人笑道：「這賊多是令郎自家拿到的，不煩一毫聖慮，所以為妙。」南陔當時就口裏說那夜裏，怎的長，怎的短，怎的見皇帝，怎的拜皇后，明明朗朗，訴個不住口。先前合家人聽見聖旨到時，已攢在中門口觀看。及見南陔出車來，大家驚喜，只是不知頭腦。直待聽見南陔備細述此一遍，心下方纔明白，盡多贊歎他乖巧之極。方信襄敏不在心上，不肯追求，道是他自家會歸來的，真有先見之明也。襄敏分付治酒款待中大人。中大人就將聖上欽賞壓驚金犀，及欽聖與各宮所賜之物，陳設起來。真是珠寶盈庭，光采奪目，所直不啻鉅萬。中大人摩著南陔的頭道：「哥，勾你買果兒喫喫了。」襄敏又叩首對闕謝恩。立命館客寫下謝表，先附中大人陳奏。等來日早朝面聖，再行率領小子謝恩。中大人道：「令郎哥兒是咱家遇著，攜見聖人的。咱家也有個薄禮兒，做個記念。」將出元寶二個，彩段八表裏來。襄敏再三推辭不得，只得收了。另備厚禮答謝過中大人。中大人上車回覆聖旨去了。

襄敏送了回來，合家歡慶。襄敏公道：「我說：『你們不要忙，我十三必能自歸。』今非但歸來，且得了許多恩賜；又已拿了賊人，多是十三自己的主張來。可見我不著急的是麼？」合家各各稱服。後來南陔取名王寀；政和年間，大有文聲，功名顯達。只看他小時舉動如此，已占大就矣。

小時了了大時佳，五歲孩童已足誇：
計縛劇盜如反掌，直教天子送還家。

卷之六　李將軍錯認舅　劉氏女詭從夫

詩云：

在天願為比翼鳥，　在地願為連理枝。
天長地久有時盡，　此恨綿綿無限期。

這四句乃是白樂天❶長恨歌中之語。當日只為唐明皇❷與楊貴妃❸七月七日之夜在長生殿前對天發了私願：「願生生世世得為夫婦！」後來馬嵬之難，楊貴妃自縊；明皇心中不捨，命鴻都道士求其魂魄。道士凝神御氣，見之玉真仙宮，道是：「因為長生殿❹前私願，還要復降人間，與明皇做來生的夫婦。」

❶白樂天：見本書卷一❾。

❷唐明皇：即唐玄宗，名隆基（西元六八五—七六二年），睿宗第三子。後來嗣立為皇帝，先後用姚崇、宋璟為相，宇內昇平，世稱開元之治。其後嬖幸楊太真（即楊貴妃），寵任楊國忠、李林甫等，國政日非。安祿山反，奔蜀，肅宗即位，尊為上皇，在位共四十四年。

❸楊貴妃：唐永樂人，小字玉環，有殊色，性聰穎，曉音律，善歌舞。最初是玄宗的十八子壽王瑁之妃。玄宗召入宮中，為女官，號太真，幸之，大寵。進封貴妃，父兄因之俱貴，勢傾天下。安祿山反，玄宗奔蜀，至馬嵬驛，六軍以太真與從兄國忠倡亂，止不發。玄宗乃誅國忠，賜太真死。記載楊貴妃唐玄宗事較詳細的，有宋樂史所撰楊太真外傳二卷。

所以白樂天述其事，作一篇長恨歌，有此四句。蓋謂世間惟有願得成雙的，隨你天荒地老，此情到底不泯也。

小子而今先說一個不願成雙的古怪事，做個得勝頭回❺。宋時，唐州❻比陽❼有個富人王八郎，在江淮做大商，與一個娼伎往來得密。相與日久，勝似夫妻。每要取他回家，家中先已有妻子，甚是不得意。既有了娶娼之意，歸家見了舊妻時，一發覺得厭憎。只管尋是尋非，要趕逐妻子出去。那妻子是個乖巧的，見不是頭，也就懷著二心，無心戀著夫家。欲待要去，只可惜先前不曾留心積攢得些私房❽，未好便輕易走動。其時身畔有一女兒，年止數歲，把他做了由頭❾，婉辭哄那丈夫道：「我嫁你已多年了；女兒又小，你趕我出去，叫我那裏去好？我決不走路的。」口裏如此說，卻日日打點出去的計較。

❹ 長生殿：唐宮名，據唐會要：「天寶元年（西元七四二年）十月造長生殿，名為集山臺以祀神。」關於唐明皇楊貴妃七夕在長生殿前誓願故事，最初有唐人白居易（樂天）作長恨歌歌詠其事；陳鴻寫長恨歌傳。清初洪昇（字昉思，號稗畦，錢塘人）據此，作成著名戲曲長生殿傳奇。

❺ 做個得勝頭回：得勝頭回（一作「迴」）原是說話人用作「開場聚眾」的鼓樂，相當於過去京戲中習用的「開場鑼鼓」。後來漸漸用解釋詩詞，敘述與正話相類或相反的故事來替代，說話人怕聽眾狃於習慣有所不滿，才明白交代出「做個」或「權做個」來說明這是用來替代「得勝頭回」的。凌濛初撰寫此篇還保留著過去兩種形式新舊交替的痕跡。

❻ 唐州：春秋唐侯之國，唐起置州，今河南省唐河（即泚源）。

❼ 比陽：今河南省泌陽縣，原名比陽縣，明代改今名。

❽ 私房：俗稱婦女的私蓄做「私房」。

❾ 由頭：「由」，事之原因，例如「事由」、「案由」之類。「由頭」，此處引申作「藉口」。

後來王生竟到淮上，帶了娼婦回來。且未到家，在近巷另賃一所房子，與他一同住下。妻子知道，一發堅意要去了。把家中細軟❿盡情藏過；狼犺⓫傢伙甚物多將來賣掉。等得王生歸來，家裏椅桌多不完全；箸長碗短，全不似人家模樣，訪知盡是妻子敗壞了。一時發怒道：「我這番決留你不得了，今日定要決絕！」妻子也奮然攘臂道：「我曉得到底容不得我。只是要我去，我也要去得明白。我與你當官休去！」當下扭住了王生雙袖，一直嚷到縣堂上來。知縣問著備細，乃是夫妻兩人彼此願離，各無繫戀。取了口詞，畫了手模，依他斷離了。家事對半分開，各自度日。妻若再嫁，追產還夫。所生一女，兩下爭要。妻子訴道：「丈夫薄倖，寵娼棄妻，若留女兒與他，日後也要流落為娼了。」知縣道他說得是，把女兒斷與妻子領去，各無詞說。出了縣門，自此兩人各自分手。

王生自去接了娼婦，到家同住。妻子與女兒另在別村去買一所房子住了。買些缾罐之類，擺在門前，做些小經紀。他手裏本自有錢，恐怕丈夫他日還有別是非，故意妝這個模樣。一日，王生偶從那裏經過，恰好妻子在那裏搬運這些缾罐。王生還有些舊情不忍，好言對他道：「這些東西能進得多少利息，何不別做些甚麼生意？」其妻大怒，趕著罵道：「我與你決絕過了，便同路人。要你管我怎的！來調甚麼喉嗓⓬。」王生老大沒趣，走了回來，自此再不相問了。

---

❿ 細軟：指珍貴衣飾便於攜帶的物品。

⓫ 狼犺：一作「狼抗」，吳語指「笨重巨大」之意。清吳文英吳下方言考：「今吳諺謂物之大而無處置放者曰『狼抗』。」

⓬ 調……喉嗓：參閱本書卷二㉑，同「調喉」，此處作「假討好」解。

過了幾時，其女及笄⓭，嫁了方城⓮田家。其妻方將囊中蓄積搬將出來，盡數與了女壻，約有十來萬貫，皆在王家時瞞了丈夫所藏下之物。也可見王生固然薄倖有外好，其妻原也不是同心的了。

後來王生客死淮南。其妻在女家亦死。既已殯殮，將去埋葬。女兒道：「生前與父不合。而今既同死了，該合做了一處，也是我女兒每孝心。」便叫人去淮南迎了喪柩歸來，重復開棺。一同母屍，各加洗滌，換了衣服，兩屍同臥在一榻之上，等天明時刻到了，下了棺，同去安葬。安頓好了，過了一會，女兒走來看看，喫了一驚。兩屍先前同是仰臥的，今卻東西相背，各向了一邊。叫聚合家人多來看著，盡都駭異。有的道：「眼見得生前不合，死後還如此相背。」有的道：「偶然那個移動了，那裏有死屍會掉轉來的？」女兒啼啼哭哭，叫爹叫娘，仍舊把來仰臥好了。到得明日下棺之時，動手起屍，兩個屍骸仍舊多是側眠著，兩背相向的。方曉得果然是生前怨恨之所致也。女兒不忍，畢竟將來同葬了。要知他們陰中也未必相安的。此是夫婦不願成雙的榜樣，比似那生生世世願為夫婦的差了多少！

而今說一個做夫妻的被拆散了，死後精靈還歸一處，到底不磨滅的話本⓯。可見世間的夫婦，原自有這般情種。有詩為證：

生前不得同衾枕，　死後圖他共穴藏。

⓭ 及笄：「笄」就是「簪」。禮內則：「女子十有五年而笄。」鄭注：「謂應年許嫁者，女子許嫁，笄而字之；其未許嫁，二十則笄。」後世就稱許嫁之年做「及笄」。

⓮ 方城：今河南省方城縣。

⓯ 話本：說話人（說書藝人）的底本叫做「話本」。後來轉用作「故事」解。

信是世間情不泯，　韓憑塚上有鴛鴦⑯。

這個話本：在元順帝至元年間，淮南有個民家姓劉，生有一女，名喚翠翠。生來聰明異常，見字便認，五六歲時便能誦讀詩書。父母見他如此，商量索性送他到學堂去，等他多讀些在肚裏，做個不帶冠的秀才。鄰近有個義學⑰，請著個老學究，有好些生童在裏頭從他讀書。劉老也把女兒送去入學。學堂中有個金家兒子，叫名金定。生來俊雅，又兼賦性聰明。與翠翠一男一女，算是這一堂中出色的了。況又是同年生的。學堂中諸生多取笑他道：「你們兩個一般的聰明，又是一般的年紀，後來畢竟是一對夫妻。」金定與翠翠雖然口裏不說，心裏也暗暗有些自認。兩下相愛。金生曾作一首詩贈與翠翠，以見相慕之意。詩云：

十二欄杆七寶臺，　春風到處艷陽開。
我願東君勤用意，　早移花樹向陽栽。

在學堂一年有餘。翠翠過目成誦，讀過了好些書。已後年已漸長，不到學堂中來了。

十六歲時，父母要將他許聘人家。翠翠但聞得有人議親，便關了房門，只是啼哭，連粥飯多不肯喫

---

⑯韓憑塚上有鴛鴦：韓憑塚故事，古代流傳極廣，和梁山伯祝英臺以及孟姜女故事，都有關聯，可以說都是人民熱愛喜聽的故事。燉煌文庫裏有一篇韓朋（「憑」字之訛）賦，此外在明汪廷訥人鏡陽秋及詹詹外史情史中亦有記載。憑，戰國時人，妻何氏貌美，為宋康王所奪，並殺憑，何氏乃投青陵臺下自殺。王怒，命分埋其屍，兩塚相望。經宿，有梓木生於兩塚，根交於下，又有鴛鴦雌雄各一，雙栖樹上，交頸哀鳴云。相傳韓憑塚在今開封。

⑰義學：科舉時代用公款或私資設立舊式學校，教授貧家子弟的，叫做「義學」或「義塾」。

了。父母初時不在心上。後來見每次如此，心中曉得有些尷尬⑱，仔細問他，只不肯說。再三委曲盤問，許他說了出來，必定依他。翠翠然後說道：「西家金定，與我同年。前日同學堂讀書時，心裏已許下了他。今若不依我，我只是死了，決不去嫁別人的！」父母聽罷，想道：「金家兒子雖然聰明俊秀，卻是家道貧窮，豈是我家當門對戶！」然見女兒說話堅決，動不動哭個不住，又不肯飲食，恐怕違逆了他，萬一做出事來。只得許他道：「你心裏既然如此，卻也不難，找個媒人替你說去。」劉老尋將一個媒媽來，對他說女兒翠翠要許西邊金家定哥的說話。媒媽道：「金家貧窮，怎對得宅上起？」劉媽道：「我家翠小娘與他家定哥同年，又曾同學。翠小娘不是他不肯出嫁。故此要許他。」媒媽道：「只怕宅上嫌貧不肯。既然肯許，卻有何難？老媳婦一說便成。」媒媽領命竟到金家來說親：金家父母見說了，慚愧不敢當，回覆媒媽道：「我家甚麼家當⑲敢去扳⑳他？」媒媽道：「不是這等說！劉家翠翠小娘子心裏一定要嫁小官人，幾番啼哭不食。別家來說的，多回絕了。難得他父母見女兒立志如此，已許下他，肯與你家小官人了。今你家若把貧來推辭，不但失了此一段好姻緣，亦且辜負那小娘子這一片志誠好心。」金老夫妻道：「據著我家定哥才貌，也配得他翠小娘過。只是家下委實貧難，那裏下得起聘定？所以容易應承不得。」媒媽道：「應承繇不得不應承，只好把說話放婉曲些。」金老夫妻道：「怎的婉曲？」媒媽道：「而今我替你傳去，只說道：『寒家有子，頗知詩書。貴宅見諭，萬分盛情，敢不從命。但寒

⑱ 尷尬：吳語，即「麻煩」或「毛病」。

⑲ 家當：見本書卷一⑪。下不再註。

⑳ 扳：本作「攀」。吳俗稱舊式訂婚做「攀（或作「扳」）親」，此處所說「扳他」的意思，就是說「和他訂婚」。

家起自蓬蓽，一向貧薄自甘。若必要取聘問婚娶諸儀㉑，力不能辦。是必見亮，毫不責備，方好應承。』如此說去，他家曉得你每下禮不起的，卻又違女兒意思不得，必然是件㉒將就了。」金老夫妻大喜道：「多承指教，有勞周全則個。」媒媽果然把這番話到劉家來復命。劉家父母愛女過甚，心下只要成事。見媒媽說了金家自揣家貧，不能下禮，便道：「自古道：『婚姻論財，夷虜之道。』我家只要許得女婿好，那在財禮㉓！但是一件，他家既然不足，我女到他家裏，只怕難過日子。除非招入我每家裏做個贅婿㉔，這纔使得。」媒媽再把此意到金家去說。這是倒在金家懷裏去做的事，金家有何推托。千歡萬喜，應允不迭。遂憑著劉家揀個好日，把金定招將過去。凡是一應幣帛羊酒之類，多是女家自備了過來。從來有這話的：「入舍女婿㉕只帶著一張卵袋走。」金家果然不費分毫，竟成了親事。只因劉翠翠堅意看上了金定，父母拗他不得，只得曲意相從了。當日過門交拜，夫妻相見，兩下裏各稱心懷。是夜翠翠於枕上口占一詞，贈與金生道：

曾向書齋同筆硯，故人今做新人。洞房花燭十分春，汗沾蝴蝶粉，身惹麝香塵。殢雨尤雲渾未

㉑ 聘問婚娶諸儀：舊式封建婚姻，有所謂六禮，即「納采」、「問名」、「納吉」、「納徵」、「請期」及「親迎」。所聘門閥較高者，所費財禮愈大，因此金老不敢應承。

㉒ 是件：見本書卷三㉜。下不再註。

㉓ 財禮：指娶婦的聘金。夢粱錄云：「議親送定之後行聘，謂之『下財禮』。」

㉔ 贅婿：男子就婚於女家，叫做「入贅」。從女家方面說來，叫做「招……贅婿」。「贅婿」，吳俗又叫做「入舍女婿」。

㉕ 入舍女婿：見上條註。

慣，枕邊眉黛羞顰。輕憐痛惜若辭頻。願郎從此始，日近日相親。（右調臨江仙）

金生也依韻和一闋道：

記得書齋同筆硯，新人不是他人。扁舟來訪武陵春：仙居鄰紫府，人世隔紅塵。（誓海盟）山心已許，幾番淺笑深顰。向人猶自語頻頻。意中無別意，親後有誰親？（調同前）

兩人相得之樂，真如翡翠之在丹霄，鴛鴦之游碧沼，無以過也。

誰料樂極悲來！快活不上一年，撞著元政失綱，四方盜起。鹽徒張士誠㉖兄弟起兵高郵。沿海一帶郡縣盡為所陷。部下有個李將軍，領兵為先鋒，到處民間擄掠美色女子。兵至淮安，聞說劉翠翠之名。率領一隊家丁打進門來。看得中意，劫了就走。此時合家只好自顧性命，抱頭鼠竄，那個敢向前爭得一句，眼盼盼看他擁著去了。金定哭得個死而復生。欲待跟著軍兵蹤跡尋訪他去，爭奈元將官兵北來征討，兩下爭持，干戈不息，路斷行人。恐怕沒來由㉗走去，撞在亂兵之手死了，也沒說處。只得忍酸含苦，過了日子。

至正末年，張士誠氣概弄得大了，自江南江北，三吳㉘兩淛㉙直拓至兩廣益州，盡歸掌握。元朝不

㉖ 張士誠：元泰州人，小字九四，業操舟運鹽，至正間起義，始稱誠王，國號大周，又改稱吳王，所據地，南抵紹興，北踰徐州，西及汝、潁，東薄於海，共約二千里，帶甲數十萬。後為明將徐達所擒，自縊死。

㉗ 沒來由：作「無端」解。

㉘ 三吳：古地名，其說不一。今按本篇後文看來，此處的三吳，似指稱蘇州、潤州、湖州。

㉙ 兩淛：即兩浙，指浙東、浙西。

能征勦，只得定議招撫。士誠原沒有統一之志，只此局面已自滿足，也要休兵。因遂通款元朝，奉其正朔，封為王爵，各守封疆。民間始得安靜，道路方可通行。金生思念翠翠，時刻不能去心。看見路上好走，便要出去尋訪。收拾了幾兩盤纏，結束了一個包裹，來別了自家父母。對丈人丈母道：「此行必要訪著妻子蹤跡，若不得見，誓不還家了。」痛哭而去。

路由揚州過了長江，進了潤州㉚風飡水宿，夜住曉行，來到平江㉛。聽得路上人說，李將軍見在紹興守禦。急忙趕到臨安，過了錢塘江，趁著西興㉜夜航㉝到得紹興，去問人時，李將軍已調在安豐㉞去屯兵了。又不辭辛苦，問到安豐。安豐人說：「早來兩日，也還在此，而今回湖州駐紮，纔起身去的。」金生道：「只怕到湖州時，又要到別處去。」安豐人道：「湖州是駐紮地方，不到別處去了。」金生道：「這等，便遠在天邊，也趕得著。」於是一路向湖州來。算來金生東奔西走，腳下不知有萬千里路跑過來。在路上也過了好兩個年頭，不能勾見妻子一見，卻是此心再不放懈。於路沒了盤纏，只得乞丐度日；沒有房錢，只得草眠露宿。真正心堅鐵石，萬死不辭。

不則一日，到了湖州。去訪問時，果然有個李將軍開府在那裏。那將軍是張王得力之人，貴重用事，

㉚ 潤州：今江蘇省的鎮江。
㉛ 平江：今江蘇省的蘇州。
㉜ 西興：鎮名，在浙江省蕭山縣西十二里。本名西陵，是吳、越相通必由之道。
㉝ 夜航：舟人於城埠市鎮人烟繁盛之處，招聚客旅，裝載夜行的，叫做夜航船，亦簡稱做「夜航」。
㉞ 安豐：「路」名，宋置安豐軍，元改「路」，治壽春，即今安徽省的壽縣。

勢焰赫奕。走到他門前去看時，好不威嚴。但見：

門墻新粱，棨戟森嚴。獸面銅鐶，並啣而宛轉；彪形鐵漢，對峙以巍峨。門闌上貼著兩片不寫字的桃符，坐墩邊列著一雙不喫食的獅子。雖非天上神仙府，自是人間富貴家。

金生到了門首，站立了一回，不敢進去，又不好開言。只是舒頭探腦，望裏邊一望，又退立了兩步，躊躇不決。正在沒些起倒之際，只見一個管門的老蒼頭走出來，問道：「你這秀才有甚麼事幹？在這門前探頭探腦的，莫不是奸細麼？將軍知道了，不是耍處。」金生對他唱個喏㉟道：「老丈拜揖。」老蒼頭回了半揖道：「有甚麼話？」金生道：「小生是淮安人氏。前日亂離時節，有一妹子失去。聞得在貴府中，所以不遠千里尋訪到這個所在，意欲求見一面。未知確信，要尋個人問一問。且喜得遇老丈。」蒼頭道：「你姓甚名誰？你妹子叫名甚麼？多少年紀？說得明白，我好替你查將出來，回覆你。」金生把自家真姓藏了，只說著妻子的姓道：「小生姓劉，名喚金定。妹子叫名翠翠，識字通書。失去時節，年方十七歲。算到今年，該有二十四歲了。」老蒼頭點點頭道：「是呀，是呀。我府中果有一個小娘子姓劉，是淮安人，今年二十四歲。識得字，做得詩，且是做人乖巧周全。我本官專房之寵，不比其他。你的說話，不差，不差。依說是你妹子，你是舅爺了。你且在門房裏坐一坐，我去報與將軍知道。」蒼頭急急忙忙奔了進去。金生在門房等著回話不題。

且說劉翠翠自那年擄去，初見李將軍之時，先也哭哭啼啼，尋死覓活，不肯隨順。李將軍嚇他道：「隨順了，不去難為你合家老小；若不隨順，將他家寸草不留。」翠翠惟恐累及父母與丈夫家裏，只能

㉟ 唱個喏：見本書卷二㊵。下不再註。

勉強依從。李將軍見他聰明伶俐，知書曉事，愛得他如珠似玉一般，十分擡舉，百順千隨。翠翠雖是支陪笑語，卻是無刻不思念丈夫，沒有快活的日子。心裏癡想：「緣分不斷，或者還有時節相會。」爭奈日復一日，隨著李將軍東征西戰，沒個定蹤，不覺已是六七年了。

此日李將軍見老蒼頭來稟，說有他的哥哥劉金定在外邊求見。李將軍問翠翠道：「你家裏有個哥哥麼？」翠翠心裏想道：「我那得有甚麼哥哥來？多管是丈夫尋到此間，不好說破，故此托名。」遂轉口道：「是有個哥哥，多年隔別了，不知『是也不是』？且問他『甚麼名字』？纔曉得。」李將軍道：「管門的說『是甚麼劉金定。』」翠翠聽得金定二字，心下痛如刀割，曉得是丈夫冒了劉姓來訪問的了！說道：「這果然是我哥哥，我要見他。」李將軍道：「待我先出去見過了，然後來喚你。」將軍分付蒼頭：「去請那劉秀才進來。」蒼頭承命出來，領了金生進去。李將軍武夫出身，妄自尊大。走到廳上，居中坐下。金生只得向上再拜。將軍受了禮，問道：「秀才何來？」金生道：「金定，姓劉，淮安人氏。先年亂離之中，有個妹子失散。聞得在將軍府中，特自本鄉到此，叩求一見。」將軍見他儀度斯文，出言有序，喜動顏色道：「舅舅請起。你令妹無恙，即當出來相見。」傍邊站著一個童兒，叫名小豎。就叫他進去傳命道：「劉官人特自鄉中遠來，叫翠娘：『可快出來相見！』」起初翠翠見說了，正在心癢難熬之際，聽得外面有請，恨不得兩步做一步移了，急趨出廳中來。擡頭一看，果然是丈夫金定！礙著將軍眼睜睜在上面，不好上前相認。只得將錯就錯，認了妹子，叫聲：「哥哥！」以兄妹之禮在廳前相見。看官聽說，若是此時說話的在旁邊一把把那將軍扯了開來，讓他每講一程話，敘一程闊，豈不是湊趣的事。爭奈將軍不做美，好像個監場的御史，一眼不煞㊱，坐在那裏。金生與翠翠雖然夫妻相見，說不得一句私房話㊲，只好問問：「父母安否？」彼此心照，眼淚從肚裏落下罷了。

昔為同林鳥，今作分飛燕。
相見難為情，不如不相見。

又昔日樂昌公主㊳在楊越公㊴處見了徐德言，作一首詩道：

今日何遷次，新官對舊官；
笑啼俱不敢，方信做人難。

今日翠翠這個光景頗有些相似。然樂昌與徐德言，楊越公曉得是夫妻的。此處金生與翠翠只認做兄妹，一發要遮遮飾飾，恐怕識破，意思更難堪也。還虧得李將軍是武夫粗鹵，看不出機關，毫沒甚麼疑心。只道是當真的哥子，便認做舅舅，親情的念頭重起來。對金生道：「舅舅既是遠來，道途跋涉，心力勞困，可在我門下安息幾時。我還要替舅舅計較。」分付拿出一套新衣服來與舅舅穿了，換下身上塵污的舊衣。又令打掃西首一間小書房，安設床帳被蓆，是件整備，請金生在裏頭歇宿。金生巴不得要他留住，尋出機會與妻子相通。今見他如此認帳，正中心懷，欣然就書房裏宿了。只是心裏想著妻子就在裏面，

㊱ 一眼不煞：「煞」，應作「眨」，眼睛接連地「開」、「閉」叫做「眨」。此處的「一眼不煞（眨）」，形容那將軍在旁，眼睛一動也不動地看著，所以金生和翠翠無法說私房話了。

㊲ 私房話：私話，即「秘密話」。

㊳ 樂昌公主：陳後主叔寶的妹妹，嫁徐德言。陳亡，夫妻離散前，破鏡為二，各執一半，以為後日相會的憑據。其後復得團聚，後世因之，稱「夫妻離散之後復得團聚的」做「破鏡重圓」。

㊴ 楊越公：即隋楊素，封越國公，所以稱做楊越公。樂昌公主亡國後，入楊素府中，後素以樂昌還徐德言。

好生難過。

過了一夜，明早起來，小豎來報道：「將軍請秀才廳上講話。」將軍相見已畢，問道：「令妹能認字，舅舅可通文墨麼？」金生道：「小生在鄉中以儒為業，那詩書是本等，就是經史百家，也多涉獵過的。有甚麼不曉得的勾當？」將軍喜道：「不瞞舅舅說，我自小失學，遭遇亂世，靠著長鎗大戟掙到此地位。幸得吾王寵任，趨附我的儘多。日逐[40]賓客盈門，沒個人替我接待，往來書札堆滿，沒個人替我裁答。我好些不耐煩。今幸得舅舅到此。既然知書達禮，就在我門下做個記室，我也便當了好些，況關至親，料舅舅必不棄嫌的。舅舅心下何如？」金生是要在裏頭的，答道：「只怕小生才能淺薄。不稱將軍任使。豈敢推辭。」將軍見說大喜。連忙在裏頭去取出十來封書啟來，交與金生道：「就煩舅舅替我看詳裏面意思，回他一回。我正為這些難處，而今卻好了。」金生拿到書房裏去，從頭至尾，逐封逐封備審來意，一一回答停當。將稿來與將軍看。將軍就叫金生讀一遍，就帶些解說在裏頭。聽罷，將軍拍手道：「妙，妙，句句像我肚裏要說的話。好舅舅，是天送來幫我的了。」從此一發看待得甚厚。

金生是個聰明的人。在他門下，知高識低，溫和待人。自內至外沒一個不喜歡他的。他又愈加謹慎，說話也不敢聲高。將軍面前只有說他好處的。將軍得意自不必說。卻是金生主意：「只要安得身牢，尋個空，便見見妻子，剖訴苦情；亦且妻子隨著別人已經多年，不知他心腹怎麼樣了？也要與他說個倒斷。」誰想自廳前一見之後，再不能勾相會。欲要與將軍說那要見的意思，又恐怕生出疑心來，反為不美。私

[40] 日逐：一作「日著」。吳文英吳下方言考：「賈誼新書，日著以請之。案日著，每日如此也。吳中謂論日計事曰『日著』。」「日逐」，即「逐日」。

下要用些計較通個消息，怎當得閨閣深邃，內外隔絕，再不得一個便處。

日挨一日，不覺已是幾個月了。

時值交秋天氣，西風夜起，白露為霜。獨處空房，感嘆傷悲，終夕不寐。思量妻子翠翠這個時節，綉圍錦帳，同人臥起，有甚不快活處？不知心裏還記念著我否？怎知我如此冷落孤悽，時刻難過？乃將心事作成一詩道：

好花移入玉欄干，春色無緣得再看。
樂處豈知愁處苦，別時雖易見時難。
何年塞上重歸馬？此夜庭中獨舞鸞。
霧閣雲窗深幾許，可憐辜負月團團！

詩成，寫在一張箋紙上了，要寄進去與翠翠看，等他知其心事。但恐怕泄漏了風聲。生出一個計較來。把一件布袍拆開了領線，將詩藏在領內了，外邊仍舊縫好。叫那書房中伏侍的小豎來，說道：「天氣冷了。我身上單薄。這件布袍垢穢不堪，你替我拿到裏頭去，交付我家妹子，叫他拆洗一拆洗，補一補，好拿來與我穿。」再把出百來個錢與他道：「我央你走走，與你這錢買菓兒喫。」小豎見了錢，千歡萬喜，有甚麼推托？拿了布袍一徑到裏頭去，交與翠翠道：「外邊劉官人叫拿進來，付與翠娘整理的。」翠娘曉得是丈夫寄進來的，必有緣故。叫他放下了，過一日來拿。小豎自去了。

翠翠把布袍從頭至尾看了一遍。想道：「是丈夫著身的衣服，我多時不與他縫紉了！」眼淚索珠也似的掉將下來。又想道：「丈夫到此多時，今日特地寄衣與我，決不是為要拆洗，必有甚麼機關在裏面。」

掩了門，把來細細拆將開來。剛拆得領頭，果然一張小小信紙縫在裏面，卻是一首詩。翠翠將來細讀。一頭讀，一頭哽哽咽咽，只是流淚。讀罷，哭一聲道：「我的親夫呵！你怎知我心事來？」噙著眼淚，慢慢把布袍洗補好。也作一詩縫在衣領內了。仍叫小豎拿出來，付與金生。金生接得，拆開衣領看時，果然有了回信，也是一首詩。金生拭淚讀其詩道：

一自鄉關動戰鋒，　舊愁新恨幾重重。
腸雖已斷情難斷，　生不相從死亦從！
長使德言藏破鏡，　終教子建賦游龍㊶。
綠珠碧玉㊷心中事，　今日誰知也到儂㊸！

金生讀罷其詩，纔曉得翠翠出於不得已，其情已見。又想：「他把死來相許。」料道今生無有完聚的指望了！感切傷心，終日鬱悶涕泣，茶飯懶進，遂成痞鬲之疾。

將軍也著了急，屢請醫生調治。又道是：「心病還須心上醫。」你道金生這病可是醫生醫得好的麼？看看日重一日，只待不起。裏頭翠翠聞知此信，心如刀刺。只得對將軍說了，要到書房中來看看哥哥的

㊶ 子建賦游龍：子建即三國曹操第三子曹植，極有文名。「游龍」係子建懷念甄后所作洛神賦中語。此處借喻相愛者不得聚合的意思。

㊷ 綠珠碧玉：據侍兒小名錄，唐喬知之婢，美丰姿，善歌舞，為武承嗣所奪，知之作綠珠怨諷之，碧玉跳井死。此處翠翠借用此故事，表示「以死相許」之意。

㊸ 儂：胡三省通鑑注云：「吳人率自稱曰『儂』。」同「我」。

病症。將軍看見病勢已凶，不好阻他，當下依允。翠翠纔到得書房中來。這是他夫妻第二番相見了。可憐金生在床上一絲兩氣，轉動不得。翠翠見了十分傷情，噙著眼淚，將手去扶他的頭起來，低低喚道：「哥哥！掙扎著！你妹子翠翠在此看你。」說罷淚如泉湧。金生聽得聲音，撐開雙眼，見是妻子翠翠扶他，長嘆一聲道：「妹妹，我不濟事了，難得你出來見這一面！趁你在此，我死在你手裏了，也得瞑目。」便叫翠翠坐在床邊，自家強擡起頭來，枕在翠翠膝上，奄然長逝。

翠翠哭得個發昏章第十一。報與將軍知道。將軍也著實可憐他，又恐怕苦壞了翠翠，分付從厚殯殮。替他在道場山脚下尋得一塊好平坦地面，將棺木送去安葬。翠翠又對將軍說了，自家親去送殯。直看墳塋封閉了，慟哭得幾番死去叫醒，然後回來。自此精神恍惚，坐臥不寧，染成一病。李將軍多方醫救。翠翠心裏巴不得要死，並不肯服藥。展轉床蓆，將及兩月。一日，請將軍進房來，帶著眼淚對他說道：「妾自從十七歲上拋家相從，已得八載。流離他鄉，眼前並無親人，止有一個哥哥，今又死了。妾病若畢竟不起，切記我言，可將我屍骨埋在哥哥傍邊，庶幾黃泉之下，兄妹也得相依，免做了他鄉孤鬼，便是將軍不忘賤妾之大恩也。」言畢大哭。將軍好生不忍，把好言安慰他，叫他休把閒事縈心，且自將息。說不多幾時，昏沈上來，早已絕氣。將軍慟哭一番。念其臨終叮囑之言，不忍違他，果然將去葬在金生塚傍。可憐金生翠翠二人生前不能成雙，虧得詭認兄妹，死後倒得做一處了！

已後國朝洪武初年，於時張士誠已滅，天下一統，路途平靜。翠翠家裏淮安劉氏有一舊僕到湖州來販絲綿。偶過道場山下，見有一所大房子，綠戶朱門，槐柳掩映。門前有兩個人，一男一女打扮，並肩坐著。僕人道大戶人家家眷，打點遠避而過。忽聽得兩人聲喚。走近前去看時，卻是金生與翠翠。翠翠開口問父母存亡，及鄉里光景。僕人一一回答已畢。僕人問道：「娘子與郎君離了鄉里多年，為何到在這裏住家起來？」翠翠道：「起初兵亂時節，我被李將軍擄到這裏；後來郎君遠來尋訪，將軍好意，仍把我歸還郎君，所以就僑居在此了。」僕人道：「小人而今就回淮安。娘子可修一封家書帶去，報與老爹安人知道，省得家中不知下落，終日懸望。」翠翠道：「如此最好。」就領了這僕人進去，留他喫了晚飯，歇了一夜。明日將出一封書來，叫他多多拜上父母。僕人謝了，帶了書來到淮安，遞與劉老。

此時劉金兩家久不見二人消耗，自然多道是兵戈死亡了；忽見有家書回來，問是湖州寄來的，道兩人見住在湖州了，真個是喜從天降。叫齊了一家骨肉，盡來看這家書。元來是翠翠出名寫的，乃是長篇四六之書。書上寫道：

伏以父生母育，難酧（原傳「忘」字）罔極之恩？夫唱婦隨，夙著三從之義。在人倫而已定，何時事之多艱曩者漢日將傾，楚氛甚惡，倒持太阿之柄，擅弄潢池之兵。封豕長蛇，互相吞併（原作「食」字）；雄蜂雌蝶，各自逃生。不能玉碎於亂離，乃至瓦全於倉卒。驅馳戰馬，隨逐征鞍。望高天而八翼莫飛，思故國而三魂屢（原作「累」字）散。良辰易邁，傷青鸞之伴木雞；怨耦為仇，懼烏鴉之打丹鳳。雖應酧而為樂，終感激以（原作「而」字）生悲。夜月杜鵑之啼，春風（原作「花」字）蝴蝶之夢，時移事往，苦盡甘來。今則楊素覽鏡而歸妻，王敦開閤而放妓。蓬島踐當時之約，瀟湘有故人之逢。自憐賦命之屯，不恨尋春之晚。章臺之柳，雖已折於他人；玄都之花，尚不改於前度。將謂瓶沈而簪折，豈期璧返而珠還。殆同玉簫女兩世姻緣，難比紅拂妓一時配合。天與其便，事非偶然。煎鸞膠而續斷弦，重諧繾綣；托魚腹而傳尺素，謹致叮嚀。

朱奉甘旨，先此申復。」（據翠翠傳校。）

讀罷，大家歡喜。劉老問僕人道：「你記得那裏住的去處否？」僕人道：「好大房子！我在裏頭歇了一夜，打發了家書來的，怎不記得？」劉老道：「既如此，我同你湖州去走一遭，會一會他夫妻來。」

當下劉老收拾盤纏，別了家裏，一同僕人徑奔湖州。僕人領至道場山下前日留宿之處，口叫得聲：「奇怪！」連房屋影響多沒有，那裏說起高堂大廈？惟有些野草荒烟，狐蹤兔跡。茂林之中，兩個墳堆相連。劉老道：「莫不錯了？」僕人道：「前日分明在此，與我喫的是湖州香稻米飯，苕溪中鮮鯽魚，烏程的酒。明明白白，住了一夜去的，怎會得錯？」

正疑怪間，恰好有一個老僧杖錫而來。劉老與僕人問道：「老師父，前日此處有所大房子，有個金官人同一個劉娘子在裏邊居住，今如何不見了？」老僧道：「此乃李將軍所葬劉生與翠翠兄妹兩人之墳，那有甚麼房子來？敢是見鬼了？」劉老道：「見有寫的家書寄來，故此相尋。今家書見在，豈有是鬼之理！」急在纏帶裏摸出家書來一看，乃是一副白紙。纔曉得果然是鬼；這裏正是他墳墓。因問老僧道：「適間所言李將軍何在？我好去問他詳細。」老僧道：「李將軍是張士誠部下的，已為天朝誅滅。骨頭不知落在那裏了？怎得有這樣墳土堆埋呢，你到何處尋去？」劉老見說，知是二人已死，不覺大慟。對著墳墓道：「我的兒，你把一封書賺我千里遠來，本是要我見一面的意思。今我到此地了，你們卻潛蹤隱跡，沒處追尋，叫我怎生過得！我與你父女之情，人鬼可以無間。你若有靈，千萬見我一見，放下我的心罷！」老僧道：「老檀越不必傷悲！此二位官人娘子，老僧定中㊹時得相見。老僧禪舍去此不遠。

㊹ 定中：「入定之中」的省略。和尚默坐至片念不起，叫做「入定」。迷信相傳，高僧入定之中，可與鬼神相會。

老檀越，今日已晚，此間露立不便，且到禪舍中一宿。待老僧定中與他討個消息回你，何如？」劉老道：「如此極感老師父指點。」同僕人隨了老僧行不上半里，到了禪舍中。老僧將素齋與他主僕喫用，收拾房臥，安頓好。老僧自入定去了。

劉老進得禪房，正要上床，忽聽得門響處，一對少年的夫妻走到面前。仔細看來，正是翠翠與金生。一同拜跪下去，悲啼宛轉，說不出話來。劉老也揮著眼淚，撫摸著翠翠道：「兒，你有說話只管說來。」翠翠道：「向者不幸，遭值亂兵。忍恥偷生，離鄉背井。叫天無路，度日如年。幸得良人不棄，特來相訪；托名兄妹，暫得相見。隔絕夫婦，彼此含冤。以致良人先亡，兒亦繼沒。猶喜許我附葬，今得魂魄相依。惟恐家中不知，故特托僕人寄此一信。兒與金郎生雖異處，死卻同歸。兒願已畢，父母勿以為念！」劉老聽罷，哭道：「我今來此，只道你夫妻還在，要與你們同回故鄉。今卻雙雙去世，我明日只得取汝骸骨歸去，遷於先壟之下，也不辜負我來這一番。」翠翠道：「向者因顧念雙親，寄此一書。今承父親遠至，足見慈愛。故不避幽冥，敢與金郎同來相見。骨肉已逢，足慰相思之苦。若遷骨之命，斷不敢從。」劉老道：「卻是為何？」翠翠道：「兒生前不得侍奉親闈，死後也該依傍祖壟。只是陰道尚靜，不宜勞擾。況且在此溪山秀麗，草木榮華，又與金郎同棲一處。因近禪室，時聞妙理。不久就與金郎托生，重為夫婦。在此已安，再不必提起。」他說了抱住劉老，放聲大哭。寺裏鐘鳴，忽然散去。劉老哭將醒來，乃是南柯一夢㊺。老僧走到面前道：「夜來有所見否？」劉老一一述其夢中之言。老僧道：「賢女輩精

㊺ 南柯一夢：指唐李公佐作南柯記所敘淳于棼夢到大槐國妻公主，任南柯太守的故事。因此，後世稱夢做「南柯」了。

靈未泯，其言可信也。幽冥之事，老檀越既已見得如此明白，也不必傷悲了。」劉老再三謝別了老僧。一同僕人到城市中，辦了些牲醴酒饌，重到墓間澆奠一番，哭了一場。返棹歸淮安去了。

至今道場山有金翠之墓。行人多指為佳話。此乃生前隔別，死後成雙，猶自心願滿足，顯出這許多靈異來，真乃是情之所鍾也。有詩為證：

連理何須一處栽，多情只願死同埋。
試看金翠當年事，憒憒將軍更可哀。

卷之七　呂使君情媾宦家妻　吳太守義配儒門女

詞曰：

疎眉秀盼向春風，還是宣和裝束。貴氣盈盈姿態巧，舉止況非凡俗。宋室宗姬❶，秦王幼女，曾嫁欽慈族。干戈橫蕩，事隨天地翻覆。一笑邂逅相逢，勸人滿飲，旋吹橫竹。流落天涯俱是客，何必平生相熟？舊日榮華，如今憔悴，付與杯中醁。興亡休問，為伊且盡船玉！

這一首詞名喚念奴嬌，乃是宋朝使臣張孝純在粘罕❷席上有所見之作。當時靖康之變❸，徽欽被擄，不知多少帝女王孫被犬羊之類群驅北去，正是「內人❹紅袖泣，王子白衣行」的時節。到得那裏，誰管你是金枝玉葉？多被磨滅得可憐。有些顏色技藝的，纔有豪門大家收做奴婢，又算是有下落的了。其餘驅來逐去，如同犬彘一般。張孝純奉使到彼雲中府，在大將粘罕席上見個吹笛勸酒的女子是南方聲音，

---

❶ 宗姬：見本書卷五㉜。

❷ 粘罕：完顏宗翰，金景祖曾孫，撒改子，本名粘沒喝，漢語訛為粘罕。虜徽欽二宗北去，就是此人。

❸ 靖康之變：靖康，宋欽宗年號。欽宗在位一年（一一二六年），金人南侵，虜徽宗及欽宗北去，史上稱做「靖康之變」。

❹ 內人：見本書卷五㊲。下不再註。

私下偷問他，乃是秦王的公主，粘罕取以為婢。說罷，嗚咽流涕。孝純不勝傷感，故賦此詞。

後來金人將欽宗遷往大都燕京，在路行至平順州地方，駐宿在館驛之中。時逢七夕佳節。金虜家規制，是日官府在驛中排設酒肆，任從人沽酒會飲。欽宗自在內室坐下，閒看外邊喧鬧。只見一個韃婆領了幾個少年美貌的女子，在這些飲酒的座頭邊或歌或舞，或吹笛，斟著酒勸著座客。座客喫罷，各賞些銀鈔或是酒食之類。眾女子得了，就去納在韃婆處。韃婆又嫌多道少，打那討得少的。這個韃婆想就是中華老鴇兒一般。少間，驛官叫一個皂衣典吏賣了酒食來送欽宗。其時欽宗只是軟巾長衣秀才打扮。那韃婆也不曉得是前日中朝的皇帝，道是客人喫酒，差一個吹橫笛的女子到室內來伏侍。女子看見是南邊官人，心裏先自悽慘，嗚嗚咽咽，吹不成曲。欽宗對女子道：「我是你的鄉人。你東京是誰家女子？」那女子向外邊看了又看，不敢一時就說，直等那韃婆站得遠了，方說道：「我乃百王宮魏王孫女，先嫁欽慈太后姪孫。京城既破，被賊人擄到此地，賣在粘罕府中做婢。後來主母嫉妒，終日打罵，轉賣與這個胡婦。領了一同眾多女子，在此日夜求討酒錢食物。各有限數，討來不勾，就要痛打。不知何時是了。官人也是東京人，想也是被擄來的了。」欽宗聽罷，不好回言，只是暗暗落淚，目不忍視，好好打發了他出去。這個女子便是張孝純席上所遇的那一個。詞中說「秦王幼女」，秦王乃是廷美之後，徽宗時改封魏王，魏王即秦王也。真個是鳳子龍孫，遭著不幸，流落到這個地位，豈不可憐！然此乃是天地反常時節，連皇帝也顧不得自家身子，這樣事體，不在話下。

還有個清平世界世代為官的人家，所遭不幸，也墮落了的。若不是幾個好人相逢，怎能勾拔得個身子出來？所以說：

紅顏自古多薄命，　若落娼流更可憐。
但使逢人提掇起，　淤泥原會長青蓮。

話說宋時饒州❺德興縣❻有個官人董賓卿，字仲臣。夫人是同縣祝氏。紹興初年，官拜四川漢州❼太守，全家赴任。不想仲臣做不得幾時，死在官上了。一家老小人口又多，路程又遠，宦囊又薄，算計一時間歸來不得。只得就在那邊尋了房子，權且駐下。

仲臣長子元廣，也是祝家女壻。他有祖蔭在身。未及調官，今且守孝在漢州。三年服滿，正要別了母親兄弟，挈了家小，赴闕聽調。待補官之後，看地方如何，再來商量搬取全家。不料未行之先，其妻祝氏又死。遺有一女。元廣就在漢州娶了一個富家之女做了繼室，帶了妻女同到臨安補官，得了房州竹山❽縣令。地方窄小，又且路遠，也不能勾去四川接家屬。只同妻女在衙中。過了三年考滿，又要進京。

當時挈家東下。且喜竹山到臨安雖是路長，卻自長江下了船乃是一水之地。有同行駐泊一船，也是一個官人在內，是四川人，姓呂，人多稱他為呂使君，也是到臨安公幹的。這個官人年少風流，模樣俊俏。雖然是個官人，還像個子弟一般。棲泊相並，兩邊彼此動問。呂使君曉得董家之船是舊漢州太守的兒子在內。他正是往年治下舊民，過來相拜。董元廣說起親屬尚在漢州居駐，又兼繼室也是漢州人氏，

❺饒州：舊府名，今江西省鄱陽縣。
❻德興縣：今縣名，屬江西省，在樂平縣東。
❼漢州：今四川省廣漢縣，在成都東北。
❽竹山：今縣名，屬湖北省，在房縣西。

正是通家之誼。大家道是在此聯舟相遇，實為有緣，彼此欣幸。大凡出路之人，長途寂寞，巴不得尋些根絆，圖個往來；況且同是衣冠中體面相等，往來更便。因此兩家不是你到我船來，就是我到你船中，或是飲酒，或是下棋，或是閒話。真個是無日不會，就是骨肉相與，不過如此。這也是官員每出外的常事。

不想董家船上卻動火了一個人。你道是那個？正是那竹山知縣的晚孺人。原來董元廣這個繼室不是頭婚。先前曾嫁過一個武官。只因他丰姿妖豔，情性淫蕩，武官十分嬖愛，儘力奉承，日夜不歇，淘虛了身子，一病而亡。青年少寡，那裏熬得？待要嫁人，那邊廂人聞得他妖淫之名，沒人敢攬頭。故此肯嫁與外方，纔嫁這個董元廣。怎當得元廣稟性怯弱，一發不濟，再不能暢他的意。他欲心如火，無可煞渴之處。因見這呂使君丰容俊美，就了不得動火起來。況且同是四川人，鄉音慣熟，到比丈夫不同。但是到船中來，裏頭添茶煖酒，十分親熱；又拋聲調嗓，要他曉得。那呂使君乖巧之人，頗解其意。只礙著是同袍間，一時也下不得手。誰知那孺人，或是露半面，或是露全身，眉來眼去，恨不得一把抱了他進來。日間眼裏火了，沒處洩得，但是想起，只做丈夫不著⑨，不住的要幹事。弄得元廣一絲兩氣，支持不過，疾病上了身子。呂使君越來候問慇勤，曉夜無間。趁此就與董孺人眉目送情，兩下做光⑩，已此⑪有好幾分了。舟到臨安，董元廣病不能起。呂使君分付自己船上道：「董爺是我通家，既然病在船

⑨ 做……不著：作「拿……犧牲」解。

⑩ 做光：「偷情」叫做「挨光」（參閱本書卷三㊷）。此處「做光」，按上下文，似係「調情」之意。

⑪ 已此：見本書卷一㉟。下不再註。

上，上去不得，連我行李也不必發上岸，只在船中下著，早晚可以照管。我所有公事，擡進城去勾當便了。」過了兩日，董元廣畢竟死了。呂使君出身替他經紀喪事。凡有相交來弔的，只說：「通家情重，應得代勞。」來往的人盡多贊歎他高義出人，今時罕有！那曉得他自有一副肚腸藏在裏頭，不與人知道的。正是：

周公恐懼流言日，王莽謙恭下士時，
假若當時身便死，一生真偽有誰知？⑫

呂使君與董孺人計議道：「饒州家鄉又遠，蜀中信息難通，令公棺柩不如就在臨安權且擇地安葬。他年親丁集會了，別作道理。」商量已定，也都是呂使君擺撥。一面將棺柩厝頓停當，事體已完。孺人率領元廣前妻遺女，出來拜謝使君。孺人道：「亡夫不幸，若非大人周全料理，賤妾煢煢母子怎能勾亡夫入土，真乃是骨肉之恩也。」使君道：「下官一路感蒙令公不棄，通家往來，正要久遠相處，豈知一旦棄撇，客途無人料理。此自是下官身上之事，小小出力，何足稱謝！只是殯事已畢，而今孺人還是作何行止？」孺人道：「亡夫家口盡在川中。妾身也是川中人，此間並無親戚可投，只索原回到川中去。

⑫ 周公恐懼……偽有誰知：此詩四句，在京本通俗小說拗相公一篇中亦採用，並說明此係唐詩。我曾為了此詩，請教前輩老友，經轉輾詢問，最後才知這是白樂天放言五首之一，原係七言律詩，這是後半首詩句，收入白氏長慶集卷十五中，字句略有小異，錄之如下，並誌我本人對各位友人的謝意。
「周公恐懼流言後，王莽謙恭未篡時，
向使當初身便死，一生真偽有誰知？」

只是路途迢遞，煢煢母子，無可倚靠，寸步難行，如何是好？」使君陪笑道：「孺人不必憂慮，下官公事勾當一完，也要即回川中，便當相陪同往。只望孺人勿嫌棄，足矣。」孺人也含笑道：「果得如此提挈，還鄉有日，寸心感激，豈敢忘報！」使君帶著笑，丟個眼色道：「且看孺人報法何如？」兩人之言俱各有意，彼此心照。只是各自一隻官船，人眼又多，性急不便做手腳，只好噙乾咽而已。有一隻商調錯葫蘆單道這難過的光景：

兩情人，各一舟。總春心不自由，只落得雙飛蝴蝶夢莊周。活冤家猶然不聚頭，又不知幾時消受？抵多少眼穿腸斷為牽牛。

卻說那呂使君只為要營勾這董孺人，把自家公事攢幹起了，一面支持動身。兩隻船廝幫著一路而行，前前後後，止隔著盈盈一水。到了一個馬頭⑬上，董孺人整備著一席酒，以謝孝⑭為名，單請著呂使君。呂使君聞召，千歡萬喜，打扮得十分俏倬，趨過船來。孺人笑容可掬，迎進艙裏，口口稱謝。三杯茶罷，安了席，東西對坐了；小女兒在孺人肩下打橫坐著。那女兒只得十來歲，未知甚麼頭腦？見父親在時往來的，只說道可以同坐喫酒的了。船上外水⑮的人，見他們說的多是一口鄉談，又見日逐往來甚密，無非是關著至親的勾當，那管其中就裏。誰曉得借酒為名，正好兩下做光的時節。正是：

⑬ 馬頭：水岸停船的地方，今作「碼頭」。

⑭ 謝孝：舊「親人喪事完畢，答拜弔客」，叫做「謝孝」。

⑮ 外水：本來「外水」是對「內水」而言的。四川省以涪江為「內水」；岷江（亦叫蜀江）為「外水」。此處看前後文大意，是指「非四川省的」意思，似與「外江」的用法相同。

茶為花博士，　酒是色媒人。

兩人飲酒中間，言來語去，眉目送情，又不須用著馬泊六⑯，竟是自家覿面打話，有甚麼不成的事？只是耳目眾多，也要遮飾些個。看看月色已上，只得起身作別。使君道：「匆匆別去，孺人晚間寂寞，如何消遣？」孺人會意，答道：「只好獨自個推窗看月耳。」使君曉得意思許他了，也回道：「月色果好，獨睡不穩，也待要開窗玩月，不可辜負此清光也。」你看兩人之言，盡多有意。一個說：「開窗」，一個說：「推窗」，分明約定晚間窗內走過相會了。

使君到了自家船中，叫心腹家僮分付船上：「要兩船相並幫著，官艙相對，可以照管。」船上水手聽依分付，即把兩船緊緊貼著住了。人靜之後，使君悄悄起身，把自己船艙裏窗輕推開來。看那對船時節，艙裏小窗虛掩。使君在對窗咳嗽一聲，那邊把兩扇小窗一齊開了。月光之中，露出身面，正是孺人獨自個在那裏。使君忙忙跳過船來，這裏孺人也不躲閃。兩下相偎相抱，竟到房艙中床上幹那話兒去了。

一個新寡的文君，正要相如補空；一個獨居的宋玉，專待鄰女成雙。一個是不繫之舟，隨人牽挽；一個如中流之檝，惟我蕩搖。沙邊鸂鶒好同眠，水底鴛鴦堪比樂。

雲雨既畢，使君道：「在下與孺人無意相逢，豈知得諧夙願，三生之幸也。」孺人道：「前日瞥見君子，已使妾不勝動念。後來亡夫遭變，多感周全。女流之輩，無可別報，今日報以此身。願勿以妾自獻為嫌，他日相棄，使妾失望耳。」使君道：「承子不棄，且自歡娛，不必多慮。」自此朝隱而出，暮隱而入，日以為常。雖外邊有人知道，也不顧了。

⑯ 馬泊六：亦作「馬伯六」。堅瓠廣集云：「俗呼撮合者曰馬伯六。」

一日正歡樂間，使君忽然長嘆道：「目下幸得同路而行，且喜蜀道尚遠，還有幾時。若一到彼地，你自有家，我自有室，豈能常有此樂哉！」孺人道：「不是這樣說。妾夫既身亡，又無兒女。若到漢州，或恐親屬拘礙。今在途中，惟妾得以自主。就此改嫁從君，不到那董家去了。誰人禁得我來？」使君聞言，不勝欣幸道：「若得如此，足感厚情。在下益州成都郫縣⑰自有田宅莊房，儘可居住。那是此間去的便道，到得那裏，我接你上去住了，打發了這兩隻船。董家人願隨的，就等他隨你住了。不願的，聽他到漢州去，或各自散去。漢州又遠，料那邊多是孤寡之人，誰管得到這裏的事？倘有人說話，只說你遭喪在途，我已禮聘為外室⑱了，卻也無奈我何！」孺人道：「這個才是長遠計較。只是我身邊還有這小妮子，是前室祝氏所生。今這個卻無去處，也是一累。」使君道：「這個一發不打緊⑲，目下還小，且留在身邊養著。日後有人訪著，還了他去。沒人來訪，等長大了，不拘那裏著落⑳了便是。何足為礙？」兩人一路商量的停停當當。

到了郫縣，果然兩船上東西，盡情搬上去住了。可惜董家竹山一任縣令，所有宦資連妻女，多屬之他人。隨來的家人也儘有不平的，卻見主母已隨順了，呂使君又是個官宦，誰人敢與他爭得？只有氣不伏不情願的，當下四散而去。呂使君雖然得了這一手便宜，也被這一干去的人各處把這事播揚開了。但

⑰郫縣：今縣名，屬四川省，在成都的西北，位岷江支流東岸。
⑱外室：指「外婦」，亦稱「外妻」。
⑲不打緊：作「無關緊要」解。
⑳著落：此處作「給他一個歸宿」解。

是聞得的，與舊時稱贊他高誼的，盡多譏他沒行止，鄙薄其人。至於董家關親的，見說著這話，一發切齒痛恨，自不必說了。

董家關親的，莫如祝氏最切！他兩世嫁與董家。有好些出任的在外，盡多是他夫人每弟兄叔侄之稱。有一個祝次騫，在朝為官，他正是董元廣的妻兄。想著董氏一家飄零四散，元廣妻女被人占據，亦且不知去向，日夜係心。其時鄉中王恭肅公到四川做制使㉑，托他在所屬地方訪尋。道里遼闊，誰知下落。乾道㉒初年，祝次騫任嘉州㉓太守，就除利州路㉔運使㉕。那呂使君正補著嘉州之缺，該來與祝次騫交代。呂使君曉得次騫是董家前妻之族。他幹了那件短行之事，怎有膽氣見他？遷延稽留，不敢前來到任。祝次騫也恨著呂使君是禽獸一等人，心裏巴不得不見他。趁他未來，把印綬解卸，交與僚官權時收著，竟自去了。呂使君到得任時，也就有人尋他別是非，彈上一本，朝廷震怒，狼狽而去。

祝次騫枉在四川路上作了一番的官，竟不曾訪得甥女兒的消耗，心中常時抱恨。也是人有不了之願，天意必然生出巧來。直到乾道丙戌年間，次騫之子祝東老，名震亨，又做了四川總幹㉖之職。受了檄文，

㉑ 制使：即制置使，掌節制軍馬官員升改放散類，省試舉人，銓量郡守，舉辟邊州守貳，其權略同宣撫使。

㉒ 乾道：南宋孝宗年號（西元一一六五—一一八九年）。

㉓ 嘉州：今四川省樂山縣。

㉔ 利州路：宋代最初為陝西路地，後來劃成利州路，故治即今陝西省南鄭縣，後改為廣元路，移治今四川省廣元縣。

㉕ 運使：轉運使之略。宋代於轉運司設轉運使，其始僅掌軍需糧餉水陸轉運之事，其後兼理邊防、盜賊、獄訟、鑄穀、按廉諸事，俾之分路而治，遂為一路之監司。

前往成都公幹，道經綿州㉗，綿州太守吳仲廣出來迎著，置酒相款。仲廣原是待制學士㉘出身，極是風流文采的人。是日郡中開宴，凡是應得承直的娼優無一不集。東老坐間看見戶椽傍邊立著一個妓女，姿態恬雅，宛然閨閣中人，絕無一點輕狂之度。東老注目不瞬，看勾多時。卻好隊中行首㉙到面前來斟酒。東老且不接他的酒，指著那戶椽傍邊的妓女問他道：「這個人是那個？」行首笑道：「官人喜他麼？」東老道：「不是喜他。我看他有好些與你們不同處，心中疑怪，故此問你。」行首道：「他叫得薛倩。」東老正要細問，吳太守走出席來，斟著巨觥來勸。東老只得住了話頭。接著太守手中之酒，放下席間，卻推辭道：「賤量實不能飲，只可小杯適興。」太守看見行首正在傍邊，就指著巨觥分付道：「你可在此奉著總幹，是必要總幹飲乾；不然，就要罰你。」行首笑道：「不須罰小的。若要總幹多飲，只叫薛倩來奉，自然毫不推辭。」吳太守也笑道：「說得古怪，想是總幹曾與他相識麼？」東老道：「震亨從來不曾到大府這裏，何繇得與此輩相接？」太守反問行首道：「這等，你為何這般說？」行首道：「適間總幹殷殷問及，好生垂情於他。」東老道：「適纔邂逅之間，見他標格如野鶴在雞群。據下官看起來，不像是個中之人㉚，心裏疑惑，所以在此詢問他為首的，豈關有甚別意來？」太守道：「既然如此，只

㉖ 四川總幹：宋代四川設總領，掌管興元、興州、金州諸軍錢糧。總幹即總領。

㉗ 綿州：今四川綿陽縣。

㉘ 待制學士：官名，宋於「殿」、「閣」皆置待制之官，例如「保和殿待制」、「龍圖閣待制」之類，位在「學士」、「直學士」下，為侍從顧問之職。

㉙ 行首：見本書卷二❽。

㉚ 個中之人：有時作「箇中人」（或「個中人」）。「個」是有所指之詞，等於「此」或「這」字。「個中之人」，

叫薛倩侍在總幹席傍勸酒罷了。」行首領命，就喚將薛倩來侍著。

東老正要問他來歷，恰中下懷。命取一個小杌子㉛，賜他坐了。低問他道：「我看你定然不是風塵中人，為何在此？」薛倩不敢答應，只嘆口氣，把閒話支吾過去。東老越越疑心。過會又問道：「你可實對我說！」薛倩只是不開口，要說又住了。東老道：「直說不妨。」薛倩道：「說也無幹，落得羞人。」東老道：「你儘說與我知道，焉知無益？」薛倩道：「尊官盤問不過，不敢不說，其實說來可羞。我本好人家兒女。祖父俱曾做官。所遭不幸，失身辱地。只是前生業債所欠，今世償還，說他怎的！」東老惻然動心道：「汝祖、汝父莫不是漢州知州，竹山知縣麼？」薛倩大驚，哭將起來道：「官人如何得知？」東老道：「果若是，汝母當姓祝了。」薛倩道：「後來的是繼母，生身亡母正是姓祝。」東老道：「汝母乃我姑娘也。不幸早亡。我聞你與繼母流落於外。尋覓多年，竟無消耗。不期邂逅於此。卻為何失身妓籍？可備與我說。」薛倩道：「自從父親亡後，即有呂使君來照管喪事，與同繼母一路歸川。豈知得到川中，經過他家門首，竟自盡室占為己有。繼母與我，多隨他居住多年。那年壞官回家，鬱鬱不快，一病而亡。連繼母無所倚靠，便將我出賣，得了薛媽七十千錢，遂入妓籍。今已是一年多了。追想父親亡時，年紀雖小，猶在目前，豈知流落羞辱，到了這個地位！」言畢，失聲大哭。東老不覺也哭將起來。初時說話低微，眾人見他交頭接耳，盡見道無非是些調情肉麻之態，那裏管他就裏。直見兩人多哭做一堆，方纔一座驚駭，盡來詰問。東老道：「此話甚長，不是今日立談可盡，況且還要費好些周折，改日

即「此中人」，此處指「風塵中人」（即「娼妓」）。

㉛ 小杌子：吳語稱凳子做「杌子」。「小杌子」即「小凳子」。

當與守公細說罷了。」太守也有些疑心，不好再問。酒罷各散。東老自向公館中歇宿去了。

薛倩到得家裏，把席間事體對薛媽說道：「總幹官府是我親眷㉜。今日說起，已自認帳㉝。明日可到他寓館一見，必有出格賞賜。」薛媽千歡萬喜。到了第二日，薛媽率領了薛倩，來到總幹館舍前求見。祝東老見說，即叫放他母子進來。正要與他細話，只見報說太守吳仲廣也來了。東老笑對薛倩道：「來得正好。」薛倩母子多未知其意。太守下得轎，薛倩走過去先叩了頭。太守笑道：「昨日哭得不勾，今日又來補麼？」東老道：「正要見守公說昨日哭的緣故。此子之父董元廣乃竹山知縣。祖父仲臣是漢州太守，兩世衣冠之後。只因祖死漢州；父又死於都下。妻女隨在舟次，所遇匪人，流落到此地位。乞求守公急為除去樂籍㉞。」太守惻然道：「元來如此。除籍在下官所司，甚為易事。但除籍之後，此女畢竟如何？若明公有意，當為效勞。」東老道：「不是這話。此女之母即是下官之姑，下官正與此女為嫡表兄妹。今既相遇，必須擇個良人嫁與他，以了其終身。但下官尚有公事須去，一時未得便有這樣湊巧的。愚意欲將此女暫托之尊夫人處安頓幾時。下官且到成都往回一番。待此行所得諸臺及諸郡餽遺路贐㉟之物，悉將來為此女的嫁資。慢慢揀選一個佳壻與他，也完我做親眷的心事。」太守笑道：「天下義事豈可讓公一人做盡了？我也當出二十萬錢為助。」東老道：「守公如此高義，此女不幸中大幸矣。」當

㉜親眷：見本書卷一㉓，下不再註。
㉝認帳：吳語，作「相認」或「承認」解。
㉞樂籍：指樂部所轄官妓的名籍。
㉟路贐：送行者所贈「路費」。

下分付薛倩隨著吳太守到衙中媽媽處住著，等我來時再處。太守帶著自去。東老叫薛媽過來，先賞了他十千錢，說道：「薛倩身價在我身上，加利還你。」薛媽見了是官府做主，怎敢有違？只得凄凄涼涼自去了。東老一面往成都進發不題。

且說吳太守帶得薛倩到衙裏來，叫他見過了夫人，說了這些緣故，叫夫人好好看待他，夫人應允了。吳太守在衙裏，仔細把薛倩舉動看了多時，見他仍是滿面憂愁不歇的嘆氣。心裏忖道：「他是好人家兒女，一向墮落，那不得意是怪他不得的。今既已遇著表兄相托，收在官衙，他人打點嫁人，已提挈在好處了，為何還如此不快？他心中畢竟還有掉不下的事。」教夫人緩緩盤問他備細。薛倩初時不肯說。吳太守對他道：「不拘有甚麼心事，只管明白說來，我就與你做主。」薛倩方纔說道：「官人再三盤問，不敢不說，說來也是枉然的。」太守道：「你且說來，看是如何？」薛倩道：「賤妾心中實是有一個人放他不下，所以被官人看破了。」太守道：「是甚麼人？」薛倩道：「妾身雖在烟花之中，那些浮浪子弟，未嘗傾心交往。只有一個書生，年方弱冠㊱尚未娶妻。曾到妾家往來，彼此相愛。他也曉得妾身出於良家，深加憫恤，越覺情濃，但是入城必來相敘。他家父母知道，拿回家去痛打一頓，鎖禁在書房中。以後雖是時或㊲有個信來，再不能勾見他一面了。今蒙官人每擡舉，若脫離了此地，料此書生無緣再會，所以不覺心中怏怏，撇放不開，豈知被官人看了出來？」太守道：「那個書生姓甚麼？」薛倩道：「姓史，是個秀才，家在鄉間。」太守道：「他父親是甚麼人？」薛倩道：「是個老學究。」太守道：「他

㊱ 弱冠：年二十，叫做「弱冠」，見禮典禮。後世沿用，指稱二十歲左右的人。

㊲ 時或：吳語中至今沿用，作「有時」解。

多少家事㊳，娶得你起麼？」薛倩道：「因是寒儒之家，那書生雖往來了幾番，原自力量不能，破費不多，只為情上難捨，頻來看覷。他家兀自道破壞了家私，狠下禁鎖，怎有錢財娶得妾身？」太守道：「你看得他做人如何？可真心得意他否？」薛倩道：「做人是個忠誠有餘的，不是那些輕薄少年，所以妾身也十分敬愛。誰知反為妾受累，而今就得意，也沒處說了。」說罷，早又眼淚落將出來。太守問得明白，出堂去僉了一張密票，差一個公人，撥與一匹快馬，「急取綿州學史秀才到州，有官司勾當，不可遲誤！」公人得了密票，狐假虎威，扯破了一場火急勢頭，忙下鄉來，敲進史家門去。將硃筆官票與看，乃是府間遣馬追取秀才，立等回話的公事。史家父子驚得呆了，各沒想處。那老史埋怨兒子道：「定是你終日宿娼，被他家告害了，再無他事。」史秀才道：「府尊大人取我，又遣一匹馬來，焉知不是文賦上邊有甚麼相商處？」老史道：「好，來請你！柬帖不用一個？出張硃票？」史秀才道：「決是沒人告我。」父子兩個胡猜不住。公人只催起身。老史只得去收拾酒飯，待了公人，又送了些辛苦錢。打發兒子起身到州裏來。正是：

烏鴉喜鵲同聲，　吉凶全然未保。
今日捉將官去，　這回頭皮送了。

史生同了官差，一程來到州中，不知甚麼事繇。穿了小服，進見太守。太守教換了公服相見。史生纔把疑心放下了好些。換了衣服，進去行禮已畢。太守問道：「秀才家小小年紀，怎不苦志讀書？倒來非禮之地頻遊，何也？」史生道：「小生誦讀詩書，頗知禮法。蓬窗自守，從不遊甚非禮之地。」太守

㊳ 家事：即「家私」，指「家中財產」。

笑道：「也曾去薛家走走麼？」史生見道著真話，通紅了兩頰道：「不敢欺大人，客寓州城，誦讀餘功，偶與朋友輩適興閒步，容或有之，並無越禮之事。」太守又道：「秀才家說話不必遮飾！試把與薛倩往來事情實訴我知道。」史生見問得親切，曉得瞞不過了。只得答道：「大人問及於此，不敢相誑。此女雖落娼地，實非娼流，乃名門宦裔，不幸至此。小生偶得邂逅，見其標格有似良人。問得其詳，不勝義憤。自惜身微力薄，不能拔之風塵，所以憐而與游。雖係兒女子之私，實亦士君子之念。然如此鄙事，不知大人何以知而問及？殊深惶愧！只得實陳，伏乞大人容恕！」太守道：「而今假若以此女配足下，足下願以之為室家否？」史生道：「淤泥青蓮，亦願加以拂拭。但貧士所不能，不敢妄想。」太守笑道：「且站在一邊，我教你看一件事。」就掣一枝簽，喚將薛媽來。薛媽慌忙來見太守。太守叫庫吏取出一百道官券來與他道：「昨聞你買薛倩身價止得錢七十千，今加你價三十千，共一百道，你可領著。」時史生站在傍邊，太守用手指著對薛媽道：「汝女已嫁此秀才了。此官券即是我與秀才出的聘禮也。」薛媽不敢違拗，只得收了。當下認得史生的，又不好問得緣故。老媽們心性，見了一百千，算來不虧了本，隨他女兒短長也不在他心上。不管三七二十一，歡歡喜喜自出去了。此時史生看見太守如此發放，不曉其意，心中想道：「難道太守肯出己錢討來與我不成？這怎麼解？」出了神沒可想處。太守喚史生過來，笑道：「足下苦貧不能得娶，適間已為足下下聘了。今以此女與足下為室，可喜歡麼？」史生扣頭道：「不知大人何以有此天恩？出自望外，豈不踴躍！但家有嚴父，不敢不告。若知所娶娼女，事亦未必可諧，所慮在此耳。」太守道：「你還不知此女為總幹祝使君表妹。前日在此相遇，已托下官脫了樂籍。俟成都歸來，替他擇壻。下官見此義舉，原願以二十萬錢助嫁。今此女見在我衙中。昨日見他心事不快，問得其故，知與足下兩意相孚，不得成就。下官為此相請，欲為你兩人成此好事。適間已將十萬錢還了薛媼，今再以十萬錢助足下婚禮，以完下官口信。待總幹來時，整備成親。若尊人問及，不必再提起薛家，只說總幹表妹，下官為媒，無可慮也。」史生見說，歡喜非常，謝道：「鯫生何幸，有此奇緣，得此恩遇。雖粉骨碎身，難以稱報。」太守又叫庫吏取一百道官券，付與史生。史生領下拜謝而去。看見丹墀之下荷花正開，賦詩一首，以見感恩之意。詩云：

蓮染青泥埋暗香，東君移取一齊芳。
擎珠擬做啣環報，已學葵心映日光。

史生到得家裏，照依太守說的話回覆了父母。父母道是喜從天降，不費一錢攀了好親事，又且見有許多官券拿回家來。問其來歷，說道是太守助的花燭之費。一發支持有餘，十分快活。一面整頓酒筵各項。只等總幹回信不題。

卻說吳太守雖已定下了史生，在薛倩面前只不說破。隔得一月，祝東老成都事畢，重回綿州，來見太守。一見便說表妹之事。太守道：「別後已幹辦得一個佳壻在此，只等明公來，便可嫁了。」東老道：「此行所得合來有五十萬，今當悉以付彼，使其成家立業。」太守道：「下官所許二十萬，已將十萬還其身價，十萬備其婚資。今又有此助，可以不憂生計。況其人可倚，明公可以安心了。」東老道：「壻是何人？」太守道：「是個書生，姓史。今即去召他來相見。」東老道：「書生最好。」太守立刻命人去召將史秀才來到，教他見了東老。東老見他少年丰姿出眾，心裏甚喜。太守即擇取來日大吉。叫他備轎，明日到州迎娶家去。太守回衙，對薛倩道：「總幹已到，佳壻已擇得有人，看定明日成婚。婚資多備，從此為良人婦了。」薛倩心裏且喜且悲。喜的是虧得遇著親眷，又得太守做主，脫了賤地，嫁個丈夫，立了婦名；悲的是心上書生從此再不能勾相會了。正是：

笑啼俱不敢，方信做人難。
早知燈是火，落得放心安。

明日，祝東老早到州中，坐在後堂。與太守說了，教薛倩出來相見。東老即將五十萬錢之數交與薛倩道：「聊助子粧奩之費，少盡姑表之情。只無端累守公破費二十萬，甚為不安。」太守笑道：「如此美事，豈可不許我費一分乎？」薛倩叩謝不已。東老道：「壻是守公所擇，頗為得人，終身可傍矣。」太守笑道：「壻是令表妹所自擇，與下官無干。」東老與薛倩俱愕然不解。太守道：「少頃自見。」正話間，門上進稟史秀才迎婚轎到。太守立請史秀才進來，指著史生對薛倩道：「前日你再三不肯說，我道說明白了，好與你做主。今以此生為汝夫，汝心中沒有不足處了麼？」薛倩見說，方敢擡眼一看，正是平日心上之人！方曉得適間之言，心下暗地喜歡無盡。太守立命取香案，教他兩人拜了天地。已畢，兩人隨即拜謝了總幹與太守。太守分付花紅羊酒鼓樂，送到他家。東老又命從人擡了這五十萬嫁資，一齊送到史家家裏來。史家家老兒只說是娶得總幹府表妹，以此為榮，卻不知就是兒子前日為鬫了廝鬧的表子㊴。後來漸漸明白，卻見兩處大官人做主，又平白得了許多嫁資，也心滿意足了。史生夫妻二人感激吳太守，做個木主，供在家堂，奉祀香火不絕。

次年，史生得預鄉薦㊵。東老又著人去漢州，訪著了董氏兄弟；托與本處運使，周給了好些生計。

㊴ 表子：周祈名義考云：「俗謂娼曰『表子』，……『表』對『裏』之稱，猶言『外婦』。」

來通知史生夫妻二人，教他相通往來。史生後來得第，好生照管妻家。漢州之後得以不絕。此乃是不幸中之幸遭遇得好人，有此結果。不然，世上的人多似呂使君，那兩代為官之後到底墮落了。天網恢恢，正不知呂使君子女又如何哩？

公卿宣淫，誤人兒女。不遇援手，焉復其所？
瞻彼穹廬，涕零如雨。千載傷心，王孫帝主。

40 鄉薦：鄉試中式的人，叫做「舉人」，又叫「領鄉薦」。

卷之八　沈將仕三千買笑錢　王朝議一夜迷魂陣

詞云：

風月襟懷，圖取歡來。戲場中儘有安排。呼盧博賽，豈不豪哉？費自家心，自家力，自家財。有等奸胎，慣弄喬才，巧妝成科諢難猜。非關此輩忒使心乖，總自家癡，自家狠，自家騃。（詞寄行香子）

這首詞說著人世上諸般戲事皆可遣興陶情，惟有賭博一途最是為害不淺。蓋因世間人總是一個貪心所使，見那守分的一日裏辛辛苦苦，巴著生理，不能勾進得多少錢；那賭場中一得了采，精金白銀只在一兩擲骰子上收了許多來，豈不是個不費本錢的好生理？豈知有這幾擲贏，便有幾擲輸。贏時節道是倘來之物❶，就有粘頭的、討賞的、幫襯的，大家來撮哄。這時節意氣揚揚，出之不吝。到得贏骰過了，輸骰齊到，不知不覺的弄個罄淨，卻多是自家肉裏錢❷，傍邊的人不曾幫了他一文。所以只是輸的多，

---

❶ 倘來之物：「倘來」即「儻來」。新方言釋言：「吳楚皆謂不意得之者為『儻來』。」此處作「無意間得到的東西」解。

❷ 自家肉裏錢：吳語，「自家」同北方語「自己的」；「肉裏錢」即「血汗錢」。全句作「掏出辛苦得來的自己口袋裏的錢」解。

贏的少。有的不伏道：「我贏了就住，不到得輸就是了。」這句話恰似有理，卻是那一個如此把得定？有的巴了千錢要萬錢，人心不足不肯住的；有的乘著勝采，只道是常得如此，高興了不肯住的；有的怕別人譏誚他小家子相，礙上礙下不好住的；及至臨後輸來，雖悔無及道：「先前不曾住得，如今難道就罷？」一發住不成了，不到得弄完決不收場。況且又有一落場便輸了的，總有幾擲贏骰，不勾番本，怎好住得？到得番本到手，又望多少贏些，那裏肯住？所以一耽了這件滋味，定是無明無夜，拋家失業，失魂落魄，忘飧廢寢的。朋友們譏評，妻子們怨悵，到此地位，一總不理。只是心心念念記掛此事，一似擔雪填井，再沒個滿的日子了。全不想錢財自命裏帶來，人人各有分限，豈由你空手博來，做得人家的？不要說不能勾贏，就是贏了，未必是福處。

宋熙寧❸年間，相國寺前有一相士，極相得著，其門如市。彼時南省❹開科，紛紛舉子多來扣問得失。他一一決來，名數不爽。有一舉子姓丁名湜，隨眾往訪。相士看見大驚道：「先輩❺氣色極高。吾在此閱人多矣，無出君右者。據某所見，便當第一人及第。」問了姓名，相士就取筆在手，大書數字於紙云：「是年狀元是丁湜。」粘在壁上。向丁生拱手道：「留為後驗。」丁生大喜自負。

別了相士，走回寓中來。不覺心神暢快，思量要尋個樂處。元來這丁生少年才俊，卻有個僻性，酷好的是賭博。在家時先曾敗掉好些家資，被父親鎖閉空室，要餓死他。其家中有嫗憐之，破壁得逃。到

❸ 熙寧：宋神宗年號（西元一〇六八－一〇七七年）。
❹ 南省：據事文類聚：「禮部稱『南省』，又曰『禮闈』。」唐宋以來，會試由禮部執掌。
❺ 先輩：唐宋時稱「未登科之士」做「先輩」。蘇東坡稱自己的門人李方叔做先輩。

得京師，補試太學，幸得南省奏名；只待廷試。心緒閒暇，此興轉高。況兼破費了許多家私，學得一番奢遮手段，手到處會贏，心中技癢不過。聞得同榜中有兩個四川舉子，帶得多資，亦好賭博。丁生寫個請帖，著家童請他二人到酒樓上飲酒。二人欣然領命而來。分賓主坐定。飲到半酣，丁生家童另將一個包袱放在左邊一張桌子上面，取出一個匣子開了，拿出一對賞鍾來。二客看見匣子裏面藏著許多戲具，乃是骨牌、雙陸、圍棋、象棋及五木骰子❻枚馬之類，無非賭博場上用的，曉得丁生好此。又觸著兩人心下所好，相視而笑。丁生便道：「我們乘著酒興，三人共賭一回取樂何如？」兩人拍手道：「絕妙，絕妙。」一齊立起來，看樓上傍邊有一小閣，丁生指著道：「這裏頭到幽靜些。」遂叫取了博具，一同到閣中來。相約道：「我輩今日逢場作戲，係是彼此同袍，十分大有勝負忒難為人了。每人只以萬錢為率，盡數贏了，止得三萬，盡數輸了，不過一萬。圖個發興消閒而已。」說定了，方纔下場相博起來。初時果然不十分大來往。到得擲到興頭上，你強我賽，各要爭雄，一二萬錢只好做一擲，怎好就歇得手。兩人又著家童到下處，再取東西，下著本錢，頻頻添入，不記其次。丁生煞是好手段，越贏得來，精神越旺。兩人不伏輸，狠將注頭❼亂推，要博轉來，一注大似一注。怎當得丁生連擲勝采，兩人出注，正如眾流歸海，儘數趕在丁生處了。直贏得兩人油乾火盡，兩人也怕起來，只得忍著性子住了，垂頭喪氣

---

❻ 五木骰子：演繁露：「『五木』之形，兩頭尖銳，故可轉躍。中間平廣，故可鏤采。凡一子，悉為兩面。一面塗黑，畫犢；一面塗白，畫雉。投子者，五皆現黑，名曰『盧』，為最高之采；四黑一白，名曰『雉』，降『盧』一等。」

❼ 注頭：賭博的財物，叫做「注」或「注頭」。

而別。丁生總計所贏，共有六百萬錢。命家童等負歸寓中，歡喜無盡。

隔了兩日，又到相士店裏來走走，意欲再審問他前日言語的確。纔進門來，相士一見大驚道：「先輩為何氣色大變？連中榜多不能了，何況魁選！」急將前日所粘在壁上這一條紙扯下來，揉得粉碎。嘆道：「壞了我名聲，此番不准了。可恨！可恨！」丁生慌了道：「前日小生原無此望，是足下如此相許。今日為何改了口？此是何故？」相士道：「相人功名，先觀天庭❽氣色。前日黃亮潤澤，非大魁無此等光景，所以相許。今變得枯焦且黑滯了，那裏還望功名？莫非先輩有甚設心不良，做了些謀利之事，有負神明麼？試想一想看！」丁生悚然，便把賭博得勝之事說出來道：「難道是為此戲事？」相士道：「你莫說是戲事！關著財物，便有神明主張。非義之得，自然減福。」丁生悔之無及，忖了一忖，問相士道：「我如今盡數還了他，敢怕仍舊不妨了？」相士道：「纔一發心，暗中神明便知。果能悔過，還可占甲科❾，但名次不能如舊，五人之下可望，切須留心！」

丁生亟回寓所，著人去請將二人到寓。兩人只道是又來糾賭，正要番手，三腳兩步忙忙過來。丁生相見了，道：「前日偶爾做戲。大家在客中，豈有實得所贏錢物之理，今日特請兩位過來，奉還原物。」兩人出於不意，道：「既已賭輸，豈有竟還之理？或者再博一番，多少等我們翻些，纔使得。」丁生道：「道義朋友，豈可以一時戲耍傷損客囊財物？小弟誓不敢取一文。也不敢再做此等事了。」即叫家童各將前物竟送還兩人下處。兩人喜出望外，道是丁生非常高誼，千恩萬謝而去。豈知丁生原為著自己功名

---

❽ 天庭：人兩眉之間，叫做「天庭」。

❾ 甲科：見本書卷三⓭。下不再註。

要緊，故依著相士之言，改了前非。

後來廷試唱名，果中徐鐸榜⑩第六人。相士之術不差毫釐。若非是這一番賭，這狀頭穩是丁湜，不讓別人了。今低了五名。又還虧得悔過遷善，還了他人錢物，尚得高標。倘貪了小便宜，執迷不悟，不弄得功名無分了？所以說：「錢財有分限；靠著賭博得來，便贏了也不是好事。」況且有此等近利之事，便有一番謀利之術。有一夥賭中光棍，慣一結了一班黨與，局騙少年子弟，俗名謂之「相識」。用鉛沙灌成藥骰，有輕有重。將手指撚將轉來，撚得得法，拋下去多是贏色；若任意拋下，十擲九輸。又有慣使手法，捧紅坐六的；又有陰陽出法，推班出色的。那不識事的小二哥，一團高興，好歹要賭，俗名喚作「酒頭」。落在套中，出身不得，誰有得與你贏了去？奉勸人家子弟，莫要癡心想別人的！看取丁湜故事，就贏了也要折了狀元之福。何況沒福的！何況必輸的！不如學好守本分的為強。有詩為證：

財是他人物，　　癡心何用貪。
寢興多失節，　　饑飽亦相參。
輸去中心苦，　　贏來眾口饞。
到頭終一敗，　　辛苦為誰甜？

小子只為苦口勸著世人休要賭博，卻想起一個人來，沒事閒遊，撞在光棍手裏，不知不覺弄去一賭，賭得精光，沒些巴鼻⑪，說得來好笑好聽。

⑩ 中徐鐸榜：徐鐸，宋史有傳（卷三百二十九），字振文，興化莆田人，熙寧進士第一。此處「中徐鐸榜」的意思，就是說，丁生果然在「錄取徐鐸為狀元」的榜上中了第六名。

風流誤入綺羅叢，自許通宵依翠紅。
誰道醉翁非在酒？卻教眨眼盡成空。

這本話文，乃在宋朝道君皇帝⑫宣和年間。平江府⑬有一個官人姓沈，承著祖上官蔭，應授將仕郎⑭之職，赴京聽調。這個將仕家道豐厚，年紀又不多，帶了許多金銀寶貨在身邊。少年心性好的是那歌樓舞榭，倚翠偎紅，綠水青山，鬧茶浪酒。況兼身伴有的是東西，只要撞得個樂意所在，揮金如土，毫無吝色。大凡世情如此，纔是有個撒漫使錢的勤兒⑮，便有那幫閒儹嬾的陪客來了。寓所差不多遠，有兩個游手人戶：一個姓鄭、一個姓李。總是些沒頭鬼⑯，也沒個甚麼真名號，只叫作鄭十哥、李三郎。終日來沈將仕下處，與他同坐同起，同飲同餐。沈將仕一刻也離不得他二人。他二人也有時破些錢鈔，請沈將仕到平康里中好姐妹家裏，擺個還席。喫得高興，就在姐妹人家宿了。少不得串同了他家扶頭得差一路兒撮哄，弄出些錢鈔，大家有分，決不到得白折了本。虧得沈將仕壯年貪色，心性不常，略略得味

⑪ 沒些巴鼻：「巴鼻」，同「把鼻」，指「把柄」。委巷叢談載杭人語：「言人作事無據者曰沒巴鼻。」此處轉作「沒辦法」解。
⑫ 道君皇帝：據宋史徽宗本紀宣和七年，內禪皇太子即皇帝位，尊徽宗為「教主道君太上皇帝」，所以道君就是徽宗。
⑬ 平江府：見本書卷六㉛。下不再註。
⑭ 將仕郎：據宋史職官志文臣蔭補，最易補得的，就是將仕郎。
⑮ 勤兒：見本書卷四㉚。下不再註。
⑯ 沒頭鬼：即「沒來歷的人」。

就要跳槽⑰，不迷戀著一個；也不能起發他大主錢財，只好和哄過日，常得嘴頭肥膩而已。如是盤桓將及半年，城中樂地也沒有不游到的所在了。

一日，沈將仕與兩人商議道：「我們城中各處走遍了。況且塵囂嘈雜，沒甚景趣。我要城外野曠去處走走，散心耍子一回何如？」鄭十、李三道：「有興，有興。大官人一發在行得緊。只是今日有些小事未完，不得相陪。若得遲至明日便好。」沈將仕道：「就是明日無妨。卻不可誤期。」鄭李二人道：「大官人如此高懷，我輩若有個推故不去，便是俗物了。明日准來相陪就是。」兩人別去了一夜。到得次日，來約沈將仕道：「城外之興何如？」沈將仕道：「專等，專等。」鄭十道：「不知大官人轎去馬去？」李三道：「要去閒步散心，又不趕甚路程，要那轎馬何幹？」沈將仕道：「三哥說得是。有這些人隨著，便要來催你東去西去，不得自由。我們只是散步消遣，要行要止，憑得自家，豈不為妙？只帶個把家僮去跟跟便了。」沈將仕身邊有物，放心不下，叫個貼身安童⑱背著一個皮箱，隨在身後，一同鄭李二人踱出長安門外來。但見：

甫離城郭，漸遠市廛。參差古樹繞河流，蕩漾游絲飛野岸。布帘沽酒處，惟有甽農村老來嘗；小艇載魚還，多是牧豎樵夫來問。炊烟四起，黑雲影裏有人家；路徑多歧，青草痕中為孔道。別是一番野趣，頓教忘卻塵情。

三人信步而行，觀玩景緻，一頭說話，一頭走路。迤運有二三里之遠，來到一個塘邊。只見幾個粗腿大

⑰ 跳槽：見本書卷四㊷。下不再註。
⑱ 安童：見本書卷四㊶。下不再註。

腳的漢子赤剝了上身，手提著皮鞔，牽著五七匹好馬，在池塘裏洗浴。看見他三人走來至近，一齊跳出塘子，慌忙將衣服穿上，望著三人齊道迎喏。沈將仕驚疑，問二人道：「此輩素非相識，為何見吾三人恭敬如此？」鄭李兩人道：「此王朝議⑲使君之隸卒也。使君與吾兩人最相厚善，故此輩見吾等走過，不敢怠慢。」沈將仕道：「元來這個緣故，我也道：『為何無因至前？』」三人又一頭說，一頭走，離池邊上前又數百步遠了。李三忽然叫沈將仕一聲道：「大官人，我有句話商量著。」沈將仕道：「甚話？」李三道：「今日之游頗得野興。只是信步浪走，沒個住腳的去處。若便是這樣轉去⑳了，又無意味。何不就騎著適纔王公之馬？拜一拜王公，豈不是妙？」沈將仕道：「王公是何人？我卻不曾認得，怎好拜他？」李三道：「此老極是個妙人。他曾為一大郡守，家資絕富，姬妾極多。他最喜的是賓客往來，款接不倦。今年紀已老，又有了些痰病。諸姬妾皆有離心。卻是他防禁嚴密。除了我兩人忘形相知，得以相見，平時等閒不放出外邊來。那些姬妾無事，只是終日合伴頑耍而已。若吾輩去看他，他是極喜的。大官人雖不曾相會，有吾輩同往，只說道欽慕高雅，願一識荊，他看見是吾每的好友，自不敢輕。吾兩人再遞一個春與他，等他曉得大官人是在京調官的，衣冠一脈，一發注意了，必有極精的飲饌相款。吾每且落得開懷快暢他一晚，也是有興的事。強如寂寂寞寞，仍舊三人走了回去。」沈將仕心裏未決。鄭十又道：「此老真是會快活的人。有了許多美妾，他卻又在朋友面上十分殷勤，尋出興趣來。更兼留心飲饌，必要精潔，惟恐朋友們不中意，喫得不盡興。只這一片高興熱腸，何處再討得有？大官人既到此

⑲ 朝議：即朝議大夫，文官職。
⑳ 轉去：吳語至今還口頭用著，相當北方語的「回去」。

地，也該認一認這個人，不可錯過。」沈將仕也喜道：「果然如此，便同二位拜他一拜也好。」李三道：「我每原回到池邊，要了他的馬去。」於是三人同路而回，走到池邊。鄭李大聲叫道：「帶四個馬過來！」看馬的不敢違慢，答應道：「家爺的馬，官人每要騎，儘意騎坐就是。」鄭李與沈將仕各騎了一匹，連沈家家僮捧著箱兒，也騎了一匹。看馬的帶住了馬頭，問道：「官人每要到那裏去？」鄭十將鞭梢指道：「到你爺家裏去。」看馬的道：「曉得了。」在前走著引路。三人聯鑣按轡而行。

轉過兩個坊曲，見一所高門。李三道：「到了，到了。」鄭十哥也陪大官人站一會，待我先進去報知了，好出來相迎。」沈將仕開了箱，取個名帖，與李三帶了報去。李三進門內去了。少歇出來道：「主人聽得有新客到此，甚是喜歡；只是久病倦懶，怕著冠帶，願求便服相見。」沈將仕道：「論來初次拜謁，禮該具服。今主人有命，恐怕反勞，若許便服，最為灑脫。」李三又進去說了。只見王朝議命兩個安童扶了，一同李三出來迎客。沈將仕舉眼看時，但見：

儀度端莊，容顏羸瘦，一前一卻，渾如野鶴步罡㉑，半喘半吁，大似吳牛見月㉒。深淺躬不思而得，是鷺鴛班裏習將來；長短氣不約而同，敢鶯燕窩中輸了去。

沈將仕見王朝議雖是衰老模樣，自然是士大夫體段，肅然起敬。王朝議見沈將仕少年丰采，不覺笑逐顏

㉑ 野鶴步罡：「罡」，是道書的「剛」字。「步罡踏斗」，是道家禮斗的儀式，其形狀轉折轉續象斗宿。禽經云：「鶴雌雄相，隨如道士步斗。」此處用此四字來形容那個稱做王朝議的人步履蹣跚的形狀。

㉒ 吳牛見月：出世說言語，滿奮答晉武帝語云：「臣猶吳牛，見月而喘。」此處用此四字來形容那個稱做王朝議的人半喘半吁的形狀。

開，拱進堂來。沈將仕與二人俱與朝議相見了。沈將仕敘了些仰慕的說話道：「幸鄭李兩兄為紹介，得以識荊，固快夙心，實出唐突。」王朝議道：「兩君之友，即僕友也。況兩君勝士，相與的必是高賢，老朽何幸得以霑接。」茶罷，朝議揖客進了東軒，分付當直的設席款待。分付不多時，杯盤菓饌片刻即至。沈將仕看時，雖不怎的大擺設，卻多精美雅潔，色色在行，不是等閒人家辦得出的。朝議謙道：「一時不能治具，菓菜小酌，勿怪輕褻。」鄭李二人道：「沈君極是脫洒人。既忝吾輩相知，原不必認作新客，只管盡主人之興，喫酒便是，不必過謙了。」小童二人頻頻斟酒，三個客人忘懷大釂，主人勉強支陪。看看天晚，點上燈來。朝議又陪了一晌，忽然喉中發喘，連嗽不止，痰聲曳鋸也似響震四座。支吾不得，叫兩個小童扶了，立起身來道：「賤體不快，上客光顧，不能盡主禮，卻怎的好？」對鄭生道：「沒耐何了，有煩鄭兄代作主人，請客隨意劇飲，不要阻興。老朽略去歇息一會，煮藥喫了，少定即來奉陪。恕罪，恕罪。」朝議一面同兩個小童扶擁而去。

剩得他三個在座，小童也不出來斟酒了。李三道：「我等尋人去。」起身走了進去。沈將仕見主人去了，酒席闌珊，心裏有些失望。欲待要辭了回去，又不曾別得主人，抑且餘興還未盡。只得走下庭中散步。忽然聽得一陣歡呼擲骰子聲。循聲覓去，卻在軒後一小閣中，有些燈影在窗隙裏射將出來。沈將仕將窗隙弄大了些，窺看裏面。不看時萬事全休，一看看見了，真是：

酥麻了半壁，　軟癱做一堆。

你道裏頭是甚光景？但見：

明燭高張，巨案中列。擲盧賽雉，纖纖玉手擎成；喝六呼么，點點朱唇吐就。金步搖、玉條脫，盡為孤注爭雄；風流陣、肉屏風，竟自和盤托出。若非廣寒殿裏，怎能勾如許仙風；不是金谷園中，何處來若干媚質。任是愚人須縮舌，怎教浪子不輸心！

元來沈將仕窗隙中看去，見裏頭是美女七八人環立在一張八仙桌外。桌上明晃晃點著一枝高燭，中間放下酒榼一架，一個骰盆。盆邊七八堆采物，每一美女面前一堆，是將來作注賭采的。眾女掀拳裸袖，各欲爭雄。燈下偷眼看去，真個個個如嫦娥出世，丰姿態度目中所罕見。不覺魂飛天外，魄散九霄，看得目不轉睛，頑涎亂吐。正在禁架不定之際，只見這個李三不知在那裏走將進去，也攛在裏頭㉓了。抓起色子，便待要擲下去。眾女賭在間深處，忽見是李三下注，盡嚷道：「李秀才，你又來鬼廝攪，打斷我姐妹們興頭。」李三頑著臉皮道：「便等我在裏頭與賢妹們幫興一幫興也好。」一個女子道：「總是熟人，不妨事。要來便來，不要酸子氣，快擺下注錢來。」眾女道：「看這個酸鬼！那裏熬得起大注？」一遞一句譏誚著。李三擲一擲，做一個鬼臉。大家把他來做一個取笑的物事。李三只是忍著羞，皮著臉，憑他譬面啐來，只是頑鈍無恥，挨在幫裏。一霎時，不分彼此，竟大家著他在裏面擲了。沈將仕看見李三情狀，一發神魂搖蕩，頓足道：「真神仙境界也！若使吾得似李三，也在裏頭廝混得一場，死也甘心。」急得心癢難熬，好似熱地上蜒蚰，一歇兒立腳不定。急走來要與鄭十商量。鄭十正獨自個坐在前軒打盹。沈將仕急搖他醒來道：「虧你還睡得著！我們一樣到此，李三哥卻落在蜜缸裏了。」鄭十道：「怎麼的？」沈將仕扯了他手，竟到窗隙邊來，指著裏面道：「你看麼！」鄭十打眼一看，果然李三與群女在裏頭混賭。鄭十對沈將仕道：「這個李三，好沒廉恥！」沈將仕道：「如此勝會，怎生知會他一聲，設法我也

㉓ 攛在裏頭：「攛」，吳語作「插入」解。「攛在裏頭」，就是說，「李三也插身到這夥美女裏頭去了」。

在裏頭去擲擲兒，也不枉了今日來走這一番。」鄭十道：「諸女皆王公侍兒。此老方才去眠宿了，諸女得閒在此頑耍。吾每是熟極的，故李三插得進去。諸女素不識大官人，主人又不在面前，怎好與他們接對？須比我每不得。」沈將仕情極了道：「好哥哥，帶挈我帶挈。」鄭十道：「若挨得進去，須要稍物㉔方才可賭。」沈將仕道：「吾隨身篋中有金寶千金，又有二三千張茶券子㉕可以為稍。只要十哥設法得我進去，取樂得一回，就雙手送掉了這些東西，我願畢矣。」鄭十道：「這等，不要高聲。悄悄地隨著我來，看相個機會，慢慢插將下去。切勿驚散了他們，便不妙了。」

沈將仕謹依其言，不敢則一聲。鄭十拽了他手，轉灣抹角，且是熟溜，早已走到了聚賭的去處。諸姬正賭得酣，各不擡頭，不見沈將仕。鄭十將他捏一把，扯他到一個稀空的所在站下了。偵伺了許久，直等兩下決了輸贏會稍之時，鄭十方纔開聲道：「容我每也擲擲兒麼？」眾女擡頭看時，認得是鄭十。卻見肩下立著個面生的人。大家喝道：「何處兒郎？突然到此。」鄭十道：「此吾好友沈大官人。知卿等今宵良會，願一拭目，幸勿驚訝。」眾女道：「主翁與汝等通家，故彼此各無避忌。如何帶了他家少年來？攙預我良人之會。」一個老成些的道：「既是兩君好友，亦是一體的。既來之，則安之。且請一

㉔ 稍物：「稍」指「廩食」，古時按月給發在官之俸曰「稍食」。因此，吳地用來指錢鈔，所以叫現款做「現稍」。此處「稍物」作「財物」解。

㉕ 茶券子：下文對茶券子解釋得很清楚，說：「說話的，『茶券子』是甚物件，可當金銀？看官聽說，『茶券子』即是『茶引』。宋時禁茶榷稅，但是茶商納了官銀，方關『茶引』，認『引』不認人。有此『茶引』，可以到處販賣，每張之利，一兩有餘。……所以這『茶引』當得銀子用。」此處沈將仕說：「又有二三千張茶券子」，就是說：「可以當二三千兩銀子用。」

杯遲到的酒。」遂取一大卮，滿斟著一杯熱酒，奉與沈將仕。沈將仕此時身體皆已麻酥，見了親手奉酒，敢有推辭？雙手接過來，一飲而盡，不剩一滴。奉酒的姬對著眾姬笑道：「妙人也，每人可各奉一杯。」鄭十道：「列位休得炒斷㉖了擲興。吾友沈大官人，也願與眾位下一局。一頭擲骰，一頭飲酒助興，更為有趣。」那老成的道：「妙，妙。雖然如此，也要防主人覺來。」遂喚小鬟快去朝議房裏伺候，倘若睡覺㉗，亟來報知，切勿誤事！小鬟領命去了。諸女就與沈將仕共博。沈將仕自喜身入仙宮，志得意滿，采色隨手得勝。諸姬頭上釵餌首飾盡數除下來作采賭賽，盡被沈將仕贏了。須臾之間，約有千金。諸姬個個目睜口呆，面前一空。鄭十將沈將仕扯一把道：「贏勾了，歇手罷！」怎當得沈將仕魂不附體，他心裏只要多插得一會寡趣便好，不在乎財物輸贏，那裏肯住？只管伸手去取酒喫，喫了又擲，擲了又喫，諸姬又來趁興，奉他不休。沈將仕越肉麻了，風將起來。弄得諸姬皆赤手無稍可擲。

其間有一小姬，年最少，貌最美，獨是他輸得最多。見沈將仕風風世世，連擲采骰。帶著怒容，起身竟去。走至房中轉了一轉，提著一個羊脂玉花罇到面前，向桌上一摟道：「此罇直千緡。只此作孤注，輸贏在此一決。」眾姬問道：「此不是爾所有，何故將來作注？」小姬道：「此主人物也。此一決得勝固妙，倘若再不如意一發輸了去，明日主人尋究，定遭鞭箠。然事勢至此，我情已極，不得不然！」眾人勸他道：「不可趕興。萬一又輸，再無挽回了。」小姬拂然道：「憑我自主，何故阻我！」堅意要擲。眾人見他已怒，便道：「本圖歡樂，何故到此地位？」沈將仕看見小姬光景，又憐又愛，心裏躊躇道：

㉖ 炒斷：通「吵」，此處說「炒斷……」，就是說：「言多聲雜，會吵得打斷擲骰興致」的。

㉗ 睡覺：與現在的用法不同，此處指「睡著醒來」的意思。

「我本意豈欲贏他？爭奈骰子自勝，怎生得幫襯這一擲輸與他了，也解得他的惱怒；不然，反是我殺風景了。」看官聽說：這骰子雖無知覺，極有靈通，最是跟著人意興走的。起初沈將仕神來氣旺，勝采便跟著他走，所以連擲連贏。歇了一會，勝頭已過，敗色將來；況且心裏有些過意不去，情願認輸，一團銳氣已自餒了十分了。更見那小姬氣忿忿，雄糾糾，十分有趣，魂靈也被他吊了去。心裏忙亂，一擲大敗。小姬叫聲：「慚愧！也有這一擲該我贏的。」即把花罇底兒朝天，倒將轉來。沈將仕只道止是個花罇，就是千緡，也賠得起。豈知花罇裏頭盡是金釵珠琲塞滿其中，一倒倒將出來，輝煌奪目，正不知多少價錢，盡該是輸家賠償的。沈將仕無言可對。鄭李二人與同諸姬公估價值，所值三千緡錢。沈將仕須賴不得，盡把先前所贏儘數退還，不上千金；只得走出叫家僮取帶來箱子裏面茶券子二千多張，算了價錢，盡作賭資還了。說話的，「茶券子」是甚物件，可當金銀？看官聽說，「茶券子」即是「茶引」。宋時禁茶榷稅，但是茶商納了官銀，方關「茶引」，認「引」不認人。有此「茶引」，可以到處販賣。每張之利，一兩有餘。大戶人家儘有當著「茶引」生利的，所以這「茶引」當得銀子用。蘇小卿㉘之母受了三千張「茶引」，把小卿嫁與馮魁，即是此例也。沈將仕去了二千餘張「茶引」，即是去了二千餘兩銀子。沈將仕自道：「只輸得一擲，身邊還有剩下幾百張，其餘金寶他物在外不動，還思量再下局去，博將轉來。」忽聽得朝議裏頭大聲咳嗽，急索唾壺。諸姬慌張起來，忙將三客推出閣外，把火打滅，一齊奔入。

㉘蘇小卿：故事見梅禹金青泥蓮花記卷七略云，廬州娼蘇小卿與書生雙漸情好甚篤。漸外出，久不還，小卿守志待之。其母私與江右茶商馮魁，定計賣與之。漸後成名，經宦論之，復還為夫婦。宋金元人曲中，多歌詠其事。

房去。

三人重復走到軒外元飲酒去處。剛坐下，只見兩個小童又出來勸酒道：「朝議多多致意尊客：『夜深體倦，不敢奉陪，求尊客發興多飲一杯。』」三人同聲辭道：「酒興已闌，不必再叨了。只要作別了便去。」小童走進去說了，又走出來道：「朝議說：『倉卒之間，多有簡慢。夜已深了，不勞面別。此後三日，再求三位同會此處，更加盡興，切勿相拒。』又叫：『分付看馬的仍舊送三位到寓所，轉來回話。』」三人一同沈家家僮，乘著原來的四匹馬，離了王家。行到城門邊，天色將明，城門已自開了。馬夫送沈將仕到了寓所。沈將仕賞了馬夫酒錢，連鄭李二人的也多是沈將仕出了，一齊打發了去。鄭李二人別了沈將仕道：「一夜不睡，且各還寓所安息一安息。等到後日再去赴約。」二人別去。

沈將仕自思夜來之事，雖然失去了一二千本錢，卻是著實得趣。想來：「老姬贊他，何等有情！小姬怒他，也自有興。其餘諸姬遞相勸酒，輪流賭賽，好不風光！多是背著主人做的。可恨鄭李兩人先占著這些便宜，而今我既弄入了門，少不得也熟分起來，也與他二人一般受用，或者還有括著個把上手的事在裏頭，也未可知。」轉轉得意。因兩日困倦不出門。巴到第三日清早起來，就要去再赴王朝議之約。卻不見鄭李二人到來，急著家童到二人下處去請。下處人回言，走出去了。只得呆呆等著。等到日中，竟不見來。沈將仕急得亂跳，肚腸多爬了出來，想一想道：「莫不他二人不約我先去了？我既已拜過擾過，認得的了，何必待他二人？只是要引進內裏去，還須得他每領路。我如今備些禮物去酬謝前晚之酌。若是他二人先在，不必說了；若是不在，料得必來，好歹在那裏等他每為是。」叫家僮僱了馬匹，帶了禮物，出了城門。竟依前日之路，到王朝議家裏來。到得門首，只見大門拴著。先叫家僮尋著傍邊一個小側門進去，一直到了裏頭，並無一人在內。家僮正不知甚麼緣故，走出來回覆家主。沈將仕驚疑，猶恐差了，再同著家僮走進去一看。只見前堂東軒與那聚賭的小閣，宛然那夜光景在目，卻無一個人影。大駭道：「分明是這個裏頭，那有此等怪事！」急走到大門左側，問著個開皮鋪的人道：「這大宅裏王朝議全家那裏去了！」皮匠道：「此是內相侯公公的空房，從來沒個甚麼王朝議在此。」沈將仕道：「前夜有個王朝議，與同家眷，正在此中居住。我們來拜他，他做主人留我每喫了一夜酒。分明是此處，如何說從來沒有？」皮匠道：「三日前有好幾個惡少年挾了幾個上廳有名粉頭，稅了此房喫酒賭錢。次日分了利錢，各自散去。那裏是甚麼王朝議請客來？這位官人莫不著了他道兒了？」沈將仕方才疑道是奸計裝成圈套，來騙他這些茶券子的。二千金之物分明付之一空了。卻又轉一念頭，追思那日池邊喚馬，宅內留賓，後來閣中聚賭，都是無心湊著的，難道是設得來的計較。似信不信道：「只可惜不見兩人，畢竟有個緣故在內，等待幾日，尋著他兩個再問。」豈知自此之後，屢屢叫人到鄭李兩人下處去問，連下處的人多不曉得。說道：「自那日出後，一竟不來；虛鎖著兩間房，開進去並無一物在內，不知去向了。」到此方知前日這些逐段逐節行徑，令人看不出一些，與馬夫小童，多是一套中人物，只在遲這一夜裏頭打合成的。正是拐騙得十分巧處，神鬼莫測也。

漫道良朋作勝游，　　誰知胠篋有陰謀？
清閒不是閒人到，　　只為癡心錯下籌。

卷之九　莽兒郎驚散新鶯燕　㑳梅香認合玉蟾蜍

詩云：

世間好事必多磨，緣未來時可奈何；
直至到頭終正果，不知底事欲蹉跎？

話說從來有人道「好事多磨」。那到底不成的自不必說。儘有到底成就的，起初時千難萬難，挫過了多少機會，費過了多少心機，方得了結。就如王仙客與劉無雙❶兩個中表兄妹，從幼許嫁；年紀長大，只須劉尚書與夫人做主，兩個一下配合了，有何可說？卻又尚書番悔起來，千推萬阻。比及夫人攛掇得肯了，正要做親，又撞著朱泚、姚令言❷之亂，御駕蒙塵❸，兩下失散。直到得干戈平靜，仙客入京來訪，不匡❹劉尚書被人誣陷，家小配入掖庭❺，從此天人路隔，永無相會之日了。姻緣未斷，又得發出

❶王仙客與劉無雙：王劉和古押衙事，見唐薛調所撰傳奇小說劉無雙傳。

❷朱泚、姚令言：朱泚，唐昌平人，代宗時為盧龍節度使朱希彩部將，希彩為部下所殺，泚代領其眾。後入朝，德宗立，拜太尉。涇原節度使姚令言在京作亂，德宗奔奉天，令言奏泚稱帝，號大秦，旋改號漢。泚又將兵圍德宗於奉天，屢攻未破。兵敗，泚走彭原，為部下所殺。令言亦被殺。

❸蒙塵：指「皇帝逃難」。

❹不匡：見本書卷四㊴。下不再註。

宮女打掃皇陵，恰好差著無雙在內。驛庭中通著消息與王仙客，跟尋著希奇古怪的一個俠客古押衙，將茅山道士仙丹矯詔藥死無雙，在皇陵上贖出屍首來救活了，方得成其夫婦，同歸襄、漢。不知挫過了幾個年頭，費過了多少手腳了。早知到底是夫妻，何故又要經這許多磨折，真不知天公主的是何意見？可又有一說，不遇艱難，不顯好處。古人云：

不是一番寒徹骨，怎得梅花撲鼻香？

只如偷情一件，一偷便著，卻不早完了事？然沒一些光景了。畢竟歷過多少間阻，無限風波，後來到手，方為希罕。所以在行的道：「偷得著不如偷不著。」真有深趣之言也。

而今說一段因緣，正要到手，卻被無意中攪散；及至後來兩下各不指望了，又曲曲灣灣，反弄成了。這是氤氳大使❻顛倒人的去處。且說這段故事，出在那個地方？甚麼人家？怎的起頭？怎的了結？看官不要性急，待小子原原委委說來。有詩為證：

打鴨驚鴛鴦？分飛各異方；
天生應匹耦，羅列自成行。

話說杭州府有一個秀才，姓鳳，名來儀，字梧賓，少年高才。只因父母雙亡，家貧，未娶。有個母舅金三員外，看得他是個不凡之器，是件照管周濟他。鳳生就冒了舅家之姓進了學，入場考試，已得登

❺ 掖庭：宮殿中旁舍，后妃宮嬪所居住的地方。

❻ 氤氳大使：清異錄：「世人陰陽之契，有繾綣司總統。其長官號氤氳大使。諸夙緣冥數當合者，須鴛鴦牒下乃成。」

科❼。朋友往來，只稱鳳生；榜中名字卻是金姓。金員外一向出了燈火之資，替他在吳山❽左畔賃下園亭一所，與同兩個朋友做伴讀書。那兩個是嫡親兄弟。一個叫做竇尚文，一個叫做竇尚武。多是少年豪氣，眼底無人之輩。三個人情投意合，頗有管鮑、雷陳❾之風。竇家兄弟為因有一個親眷上京為官，送他長行，就便往蘇州探訪相識去了。鳳生雖已得中，春試❿尚遠，還在園中讀書。

一日，傍晚時節，誦讀少倦，走出書房，散步至園東。忽見墻外樓上有一女子憑窗而立，貌若天人。只隔得一垛墻，差不得多少遠近。那女子看見鳳生青年美質，也似有眷顧之意，毫不躲閃。鳳生貪看自不必說。四目相視足有一個多時辰。鳳生只做看玩園中菊花，步來步去，賣弄著許多風流態度，不忍走回。直等天黑將來，只聽得女子叫道：「龍香，掩上了樓窗。」一個侍女走起來，把窗撲的關了。鳳生方才回步。心下思量道：「不知鄰家有這等美貌女子；不曉得他姓甚名誰，怎生打聽一個明白便好？」過了一夜。次日，清早起來，也無心想⓫觀看書史，忙忙梳洗了，即望園東墻邊來。擡頭看那鄰家樓上，不見了昨日那女子。正在惆悵之際，猛聽得墻角小門開處，走將一個青青秀秀的丫鬟進來，竟到圃中採

❼ 登科：科舉時代，試士之年，叫做「科」。入選的，叫做「登科」。

❽ 吳山：在浙江省杭州市治，春秋時為吳南界，故名。上有伍子胥廟，亦名胥山；又有城隍廟，俗稱為城隍山。

❾ 管鮑、雷陳：「管」指春秋齊桓公賢相管仲；「鮑」指管友鮑叔牙。鮑管友誼甚篤，管曾云：「生我者父母；知我者鮑叔。」雷陳則指東漢時雷義和陳重，義被舉為茂才，讓重，刺史不許，義佯狂不應命，後來只得同時舉薦二人。後世稱朋友交誼深厚的，大都拿管鮑、雷陳來作譬喻的。

❿ 春試：「進士試」叫做春試，或叫「春榜」。

⓫ 無心想：吳俗語，「無」音「嘸」，作「定不下心來」解。

菊花。鳳生要撩撥他開口，故意厲聲道：「誰家女子盜取花卉？」那丫鬟啐了一聲道：「是我鄰家的園子；你是那裏來的野人？反說我盜。」鳳生笑道：「盜也非盜，野也不野。一時失言，兩下退過罷。」丫鬟也笑道：「不退過，找你些甚麼？」鳳生道：「請問小娘子，採花去與那個戴？」丫鬟道：「我家姐姐梳洗已完，等此插帶。」鳳生道：「你家姐姐，高姓大名？何門宅眷？」丫鬟道：「我家姐姐姓楊，小字素梅；還不曾許配人家。」鳳生道：「堂上何人？」丫鬟道：「父母俱亡，傍著兄嫂同居。性愛幽靜，獨處小樓刺綉。」鳳生道：「昨日看見在樓上憑窗而立的，想就是了。」丫鬟道：「正是他了，那裏還有第二個？」鳳生道：「這等，小娘子莫非龍香姐麼？」丫鬟驚道：「官人如何曉得？」鳳生本是昨日聽得叫喚明白在耳朵裏的，卻謅一個謊道：「小生一向聞得東鄰楊宅有個素梅娘子，世上無雙的美色；侍女龍香姐十分乖巧，十分賢惠，仰慕已久了。」龍香終是丫頭家見識，聽見稱讚他兩句，道是外邊人真個說他好，就有幾分喜動顏色。道：「小婢子有何德能？直叫官人知道。」鳳生道：「強將之下無弱兵。恁樣的姐姐須得恁樣的龍香姐，方為廝稱。小生有緣，昨日得瞥見了姐姐，今日又得遇著龍香姐，真是天大的福分。龍香姐怎生做得一個方便，使小生再見得姐姐一面麼？」龍香道：「官人好不知進退！好人家兒女，又不是烟花門戶。知道：『你是甚麼人？』面生不熟，說個一見再見。」鳳生道：「小生姓鳳，名來儀，今年秋榜⓬舉人。在此園中讀書，就是貼壁緊鄰。你姐姐固是絕代佳人，小生也不愧今時才子。就相見一面，也不辱沒了你姐姐！」龍香道：「慣是秀才家有這些老臉說話！不耐煩與

⓬ 秋榜：指秋試所發的榜。明清鄉試（中式者就是舉人），例於八月舉行，所以也稱鄉試做「科試」或「秋試」「秋闈」。

你纏帳⓭，且將菊花去與姐姐插戴則個。」說罷，轉身就走。鳳生直跟將來送他，作個揖道：「千萬勞龍香姐在姐姐面前說鳳來儀多多致意。」龍香只做不聽，走進角門，撲的關了。

鳳生只得回步轉來。只聽得樓窗豁然大開，高處有人叫一聲：「龍香，怎麼去了不來？」急擡頭看時，正是昨日憑窗女子。新妝方罷，等龍香採花不來，開窗叫他。恰好與鳳生打個照面。鳳生看上去，愈覺美麗非常。那楊素梅也看上鳳生在眼裏了，呆呆偷覷，目不轉睛。鳳生以為可動，朗吟一詩道：

幾回空度可憐宵，　誰道秦樓有玉簫⓮？
咫尺銀河⓯難越渡，　寧交不瘦沈郎腰⓰！

樓上楊素梅聽見吟詩。詳那詩中之意，分明曉得是打動他的了；只不知這俏書生是那一個？又沒處好問得。正在心下躊躇，只見龍香手撚了一朵菊花來，與他插好了。就問道：「姐姐，你看見那園中狂生否？」素梅搖手道：「還在那廂搖擺。低聲些，不要被他聽見了。」龍香道：「我正要他聽見，有這樣老臉皮沒廉耻的！」素梅道：「他是那個？怎麼樣沒廉耻？你且說來。」龍香道：「我自採花，他不知那裏走

⓭纏帳：吳語，作「糾纏不清」解。

⓮秦樓有玉簫：列仙傳，蕭史春秋人，善吹簫作鳳鳴，秦穆公以女弄玉妻之，遂教弄玉吹簫，後弄玉乘鳳，蕭史乘龍飛昇去云。秦樓名鳳樓，穆公為弄玉所建的重樓。蕭史所吹簫，相傳為赤玉簫。

⓯銀河：見本書卷三㉗。下不再註。

⓰瘦沈郎腰：南史沈約傳：「沈約有志臺司，而帝（梁武帝）不用，因陳情於徐勉曰：『老病百日數旬，革帶常應移孔。』」後世以「沈腰」為「腰瘦」的代辭。此處沈郎即沈約，鳳來儀借此譬喻自己因相思而腰瘦的意思。

將來？撞見了，反說我偷他的花，被我搶白⑰了一場。後來問我『採花與那個戴？』我說：『是姐姐。』他見說出姐姐名姓來，不知怎的就曉得我叫做龍香？說道：『一向仰慕姐姐芳名，故此連侍女名字多打聽在肚裏的。』又說：『昨日得瞥見了姐姐，還要指望再見見。』又被我搶白他『是面生不熟之人』。他纔說出名姓來，叫做鳳來儀，是今年中的舉人，在此園中讀書，是個緊鄰。我不保他。他深深作揖，央我致意姐姐。道：『姐姐是佳人，他是才子。』你道：『好沒廉恥麼！』」素梅道：「說輕些。看來他是個少年書生，高才自負的。你不理他便罷，不要十分輕口輕舌的沖撞他。」龍香道：「姐姐怕龍香沖撞了他，等龍香去叫他來見見姐姐，姐姐自回他話罷。」素梅道：「癡丫頭，好個歹舌頭，怎麼好叫他見我？」兩個一頭話，一頭下樓去了。

這裏鳳生聽見樓上唧噥一番，雖不甚明白，曉得是一定說他，心中好生癢癢。直等樓上不見了人，方才走回書房。

從此書卷懶開，茶飯懶喫，一心只在素梅身上。日日在東墻探頭望腦。時常兩下撞見。那素梅也失魂喪魄的，掉那少年書生不下。每日上樓幾番，但遇著便眉來眼去。彼此有意，只不曾交口。又時常打發龍香，只以採花為名，到花園中探聽他來蹤去跡。龍香一來曉得姐姐的心事，二來見鳳生覥覥，心裏也有些喜歡，要在裏頭撮合。不時走到書房裏傳消遞息，對鳳生說著素梅好生鍾情之意。

鳳生道：「對面甚覺有情，只是隔著樓上下，不好開得口，總有心事，無從可達。」龍香道：「官人，何不寫封書與我姐姐？」鳳生喜道：「姐姐通文墨麼？」龍香道：「姐姐喜的是吟詩作賦，豈但通

⑰ 搶白：吳語，作「指斥」解。

文墨而已。」鳳生道：「這等待我寫一情詞起來，勞煩你替我寄去；看他怎麼說？」鳳生提起筆來，一揮而就。詞云：

木落庭皐，樓閣外彤雲半擁，偏則向淒涼書舍，早將寒送。眼角偷傳傾國貌，心苗曾倩多情種；問天公何日判佳期，成歡寵？（詞寄滿江紅）

鳳生寫完，付與龍香。龍香收在袖裏，走回家去。

見了素梅，面帶笑容。素梅問道：「你適在那邊書房裏來，有何說話，笑嘻嘻的走來？」龍香道：「好笑那鳳官人見了龍香，不說甚麼說話，把一張紙一管筆只管寫來寫去。被我趁他不見，溜了一張來。姐姐，你看他寫的是甚麼？」素梅接過手來，看了一遍，道：「寫的是一首詞。分明是他叫你拿來的，你卻掉謊！」龍香道：「不瞞姐姐說，委實是他叫龍香拿來的。龍香又不識字，知他寫的是好是歹？怕姐姐一時嗔怪，只得如此說。」素梅道：「我也不嗔怪你。只是書生狂妄，不回他幾字，他只道我不知其意，只管歪纏。我也不與他吟詞作賦，賣弄聰明，實實的寫幾句說話回他便了。」龍香即時研起墨來，取幅花箋攤在桌上。好個素梅，也不打稿，提起筆來就寫。寫道：

自古貞姬守節，俠女憐才。兩者俱賢，各行其是。但恐遇非其人，輕諾寡信，俠不如貞耳。與君為鄰，幸成目遇。有緣與否？君自揣之！勿徒調文琢句，為輕薄相誘已也。聊此相復，寸心已盡，無多言。

寫罷，封好了，教龍香藏著，隔了一日拿去與那鳳生。龍香依言來到鳳生書房。鳳生驚喜道：「龍香姐來了。那封書兒，曾達上姐姐否？」龍香拿個班⑱道：「甚麼書不書？要我替你淘氣⑲。」鳳生道：「好姐姐，如何累你受氣？」龍香道：「姐姐見了你書，變了臉，道：『甚麼人的書？要你拿來！我是閨門中女兒，怎麼與外人通書帖？』只是要打。」鳳生道：「他既道我是外人不該通書帖，又在樓上眼睜睜看我怎的？是他自家招風攬火，怎到打你！」龍香道：「我也不到得與他打我，回說道：『我又不識字，知他寫的是甚麼？姐姐不像意⑳不要看他，拿去還他罷了，何必著惱？』方才免得一頓打。」鳳生道：「好濟話！若是不曾看著，拿來還了，有何消息？可不誤了我的事？」龍香道：「不管誤事不誤事，還了你，你自看去。」袖中摸出來，撩在地下。鳳生拾起來，卻不是起先拿去的了。曉得是龍香耍他，帶著笑道：「我說：『你家姐姐不捨得怪我。』必是好音回我了。」拆開來細細一看。跌足道：「好個有見識的女子！分明有意於我，只怕我日後負心，未肯造次耳。我如今只得再央龍香姐拿件信物送他，寫封實心實意的話，求他定下個佳期，省得此往彼來，有名無實，白白地想殺了我！」龍香道：「為人為徹。快寫來！我與你拿去，我自有道理。」鳳生開了箱子，取出一個白玉蟾蜍鎮紙來，乃是他中榜之時，母舅金三員外與他作賀的，製做精工，是件古玩，今將來送與素梅作表記。寫下一封書，道：

承示玉音，多關肝鬲。儀雖薄德，敢負深情？但肯俯通一夕之歡，必當永矢百年之好。謹貢白玉蟾蜍，聊以表信。荊山之產，取其堅潤不渝，月中之象，取其團圓無缺。乞訂佳期，以慰渴想。

---

⑱ 拿個班：見本書卷二[53]。下不再註。

⑲ 淘氣：吳語，含義不一，俗指「受氣」亦稱「淘氣」。

⑳ 不像意：「像意」，吳語，此處作「願意」解。「不像意」即「不願意」。

末寫道：「辱愛不才生鳳來儀頓首，素梅娘子妝前。」鳳生將書封好，一同玉蟾蜍交付龍香。對龍香道：「我與你姐姐百年好事千金重擔，只在此兩件上面了！萬望龍香姐竭力周全，討個回音則個。」龍香道：「不須囑咐，我也巴不得你們兩個成了事。有話面講，不耐煩如此傳書遞柬。」鳳生作個揖道：「好姐姐，如此幫襯，萬代恩德。」龍香帶著笑拿著去了。

走進房來，回覆素梅道：「鳳官人見了姐姐的書，著實讚嘆，說姐姐有見識。又寫一封回書，送一件玉物事㉑在此。」素梅接過手來，看那玉蟾蜍光潤可愛。笑道：「他送來怎的？且拆開書來看。」素梅看那書時，一路把頭暗點，臉頰微紅，有些沉吟之意。看到「辱愛不才生」幾字，笑道：「騃秀才，那個就在這裏愛你？」龍香道：「姐姐若是不愛，何不絕了他？不許往來！既與他兜兜搭搭，他難道到肯認做不愛不成？」素梅也笑將起來，道：「癡丫頭就像與他一路的。我到有句話與你商量。我心上真有些愛他，其實瞞不得你了。如今他送此玉蟾蜍做了信物，要我去會他，這個卻怎麼使得？」龍香道：「姐姐，若是使不得，空愛他，也無用！何苦把這個書生哄得他不上不落㉒的，呆呆地百事皆廢了。」

㉑ 玉物事：「物（音如：北京音『沒有』的『沒』）事」，吳語，作「東西」解。此書和古今小說等明代短篇話本集中常見。此處加一「玉」字，作「玉器」或「玉做的東西」解。

㉒ 不上不落：北方話中凡用「下」字之處，吳語中頗多用「落」字，如「下雨」叫做「落雨」；元宵節掛燈，叫做「上燈」；可是取下來，卻叫做「落燈」；下船叫做「落船」；下麵叫做「落麵」。如果看舊日科舉中「下第」叫做「落第」看，此種用法，來源頗古。所以此處「不上不落」應作「不上不下」（心不定）解。

素梅道：「只恐書生薄倖，且顧眼下風光，日後不在心上，撇人在腦後了。如何是好！」龍香道：「這個龍香也做不得保人。姐姐而今要絕他，卻又愛他，要從他，卻又疑他。如此兩難，何不約他當面一會。看他說話真誠，罰個咒願，方纔憑著姐姐或短或長，成就其事，若不像個老實的，姐姐一下子丟開，再不要纏他罷了。」素梅道：「你說得有理。我回他字去。難得今夜是十五日團圓之夜，約他今夜到書房裏相會便了。」素梅寫著幾字，手上除下一個纍金戒指兒，答他玉蟾蜍之贈。叫龍香拿去。

龍香應允。一面走到園中，心下道：「佳期只在今夜了，便宜了這酸子，不要直與他說知。」走進書房中來，只見鳳生朝著紙窗正在那裏呆想。見了龍香魆地㉓跳將起來，道：「好姐姐，天大的事如何了？」龍香道：「甚麼如何如何！他道你不知進退，開口便問佳期，這等看得容易，一下性子，書多扯壞了，連那玉蟾蜍也摜碎了！」鳳生呆了，道：「這般說起來，教我怎的纔是？等到幾時方好？可不害殺了我！」龍香道：「不要心慌，還有好話在後。」鳳生歡喜道：「既有好話，快說來！」龍香道：「好自在性，大著嘴子『快說來！快說來！』不直得陪個小心？」鳳生陪笑道：「好姐姐，這是我不是了。」跪下去道：「我的親娘！有甚麼好說話？對我說罷。」龍香扶起道：「不要饞臉。你且起來，我對你說：『我姐姐初時不肯，是我再三攛掇，已許下日子了。』」鳳生道：「在幾時呢？」龍香笑道：「在明年。」鳳生道：「若到明年，我也害死，好做周年了。」龍香道：「死了，料不要我償命。自有人不捨得你死，有個丹藥方在此醫你。」袖中摸出戒指與那封字來，交與鳳生，道：「到不是害死，卻不要快活殺了。」鳳生接著拆開看時，上寫道：

㉓ 魆地：見本書卷一㉘。下不再註。

徒承往復，未測中心。擬作夜談，各陳所願。固不為投梭㉔之拒，亦非效踰墻之從。終身事大，欲訂完盟耳。先以約指之物為定。言出如金，浮情且戒！如斯而已。

末附一詩云：

試欽聽琴心，來訪吹簫伴；
為語玉蟾蜍，清光今夜滿。

鳳生看罷，曉得是許下了佳期，又即在今夜，喜歡得打跌。對龍香道：「虧殺了救命的賢姐，教我怎生報答也！」龍香道：「閒話休題。既如此約定，到晚來，切不可放甚麼人在此打攪！」鳳生道：「便是。同窗兩個朋友出去久了。舅舅家裏一個送飯的人，送過便打發他去，不呼喚他，卻不敢來。此外別無甚人到此。不妨，不妨。只是姐姐不要臨時變卦便好。」龍香道：「這個到不消疑慮。只在我身上，包你今夜成事便了。」龍香自回去了。鳳生一心只打點歡會。住在書房中，巴不得到晚。

那邊素梅也自心裏忐忐地，一似小兒放紙砲，又愛又怕；只等龍香回來，商量到晚赴約。恰好龍香已到，回覆道：「那鳳官人見了姐姐的字，好不快活！連龍香也受了他好些跪拜了。」素梅道：「說便如此說，羞答答地怎好去得？」龍香道：「既許了他，作耍不得的。」素梅道：「不去便怎麼？」龍香道：「不去不打緊，龍香說了這一個大謊，後來害死了他，地府中還要攀累我。」素梅道：「你只管自家的來世，再不管我的終身。」龍香道：「甚麼終身？拚得立定主意嫁了他，便是了。」素梅道：「既如此，便依你去走一遭也使得。只要打聽兄嫂睡了方好。」

㉔ 投梭：晉書謝鯤傳：「鄰家高氏女有美色，鯤嘗挑之，女投梭，折其兩齒。」以後指「拒誘」為「投梭」。

說話之間，早已天晚。天上皎團團推出一輪明月。龍香走去了，一更多次走來，道：「大官人大娘子多喫了晚飯，我守他收拾睡了纔來的。我每不要點燈，開了角門，趁著明月悄悄去罷。」素梅道：「你在前走，我後邊尾著，怕有人來。」果然龍香先行，素梅在後，遮遮掩掩走到書房前。龍香把手點道：「那有燈的不就是他書房？」素梅見說是書房，便立定了腳。鳳生正在盼望不到之際，心癢難熬，攛出攛入了一會，略在窗前歇氣。只聽得門外腳步響，急走出來迎著。這裏龍香就出聲道：「鳳官人，姐姐來了，還不拜見！」鳳生月下一看，真是天仙下降！不覺的跪了下去，道：「小生有何天幸，勞煩姐姐這般用心，殺身難報！」素梅通紅了臉，一把扶起，道：「官人請尊重，有話慢講。」鳳生立起來，就扶著素梅衣袂道：「外廂不便，請小姐快進房去。」素梅走進了門內。外邊龍香道：「姐姐，我自去了。」素梅叫道：「龍香，不要去！」鳳生道：「小姐，等他回去安頓著家中的好。」素梅又叫道：「略轉轉就來。」龍香道：「曉得了。鳳官人關上了門罷。」當下龍香走了轉去㉕。

鳳生把門關了。進來一把抱住，道：「姐姐，想殺了鳳來儀！如今僥倖殺了鳳來儀也！」一手就去素梅懷裏亂扯衣裙。素梅按住，道：「官人不要性急。說得明白，方可成歡。」鳳生道：「我兩人心事已明，到此地位，還有何說？」只是抱著推他到床上來。素梅掙定了腳不肯走，道：「終身之事，豈可草草？你咒也須賭一個，永不得負心！」鳳生一頭推，一頭口裏噥道：「鳳來儀若負此情，永遠前程，不吉！不吉！」素梅見他極態㉖，又哄他又愛他，心下已自軟了；不由的腳下放鬆，任他推去。

㉕ 轉去：見本書卷八⑳。

㉖ 極態：吳語稱「急」作「極」，「發急」作「發極」。「極態」指「急色狀態」。

正要倒在床上，只聽得園門外一片大嚷，擂鼓也似敲門。鳳生正在喉急之際，喫那一驚不小。便道：「做怪了！此時是甚麼人敲門？想來沒有別人。姐姐不要心慌。門是關著的，沒事。我們且自上床，憑他門外叫喚，不要保他！」素梅也慌道：「只怕使不得！不如我去休！」鳳生極了，狠性命抱住，道：「這等怎使得！這是活活的弄殺我了。」正是色膽如天，鳳生且不管外面的事，把素梅的小衣服解脫了，忙要行事。那曉得花園門年深月久，苫不甚牢，早被外邊一夥人踢開了一扇；一路嚷將進來，直到鳳生書房門首來了。鳳生聽見來得切近，方纔著忙道：「古怪！這聲音卻似竇家兄弟兩個。幾時回來的？恰恰到此。我的活冤家，怎麼是好！」只得放下了手，對素梅道：「我去頂住了門，你把燈吹滅了，不要做聲！」素梅心下驚惶。一手把裙袴結好，一頭把火吹滅。魆魆地揀暗處站著，不敢喘氣。鳳生走到門邊，輕輕掇㉗條凳子，把門再加頂住。要走進來溫存素梅。只聽得外面打著門道：「鳳兄，快開門！」鳳生戰抖抖的回道：「是……是……是那那個？」一個聲氣小些的道：「小弟竇尚文。」一個大喊道：「小弟竇尚武。兩個月不相聚了，今日才得回來。這樣好月色，快開門出來，吾們同去喫酒。」鳳生道：「夜深了，小弟已睡在床上了，懶得起來。明日盡興罷。」外邊竇大道：「寒舍不遠，過談甚便。欲著人來請，因怕兄已睡著，未必就來，故此兄弟兩人特來自邀。快些起來！」鳳生道：「夜深風露，熱被窩裏起來，怕不感冒了。其實的懶起。不要相強，足見相知。」竇大道：「兄興素豪，今夜何故如此？」竇二便嚷道：「男子漢見說著喫酒看月有興的事，披衣便起，怕甚風露！」鳳生道：「今夜偶然沒興，望乞見量。」竇二道：「終不成使我們掃了興便自這樣回去了！你若當真不起來時，我們一發把這門打

㉗ 掇：見本書卷二㊿。下不再註。

開來，莫怪粗鹵！」鳳生著了急，自想道：「倘若他當真打進，怎生是好？」低低對素梅道：「他若打將進來，必然事露。姐姐你且躲在床後，待我開門出去打發了他，就來。」素梅也低低道：「撇脫些㉘！我要回去。這事做得不好了，怎麼處！」素梅望床後黑處躲好，鳳生纔掇開櫈子，開出門來。見了他兄弟兩個，且不施禮，便隨手把門扣上了，道：「室中無火，待我搭上了門，和兄每兩個坐話一番罷。」兩竇道：「坐話甚麼？酒盒多端正在那裏了。且到寒家呼盧浮白喫到天明。」鳳生道：「小弟不耐煩，饒我罷！」竇二道：「我們興高得緊，管你耐煩不耐煩！我們大家扯了去。」兄弟兩個多動手，扯著便走；又加家僮們推的推，攮的攮，不由你不走。鳳生只叫得苦，卻又不好說出。正是：

啞子慢嘗黃栢味，　難將苦口向人言。

沒奈何，只得跟著吆吆喝喝的去了。

這裏素梅在房中心頭丕丕的跳，幾乎把個膽嚇破了。著實懊悔無盡。聽得人聲漸遠，纔按定了性子，走出床面前來。整一整衣服，望門外張一張，悄然無人。想道：「此時想沒人了，我也等不得他，趁早走回去罷。」去拽那門時，誰想是外邊搭住了的。狠性子一拽，早把兩三個長指甲一齊蹴斷了。要出來，又出來不得；要叫聲龍香，又想他決在家裏，那裏在外邊聽得，又還怕被別人聽見了，左右不是。心裏煩躁撩亂，沒計奈何。看看夜深了，坐得不耐煩。再不見鳳生來到，心中又氣又恨，道：「難道貪了酒杯，竟忘記我在這裏了！」又替他解道：「方纔他負極不要去；還是這些狂朋沒得放他回來。」轉展躊

㉘撇脫些：「撇脫」，吳語，指「一無糾纏」之意，此處素梅關照「撇脫些！」叫鳳生「打發竇家兄弟，要漂亮，不讓事露」之意。

躇，無聊無賴。身體倦怠，呵欠連天。欲要睡睡，又是別人家床鋪，不曾睡慣，不得伏貼。亦且心下有事，焦焦躁躁，那裏睡得去。悶坐不過，作下一首詞，云：

幽房深鎖多情種，清夜悠悠誰共；羞見枕衾鴛鳳，悶則和衣擁。無端猛烈陰風動，驚破一番新夢；窗外月華霜重，寂寞桃源洞。（詞寄桃源憶故人）

素梅吟詞已罷，早已雞鳴時候了。

龍香在家裏睡了一覺醒來，想道：「此時姐姐與鳳官人也快活得勾了，不免走去俟候，接了他歸來早些，省得天明有人看見，做出事來。」開了角門，踏著露草，慢慢走到書房前來。只見門上搭著扭兒。疑道：「這外面是誰搭上的？又來奇怪了。」自言自語了幾句。裏頭素梅聽得聲音，便開言道：「龍香來了麼？」龍香道：「是，來了。」素梅道：「快些開了門進來。」龍香開進去看時，只見素梅衣妝不卸，獨自一個坐著。驚問道：「姐姐起得這般早？」素梅道：「那裏是起早！一夜還不曾睡。」龍香道：「為何不睡？鳳官人那裏去了？」素梅嘆口氣道：「有這等不湊巧的事！說不得一兩句說話，一夥狂朋踢進園門來，拉去看月。鳳官人千推萬阻，不肯開門。他直要打進門來。只得開了門，隨他們一路去了。至今不來，且又搭上了門。教我出來又出來不得；坐又坐不過，受了這一夜的罪。而今你來得正好。我和你快回去罷。」龍香道：「怎麼有這等事！姐姐有心得到這時候了，鳳官人畢竟轉來，還在此等他一等麼？」素梅不覺淚汪汪的，又嘆一口氣道：「還說甚麼等他？只自回去罷了。」正是：

驀地魚舟驚比目，　霎時樵斧破連枝。

素梅自與龍香回去不題。

且說鳳生被那不做美的竇大竇二不由分說拉去喫了半夜的酒。鳳生真是熱地上蚰蜒，一時也安不得身子。一聲求罷，就被竇二大碗價罰來。鳳生雖是心裏不願，待推卻時，又恐怕他們看出破綻，只得免強發興，指望早些散場。誰知這些少年心性，喫到興頭上，越喫越狂，那裏肯住。鳳生真是沒天得叫。直等東方發白，大家酩酊喫不得了，方纔歇手。鳳生終是留心，不至大醉。帶了些酒意，別了二竇，一步恨不得做十步，踉蹌歸來。到得園中，只見房門大開。急急走近叫道：「小姐！小姐！」那見個人影？想著昨宵在此，今不得見了。不覺的趁著酒興，敲臺拍凳，氣得淚點如珠的下來。罵道：「天殺的竇家兄弟！坑害了我。千難萬難，到得今日纔得成就。未曾到手，平白地攪開了。而今不知又要費多少心機，方得圓成。只怕著了這驚，不肯再來了，如何是好？」悶悶不樂，倒在床上，一覺睡到日沉西，方起得來。急急走到園東墻邊一看，但見樓窗緊閉，不見人蹤。推推角門，又是關緊了的。沒處問個消息，快快而回。且在書房納悶不題。

且說那楊素梅歸到自己房中，心裏還是恍惚不寧的。對龍香道：「今後切須戒著，不可如此！」龍香道：「姐姐只怕戒不定。」素梅道：「且看我狠性子戒起來。」龍香道：「到得戒時，已是遲了。」素梅道：「怎見得遲？」龍香道：「身子已破了。」素梅道：「那裏有此事？你纔轉得身，他們就打將進來。說話也不曾說得一句，那有別事？」龍香道：「既如此，那人怎肯放下？定然想殺了，極不也害個風癲。可不是我們的陰隲；還須今夜再走一遭的是。」素梅道：「今夜若去，你住在外面，一邊等我，一邊看人，方不誤事。」龍香冷笑了一聲。素梅道：「你笑甚麼來？」龍香道：「我笑姐姐好個狠性子，著實戒得定。」兩個正要商量晚間再去赴期，不想裏面兄嫂處走出一個丫鬟來，報道：「馮老孺人來了。」

元來素梅有個外婆，嫁在馮家，住在錢塘門裏。雖沒了丈夫，家事頗厚，開個典當鋪在門前。人人曉得他是個富室。那些三姑六婆㉙沒一個不來奉承他的。他只有一女，嫁與楊家，就是素梅的母親，早年夫婦雙亡了。孺人想著外甥女兒雖然傍著兄嫂居住，未嘗許聘人家。一日，與媒婆每說起素梅親事。媒婆每道：「若只托著楊大官人出名，說把妹子許人，未必人家動火。須得說是老孺人的親外甥就在孺人家裏接茶㉚出嫁的，方有門當戶對的來。」孺人道：「是，說得有理。亦且外甥女兒年紀長大，也要收拾他身畔來。」故此自己擡了轎，又叫了一乘空轎，一直到楊家，要接素梅家去。

素梅接著外婆。孺人把前意說了一遍，素梅暗地喫了一驚，推托道：「既然要去，外婆先請回，等甥女收拾兩日就來。」孺人道：「有甚麼收拾？我在此等了你去。」龍香便道：「也要揀個日子。」孺人道：「我揀了來的，今日正是個黃道吉日。就此去罷。」素梅暗暗地叫苦，私對龍香道：「怎生發付那人？」龍香道：「總是老孺人守著在此，便再遲兩日去，也會他不得了。不如且依著去了。等龍香自去回他消息，再尋機會罷。」素梅只得懷著不快，跟著孺人去了。

所以這日鳳生去望樓上，再不得見面。直到外邊去打聽，纔曉得是外婆家接了去了。跌足嘆恨，悔之無及。又不知幾時纔得回家，再得相會。正在不快之際，只見舅舅金三員外家金旺來接他回家去，要商量上京會試之事。說道：「園中一應書箱行李多收拾了家來，不必再到此了。」鳳生口裏不說，心下

㉙ 三姑六婆：據輟耕錄，尼姑、道姑、卦姑，叫做「三姑」；牙婆、媒婆、師婆、虔婆、藥婆、穩婆，叫做「六婆」。

㉚ 接茶：一名「受茶」，舊時女子受聘，叫做「受茶」。

思量道：「誰想當面一番錯過，便如此你東我西，料想那還有再會的日子！只是他十分的好情，教我怎生放得下？」一邊收拾，望著東墻只管落下淚來。卻是沒奈何，只得匆匆出門。到得金三員外家裏，員外早已收拾盤纏，是件停當。喫了餞行酒，送他登程。叫金旺跟著，一路伏侍去了。

員外閒在家裏，偶然一個牙婆㉛走來賣珠翠，說起錢塘門裏馮家有個女兒，才貌雙全，尚未許人。員外叫討了他八字來，與外甥合一合看。那看命的看得是一對上好到頭夫妻，夫榮妻貴並無沖犯。員外大喜，即央人去說合。那馮孺人見說是金三員外，曉得他本處財主。叫人通知了外甥楊大官人，當下許了。擇了吉日，下了聘定，歡天喜地。

誰知楊素梅心裏只想著鳳生，見說許下了甚麼金家，好生不快，又不好說得出來。對著龍香只是啼哭。龍香寬解道：「姻緣分定。想當日若有緣法，早已成事了。如此對面錯過，畢竟不是對頭。虧得還好；若是那一夜有些長短了，而今又許了一家，卻怎麼處？」素梅道：「說那裏話！我當初雖不與他沾身，也曾親熱一番，心已相許。我如今癡想還與他有相會日子，權且忍耐。若要我另嫁別人，臨期無奈，只得尋個自盡，報答他那一點情分便了，怎生撇得他下！」龍香道：「姐姐一片好心固然如此，只是而今，怎能勾再與他相會？」素梅道：「他如今料想在京會試。倘若姻緣未斷，得登金榜，他必然歸來尋訪著我。那時我辭了外婆，回到家中，好歹設法得相見一番。那時他身榮貴，就是婚姻之事或者還可挽回萬一。不然，我與他一言面訣，死亦瞑目了。」龍香道：「姐姐也見得是，且耐心著，不要煩煩惱惱，與別人看破了，生出議論來。」不說兩個唧噥。

㉛ 牙婆：賣珠翠的婦女，叫做「牙婆」。古今小說珍珠衫篇，亦稱賣珠子的薛婆做牙婆可證。

且說鳳生到京，一舉成名，做了三甲進士，選了福建福州府推官㉜，心裏想道：「我如今便道還家，央媒議親易如反掌；這姻緣仍在，誠為可喜；進士不足言也。」正要打點起程，金員外家裏有人到京來，說道：「家中已聘下了夫人，只等官人榮歸畢姻。」鳳生喫了一驚，道：「怎麼！聘下了甚麼夫人？」金家人道：「錢塘門裏馮家小姐，見說才貌雙全的。」鳳生變了臉道：「你家員外，好沒要緊！那知我的就裏㉝？連忙就聘做甚麼？」金家人與金旺多疑怪道：「這是老員外好意，官人為何反怪將起來？」鳳生道：「你們不曉得，不要多管！」自此心中反添上一番愁緒起來。正是：

姻事雖成心事違，新人歡喜舊人啼；
幾回暗裏添惆悵，說與旁人那得知？

鳳生心中悶悶，且待到家再作區處㉞，一面京中自起身，一面打發金家人先回，報知擇日到家。

這裏金員外曉得外甥歸來快了，定了成婚吉日，先到馮家下那袍段釵鐶，請期㉟的大禮。他把一個白玉蟾蜍做壓釵物事㊱。這蟾蜍是一對。前日把一個送外甥了，今日又替他行禮，做了個囫圇人情㊲。

㉜ 福州府推官：元明於各府皆置推官，掌理刑獄。鳳生中了三甲進士後，選了福建福州府的推官，掌理福州府的刑獄。

㉝ 我的就裏：「就裏」，作「個中」、「內容」，或「情形」解。「我的就裏」就是說「我的情形」。

㉞ 區處：作「分別處理」解。

㉟ 請期：舊時封建婚姻六禮之一。男家行聘之後，卜婚日，得吉日，又使媒人赴女家告之日期，形式上由男家請示女家，所以叫做「請期」。

㊱ 壓釵物事：吳俗，稱「請期」做「行盤」。盤中有禮，即上文所稱的「袍段釵鐶」，有時有人家用一種較貴重

教媒婆送到馮家去，說：「金家郎金榜題名，不日歸娶，已起程，將到了。」那馮老孺人好不喜歡。旁邊親親眷眷看的人那一個不嘖嘖稱嘆道：「素梅姐姐生得標緻，有此等大福！」多來與素梅叫喜。

誰知素梅心懷鬼胎，只是長吁短嘆，好生愁悶，默默歸房去了。只見龍香走來道：「姐姐，你看見適纔的禮物麼？」素梅道：「有甚心情去看他！」龍香道：「一件天大僥倖的事！好叫姐姐得知。龍香聽得外邊人說：那中進士聘姐姐那個人，雖然姓金卻是金家外甥。我前日記得鳳官人也曾說甚麼金家舅舅。只怕那個人就是鳳官人，也不可知。」素梅道：「那有此事？」龍香道：「適纔禮物裏邊，有一件壓釵的東西，也是一個玉蟾蜍，與前日鳳官人與姐姐的一模二樣。若不是他家，怎生有這般一對？」素梅道：「而今玉蟾蜍在那裏？設法來看一看。」龍香道：「我方纔見有些蹊蹺，推說姐姐要看，拿將來了。」袖裏取出，遞與素梅看了一會，果像是一般的；再把自家的在臂上解下來，並一並看，分毫不差。想著前日的情，不覺掉下淚來，道：「若果如此，真是姻緣不斷。古來破鏡重圓㊳，釵分再合，信有其事了。只是鳳郎得中，自然說是鳳家下禮，如何只說金家？這裏邊有些不明。怎生探得一個實消息？果然是了，便好。」龍香道：「是便怎麼？不是便怎麼？」素梅道：「是他了，萬千歡喜，不必說起。若不是他，我前日說過的，臨到迎娶，自縊而死！」龍香道：「龍香到有個計較在此。」素梅道：「怎的計較？」龍香道：「少不得迎親之日，媒婆先回話。那時龍香妝做了媒婆的女兒，隨了他去。看得果是

的物事（東西）放入，叫它做「壓釵物事」。

㊲ 囫圇人情：物體完整，叫做「囫圇」。饋贈物品，叫做「人情」。囫圇人情，指「整個贈送」。

㊳ 破鏡重圓：見本書卷六㊳。

那人，即忙回來說知就是。」素梅道：「如此甚好。但願得就是他，這場喜比天還大。」龍香道：「我也巴不得如此。看來像是有些光景的。」兩人商量已定。

過了兩日，鳳生到了金家了。那時馮老孺人已依著金三員外所定日子成親，先叫媒婆去回話，請來迎娶。龍香知道，趕到路上來，對媒婆說：「我也要去看一看新郎。有人問時，只說是你的女兒，帶了來的。」媒婆道：「這等，折殺了老身。同去走走就是。只有一件事，要問姐姐。」龍香道：「甚事？」媒婆道：「你家姐姐天大喜事臨身，過門去就做夫人了，如何不見喜歡？口裏唧唧噥噥，到像十分不快活的。這怎麼說？」龍香道：「你不知道，我姐姐自小立願，要自家揀個像意的姐夫。而今是老孺人做主，不管他肯不肯，許了。他不知新郎好歹，放心不下，故此不快活。」媒婆道：「新郎是做官的了，有甚麼不好？」龍香道：「夫妻面上，只要人好，做官有甚麼用處？老娘曉得這做官的姓甚麼？」媒婆道：「姓金了，還不知道。」龍香道：「聞說是金員外的外甥，元不姓金，可知道姓甚麼？」媒婆道：「是便是外甥，而今外邊人只叫他金爺；他的姓，姓得有些異樣的，不好記，我忘記了。」龍香道：「可是姓鳳？」媒婆想了一想，點頭道：「正是這個甚麼怪姓。」龍香心裏暗暗喜歡；已有八分是了。

一路行來，已到了金家門首。龍香對媒婆道：「老娘你先進去，我在門外張一張罷。」媒婆道：「正是。」媒婆進去見了鳳生，回覆今日迎親之事。正在問答之際，龍香門外一看，看得果然是了，不覺手舞足蹈起來，嘻嘻的道：「造化！造化！」龍香也有意要他看見，把身子全然露著，早已被門裏面看見了。鳳生問媒婆道：「外面那個隨著你來？」媒婆道：「是老媳婦的女兒。」鳳生一眼瞅去，疑是龍香。便叫媒婆去裏面茶飯。自己踱出來看，果然是龍香了。鳳生忙道：「甚風吹你到此？你姐姐在那裏？」

龍香道：「鳳官人還問我姐姐！你只打點迎親罷了。」鳳生道：「龍香姐，小生自那日驚散之後，有一刻不想你姐姐，也叫我天誅地滅！怎奈是這日一去，彼此分散，無路可通。僥倖往京得中，正要歸來央媒尋訪，不想舅舅又先定下了這馮家。而今推卻不得，沒奈何了，豈我情願！」龍香故意道：「而今不情願，也說不得了。只辜負了我家姐姐一片好情，至今還是淚汪汪的。」鳳生也拭淚道：「待小生過了今日之事，再怎麼約得你家姐姐一會面，講得一番，心事明白，死也甘心！而今你姐姐在那裏？曾回去家中不曾？」龍香哄他道：「我姐姐也許下人家了。」鳳生喫驚道：「咳！咳！許了那一家？」龍香道：「是這城裏甚麼金家，新中進士的。」鳳生道：「又來胡說！城中再那裏還有個金家新中進士？只有得我。」龍香道：「官人幾時又姓金？」鳳生道：「這是我娘舅家姓。我一向榜上多是姓金不姓鳳。」龍香嘻的一笑道：「白日見鬼！枉著人急了這許多時。」鳳生道：「這等說起來，敢是我聘定的，就是你家姐姐？卻怎麼說姓馮？」龍香道：「我姐姐也是馮老孺人的外甥，故此人只說是馮家女兒，其實就是楊家的人。」鳳生道：「前日分散之後，我問鄰人，說是外婆家接去，想正是馮家了。」龍香道：「正是了。」鳳生道：「這話果真麼？莫非你見我另聘了，特把這話來耍我的？」龍香去袖中摸出兩個玉蟾蜍來，道：「你看這一對先自成雙了。一個是你送與姐姐的；一個是你家壓釵的，眼見得多在這裏了。還要疑心？」鳳生大笑道：「有這樣奇事，可不快活殺了我！」龍香道：「官人如此快活，我姐姐還不知道明白，哭哭啼啼在那裏。」鳳生道：「若不是我，你姐姐待怎麼？」龍香道：「姐姐看見玉蟾蜍一樣，又見說是金家外甥，故此也有些疑心。先教我來打探。說道：『不是官人，便要自盡。』如今即忙回去報他，等他好梳妝相待。而今他這歡喜，也非同小可。」鳳生道：「還有一件，他事在急頭上，只怕還要疑心是你權時哄他的，未必放心得下。你把他前日所與我的戒指拿去與他看，他方信是實了。可好麼？」龍香道：「官人見得是。」鳳生即在指頭上勒下來，交與龍香去了。一面分付鼓樂酒筵齊備，親往迎娶。

卻說龍香急急走到家裏，見了素梅，連聲道：「姐姐，正是他！正是他！」素梅道：「難道有這等事？」龍香道：「不信，你看，這戒指那裏來的？」就把戒指遞將過來，道：「是他手上親除下來與我，叫我拿與姐姐看，做個憑據的。」素梅微笑道：「這個真也奇怪了。你且說，他見你說些甚麼？」龍香道：「他說，『自從那日驚散，沒有一日不想姐姐，而今做了官，正要來圖謀這事，不想舅舅先定下了，他不知是姐姐，十分不情願的。』」素梅道：「他不匡是我，別娶之後，卻待怎麼？」龍香道：「他說：『原要設法與姐姐一面，說個衷曲，死也瞑目！』就眼淚流下來。我見他說得至誠，方與他說明白了這些話。他好不喜歡！」素梅道：「他卻不知我為他如此立志，只說我輕易許了人家，道我沒信行的了，怎麼好？」龍香道：「我把姐姐這些意思，盡數對他說了。原說：『打聽不是，迎娶之日，尋個自盡的。』他也著意，恐怕我來回話，姐姐不信，疑是一時權宜之計哄上轎的說話，故此拿出這戒指來為信。」素梅道：「戒指在那裏拿出來的？」龍香道：「緊緊的勒在指頭上，可見他不忘姐姐的了。」素梅此時纔放心得下。

須臾，堂前鼓樂齊鳴，新郎冠帶上門，親自迎娶。新人上轎。馮老孺人也上轎，送到金家，與金三員外會了親，喫了喜酒，送入洞房，兩下成其夫婦。恩情美滿，自不必說。次日，楊家兄嫂多來會親。竇家兄弟兩人也來做賀。鳳生見了二竇，想著那晚之事，不覺失笑。自忖道：「虧得原是姻緣，到底配合了。不然，這一場攪散，豈是小可的！」又不好說得出來，只自家暗暗僥倖而已。做了夫妻之後，時常與素梅說著那事，兩個還是打噤的。

因想：「世上的事，最是好笑。假如鳳生與素梅索性無緣罷了；既然到底是夫妻，那日書房中時節，何不休要生出這番風波來？略遲一會，也到手了。再不然，不要外婆家去，次日也還好再續前約。怎生不先不後，偏要如此間阻。及至後來，兩下多不打點㊴的了，卻又無意中聘定成了夫婦。這多是天公巧處，卻像一下子就上了手反沒趣味，故意如此的。卻又有一時不偶便到底不諧的，這又不知怎麼說？」有詩為證：

從來女俠會憐才，到底姻成亦異哉！
也有驚分終不偶，獨含幽怨向琴臺！

㊴ 不打點：「打點」是「了其未了」的意思。「不打點」作「不打算怎樣」解。

卷之十　趙五虎合計挑家釁　莫大郎立地散神奸

詩曰：

黑蟒口中舌，　黑蜂尾上針，

兩般猶未毒，　最毒婦人心。

話說婦人家妬忌乃是七出之條❶內一條，極是不好的事。卻這個毛病，像是天生成的一般，再改不來的。

宋紹興年間，有一個官人，乃是臺州司法❷，姓葉，名薦。有妻方氏，天生殘妬，猶如虎狼。手下養娘婦女們，箠楚梃杖，乃是常刑。還有灼鐵燒肉，將錐搠腮。性急起來，一口咬住不放，定要咬下一塊肉來；狠極之時，連血帶生喫了。常有致死了的。婦女裏頭，若是模樣略似人的，就要疑心司法喜他，一發受苦不勝了。司法那裏還好解勸得的。雖是心裏好生不然，卻不能制得他，沒奈他何。所以中年無

❶ 七出之條：封建時代對婦女壓迫的規定，見於儀禮喪服「出妻之子為母」，疏云：「七出者：無子一也；淫佚二也；不事姑舅三也；口舌四也；盜竊五也；妬忌六也；惡疾七也。天子諸侯之妻，無子不出，唯有六出耳。」

❷ 司法：官名，兩漢有決曹，賊曹掾，為郡之佐吏，主刑法。唐宋之制，在府曰法曹參軍，在州曰司法參軍，在縣曰司法。臺州是宋代浙江省一個州名，所以葉薦應是司法參軍，「司法」係略稱。

子，再不敢萌娶妾之念。

後來司法年已六旬，那方氏他也五十六七歲差不多了。司法一日懇求方氏道：「我年已衰邁，豈還有取樂好色之意？但老而無子，後邊光景難堪。欲要尋一個丫頭，與他養個兒子，為接續祖宗之計。須得你周全這事方好。」方氏大怒道：「你就匡❸我養不出，生起外心來了！我看自家晚間儘有精神，只怕還養得出來。你不要胡想！」司法道：「男子過了六十，還有生子之事；幾曾見女人六十將到了，生得兒子出的？」方氏道：「你見我今年做六十齊頭了麼？」司法道：「就是六十，也差不多兩年了。」方氏道：「再與你約三年；那時無子，憑你尋一個淫婦，快活死了罷了。」司法唯唯從命，不敢再說。

過了三年；只得又將前說提起。方氏已許出了口，不好悔得，只得裝聾做啞；聽他娶了一個妾。娶便娶了。只是心裏不伏氣；尋非廝鬧，沒有一會清淨的。忽然一日對司法道：「我眼中看你們做把戲，實是使不得。我年紀老了，也不耐煩在此爭嚷。你那裏另揀一間房，獨自關得斷的，與我住了。我在裏邊修行，只叫人供給我飲食，我再不出來了。憑你們過日子罷。」司法聽得，不勝之喜，道：「慚愧！若得如此，天從人願！」遂於屋後另築一小院；收拾靜室一間，送方氏進去住了。家人們早晚問安，遞送飲食。

多時沒有說話。司法暗暗喜歡道：「似此清淨，還像人家。不道他晚年心性這樣改得好了，他既然從善，我們一發要還他禮體。」對那妾道：「你久不去相見了，也該自去問候一番。」妾依主命，獨自

❸ 匡：一如本書卷四㊴所述，通常與「不」字或「誰」字連用，作「不料」或「誰料」解。此處看到它獨立的用法，意義仍作「料」字解。

走到屋後去了。直到天晚不見出來。司法道：「難道兩個說得投機，只管留在那裏了？」未免心裏牽挂。自己悄悄步到那裏去看。走到了房前，只見門窗關得鐵桶相似，兩個人多不見。司法把門推推，推不開來；用手敲著兩下，裏頭雖有些聲響，卻不開出來。司法道：「奇怪了！」回到前邊，叫了兩個粗使的家人同到後邊去，狠把門亂推亂踢。那門桯脫了，門早已跌倒一邊。一擁進去，只見方氏撲在地下。說時遲，那時快，見了人來，騰身一跳，望門外亂竄出來。眾人急回頭看去，卻是一隻大蟲！喫了一驚。再看地上，血肉狼籍；一個人渾身心腹，多被喫盡，只剩得一頭兩足。認那頭時，正是妾的頭。司法又苦又驚道：「不信有這樣怪事！」連忙去趕那虎，已出屋後跳去，不知那裏去了？又去喚集眾人，點著火把，望屋後山上到處找尋，並無蹤跡。

這個事在紹興十九年。此時有人議論：「或者連方氏也是虎喫了的，未必這虎就是他。卻有一件，虎只會喫人，那裏又會得關門閉戶來？分明是方氏平日心腸狠毒，元自與虎狼氣類相同。」今在屋後獨居多時，忿戾滿腹，一見妾來，怒氣勃發，遂變出形相來，恣意咀啗，傷其性命，方掉下去了。此皆毒心所化也。所以說道：「婦人家有天生成妬忌的，即此便是榜樣。」

小子為何說這一段希奇事？只因有個人家，也為內眷有些妬忌，做出一場沒了落事，幾乎中了人的機謀，哄弄出折家蕩產的事來。若不虧得一個人有主意，處置風恬浪靜，不知炒❹到幾年上纔是了結。有詩為證：

　　些小言詞莫若休，　　不須經縣與經州；

❹ 炒：通「吵」字，見本書卷八㉖。

衙頭府底賠杯酒，　贏得貓兒賣了牛。

這首詩，乃是宋賢范弇所作，勸人休要爭訟的話。大凡人家些小事情，自家收拾了，便不見得費甚氣力。若是一個不伏氣，到了官時，衙門中沒一個肯不要賺錢的。不要說後邊輸了，就是贏得來，算一算費用過的財物已自合不來了。何況人家弟兄們爭著祖父的遺產，不肯相讓一些，情願大塊的東西作成別個得去了。又有不肖官府，見是上千上萬的狀子，動了火，起心設法。這邊送將來，便道：「我斷多少與你」；那邊送將來，便道：「我替你斷絕後患」；只管埋著根腳漏洞，等人家爭個沒休歇，蕩盡方休。又有不肖縉紳，見人家是爭財的事，容易相幫。東邊來說，也叫他：「送些與我我便左袒」，西邊來說，也叫他：「送些與我我便右袒」。兩家不歇手，落得他自飽滿了。世間自有這些人在那裏，官司豈是容易打的。自古說，「鷸蚌相持，漁人得利❺」。到收場想一想，總是被沒相干的人得了去。何不自己骨肉便喫了些虧？錢財還只在自家門裏頭好。

今日小子說這有主意的人，便真是見識高強的。

這件事也出在宋紹興年間。吳興❻地方有個老翁，姓莫，家資鉅萬；一妻二子，已有三孫。那莫翁富家性子，本性好淫慾。少年時節，便有娶妾買婢好些風流快活的念頭。又不愁家事做不起，隨他討著幾房，粉黛三千，金釵十二，也不難處的。只有一件不湊趣處，那莫老姥卻是十分利害。他平生有三恨：

❺ 鷸蚌相持，漁人得利：出國策燕策，一般引用此二語來譬喻「雙方相持不相讓，結果讓第三者得著便宜去」的事情。

❻ 吳興：宋湖州吳興郡，今浙江省縣名。

一恨天地，　二恨爹娘，　三恨雜色匠作。

你道他為甚麼恨這幾件？他道自己身上生了此物，別家女人就不該生了。為甚天地沒主意？不惟我不為希罕，又要防著男人。二來爹娘嫁得他遲了些個，不曾眼見老兒破體，到底有些放心不下處。更有一件，女人溺尿總在馬子上罷了；偏有那些燒窰匠、銅錫匠，弄成溺器與男人撒溺，將陽物放進放出，形狀看不得。似此心性，你道莫翁少年之時，容得他些鬆寬門路麼？後來生子生孫，一發把這些閒花野草的事體，回個盡絕了。

此時莫翁年已望七。莫媽房裏有個丫鬟，名喚雙荷，十八歲了。莫翁晚間睡時，叫他擦背捶腰。莫媽因是老兒年紀已高，無心防他這件事。況且平時奉法惟謹，放心得下慣了。誰知莫翁年紀雖高，慾心未已。乘他身邊伏侍時節，與他捏手捏腳，私下肉麻。那雙荷一來見是家主，不敢則聲；二來正值芳年，情竇已開，也滿意思量那事，儘喫得這一杯酒。背地裏兩個做了一手。有個歌兒單嘲著老人家偷情的事：

老人家，再不把淫心改變，見了後生家❼只管歪纏。怎知道行事多不便：搵腮是皺面頰；做嘴是白鬚鬚；正到那要緊關頭也，卻又軟軟軟軟軟。

說那莫翁與雙荷偷了幾次，家裏人漸漸有些曉得了。因為莫媽心性利害，只沒人敢對他說。連兒子媳婦為著老人家面上，大家替他隱瞞。

誰知有這樣不作美的冤家勾當，那妮子日逐❽覺得眉麄眼慢，乳脹腹高，嘔吐不停。起初還只道是

❼後生家：見本書卷二㊳。

❽日逐：見本書卷六㊵。下不再註。

病，看看肚裏動將起來，曉得是有胎了。心裏著忙，對莫翁道：「多是你老沒志氣，做了這件事，而今這樣不尷尬⑨起來。媽媽心性，若是知道了，肯干休的？我這條性命眼見得要葬送了！」不住的眼淚落下來。莫翁只得寬慰他道：「且莫著急，我自有個處置在那裏。」莫翁心下自想道：「當真不是要處。我一時高興，與他弄一個在肚裏了。媽媽知道，必然打罵不容，枉害了他性命。縱或未必致死，我老人家子孫滿前，卻做了這沒正經事，炒得家裏不靜，也好羞人！不如趁這妮子未生之前，尋個人家嫁了出去，等他帶胎去別人家生育了，糊塗得過再處。」算計已定，私下對雙荷說了。雙荷也是巴不得這樣的，既脫了狠家主婆，又別配個後生男子，有何不妙？方纔把一天愁消釋了好些。果然莫翁在莫媽面前，尋個頭腦，故意說丫頭不好，要賣他出去。莫媽也見雙荷年長，光景妖嬈，也有些不要他在身邊了。遂聽了媒人之言，嫁出與在城花樓橋賣湯粉的朱三。

朱三年紀三十以內，人物儘也濟楚。雙荷嫁了他，算做得郎才女貌，一對好夫妻。莫翁只要著落⑩得停當，不爭財物。朱三討得容易，頗自得意。只不知討了個帶胎的老婆來。漸漸朱三識得出了。雙荷實對他說道：「我此胎實係主翁所有。怕媽媽知覺，故此把我嫁了出來；許下我看管終身的。你不可說甚麼打破了機關，落得⑪時常要他周濟些東西。我一心與你做人家⑫便了。」朱三是個經紀行中人，只

---

⑨ 不尷尬：「尷尬」，原作「尷尬」，「不尷尬」作「發生麻煩」解。

⑩ 著落：見本書卷七⑳。下不再註。

⑪ 落得：吳語中常用，作「安然得到」解。

⑫ 做人家：吳語，作「積儲貨財興家立業」或「節儉」解。

要些小便宜，那裏還管青黃皂白？況且曉得人家出來的丫頭，那有真正女身？又是新娶情熱，自然含糊忍住了。娶過來五個多月，養下一個小廝來。雙荷密地叫人通與莫翁知道。莫翁雖是沒奈何嫁了出來，心裏還是割不斷的。見說養了兒子，道是自己骨血。瞞著家裏，悄悄將兩挑米，幾貫錢，先送去與他喫用。以後首飾衣服，與那小娃子穿著的，沒一件不支持了去。朱三反靠著老婆福蔭，落得喫自來食⓭。那兒子漸漸大起來。莫翁雖是暗地周給他，用度無缺，卻到底瞞著生人眼，不好認帳。隨那兒子自姓了朱。跟著朱三也到市上幫做生意。此時已有十來歲。街坊上人點點搐搐⓮多曉得是莫翁之種。連莫翁家裏兒子媳婦們也多曉得老兒有這外養之子，私下在那裏盤纏⓯他家的；卻大家裝聾做啞，只做不知。莫姥心裏也有些疑心。不在眼面前了，又沒人敢提起，也只索罷了。

忽一日，莫翁一病告殂。家裏成服停喪，自不必說。

在城有一夥破落戶，管閒事喫閒飯的沒頭鬼⓰光棍。一個叫做鐵裏蟲宋禮，一個叫做鑽倉鼠張朝，一個叫做吊睛虎牛三，一個叫得洒墨判官周丙，一個叫得白日鬼王癟子；還有幾個不出名提草鞋的小夥，共是十來個。專一捕風捉影，尋人家閒頭腦，挑弄是非，扛幫生事。那五個為頭，在黑虎玄壇趙元帥廟⓱

⓭ 自來食：作「不勞而獲的食物」解。

⓮ 點點搐搐：一作「指指搠搠」，即「指說」之意。

⓯ 盤纏：一般指「旅費」，亦作「日常費用」解。此處作動詞用，含有「供給日常費用」之意。

⓰ 沒頭鬼：見本書卷八⓰。

⓱ 黑虎玄壇趙元帥廟：舊社會中，俗祀財神，其像黑面濃鬚，武裝執鞭，身騎黑虎，相傳姓趙名公明，受封正一玄壇元帥。

裏歃血為盟，結為兄弟。盡多改姓了趙，總叫做「趙家五虎」。不拘那裏有事，一個人打聽將來，便合著伴去做，得利平分。平日曉得賣粉朱三家兒子，是莫家骨血。這日見說莫翁死了，眾兄弟商量道：「一樁好買賣到了。莫家乃巨富之家。老媽媽只生得二子，享用那二三十萬不了。我們攛掇朱三家那話兒去告爭，分得他一股，最少也有幾萬之數；我們幫的也有小富貴了。就不然，只要起了官司，我們打點的打點，賣陣的賣陣；這邊不著那邊著，好歹也有幾年纏帳⑱了。也強似在家裏嚼本。」大家拍手道：「造化，造化。」鐵裏蟲道：「我們且去見那雌兒⑲看他主意怎麼的；設法誘他上這條路便了。」多道：「有理。」一齊向朱三家裏來。

朱三平日賣湯粉。這五虎日日在衙門前後走動，時常買他的點饑，是熟主顧家。朱三見了，拱手道：「列位光降，必有見論。」那吊睛虎道：「請你娘子出來，我有一事報他。」朱三道：「何事？」白日鬼道：「他家莫老兒死了。」雙荷在裏面聽得，哭將出來，道：「我方纔聽得街上是這樣說，還道未的⑳。而今列位來說，一定是真了。」一頭哭，一頭對朱三說：「我與你失了這泰山的靠傍，今生再無好日了。」鑽倉鼠便道：「怎說這話？如今正是你們的富貴到了。」五人齊聲道：「我兄弟們，特來送這一套橫財㉑

⑱ 纏帳：此處轉用作「混混」解。

⑲ 雌兒：吳語，一作「雌頭」，似北方語「娘們」卻帶有輕薄的意思。

⑳ 未的：「的」，指「真確」。「未的」，「不真確」也。

㉑ 橫財：「橫」，含「意外」之意。例如意外的災禍，叫「橫禍」；意外的事，叫「橫事」。此處作「意外的錢財」解。

與你們的。」朱三夫妻多驚疑道：「這怎麼說？」鐵裏蟲道：「你家兒子，乃是莫老兒骨血。而今他家裏萬萬貫家財，田園屋宇，你兒子多該有分。何不到他家去要分他的？他若不肯分，拚與他喫場官司，料不倒斷了你們些去。撞住㉒打到底㉓苦你兒子不著㉔，與他滴起血㉕來，怕道不是真的？這一股穩穩是了。」朱三夫妻道：「事到委實如此，我們也曉得。只是輕易起了個頭，一時住不得手的。自古道：『貧莫與富鬥。』喫官司全得財來使費。我們怎麼敵得他過？弄得後邊，不伶不俐，反為不美。況且我每這樣人家，一日不做，一日沒得喫的。那裏來的人力？那裏來的工夫去喫官司？」鐵裏蟲道：「這個誠然也要慮到，打官司㉖全靠使費與那人力兩項。而今我和你們熟商量。要人力時，我們幾個弟兄相幫，你衙門做事儘勾了。只這使費難處。我們也說不得，小錢不去，大錢不來。五個弟兄，一人應出一百兩，先將來下本錢，替你使用去。你寫起一千兩的借票來，我們收著。直等日後斷過家業來到了手，你每照契還我。只近得你每一本一利，也不為多。此外謝我們的，憑你們另商量了。那時是白得來的東西，左右是不費之惠，料然決不怠慢了我們。」朱三夫妻道：「若得列位如此相幫，可知道好。只是打從那裏做起？」鐵裏蟲道：「你只依我們調度，包管停當。且把借票寫起來為定。」朱三只得依著寫了，押了

㉒ 撞住：吳俗語，作副詞用，修飾動詞或形容詞，意思是「至多」。

㉓ 打到底：「打」，指「打官司」，此處作「打官司打到底」解。

㉔ 苦……不著：與「做……不著」用法同，作「拚著……喫些苦」解。

㉕ 滴……血：據洗冤錄：「……試令某乙，就身刺一兩點血滴骸骨上，是的親生，則血沁入骨，否則不入，俗云滴骨親，蓋謂此也。」

㉖ 打官司：舊日稱「訴訟」。

個字，連兒子也要他畫了一個，交與眾人。眾人道：「今日我每弟兄且去，一面收拾銀錢停當了，明日再來計較行事。」朱三夫妻道：「全仗列位看顧。」當下眾人散了去。

雙荷對丈夫道：「這些人所言，不知如何？可做得來的麼？」朱三道：「總是不要我費一個錢。看他們怎麼主張？依得的只管依著做去，或者有些油水㉗也不見得。用去是他們的，得來是我們的，有甚麼不便宜處？」雙荷道：「不該就寫紙筆與他？」朱三道：「秤我們三個做肉賣，也值不上幾兩。他拿了我千貫的票子，若不奪得家事㉘來，他好向那裏討？果然奪得來時，就與他些也不難了。況且不寫得與他，他怎肯拿銀子來應用？有這一紙安定他每的心，纔肯盡力幫我。」雙荷道：「為甚孩子也要他著個字㉙？」朱三道：「奪得家事是孩子的，怎不叫他著字？這個到多不打緊。只看他們指撥怎麼樣做法便了。」不說夫妻商量。

且說五虎出了朱家的門，大家笑道：「這家子被我們說得動火了。只是扯下這樣大謊，那裏多少得與他起個頭。」鐵裏蟲道：「當真我們有得肉裏錢㉚先折去不成？只看我略施小計，不必用錢。」這四個道：「有何妙計？」鐵裏蟲道：「我如今只要拿一疋粗麻布，做件衰衣㉛，與他家小廝穿了，叫他竟

㉗ 有些油水：吳俗語，作「有利益可圖」解。

㉘ 家事：見本書卷七㊳。

㉙ 著……字：吳俗語，即「畫花押」。

㉚ 肉裏錢：見本書卷八❷。

㉛ 衰衣：即「斬衰」，孝服名，五服中最重的孝服，用粗生麻布做，乃是子為父穿孝的孝服。

到莫家去做孝子。撩得莫家母子惱躁起來，吾每只一個錢白紙，告他一狀。這就是五百兩本錢了。」四個拍手道：「妙，妙。事不宜遲，快去！快去！」鐵裏蟲果然去賸那了一疋痲布，到裁衣店剪開了，縫成了一件衰衣，手裏拿著，道：「本錢在此了。」一湧的望朱三家裏來。

朱三夫妻接著，道：「列位還是怎麼主張？」鐵裏蟲道：「叫你兒子出來，我教道他事體。」雙荷對著孩子道：「這幾位伯伯，幫你去討生身父母的家業，你只依著做去便了。」那兒子也是個乖的，說道：「既是我生身的父親，那家業我應得有的。只是我娃子家，教我怎的去討纔是？」鐵裏蟲道：「不要你開口討。只著了這件孝服，我們引你到那裏；你們進去，到了孝堂裏面，看見靈幃，你便放聲大哭，哭罷就拜；拜了四拜，往外就走。有人問你說話，你只不要回他，一逕到外邊來。我們多在左側茶坊裏等你便了。這個卻不難的。」朱三道：「只如此有何益？」眾人道：「這是先送個信與他家。你兒子出了門，第二日就去進狀。我們就去替你使用打點。你兒子又小，官府見了，只有可憐，決不難為他的。況又實實是骨血，腳踏硬地㉜，這家私到底是穩取的了。只管依著我們做去。」朱三對妻子道：「列位說來的話，多是有著數㉝的，只教兒子依著行事，決然停當。」那兒子道：「只如方才這樣說的話，我多依得。我心裏也要去見見親生父親的影像㉞，哭他一場，拜他一拜。」雙荷掩淚道：「乖兒子，正是如此。」朱三道：「我到不好隨去得。既是列位同行，必然不差。把兒子交付與列位了。我自到市上做

㉜ 腳踏硬地：作「證據確鑿」解。

㉝ 著數：圍棋下子叫做「著」，「著數」，指「下棋的先後方法」，此處借用作「有步驟」解。

㉞ 影像：吳俗，又叫做「幀子」，指死者的遺像。

生意㉟去，晚來討消息罷。」當下朱三自出了門。

五虎一同了朱家兒子，徑往莫家來。將到門首，多走進一個茶坊裏面，坐下喫個泡茶。叮囑朱家兒子道：「那門上有喪牌㊱孝簾的，就是你老兒家裏。你進去，依著我言語行事。」遂把衰衣與他穿著停當了。那孩子依了說話，不知甚麼好歹，大踏步走進門裏面來。一直到了孝堂，看見靈幃，果然淚天倒地價㊲哭起來。也是孩子家天性所在。那孝堂裏頭聽見哭響，只道是弔客來到，盡皆來看。只見是一個小廝，身上打扮與孝子無二；且是哭得悲切，口口聲聲叫著親爹爹。孝堂裏看的，不知是甚麼緣故。人人驚駭道：「這是那裏說起？」莫媽聽得哭著親爹，又見這般打扮，不覺怒從心上起，惡向膽邊生；嚷道：「那裏來這個野貓，哭得如此異樣！」虧得莫大郎是個老成有見識的人，早已瞧科㊳了八九分。忙對母親說道：「媽媽切不可造次！這件事了不得。我家初喪之際，必有奸人動火，要來挑釁。紮成火囤㊴落了他們圈套，這人家不經折的。只依我指分，方免禍患。」莫媽一時間見大郎說得利害，也有些慌了。且住著不嚷，冷眼看那外邊孩子。只見他哭罷就拜，拜了四拜。正待轉身，莫大郎連忙跳出來，一把抱住道：「你不是那花樓橋賣湯粉朱家的兒子麼？」孩子道：「正是。」大郎道：「既是這等，你方纔拜

㉟ 做生意：即「做買賣」。

㊱ 喪牌：舊日吳俗凡有喪事人家，首七後，即有喪牌（或豎立「喪屏」）掛起，訃告親友。

㊲ 價：助詞，常附在形容詞之後構成副詞，現在一般用「的」或「地」字。

㊳ 瞧科：見本書卷二㊿。

㊴ 紮成火囤：一名「仙人跳」，原來用在男女私情方面，一種詐取金錢的美人計。此處「紮成火囤」的意義轉用作「做好圈套」解。

了爹爹，也就該認了媽媽。你隨我來。」一把扯他到孝幔裏頭，指著莫媽，道：「這是你的嫡母親，快些拜見。」莫媽倉卒之際，只憑兒子。受了他拜已過。大郎指自家道：「我乃是你長兄，你也要拜。」拜過。又指點他拜了二兄；以次至大嫂二嫂，多叫拜見了。又領自己兩個兒子，兄弟一個兒子，立齊了，對孩子道：「這三個是你姪兒，你該受拜。」拜罷，孩子又望外就走。大郎道：「你到那裏去？你是我的兄弟，父親既死，就該住在此居喪。這是你家裏了，還到那裏去？」大郎領他到裏面，交付與自己娘子，道：「你與小叔叔把頭梳一梳，替他身上出脫一出脫㊵。把舊時衣服脫掉了，多替他換了些新鮮的。而今是我家裏人了。」孩子見大郎如此待得他好，心裏雖也歡喜，只是人生面不熟，又不知娘的意思怎麼，有些不安貼，還想要去。大郎曉得光景，就著人到花樓橋朱家，去喚那雙荷到家裏來，說道有要緊說話。雙荷曉得是兒子面上的事了，亦且原要來弔喪，急忙換了一身孝服，來到莫家。靈前哭拜已畢，大郎即對他說：「你的兒子，今早到此，我們已認做兄弟了。而今與我們一同守孝，日後與我們一樣分家，你不必記挂。所有老爹爹在日給你的飯米衣服，我們照帳按月送過來與你，與在日一般。這是有你兒子面上。你沒事不必到這裏來，因你是有丈夫的，恐防議論，到粄你兒子的醜。只今日起，你兒子歸宗姓莫，不到朱家來了。你分付你兒子一聲。你自去罷。」雙荷聽得，不勝之喜：「若得大郎看死的老爹爹面上，如此處置停當，我燒香點燭，祝報大郎不盡。」說罷，進去見了莫媽，與大嫂二嫂，只是拜謝。莫媽此時也不好生分得。大家沒甚說話，打發他回去。雙荷叮囑兒子：「好生住在這裏，小心奉事大媽媽與哥哥嫂嫂。你落了好處，我放心得下了。」方纔大郎說過，我不好常到這裏。你在此過幾時，斷

㊵ 出脫一出脫：吳語，指「潔淨頭面，換穿衣服」之意。

了七七❹❶四十九日，再到朱家來相會罷。」孩子既見了自家的娘，又聽了分付的話，方纔安心住下。雙荷自歡歡喜喜，與丈夫說知去了。

且說那些沒頭鬼光棍趙家五虎，在茶房裏面坐地，眼巴巴望那孩子出來，就去做事，狀子多打點停當了，誰知守了多時，再守不出。看看到晚，不見動靜。疑道：「莫非我們閒話時，那孩子出來，錯了眼❹❷，竟到他家裏去了？」走一個到朱家去看，見說兒子不曾到家，倒叫了娘子去，一發不解。走來回覆眾人，大家疑惑，就像熱盤上蟻子，坐立不安。再著一個到朱家伺候，又說見雙荷歸來，老大懽喜，說兒子已得認下收留了。眾人尚在茶坊未散，見了此說，個個木呆。正是：

思量撥草去尋蛇，這回卻沒蛇兒弄。
平常家裏沒風波，總有良平❹❸也無用。

說這幾個人，聞得孩子已被莫家認作兒子了，許多焰騰騰的火氣，卻像淋了幾桶的冰水，手臂多索解了。大家嚷道：「悔氣！撞著這樣不長進的人家。難道我們商量了這幾時，當真倒單便宜了這小廝不成！」鐵裏蟲道：「且不要慌！也不到得便宜了他，也不到得我們白住了手。」眾人道：「而今還好在那裏入腳？」鐵裏蟲道：「我們原說，與他奪了人家，要謝我們一千銀子。他須有借票在我手裏，是朱

---

❹❶ 七七：吳俗喪事，每七日設祭，叫做「七」，自「首七」至「七七」，共四十九日，俗稱「七裏」，「七七」又名「終七」，喪事至此，告一段落。

❹❷ 錯了眼：吳語，指「眼睛一時沒有注意到」之意。

❹❸ 良平：張良、陳平之略，相傳二人俱有智謀，用來譬喻「機智」之意。

三的親筆。」眾人道：「他家先自收拾了，我們並不曾幫他一些，也不好替朱三討得。況且朱三是窮人，討也沒幹。」鐵裏蟲道：「昨日我要那孩子也著個字的。而今揀有頭髮的揪44。過幾時，只與那孩子討。等他說沒有，就告了他。他小厮家新做了財主，定怕喫官司的。央人來與我們講和，須要贖得這張紙去纔乾淨。難道白了不成！」眾人道：「有見識，不枉叫你做鐵裏蟲，真是見識硬掙。」鐵裏蟲道：「還有一件，只是眼下還要從容。一來那票子上日子沒多兩日，就討就告，官府要疑心。二來他家方纔收留，家業未有得就分與他，他也便沒有得拿出來還人。這是半年一年後的事。」眾人道：「多說得是。且藏好了借票，再耐心等等弄他。」自此一夥各散去了。

這裏莫媽性定，抱怨兒子道：「那小業種45來時，為甚麼就認了他？」大郎道：「我家富名久出，誰不動火？這兄弟實是爹爹親骨血。我不認他時，被光棍弄了去，今日一狀，明日一狀，告將來，告個沒休歇。衙門人役個個來詐錢，親眷朋友人人來拐騙。還有官府思量起發，開了口不怕不送。不知把人家折到那裏田地？及至拌得到底，問出根由，少不得要斷這一股與他，何苦作成46別人肥了家去！所以不如一面收留，省了許多人的妄想，有何不妙？」媽媽見說得明白，也道是了。

一家喜歡過日。忽然一日，有一夥人走進門來，說道要見小三官人的。這裏門上方要問明，內一人

44 揀有頭髮的揪：揪光頭，不如揪有頭髮的人，因為好揪也。吳俗用來譬喻「有身家的人的財產好似頭髮，容易給人揪住」。

45 小業種：「小冤家」或「小畜生」之意。

46 作成：在吳語中，含義頗多，此處作「便宜」解。

大聲道：「便是朱家的拖油瓶㊼。」大郎見說得不好聽，自家走出來。見是五個人雄糾糾的來施禮問道：「小令弟在家麼？」大郎道：「在家裏。列位有何說話？」五個人道：「令弟少在下家裏些銀子，特來與他取用。」大郎道：「這個卻不知道。叫他出來就是。」大郎進去對小兄弟說了。那孩子不知是甚麼頭腦。走出來一看，認得是前日趙家五虎。上前見禮。那幾個見了孩子，道：「好個小官人！前日是我們送你來的。你在此做了財主，就不記得我們了。」孩子道：「前日這邊留住了，不放我出門，故此我不出來得。」五虎道：「你而今既做了財主，這一千銀子該還得我們了。」孩子道：「我幾曾曉得有甚麼銀子？」五虎道：「銀子是你晚老子㊽朱三官所借，卻是為你用的。你也著得有花字㊾。」孩子道：「前日我也見說，說道恐防喫官司要銀子用，故寫下借票。而今官司不喫了，那裏還用你們甚麼銀子？」五虎發狠道：「現有票在這裏，你賴了不成？」大郎聽得聲高，走出來看時，五虎告訴道：「小令弟在朱家時借了我們一千銀子不還，而今耍賴起來。」大郎道：「我這小小兄弟借這許多銀子何用？」孩子道：「哥哥，不要聽他！」五虎道：「現有借票。我和你衙門裏說去。」一鬨多散了。

大郎問兄弟道：「這是怎麼說？」孩子道：「起初這幾個攛掇我母親告狀，母親回他沒盤纏㊿喫官司。他們說：『只要一張借票，我每借來與你。』以後他們領我到這裏來，哥哥就收留下。不曾成官司，

㊼ 拖油瓶：吳俗語，指婦女所帶著出嫁的孩子。

㊽ 晚老子：吳俗語，指小孩母親再嫁的後夫，叫做晚老子。

㊾ 花字：即「花押」。

㊿ 盤纏：此處作名詞用，即「費用」。

他怎麼要我還起銀子來？」大郎道：「可恨這些光棍！早是我們不著他手，而今既有借票在他處，他必不肯干休，定然到官。你若見官，莫怕，只把方纔實情，照樣是這等一說。官府自然明白的。沒有小小年紀，斷你還他銀子之理。且安心坐著，看他怎麼？」次日，這五虎果然到府裏，告下一紙狀來，告了朱三莫小三兩個名字，騙劫千金之事。來到莫家提人。莫大郎二郎等商量，與兄弟寫下一紙訴狀，訴出從前情節，就用著兩個哥哥為證。竟來府裏投到。府裏太守姓唐名彖，是個極精明的。一干人提到了。聽審時，先叫宋禮等上前，問道：「朱三是等何人？要這許多銀子來做甚麼用？」宋禮道：「他說要與兒子置田買產借了去了。」太守叫朱三問道：「你做甚麼勾當？借這許多銀子？」朱三道：「小的是賣粉羹的；經紀不上錢數生意，要這許多做甚麼？」宋禮道：「見有借票。我們五人，二百兩一個，交付與他及兒子莫小三的。」太守拿上借票來看。問朱三道：「可是你寫的票？」朱三道：「是小的寫的票，卻不曾有銀子的。」宋禮道：「票是他寫的，銀子是莫小三收去的。」太守叫莫小三，那莫家孩子應了一聲走上去。太守看見是個十來歲小的，一發奇異，道：「這小廝收去這些銀子何用？」宋禮爭道：「是他父親朱三寫了票，拿銀子與這莫小三買田的。見今他有許多田在家裏。」太守道：「父姓朱，怎麼兒子姓莫？」朱三道：「瞞不得老爺，這小廝原是莫家孽子，他母親嫁與小的，所以他自姓莫。專為眾人要幫他莫家去爭產，哄小的寫了一票，做爭訟的用度。不想一到莫家，他家大娘與兩個哥子竟自認了，分與田產。小的與他家沒訟得爭了，還要借銀做甚麼用？他而今據了借票生端，要這銀子，這那裏得有？」太守問莫小三，其言也是一般。太守點頭道：「是了，是了。」就叫莫大郎起來，問道：「你當時如何就肯認了？」莫大郎道：「在城棍徒無風起浪，無洞掘蟹。虧得當時立地就認了，這些人還道放了空箭，未肯住手，致有今日之告。若當時略有推托，一涉訟端，正是此輩得志之秋。不要說兄弟這千金要被他詐了去，家裏所費，又不知幾倍了？」太守笑道：「妙哉！不惟高義，又見高識。可敬，可敬。我看宋禮等五人，也不像有千金借人的，朱三也不像借人千金的。原來真情如此，實為可恨。若非莫大有見，此輩人人飽滿了。」提起筆來判道：

千金重利，一紙足憑。乃朱三赤貧，貸則誰與？莫子乳臭，須此何為？細訊其詳，始燭其詭。宋禮立裹蹏❺❶之約，希蝸角❺❷之爭。莫大以對床其情，消鬩墻之釁。既漁群謀而喪氣，猶挾故紙以垂涎。重創其奸，立毀其券！

當時將宋禮等五人，每人三十大板，問擬了教唆詞訟詐害平人的律，脊杖二十，刺配❺❸各遠惡軍州。吳興城裏去了這五虎，小民多是快活的。做出幾句口號來：

鐵裹蟲有時蛀不穿，鑽倉鼠有時喫不飽，吊睛老虎沒威風，洒墨判官齊跌倒，白日裏鬼胡行，這回兒不見了。

唐太守又旌獎莫家，與他一個「孝義之門」的匾額，免其本等差徭。此時莫媽媽纔曉得兒子大郎的大見識。世間弟兄不睦靠著外人相幫起訟者，當以此為鑑。詩曰：

---

51 裹蹏：「裹」音「嫋」，「蹏」即「蹄」，「裹蹏」，鑄金成馬蹄形也。蘇東坡有詩句云：「近聞壯士取丹穴，欲助君在鑄裹蹏。」此處作「助力」解。

52 蝸角：出莊子則陽，「蝸牛之角」，譬喻「微小事情」。

53 刺配：徙置罪人於某地，叫做「配」。宋制在發遣的時候，在犯人臉上刺字，所以叫做「刺配」。

世間有孽子，亦有起生枝。只因靳所為，反為外人資。
漁翁坐得利，鷸蚌枉相持。何如存一讓，是名不漏卮。

卷十一　滿少卿饑附飽颺　焦文姬生讐死報

詩云：

十年磨一劍，　霜刃未曾試。
今日把贈君，　誰有不平事。

話說天下最不平的，是那負心的事，所以冥中獨重其罰，劍俠專誅其人。那負心中最不堪的，尤在那夫妻之間。蓋朋友內忘恩負義，拚得絕交了他，便無別話。惟有夫妻是終身相倚的，一有負心，一生怨恨，不是當耍可以了帳的事。古來生死冤家，一還一報的，獨有此項極多。宋時，衢州有一人姓鄭，是個讀書人。娶著會稽陸氏女，姿容嬌媚。兩個伉儷綢繆，如膠似漆。一日正在枕蓆情濃之際，鄭生忽然對陸氏道：「我與你二人相愛，已到極處了。萬一他日不能到底，我今日先與你說過：『我若死，你不可再嫁；你若死，我也不再娶了。』」陸氏道：「正要與你百年偕老，怎生說這樣不祥的話？」不覺的光陰荏苒，過了十年，已生有二子。鄭生一時間得了不起的症候。臨危時，對父母道：「兒死無所慮。只有陸氏妻子恩深難捨；況且年紀少艾。日前已與他說過，我死之後不可再嫁。今若肯依所言，兒死亦瞑目矣！」陸氏聽說到此際，也不回言，只是低頭悲哭，十分哀切，連父母也道他沒有二心的了。

死後數月，自有那些走千家管閒事的牙婆每❶，打聽腳蹤，採問消息。曉得陸氏青年美貌，未必是守得牢的人。挨身入來，與他來往。那陸氏並不推拒那一夥人，見了面就千歡萬喜，燒茶辦菓，且是相待得好。公婆看見這些光景，心裏嫌他，說道：「居孀行徑，最宜穩重。此輩之人沒事不可引他進門。況且丈夫臨終怎麼樣分付的？沒有別的心腸，也用這些人不著。」陸氏由公婆自說，只當不聞。後來慣熟，連公婆也不說了。果然與一個做媒的說得入港❷，受了蘇州曾工曹❸之聘。公婆雖然惱怒，心裏道：「是他立性既自如此，留著也落得❹做冤家，不是好住手的；不如順水推船，等他去了罷。」只是想著自己兒子臨終之言，對著兩個孫兒，未免感傷痛哭。陸氏多不放在心上。纔等服滿，就收拾箱匣停當，也不顧公婆，也不顧兒子，依了好日，喜喜歡歡嫁過去了。

成婚七日，正在親熱頭上，曾工曹受了漕帥檄文，命他考試外郡，只得收拾起身，作別而去。去了兩日，陸氏自覺淒涼。傍晚之時，走到廳前閒步，忽見一個後生❺像個遠方來的走到面前，對著陸氏叩了一頭，口稱道：「鄭官人有書拜上娘子。」遞過一封柬帖來。陸氏接著，看那外面封筒上題著三個大字，乃是「示陸氏」三字。認認筆蹤，宛然是前夫手跡。正要盤問，那後生忽然不見。陸氏懼怕起來，拿了書急急走進房裏來，剔明燈火，仔細看時，那書上寫道：

---

❶ 牙婆每：「牙婆」一稱「牙嫂」，官媒也。「每」字代名詞複數語尾，與今語「們」字用法同。

❷ 入港：談話談得投機，叫做「入港」。

❸ 工曹：宋徽宗時，州縣亦置六曹，名曰：「兵曹」、「刑曹」、「工曹」、「吏曹」、「禮曹」、「法曹」。

❹ 落得：吳語，此處作「免得」解。

❺ 後生：見本書卷二㊳。

> 十年結髮之夫，一生祭祀之主，朝連暮以同歡，資有餘而共聚。忽大幻以長往；慕他人而輕許。遺棄我之田疇，移蓄積于別戶；不念我之雙親，不恤我之二子。義不足以為人婦，慈不足以為人母。吾已訴諸上蒼，行理對于冥府。

陸氏看罷，嚇得冷汗直流，魂不附體，心中懊悔無及。懷著鬼胎，十分懼怕，說不出來。茶飯不喫，嘿嘿不快，三日而亡。眼見得是負了前夫，得此果報了。卻又一件，天下事有好些不平的所在！假如男人死了，女人再嫁，便道是失了節、玷了名、污了身子，是個行不得的事，萬口訾議；及至男人家喪了妻子，卻又憑他續弦再娶，置妾買婢，做出若干的勾當，把死的丟在腦後，不提起了，並沒人道他薄幸負心，做一場說話。就是生前房室之中，女人少有外情，便是老大的醜事，人世羞言；及至男人家撇了妻子，貪淫好色，宿娼養妓，無所不為，總有議論不是的，不為十分大害。所以女子愈加可憐；男子愈加放肆。這些也是伏不得女娘們心裏的所在。不知冥冥之中，原有分曉。若是男子風月場中略行著腳，此是尋常勾當，難道就比了女人失節一般。但是果然負心之極，忘了舊時恩義，失了初時信行，以至誤人終身，害人性命的，也沒一個不到底報應的事。從來說王魁負桂英❻。畢竟桂英索了王魁命去。此便

---

❻ 王魁負桂英：情史王魁條所敘述故事，茲節略如下。王魁下第失意，赴山東萊州，友人招遊北京深巷小宅，遇殷氏美婦，名桂英。魁朝去暮來，相處極好。明年魁應試，桂英代辦川資，至海神廟盟誓云：「吾與桂英誓不相負，若生離異，神當殛之……」魁至京，唱第，為天下第一。魁得意後背盟另娶，官徐州。桂英遣人持書往，魁叱書不受，桂英失望之下，揮刀自刎。不久，魁狂死，相傳為桂英索命云。據草木子：「俳優戲文（即南戲），始於王魁」，可見宋代極流行此故事。武林舊事所載官本雜劇段數二百八十本目錄中，有王魁三鄉題；元人雜劇中有海神廟王魁負桂英，但已失傳。

是一個男負女的榜樣。不止女負男如所說的陸氏，方有報應也。今日待小子說一個賽王魁的故事，與看官每一聽，方曉得男子也是負不得女人的。有詩為證：

絲來女子號痴心，痴得真時恨亦深。
莫道此痴容易負，冤冤隔世會相尋。

話說宋時有個鴻臚少卿❼姓滿，因他做事沒下稍❽，諱了名字不傳，只叫他滿少卿。未遇時節，只叫他滿生。那滿生是個淮南大族，世有顯宦。叔父滿貴，見為樞密副院。族中子弟，遍滿京師，盡皆富厚本分。惟有滿生心性不羈，狂放自負，生得一表人材，風流可喜。懷揣著滿腹文章，道早晚必登高第。抑且幼無父母，無些拘束，終日吟風弄月，放浪江湖，把些家事多弄掉了，連妻子多不曾娶得。族中人漸漸不理他，滿生也不在心上。

有個父親舊識，出鎮長安。滿生便收拾行裝，離了家門，指望投托于他，尋些潤濟。到得長安，這個官人已壞了官，離了地方去了，只得轉來。滿生是個少年孟浪不肯仔細的人，只道尋著熟人，財物廣有；不想托了個空，身邊盤纏早已罄盡。行至汴梁中牟地方，有個族人在那裏做主簿，打點去與他尋些盤費還家。那主簿是個小官，地方沒大生意，連自家也只好支持過日，送得他一貫多錢。還了房錢飯錢，

❼ 鴻臚少卿：鴻臚寺，宋自元豐（神宗年號，自西元一〇七八—一〇八五年）官制施行之後，設置「卿」一人，「少卿」一人，「丞」、「主簿」各一人。卿掌四夷朝貢，宴勞給賜，送迎之事及國之凶儀。中都祠廟，道釋籍帳除附之禁令，少卿為之。（據宋史職官志）

❽ 沒下稍：即「沒收場」的意思。

餘下不多，不能勾回來。此時已是十二月天氣，滿生自思囊無半文，空身家去，難以度歲；不若只在外廂行動，尋些生意，且過了年又處。關中還有一兩個相識，在那裏做官，仍舊掇轉路頭，往西而來。到了鳳翔❾地方，遇著一天大雪，三日不休。正所謂：

雲橫秦嶺家何在？　雪擁藍關馬不前。

滿生阻住在飯店裏，一連幾日。店小二來討飯錢，還他不勾，連飯也不來了。想著：「自己是好人家子弟，胸藏學問，視功名如拾芥耳。一時未際，浪跡江湖，今受此窮途之苦，誰人曉得我是不遇時的公卿。此時若肯雪中送炭，真乃勝似錦上添花，爭奈世情看冷煖，望著那一個救我來。」不覺放聲大哭。早驚動了隔壁一個人，走將過來道：「誰人如此啼哭？」那個人怎生打扮？

頭戴玄狐帽套，身穿羔羊皮裘。紫膛顏色，帶著幾分酒，臉映紅桃；蒼白鬚髯，沾著幾點雪，身如玉樹。疑在浩然驢背下，想從安道宅中來。

那個人走進店中，問店小二道：「誰人啼哭？」店小二答覆道：「大郎，是一個秀才官人。在此三五日了，不見飯錢拿出來。天上雪下不止，又不好走路，我們不與他飯喫了。想是肚中饑餓，故此啼哭。」那個人道：「那裏不是積福處。既是個秀才官人，你把他飯喫了，算在我的帳上，我還你罷。」店小二道：「小人曉得。」便去拿了一分飯，擺在滿生面前道：「客官，是這大郎叫拿來請你的。」滿生道：「那個大郎？」只見那個人已走到面前道：「就是老漢。」滿生忙施了禮道：「與老丈素昧平生，何故如此？」那個人道：「老漢姓焦，就在此酒店間壁居住。因雪下得大了，同小女盪幾杯熱酒煖寒。聞得

❾ 鳳翔：陝西省今縣名。

這壁廂悲怨之聲，不像是個以下之人，故步至此間尋問。店小二說是個秀才雪阻了的，老漢念斯文一脈，怎教秀才忍饑？故此教他送飯。荒店之中，無物可喫，況如此天氣，也須得杯酒兒敵寒。秀才寬坐，老漢家中叫小廝送來。」滿生喜出望外道：「小生失路之人，與老丈不曾識面，承老丈如此周全，何以克當？」焦大郎道：「秀才一表非俗，目下偶困，決不是落後之人，老漢是此間地主，應得來管顧的。秀才放心，但住此一日，老漢支持一日，直等天色晴霽好走路了，再商量不遲。」滿生道：「多感，多感。」焦大郎又問了滿生姓名鄉貫明白，慢慢的自去了。滿生心裏喜歡道：「誰想絕處逢生，遇著這等好人。」正在徯徉之際，只見一個籠頭的小廝拿了四碗嗄飯，四碟小菜，一壺熱酒，送將來，道：「大郎送來與滿官人的。」滿生謝之不盡，收了擺在桌上食用。小廝出門去了。滿生一頭喫酒，一頭就問店小二道：「這位焦大郎是此間甚麼樣人？怎生有此好情？」小二道：「這個大郎是此間大戶，極是好義。平日扶窮濟困，至于見了讀書的，尤肯結交，再不怠慢的。自家好喫幾杯酒，若是陪得他過的，一發有緣了。」滿生道：「想是家道富厚？」小二道：「有便有些產業，也不為十分富厚。只是心性如此。官人造化遇著了他，便多住幾日，不打緊的了。」滿生道：「雪晴了，你引我去拜他一拜。」小二道：「當得，當得。」過了一會，焦家小廝來收家伙，傳大郎之命分付店小二道：「滿大官人供給，只管照常支應。用酒時，到家裏來取。」店小二領命，果然支持無缺。滿生感激不盡。

過了一日，天色晴明，滿生思量走路，身邊並無盤費。亦且受了焦大郎之恩，要去拜謝。真叫做人心不足，得隴望蜀，見他好情，也就有個希冀借些盤纏之意。叫店小二在前引路，竟到焦大郎家裏來。焦大郎接著，滿面春風。滿生見了大郎，倒地便拜。謝他：「窮途周濟，殊出望外。倘有用著之處，情願效力。」焦大郎道：「老漢家裏也非有餘，只因看見秀才如此困阨，量濟一二，以盡地主之意，原無他事，如何說個效力起來？」滿生道：「小生是個應舉秀才，異時倘有寸進，不敢忘報。」大郎道：「好說，好說。目今年已傍晚，秀才還要到那裏去？」滿生道：「小生投人不著，囊匣如洗，無面目還鄉，意思要往關中，一路尋訪幾個相知。不期逗留于此，得遇老丈，實出萬幸。而今除夕在近，前路已去不迭。真是前不巴村，後不巴店，沒奈何了。只得在此飯店中且過了歲，再作道理。」大郎道：「店中冷落，怎好度歲？秀才不嫌家間澹薄，搬到家下，與老漢同住幾日，隨常茶飯，等老漢也不寂寞，過了歲朝再處。秀才意下何如？」滿生道：「小生在飯店中總是叨忝老丈的，就來潭府，也是一般。只是萍蹤相遇，受此深恩，無地可報，實切惶愧耳。」大郎道：「四海一家，況且秀才是個讀書之人，前程萬里。他日不忘村落之中，有此老朽，便是願足，何必如此相拘哉？」元來焦大郎固然本性好客，卻又看得滿生儀容俊雅，丰度超群，語言倜儻，料不是落後的，所以一意周全他，也是滿生有緣，得遇此人。果然叫店小二店中發了行李，到焦家來。是日焦大郎安排晚飯與滿生同喫，滿生一席之間，談吐如流，更加酒興豪邁，痛飲不醉，大郎一發投機，以為相見之晚，直喫到興盡方休，安置他書房中歇宿了不題。

大郎有一室女，名喚文姬，年方一十八歲，美麗不凡，聰慧無比。焦大郎不肯輕許人家，要在本處尋個衣冠子弟，讀書君子，贅在家裏，照管暮年。因他是個市戶出身，一時沒有高門大族，來求他的。以下富室痴兒，他又不肯。高不湊，低不就，所以蹉跎過去了。那文姬年已長大，風情之事，儘知相慕，只為家裏來往的人，庸流凡輩頗多，沒有看得上眼的。聽得說父親在酒店中，引得外方一個讀書秀才來到，他便在裏頭東張西張，要看他怎生樣的人物？那滿生儀容舉止，儘看得過，便也有一二分動心了。

這也是焦大郎的不是。便做道疎財仗義，要做好人，只該賣發滿生些少，打發他走路纔是。況且室無老妻，家有閨女，那滿生非親非戚，為何留在家裏宿歇？只為好著幾杯酒，貪個人作伴；又見滿生可愛，傾心待他。誰想滿生是個輕薄後生，一來看見大郎殷勤，道是敬他人才，安然托大，忘其所以。二來曉得內有親女，美貌及時，未曾許人，也就懷著希冀之意，指望圖他為妻。又不好自開得口，待看機會。日挨一日，徑把關中的念頭丟過一邊，再不提起了。焦大郎終日懵懵醉鄉，沒些搭煞⑩，不加提防。怎當得他每兩下烈火乾柴，你貪我愛，各自有心，竟自勾搭上了。情到濃時，未免不避形跡。焦大郎也見怎了些光景，有些疑心起來。大凡天下的事，再經有心人冷眼看不起的。起初滿生在家，大郎無日不與他同飲同坐，毫無說話。比及大郎疑心了，便覺滿生飲酒之間，沒心沒想⑪，言語參差，好些破綻出來。

大郎一日推個事故，走出門去了。半日轉來，只見滿生醉臥書房，風飄衣起，露出裏面一件衣服來。看去有些紅色，像是女人襖子模樣，走到身邊仔細看時，正是女兒文姬身上的；又吊著一個交頸鴛鴦的香囊，也是文姬手綉的。大驚咤道：「奇怪，奇怪，有這等事！」滿生睡夢之中，聽得喊叫，突然驚起，急斂衣襟不迭。已知為大郎看見，面如土色。大郎道：「秀才身上衣服，從何而來？」滿生曉得瞞不過，只得謅個謊道：「小生身上單寒，忍不過了，向令愛姐姐處，看老丈有舊衣借一件。不想令愛竟將一件女襖拿出來，小生怕冷，不敢推辭，權穿在此衣內。」大郎道：「秀才要衣服，只消替老夫講，豈有與閨中女子自相往來的事？是我養得女兒不成器了。」

⑩ 沒……搭煞：見本書卷三⑳。

⑪ 沒心沒想：吳語，同「無心想」。意義見本書卷九⑪。

抽身望裏邊就走，恰撞著女兒身邊一個丫頭，叫名青箱，一把搊過來道：「你好好實說姐姐與那滿秀才的事情，饒你的打。」青箱慌了，只得抵賴道：「沒曾見甚麼事情。」大郎焦燥道：「還要胡說，眼見得身上襖子多脫與他穿著了。」青箱沒奈何遮飾道：「姐姐見爹爹十分敬重滿官人，平日兩下撞見時，也與他見個禮。他今日告訴身上寒冷，故此把衣服與他，別無甚說話。」大郎道：「女人家衣服，豈肯輕與人著！況今日我又不在家，滿秀才酒氣噴人，是那裏喫的？」青箱推道不知。大郎道：「一發胡說了，他難道再有別處喠酒？他方纔已對我說了，你若不實招，我活活打死你！」青箱曉得沒推處，只得把從前勾搭的事情一一說了。大郎聽罷，氣得抓耳撓腮，沒個是處，喊道：「不成才的歪貨！他是別路來的，與他做下了事，打點怎的？」青箱說：「姐姐今日見爹爹不在，私下擺個酒盒，要滿官人對天罰誓，你娶我嫁，終身不負，故此與他酒喫了。又脫一件衣服，一個香囊，與他做記念的。」大郎道：「怎了！怎了！」嘆口氣道：「多是我自家熱心腸的不是，不消說了。」反背了雙手，踱出外邊來。

文姬見父親搊了青箱去，曉得有些不尷尬⓬。仔細聽時，一句一句說到真處來。在裏面正急得要上吊，忽見青箱走到面前，已知父親出去了，纔定了性對青箱道：「事已敗露至此，卻怎麼了？我不如死休！」青箱道：「姐姐不要性急！我看爹爹嘆口氣，自怨不是，走了出去，到有幾分成事的意思在那裏。」文姬道：「怎見得？」青箱道：「爹爹極敬重滿官人。已知有了此事，若是而今趕逐了他去，不但惡識了，把從前好情多丟去；卻怎生了結姐姐？他今出去，若問得滿官人不曾娶妻的，畢竟還配合了，纔好住手。」文姬道：「但願得如此便好。」

⓬ 不尷尬：據辭海，今湘贛間謂「事不合機」曰「不尷尬」。

果然大郎走出去，思量了一回，竟到書房中帶著怒容問滿生道：「秀才，你家中可曾有妻未？」滿生跼蹐無地，戰戰兢兢回言道：「小生湖海飄流，實未曾有妻。」大郎道：「秀才家既讀詩書，也該有些行止！吾與你本是一面不曾相識，憐你客途，過為拯救，豈知你所為不義若此！點污了人家兒女，豈是君子之行！」滿生慚愧難容，下地叩頭道：「小生罪該萬死！小生受老丈深恩，已為難報。今為兒女之情，一時不能自禁，猖狂至此。若蒙海涵，小生此生以死相報，誓不忘高天厚地之恩。」大郎又嘆口氣道：「事已至此，雖悔何及！總是我生女不肖，致受此辱。今既為汝污，豈可別嫁？汝若不嫌地遠，索性贅入我家，做了女壻，養我終身，我也嘆了這口氣罷。」滿生聽得此言，就是九重天上飛下一紙赦書來，怎不滿心歡喜？又叩著頭道：「若得如此玉成，滿某即粉身碎骨，難報深恩。滿某父母雙亡，家無妻子，便當奉侍終身，豈再他往！」大郎道：「只怕後生家看得容易了，他日負起心來？」滿生道：「小生與令愛恩深義重，已設誓過了，若有負心之事，教滿某不得好死！」大郎見他言語真切，抑且沒奈何了，只得胡亂揀個日子，擺些酒席，配合了二人。正是：

綺羅叢裏喚新人，　錦綉窩中看舊物。
雖然後娶屬先奸，　此夜恩情翻較密。

滿生與文姬，兩個私情，得成正果。天從人願，喜出望外。文姬對滿生道：「妾見父親敬重君子，一時仰慕，不以自獻為羞，致于失身。原料一朝事露，不能到底，惟有一死而已。今幸得父親配合，終身之事已完。此是死中得生，萬千僥倖，他日切不可忘！」滿生道：「小生飄蓬浪跡，幸蒙令尊一見如故，解衣推食，恩已過厚。又得遇卿不棄，今日成此良緣，真恩上加恩。他日有負，誠非人類！」兩人愈加如膠似漆，自不必說。

滿生在家無事，日夜讀書，思量應舉。焦大郎見他如此，道是許嫁得人，暗裏心歡。自此內外無間，過了兩年。

時值東京春榜招賢，滿生即對丈人說，要去應舉。焦大郎收拾了盤費，齎發他去。滿生別了丈人妻子，竟到東京，一舉登第。纔得唱名，滿生心裏放文姬不下，曉得選除未及，思量道：「汴梁去鳳翔不遠，今幸已脫白掛綠⓭，何不且到丈人家裏？與他們歡慶一番，再來未遲。」此時滿生已有僕人使喚，不比前日。便叫收拾行李，即時起身。不多幾日，已到了焦大郎門首。大郎先已有人報知，是日整備迎接，鼓樂喧天，鬧動了一個村坊。滿生綠袍槐簡，搖擺進來。見了丈人，便是納頭四拜。拜罷，長跪不起，口裏稱謝道：「小壻得有今日，皆賴丈人提攜；若使當日困窮旅店，沒人救濟，早已填了丘壑，怎能勾此身榮貴？」叩頭不止。大郎扶起道：「此皆賢壻高才，致身青雲之上，老夫何功之有？當日困窮失意，乃賢士之常；今日衣錦歸來，有光老夫多矣。」滿生又請文姬出來，交拜行禮，各各相謝。其日鄰里看的，挨擠不開。個個說道：「焦大郎能識好人，又且平日好施恩德，今日受此榮華之報，那女兒也落了好處了。」有一等輕薄的道：「那女兒聞得先與他有須說話了，後來配他的。」有的道：「也是大郎有心把女兒許他，故留他在家裏住這幾時。便做道先有些甚麼，左右是他夫妻，而今一床錦被遮蓋了，正好做院君夫人去，還有何妨？」議論之間，只見許多人牽羊擔酒，持花捧幣，盡是些地方鄰里親

⓭ 脫白掛綠：「白」，「白衣」之略。過去沒有做官的人，叫做「白衣」。「綠」係「綠袍」之略，指官服。此處指滿生已得登第，脫去「白衣」穿「綠袍」，從此就不是白衣人了。

戚，來與大郎作賀稱慶。大郎此時把個身子擡在半天裏了，好不風騷。一面置酒款待女壻，就先留幾個相知親戚相陪。次日又置酒請這一干作賀的，先是親眷，再是鄰里，一連喫了十來日酒。焦大郎費掉了好些錢鈔，正是懽喜破財，不在心上。滿生與文姬夫妻二人，愈加廝敬廝愛，歡暢非常。連青箱也算做日前有功之人，另眼看覷！別是一分顏色。有一首詞，單道著得第歸來，世情不同光景：

世事從來無定，天公任意安排。寒酸忽地上金階，立看許多滲瀨。熟識還須再認；至親也要疑猜；夫妻行事別開懷，另似一張卵袋。

話說滿生夫榮妻貴，暮樂朝歡。焦大郎本是個慷慨心性，愈加扯大，道是靠著女兒女壻，不憂下半世不富貴了。盡心竭力，供養著他兩個，惟其所用。滿生總是慷他人之慨，落得快活。過了幾時，選期將及，要往京師。大郎道是選官須得使用纔有好地方；只得把膏腴之產盡數賣掉了，湊著偌多銀兩，與滿生帶去。焦大郎家事原只如常，經這一番大弄，已此十去八九。只靠著女壻選官之後，再圖興旺，所以毫不吝惜。滿生將行之夕，文姬對他道：「我與你恩情非淺。前日應舉之時，已曾經過一番離別，恰是心裏指望好日，雖然牽繫，不甚傷情。今番得第已過，只要去選地方，眼見得只有好處來了，不知為甚麼心中只覺悽慘？不捨得你別去，莫非有甚不祥？」滿生道：「我到京即選；甲榜科名必為美官。一有地方，便著人從來迎你與丈人同到任所，安享榮華。此是算得定的日子，別不多時的，有甚麼不祥之處？切勿掛慮！」文姬道：「我也曉得是這般的，只不知為何有些異樣，不由人眼淚要落下來，更不知為甚緣故？」滿生道：「這番熱鬧了多時，今我去了，頓覺冷靜，所以如此。」文姬道：「這個也是。」兩人絮聒了一夜，無非是些恩情濃厚，到底不忘的話。次日天明，整頓衣裝，別了大郎父女，帶了僕人，逕往東京選官去了。這裏大郎與文姬父女兩個，互相安慰，把家中事件，收拾并疊，只等京中差人來接，同去赴任，懸懸指望不題。

且說滿生到京，得授臨海⑭縣尉⑮。正要收拾起身，轉到鳳翔，接了丈人妻子一同到任。揀了日子，將次起行，只見門外一個人大踏步走將進來，口裏叫道：「兄弟，我那裏不尋得你到？你元來在此。」滿生擡頭看時，卻是淮南族中一個哥哥。滿生連忙接待。那哥哥道：「兄弟幾年遠游，家中絕無消耗，舉族疑猜，不知兄弟卻在那裏。到京一舉成名，實為莫大之喜。家中叔叔樞密相公⑯見了金榜⑰，即便打發差人到京來相接，四處尋訪不著，不知兄弟又到那裏去了？而今選有地方，少不得出京家去。恁哥哥在此做些小前程，幹辦已滿，收拾回去，已顧⑱下船在汴河，行李多下船了。各處挨問得見，兄弟你打迭已完，只須同你哥哥回去，見見親族，然後到任便了。」滿生心中一肚皮要到鳳翔，那裏曾有歸家去的念頭？見哥哥來說意思不對，卻又不好直對他說，只含糊回道：「小弟還有些別件事幹，且未要到家裏。」那哥哥道：「卻又作怪！看你的裝裏多停當了，只要走路的，不到家裏卻又到那裏？」滿生道：「小弟流落時節，曾受了一個人的大恩，而今還要向西路去謝他。」那哥哥道：「你雖然得第，還是空

---

⑭ 臨海：今浙江省縣名。

⑮ 縣尉：官名，主捕盜賊，按察奸宄。

⑯ 樞密相公：看上下文，滿生族叔，曾任樞密副院，故尊稱為「樞密相公」。

⑰ 金榜：舊時應試中式題名的榜。

⑱ 已顧：「顧」同「雇」，「已顧」即「已雇」。

囊。謝人先要禮物為先。這些事自然是到了任再處。況且此去到任所，一路過東，少不得到家邊過，是順路卻不走，反走過西去怎的？」滿生此時只該把實話對他講，說個不得已的緣故，他也不好阻當得。爭奈滿生有些不老氣⑲，恰像還要把這件事瞞人的一般，並不明說，但只東支西吾，憑那哥哥說得天花亂墜，只是不肯回去。那哥哥大怒起來，罵道：「這樣輕薄無知的人！書生得了科名，難道不該歸來會一會宗族鄰里？這也罷，父母墳墓邊，也不該去拜見一拜見的！我和你各處去問一問，世間有此事否？」滿生見他發出話來，又說得正氣了，一時也沒得回他，通紅了臉，不敢開口。那哥哥見他不說了，叫些隨來的家人，把他的要緊箱籠，不由他分說，只一搬竟自搬到船上去了。滿生沒奈何，心裏想道：「我久不歸家了，況我落魄出來，今衣錦還鄉，也是好事；便到了家裏，再去鳳翔，不過遲得些日子，也不為礙。」對那哥哥道：「既恁地，便和哥哥同到家去走走來。」只因這一去，有分交：

綠袍年少，別牽繫足之繩⑳；青鬢佳人，立化望夫之石㉑。

滿生同那哥哥回到家裏，果然這番宗族鄰里比前不同，盡多是呵脬捧屁的。滿生心裏也覺快活。隨去見那親叔叔滿貴。那叔叔是樞密副院，致仕家居；既是顯官，又是一族之長。見了姪兒，曉得是新第

⑲ 不老氣：同「怕羞似的」，或「面嫩」。

⑳ 別牽繫足之繩：相傳月下老人囊中赤繩，用來牽繫夫婦之足的。此處指滿生將和其他女性結婚之意。

㉑ 立化望夫之石：湖北省武昌縣北山上，有石如人立，名曰望夫石。相傳古時有貞女送其夫赴國難，餞送於此，立望而死，化為石云（據幽明錄）。此處指「滿生此去，將和別姓結婚，因此，青鬢佳人的焦文姬不可能再望他回來了」之意。

回來，十分歡喜道：「你一向出外不歸，只道是流落他鄉，豈知卻能掙扎，得第做官回來！誠然是與宗族爭氣的。」滿生滿口遜謝。滿樞密又道：「卻還有一件事，要與你說。你父母早亡，壯年未娶。今已成名，嗣續之事最為緊要。前日我見你登科錄上有名，便已為你留心此事。宋都朱從簡大夫有一次女，我打聽得才貌雙全。你未來時，我已著人去相求，他已許下了。此極是好姻緣。我知那臨海前官尚未離任，你到彼之期還可從容。且完此親事，夫妻一同赴任，豈不為妙？」滿生見說，心下喫驚，半晌作聲不得。滿生若是個有主意的，此時便該把鳳翔流落，得遇焦氏之事，是長是短，備細對叔父說一遍道：「成親已久，負他不得，須辭了朱家之婚，一刀兩斷。」說得決絕，叔父未必不依允。爭奈滿生諱言的是前日孟浪出游光景，恰像鳳翔的事是私下做的，不肯當場說明。但只口裏唧噥。樞密道：「你心下不快，敢慮著事體不周備麼？一應聘定禮物，前日是我多已出過。目下成親所費，總在我家支持，你只打點做新郎便了。」滿生道：「多謝叔叔盛情，容姪兒心下再計較一計較。」樞密正色道：「事已定矣，有何計較？」滿生見他詞色嚴毅，不敢回言，只得唯唯而出。

到了家裏，悶悶了一回，想道：「若是應承了叔父所言，怎生撇得文姬父女恩情？欲待辭絕了他的，不但叔父這一段好情不好辜負，只那尊嚴性子也不好沖撞他；況且姻緣又好，又不要我費一些財物周折，也不該挫過！做官的人娶了兩房，原不為多。欲待兩頭絆著，文姬是先娶的，須讓他做大，這邊朱家，又是官家小姐，料不肯做小，卻又兩難。」心裏真似十五個吊桶打水，七上八落的，反添了許多不快活。躊躇了幾日，委決不下。到底滿生是輕薄性子，見說朱家是宦室之女，好個模樣，又不費己財，先自動了十二分火。只有文姬父女這一點念頭，還有些良心不能盡絕。肚裏展轉了幾番，卻就變起卦來。大凡人只有初起這一念，是有天理的，依著行去，好事儘多；若是多轉了兩個念頭，便有許多奸貪詐偽，沒天理的心來了。滿生只為親事擺脫不開，過了兩日，便把一條肚腸換了轉來，自想道：「文姬與我起初只是兩下偷情，算得個外遇罷了；後來雖然做了親，元不是明婚正配。況且我既為官，做我配的須是名門大族，焦家不過市井之人，門戶低微，豈堪受朝廷封誥，作終身伉儷哉？我且成了這邊朱家的親，日後他來通消息時，好言回他，等他另嫁了便是。倘若必不肯去，事到其間，要我收留，不怕他不低頭做小了。」算計已定，就去回覆樞密。

樞密揀個黃道吉日，行禮到朱大夫家，娶了過來。那朱家既是宦家，又且嫁的女壻是個新科，愈加要齊整。妝奩豐厚，百物具備。那朱氏女生長宦門，模樣又是著名出色的，真是德、容、言、功㉒無不具足。滿生快活非常，把那鳳翔的事丟在東洋大海去了。正是：

花神脈脈殿春殘，爭賞慈恩紫牡丹。
別有玉盤承露冷，無人起就月中看。

滿生與朱氏門當戶對，年貌相當，你敬我愛，如膠似漆。滿生心裏反悔著鳳翔多了焦家這件事。卻也有時念及，心上有些遣不開。因在朱氏面前，索性把前日焦氏所贈衣服香囊拿出來，忍著性子，一把火燒了，意思要自此絕了念頭。朱氏問其緣故。滿生把文姬的事略略說些始末，道：「這是我未遇時節的事，而今既然與你成親，總不必提起了。」朱氏是個賢慧女子，到說道：「既然未遇時節相處一番，

㉒ 德、容、言、功：古時稱女子應有之四德，即周禮九嬪用來教九御的。曹大家女誡則稱之為四行，一曰婦德；二曰婦容；三曰婦言；四曰婦功。此處即「四德」或「四行」的簡稱。

而今富貴了，也不該便絕了他！我不比那世間妬忌婦人，倘或有便，接他來同住過日，未為不可。」怎當得滿生負了盟誓，難見他面，生怕㉓他尋將來，不好收場，那裏還敢想接他到家裏；亦且怕在朱氏面上不好看，一意只是斷絕了。回言道：「多謝夫人好意。他是小人家兒女，我這裏沒消息到他，他自然嫁人去了。不必多事。」自此再不提起。初時滿生心中懷著鬼胎，還慮他有時到來，喜得那邊也絕無音耗。俗語云：「孝重千斤，日減一斤。」滿生日遠一日，竟自忘懷了。

自當日與朱氏同赴臨海任所，後來作尉任滿，一連做了四五任美官，連朱氏封贈過了兩番。不覺過了十來年，累官至鴻臚少卿，出知齊州㉔。那齊州廳舍甚寬，合家人口住得像意。到任三日裏頭收拾已完，內眷人等要出私衙之外，到後堂來看一看。少卿分付衙門人役盡皆出去。屏除了閒人，同了朱氏，帶領著幾個小廝、丫鬟、家人媳婦，共十來個人，一起到後堂散步，各自東西閒走看耍。少卿偶然走到後堂右邊天井中，見有一小門。少卿推開來看，裏頭一個穿青的丫鬟，見了少卿，飛也似跑了去。少卿急趕上去看時，那丫鬟早已走入一個破簾內去了。少卿走到簾邊，只見簾內走出一個女人來，少卿仔細一看，正是鳳翔焦文姬。少卿虛心病，元有些怕見他的，亦且出于不意，不覺驚惶失措。文姬一把扯住少卿，哽哽咽咽哭將起來道：「冤家你一別十年，向來許多恩情一些也不念及，頓然忘了，真是忍人！」少卿一時心慌，不及問他從何而來，且自辨說道：「我非忘卿，只因歸到家中，叔父先已別聘，強我成婚，我力辭不得，所以蹉跎至今，不得來你那裏。」文姬道：「你家中之事，我已盡知，不必提起。吾

㉓ 生怕：吳語，作「只怕」解。

㉔ 齊州：今山東省歷城縣。

今父親已死，田產俱無，剛剩得我與青箱兩人，別無倚靠。沒奈何了，所以千里相投。前日方得到此，門上人又不肯放我進來。求懇再三，今日纔許我略在別院空房之內，駐足一駐足。幸而相見。今一身孤單，茫無棲泊，你既有佳偶，我情願做你側室，奉事你與夫人，完我餘生。前日之事，我也不計較短長，付之一嘆罷了。」說一句，哭一句。說罷又倒在少卿懷裏，發聲大慟。連青箱也走出來見了，哭做一堆。少卿見他哭得哀切，不由得眼淚也落下來。又恐怕外邊有人知覺，連忙止他道：「多是我的不是。你而今不必啼哭，管還你好處。且喜夫人賢慧，你既肯認做一分小，就不難處了。你且消停在此，等我與夫人說去。」少卿此時也是身不由己的走來對朱氏道：「昔年所言鳳翔焦氏之女，間隔了多年，只道他嫁人去了，不想他父親死了，帶了個丫鬟，直尋到這裏。今若不收留，他沒個著落，叫他沒處去了，卻怎麼好？」朱氏道：「我當初原說接了他來家，你自不肯，直誤他到此地位，還好不留得他？快請來與我相見。」少卿道：「我說道夫人賢慧。」就走到西邊去，把朱氏的說話說與文姬。文姬回頭對青箱道：「若得如此，我每且喜有安身之處了。」兩人隨了少卿，步至後堂，見了朱氏，相敘禮畢。文姬道：「多蒙夫人不棄，情願與夫人鋪床疊被。」朱氏道：「那有此理！只是姐妹相處便了。」就相邀了一同進入衙中。朱氏著人替他收拾起一間好臥房，就著青箱與他同住，隨房伏侍。文姬低頭伏氣，且是小心。朱氏見他如此，甚加憐愛。且是過得和睦。

住在衙中幾日了。少卿終是有些羞慚不過意，縮縮朒朒，未敢到他房中歇宿去。一日，外廂去喫了酒歸來，有些微醺了，望去文姬房中，燈火微明，不覺心中念舊起來。醉後卻膽壯了，踉踉蹌蹌，竟來到文姬面前。文姬與青箱慌忙接著，喜喜歡歡擁摭他去睡了。這邊朱氏聞知，笑道：「來這幾時，也該到他房裏去了。」當夜朱氏收拾了自睡。到第二日，日色高了，合家多起了身，只有少卿未起。合家人指指點點，笑的話的，道是：「十年不相見了，不知怎地舞弄？這時節還自睡哩；青箱丫頭在傍邊聽得不耐煩，想也倦了，連他也不起來。」有老成的道：「十年的說話，講也講他大半夜，怪道天明多睡了去。」眾人議論了一回，只不見動靜。朱氏梳洗已過，也有些不愜意道：「這時節也該起身了，難道忘了外邊坐堂㉕？」同了一個丫鬟走到文姬房前聽一聽，不聽得裏面一些聲響；推推門看，又是裏面關著的。家人每道：「日日此時出外理事去久了，今日遲得不像樣，我每不妨催一催。」一個就去敲那房門，初時低聲，逐漸聲高，直到得亂敲亂叫，莫想裏頭答應一聲。盡來對朱氏道：「有些奇怪了，等他開出來不得。夫人做主，我們掘開一壁，進去看看，停會相公嗔怪，全要夫人擔待。」朱氏道：「這個在我，不妨。」眾人盡皆動手，須臾之間，已掇開了一垛壁。眾人走進裏面一看，開了口合不攏來。正是：

宣子慢傳無鬼論㉖，　良宵自昔有冤償。
若還死者全無覺，　落得生人不善良。

眾人走進去看時，只見滿少卿直挺挺倘㉗在地下，口鼻皆流鮮血。近前用手一摸，四肢冰冷，已氣絕多時了。房內並無一人，那裏有甚麼焦氏？連青箱也不見了，剛留得些被臥在那裏。眾人忙請夫人進來。朱氏一見，驚得目睜口呆，大哭起來。哭罷道：「不信有這樣的異事！難道他兩個人擺佈死了相公，

㉕ 坐堂：一名「坐衙」，官吏在堂上判事。
㉖ 宣子……無鬼論：晉阮修，字宣子，主張「無鬼論」。
㉗ 倘：同「躺」。

連夜走了。」眾人道：「衙門封鎖，插翅也飛不出去。況且房裏兀自關門閉戶的，打從那裏走得出來？」朱氏道：「這等，難道青天白日相處這幾時，這兩個卻是鬼不成？」似信不信。一面傳出去，說少卿夜來暴死，著地方停當後事。朱氏悲悲切切，到晚來步進臥房，正要上床睡去。只見文姬打從床背後走將出來，對朱氏道：「夫人休要煩惱！滿生當時受我家厚恩，後來負心，一去不來，吾舉家懸望，受盡苦楚，抱恨而死。我父見我死無聊，老人家悲哀過甚，與青箱丫頭相繼淪亡。今在冥府訴准，許自來索命，十年之怨，方得申報。我而今與他冥府對證去。蒙夫人相待好意，不敢相侵，特來告別。」朱氏正要問個備細，一陣冷風，遍體颯然驚覺，乃是南柯一夢。纔曉得文姬青箱兩個真是鬼。少卿之死被他活捉了去陰府對理，朱氏前日原知文姬這事，也道少卿沒理的。今日死了無可怨悵，只得護喪南還。單苦了朱氏下半世，亦是滿生之遺孽也。世人看了如此榜樣，難道男子又該負得女子的？

痴心女子負心漢，　　准道陰中有判斷！
雖然自古皆有死，　　這回死得不好看。

卷十二　硬勘案大儒爭閒氣　甘受刑俠女著芳名

詩云：

世事莫有成心，　成心專會認錯，
任是大聖大賢，　也要當著不著。

看官聽說，從來說書的不過談些風月，述些異聞，圖個好聽。最有益的，論些世情，說些因果，等聽了的觸著心裏，把平日邪路念頭化將轉來；這個就是說書的一片道學心腸，卻從不曾講著道學。而今為甚麼說個不可有成心？只為人心最靈，專是那空虛的纔有公道。一點成心入在肚裏，把好歹多錯認了，就是聖賢也要偏執起來，自以為是，卻不知事體竟不是這樣的了。道學的正派，莫如朱文公晦翁❶。讀書的人那一個不尊奉他，豈不是個大賢？只為成心上邊，也曾錯斷了事。

當日在福建崇安縣❷知縣事，有一小民告一狀道：「有祖先墳塋，縣中大姓奪占做了自己的墳墓，

❶ 朱文公晦翁：朱熹，宋婺源人，僑寓建州，字元晦，一字仲晦，晚號晦翁。歷仕高、孝、光、寧四朝，累官寶文閣待制。其論學以「正君恤民」為主；其為學以「居敬窮理」為主。宋代理學至熹是正統派理學的集大成者。朱熹講學之所，叫做考亭，宗之者稱考亭學派。卒年七十一歲，世稱朱子，又稱朱文公。

❷ 崇安縣：今縣名，屬福建省，在建陽縣北，位武夷山東北麓。

公然安葬了。」晦翁精於風水。況且福建又極重此事，豪門富戶見有好風水吉地，專要占奪了小民的，以致興訟。這樣事日日有的。晦翁准了他狀，提那大姓到官。大姓說：「是自家做的墳墓，與別人毫不相干的，怎麼說起占奪來？」小民道：「原是我家祖上的墓，是他富豪倚勢占了。」兩家爭個不歇。叫中證問時，各人為著一邊，也沒個的據❸。晦翁道：「此皆口說無憑，待我親去踏看明白。」當下帶了一干人犯及隨從人等，親到墳頭。看見山明水秀，鳳舞龍飛，果然是一個好去處。晦翁心裏道：「如此吉地，怪道有人爭奪。」心裏先有些疑心必是小民先世葬著，大姓看得好，起心要他的了。大姓先稟道：「這是小人家裏新造的墳，泥土工程，一應皆是新的，如何說是他家舊墳？相公龍目一看，便了然明白。」小民道：「上面新工程是他家的；底下須有老土。這原是家裏的，他奪了纔裝新起來。」晦翁叫取鋤頭鐵鍬，在墳前挖開來看。挖到鬆泥將盡之處，瑲的一聲響，把個挖泥的人振得手疼。撥開浮泥看去，乃是一塊青石頭，上面依稀有字。晦翁叫取起來看。從人拂去泥沙，將水洗淨，字文見將出來，卻是「某氏之墓」四個大字；傍邊刻著細行，多是小民家裏祖先名字。大姓喫驚道：「這東西那裏來的！」晦翁喝道：「分明是他家舊墳，你倚強奪了他的。石刻見在，有何可說？」小民只是扣頭❹道：「青天在上，小人再不必多口了。」晦翁道是見得已真，起身竟回縣中，把墳斷歸小民，把大姓問了個強占田土之罪。小民口口青天，拜謝而去。

晦翁斷了此事，自家道：「此等鋤強扶弱的事，不是我，誰人肯做？」深為得意，豈知反落了奸民

---

❸ 的據：「的」，「真確」之意，「的據」即「確切證據」。

❹ 扣頭：即「叩頭」，「扣」字與「叩」字通用。

之計？元來小民詭詐，曉得晦翁有此執性，專怪富豪大戶欺侮百姓。此本是一片好心，卻被他們看破的拿定了。因貪大姓所做墳地風水好，造下一計，把青石刻成字，偷埋在他墓前了多時，忽然告此一狀。大姓睡夢之中，說是自家新做的墳，一看就明白的。誰知地下先做成此等圈套，當官發將出來。晦翁見此明驗，豈得不信？況且從來只有大家占小人的，那曾見有小人謀大家的，所以執法而斷。那大姓委實受冤，心裏不伏，到上邊監司❺處再告將下來；仍發崇安縣問理。晦翁越加嗔惱，道是大姓刁悍抗拒。一發狠，著地方勒令大姓遷出棺柩把地給與小民安厝祖先，了完事件。爭奈外邊多曉得是小民欺詐，晦翁錯問了事，公議不平，沸騰喧嚷，也有風聞到晦翁耳朵內。晦翁認是大姓力量大，致得人言如此；慨然嘆息道：「看此世界，直道終不可行！」遂棄官不做，隱居本處武夷山中。

後來有事經過其地，見林木蓊然，記得是前日踏勘斷還小民之地。再行閒步一看，看得風水真好，葬下該大發人家。因尋其旁居民問道：「此是何等人家？有福分葬此吉地？」居民道：「若說這家墳墓，多是欺心得來的，難道有好風水報應他不成？」晦翁道：「怎生樣欺心？」居民把小民當日埋石在墓內，騙了縣官，詐了大姓這塊墳地，葬了祖先的話，是長是短❻，備細說了一遍。晦翁聽罷，不覺兩頰通紅，悔之無及，道：「我前日認是奉公執法，怎知反被奸徒所騙？」一點恨心自丹田裏直貫到頭頂來。想道：「據著如此風水，該有發迹好處；據著如此用心貪謀來的，又不該有好處到他了。」遂對天祝下四句道：

此地若發，　是有地理。

❺ 監司：指監察州郡的官員。宋置諸路轉運使，兼帶按察之任，叫做「監司」。

❻ 是長是短：兩個「是」字，都作「這樣」解，「是長是短」即「這樣長這樣短」也。

此地不發，　　是有天理。

祝罷而去。是夜大雨如傾，雷電交作，霹靂一聲，屋瓦皆響，次日看那墳墓，已毀成一潭，連屍棺多不見了。可見有了成心，雖是晦菴大賢，不能無誤。及後來事體明白，纔知悔悟，天就顯出報應來，此乃天理不泯之處，人若欺心，就騙過了聖賢，占過了便宜，葬過了風水，天地原不容的。

而今為何把這件說這半日，只為朱晦翁還有一件為著成心上邊硬斷一事，屈了一個下賤婦人，反致得他名聞天子，四海稱揚，得了個好結果。有詩為證：

白面秀才落得爭，　　紅顏女子落得苦。
寬仁聖主兩分張，　　反使娼流名萬古。

話說天臺營中有一上廳行首❼姓嚴，名蕊❽，表字幼芳，乃是個絕色的女子。一應琴、棋、書、畫、歌舞、管絃之類，無所不通。善能作詩詞，多自家新造句子，詞人推服。又博曉古今故事。行事最有義氣，待人常是真心。所以人見了的，沒一個不失魂蕩魄在他身上。四方聞其大名。有少年子弟慕他的，不遠千里，直到臺州來求一識面。正是：

十年不識君王面，　　始信嬋娟解誤人。

此時臺州太守乃是唐與正，字仲友，少年高才，風流文彩。宋時法度，官府有酒，皆召歌妓承應，只站著歌唱送酒，不許私侍寢席；卻是與他謔浪狎昵，也算不得許多清處。仲友見嚴蕊如此十全可喜，

❼　上廳行首：見本書卷二❽。下不再註。
❽　嚴蕊：青泥蓮花記及其所引周密齊東野語，情史中所記嚴與唐仲友事，與此相仿，讀者可參閱。

儘有眷顧之意；只為官箴拘束，不敢胡為。但是良辰佳節，或賓客席上，必定召他來侑酒。一日，紅白桃花盛開，仲友置酒賞玩。嚴蕊少不得來供應。飲酒中間，仲友曉得他善於詞詠，就將紅白桃花為題，命賦小詞。嚴蕊應聲成一闋。詞云：

道是梨花不是，道是杏花不是。白白與紅紅，別是東風情味。曾記，曾記。人在武陵微醉。（詞寄如夢令）

吟罷，呈上仲友。仲友看畢大喜，賞了他兩疋縑帛。

又一日，時逢七夕，府中開宴。仲友有一個朋友謝元卿，極是豪爽之士，是日也在席上。他一向聞得嚴幼芳之名，今得相見，不勝欣幸。看了他這些行動舉止，談諧歌唱件件動人，道果然名不虛傳。大觥連飲，興趣愈高。對唐太守道：「久聞此子長於詞賦，可當面一試否？」仲友道：「既有佳客，宜賦新詞。此子頗能，正可請教。」元卿道：「就把七夕為題，以小生之姓為韻，求賦一詞。小生當飲滿三大甌。」嚴蕊領命，即口吟一詞道：

碧梧初墜，桂香纔吐，池上水花初謝。穿針人在合歡樓，正月露玉盤高瀉。蛛忙鵲懶，耕慵織倦，空做古今佳話。人間剛道隔年期，怕天上方纔隔夜。（詞寄鵲橋僊）

詞已吟成，元卿三甌酒剛喫得兩甌。不覺躍然而起道：「詞既新奇，調又適景；且才思敏捷，真天上人也！我輩何幸得親沾芳澤。」亟取大觥相酧道：「也要幼芳分飲此甌，略見小生欽慕之意。」嚴蕊接過喫了。太守看見兩人光景，便道：「元卿客邊，可到嚴子家中做一程兒伴去。」元卿大笑，作個揖道：「不敢請耳，固所願也。但未知幼芳心下如何？」仲友笑道：「嚴子解人，豈不願事佳客？況為太守做主人，一發該的了。」嚴蕊不敢推辭得。酒散，竟同謝元卿一路到家。是夜遂留同枕蓆之歡。元卿意氣豪爽，見此佳麗聰明女子，十分趁懷，只恐不得他歡心。在太守處凡有所得，盡情送與他家。留連半年，方才別去。也用掉若干銀兩，心裏還是歉然的。可見嚴蕊真能令人消魂也。表過不題。

且說婺州永康縣有個有名的秀才，姓陳，名亮❾，字同父。賦性慷慨，任俠使氣，一時稱為豪傑。凡縉紳士大夫有氣節的，無不與之交好。淮帥辛稼軒❿居鉛山⓫時，同父曾去訪他。將近居傍，過一小橋，騎的馬不肯走。同父將馬三躍，馬三次退卻。同父大怒，拔出所佩之劍，一劍揮去馬首，馬倒地上。同父面不改容，徐步而去。稼軒適在樓上看見，大以為奇，遂與定交。平日行徑如此，所以唐仲友也與他相好。因到臺州來看仲友。仲友資給館穀⓬留住了他。閒暇之時，往來講論。仲友喜的是俊爽名流，惱的是道學先生。同父意見亦同，常說道：「而今的世界只管講那道學。說正心誠意的，多是一班害了風痺病，不知痛癢之人。君父大讐全然不理，方且揚眉袖手，高談性命，不知性命是甚麼東西？」所以與仲友說得來。只一件，同父雖怪道學，卻與朱晦菴相好。晦菴也曾薦過同父來。同父道：「他是實學有用的，不比世儒迂闊。」惟有唐仲友平日恃才，極輕薄的是朱晦菴，道他：「字也不識的。」為此，

❾ 陳亮：宋永康（浙江金華縣東南）人，字同父。淳熙中，更名同，詣闕上書，極言時事，孝宗將官之，亮不欲，即渡江而歸。亮與朱熹相友善，而持論恆相左。（宋史有傳）

❿ 辛稼軒：辛棄疾，宋歷城人，字幼安，號稼軒。任湖南安撫，治軍有聲。歷任至知江陵府。棄疾豪爽尚氣節，識拔英俊，所交多海內知名之士，所作詞，悲壯激烈，有稼軒集行世。

⓫ 鉛山：今江西省鉛山縣（在上饒縣西南）。

⓬ 資給館穀：指供給賓客的宿食。

兩個議論有些左處。

同父客邸興高，思遊妓館。此時嚴蕊之名布滿一郡，人多曉得是太守相公作興的⓭異樣興頭，沒有一日閒在家裏。同父是個爽利漢子，那裏有心情伺候他空閒？聞得有一個趙娟，色藝雖在嚴蕊之下，卻也算得是個上等的衏衏，臺州數一數二的。同父就在他家游耍。繾綣多時，兩情歡愛。同父揮金如土，毫無悋澁。妓家見他如此，百倍趨承。趙娟就有嫁他之意，同父也有心要娶趙娟。兩個商量了幾番，彼此樂意。只是是個官身，必須落籍⓮方可從良嫁人。同父道：「落籍是府間所主，只須與唐仲友一說，易如反掌。」趙娟道：「若得如此，最好。」陳同父特為此來府裏見唐太守，把此意備細說了。唐仲友取笑道：「同父是當今第一流人物，在此不交嚴蕊而交趙娟，何也？」同父道：「吾輩情之所鍾，便是最勝，那見還有出其右者？況嚴蕊乃守公所屬意，即使與交，肯便落了籍放他去否？」仲友也笑將起來道：「非是屬意；果然嚴蕊若去，此邦便覺無人，自然使不得！若趙娟要脫籍，無不依命。但不知他相從仁兄之意已決否？」同父道：「察其詞意，以出至誠。還要守公贊襄，作個月老⓯。」仲友道：「相從之事，出於本人情願，非小弟所可贊襄。小弟只管與他脫籍便了。」同父別去，就把這話回覆了趙娟，大家歡喜。

⓭ 作興的：作「放縱得他驕傲起來的」解。

⓮ 落籍：趙娟是官妓，列名於樂部所轄官妓名籍中，必須經州守除去名籍，才可從良。此處「落籍」，即指「除去名籍」。

⓯ 月老：見本書卷三❻。下不再註。

次日，府中有宴，就喚將趙娟來承應。飲酒之間，唐太守問趙娟道：「昨日陳官人替你來說，要脫籍從良，果有此事否？」趙娟叩頭道：「賤妾風塵已厭，若得脫離，天地之恩。」太守道：「脫籍不難。脫籍去，就從陳官人否？」趙娟道：「陳官人名流貴客，只怕他嫌棄微賤，未肯相收。今若果有心於妾，妾焉敢自外，一脫籍就從他去了。」太守心裏想道：「這妮子不知高低，輕意應承，豈知同父是個殺人不眨眼的漢子？況且手段揮霍，家中空虛，怎能了得這妮子終身？」也是一時間為趙娟的好意，冷笑道：「你果要從了陳官人到他家去，須是會忍得饑，受得凍，纔使得。」趙娟一時變色，想道：「我見他如此撒漫使錢，道他家中必然富饒，故有嫁他之意；若依太守相公的說話，必是個窮漢子，豈能了我終身之事？」好些不快活起來。唐太守一時取笑之言，只道他不以為意。豈知姐妹行⑯中心路最多，一句開心⑰，陡然疑變。唐太守雖然與了他脫籍文書，出去見了陳同父，並不提起嫁他的說話了。連相待之意，比平日也冷澹了許多。

同父心裏怪道：「難道娼家薄情得這樣滲瀨⑱，哄我與他脫了籍，他就不作准了。」再把前言問趙娟。趙娟回道：「太守相公說：『來到你家，要忍凍餓。』這著甚麼來由？」同父聞得此言，勃然大怒道：「小唐這樣憊賴！只許你喜歡嚴蕊罷了，也須有我的說話處。」他是個直性尚氣的人，也就不戀了趙家，也不去別唐太守，一徑到朱晦菴處來。

⑯ 姐妹行：即吳語中的「姐妹淘」，也就是「姐妹們」，此處則指「妓女們」。
⑰ 一句開心：吳俗語，稱「取笑」做「尋開心」。此處作「一句取笑的話」解。
⑱ 滲瀨：「水流沙上」叫做「瀨」，「滲瀨」乃用以形容「淺險」的意思。

此時朱晦菴提舉⑲浙東常平倉正在婺州。同父進去，相見已畢。問說是臺州來。晦菴道：「小唐在臺州如何？」同父道：「他只曉得有個嚴蕊，有甚別勾當！」晦菴道：「曾道及下官否？」同父道：「小唐說公尚不識字，如何做得監司？」晦菴聞之，默然了半日。蓋是晦菴早年登朝，茫茫仕宦之中，著書立言，流布天下，自己還有些不慊意處。見唐仲友少年高才，心裏常疑他要來輕薄的，聞得他說己不識字，豈不媿怒！怫然道：「他是我屬吏，敢如此無禮！」然背後之言未卜真偽，遂行一張牌下去，說：「臺州刑政有枉，重要巡歷。」星夜到臺州來。

晦菴是有心尋不是的，來得急促。唐仲友出于不意，一時迎接不及，來得遲了些。晦菴信道是「同父之言不差，果然如此輕薄，不把我放在心上！」這點惱怒再消不得了。當日下馬，就追取了唐太守印信，交付與郡丞，說：「知府不職，聽參。」連嚴蕊也拿來收了監，要問他與太守通奸情狀。晦菴道是：「仲友風流，必然有染。況且婦女柔脆，喫不得刑拷，不論有無，自然招承，便好參奏他罪名了。」誰知嚴蕊苗條般的身軀，卻是鐵石般的性子。隨你朝打暮罵，千箠百拷，只說：「循分供唱，吟詩侑酒是有的，曾無一毫他事。」受盡了苦楚，監禁了月餘，到底只是這樣話。晦菴也沒奈他何。只得糊塗做了不合蠱惑上官，狠毒將他痛杖了一頓，發去紹興，另加勘問。一面先具本參奏，大略道：

唐某不伏講學，罔知聖賢道理，卻詆臣為不識字。居官不存政體，褻昵娼流。鞫得奸情，再行覆奏取進止等因。

⑲提舉：官名，管理之意。宋置，有提舉常平倉等官。據宋史職官志，此官除本職「斂」、「散」農作物，貨物平物價外，還有權對本區內官吏舉過失斥責，所以朱熹能利用職權，對唐仲友施出報復的手段了。

唐仲友有個同鄉友人王淮⑳，正在中書省當國也具一私揭，辨晦菴所奏，要他達知聖聽。大略道：

朱某不遵法制，一方再按，突然而來。因失迎候，酷逼娼流，妄汚職官。公道難泯，力不能使賤婦誣服。尚辱瀆奏，明見欺妄等因。

孝宗皇帝看見晦菴所奏，正拿出來與宰相王淮平章㉑。王淮也出仲友私揭與孝宗看。孝宗見了，問道：「二人是非，卿意何如？」王淮奏道：「據臣看看，此乃秀才爭閒氣耳。一個道：『譏了他不識字。』一個道：『不迎候得他。』此是真情。其餘言語多是增添的，可有一些的正事麼？多不要聽他就是。」孝宗道：「卿說得是。卻是上下司不和，地方不便，可兩下平調了他每便了。」王淮奏謝道：「陛下聖見極當，臣當分付所部奉行。」

這番京中虧得王丞相幫襯，孝宗有主意，唐仲友官爵安然無事。只可憐這邊嚴蕊喫過了許多苦楚，還不算帳，出本之後，另要紹興去聽問。紹興太守也是一個講學的。嚴蕊解到時，見他模樣標緻，太守便道：「從來有色者，必然無德。」就用嚴刑拷他，討拶來拶指㉒。嚴蕊十指纖細，掌背嫩白。太守道：「若是親操井臼的手，決不是這樣，所以可惡！」又要將夾棍㉓夾他。當案孔目㉔稟道：「嚴蕊雙足甚

⑳王淮：宋史有傳。王字季海，婺州金華人，官至左丞相，淳熙十年逝世。列傳中也提及浙東提舉朱熹劾知臺州唐仲友事，並云：「淮素善仲友，不喜熹，乃擢陳賈為監察御史，俾上疎言近日道學假名濟偽之弊請詔痛革之。鄭丙為吏部尚書，相與協力攻道學，……其後慶元偽學之禁始於此。」可以明瞭本篇故事不盡虛構。

㉑平章：即「品評」。

㉒拶指：舊時酷刑的一種，用小木棒數枝，貫以繩，夾持手指急收，受刑者痛苦難忍。

㉓夾棍：亦屬舊時酷刑的一種，較拶指更酷，夾腿足。

小，恐經折挫不起。」太守道：「你道他足小麼？此皆人力矯揉，非天性之自然也。」著實被他騰倒了一番，要他招與唐仲友通奸的事。嚴蕊照前不招。只得且把來監了，以待再問。

嚴蕊到了監中，獄官著實可憐他，分付獄中牢卒，不許難為。好言問道：「上司加你刑罰，不過要你招認。你何不早招認了？這罪是有分限的。女人家犯淫，極重不過是杖罪。況且已經杖斷過了，罪無重科㉕。何苦捨著身子，熬這等苦楚？」嚴蕊道：「身為賤伎，縱是與太守有姦，料然不到得死罪，招認了，有何大害？但天下事，真則是真，假則是假，豈可自惜微軀，信口妄言，以污士大夫！今日寧可置我死地，要我誣人，斷然不成的！」獄官見他詞色凜然，十分起敬，盡把其言稟知太守。太守道：「既如此，只依上邊原斷施行罷。可惡這妮子崛強。雖然上邊發落已過，這裏原要決斷。」又把嚴蕊帶出監來，再加痛杖。這也是奉承晦菴的意思。疊成文書，正要回覆提舉司，看他口氣，別行定奪，卻得晦菴改調消息，方纔放了嚴蕊出監。嚴蕊恁地㉖悔氣，官人每自爭閒氣，做他不著㉗，兩處監裏無端的監了兩個月，強坐得他一個不應罪名，到受了兩番科斷；其餘逼招拷打，又是分外的受用。正是：

規圓方竹杖，漆卻斷紋琴，
好物不動念，方成道學心。

㉔ 孔目：職掌勾稽文籍事。
㉕ 重科：「科」是「斷罪」，「重科」指「重複斷罪」。
㉖ 恁地：見本書卷一㉖。下不再註。
㉗ 做他不著：即「拿他犧牲」。

嚴蕊喫了無限的磨折，放得出來，氣息奄奄，幾番欲死。將息杖瘡幾時，多不得客，卻是門前車馬，比前更盛。只因死不肯招唐仲友一事，四方之人重他義氣。那些少年尚氣節的朋友一發道是堪比古來義俠之倫。一向認得的要來問他安，不曾認得的要來識他面。所以挨擠不開。一班風月場中人自然與道學不對，但是來看嚴蕊的沒一個不罵朱晦菴兩句。

晦菴此番竟不曾奈何得唐仲友，落得㉘動了好些唇舌，外邊人言喧沸，嚴蕊聲價騰湧，直傳到孝宗耳朵內。孝宗道：「早是前日兩平處了。若聽了一偏之詞，貶謫了唐與正，卻不屈了這有義氣的女子沒申訴處。」

陳同父知道了，也悔道：「我只向晦菴說得他兩句說話，不道認真的大弄起來。今唐仲友只疑是我害他，無可辨處。」因致書與晦菴道：

亮平生不曾會說人是非，唐與正乃見疑相譖，真足當田光㉙之死矣。然困窮之中，又自惜此潑命。一笑。

看來陳同父只為唐仲友破了他趙娟之事，一時心中憤氣，故把仲友平日說話對晦菴講了出來。原不料晦菴狠毒，就要擺佈仲友起來，至於連累嚴蕊，受此苦拷，皆非同父之意也。這也是晦菴成心不化偏執之過，以後改調去了。

㉘ 落得：此處作「反而得……結果」解。

㉙ 田光：戰國燕處士，薦荊軻於太子丹，謀刺秦王。太子曰：「願先生勿泄也！」光笑諾之，出而歎曰：「夫為行而使人疑之，非節俠也！」遂自刎。

交代的是岳商卿，名霖。到任之時，妓女拜賀。商卿問：「那個是嚴蕊？」嚴蕊上前答應。商卿擡眼一看，見他舉止異人，在一班妓女之中，卻像雞群內野鶴獨立；卻是容顏憔悴。商卿曉得前事，他受過折挫，甚覺可憐，因對他道：「聞你長於詞翰，你把自家心事，作成一詞訴我，我自有主意。」嚴蕊領命，略不搆思，應聲口占卜算子道：

不是愛風塵，似被前緣誤。花落花開自有時，總賴東君主。

去也終須去，住也如何住。若得山花插滿頭，莫問奴歸處。

商卿聽罷，大加稱賞道：「你從良之意決矣。此是好事，我當為你做主。」立刻取伎籍來，與他除了名字，判與從良。嚴蕊叩頭謝了，出得門去。有人得知此說的，千金幣聘，爭來求討。嚴蕊多不從他。

有一宗室近屬子弟，喪了正配，悲哀過切，百事俱廢。賓客們恐其傷性，拉他到伎館散心。說著別處多不肯去，直等說到嚴蕊家裏，纔肯同來。嚴蕊見此人滿面慽容，問知為著喪耦之故，曉得是個有情之人，關在心裏。那宗室也慕嚴蕊大名。飲酒中間，彼此喜樂，因而留住。傾心來往了多時，畢竟納了嚴蕊為妾。嚴蕊也一意隨他，遂成了終身結果。雖然不到得夫人、縣君，卻是宗室自取嚴蕊之後，深為得意，竟不續婚。一根一蒂，立了婦名，享用到底，也是嚴蕊立心正直之報也。後人評論這個嚴蕊，乃是真正講得道學的。有七言古風一篇，單說他的好處：

天臺有女真奇絕，揮毫能賦謝庭雪。

搽粉虞候太守筵，酒酣未必呼燭滅。

忽爾監司飛檄至，桁楊橫掠頭搶地。

章臺不犯士師條，肺石會疎刺史事。

賤質何妨輕一死，豈承浪語污君子？

罪不重科兩得笞，獄吏之威止是耳。

君侯能講毋自欺，乃遣女子誣人為？

雖在縲絏非其罪，尼父之語胡忘之？

君不見貫高當時白趙王，身無完膚猶自強，

今日蛾眉亦能爾，千載同聞俠骨香。

含顰帶笑出狴犴，寄聲合眼閉眉漢；

山花滿頭歸去來，天潢自有梁鴻案㉚。

㉚梁鴻案：指漢梁鴻、孟光夫婦和睦，每食必舉案齊眉故事。

卷十三　鹿胎菴客人作寺主　剡溪里舊鬼借新屍

詩曰：

昔日眉山翁，　無事強說鬼。
何取誕怪言，　陰陽等一理。
惟令死可生，　不教生媿死。
晉人頗通玄，　我怪阮宣子。

晉時有個阮修❶，表字宣子，他一生不信有鬼，特作一篇無鬼論。他說道：「今人見鬼者，多說他著活時節衣服，這等說起來，人死有鬼，衣服也有鬼了。」一日，有個書生來拜，他極論鬼神之事。一個說：「無。」一個說：「有。」兩下辯論多時，宣子口才便捷，書生看看說不過了，立起身來道：「君家不信，難以置辯，只眼前有一件大證見，身即是鬼，豈可說無耶？」言畢，忽然不見。宣子驚得木呆，嘿然而慙，這也是他見不到處。從來聖賢多說人死為鬼，豈有沒有的道理！不止是有，還有許多放生前心事不下，出來顯靈的。所以古人說：「當令死者復生，生者可以不媿，方是忠臣義士。」而今世上的人，可以見得死者的，能有幾個？只為欺死鬼無知，若是見了顯靈的，可也害怕哩。

❶ 阮修：晉人，字宣子，主張無鬼論，晉書卷四十九，有傳。

宋時福州黃閭人劉監稅的兒子，四九秀才，取鄭司業明仲的女兒為妻，後來死了三個月，將去葬於鄭家先隴❷之傍。既掩壙❸，劉秀才邀請送葬來的親朋在墳菴飲酒，忽然一個大蝳飛來，可有三寸多長，在劉秀才左右盤旋飛舞，趕逐不去。劉秀才道是怪異，戲言道：「莫非我妻之靈乎？倘陰間有知，當集我掌上。」剛說得罷，那蝶應聲而下，竟飛在劉秀才右手內，將有一刻光景，然後飛去。細看手內已生下二卵，坐客多來觀看，劉秀才恐失掉了，將紙包著，叫房裏一個養娘❹，交付與他藏了。劉秀才念著鄭氏，嘆息不已，不覺淚下。正在悽惶間，忽見這個養娘走進來，道：「不必悲傷，我自來了。」看著行動舉止，聲音笑貌，宛然與鄭氏一般無二。眾人多道是：「這養娘風發了。」到晚回家，竟走到鄭氏房中，開了箱匣。把冠裳釵釧服飾之類，盡多拿出來，悉照鄭氏平日打扮起來。家人正皆驚駭，他竟走出來，對劉秀才說道：「我去得三月，你在家中做的事，那件不是，那件不是，某妾說甚麼話，某僕做甚勾當。」一一數來，件件不虛。劉秀才曉得是鄭氏附身，把這養娘認做是鄭氏，與他說話，全然無異。也只道附幾時要去的，不想自此聲音不改了，到夜深竟登鄭氏之床，拉了劉秀才同睡。雲雨歡愛，竟與鄭氏生前一般。明日早起來，區處❺家事，簡較❻莊租簿書，分毫不爽。親眷家聞知，多來看他，他與

❷ 先隴：「隴」通「壟」，就是「墳墓」。「先隴」，俗呼「祖墳」。
❸ 掩壙：「壙」是「墳穴」。「掩壙」，就是說，將棺木放入墳穴內加土掩埋。
❹ 養娘：據醒世恆言第一卷，養娘就是婢女。
❺ 區處：分別處理。
❻ 簡較：「簡」是翻閱；「較」是「比較」。此處說，這個養娘翻閱比較莊租簿籍的意思。

人寒溫款待，一如平日，人多叫他鬼小娘。養娘的父親，就是劉家莊僕，見說此事，急來看看女兒。女兒見了，不認是父親，叫他的名字罵道：「你去年還欠穀若干斛❼，為何不還？」叫當值的❽拿住了要打，討饒纔住。如此者五年，直到後來劉秀才死了，養娘大叫一聲，驀然倒地，醒來仍舊如常。問他五年間事，分毫不知。看了身上衣服，不勝慚愧，急脫卸了，原做養娘本等去。可見世間鬼附生人的事極多，然只不過一時間事，沒有幾年價❾竟做了生人與人相處的，也是他陰中撇劉秀才不下，又要照管家事，故此現出這般奇異來。怎說得個沒鬼？這個是借生人的了，還有個借死人的。說來時：

直叫小膽驚欲死，任是英雄也汗流。
只為滿腔怨抑事，一宵鬼話報心仇。

話說會稽嵊縣❿有一座山，叫做鹿胎山。為何叫得鹿胎山？當時有一個陳惠度專以射獵營生，到此山中，見一帶胎麀鹿⓫，在面前走過。惠度腰袋內取出箭來，搭上了一箭射去，叫聲「著！」不偏不側，正中了鹿的頭上。那隻鹿帶了箭，急急跑到林中，跳上兩跳，早把個小鹿，生了出來。老鹿既產，便把小鹿身上血，舐個乾淨了，然後倒地身死，陳惠度見了，好生不忍，深悔前業，拋弓棄矢，投寺為僧。

❼ 斛：最初十斗為「斛」，後來變成五斗為一斛。此制起於宋賈似道云。
❽ 當值的：原來指值班的人，此處指傭人。
❾ 價：見本書卷十㊲。下不再註。
❿ 嵊縣：今縣名，屬浙江省，紹興縣南，城臨剡溪。
⓫ 麀鹿：即母鹿。

後來鹿死之處，生出一樣草來，就名「鹿胎草」。這個山，原叫得剡山，為此就改做鹿胎山。山上有個小菴，人只叫做鹿胎菴。

這個菴，苦不甚大。宋淳熙⑫年間，有一僧號竹林，同一行者⑬在裏頭居住。山下村里，名剡溪里，就是王子猷雪夜訪戴安道⑭的所在。里中有個張姓的人家，家長新死，將入殯殮，來請菴僧竹林去做入棺功德。是夜裏的事，竹林叫行僮⑮，挑了法事⑯經箱，隨著就去。時已日暮，走到半山中，只見前面一個人，叫道：「天色晚了，師父下山，到甚處去？」擡頭看時，卻是平日與他相好的一個秀才，姓直名諒，字公言。兩人相揖已畢，竹林道：「官人從何處來？小僧要山下人家去，怎麼好？」直生道：「小生從縣間至此，見天色已晚，特來投宿菴中，與師父清話。師父不下山去罷。」竹林道：「山下張家，主翁入殮，特請去做佛事，事在今夜。多年檀越⑰人家，怎好不去得？只是官人已來到此，又沒有不留

⑫ 淳熙：宋孝宗年號，西元一一七四—一一八九年。

⑬ 行者：帶髮修行沒有正式剃度的出家人。

⑭ 王子猷雪夜訪戴安道：王羲之之子王徽之，字子猷，晉會稽人。戴逵，晉譙國人，字安道，博學善鼓琴，工書畫。子猷曾雪夜泛舟剡溪訪戴，及門而返。有人問他為甚麼不進去相見？他回答說：「乘興而來，興盡而去，何必相見？」此溪因子猷訪安道故事傳布後，就又叫戴溪了。

⑮ 行僮：和尚所用的工友。據撰車志：「朱三有子，年十三四，傭於應天寺僧為行童。」「僮」字和「童」字通用。此處即指上述的「行者」。

⑯ 法事：指佛家所作懺醮之事。

⑰ 檀越：見本書卷一⑬。

在菴中宿歇的，事出兩難，如何是好？」直生道：「我不宿此，別無去處。」竹林道：「只不知官人有膽氣獨住否？」直生道：「我輩大丈夫，氣吞湖海，鬼物所畏，有甚沒膽氣處！你每自去，我竟到菴中自宿罷。」竹林道：「如此卻好，只是小僧心上過意不去。明日歸來，罰做一個東道請罪罷。」直生道：「快去，快去，省得為我少得了襯錢⑱，明日就將襯錢來破除也好。」竹林就在腰間，解下鑰匙來付與直生，道：「官人，你可自去開了門歇宿去，肚中饑餓時，廚中有糕餅，竈下有見成米飯，食物多有，隨你權宜喫用，將就過了今夜。明日絕早，小僧就回，托在相知，敢如此大膽，幸勿見責。」直生取笑道：「不要開進門去，撞著了甚麼避忌的人在裏頭，你放心不下。」竹林也笑道：「山菴淺陋，料沒有婦女藏得，不妨，不妨。」直生道：「若有在裏頭，正好我受用他一夜。」竹林道：「但憑受用，小僧再不喫醋。」大笑而別，竹林自下山去了。直生接了鑰匙，一徑踱上山來，端的好夜景！

棲鴉爭樹，宿鳥歸林。隱隱鐘聲，知是禪關清梵；紛紛烟色，看他比屋晚炊。徑僻少人行，惟有樵夫肩擔下；山深無客至，並稀稚子候門迎。微茫幾點疎星，戶前相引；燦爛一鉤新月，木末來邀。室內知音，只是滿堂木偶；庭前好伴，無非對座金剛。若非德重鬼神欽，也要心疑魑魅至。

直生走進菴門，竟趨禪室。此時月明如晝，將鑰匙開了房門，在佛前長明燈⑲內點個火起來，點在房中了。到竈下看時，鉢頭內有炊下的飯，將來鍋內熱一熱，又去傾瓶倒罐，尋出些筍乾木耳之類，好些物

⑱ 襯錢：見本書卷一㊵。

⑲ 長明燈：燃燈供佛前，晝夜不滅，所以叫做「長明」。

事來。笑道：「只可惜沒處得幾杯酒喫喫。」把飯喫飽了，又去燒些湯，點些茶⑳起來喫了，走入房中。掩上了門，展一展被臥，停當息了燈，倒頭便睡。一時間睡不去，還在翻覆之際，忽聽得扣門響。直生自念菴僧此時正未歸來，鄰旁別無人跡，有何人到此？必是山魑木魅，不去理他。那門外扣得轉急，直生本有膽氣，毫無怖畏。大聲道：「汝是何物？敢來作怪！」門外道：「小弟是山下劉念嗣，不是甚麼怪。」直生見說出話來，側耳去聽，果然是劉念嗣聲音，原是他相好的舊朋友，恍忽之中，要起開門。想一想道：「劉念嗣已死過幾時，這分明是鬼了。」不走起來。門外道：「你不肯起來放我，我自家會走進來。」說罷，只聽得房門砉砉有聲，一直走進房來。月亮裏邊看去，果然是一個人，踞在禪椅子上，肆然坐下。大呼道：「公言！公言！故人到此，怎不起來相揖？」直生道：「你死了，為何到此？」鬼道：「與足下往來甚久，我元不曾死，今身子見在，怎麼把死來戲我？」直生道：「我而今想起來，你是某年某月某日死的，我於某日到你家送葬。葬過了纔回家的。你如今卻來這裏作怪，你敢道我怕鬼，故戲我麼？我是鐵漢子，膽氣極壯，隨你甚麼千妖百怪，我決不怕的！」鬼笑道：「不必多言！實對足下說，小弟果然死久了，所以不避幽明，昏夜到此，尋足下者，有一腔心事，要訴與足下，求足下出一臂之力。足下許我，方才敢說。」直生道：「有何心事？快對我說。我念平日相與之情，倘可用力，必然盡心。」鬼嘆息了一會，方說道：「小弟不幸去世，不上一年，山妻房氏即便改嫁。嫁也罷了，凡我

⑳點……茶：據清翟灝通俗編卷二十七：「禪寄筆談云：『杭俗用細茗置甌，以沸湯點之，名為撮泡茶。』按古人飲茶，皆擣末為團餅，投湯煎之。『撮泡』但起於一方，今則各處行矣。」由此可見，點茶之前，習為煎茶，點茶近似現在的泡茶。不過當時似用細茶末（將茶葉碾為細末），此風至今還保存在日本京都銀閣寺中。

所有箱匣、貨財、田房文券，席捲而去。我止一九歲兒子，家財分毫沒分，又不照管他一些，使他饑寒伶仃，在外邊乞丐度日。說到此處，豈不傷心！」便哽哽咽咽哭將起來。直生好生不忍，便道：「你今來見我之意，想是要我收拾你令郎麼？」鬼道：「幽冥悠悠，徒見悲傷，沒處告愬。今特來見足下，要足下念平生之好，替我當官一說，申此冤恨。追出家財，付與吾子，使此子得以存活，我瞑目九泉之下，當效結草啣環㉑之報。」直生聽罷，義氣憤憤，便道：「既承相托，此乃我身上事了，明日即當往見縣官，為兄申理此事。但兄既死無對證，只我口說有何憑據？」鬼道：「我一一說來，足下須記得明白。我有錢若干，粟若干，布帛若干，在我妻身邊，有一細帳在彼減粧匣㉒內，匙鑰緊繫身上，田若干畝，在某鄉；屋若干間，在某里，俱有文契在彼房內紫漆箱中，時常放在床頂上。又有白銀五百兩，寄在彼親賴某家。聞得往取幾番，彼家不肯認帳㉓，若得官力，也可追出。此皆件件有據，足下肯為我留心，不怕他少了。只是兒子幼小無能，不是足下幫扶，到底成不得事。」直生一一牢記，恐怕忘了，又叫他說了再說，說了兩三遍，把許多數目款項，俱明明白白了。直生道：「我多已記得，此事在我，不必多言。只是你一向在那裏，今日又何處來？」鬼道：「我死去無罪，不入冥司。各處游蕩，看見家中如此情態，既不到陰司，沒處告理。陽間官府處，又不是鬼魂可告的，所以含忍至今。今日偶在山下人家赴

㉑ 結草啣環：都用來作「報恩」解。「結草」用春秋魏顆不聽其父死時亂命，不用其父嬖妾殉葬而得報恩的故事。「啣環」用「漢楊寶救了一隻受傷黃雀，後有一個黃衣童子銜白玉環四枚來拜謝」的故事。

㉒ 減粧匣：見本書卷三㉝。

㉓ 認帳：吳語，作「承認」解。

齋，知足下在此山上，故特地上來表此心事，求懇出力，萬祈留神。」直生與他言來語去，覺得更深了。心裏動念道：「他是個鬼，我與他說話已久，不要為鬼氣所侵，被他迷了。趁心裏清時，打發他去罷。」因對他道：「劉兄所托既完，可以去了。我身子已倦，不要妨了我睡覺。」說罷，就不聽見聲響了，叫兩聲：「劉兄！」「劉念嗣！」並不答應了。直生想道：「已去。」揭帳看時，月光朦朧，禪椅之上，依然有個人坐著不動。直生道：「可又作怪，鬼既已去，此又何物？」大聲咳嗽，禪椅之物也依樣咳嗽。直生不理他，假意鼾呼，椅上之物也依樣鼾呼。及至仍前叫「劉兄」。他卻不答應。直生初時膽大，與劉鬼相問答之時，竟把生人待他一般，毫不為異，此時精神既已少倦，又不見說話了，卻只如此作影響，心裏就怕將起來。道：「萬一走上床來，卻不利害！」急急走了下床，往外便跑。椅上之物，從背後一路趕來。直生走到佛堂中，聽得背後腳步響，想道：「曾聞得人說，鬼物行步，但會直前，不能曲折。我今環繞而走，必然趕不著。」遂在堂柱邊，繞了一轉。那鬼物踉蹌走不迭了，撲在柱上，就抱住不動。直生見他抱了柱，叫聲：「慚愧！」一道烟望門外溜了，兩三步併作一步，一口氣奔到山腳下。

天色已明，只見山下兩個人，前後走來，正是竹林與行僮。見了直生道：「官人起得這等早！為甚恁地喘氣？」直生喘息略定，道：「險些嚇死了人！」竹林道：「為何呢？」直生把夜來的事，從頭說了一遍。道：「你們撇了我在檀越家快活，豈知我在山上受如此驚怕？今我下了山，正不知此物怎麼樣了？」竹林道：「好教官人得知，我們撞著的事，比你的還希奇哩。」直生道：「難道還有奇似我的？」竹林道：「我們做了大半夜佛事，正要下棺，搖動靈杵，念過真言，拋個頌子，揭開海被一看，正不知死人屍骸在那裏去了？合家驚慌了，前後找尋，並無影響。送殮的諸親多嚇得走了，孝子無頭可奔，滿堂鼎沸㉔，連我們做佛事的，沒些意智，只得散了回來。你道作怪麼？」直生搖著頭道：「奇！奇！奇！世間人事改常，變怪不一，真個是天翻地覆的事。若不眼見，說著也不信。」竹林道：「官人你而今往那裏去？」直生道：「要尋劉家的兒子，與他說去。」竹林道：「且從容，昨夜不曾相陪得，又喫了這樣驚恐，而今且到小菴裏坐坐，喫些早飯再處。」直生道：「我而今青天白日，便再去尋尋昨夜光景，看是怎的？」就同了竹林，一同三個，一頭說，一頭笑，踱上山來。

一宵兩地作怪，　聞說也須驚懷。
禪師不見不聞，　未必心無罣礙。

三人同到菴前，一齊擡起頭來。直生道：「原來還在此。」竹林看時，只見一個死人，抱住在堂柱上。行童大叫一聲，把經箱撲的摜在地上了。連聲喊道：「不好！不好！」竹林啐了一口道：「有我兩人在此，怕怎的？且仔細看看著。」竹林把菴門大開，向亮處一看，叫聲「奇怪！」把個舌頭伸了出來，縮不進去。直生道：「昨夜與我講了半夜話，後來趕我的，正是這個。依他說，只該是劉念嗣的屍首，今卻不認得。」竹林道：「我仔細看他，分明像是張家主翁的模樣。敢就是昨夜失去的？卻如何走在這裏？」直生道：「這等是劉念嗣借附了屍首來與我講話的了。怪道他說到山下人家赴齋來的，可也奇怪得緊！我而今且把他分付我的說話，一一寫了出來，省得過會㉕忘記了些。」竹林道：「你自做你的事，而今這個屍首在此，不穩便，我便知會張家人來認一認看。若認來不是，又作計較。」連忙叫行童做些早飯，

㉔ 鼎沸：「鼎」是烹飪器具。「鼎沸」是用來譬喻人聲嘈雜混亂，好像鼎水沸騰了一樣。

㉕ 過會：即「過一會」或「隔一回」的意思。

大家喫了，打發他下山，張家去報信，說「山上有個死屍，抱在柱上，有些像老檀越，特來邀請親人去看。」張家兒子見說，急約親戚幾人飛也似到山上來認，鄰里間聞得此說，盡道「希奇」。不約而同，無數的隨著來看。但見：

一會子鬧動了剡溪里，　險些兒踹平了鹿胎菴。

且說張家兒子走到菴中一看，柱上的果然是他父親屍首。號天拍地，哭了一場。哭罷，拜道：「父親，何不好好入殮？怎的走到這個所在？如此作怪？便請到家裏去罷。」叫眾人幫了動手解他下來，怎當得雙手緊抱，牢不可脫。欲用力拆開，又恐怕折壞了些肢體，心中不忍。舞弄了多時，再不得計較。此時山下來看的人，越多了，內中有的道：「新屍強魂，必不可脫，除非連柱子弄了家去。」張家是有力之家，便依著說話，叫些匠人把幾枝木頭，將屋梁支架起來，截斷半柱，然後連柱連屍，倒了下來，挺在木板上了。才偷㉖得柱子出來，一面將木板紮縛了繩索，正要扛擡他下山去。內中走出一個里正㉗來道：「列位，不可造次！聽小人一句說話。此事大奇，關係地方怪異，須得報知知縣相公，眼同驗看方可。」眾人齊住了手，道：「恁地時你自報去。」里正道：「報時須說此屍在本家怎麼樣不見了？幾時走到這菴裏？怎麼樣抱在這柱子上？說得備細，方可對付知縣相公。」張家人道：「我們只知下棺時，揭開被來，不見了屍首。已後卻是菴裏師父來報，才尋得著。這裏的事，我們不知。」竹林道：「小僧也因做佛事，同在張家，不知這裏的事。今早回菴，方才知道。這菴裏自有個秀才官人，晚間在此歇宿，

㉖ 偷：作「輕輕取得」解。

㉗ 里正：唐制百戶為一里，里置「正」一人，宋、金、元都襲用此名。

見他屍首來的。」此時直生已寫完了帳，走將出來，道：「晚間的事，多在小生肚裏。」里正道：「這等也要煩官人見一見知縣相公，做個證見。」直生道：「我正要見知縣相公，有話說。」里正就齊了一班地方人，張家孝子扶從了扛屍的。直秀才自帶了寫的帳，一擁下山，同到縣裏來。

此時看的何止人山人海，嚷滿了縣堂。知縣出堂，問道：「何事喧嚷？」里正同兩處地方一齊跪下，道：「地方怪異特來告明。」知縣道：「有何怪異？」里正道：「剡溪里民家張某，新死入殮，屍首忽然不見。第二日卻在鹿胎山上菴中，抱住佛堂柱子。見有個直秀才在山中歇宿，見得來時明白。今本家連柱取下，將要歸家。小人們見此怪異，關係地方，不敢不報。故連作怪之屍，並一干人等，多送到相公臺前，憑相公發落。」知縣道：「我曾讀過野史，死人能起，喚名『屍蹷』，也是人世所有之事。今日偶然有此，不足為異。只是直秀才所見來的光景，是怎麼樣的？」直生道：「大人所言『屍蹷』固是，但其間還有好些緣故，此屍非能作怪，乃一不平之鬼，借此屍來托小生求申理的。今見大人，當以備陳。只是此言未可走洩，望大人主張，發落去了這一干人，小生別有下情，實告。」知縣見他說得有些因由，便叫該房與地方取詞立案，打發張家親屬領屍歸殯，各自散去。

單留著直生問說備細，直生道：「小生有個舊友劉念嗣，家事儘也溫飽，身死不多時，其妻房氏席捲家資，改嫁後夫，致九歲一子，流離道路。昨夜鬼扣山菴，與小生訴苦，備言其妻所掩沒之數，及寄頓之家。朗朗明白，要小生出身代告大人臺下，求理此項。小生義氣所激，一力應承，此鬼安心而去。不想他是借張家新屍附了來的。鬼去屍存，小生覺得有異，離了房門走出，那屍就來趕逐小生，遇柱而抱。幸已天明，小生得脫。故地方見此異事，其實乃友人這一點不平之怨氣所致。今小生記其所言，滿錄一紙，大人臺鑒，照此單款為小生一追，使此子成立，不枉此鬼苦苦見托之意，亦是大人申冤理枉，救困存孤之大德也。」知縣聽罷，道：「世間有此薄行之婦！官府不知，乃使鬼來求申，有媿民牧矣。今有煩先生做個證明，待下官盡數追取出來。」直生道：「待小生去尋著其子，才有主腦。」知縣道：「追明了家財，然後尋其子來給還，未為遲也。不可先漏機關！」直生道：「大人主張極當。」知縣叫直生出外邊伺候，密地僉個小票，竟拿劉念嗣原妻房氏到官。

原來這個房氏小名恩娘，體態風流，情性淫蕩，初嫁劉家，雖則家道殷厚，爭奈劉生稟賦羸弱，遇敵先敗，儘力奉承，終不愜意。所以得虛怯之病，三年而死。劉家並無翁姑伯叔之親，只憑房氏作主，守孝終七㉘，就有些耐不得，未滿一年，就嫁了本處一個姓幸的，叫做幸德。到比房氏年小三五歲，少年美貌，精力強壯，更善抽添之法。房氏才知有人道之樂，只恨丈夫死得遲了幾年，所以一家所有，盡情拿去奉承了晚夫，連兒子多不顧了。兒子有時去看他，他一來怕晚夫嫌忌；二來兒子漸長，這些與晚夫恣意取樂光景，終是礙眼，只是趕了出來。「劉家」二字已怕人提起了，不料青天一個霹靂，縣間竟來拿起「劉家原妻房氏」來，驚得個不知頭腦。與晚夫商量道：「我身上無事，如何縣間來拿我。他票上有『劉家』二字，莫非有人唆哄小業種㉙告了狀麼？」及問差人討票看，竟不知原告是那個？卻是沒處躲閃，只得隨著差人到衙門裏來。幸德雖然跟著同去，案上無名，不好見官，只帶得房氏當面。知縣見了房氏，問道：「你是劉念嗣的原妻麼？」房氏道：「當先在劉家，而今的丈夫，叫做幸德。」知縣道：

㉘ 終七：即「七七」，見本書卷十㊶。

㉙ 小業種：見本書卷十㊺。

「誰問你後夫！你只說前夫劉念嗣身死，他的家事怎麼樣了？」房氏道：「原沒甚麼大家事，死後兒子小，養小婦人不活，只得改嫁了。」知縣道：「你丈夫托夢於我，說：『你捲擄家私，嫁了後夫。他有許多東西，在你手裏。』我一一記得的，你可實招來。」房氏心中不信，賴道：「委實一些沒有。」知縣叫把拶來，拶了指㉚。房氏忍著痛還說：「沒有。」知縣道：「我且逐件問你：你丈夫說，有錢若干，粟若干，布若干，在你家，可有麼？」房氏道：「沒有。」知縣道：「田在某鄉，屋在某里，可有麼？」房氏道：「沒有。」知縣道：「你丈夫說，錢物細帳，在減妝匣內，匙鑰在你身邊。田房文契在紫漆箱中，放於床頂上，如此明白的，你還要賴？」房氏起初見說著數目，已自心慌，還勉強只說沒有。今見如此說出海底眼㉛來，心中驚駭道：「是丈夫夢中告訴明白的。」便就遮飾不出了。只得叩頭道：「誰想老爺知得如此備細，委實件件真有的。」知縣就喚鬆了拶，登時押去。取了那減妝匣與紫漆箱來，當堂開看，與直生所寫的，無一不對。又問道：「還有白銀五百兩寄在親眷賴某家，可有的麼？」房氏道：「也是有的，只為賴家欺小婦人是偷寄的東西，已後去取，推三阻四，不肯拿出來還了。」知縣道：「這個我自有處。」當下點一個差役，押了那婦人去尋他劉家兒子同來回話。又分付請直秀才進來，知縣對直生道：「多被下官問將出來了，與先生所寫一一皆同，可見鬼之有靈矣。今已押此婦尋他兒子去了，先生也去，大家一尋，若見了，同到此間，當面退給家財與他，也完先生一場為友的事。」直生謝道：「此乃小生分內事，就當出去找尋他來。」直生去了。

㉚ 拶……指：見本書卷十二㉒。

㉛ 說出海底眼：見本書卷五㉚。

知縣叫牢內取出一名盜犯來，密密分付道：「我帶你到一家去，你只說劫來銀兩，多寄在這家裏的。只這等說，我寬你幾夜鎖押，賞你一頓點心。」賊犯道：「這家姓甚麼？」知縣道：「姓賴。」賊犯道：「姓得好！好歹賴他家娘罷了。」知縣立時帶了許多緝捕員役，押鎖了這盜犯，一徑擡到這賴家來。賴家是個民戶，忽然知縣相公擡進門來，先已慌做一團。只見眾人役簇擁知縣中間坐了，叫賴某過來，賴某戰兢兢的跪倒。知縣道：「你良民不要做，卻窩頓盜贓麼？」賴某道：「小人頗知禮法，極守本分的，怎敢幹此非為之事？」知縣指著盜犯道：「見有這賊招出姓名，說有現銀千兩，寄在你家，怎麼賴得？」賴某正要認看何人，如此誣他？那盜犯受過分付，口裏便喊道：「是有許多銀兩藏在他家的。」賴某慌了道：「小人不曾認得這個人的，怎麼誣得小人？」知縣道：「口說無憑，左右動手前後搜著！賴某也自去做眼，不許乘機搶匿物事！」那一干如狼似虎的人，得了口氣，打進房來，只除地皮不翻轉，把箱籠多搬到官面前來。內中一箱沉重，知縣叫打開來看。賴某曉得有銀子在裏頭的，著了急，就喊道：「此是親眷所寄。」知縣道：「也要開看。」打將開來，果然滿箱白物，約有四五百兩。知縣道：「這個明是盜贓了。」盜犯也趁口喊道：「這正是我劫來的東西。」賴某道：「此非小人所有，乃是親眷人家寡婦房氏之物，他起身再醮，權寄在此，豈是盜贓！」知縣道：「信你不得，你寫個口詞到縣驗看！」賴某當下寫了個某人寄頓銀兩數目明白押了個字，隨著到縣間來。卻好房氏押出去，尋著了兒子，直生也撞見了，一同進縣裏回話。知縣叫賴某過來道：「你方才說銀兩不是盜贓，是房氏寄的麼？」賴某道：「是。」知縣道：「寄主今在此，可還了他，果然盜情與你無干，趕出去罷。」賴某見了房氏，對口無言，只好直看。用了許多欺心，卻被賺了出來，又喫了一個虛驚，沒興自去了。

知縣喚過劉家兒子來看了，對直生道：「如此孩子，正好提攜，而今帳目文券俱已見在，只須去交點明白，追出銀兩也給與他去，這已後多是先生之事了。」直生道：「大人神明，奸欺莫遁。亡友有知，九泉啣感。此子成立之事，是亡友幽冥見托，既仗大人伸理，若小生有始無終，不但人非，難堪鬼責。」知縣道：「先生誠感幽冥，故貴友猶相托。今鬼語無一不真，亡者之靈與生者之誼，可畏可敬。豈知此一場鬼怪之事，卻勘出此一案來，真奇聞也！」當下就押房氏與兒子出來，照帳目交收了物事，將文契查了田房，一一踏實，僉管了，多是直生與他經理。一個乞丐小廝，遂成富室之子。固是直生不負所托，也全虧得這一夜鬼話。

彼時晚夫幸德見房氏說是前夫托夢與知縣相公，故知得這等明白，心中先有些害怕。夫妻二人怎敢違拗一些，後來曉得鬼來，活現了一夜，托與直秀才的，一發打了好些寒噤。略略有些頭疼腦熱，就生疑惑，後來破費了些錢鈔，薦度了幾番，方得放心。可見人雖已死，鬼不可輕負也。有詩為證：

何緣世上多神鬼？　只為人心有不平。
若使光明如白日，　縱然有鬼也無靈。

卷十四　趙縣君喬送黃柑　吳宣教乾償白鏹

詩云：

睹色相悅人之情，　個中原有真緣分。
只因無假不成真，　就裏藏機不可問。
少年鹵莽浪貪淫，　等閒踹入風流陣。
饅頭不喫惹身羶，　世俗傳名紮火囤❶。

聽說世上男貪女愛，謂之風情。只這兩個字害的人也不淺，送的人也不少。其間又有奸詐之徒，就這些貪愛上面，想出個奇巧題目來，做自家妻子不著❷，裝成圈套，引誘良家子弟，詐他一個小富貴，謂之「紮火囤」。若不是識破機關，硬浪的郎君，十個著了九個道兒。記得有個京師人靠著老婆喫飯的，其妻塗脂抹粉，慣賣風情，挑逗那富家郎君。到得上了手的，約會其夫，只撞著，要殺、要剮，直等出財買命，饜足方休，被他弄得也不止一個了。有一個潑皮子弟深知他行徑，佯為不曉，故意來纏。其妻與了他些甜頭，勾引他上手，正在床裏作樂，其夫打將進來。別個著了忙的，定是跳下床來，尋躲避去

❶ 紮火囤：見本書卷十㊴。
❷ 做……不著：見本書卷七❾。

處，怎知這個人不慌不忙，且把他妻子摟抱得緊緊的，不放一些寬鬆，伏在肚皮上，大言道：「不要嚷亂！等我完了事再講。」其妻殺豬也似喊起來，亂顛亂推，只是不下來。其夫進了門，揎起❸帳子，喊道：「幹得好事！要殺，要殺。」將著刀背放在頸子上，捩了一捩，卻不下手。潑皮道：「不必作腔，要殺，就請殺。小子固然不當，也是令正約了來的。死便死做一處，做鬼也風流，終不然獨殺我一個不成。」其夫果然不敢動手，放下刀子，拿起一個大桿杖來，喝道：「權寄顆驢頭在頸上，我且痛打一回。」一下子打來，那潑皮溜撒❹，急把其妻番過來，早在臀脊上受了一杖。其妻又喊道：「是我，是我，不要錯打了。」潑皮道：「打他不錯，也該受一杖兒。」其夫假勢頭已過，早已發作不出了。潑皮道：「老兄放下性子，小子是箇中人❺，我與你熟商量。你要兩人齊殺，你嫂子是搖錢樹❻，料不捨得。若拋得到官，只是和姦，這番打破機關，你那營生❼弄不成了。不如你捨著嫂子與我往來，我公道使些錢鈔，幫你買煤買米，若要紮火囤，別尋個主兒弄弄，靠我不著的。」其夫見說出海底眼，無計可奈，沒些收場，只得住了手，倒縮了出去。潑皮起來，從容穿了衣服，對著婦人叫聲聒噪❽，搖搖擺擺竟自去了。

正是：

---

❸ 揎起：「揎」作「揭」解，「揎起」即「揭起」之意。
❹ 溜撒：作「敏捷」、「靈活」解。
❺ 箇中人：「箇」作「這」解，此處這三字的意義，就是說：「也懂得這紮火囤方法的人。」
❻ 搖錢樹：倡家目伎女為搖錢樹，因為靠她生活之故。
❼ 營生：指「營謀生計」，即「買賣」也。
❽ 聒噪：相當「吵鬧」、「驚動」等客氣話。

強中更有強中手，　　得便宜處失便宜。

恰是富家子弟郎君，多是嬌嫩出身，誰有此潑皮膽氣，潑皮手段！所以著了道兒❾。宋時向大理❿的衙內⓫向士肅出外拜客，喚兩個院長⓬相隨到軍將橋，遇箇婦人，鬢髮蓬鬆，涕泗而來。一箇武夫，著青紵絲袍，狀如將官，帶劍牽驢，執著皮鞭，一頭走，一頭罵那婦人，或時將鞭打去，怒色不可犯。隨後就有健卒十來人，擡著幾杠箱籠，且是沈重，跟著同走。街上人多立駐看他，也有說的，也有笑的。士肅不知其故，方在疑訝。兩個院長笑道：「這番經紀⓭做著了。」士肅問道：「怎麼解？」院長道：「男女們⓮也試猜，未知端的。衙內要知備細，容打聽的實來回話。」去了一會，院長來了，回說詳細。原來浙西一個後生官人到臨安赴銓試⓯，在三橋黃家客店樓上下著。每下樓出入，見小房青簾下有

❾ 著了道兒：指「上了圈套」之意。

❿ 大理：即大理卿，掌刑法之事。

⓫ 衙內：見本書卷五⓫。

⓬ 院長：「院子」的尊稱，即「院公」，小說中僕從的稱呼。（此條入話，源出夷堅志補卷八，中有帶著解說的語句云：「士肅因出謁，呼『寺隸』兩人相隨，俗所謂『院長』者也。」）

⓭ 經紀：作「買賣」解。

⓮ 男女們：僕從自己的卑稱。

⓯ 銓試：即「銓選」，吏部主文選。當時銓法，試以「身」、「言」、「書」、「判」四事，可取，則先德，德均以才，才均以勞，已銓而注，然後擬官唱示。唐以後，銓政代有更易，但大抵不外集吏考試，量人授官之意，所以叫做「銓」。

個婦人行走，姿態甚美。撞著了多次，心裏未免欣動。問那送茶的小童道：「簾下的，是店中何人？」小童攢著眉頭道：「店中被這婦人累了三年了。」官人驚道：「卻是為何？」小童道：「前歲一個將軍，帶著箇婦人，說是他妻子，要住個潔淨房子，住了十來日，就要到那裏近府去，留這妻子守著房臥行李。說道：『去半個月就好回來。』自這一去，杳無信息。起初婦人自己盤纏，後來用得沒有了，苦央主人家，說：『賒了喫時，只等家主回來算還。』主人辭不得，一日供他兩番，而今多了，也供不起了，只得替他募化著同寓這些客人，輪次供他，也不是常法，不知幾時纔了得這孽債？」官人聽得滿心歡喜，問道：「我要見他一見，使得麼？」小童道：「是好人家妻子，丈夫又不在，怎肯見人？」官人道：「既缺衣食，我尋些喫口物事送他，使得麼？」小童道：「這個使得。」官人急走到街上茶食大店裏，買了一包蒸酥餅，一包菓餡餅，在店家討了兩個盒兒，妝好了，叫小童送去。說道：「樓上官人聞知娘子不方便，特意送此點心。」婦人受了千恩萬謝。明日婦人買了一壺酒，妝著四個菜碟，叫小童來答謝，官人也受了。自此一發注意不捨，隔兩日，又買些物事相送，婦人也如前買酒來答。官人即盪其酒來喫，篋內取出金杯一隻，滿斟著一杯，叫茶童送下去，道：「樓上官人奉勸大娘子。」婦人不推，喫乾了。茶童復命官人，又斟一杯下去說：「官人多致意娘子，出外之人不要喫單杯。」婦人又喫了。官人又叫茶童下去，致意道：「官人多謝娘子不棄，喫了他兩杯酒，官人不好下來自勸，意欲奉邀娘子上樓親獻一杯，如何？」往返兩三次，婦人不肯來，官人只得把些錢來買囑茶童道：「是必要你設法他上來見見。」茶童見了錢，歡喜起來，又去說風說水道：「娘子受了兩杯，也該去回敬一杯。」被他一把拖了上來，道：「娘子來了。」官人沒眼得看，婦人道了個萬福，官人急把酒斟了，唱個肥喏，親手遞一杯過來，道：「承蒙娘子見愛，滿飲此杯。」婦人接過手來，一飲而乾，把杯放在桌上。官人看見杯內還有餘瀝，拿過來吮嘬個不歇。婦人看見，嘻的一笑，急急走了下去。官人看見情態可動，厚贈小童，叫他做著牽頭，時常弄他上樓來飲酒。以後便留他同坐，漸不推辭，不像前日走避光景了。眉來眼去，彼此動情，勾搭上了手。然只是日裏偷做一二，晚間隔開，不能同宿。如此兩月有餘。婦人道：「我日日自下而升，人人看見，畢竟免不得起疑，官人何不把房遷了下來？與奴相近，晚間便好相機同宿了。」官人大喜過望，立時把樓上囊橐搬下來，放在婦人間壁一間房裏，推說：「樓上有風，睡不得，所以搬了。」晚間虛閉著房門，竟在婦人房裏同宿。自道是此樂即並頭之蓮，比翼之鳥，無以過也。纔得兩晚，一日早起，尚未梳洗，兩人正自促膝而坐。只見外面店裏一個長大漢子，大踏步踹將進來，大聲道：「娘子那裏？」驚得婦人手腳忙亂，面如土色，慌道：「壞了！壞了！吾夫來了！」那官人急閃了出來，已與大漢打了照面，大漢見個男子在房裏走去，不問好歹，一手揪住婦人頭髮，喊道：「幹得好事！幹得好事！」提起醋鉢大的拳頭，只是打。那官人慌了，脫得身子，顧不得甚麼七長八短，急從後門逃了出去。剩了行李囊貲，盡被大漢打開房來，席捲而去。適纔十來個健卒扛著的箱篋，多是那官人房裏的了。他恐怕有人識破，所以還裝著丈夫打罵妻子模樣走路。其實婦人、男子、店主、小童，總是一夥人也。士肅聽罷道：「那裏這樣不睹事的少年，遭如此圈套！可恨！可恨！」後來常對親友們說此目見之事，以為笑話。雖然如此，這還是到了手的，便紥了東西去，也還得了些甜頭兒。更有那不識氣的小二哥，不曾沾得半點滋味，也被別人弄了一番手腳，折了偌多⑯本錢，還晦氣哩！正是：

⑯ 偌多：見本書卷二㊼。

美色他人自有緣，從傍何用苦垂涎！
請君只守家常飯，不害相思不損錢。

話說宣教郎⑰吳約，字叔惠，道州人。兩任廣右官，自韶州錄曹赴吏部磨勘⑱。宣教家本饒裕，又兼久在南方，珠翠香象蓄積奇貨頗多，盡帶在身邊，隨行作寓在清河坊客店，因吏部引見留滯，時時出遊伎館，衣服鮮麗，動人眼目。客店相對有一小宅院，門首掛著青簾，簾內常有個婦人立著，看街上人做買賣。宣教終日在對門，未免留意體察，時時聽得他嬌聲媚語，在裏頭說話，又有時露出雙足在簾外來，一灣新笋，著實可觀。只不曾見他面貌如何，心下惶惑不定，恨不得走過去，揎開簾子一看，再無機會。那簾內或時巧囀鶯喉，唱一兩句詞兒。仔細聽那兩句，卻是：

柳絲只解風前舞，悄繫惹那人不住。

雖是也間或唱著別的，只是這兩句為多，想是喜歡此二句，又想是他有甚麼心事。宣教但聽得了，便跌足歎賞道：「是在行得緊！世間無此妙人，想來必定標緻，可惜未能勾一見！」懷揣著個提心吊膽，魂靈多不知飛在那裏去了。一日正在門前坐地，呆呆的看著對門簾內，忽有個經紀，挑著一籃永嘉黃柑子過門，宣教叫住，問道：「這柑子可要博⑲的？」經紀道：「小人正待要博兩文錢使使，官人作成⑳則

⑰ 宣教郎：據宋史職官志，元豐官制，名「宣德郎」，政和避宣德門改。按宣教郎係散官，正七品。
⑱ 磨勘：勘驗成績。
⑲ 博：過去賭博盛行，不僅博錢，甚至小攤販都備博具，用采物誘少年子弟相博謀利。來源頗遠，宋時有「博魚」（元曲選有燕青博魚一劇）、「博柑」（本篇）。

箇。」宣教接將頭錢㉑過來，往下就撲。那經紀墩㉒在柑子籃邊，一頭拾錢，一頭數數。怎當得宣教一邊撲，一心牽掛著簾內那人在裏頭看見，沒心沒想的㉓抛下去，何止千撲，再撲不成一個渾成㉔來，算一算輸了一萬錢。宣教還是做官人心性，不覺兩臉通紅，恨的一聲道：「壞了我十千錢，一個柑不得到口，可恨！可恨！」欲待再撲，恐怕撲不出來，又要貼錢！欲待住手，輸得多了，又不甘伏。正在嘆恨間，忽見個青衣童子，捧一個小盒，在街上走進店內來。你道那童子生得如何？

　短髮齊眉，長衣拂地。滴溜溜一雙俊眼，也會撩人！黑洞洞一個深坑，儘能害客。癡心偏好，反言勝似妖嬈；拗性酷貪，還是圖他撇脫。身上一團孩子氣，獨聳孤陽；腰間一道木樨香，合成眾唾。

向宣教道：「官人借一步說話。」宣教引到僻處，小童出盒道：「趙縣君㉕奉獻官人的。」宣教不知是那裏說起，疑心是錯了，且揭開盒子來看一看，原來正是永嘉黃柑子十數個。宣教道：「你縣君是那箇？與我素不相識，為何忽地送此？」小童用手指著對門道：「我縣君即是街南趙大夫的妻室，適在簾間看

---

⑳ 作成：此處作「照顧」解。

㉑ 頭錢：據水滸全傳三八回、一〇八回以及元曲選燕青博魚，知道這是博具，共用錢六枚，擲下去，看「字」、「鏝」（即「錢背」）多少決定輸贏。

㉒ 墩：吳語，作「蹲」解。

㉓ 沒心沒想的：即「嘸心想」，見本書卷九⑪。

㉔ 渾成：又名「六渾純」，或「渾純兒」，即六個錢擲下去，全字或全鏝，就叫「渾成」。（見元曲選燕青博魚）

㉕ 縣君：宋制，一般官員的妻子封號。其後改稱室人等名號。

見官人撲柑子，折了本錢，不曾博得他一箇，有些不快活。縣君老大不忍。偶然藏得此數箇，故將來送與官人見意。縣君道：『可惜止有得這幾個不能勾多，官人不要見笑。』」宣教道：「多感縣君美意。你家趙大夫何在？」小童道：「大夫到建康㉖探親去了。兩個月還未回來，正不知幾時到家？」宣教聽得此話，心裏想道：「他有此美情，況且大夫不在，必有可圖。煞是好機會！」連忙走到臥房內，開了篋，取出色綵二端㉗來，對小童道：「多謝縣君送柑，客中無可奉答，小小生活㉘二端，伏祈笑留。」小童接了走過對門去，須臾，又將這二端來還，上覆道：「縣君多多致意，區區幾個柑子，打甚麼不緊的事㉙，要官人如此重酬？決不敢受。」宣教道：「若是縣君不收，是羞殺小生了，連小生黃柑也不敢領。你依我這樣說去，縣君必收。」小童領著言語對縣君說去，此番果然不辭了。明日，又見小童拿了幾餅精緻小菜走過來道：「縣君昨日蒙惠過重，今見官人在客邊，恐怕店家小菜不中喫，手製此數餅送來奉用。」宣教見這般知趣著人，必然有心於他了，好不徯幸㉚！想道：「這童子傳來傳去，想必在他身旁，講得話做得事的，好歹要在他身上圖成這事，不可怠慢了他。」急叫家人去買些魚肉菓品之類，盪了酒來與

㉖ 建康：今南京。

㉗ 端：郎瑛七修類稿卷二十二「端疋大兩一字」條云：「今人凡以布帛一疋為一端，殊不知一端則半疋也。按左傳，『幣錦二兩』，註云：『二丈為一端，二端為一兩，所謂疋也。二兩二疋矣。』」但此處似從俗，「一端」似作「一疋」解。

㉘ 生活：吳語稱做工叫「做生活」。「生活」實含有「物品」的意義。此處「小小生活」作「微小物品」解。

㉙ 打甚麼不緊的事：作「有甚麼了不得的事」解。

㉚ 徯幸：同「徼幸」。

小童對酌。小童道：「小人是趙家小廝，怎敢同官人坐地？」宣教道：「好兄弟，你是縣君心腹人兒，我怎敢把你等閒廝覷！放心飲酒。」小童告過無禮，喫了幾杯，早已臉紅道：「喫不得了。若醉了，縣君須要見怪，打發我去罷。」宣教又取些珠翠花朵之類，答了來意，付與小童去了。

隔了兩日，小童自家走過來頑耍。宣教又買酒請他，酒間與他說得入港㉛。宣教便道：「好兄弟，我有句話兒問你。你家縣君多少年紀了？」小童道：「過新年纔廿三歲，是我家主人的繼室。」宣教道：「模樣生得如何？」小童搖頭道：「沒正經！早是沒人聽見，怎把這樣說話來問？生得如何，便待怎麼？」宣教道：「總是沒人在此，說說何妨。我既與他送東送西，往來了兩番，也須等我曉得他是長是短的。」小童道：「說著我縣君容貌，真個是世間少比，想是天仙裏頭謫下來的。除了畫圖上仙女，再沒見這樣第二個。」宣教道：「好兄弟，怎生得見他一見？」小童道：「這不難，等我先把簾子上的繫帶解鬆了，你明日只在對門，等他到簾子下來看的時節，我把簾子揎將出來，揎得重些，繫帶散了，簾子落了下來，他一時回避不及，可不就看見了？」宣教道：「我不要這樣見。」小童道：「要怎的見？」宣教道：「我要好好到宅子裏拜見一拜見，謝他平日往來之意，方稱我願。」小童道：「這個知他肯不肯？我不好自專得。官人有此意，待我回去稟白一聲，好歹討個回音來覆官人。」宣教又將銀一兩送與小童叮囑道：「是必要討個回音。」去了兩日，小童復來說：「縣君聞得要見之意，說道：『既然官人立意惓切，就相見一面也無妨。只是非親非故，不過因對門在此，禮物往來得兩番，沒個名色，遽然相見，恐怕惹人議論。』是這等說。」宣教道：「也是，也是。怎生得個名色？」想了一想道：「我在廣裏來，帶得許

㉛ 入港：見本書卷十一❷。

多珠寶在此，最是女人用得著的。我只做當面送物事來與縣君看，把此做名色相見一面如何？」小童道：「好到好，也要去對縣君說過，許下方可。」小童又去了一會，來回言道：「縣君說：『使便使得，只是在廳上見一見，就要出去的。』」宣教道：「這個自然，難道我就捱住在宅裏不成。」小童笑道：「休得胡說！快隨我來。」宣教大喜過望，整一整衣冠，隨著小童三腳兩步走過趙家前廳來。小童進去稟知了，門響處，宣教望見縣君從裏面從從容容走將出來。但見：

衣裳楚楚，珮帶飄飄。大人家舉止端詳，沒有輕狂半點；小年紀面龐嬌嫩，並無肥重一分。清風引出來，道不得雲是無心之物；好光挨上去，真所謂容是誨淫之端。犬兒雖已到籬邊，天鵝未必來溝裏。

宣教看見縣君走出來，真個如花似玉，不覺的滿身酥麻起來，急急趨上前去唱個肥喏。口裏謝道：「屢蒙縣君厚意，小子無可答謝，惟有心感而已。」縣君道：「惶愧，惶愧。」宣教忙在袖裏，取出一包珠玉來，捧在手中道：「聞得縣君要換珠玉，小子隨身帶得有些，特地過來面奉與縣君揀擇。」一頭說，一眼看，只指望他伸手來接。誰知縣君立著不動，呼喚小童接了過來，口裏道：「容看過議價。」只說了這句，便抽身往裏面走了進去。宣教雖然見了一見，並不曾說得一句掉俏㉜的說話，心裏猾猾突突，沒些意思，走了出來。到下處，想著他模樣行動，嘆口氣道：「不見時猶可，只這一番相見，定害殺了小生也！」以後遇著小童，只央及他設法再到裏頭去見見，無過把珠寶做因頭，前後也曾會過五六次面，只是一揖之外，再無他詞。顏色莊嚴，毫無可犯，等閒不曾笑了一笑，說了一句沒正經的話。那宣教沒

㉜ 掉俏：「掉」是「賣弄」，「俏」是「俏皮」。「掉俏的話」就是「賣弄俏皮的說話」的意思。

入腳處，越越的心魂撩亂，注戀不捨了。

那宣教有個相處的粉頭㉝叫做丁惜惜，甚是相愛的。只因想著趙縣君，把他丟在腦後了，許久不去走動。丁惜惜邀請了兩個幫閒的再三來約宣教，請他到家裏走走。宣教一似掉了魂的，那裏肯去，被兩個幫閒的不由分說，強拉了去。丁惜惜相見，十分溫存。怎當得吳宣教一些不在心上，丁惜惜撒嬌撒癡了一會，免不得擺上東道㉞來。宣教只是心不在焉光景，丁惜惜唱個歌兒嘲他道：

俏冤家，你當初纏我怎的？到今日又丟我怎的？丟我時頓忘了纏我意；纏我又丟我，丟我又去纏誰？似你這般丟人，也，少不得也有人來丟了你！

當下吳宣教沒情沒緒，喫了兩杯，一心想著趙縣君生得十分妙處，看了丁惜惜有好些不像意起來，卻是身既到此，沒奈何只得勉強同惜惜上床睡了，雖然少不得幹著一點半點兒事，也是想著那個，借這個出火的。雲雨已過，身體疲倦，正要睡去，只見趙家小童走來道：「縣君特請宣教敘話。」宣教聽了這話，急忙披衣起來，隨著小童就走，小童領了，竟進內室。只見趙縣君雪白肌膚，脫得赤條條的眠在床裏，專等吳宣教來。小童把吳宣教儘力一推，推進床裏，吳宣教喜不自勝，騰的翻上身去，叫一聲「好縣君，快活殺我也！」用得力重了，一箇失腳，跌進裏床，喫了一驚，醒來，見惜惜睡在身邊，朦朧之中，還認做是趙縣君，仍舊跨上身去。丁惜惜也在睡裏驚醒道：「好饞貨！怎不好好的，做出這個極模樣！」吳宣教直等聽得惜惜聲音，方記起身在丁家床上，適纔是夢裏的事，連自己也失笑起來。丁惜惜再四盤

㉝ 粉頭：指伎女。
㉞ 東道：土風錄卷九云：「設席請客曰『做東道』。」

問：「你心上有何人？以致七顛八倒如此。」宣教只把閒話支吾，不肯說破。到了次日，別了出門，自此以後，再不到丁家來了。無晝無夜，一心只癡想著趙縣君，思量尋機會挨光㉟。

忽然一日小童走來道：「一句話對官人說，明日是我家縣君生辰，官人既然與縣君往來，須辦些壽禮去與縣君作賀。一作賀，覺得人情面上愈加好看。」宣教喜道：「好兄弟，虧你來說，你若不說，我怎知道？這個禮節，最是要緊，失不得的。」亟將綵帛二端封好，又到街上買了些時鮮菓品雞鴨熟食各一盤，酒一樽，配成一副盛禮，先令家人一同小童送了去，說：「明日虔誠拜賀。」小童領家人去了，趙縣君又叫小童來推辭了兩番，然後受了。明日起來，吳宣教整肅衣冠到趙家來，定要請縣君出來拜壽。趙縣君也不推辭，盛裝步出到前廳，比平日更齊整了。吳宣教沒眼得看，足恭下拜。趙縣君慌忙答禮，口說道：「奴家小小生朝，何足掛齒！卻要官人費心賜此厚禮，受之不當。」宣教道：「客中乏物為敬，甚愧菲薄。縣君如此稱謝，反令小子無顏。」縣君回顧小童道：「留官人喫了壽酒去。」宣教聽得此言，不勝之喜，道：「既留下喫酒，必有光景了。」誰知縣君說罷，竟自進去。宣教此時如熱地上螞蟻，不知是怎的纔是。又想那縣君如設帳的方士，不知葫蘆裏賣甚麼藥出來。呆呆的坐著，一眼望著內裏。須臾之間，兩個走使的男人，擡了一張桌兒，揩抹乾淨。小童從裏面捧出攢盒酒菜來，擺設停當，掇張椅兒請宣教坐。宣教輕輕問小童道：「難道沒個人陪我？」小童也輕輕道：「縣君就來。」宣教且未就坐，還立著徘徊之際，小童指道：「縣君來了。」果然趙縣君出來，雙手纖纖，捧著杯盤來與宣教安席，道了萬福，說道：「拙夫不在，沒個主人做主，誠恐有慢貴客，奴家只得冒恥奉陪。」宣教大喜道：「過

㉟ 挨光：見本書卷三㊷。

蒙厚情，何以克當？」在小童手中也討過杯盤來，與縣君回敬，安席了，兩下坐定。宣教心下只說此一會，必有眉來眼去之事，便好把幾句說話撩撥他，希圖成事。誰知縣君意思雖然濃重，容貌卻是端嚴，除了請酒請饌之外，再不輕說一句閒話。宣教也生煞煞的浪開不得閒口，便宜得飽看一回而已。酒行數過，縣君不等宣教告止，自立起身道：「官人慢坐，奴家家無夫主，不便久陪，告罪則箇。」吳宣教心裏恨不得伸出兩臂來，將他一把抱著，卻不好強留得他，眼盼盼的看他洋洋走了進去。宣教一場掃興，裏邊又傳話出來，叫小童送酒。宣教自覺獨酌無趣，只得分付小童多多上覆縣君，厚擾不當，容日再謝。慢慢地踱過對門下處來，真是一點甜糖抹在鼻頭上，只聞得香卻餂不著，心裏好生不快。有銀絞絲一首為證：

前世裏冤家美貌也人，挨光已有二三分，好溫存。幾番相見意殷懃，眼兒落得穿，何曾近得身？鼻凹中糖味，那有唇兒分？一個清白的郎君發了也昏，我的天那！陣魂迷，迷魂陣。

是夜，吳宣教整整想了一夜，躊躇道：「若說是無情，如何兩次三番許我會面，又留酒，又肯相陪？若說是有情，如何眉梢眼角，不見些些光景，只是恁等板板地？往來有何了結？思量他每常簾下歌詞，畢竟通知文義，且去討討口氣，看看他如何回我？」算計停當，次日起來，急將西珠十顆，用個沉香盒子盛了，取一幅花箋，寫詩一首在上。詩云：

心事綿綿欲訴君，洋珠顆顆寄殷勤。
當時贈我黃柑美，未解相如渴半分。

寫畢，將來全放在盒內，用個小記號圖書，印皮封好了，忙去尋那小童過來，交付與他道：「多拜上縣君，昨日承蒙厚款，些些小珠奉去添妝，不足為謝。」小童道：「當得拿去。」宣教道：「還有數字在內，須縣君手自拆封，萬勿漏洩則箇。」小童笑道：「我是個有柄兒的紅娘，替你傳書遞簡！」宣教道：「好兄弟，是必替我送送，倘有好音，必當重謝。」小童道：「我縣君詩詞歌賦，最是精通，若有甚說，寫去必有回答。」宣教道：「千萬在意。」小童說：「不勞分付，自有道理。」小童去了半日，笑嘻嘻的走將來道：「有回音了。」袖中拿出一個碧甸匣來，遞與宣教。宣教接上手看時，也是小小花押封記著的。宣教滿心歡喜，慌忙拆將開來，中又有小小紙封裹著青絲髮二縷，挽著個同心結兒，一幅羅紋箋上，有詩一首。詩云：

好將鬒髮付并刀，只恐經時失俊髦。
妾恨千絲差可擬，郎心雙挽莫空勞！

末又有細字一行云：

原珠奉璧，唐人云：「何必珍珠慰寂寥」也？

宣教讀罷，跌足大樂，對小童道：「好了，好了，細詳詩意，縣君深有意於我了。」小童道：「我不懂得，可解與我聽。」宣教道：「他剪髮寄我，詩裏道要挽住我的心，豈非有意？」小童道：「既然有意，為何不受你珠子？」宣教道：「這又有一說，只是一個故事在裏頭。」小童道：「甚故事？」宣教道：「當時唐明皇寵了楊貴妃，把梅妃江采蘋貶入冷宮，後來思想他，懼怕楊妃不敢去，將珠子一封，私下賜與他。梅妃拜辭不受，回詩一首，後二句云：『長門㊱盡日無梳洗，何必珍珠慰寂寥？』今縣君不受

㊱長門：漢宮名，陳皇后失寵於武帝別在長門宮，使人奉黃金百金，令司馬相如作長門賦以悟武帝，陳皇后復

我珠子，卻寫此一句來，分明說你家主不在，他獨居寂寥，不是珠子安慰得的，卻不是要我來伴他寂寥麼？」小童道：「果然如此，官人如何謝我？」宣教道：「惟卿所欲。」小童道：「縣君既不受珠子，何不就送與我了？」宣教道：「珠子雖然回來，卻還要送去。我另自謝你便是。」宣教箱中去取通天犀簪一枝，海南香扇墜二個，將出來送與小童道：「權為寸敬，事成重謝。這珠子再煩送一送去，我再附一首詩在內，要他必受。」詩云：

往來珍珠不用疑，還珠垂淚古來癡。
知音但使能欣賞，何必相逢未嫁時？

宣教便將一幅冰鮹帕寫了，連珠子付與小童。小童看了，笑道：「這詩意，我又不曉得了。」宣教道：「也是用著個故事。唐張籍詩云：『還君明珠雙淚垂，恨不相逢未嫁時。』今我反用其意，說道：『只要有心，便是嫁了何妨？』你縣君若有意於我，見了此詩，此珠必受矣。」小童笑道：「原來官人是偷香㊲的老手。」宣教也笑道：「將就看得過。」小童拿了一徑自去，此番不見來推辭，想多應受了。宣教暗自歡喜，只待好音。

丁惜惜那裏時常叫小二來請他走走，宣教好一似朝門外候旨的官，惟恐不時失誤了宣召，那裏敢移動半步。忽然一日傍晚，小童笑嘻嘻的走來道：「縣君請官人過來說話。」宣教聽罷，忖道：「平日只

得親幸。後世用長門二字作「失寵」或「貶入冷宮」意。

㊲ 偷香：晉賈充女午，與司空掾韓壽私通，偷充御賜奇香給壽。賈充發覺，乃以女妻壽。後世用此二字來指男女偷情事。

是我去挨光，纔設法得見面，並不是他著人來請我的。這番卻是先叫人來相邀，必有光景。」因問小童道：「縣君適纔在那裏？怎生對你說？叫你來請我的？」小童道：「適來縣君在臥房裏，卸了妝飾，重新梳裏過了，叫我進去，問說：『對門吳官人可在下處否？』我回說：『他這幾時只在下處，再不到外邊去。』縣君道：『既如此，你可與我悄悄請過來，竟到房裏來相見，切不可驚張。』如此分付的。」宣教不覺踴躍道：「依你說來，此番必成好事矣。」小童道：「我也覺得有些異樣，決比前幾次不同。只是一件，我家人口頗多，耳目難掩，日前只是體面上往來，所以外觀不妨，今卻要到內室去，須瞞不得許多人，就是悄著些，是必有幾箇知覺，露出事端，彼此不便，須要商量。」宣教道：「你家中事體，我怎生曉得備細？須得你指引我道路，應該怎生纔妥。」小童道：「常言道：『有錢使得鬼推磨。』世上那一個不愛錢的？你只多把些賞賜分送與我家裏人了，我去調開了他每，他每各人心照，自然躲開去了，任你出入，就有撞見的，也不說破了。」宣教道：「說得甚是有理，真可以築壇拜將。你前日說我是偷香老手，今日看起來，你也像個老馬泊六㊳了。」小童道：「好意替你計較，休得取笑！」當下吳宣教拿出二十兩零碎銀兩，付與小童，說道：「我須不認得宅上甚麼人，煩你與我分派一分派，是必買他們盡皆口靜方妙。」小童道：「這個在我，不勞分付。我先行一步，停當了眾人，看箇動靜，即來約你同去。」宣教道：「快著些箇。」小童先去了，吳宣教急揀時樣齊楚衣服，打扮得齊整，真個賽過潘安，強如宋玉，眼巴巴只等小童到來，即去行事。正是：

羅綺層層稱體裁，　　一心指望赴陽臺。

㊳ 馬泊六：見本書卷七⑯。

巫山神女雖相待，　　雲雨寧知到底諧？

說這宣教坐立不定，只想赴期。須臾，小童已至，回覆道：「眾人多有了賄賂，如今一去，徑達寢室，毫無阻礙了。」宣教不勝歡喜，整一整巾幘，洒一洒衣裳，隨著小童，便走過了對門，不由中堂，在傍邊一條街裏，轉了一兩個灣曲，已到臥房之前，只見趙縣君嬾梳妝模樣，早立在簾兒下等候。見了宣教，滿面堆下笑來，全不比日前的莊嚴了。開口道：「請官人房裏坐地。」一個丫鬟，掀起門簾。縣君先走了進房，宣教隨後入來。只是房裏擺設得精緻，爐中香烟馥郁，案上酒殽齊列。宣教此時蕩了三魂，失了六魄，不知該怎麼樣好，只得低聲柔語道：「小子有何德能？過蒙縣君青盼如此。」縣君道：「一向承蒙厚情，今良宵無事，不揣特請官人，清話片晌，別無他說。」宣教道：「小子客居旅邸，縣君獨守清閨，果然兩處寂寥，每遇良宵，不勝懷想。前蒙青絲之惠，小子緊繫懷袖，勝如貼肉。今蒙寵召，小子所望，豈在酒食之類哉？」縣君微笑道：「休說閒話，且自飲酒。」宣教只得坐了，縣君命丫鬟一面斟下熱酒，自己舉杯奉陪。宣教三杯酒落肚，這點熱團團興兒直從腳跟下冒出天庭來，那裏按納得住，面孔紅了又白，白了又紅，筯子也倒拿了，酒盞也潑翻了，手腳都忙亂起來，覷個丫鬟走了去，連忙走過縣君這邊來，跪下道：「縣君可憐見，急救小子性命則箇。」縣君一把扶起道：「且休性急！妾亦非無心者，自前日傳柑之日，便覺鍾情於子。但禮法所拘，不敢自逞。今日久情深，清夜思動，愈難禁制，冒禮忘嫌，願得親近。既到此地，決不教你空回去了。略等人靜後，從容同就枕席便了。」宣教道：「我的親親的娘！既有這等好意，早賜一刻之歡，也是好的。叫小子如何忍耐得住？」縣君笑道：「怎恁地饞得緊。」即喚丫鬟們快來收拾，未及一半，只聽得外面喧嚷，似有人喊馬嘶之聲，漸漸近前堂來了。宣教方在神魂蕩颺之際，恰像身子不是自己的，雖然聽得有些詫異，沒工夫得疑慮別的，還只一味癡想。忽然一個丫鬟慌慌忙忙搶進房來，氣惴惴的道：「官人回來了！官人回來了！」縣君大驚失色道：「如何是好？快快收拾過了桌上的！」即忙自己幫著搬得桌上罄淨。宣教此時任是奢遮膽大的，不由得不慌張起來，道：「我卻躲在那裏去？」縣君也著了忙道：「外邊是去不及了。」引著宣教的手，指著床底下道：「權躲在裏面去，勿得做聲！」宣教思量，走了出去便好，又恐不認得門路，撞著了人，左右看著房中，卻別無躲處，一時慌促，沒計奈何，只得依著縣君說，望著床底一鑽，顧不得甚麼塵灰齷齪，且喜床底寬闊，戰陡陡的蹲在裏頭，不敢喘氣，一眼偷覷著外邊，那暗處望明處，卻見得備細，看那趙大夫大踏步走進房來，口裏道：「這一去不覺好久，家裏沒事麼？」縣君著了忙的，口裏牙齒捉對兒廝打著，回言道：「家……家……家裏沒事。你……你……你如何今日纔來？」大夫道：「家裏莫非有甚事故麼？如何見了我舉動慌張，語言失措，做這等一個模樣？」縣君道：「沒……沒……沒甚事故。」大夫對著丫鬟問道：「縣君卻是怎的？」丫鬟道：「果……果……果然沒有甚麼怎……怎……怎的。」宣教在床下著急，恨不得替了縣君丫鬟的說話，只是不敢爬出來。大夫遲疑了一回道：「好詫異！好詫異！」縣君按定了性兒，纔說得話兒囫圇，重復問道：「今日在那裏起身？怎夜間到此？」大夫道：「我離家多日，放心不下，今因有事在婺州，在此便道，暫歸來一看，明日五更就要起身過江的。」宣教聽得此言，驚中有喜，恨不得天也許下了半邊，道：「原來還要出去，卻是我的造化也！」縣君又問道：「可曾用過晚飯？」大夫道：「晚飯已在船上喫過，只要取些熱水來洗腳。」縣君即命丫鬟安好了足盆，廚下去取熱水來，傾在裏頭了。大夫便脫了外衣，坐在盆間，大肆澆洗，澆洗了多時，潑得水流滿地，一直淌進床下來。因是地板房子，鋪床處壓得重了，地板必定低些，做了下流之處。那宣教正蹲在裏頭，身上穿著齊整衣服，起初一時極了，顧不得惹了灰塵，鑽了進去。而今又見水流來了，恐怕污了衣服，不覺的把袖子東收西斂來避那些齷齪水，未免有些窸窸窣窣之聲。大夫道：「奇怪！床底下是甚麼響？敢是蛇鼠之類，可拿燈燭來照照。」丫鬟未及答應，大夫急急揩抹乾淨，即伸手桌子上去取燭臺過來，捏在手中，向床底下一看，不看時萬事全休，這一看，好似：

霸王初入垓心內，　張飛剛到灞陵橋。

大夫大吼一聲道：「這是甚麼鳥人？躲在這底下。」縣君支吾道：「敢是個賊？」大夫一把將宣教拖出來道：「你看！難道有這樣齊整的賊？怪道方纔見吾慌張！原來你在家養奸夫！我去得幾時，你就是這等羞辱門戶！」先是一掌打去，把縣君打個滿天星。縣君啼哭起來，大夫喝教眾奴僕都來。此時小童也只得隨著眾人行止，大夫叫將宣教四馬攢蹄，捆做一團。聲言道：「今夜且與送去廂房吊著，明日臨安府推問去！」大夫又將一條繩來，親自動手也把縣君縛住道：「你這淫婦也不與你干休！」縣君只是哭，不敢回答一言。大夫道：「好惱！好惱！且煖酒來我喫著消悶！」從人丫鬟們多慌了，急去竈上攛哄些嗄飯，熱酒拿來。大夫取個大甌，一頭喫，一頭罵。又取過紙筆，寫下狀詞，一邊寫，一邊喫酒，喫得不少了，不覺懵懵睡去。縣君悄悄對宣教道：「今日之事固是我誤了官人，也是官人先有意向我，誰知隨手事敗。若是到官，兩個都不好了，為之奈何？」宣教道：「多蒙縣君好意相招，未曾沾得半點恩惠，今事若敗露，我這一官只當斷送在你這冤家手裏了。」縣君道：「沒奈何了，官人只是下些小心求告他，他也是心軟的人求告得轉的。」正說之間，大夫醒來，口裏又喃喃的罵道：「小的們打起火把，快將這賊弟子孩兒，送到廂裏去！」眾人答應一聲，齊來動手。宣教著了急，喊道：「大夫息怒，容小子一言。小子不才，忝為宣教郎，因赴吏部磨勘，寓居府上對門。蒙縣君青盼，往來雖久，實未曾分毫犯著玉體。今若到公府，罪犯有限，只是這官職有累。望乞高擡貴手，饒過小子，容小子拜納微禮，贖此罪過罷。」大夫笑道：「我是個宦門，把妻子來換錢麼？」宣教道：「今日便壞了小子微官，與君何益？不若等小子納些錢物，實為兩便。小子亦不敢輕，即當奉送五百千過來。」大夫道：「如此口輕，你一個官，我一個妻子，只值得五百千麼？」宣教聽見論量多少，便道是好處的事了，滿口許道：「便再加一倍，湊做千緡罷。」大夫還只是搖頭。縣君在傍哭道：「我為買這官人的珠翠，約他來議價，實是我的不是。誰知撞著你來，捉破了。我原不曾點污，今若拿這官人到官，必然扳下我來，我也免不得到官對理，出乖露醜，也是你的門面不雅。不如你看日前夫妻之面，寬恕了我，放了這官人罷。」大夫冷笑道：「難道不曾點污？」眾從人與丫鬟們先前是小童賄賂過的，多來磕頭討饒道：「其實此人不曾犯著縣君，只是暮夜不該來此，他既情願出錢贖罪，官人罰他重些，放他去罷。一來免累此人官職，二來免致縣君出醜，實為兩便。」縣君又哭道：「你若不依我，只是尋個死路罷了。」大夫默然了一晌，指著縣君道：「只為要保全你這淫婦，要我忍這樣贓污！」小童忙攛到宣教耳邊廂低言道：「有了口氣了，快快添多些，收拾這事罷。」宣教道：「錢財好處㊴，放綁要緊。手腳都麻木了。」大夫道：「要我饒你，須得二千緡錢，還只是買那官做，羞辱我門庭之事，只當不曾提起，便宜得多了。」宣教連聲道：「就依著是二千緡，好處，好處。」大夫便喝從人，教且鬆了他的手。小童急忙走去把索子頭解開，鬆出兩隻手

㊴ 好處：好辦。

來。大夫叫將紙墨筆硯拿過來，放在宣教面前，叫他寫個不願經官的招伏。宣教只得寫道：

吏部候勘宣教郎吳某，只因不合闖入趙大夫內室，不願經官，情甘出錢二千貫贖罪，並無詞說，私供是實。

趙大夫取來看過，要他押了個字，便叫放了他綁縛，只把頸子拴了，叫幾個方纔隨來家的戴大帽穿一撒的家人，押了過對門來，取足這二千緡錢。此時亦有半夜光景，宣教下處幾個手下人已是都睡熟了。這些趙家人個個如狼似虎，見了好東西便搶，珠玉犀象之類，狼籍了不知多少。這多是二千緡外加添的。吳宣教足足取勾了二千數目，分外又把些零碎銀兩送與眾家人，做了東道錢。眾人方纔住手，齎了東西，仍同了宣教，押至家主面前交割明白。大夫看過了東西，還指著宣教道：「便宜了這弟子孩兒！」喝叫：「打出去！」宣教抱頭鼠竄走歸下處，下處店家燈尚未熄，宣教也不敢把這事對主人說。討了個火，點在房裏了，坐了一回，驚心方定，無聊無賴，叫起個小廝來，盪些熱酒，且圖解悶。一邊喫，一邊想道：「用了這幾時工夫，纔得這個機會，再差一會兒，也到手了，誰想卻如此不偶，反費了許多錢財！」又自解道：「還算造化哩。若不是趙縣君哭告，眾人拜求，弄得到當官，我這官做不成了。只是縣君如此厚情厚德，又為我如此受辱，他家大夫說，明日就出去的，這倒還好個機會。只怕有了這番事體，明日就使不在家，是必分外防守，未必如前日之便了。不知今生到底能夠相傍否？」心口相問，不覺潸然淚下，鬱抑不快，呵欠上來，也不脫衣服，倒頭便睡。只因辛苦了大半夜，這一睡直睡到第二日晌午，方纔醒來。走出店中，舉目看去，對門趙家，門也不關，簾子也不見了。一望進去，直看到裏頭，內外洞然，不見一人。他還懷著昨夜鬼胎，不敢自進去，悄悄叫個小廝，一步一步捱到裏頭探聽，直到內房左右看過，並無一個人走動蹤影。只見幾間空房，連傢伙甚物一件也不見了，出來回覆了宣教。宣教忖道：「他原說今日要到外頭去，恐怕出去了，我又來走動，所以連家眷帶去了。只是如何搬得這等罄淨？難道再不回來住了？其間必有緣故。」試問問左右鄰人，纔曉得這趙家也是那裏搬來的，住得不十分長久。這房子也只是賃下的，原非己宅，是用著美人之局，紮了火囤去了。宣教渾如做了一個大夢一般，悶悶不樂，且到丁惜惜家裏消遣。

惜惜接著宣教，笑容可掬道：「甚好風吹得貴人到此？」連忙置酒相待，飲酒中間，宣教頻頻的嘆氣。惜惜道：「你向來有了心上人，把我冷落了多時。今日既承不棄到此，如何只是嗟嘆？像有甚不樂之處。」宣教正是事在心頭，巴不得對人告訴，只得把如何對門作寓，如何與趙縣君往來，如何約去私期，卻被丈夫歸來拿住，將錢買得脫身，備細說了一遍。惜惜大笑道：「你枉用癡心，落了人的圈套了。你前日早對我說，我敢也先點破你，不著他道兒也不見得。我那年有一夥光棍將我包到揚州去，也假了商人的美妾，紮了一個少年子弟千金。這把戲我也曾弄過的，如今你心愛的縣君，又不知是那一家歪刺貨㊵也？你前日瞞得我好，撇得我好，也教你受些孽報。」宣教滿臉羞慚，懊恨無已。丁惜惜又只顧把說話盤問，見說道，身畔所有，剩得不少，衒衒家本色，就不十分親熱得緊了。宣教也覺怏怏，住了一兩晚，走了出來。滿城中打聽，再無一些消息，看看盤費不勾用了，等不得吏部改秩㊶，急急走回故鄉。親眷朋友曉得這事的，把來做了笑柄。

㊵ 歪刺貨：一作「歪刺骨」，又作「歪刺姑」或作「瓦刺姑」，北方罵「卑賤下劣婦女」之詞。

㊶ 改秩：「秩」，官職的品級。「改秩」即「調官」。

宣教常時忽忽，如有所失，感了一場纏綿之疾，竟不及調官而終。可憐吳宣教一個好前程的，著了這一些魔頭，不自尊重，被人弄得不尷尬，沒個收場。如今奉勸人家子弟，血氣未定，貪淫好色，不守本分，不知利害的，宜以此為鑒！詩云：

一臠肉味不曾嘗，已盡纏頭罄橐裝。
盡道陷人無底洞，誰知洞口賺劉郎。

卷十五　韓侍郎婢作夫人　顧提控掾居郎署

詩云：

曾聞陰德可回天，古往今來效灼然。
奉勸世人行好事，到頭原是自周全。

話說湖州府安吉州❶地浦灘有一居民，家道貧窘，因欠官糧銀二兩，監禁在獄。家中只有一妻，抱著個一周未滿的小兒子度日，別無門路可救。欄中畜養一豬，算計賣與客人，得價還官。因性急銀子要緊，等不得好價，見有人來買，即便成交。婦人家不認得銀子好歹，是個白晃晃的，說是還得官了。客人既去，拿出來與銀匠鎔著銀子。銀匠說：「這是些假銀，要他怎麼？」婦人慌問：「有多少成色❷在裏頭。」銀匠道：「那裏有半毫銀氣，多是鉛銅錫鑞裝成，見火不得的❸。」婦人著了忙，拿在手中，走回家來，尋思一回道：「家中並無所出，止有此豬，指望賣來救夫，今已被人騙去，眼見得丈夫出來不成。這是我不仔細上害了他，心下怎麼過得去，我也不要這性命了。」待尋個自盡，看看小兒子，又

❶ 安吉州：今浙江省安吉縣，在湖州西南。
❷ 成色：指銀子中所含純銀的成分。
❸ 見火不得的：鎔銀必須用火，可是鉛、銅、錫、鑞，都是見火即化的東西，所以此處說「見火不得的」。

不捨得。發個狠道：「罷！罷！索性抱了小寃家，同赴水而死，也免得牽掛。」急急奔到河邊來，正待擸❹下去，恰好一個徽州商人，立在那裏。見他忙忙投水，一把扯住，問道：「清白後生，為何做此短見勾當？」婦人拭淚答道：「事急無奈，只圖一死。」因將救夫賣豬，誤收假銀之說，一一告訴。徽商道：「既然如此，與小兒子何干？」婦人道：「沒爺沒娘，少不得一死，不如同死了乾淨。」徽商惻然道：「所欠官銀幾何？」婦人道：「二兩。」徽商道：「能得多少？壞此三條性命！我下處❺不遠，快隨我來，我捨銀二兩，與你還官罷。」婦人轉悲作喜，抱了兒子，隨著徽商行去，不上半里，已到下處。徽商走入房，秤銀二兩出來，遞與婦人道：「銀是足紋❻，正好還官，不要又被別人騙了。」婦人千恩萬謝轉去❼，央個鄰舍同到縣裏，納了官銀，其夫始得放出監來。到了家裏問起道：「那得這銀子還官救我？」婦人將前情述了一遍，說道：「若非遇此恩人，不要說你不得出來，我母子兩人已作黃泉之鬼了。」其夫半喜半疑；喜的是得銀解救，全了三命；疑的是婦人家沒志行❽，敢怕❾獨自個一時喉極了，做下了些不伶俐的勾當❿，方得這項銀子也不可知。不然怎生有此等好人？直如此湊巧！口中不說破他，

---

❹ 擸：吳語，作「跳」字解。
❺ 下處：吳俗稱旅客借寓的地方。
❻ 足紋：即足色紋銀，指此種銀子的成色達到最高標準的。
❼ 轉去：見本書卷八⑳。下不再註。
❽ 沒志行：作「沒有志向品行」解。
❾ 敢怕：「敢」字在小說中，常用作「大約」的意思。它與「怕」字連用，作「恐怕」解。
❿ 不伶俐的勾當：「伶俐」就今北方語曰「乾脆」，「不伶俐」轉用為「不正當」，「不伶俐的勾當」，即「不名譽

心生一計道：「要見明白，須得如此如此。」問婦人道：「你可認得那恩人的住處麼？」婦人道：「隨他去秤銀的，怎不認得？」其夫道：「既如此，我與你不可不去謝他一謝。」婦人道：「正該如此，今日安息了，明日同去。」其夫道：「等不得明日，今夜就去。」婦人道：「為何不要白日裏去？到要夜間。」其夫道：「我自有主意，你不要管我！」婦人不好拗得，只得點著燈，同其夫走到徽商下處門首，此時已是黃昏時候，人多歇息寂靜了。其夫叫婦人扣門，婦人道：「我是女人，如何叫我黑夜敲人門戶？」其夫道：「我正要黑夜試他的心事。」婦人心下曉得丈夫有疑了，想到一個有恩義的人，到如此猜他，也不當人子⓫！卻是恐怕丈夫生疑，只得出聲高叫。徽商在睡夢間，聽得是婦人聲音。問道：「你是何人？卻來叫我。」婦人道：「我是前日投水的婦人，因蒙恩人大德，救了吾夫出獄，故此特來踵門叩謝。」看官你道徽商此時若是個不老成的，聽見一個婦女黑夜尋他，又是施恩過來的，一時動了不良之心，未免說句把⓬綽俏綽趣的話⓭開出門來撞見其夫，可不是老大一場沒趣？把起初做好事的念頭，多弄髒了。不想這個朝奉⓮煞是⓯有正經，聽得婦人說話，便厲聲道：「此我獨臥之所，豈汝婦女家所當來！況昏

的行為」之意。

⓫ 不當人子：即「不成人」，引申作「不該」解。

⓬ 句把：「把」字，見本書卷二⓴，此處作「一句兩句」解。

⓭ 綽俏綽趣的話：吳語，作「俏皮話」，「帶勾引婦女的雋語」解。

⓮ 朝奉：翟灝通俗編卷十八引呂種玉言鯖：「徽俗稱富翁為朝奉。」翟氏按語中云：「……今徽賈假此稱謂……徽嚴之間皆為是此稱久矣。」此處是對徽商的尊稱。

⓯ 煞是：「極是」之意。

夜也不是謝人的時節，但請回步，不必謝了。」其夫聽罷，纔把一天疑心，盡多消散。婦人乃答道：「吾夫同在此相謝。」徽商聽見其夫同來，只得披衣下床，要來開門，走得幾步，只聽得天崩地塌之聲，連門外多震得動。徽商慌了，自不必說。夫婦兩人，多喫了一驚。徽商忙叫小二掌火來看，只見一張臥床壓得四腳多折，滿床盡是磚頭泥土，原來那一垛墻走了⑯。一向床遮著不覺得，此時偶然坍將下來，若有人在床時，便是銅筋鐵骨也壓死了。徽商看了，伸了舌頭出來，一時縮不進去。就叫小二開門，見了夫婦二人，反謝道：「若非賢夫婦相叫起身，幾乎一命難存。」夫婦兩人看見墻坍床倒，也自大加驚異，道：「此乃恩人洪福齊天，大難得免，莫非恩人陰德之報。」兩相稱謝，徽商留夫婦茶話少時，珍重而別。只此一件，可見商人二兩銀子，救了母子兩命，到底因他來謝，脫了墻壓之厄，仍舊是自家救了自家性命一般，此乃上天巧於報德處。所以古人說：「與人方便，自己方便。」小子起初說：「到頭原是自周全。」並非誑語。看官每不信，小子而今單表一個周全他人，仍舊周全了自己一段長話，作個正文。

有詩為證：

有女顏如玉，　酬德詎能足。
遇彼素心人，　清操同秉燭。
蘭蕙保幽芳，　移來貯金屋。
容臺⑰粉署⑱郎，　一朝畀掾屬。

---

⑯ 走了：吳語作「走了原樣」解，即「傾斜」的意思。

⑰ 容臺：禮部稱「容臺」。事文類聚云：「禮部稱『南省』，又曰『禮闈』，又曰『容臺』，又曰『春臺』。」

聖明重義人，　　報施同轉轂。

這段話文，出在弘治年間，直隸太倉州地方。州中有一個吏典，姓顧名芳，平日迎送官府出城，專在城外一個賣餅的江家做下處歇腳。那江老兒名溶，是個老實忠厚的人，生意儘好，家道將就過得。看見顧吏典舉動端方，容儀俊偉，不像個衙門中以下人，私心敬愛他，每遇他到家，便以「提控」呼之，待如上賓。江家有個嬤嬤，生得個女兒，名喚愛娘，年方十七歲，容貌非凡。顧吏典家裏，也自有妻子，便與江家內裏通往來，竟成了一家骨肉一般。常言道：「一家飽暖千家怨。」江老雖不怎的富，別人看見他生意從容，衣食不缺，便傳說了千金，幾百金家事。有那等眼光淺、心不足的，目中就著不得，不由得不妬忌起來。忽一日，江老正在家裏做活，只見如狼似虎一起捕人，打將進來，喝道：「拿海賊⑲。」把店中家火，打得粉碎。江老出來分辨，眾捕一齊動手，一索子綑倒。江嬤嬤與女兒，顧不得羞耻，大家啼啼哭哭，嚷將出來。問道：「是何事端？說個明白。」捕人道：「崇明解到海賊一起，有江溶名字，是個窩家，還問甚麼事端？」江老夫妻與女兒叫起撞天屈來，說道：「自來不曾出外，那裏認得甚麼海賊？卻不屈殺了平人！」捕人道：「不管屈不屈，到州裏分辨去，與我們無干。快些打發我們見官去。」江老是個鄉子裏人，也不曉得盜情利害，也不曉得該怎的打發公差，合家只是一味哭。捕人每不見動靜，便發起狠來道：「老兒奸詐，家裏必有贓物，我們且搜一搜。」眾人不管好歹，打進內裏一齊動手，險些把地皮多翻了轉來，見了細軟⑳，便藏匿了。江老夫妻女兒三口，殺豬也似的叫喊，擂天倒地價哭，

⑱ 粉署：京中各部，都胡粉塗壁，古稱「粉署」，此處指禮部。

⑲ 海賊：明初江浙沿海地方，常為倭寇所侵擾，與之勾通者，即為海賊。

捕人每揎拳裸手，耀武揚威，正在沒擺布處。只見一個人踱將進來，喝道：「有我在此，不得無理！」眾人定睛看時，不是別人，卻是州裏顧提控。大家住手道：「提控來得正好，我們不要粗魯，但憑提控便是。」江老一把扯住提控道：「提控，救我一救。」顧提控問道：「怎的起？」捕人拿牌票出來看，卻是海賊指扳窩家，巡捕衙裏來拿的。提控道：「賊指的事多出仇口，此家良善，明是冤屈。你們為我面上，須要周全一分。」捕人道：「提控在此，誰敢多話！只要分付我們，一面打點見官便是。」提控即便主張江老支持酒飯魚肉之類，擺了滿桌，任他每狼餐虎嚥喫個盡情。又摸出幾兩銀子做差使錢，眾捕人道：「提控分付，我每也不好推辭，也不好較量，權且收著。凡百看提控面上，不難為他便了。」提控道：「列位別無幫襯處，只求遲帶到一日，等我先見官人替他分訴一番，做個道理。然後投牌，便是列位盛情。」捕人道：「這個當得奉承。」當下江老隨捕人去了，提控轉身安慰他母子道：「此事只要破費，須有分辨處，不妨大事。」母子啼哭道：「全仗提控搭救則箇。」提控道：「且關好店門，安心坐著，我自做道理去。」出了店門，進城來，一徑到州前來見捕盜廳官人道：「顧某有個下處主人江溶，是個良善人戶，今被海賊所扳，想必是仇家陷害，望乞爺臺為顧某薄面周全則箇。」捕官道：「此乃堂上公事，我也不好自專。」提控道：「堂上老爺，顧某自當稟明，只望爺臺這裏帶到時，寬他這一番拷究。」捕官道：「這個當得奉命。」須臾，知州升堂，顧提控覷個堂事㉑空便，跪下稟道：「吏典平日伏侍老爺，並不敢有私情冒稟，今日有個下處主人江溶，被海賊誣扳，吏典熟知他是良善人戶，必

---

⑳ 細軟：見本書卷六⑩。下不再註。

㉑ 堂事：長官在堂上判事。

是仇家所陷，故此斗膽稟明，望老爺天鑒之下，超豁無辜。若是吏典虛言妄稟，罪該萬死。」知州道：「盜賊之事，非同小可。你敢是私下受人買囑，替人講解麼？」提控叩頭道：「吏典若有此等情弊，老爺日後必然知道，吏典情願受罪。」知州道：「待我細審，也聽不得你一面之詞。」提控道：「老爺『細審』二字便是無辜超生之路了。」復叩一頭，走了下來。想道：「官人方纔說『聽不得一面之詞』，我想人眾則公，明日約同衙門幾位朋友大家稟一聲，必然聽信。」是日拉請一般的十數個提控到酒館中坐一坐，把前事說了，求眾人明日幫他一說。眾人平日與顧提控多有往來，無有不依的。

次日捕人已將江溶解到捕廳，捕廳因顧提控面上，不動刑法，竟送到堂上來。正值知州投文換牌，唱名點到江溶名字，顧提控站在旁邊，又跪下來稟道：「這江溶即是小吏典昨日所稟過的，果是良善人戶，中間必有冤情，望老爺詳察。」知州作色道：「你兩次三番替人辨白，莫非受了賄賂，故敢大膽……」提控叩頭道：「老爺當堂明查，若是小吏典下處主人及有賄賂情弊，打死無怨。」只見眾吏典多跪下來，稟道：「委是顧某主人，別無情弊，眾吏典敢百口代保。」知州平日也曉得顧芳行徑，是個忠直小心的人，心下有幾分信他的。說道：「我審時自有道理。」便問江溶：「這夥賊人扳你，你平日曾認得一兩個否？」江老兒叩頭道：「爺爺，小的若認得一人，死也甘心。」知州道：「他們有人認得你否？」江老兒道：「這個小的雖不知，想來也未必認得小的。」知州道：「這個不難。」喚一個皁隸過來，教他脫下衣服與江溶穿了，扮做了皁隸，卻叫皁隸穿了江溶衣服，扮做了江溶。分付道：「等強盜執著江溶時，你可替他折證，看他認得認不得？」皁隸依言與江溶更換停當，然後帶出監犯來。知州問賊首道：「江溶是你窩家麼？」賊首道：「爺爺，正是。」知州敲著氣拍，故意問道：「江溶，怎麼說？」這個皁隸扮的江溶，假著口氣道：「爺爺，並不干小人之事。」賊首看著假江溶，那裏曉得不是，一口指著道：「他住在城外，倚著賣餅為名，專一窩著我每贓物，怎生賴得？」皁隸道：「爺爺，寃枉，小的不曾認得他的。」賊首道：「怎生不認得？我們長在你家喫餅，某處贓若干，某處贓若干，多在你家，難道忘了？」知州明知不是，假意說道：「江溶是窩家，不必說了。卻是天下有名姓相同。」一手指著真江溶扮皁隸的道：「我這個皁隸，也叫得江溶，敢怕是他麼？」賊首把皁隸一看，那裏認得！連喊道：「爺爺，是賣餅的江溶，不是皁隸的江溶。」知州又手指假江溶道：「這個賣餅的江溶，可是了麼？」賊首道：「正是。」這個知州冷笑了一聲，連敲氣拍兩三下，指著賊首道：「你這殺剮不盡的奴才，自做了歹事，又受了買囑，扳陷良善。」賊首連喊道：「這江溶果是窩家，一些不差，爺爺。」知州喝叫掌嘴，打了十來下。知州道：「還要嘴強，早是我先換過了，試驗虛實，險些兒屈陷平民。這個是我皁隸周才，你卻認做了江溶，就信口扳殺他。這個扮皁隸的，正是賣餅江溶，你卻又不認得，就說道：『無干。』可知道你受人買囑來害江溶，原不曾認得江溶的麼？」賊首低頭無語，只叫：「小的該死。」知州叫江溶與皁隸仍舊換過了衣服，取夾棍來，把賊首夾起，要招出買他指扳的人來。賊首是頑皮賴肉，那裏放在心上，任你夾打，只供稱：「是因見江溶殷實，指望扳賠贓物是實，別無指使。」知州道：「眼見得是江溶仇家所使，無得可疑，今這奴才，死不肯招，若必求其人，他又要信口誣害，反生株連，我只釋放了江溶，不根究也罷。」江溶叩頭道：「小的也不願曉得害小的的仇人，省得中心不忘，寃寃相結。」知州道：「果然是個忠厚人。」提起筆來，把名字註銷，喝道：「江溶無干，直趕出去！」當下江溶叩頭不止，皁隸連喝：「快走！」江溶如籠中放出飛鳥，歡天喜地出了衙門，衙門裏許多人撮空叫喜，擁住了不放。又虧得顧提控走出來，把幾句話解散開了眾人，一同江溶走回家來。江老兒一進門，便喚過妻女來道：「快來拜謝恩人！這番若非提控搭救，險些兒相見不成了。」三個人拜做一堆，提控道：「自家家裏，應得出力，況且是知州老爺神明做主，與我無干，快不要如此！」江嬤嬤便問老兒道：「怎生回來得這樣撇脫㉒，不曾喫虧麼？」江老兒道：「兩處俱仗提控先說過了，並不動一些刑法，天字號一場官司，今沒一些干涉，竟自平淨了。」江嬤嬤千恩萬謝，提控立起身來道：「你們且慢慢細講，我還要到衙門去，謝謝官府去。」當下提控作別自去了。

江老送了出門回來，對嬤嬤說：「正是閉門家裏坐，禍從天上來。誰想遭此一場飛來橫禍，若非提控出力，性命難保。今雖然破費了些東西，幸得太平無事，我每不可忘了恩德，怎生酬報得他便好！」嬤嬤道：「我家家事向來不見怎的，只好度日，不知那裏動了人眼，被天殺的暗算，招此非災。前日眾捕人一番擄掠，狠如打劫一般，細軟東西盡被抄扎過了，今日有何重物謝得提控大恩？」江老道：「便是沒東西難處，就湊得些少也當不得數。他也未必肯受，怎麼好？」嬤嬤道：「我到有句話商量，女兒年一十七歲，未曾許人。我們這樣人家，就許了人，不過是村莊人口，不若送與他做了妾，扳他做個女壻，支持門戶，也免得外人欺侮，可不好？」江老道：「此事倒也好，只不知女兒肯不肯？」嬤嬤道：「提控又青年，他家大娘子又賢惠，平日極是與我女兒說得來的，敢怕也情願？」遂喚女兒來，把此意說了。女兒道：「此乃爹娘要報恩德，女兒何惜此身！」江老道：「雖然如此，提控是個近道理的人，若與他明說，必是不從。不若你我三人，只作登門拜謝，以後就留下女兒在彼，他便不好推辭得。」嬤

㉒撇脫：見本書卷九㉘。下不再註。

嬤道：「言之有理。」當下三人計議已定，拿來曆日來看，來日上吉。次日起早，把女兒裝扮了，江老夫妻，兩個步行，女兒乘著小轎，擡進城中，竟到顧家來。提控夫妻，接了進去，問道：「何事光降？」江老道：「老漢承提控活命之恩，今日同妻女三口登門拜謝。」提控夫妻道：「有何大事？直得如此！且勞煩小娘子過來，一發不當。」江老道：「老漢有一句不知進退的話奉告，老漢前日若是受了非刑，死於獄底，留下妻女，不知流落到甚處。今幸得提控救命重生，無恩可報。止有小女愛娘，今正十七歲，與老妻商議，送來與提控娘子鋪床疊被，做個箕箒之妾。提控若不棄嫌齷醜，就此俯留，老漢夫妻終身有托。今日是個吉日，一來到此拜謝，二來特送小女上門。」提控聽罷，正色道：「老丈說那裏話！顧某若做此事，天地不容。」提控娘子道：「難得老伯伯、乾娘、妹妹，一同到此，且請過小飯，有話再說。」提控一面分付廚下擺飯相待，飲酒中間，江老又把前話提起，出位拜提控一拜道：「提控若不受老漢之托，老漢死不瞑目。」提控情知江老心切，暗自想道：「若不權且應承，此老心不肯住，又去別尋事端謝我，反多事了。且依著他言語，我日後自有處置。」飯罷，江老夫妻起身作別，分付女兒留住，道：「你在此伏侍大娘。」愛娘含羞忍淚，應了一聲。提控道：「休要如此說！荊妻且權留小娘子盤桓幾日，自當送還。」江老夫妻也道是他一時門面說話，兩下心照罷了。兩口兒去得，提控娘子便請愛娘到裏面自己房裏坐了，又擺出細菓茶品請他，分付走使丫鬟鋪設好了一間小房，一床被臥。連提控娘子心裏，也只道提控有意留住的，今夜必然趁好日同宿。他本是個大賢惠不撚酸的人，又平日喜歡著愛娘，故此是件周全停當，只等提控到晚受用。正是：

一朵鮮花好護持，　　芳菲只待賞花時。

等閒未動東君意，　　惜處重將帷幙施。

誰想提控是夜竟到自家娘子房裏來睡了，不到愛娘處去。提控娘子問道：「你為何不到江小娘那裏去宿，莫要忌我。」提控道：「他家不幸遭難，我為平日往來，出力救他，今他把女兒謝我，我若貪了女色，是乘人危處，遂我欲心，與那海賊指扳，應捕搶擄，肚腸有何兩樣？顧某雖是小小前程，若壞了行止，永遠不吉。」提控娘子見他說出咒來，知是真心。便道：「果然如此，也是你的好處。只是日間何不力辭脫了，反又留在家中做甚？」提控道：「江老兒是老實人，若我不允女兒之事，他又剜肉補瘡，別尋道路謝我，反為不美。他女兒平日與你相愛，通家姐妹留下你處住幾日，這卻無妨。我意欲就此看個中意的人家子弟，替他尋下一頭親事，成就他終身結果，也是好事。所以一時不辭他去，原非我自家有意也。」提控娘子道：「如此卻好。」當夜無詞。自此江愛娘只在顧家住，提控娘子與他如同親姐妹一般，甚是看待得好。他心中也時常打點提控到他房裏的，怎知道：

落花有意隨流水，　　流水無情戀落花。

直待他年榮貴後，　　方知今日不為差。

提控只如常相處，並不曾起一毫邪念，說一句戲語，連愛娘房裏，腳也不躧進去一步。愛娘初時疑惑，後來也不以為怪了。提控衙門事多，時常不在家裏。匆匆過了一月有餘，忽一日得閒在家中，對娘子道：「江小娘在家，初意要替他尋個人家，急切裏湊不著巧。而今一月多了，久留在此，也覺不便。不如備下些禮物，送還他家。他家父母必然問起女兒相處情形，他曉得我心事如此，自然不來強我了。」提控娘子道：「說得有理。」當下把此意與江愛娘說明了，就備了六個盒盤，又將出珠花四朵、金耳環一雙，送與江愛娘插戴好，一乘轎著個從人徑送到江老家裏來。江老夫妻接著轎子，曉得是顧家送女兒回家。心裏疑道：「為何叫他獨自個歸來？」問道：「提控在家麼？」從人道：「提控不得工夫來，多多拜上阿爹，這幾時有慢了小娘子，今特送還府上。」江老見說話蹺蹊，反懷著一肚子鬼胎道：「敢怕有甚不恰當處。」忙忙領女兒到裏邊坐了，同嬤嬤細問他這一月的光景。愛娘把顧娘子相待甚厚，並提控不進房，不近身的事，說了一遍。江老呆了一晌道：「長要來㉓問個信，自從為事之後，生意淡薄，窮忙沒有工夫，又是素手，不好上門。欲待央個人來，急切裏沒便處，只道你一家和睦，無些別話，誰想卻如此行徑？這怎麼說！」嬤嬤道：「敢是日子不好？與女兒無緣法，得個人解禳解禳便好。」江老道：「且等另揀個日子，再送去又做處。」愛娘道：「據女兒看起來，這顧提控不是貪財好色之人，乃是正人君子。我家強要謝他，他不好推辭得，故此權留這幾時，誓不玷污我身。今既送了歸家，自不必再送去。」江老道：「雖然如此，他的恩德，畢竟不曾報得，反住在他家打攪多時，又加添禮物送來，難道便是這樣罷了？還是改日再送去的是。」愛娘也不好阻當，只得憑著父母說罷了。過了兩日，江老夫妻做了些餅食，買了幾件新鮮物事，辦著十來個盒盤，一罈泉酒，僱個擔夫，挑了，又是一乘轎，擡了女兒，留下嬤嬤看家，江老自家伴送過顧家來。提控迎著江老，江老道其來意，提控作色道：「老丈！難道不曾問及令愛來？顧某心事，唯天可表！老丈何不見諒如此！此番決不敢相留，盛惠謹領。令愛不及款接，原轎請回，改日登門拜謝。」江老見提控詞色嚴正，方知女兒不是誑語，連忙出門止住來轎，叫他仍舊擡回家去。提控留江老轉去茶飯，江老也再三辭謝，不敢叨領，當時別去。提控轉來，受了禮

㉓ 長要來：吳語，即「好久要來……」之意。

物，出了盒盤，打發了腳擔錢，分付多謝去了。進房對娘子說江老今日復來之意。娘子道：「這個便老沒正經，難道前番不諧，今番有再諧之理？只是難為了愛娘，又來一番，不曾會得一會去。」提控道：「若等他下了轎，接了進來，又多一番事了。不如決絕回頭了的是。這老兒真誠，卻不見機，既如此把女兒相纏，此後往來到也要稀疏了些，外人不知就裏，惹得造下議論來，反害了女兒終身，是要好成歉了。」娘子道：「說得極是。」自此提控家不似前日十分與江家往來得密了。

　　那江家原無甚麼大根基，不過生意濟楚，自經此一番橫事剝削之後，家計蕭條下來。自古道：「人家天做。」運來時，撞著就是趁錢的，火燄也似長起來；運退時，撞著就是折本的，潮水也似退下去。江家悔氣頭裏，連五熱行裏生意，多不濟了。做下餅食，常管五七日不發市，就是餿蒸氣了，餵豬狗也不中。你道為何如此？先前為事時，不多幾日，只因驚怕了。自女兒到顧家去後，關了一個月多店門不開，主顧家多生疎，改向別家去，就便拗不轉來。況且窩盜為事，聲名揚開去不好聽，別人不管好歹，信以為實，就怕來纏帳。以此生意冷落，日喫月空，漸漸支持不來。要把女兒嫁個人家，思量靠他過下半世，又高不湊，低不就，光陰眨眼，一錯就是論年。女兒也大得過期了。忽一日一個徽州商人經過，偶而回瞥，見愛娘顏色，訪問鄰人，曉得是賣餅江家，因問：「可肯與人家為妾否？」鄰人道：「往年為官事時，曾送與人做妾，那家行善事，不肯受，還了的。做妾的事，只怕他肯。」徽商聽得此話，去央個熟事的媒婆到江家來說此親事，只要事成，不惜重價。媒婆得了口氣，走到江家便說出徽商許多富厚處，情願出重禮！聘小娘子為偏房。江老夫妻正在喉急頭上，見說得動火，便問道：「討在何處去的？」媒婆道：「這個朝奉，只在揚州開當中，大孺人自在徽州家裏，今討去做二孺人，住在揚州當中，是兩頭大㉔的，好不受用！亦且路不多遠。」江老夫妻道：「肯出多少禮？」媒婆道：「說過只要事成，不惜重價。你每能要得多少，那富家心性，料必勾你每心下的，憑你每討禮罷了。」江老夫妻商量道：「你我心下不割捨得女兒，欲待留下他，遇不著這樣好主。有心得把與別處人去，多討得些禮錢，也勾下半世做生意度日方可。是必要他三百兩，不可少了。」商量已定，對媒婆說過。媒婆道：「三百兩，忒重些。」江嬤嬤道：「少一釐，我也不肯。」媒婆道：「且替你們說說看，只要事成後，謝我多些兒。」三個人盡說三百兩是一大主財物，極頂價錢了，不想商人慕色心重，二三百金之物，那裏在他心上？一說就允，如數下了財禮，揀個日子娶了過去，開船往揚州。江愛娘哭哭啼啼，自道終身不得見父母了。江老雖是賣去了女兒，心中凄楚，卻幸得了一主大財，在家別做生理不題。

卻說顧提控在州六年，兩考役滿，例當赴京聽考。吏部點卯㉕過，撥出在韓侍郎門下辦事效勞。那韓侍郎是個正直忠厚的大臣，見提控謹厚小心，儀表可觀，也自另眼看他，時留在衙前聽候差役。一日侍郎出去拜客，提控不敢擅離衙門左右，只在前堂伺候歸來。等了許久，侍郎又往遠處赴席，一時未還。提控等得不耐煩，困倦起來，坐在檻上打盹，朦朧睡去，見空中雲端裏黃龍現身，彩霞一片，映在自己身上。正在驚看之際，忽有人蹴他起來，颯然驚覺。乃是後堂傳呼，高聲喝：「夫人出來。」提控倉皇失措，連忙趨避不及。夫人步至前堂，親看見提控慌遽走出之狀，著人喚他轉來。提控自道失了禮度，

㉔ 兩頭大：吳俗稱「不與大婦同居的妾」，「大」即「大老婆」的略稱，其意就是說，大小另居，在丈夫眼中，兩邊都作大老婆看待也。究其實際，仍舊是偏房。

㉕ 點卯：舊時官員點驗書役日「點卯」，名冊日「卯冊」。

必遭罪責，趨至庭中，跪倒俯伏地下，不敢仰視。夫人道：「擡起頭來我看。」提控不敢放肆，略把頸子一伸，夫人看見道：「快站起來，你莫不是太倉顧提控麼？為何在此？」提控道：「不敢，小吏顧芳，實是太倉人，考滿赴京，在此辦事。」夫人道：「你認得我否？」提控不知甚麼緣故，撞個頭路不著，不敢答應一聲。夫人答道：「妾身非別人，即是賣餅江家女兒也。昔年徽州商人娶去，以親女相待，後來嫁於韓相公為次房。正夫人亡逝，相公立為繼室，今已受過封誥。想來此等榮華，皆君所致也。若是當年非君厚德義還，妾身今日安能到此地位，妾身時刻在心，正恨無由補報，今天幸相逢於此，當與相公說知就裏，少圖報效。」提控聽罷，恍如夢中一般，偷眼覷著堂上夫人，正是江家愛娘。心下道：「誰想他卻有這個地位？」又尋思道：「他分明賣與徽州商人做妾了，如何卻嫁得與韓相公？方纔聽見說徽商以親女相待，這又不知怎麼解說？」當下退出外來，私下偷問韓府老都管，方知事體備細。

當日徽商娶去時節，徽人風俗，專要鬧房炒新郎，凡親戚朋友相識的，在住處所在，聞知娶親，就攜了酒榼前來稱慶。說話之間，名為祝頌，實半帶笑耍，把新郎灌得爛醉方以為樂。是夜徽商醉極，講不得甚麼雲雨勾當，在新人枕畔一覺睡倒，直至天明。朦朧中見一個金甲神人，將瓜鎚撲他腦蓋一下，蹴他起來道：「此乃二品夫人，非凡人之配，不可造次胡行！若違我言，必有大咎。」徽商驚醒，覺得頭疼異常，只得扒了起來。自想此夢稀奇，心下疑惑，平日最信的是關聖靈籤。梳洗畢，開個隨身小匣。取出十個錢來，對空虔誠禱告，看與此女緣分何如？卜得個乙戌，乃是第十五籤。籤曰：

兩家門戶各相當，　不是姻緣莫較量。
直待春風好消息，　卻調琴瑟向蘭房。

詳了籤意，疑道「既明說：『不是姻緣』了，又道：『直待春風』、『卻調琴瑟』，難道放著見貨，等待時來不成？」心下一發糊塗，再繳一籤，卜得個辛丙，乃是第七十三籤。籤曰：

憶昔蘭房分半釵，而今忽報信音乖。
癡心指望成連理，到底誰知事不諧。

得了這籤，想道此籤說話明白，分明不是我的姻緣，不能到底的了。夢中說有二品夫人之分，若把來另嫁與人，看是如何？禱告過，再卜一籤，得了個丙辰，乃是第二十七籤。籤曰：

世間萬物各有主，一粒一毫君莫取。
英雄豪傑本天生，也須步步循規矩。

徽商看罷道：「籤句明白如此，必是另該有個主，吾意決矣。」雖是這等說，日間見他美色，未免動心，然但是有些邪念，便覺頭疼。到晚來走近床邊，愈加心神恍惚，頭疼難支。徽商想道：「如此蹺蹊，要見夢言可據。籤語分明，萬一破他女身，必為神明所惡，不如放下念頭，認他做個乾女兒，尋個人嫁了他，後來果得富貴，也不可知。」遂把此意對江愛娘說道：「在下年四十餘歲，與小娘子年紀不等。況且家中原有大孺人，今揚州典當內，又有二孺人。前日只因看見小娘子生得貌美，故此一時聘娶了來，昨晚夢見神明說：『小娘子是個貴人，與在下非是配偶。』今不敢胡亂，辱莫了小娘子，在下癡長一半年紀，不若認為義父女，等待尋個好姻緣配著，圖個往來，小娘子意下如何？」江愛娘聽見說，不做妾，做女，有甚麼不肯處？答應道：「但憑尊意，只恐不中擡舉。」當下起身插燭也似，拜了徽商四拜，以後只稱徽商做「爹爹」，徽商稱愛娘做「大姐」，各床而睡，同行至揚州當裏，只說是路上結拜的朋友女兒，托他尋人家的。也就分付媒婆替他四下裏尋親事，正是春初時節，恰好湊巧韓侍郎帶領家眷上任，舟過揚州，夫人有病，要娶個偏房，就便伏侍夫人。停舟在關下，此話一聞，那些做媒的如蠅聚羶，來的何止三四十起，各處尋將出來，多看得不中意。落末有個人說：「徽州當裏，有個乾女兒，說是太倉州來的，模樣絕美，也是肯與人為妾的，問問也好。」其間就有媒婆叨攬去當裏來說，原來徽州人有個僻性，是「烏紗帽」、「紅綉鞋」㉖，一生只這兩件，不爭銀子，其餘諸事慳吝了。聽見說個韓侍郎娶妾，先自軟攤了半邊。自誇夢兆有准，巴不得就成了。韓府也叫人看過，看得十分中意。徽商認做自己女兒，不爭財物，反賠嫁裝，只貪個紗帽往來，便自心滿意足。韓府仕宦人家，做事不小，又見徽商行徑冠冕，不說身價，反輕易不得了，連釵環首飾、緞疋、銀兩也下了三四百金禮物。徽商受了，增添嫁事，自己穿了大服，大吹大擂，將愛娘送下官船上來。侍郎與夫人看見人物標致，更加禮儀齊備，心下喜歡，另眼看待。到晚雲雨之際，儼然身是處子，一發敬重。一路相處，甚是相得。到了京中，不料夫人病重不起，一應家事盡囑愛娘掌管。愛娘處得井井有條，勝過夫人在日。內外大小，無不喜歡。韓相公得意，揀個吉日，立為繼房。恰遇弘治改元覃恩㉗，竟將江氏入冊報去，請下了夫人封誥，從此內外俱稱夫人了。

㉖ 烏紗帽、紅綉鞋：「烏紗帽」指「官員」；「紅綉鞋」指「婦女」。形容徽商對「官吏」和「女色」方面，並不吝惜銀子。

㉗ 弘治改元覃恩：弘治，明孝宗年號。「覃恩」是指舊日封建朝廷有大慶典時，對臣下普行封贈賞賜或赦免事。此處敘出因改元而封贈。

自從做了夫人，心裏常念先前嫁過兩處，若非多遇著好人，怎生得全得女兒之身，致今日有此享用？那徽商認做乾爺，兀自往來不絕，不必說起。只不知顧提控近日下落，忽在堂前相遇，恰恰正在門下走動。正所謂：

一葉浮萍歸大海，　人生何處不相逢？

夫人見了顧提控，返轉內房等候侍郎歸來，對侍郎說道：「妾身有個恩人，沒路報效，誰知卻在相公衙門中服役。」侍郎問：「是誰人？」夫人道：「即辦事吏顧芳是也。」侍郎道：「他與你有何恩處？」夫人道：「妾身原籍太倉人，他也是太倉州吏，因妾家裏父母被盜扳害，得他救解，幸免大禍。父母將身酬謝，堅辭不受，強留在彼，他與妻子待以賓禮，誓不相犯。獨處室中一月，以禮送歸。後來過繼與徽商為女，得有今日，豈非恩人？」侍郎大驚道：「此柳下惠魯男子㉘之事，我輩所難，不道掾吏之中，卻有此等仁人君子？不可埋沒了他。」竟將其事寫成一本，奏上朝廷，本內大略云：

竊見太倉州吏顧芳暴白冤事，俠骨著於公庭；峻絕謝私，貞心矢乎暗室。品流雖賤，衣冠所難。合行特旌，以彰篤行。

孝宗見奏，大喜道：「世間那有此等人？」即召韓侍郎面對，問其詳細。侍郎一一奏知，孝宗稱歎不置。侍郎道：「此皆陛下中興之化所致，應與表揚。」孝宗道：「何止表揚，其人堪為國家所用！今在何處？」侍郎道：「今在京中考滿，撥臣衙門辦事。」孝宗回顧內侍，命查那部裏缺司官。司禮監秉筆內監奏道：「昨日吏部上本，禮部儀制司㉙欠主事㉚一員。」孝宗道：「好，好。禮部乃風化之原，此人正好。」

㉘ 柳下惠魯男子：俗用來指「不好女色的人」。

即御批「顧芳除補，吏部知道！」韓侍郎當下謝恩而出。侍郎初意不過要將他旌表一番，與他個本等職銜，夢裏也不料聖恩如此嘉獎，驟與殊等美官，真個喜出望外。出了朝中，竟回衙來，說與夫人知道。夫人也自歡喜不勝，謝道：「多感相公為妾報恩，妾身萬幸。」侍郎看見夫人歡喜，心下愈加快活。忙叫親隨報知顧提控，提控聞報，猶如地下陞天，還服著本等衣服，隨著親隨進來，先拜謝相公。侍郎不肯受禮，道：「如今是朝廷命官，自有體制。且換了冠帶，謝恩之後，然後私宅少敘不遲。」須臾便有禮部衙門人來伺候，伏侍去到鴻臚寺㉛報了名，次早，午門外謝了聖恩，到衙門到任。正是：

昔年蕭主吏㉜，今日叔孫通㉝，
兩翅何曾異，只是錦袍紅。

當日顧主事完了衙門裏公事，就穿著公服，竟到韓府私宅中來，拜見侍郎。顧主事道：「多謝恩相提攜，在皇上面前，極力舉薦，故有今日。此恩天高地厚。」韓侍郎道：「此皆足下陰功浩大，以致聖上寵眷非常，得此殊典。老夫何功之有？」拜罷，主事請拜見夫人以謝，推許大恩。侍郎道：「賤室既忝同鄉，今日便同親戚。」傳命請夫人出來相見。夫人見主事，兩相稱謝，各拜了四拜。夫人進去治酒。

㉙ 禮部儀制司：明制禮部中設「儀制」、「祠祭」、「主客」、「精膳」四清吏司，儀制司執掌諸禮文宗封貢舉學校之事。
㉚ 主事：禮部各司，各設主事一人，位在員外郎下，正六品，為部中司官。
㉛ 鴻臚寺：明制，百官使臣復命謝恩，若見若辭，均須鴻臚寺引奏。
㉜ 蕭主吏：指漢蕭何（曾為主吏）。主吏是「功曹」，徵職。
㉝ 叔孫通：漢人，定朝儀。此處用來譬喻顧主事一躍而任禮部儀制司主事。

是日侍郎款待主事，盡歡而散。夫人又傳問顧主事離家在幾時，父母的安否下落。顧主事回答道：「離家一年，江家生意如常，卻幸平安無事。」侍郎與顧主事商議，待主事三月之後，給個假限回籍，就便央他迎取江老夫婦。顧主事領命，果然給假，衣錦回鄉，鄉人無不稱羨。因往江家拜候，就傳女兒消息，江家喜從天降。主事假滿，攜了妻子回京復任，就分付二號船裏著落了江老夫妻。到京相會，一家歡忭無極。自此侍郎與主事通家往來，儼如伯叔子姪一般。顧家大娘子與韓夫人愈加親密，自不必說。後來顧主事三子，皆讀書登第，主事壽登九十五歲，無病而終。此乃上天厚報善人也。所以奉勸世間行善，原是積來自家受用的。有詩為證：

美色當前誰不慕，　況是酬恩去復來。
若使偶然通一笑，　何緣掾吏入容臺？

卷十六　遲取券毛烈賴原錢　失還魂牙僧索剩命

詩云：

一陌❶金錢便返魂，　公私隨處可通門。
鬼神有德開生路，　日月無光照覆盆❷。
貧者何緣蒙佛力，　富家容易受天恩。
早知善惡多無報，　多積黃金遺子孫。

這首詩乃是令狐譔所作。他鄰近有個烏老，家資巨萬，平時好貪不義。死去三日，重復還魂。問他緣故，他說死後虧得家裏廣作佛事，多燒楮錢❸，冥官大喜，所以放還。令狐譔聞得大為不平，道：「我只道只有陽世間貪官污吏受財枉法，賣富差貧❹，豈知陰間也自如此！」所以作這首詩。後來冥司追去，要治他謗訕❺之罪，被令狐譔是長是短❻，辨折一番。冥司道他持論甚正，放教還魂；仍追烏老置之地

❶ 一陌：「陌」，即「佰」，「一陌」即「一佰」。
❷ 覆盆：俗稱「沉冤莫白」做「覆盆之冤」。
❸ 楮錢：祭祀用的紙錢。
❹ 賣富差貧：對於富人，得錢賣放；對於窮人，差派勞役。

獄。蓋是世間沒分剖處的冤枉，盡拼到陰司裏理直。若是陰司也如此糊塗，富貴的人只消作惡造業，到死後分付家人多做些功果，多燒些楮錢，便多退過了，卻不與陽間一樣沒分曉！所以令狐生不伏，有此一詩。其實陰司報應一毫不差的。

宋淳熙年間，明州❼有個夏主簿❽與富民林氏共出本錢買撲官酒坊地店，做那沽泊生理。夏家出得本錢多些，林家出得少些。卻是經紀官運盡是林家家人主當。夏家只管在裏頭照本算帳，分些乾利錢。夏主簿是個忠厚人，不把心機隄防。指望積下幾年，總收利息。雖然零碎支動了些，攏統算著，還該有二千緡錢多在那裏。若把銀算，就是二千兩了。去到林家取討時，林家在店管帳的共有八個，你推我推，只說算帳未清，不肯付還。討得急了，兩番林家就說出沒行止話來，道：「我家累年價辛苦，你家打點得自在錢，正不知錢在那裏哩。」夏主簿見說得蹊蹺，曉得要賴他的，只得到州裏告了一狀。林家得知告了，笑道：「我家將貓兒尾拌貓飯喫❾，拼得將你家利錢折去了一半，官司好歹是我贏的。」遂將二百兩送與州官，連夜叫八個幹僕把簿籍盡情改造，數目字眼多換過了。反說是夏家透支了，也訴下狀來。州官得過了賄賂，那管青紅皂白，竟斷道：「夏家欠林家二千兩。」把夏主簿收監追比。

---

❺ 謗訕：對上攻訐，叫做「謗訕」。

❻ 是長是短：見本書卷十二❻。

❼ 明州：即今浙江省鄞縣。

❽ 主簿：宋以後與丞尉同為縣佐理員。

❾ 貓兒尾拌貓飯喫：吳俗語，與吳另一俗語「蜻蜓喫尾巴」同用來譬喻「自己喫自己」的。就是說，林家豫備把應該給夏家的錢來作打官司費用。

其時郡中有個劉八郎名元，人叫他做劉元八郎，平時最有直氣。見了此事，大為不平。在人前裸臂揎拳的嚷道：「吾鄉有這樣冤枉事！主簿被林家欠了錢，告狀，反致坐監，要那州縣何用？他若要上司去告，指我作證，我必要替他伸冤理枉，等林家這些沒天理的個個喫棒。」到一處，嚷一處。林家這八個人見他如此行徑，恐怕弄到官府知道了，公道上去不得，翻過案來。商量道：「劉元八郎是個窮漢，與他些東西，買他口靜罷。」就中推兩個有口舌的去邀了八郎，到旗亭⑩中坐定。八郎問道：「兩位何故見款？」兩人道：「仰慕八郎義氣，敢此沽一杯奉敬。」酒中說起夏家之事。兩人道：「八郎不要管別人家閒事！且只喫酒。」酒罷，兩人袖中摸出官券二百道⑪來送與八郎，道：「主人林某曉得八郎家貧，特將薄物相助，以後求八郎不要多管。」八郎聽罷，把臉兒漲得通紅，大怒起來道：「你每做這樣沒天理的事，又要把沒天理的東西贓污我。我就餓死了，決不要這樣財物！」嘆一口氣道：「這等看起來，你每財多力大，夏家這件事在陽世間不能勾明白了。陰間也有官府，他少不得有剖雪處。且看，且看。」忿忿地叫酒家過來，問道：「我每三個喫了多少錢鈔？」酒家道：「算該一貫八百文。」八郎道：「三個同喫，我該出六百文。」就解一件衣服，到隔壁櫃上解當了六百文錢，付與酒家。對這兩人拱手道：「多謝攜帶。我是清白漢子，不喫這樣不義無名之酒。」大踏步竟自去了。兩個人反覺沒趣，算結了酒錢自散了。

且說夏主簿遭此無妄之災，沒頭沒腦的被貪贓州官收在監裏。一來是好人家出身，不曾受慣這苦；

---

⑩ 旗亭：即「酒樓」。

⑪ 官券二百道：據本書卷七中所記，官券「一道」為「一千」；「二百道」就是「二百千」。官券即「官錢券」。

二來被別人少了錢，反關在牢中，心中氣蠱，染了牢瘟，病將起來。家屬央人保領，方得放出，已病得八九分了。臨將死時，分付兒子道：「我受了這樣冤恨，今日待死。凡是一向撲官酒坊公店並林家欠錢帳目；與管帳八人名姓，多要放在棺內。吾替他地府申辨去。」纔死得一月，林氏與這八個人陸陸續續盡得暴病而死。眼見得是陰間狀准了。

又過一個多月，劉八郎在家忽覺頭眩眼花，對妻氏道：「眼前境界不好。必是夏主簿要我做對證，勢必要死。奈我平時沒有惡業，對證過了，還要重生。且不可入殮！三日後不還魂，再作道理。」果然死去兩日，活將轉來，拍手笑道：「我而今纔出得這口惡氣！」家人問其緣故。八郎道：「起初見兩個公吏邀我去，走勾百來里路，到了一個官府去處。見一個綠袍官人在廊房中走出來，仔細一看，就是夏主簿。再三謝我道：『煩勞八郎來此。這裏文書都完，只要八郎略一證明，不必憂慮。』我擡眼看見丹墀之下，林家與八個管帳人共頂著一塊長枷，約有一丈五六尺長，九個頭齊齊露出在枷上。我正要消遣他。忽報王升殿了。吏引我去見過。王道：『夏家事已明白，不須說得。旗亭喫酒一節，明白說來。』我供道：『是兩人見招飲酒，與官券二百道，不曾敢接。』王對左右嘆道：『世上卻有如此好人！須商議報答他。可檢他壽算。』吏稟：『他該七十九歲。』王道：『窮人不受錢，更為難得，豈可不賞！添他陽壽一紀。』就著元追公吏送我回家。出門之時，只見那一夥連枷的人趕入地獄裏去了。必然細細要償還他的。料不似人世間葫蘆提⓬。我今日還魂，豈不快活也！」

後來此人整整活到九十一歲，無疾而終。

⓬ 葫蘆提：即「糊塗」。

可見陽世間有冤枉，陰司事再沒有不明白的。只是這一件事陰報雖然明白，陽世間見的錢鈔到底不曾顯還得，未為大暢。而今說一件，陽間賴了，陰間斷了，仍舊陽間還了，比這事說來好聽。

陽世全憑一張紙，是非顛倒多因此；
豈似幽中業鏡臺，半點欺心沒處使。

話說宋紹興年間，廬州合江縣趙氏村有一個富民姓毛名烈。平日貪奸不義，一味欺心，設謀詐害。凡是人家有良田美宅，百計設法，直到得上手纔住。掙得潑天也似人家，心裏不曾有一毫止足。看見人家略有些小釁隙，便在裏頭挑唆，於中取利。沒便宜不做事。其時昌州有一個人，姓陳名祈，也是個狼心不守分之人。與這毛烈十分相好。你道為何？只因陳祈也有好大家事⑬。他一母所生還有三個兄弟，年紀多幼小。只是他一個年紀長成，獨掌家事。時常恐怕兄弟每大來，這家事須四分分開，要趁權在他手之時做個計較，打些偏手⑭，討些便宜。曉得毛烈是個極有算計的人，早晚用得他著，故此與他往來交好。毛烈也曉得陳祈有三個幼弟，卻獨掌著家事，必有欺心毛病，他日可以在裏頭看景生情，得些漁人之利⑮。所以兩下親密，語語投機，勝似同胞一般。

一日，陳祈對毛烈計較道：「吾家小兄弟們漸漸長大，少不得要把家事四股分了。我枉替他們白做這幾時奴才，心不甘伏。怎麼處？」毛烈道：「大頭在你手裏，你把要緊好的藏起了些不得？」陳祈道：

⑬家事：見本書卷七㊳。

⑭打……偏手：作「欺心陰匿」、「藏私」，或「做手腳」解。

⑮漁人之利：譬喻第三者在旁坐享其利，毛烈想在他日陳祈兄弟爭財產的時候，在旁得利。參閱本書卷十❺。

「藏得的藏了，田地是露天盤子⑯須藏不得。」毛烈道：「只要會計較，要藏的田地也藏得。」陳祈道：「如何計較藏地？」毛烈道：「你如今只推有甚麼公用，將好的田地賣了去，收銀子來藏了，不就是藏田地一般？」陳祈道：「祖上的好田好地，又不捨得賣掉了。」毛烈道：「這更容易。你只揀那好田地，少些價錢，權典⑰在我這裏。目下拿些銀子去用用。以後直等你們兄弟已將見在田地四股分定了，然後你自將原銀在我處贖了去。這田地不多是你自己的了？」陳祈道：「此言誠為有見。但你我雖是相好，產業交關⑱少不得立個文書，也要用著個中人纔使得。」毛烈道：「我家出入銀兩，置買田產，大半是大勝寺高公做牙儈⑲。如今這件事，也要他在裏頭做個中見⑳罷了。」陳祈道：「高公我也是相熟的。我去查明了田地，寫下了文書，去要他著字㉑便了。」原來這高公法名智高，雖然是個僧家，到有好些不像出家人處，頭一件是好利。但是風吹草動，有些個賺得錢的所在，他就鑽的去了。所以囊鉢充盈，經紀慣熟。大戶人家做中做保，到多是用得他著的，分明是個沒頭髮的牙行。毛家債利出入，好些經他的手。就是做過幾件欺心事體，也有與他首尾過來的。陳祈因此央他做了中，將田立券典與毛烈。因要後來好贖，十分不典他重價錢，只好三分之一，做個交易的意思罷了。陳祈家裏田地廣有，非止一處。

---

⑯ 露天盤子：譬喻說這是人人看得見的東西。

⑰ 典：剝削方法之一，用東西作「抵押」借錢，叫做「典」。「典」是可以加利贖還的。

⑱ 產業交關：「交關」，吳語，「緊要關鍵」，此處即「產業的緊要關鍵」之意。另例：「性命交關，推扳弗起。」

⑲ 牙儈：賣買的居間人。

⑳ 中見：「中人見證」之略，剝削契約習例都須有「中人見證」。

㉑ 著字：見本書卷十㉙。

但是自家心裏貪著的，便把來典在毛烈處做後門㉒。如此一番，也累起本銀三千多兩了。其田足值萬金，自不消說。毛烈放花作利，已此㉓便宜得多了。只為陳祈自有欺心，所以情願把便宜與毛烈得了去。以後陳祈母親死過，他將見在戶下的田產分做四股，把三股分與三個兄弟，自家得了一股。兄弟們不曉得其中委曲，見眼前分得均平，多無說話了。

過了幾時，陳祈端正起贖田的價銀，徑到毛烈處取贖。毛烈笑道：「而今這田卻不是你獨享的了？」陳祈道：「多謝主見高妙。今兄弟們皆無言可說，要贖了去自管。」隨將原價一一交明。毛烈照數收了，將進去交與妻子張氏藏好。此時毛烈若是個有本心的，就該想著出的本錢原輕，收他這幾年花息，便宜多了。今有了本錢，自該還他去，有何可說？誰知狠人心性，卻又不然。道這田總是欺心來的，今贖去獨吞，有好些放不過。他就起個不良之心，出去對陳祈道：「原契在我拙荊處，一時有些身子不快，不便簡尋。過一日還你罷。」陳祈道：「這等，寫一張收票與我。」毛烈笑道：「你曉得我寫字不大便當，何苦難我？我與你甚樣交情，何必如此？待一二日間，翻出來就送還罷了。」陳祈道：「幾千兩往來，不是取笑。我交了這一主㉔大銀子，難道不要討一些把柄回去？」毛烈道：「正為幾千兩的事，你交與我了，又好賴得沒有不成？要甚麼把柄？老兄忒過慮了。」陳祈也托大，道是毛烈平日相好，其言可信，

㉒ 做後門：吳俗指「家裏人欺心陰匿家財寄存別人家」，叫作「做後門」，譏諷其行動鬼祟，不能由正門出去的意思。

㉓ 已此：見本書卷一㉟。

㉔ 一主：「主」通「注」，「一主」即「一注」。

料然無事。隔了兩日，陳祈到毛烈家去取前券。毛烈還推道一時未尋得出。又隔了兩日去取，毛烈躲過，竟推道不在家了。如此兩番，陳祈走得不耐煩，再不得見毛烈之面，纔有些著急起來。走到大勝寺高公那裏去商量，要他去問問毛烈下落。高公推道：「你交銀時不曾通我知道，我不好管得。」陳祈沒奈何，只得又去伺候毛烈。一日撞見了，好言與他取券。毛烈冷笑道：「天下欺心事只許你一箇做。你將眾兄弟的田偷典我處，今要出去自吞。我便公道欺心，再要你多出兩千也不為過。」陳祈道：「原只典得這些，怎要我多得？」毛烈道：「不與我，我也不還你券，你也管田不成。」陳祈大怒道：「前日說過的說話，怎到要詐我起來？當官去說，也只要的我本錢。」毛烈道：「正是，正是。當官說不過時，還你罷了。」陳祈一忿之氣，歸家寫張狀詞，竟到縣裏告了毛烈。

當得毛烈豫先防備這著的。先將了些錢鈔去尋縣吏丘大，送與他了，求照管此事。丘大領諾。比及陳祈去見時，丘大先自裝腔了。問其告狀本意，陳祈把實情告訴了一遍。丘大只是搖頭道：「說不去。許多銀兩交與他了，豈有沒個執照的理？教我也難幫襯你。」陳祈道：「因為相好的，不防他欺心，不曾討得執照。今告到了官，全要提控說得明白。」丘大含糊應承了。卻在知縣面前只替毛烈說了一邊的話，又替毛家送了些孝順意思與知縣了。知縣聽信。到得兩家聽審時，毛烈把交銀的事一口賴定。陳祈其實一些執照也拿不出。知縣聲口有些向了毛烈。陳祈發起極來，在知縣面前指神罰咒。知縣道：「就是銀子有的，當官只憑文券，既沒有文券，把甚麼做憑據斷還得你？分明是一剗㉕混賴。」倒把陳祈打了二十個竹篦，問了「不合圖賴人」罪名，量決㉖脊杖。這三千銀子只當丟去東洋大海，竟沒說處。陳

㉕ 一剗：作「一味」解。

祈不服，又到州裏去告。准了；及至問起來，知是縣間問過的，不肯改斷，仍復照舊。又到轉運司㉗告了。批發縣間，一發是原問衙門。只多得一番紙筆，有甚麼相干？落得費壞了腳手，折掉了盤纏。毛烈得了便宜，暗地喜歡。陳祈失了銀子，又喫打喫罰，竟沒處申訴。正所謂：

渾身似口不能言，遍體排牙說不得；
欺心又遇狠心人，賊偷落得還賊沒。

看官，你道這事多只因陳祈欺瞞兄弟，做這等奸計，故見得反被別人賺了。也是天有眼力處。卻是毛烈如此欺心，難道銀子這等好使的不成？不要性急，還有話在後頭。

且說陳祈受此冤枉，沒處叫撞天屈，氣忿忿的，無可擺佈。宰了一口豬，一隻雞，買了一對魚，一壺酒。左近邊有個社公祠。他把福物拿到祠裏擺下了。跪在神前道：「小人陳祈，將銀三千兩與毛烈贖田。毛烈收了銀子，賴了券書。告到官司，反問輸了小人。小人沒處申訴。天理照彰，神目如電。還是毛烈賴小人的？小人賴毛烈的？是必三日之內求個報應。」扣了幾個頭，含淚而出。到家裏，晚上得一夢。夢見社神來對他道：「日間所訴，我雖曉得明白，做不得主。你可到東嶽行宮訴告，自然得理。」

次日，陳祈寫了一張黃紙，捧了一對燭，一股香，竟望東嶽行宮而來，進得廟門，但見：

殿宇巍峨，威儀整肅。離婁㉘左視，望千里如在目前。師曠㉙右邊，聽九幽直同耳畔。草參亭

㉖ 量決：酌量判決。
㉗ 轉運司：長官為轉運使，本掌軍需糧餉水陸轉運事，其後兼理邊防、獄訟等，成為一路的監司。
㉘ 離婁：黃帝時視力極佳的人，俗指稱廟中「千里眼神」。

內，爐中焚百合明香；祝獻臺前，案上放萬盞杯珓。夜聽泥神聲諾，朝聞木馬號嘶。比岱宗具體而微，雖行館有呼必應。若非真正冤情事，敢到莊嚴法相前？

陳祈啣了一天怨忿，一步一拜，拜上殿來，將心中之事，是長是短，照依在社神面前時一樣，表白了一遍。只聽得幡帷神面，彷彿有人聲到耳朵內道：「可到夜間來。」陳祈喫了一驚，曉得靈感。急急站起，走了出來。候到天色晚了，陳祈是氣忿在胸之人，雖是幽暗陰森之地，並無一些畏怯。一直走進殿來，將黃紙狀在燭上點著火，燒在神前爐內了。照舊通誠㉚拜禱已畢。又聽得隱隱一聲道：「出去。」陳祈親見如此神靈，明知必有報應。不敢再瀆，悚然歸家。

此時是紹興四年四月二十日。陳祈時時到毛烈家邊去打聽。過了三日，只見說毛烈死了。陳祈曉得蹊蹺。去訪問鄰舍間，多說道：「毛烈走出門首，撞見一個著黃衣的人走入門來揪住。毛烈奔脫，望裏面飛也似跑，口裏喊道：『有個黃衣人捉我，多來救救。』說不多幾句，倒地就死。從不見死得這樣快的。」陳祈口裏不說，心裏暗暗道是告的陰狀㉛有應，現報在我眼裏了。又過了三日，只見有人說，大勝寺高公也一時卒病而死。陳祈心裏疑惑道：「高公不過是原中，也死在一時，看起來，莫不要陰司中對㉜這件事麼？」不覺有些恍恍惚惚，走到家裏，就昏暈了去。少頃醒將轉來，分付家人道：「有兩個

㉙師曠：春秋時晉樂師，能辨音，知吉凶。俗指稱廟中「順風耳神」。

㉚通誠：俗稱在神前表白心意做「通誠」。

㉛告……陰狀：過去吳俗迷信，凡自覺怨抑不伸的人，很多到一般認為威靈顯赫的神廟中通誠表白，叫做「告陰狀」，希望神道來給以公正的判決。

人追我去對毛烈事體。聞得說我陽壽未盡，未可入殮。你們守我十來日著，敢怕還要轉來。」分付畢，即倒頭而臥，口鼻俱已無氣。家人依言，不敢妄動，呆呆守著。自不必說。

且說陳祈隨了來追的人竟到陰府。果然毛烈與高公多先在那裏了。一同帶見判官。判官一一點名過了，問道：「東嶽發下狀來，毛烈賴了陳祈三千銀兩，這怎麼說？」陳祈道：「是小人與他贖田，他親手接受。後來不肯還原券，竟賴道沒有。小人在陽間與他爭訟不過，只得到東嶽大王處告這狀的。」毛烈道：「判爺，休聽他胡說。若是有銀與小人時，須有小人收他的執照。」判官笑道：「這是你陽間哄人，可以借此廝賴。」指著毛烈的心道：「我陰間只憑這個，要甚麼執照不執照！」毛烈道：「小人其實不曾收他的。」判官叫取業鏡過來。傍邊一個吏就拿著銅盆大一面鏡子來照著毛烈。毛烈、陳祈與高公三人一齊看那鏡子裏面，只見裏頭照出陳祈交銀；毛烈接受，進去付與妻子張氏；張氏收藏。是那日光景宛然見在。判官道：「你看我這裏可是要甚麼執照的麼？」毛烈沒得開口。陳祈合著掌向空裏道：「今日纔表明得這件事。陽間官府要他做甚麼幹？」高公也道：「既然這銀子果然收了，卻是毛大哥不通。」當下判官把筆來寫了些甚麼，就帶了三人到一個大庭內。只見旁邊列著兵衛甚多，也不知殿上坐的是甚麼人，遠望去是冕旒袞袍的王者。判官走上去說了一回。殿上王者大怒，叫取枷來，將毛烈枷了。口裏大聲分付道：「縣令聽決不公削去已後官爵。縣吏丘大，火焚其居，仍削陽壽一半。」又喚僧人智高問道：「毛烈欺心事，與你商同的麼？」智高道：「起初典田時，曾在裏頭做交易中人。以後事體多不知道。」又喚陳祈問道：「贖田之銀，固是毛烈要賴欺心。將田出典的緣故，卻是你的欺心。」陳祈

㉜ 對：即「對證」。

道：「也是毛烈教道的。」王者道：「這個推不得，與智高僧人做牙儈一樣，該量加罰治。兩人俱未合死，只教陽世受報。毛烈作業㉝尚多，押入地獄受罪。」說畢，只見毛烈身邊就有許多牛頭夜叉，手執鐵鞭、鐵棒趕得他去。毛烈一頭走，一頭哭，對陳祈、高公說道：「吾不能出頭了。二公與我傳語妻子，快作佛事救援我。陳兄原券在床邊木箱之內，還有我平日貪謀強詐得別人家田宅文券，共有一十三紙，也在箱裏。可叫這一十三家的人來，一一還了他，以減我罪。二公切勿有忘！」陳祈見說著還他原契，還要再問個明白。一個夜叉把一根鐵棍在陳祈後心窩裏一擣，喝道：「快去。」陳祈慌忙縮退，颯然驚醒，出了一身冷汗。

只見妻子坐在床沿守著，問他時節，已過了七晝夜了。妻子道：「因你分付了，不敢入殮。況且心頭溫溫的，只得坐守。幸喜得果然還魂轉來。畢竟是毛烈的事對得明白否？」陳祈道：「東嶽真個有靈，陰間真個無私。一些也瞞不得。大不似陽世間官府沒清頭沒天理的。」因把死後所見事體備細說了一遍。抖搜了精神，坐定了性子一回。先叫人到縣吏丘大家一看，三日之前已被火燒得精光；止燒得這一家火就息了。陳祈越加敬信。再叫人到大勝寺中訪問高公看，果然一同還魂。意思要約他做了證見，索取毛家文券。人回來說，三日之前，寺中師徒已把他荼毗㉞了。說話的，怎麼叫做「荼毗」？看官，這就是僧家四方的說話，又有叫得「闍維」的，總是我們華言「火化」也。陳祈見說高公已火化了，喫了一大驚道：「他與我同在陰間，說陽壽未盡，一同放轉世的，如何就把來化了。叫他還魂在何處？這又是了

㉝ 作業：此處指「所作罪孽」。

㉞ 荼毗：梵語，又作「闍維」，意譯是「焚燒」，即「火化」或「火葬」。

不得的事了。怎麼收場？」

陳祈心下忐忑，且走到毛家去取文券。看見了毛家兒子，問道：「尊翁故世，家中有甚麼影響否？」毛家兒子道：「為何這般問及？」陳祈道：「在下也死去七日，到與尊翁會過一番來，故此動問。」毛家兒子道：「見家父光景何如？有甚說話否？」陳祈道：「在下與尊翁本是多年相好的，只因不還我典田文書，有這些爭訟。昨日到虧得陰間對明，說文書在床前木箱裏面，所以今日來取。」毛家兒子道：「文書便或者在木箱裏面。只是陰間說話，誰是證見，可以來取？」陳祈道：「有到有個證見。那時大勝寺高師父也在那裏同見。說了一齊放還魂的。可惜他寺中已將他身屍火化，沒了個活證。卻有一件可信。你尊翁還說另有一十三家文券，也多是來路不明的田產，叫還了這一十三家，等他受罪輕些。又叫替他多做些佛事。這須是我造不出的。」毛家兒子聽說，有些呆了。你道為何？原來陰間業鏡照出毛妻張氏同受銀子之時，張氏在陽間恰像做夢一般，也夢見陰司對理之狀，曾與兒子說過。故聽得陳祈說著陰間之事，也有些道是真的了。走進去與母親說知。張氏道：「這項銀子委實有的。你父親只管道便宜了他，勒掯著文書不與他。意思還要他分外出些加添。不道他竟自去告了官。所以索性一口賴了。又不料死得這樣詫異。今恐怕你父親陰間不寧，只該還了他。既說道還有一十三紙，等明日一總番將出來，逐一還罷。」毛家兒子把母親說話對陳祈說了。陳祈道：「不要又像前番回了，明日漸漸賴皮起來。此關係你家尊翁陰間受罪，非同陽間兒戲的。」毛家兒子道：「這個怎麼還敢！」陳祈當下自去了。

毛家兒子關了門進來。到了晚間，聽得有人敲門。開出去，卻又不見；關了，又敲得緊。問：「是那個？」外邊厲聲答道：「我是大勝寺中高和尚，為你家父親賴了典田銀子，我是原中人，被陰間追去做證見。放我歸來，身屍焚化。今沒處去了。這是你家害我的。須憑你家裏怎麼處我？」毛家兒子慌做一團，走進去與母親說了。張氏也怕起來，移了火，同兒子走出來聽。聽外邊越敲得緊了，道：「你若不開時，我們縫裏自會進來。」張氏聽著果然是高公平日的聲音。硬著膽回答道：「曉得有累師父了。而今既已如此，教我們母子也沒奈何，只好做些佛事超度師父罷。」外邊鬼道：「我命未該死，陰間不肯收留。還有世數未盡，又去脫胎做人不得。隨你追薦陰功，也無用處。直等我世數盡了，才得托生。這些時叫我在那裏好，我只是守住在你家不開去了。」毛家母子只得燒些紙錢，奠些酒飯，告求他去。鬼道：「叫我別無去處，求我也沒幹。」毛家母子沒奈何，只得踽踽蹐蹐過了一夜。第二日急急去尋請僧道做道場，一來追薦毛烈，二來超度這個高公。母子親見了這些異樣，怎敢不信。把各家文券多送去還了。

誰知陳祈自得了文券之後，忽然害起心痛來。一痛發，便待死去。記起是陰中被夜叉將鐵棍心窩裏擣了一下之故。又親聽見王者道：「陳祈欺心，陽世受報。」曉得這典田事是欺心的。只得叫三個兄弟來，把毛家贖出之田均作四分分了。卻是心痛仍不得止。只因平日掌家時，除典田之外，他欺心處還多。自此每一遭痛發，便去請僧道保禳，或是東嶽燒獻。年年所費，不計其數。此病隨身，終不脫體。到得後來，家計到比三個兄弟消耗了。

那毛家也為高公之鬼不得離門，每夜必來擾亂，家裏人口不安。賣掉房子，搬到別處，鬼也隨著不捨。只得日日超度，時時齋醮。以後看看聲音遠了些，說道：「你家福事做得多了。雖然與我無益，時常有神佛在家，我也有些不便。我且暫時去去，終是放你家不過的。」以後果然隔著幾日才來。這裏就做法事退他，或做佛事度他。如此纏帳多時，支持不過，毛家家私也逐漸消費下來。以後毛家窮了，連這些佛事法事多做不起了。高公的鬼也不來了。

可見詐欺之財，沒有得與你入己受用的。陰司比陽世間公道，使不得奸詐，分毫不差池。這兩家顯報自不必說。只高公僧人貪財利，管閒事，落得陽壽未終，先被焚燒。雖然為此攪破了毛氏一家，卻也是僧人的果報了。若當時徒弟們不燒其屍，得以重生，畢竟還與陳祈一樣，也要受此現報，不消說得的。人生作事，豈可不知自省！

陽間有理沒處說，陰司不說也分明；
若是世人終不死，方可橫心自在行。

又有人道這詩未盡，翻案一首云：

陽間不辨到陰間，陰間仍舊判陽還；
縱是世人終不死，也須難使到頭頑。

卷十七　同窗友認假作真　女秀才移花接木

詩曰：

萬里橋邊薛校書，　枇杷窗下閉門居。
掃眉才子知多少，　管領春風總不如。

這四句詩，乃唐人贈蜀中妓女薛濤之作。這個薛濤乃是女中才子，南康王韋皐❶做西川節度使時，曾表奏他做軍中校書❷，故人多稱為薛校書。所往來的，是高千里❸、元微之❹、杜牧之❺一班兒名流。

❶ 韋皐：唐京兆人，德宗貞元初，任劍南西川節度使，經略滇南，十一年，功極大，封南康郡王。

❷ 校書：即「秘書」。

❸ 高千里：高駢字千里，唐末幽州人。家世侍禁軍，幼而朗拔，好為文，多與儒者遊。歷任軍職，曾任成都尹，劍南西川節度使，後在揚州被部下所殺。唐書卷一百八十二有傳。

❹ 元微之：元稹，字微之（西元七七九－八三一年），河南洛陽人，穆宗時曾做宰相，因與裴度不合，罷相而去，歷任同州等地刺史和武昌節度使，死於武昌。稹與白居易交厚，所以詩亦同尚坦夷，當時言詩者稱元白，號元和體，著有元氏長慶集。

❺ 杜牧之：杜牧，字牧之（西元八〇三－八五二年），京兆萬年（今陝西長安附近）人，太和二年進士，曾官中書舍人。時人稱為「小杜」，以別「杜甫」，喜寫宮體詩，辭藻華麗。著有樊川集二十二卷。

又將浣花溪❻水造成小箋，名曰：「薛濤箋。」詞人墨客得了此箋，猶如拱璧❼。真正名重一時，芳流百世。

國朝洪武年間，有廣東廣州府人田洙，字孟沂，隨父田百祿到成都赴教官之任。那孟沂生得風流標致，又兼才學過人，「書」、「畫」、「琴」、「棋」之類，無不通曉。學中諸生日與嬉遊，愛同骨肉。過了一年，百祿要遣他回家。孟沂的母親心裏捨不得他去，又且寒官冷署❽，盤費難處。百祿與學中幾個秀才商量，要在地上尋一個館與兒子坐坐，一來可以早晚讀書，二來得些館資，可為歸計。這些秀才巴不得留住他，訪得附郭一個大姓張氏，要請一館賓。眾人遂將孟沂力薦於張氏，張氏送了館約，約定明年正月元宵後到館。至期，學中許多有名的少年朋友，一同送孟沂到張家來。連百祿也自送去，張家主人曾為運使❾，家道饒裕。見是老廣文❿帶了許多時髦⓫到家，甚為喜歡。開筵相待，酒罷各散，孟沂就在

---

❻ 浣花溪：在四川省成都縣西，一名濯錦江，又稱百花潭。唐杜甫故宅在此，號浣花草堂。唐名妓薛濤亦家住溪旁云。

❼ 拱璧：大璧（平圓形有孔的玉）。

❽ 寒官冷署：「寒官」即「冷官」，指職務不繁劇的官員，後世一般稱教官做「冷官」。田洙的父親是教官，當然是「寒官冷署」了。

❾ 運使：「轉運使」之略。官名，唐置，掌軍需糧餉水陸轉運事。

❿ 老廣文：唐置廣文館博士，以文士為之，主持國學。明清時遂稱教官做「廣文」。

⓫ 時髦：此二字出後漢書順帝紀贊，郭璞註云：「士中之俊，毛中之髦。」據此，此二字原指「傑出之人士」，與後來引申作「趨時表異」意，稍不同。

館中宿歇。

到了二月花朝日⑫，孟沂要歸省父母。主人送他節儀二兩，孟沂藏在袖子裏了，步行回去。偶然一個去處，望見桃花盛開。一路走去看，境甚幽僻。孟沂心裏喜歡，佇立少頃，觀玩景緻。忽見桃林中一個美人掩映花下，孟沂曉得是良人家，不敢顧盼，徑自走過。未免帶些賣俏身子，拖下袖來，袖中之銀，不覺落地。美人看見，便叫隨侍的丫鬟拾將起來，送還孟沂。孟沂笑受，致謝而別。

明日，孟沂有意打那邊經過，只見美人與丫鬟仍立在門首。孟沂望著門前走去，丫鬟指道：「昨日遺金的郎君來了。」美人略略斂身，避入門內。孟沂見了丫鬟敘述道：「昨日多蒙娘子美情，拾還遺金，今日特來造謝。」美人聽得，叫丫鬟請入內廳相見。孟沂喜出望外，急整衣冠，望門內而進。美人早已迎著至廳上，相見禮畢。美人先開口道：「郎君莫非是張運使宅上西賓麼？」孟沂道：「然也。昨日因館中回家，道經於此，偶遺少物，得遇夫人盛情，命尊姬擡還，實為感激。」美人道：「張氏一家親戚，彼西賓即我西賓。還金小事，何足為謝？」孟沂道：「欲問夫人高門姓氏，與敝東何親？」美人道：「寒家姓平，成都舊族也。妾乃文孝坊薛氏女，嫁與平氏子康，不幸早卒，妾獨孀居於此。與郎君賢東乃鄰姻娅，郎君即是通家了。」孟沂見說是孀居，不敢久留，兩杯茶罷，起身告退。美人道：「郎君便在寒舍過了晚去，若賢東曉得郎君到此，妾不能久留款待，覺得沒趣了。」即分付快辦酒饌，不多時，設著兩席，與孟沂相對而坐。坐中殷勤勸酬，笑語之間，美人多帶些謔浪話頭。孟沂認道是張氏至戚，雖然心裏技癢難熬，還拘拘束束，不敢十分放肆。美人道：「聞得郎君倜儻俊才，何乃作儒生酸態？妾雖

⑫ 二月花朝日：俗傳二月十二日為百花生日，稱為「花朝」。

不敏，頗解吟咏。今遇知音，不敢愛醜，當與郎君賞鑒文墨，唱和詞章。郎君不以為鄙，妾之幸也。」遂教丫鬟取出唐賢遺墨與孟沂看。孟沂從頭細閱，多是唐人真蹟手翰詩詞，惟元稹、杜牧、高駢的最多，墨蹟如新。孟沂愛玩不忍釋手，道：「此希世之寶也。夫人情鍾此類，真是千古韻人了。」美人謙謝，兩個談話有味，不覺夜已二鼓。孟沂辭酒不飲，美人延入寢室，自薦枕席道：「妾獨處已久，今見郎君高雅，不能無情，願得奉陪。」孟沂道：「不敢請耳，固所願也。」兩個解衣就枕，魚水歡情，極其繾綣。枕邊切切叮嚀道：「慎勿輕言，若賢東知道，彼此名節喪盡了。」次日，將一個臥獅玉鎮紙贈與孟沂，送至門外道：「無事就來走走，勿學薄倖人！」孟沂道：「這個何勞分付。」孟沂到館，哄主人道：「老母想念，必要小生歸家宿歇，小生不敢違命留此。從今早來館中，夜歸家裏便了。」主人信了謊話，道：「任從尊便。」自此，孟沂在張家，只推家裏去宿，家裏又說在館中宿，竟夜夜到美人處宿了。整有半年，並沒一個人知道。

孟沂與美人賞花、玩月、酌酒、吟詩，曲盡人間之樂。兩人每每你唱我和，做成聯句，如落花二十四韻，月夜五十韻，鬥巧爭妍，真成敵手。詩句太多，恐看官每厭聽，不能盡述。只將他兩人四時迴文詩表白一遍。美人詩道：

花朵幾枝柔傍砌，　柳絲千縷細搖風。
霞明半嶺西斜日，　月上孤村一樹松。春
涼回翠簟冰人冷，　齒沁清泉夏月寒。
香篆裊風清縷縷，　紙窗明月白團團。夏

蘆雪覆汀秋水白，　柳風凋樹晚山蒼。
孤幃客夢驚空館，　獨雁征書寄遠鄉。秋
天凍雨寒朝閉戶，　雪飛風冷夜關城。
鮮紅炭火圍爐煖，　淺碧茶甌注茗清。冬

這首詩怎麼叫做「迴文」？因是順讀完了，倒讀轉去，皆可通得。最難得這樣渾成，非是高手不能。美人一揮而就，孟沂也和他四首道：

芳樹吐花紅過雨，　入簾飛絮白驚風。
黃添曉色青舒柳，　粉落晴香雪覆松。春
瓜浮甕水涼消暑，　藕疊盤冰翠嚼寒。
斜石近階穿筍密，　小池舒葉出荷團。夏
殘石絢紅霜葉出，　薄烟寒樹晚林蒼。
鸞書寄恨羞封淚，　蝶夢驚愁怕念鄉。秋
風捲雪篷寒罷釣，　月輝霜柝冷敲城。
濃香酒泛霞杯滿，　淡影梅橫紙帳清。冬

孟沂和罷，美人甚喜。真是才子佳人，情味相投，樂不可言。卻是好物不堅牢，自有散場時節。

一日，張運使偶過學中，對老廣文田百祿說道：「令郎每夜歸家，不勝奔走之勞。何不仍留寒舍住宿，豈不為便？」百祿道：「自開館後，一向只在公家。止因老妻前日有疾，曾留得數日，這幾時並不曾來家宿歇，怎麼如此說？」張運使曉得內中必有蹊蹺，恐礙著孟沂，不敢盡言而別。是晚，孟沂告歸。張運使不說破他，只叫館僕尾著他去。到得半路，忽然不見。館僕趕去追尋，竟無下落。回來對家主說了，運使道：「他少年放逸，必然花柳人家去了。」館僕道：「這條路上，何曾有甚麼伎館？」運使道：「你還到他衙中問問看。」館僕道：「天色晚了，怕關了城門，出來不得。」運使道：「就在田家宿了，明日早辰來回我不妨。」到了天明，館僕回話，說是不曾回衙。運使道：「這等，那裏去了？」正疑怪間，孟沂恰到。運使問道：「先生，昨宵宿於何處？」孟沂道：「家間。」運使道：「豈有此理，學生昨日叫人跟隨先生回去，因半路上不見了先生，小僕直到學中去問，先生不曾到宅，怎如此說？」孟沂道：「半路上偶到一個朋友處講話，直到天黑回家，故此盛僕來時，問不著。」館僕道：「小人昨夜宿在相公家了，方纔回來的，田老爹見說了，甚是驚慌，要自來尋問。相公如何還說著在家的話？」孟沂支吾不來，顏色盡變。運使道：「先生若有別故，當以實說。」孟沂聽得，遮掩不過，只得把遇著平家薛氏的話說了一遍，道：「此乃令親相留，非小生敢作此無行之事。」運使道：「我家何嘗有親戚在此地方？況親戚中也無平姓者，必是鬼祟，今後先生自愛，不可去了。」孟沂口裏應承，心裏那裏信他。傍晚又到美人家裏去，備對美人說形跡已露之意。美人道：「我已先知道了。郎君不必怨悔，亦是冥數盡了。」遂與孟沂痛飲，極盡歡情。到了天明，哭對孟沂道：「從此永別矣！」將出灑墨玉筆管一枝，送與孟沂道：「此唐物也。郎君慎藏在身，以為記念。」揮淚而別。

那邊張運使料先生晚間必去，叫人看著，果不在館。運使道：「先生這事必要做出來，這是我們做主人的干係，不可不對他父親說知。」遂步至學中，把孟沂之事備細說與百祿知道。百祿大怒，遂叫了學中一個門子，同著張家館僕，到館中喚孟沂回來。孟沂方別了美人，回到張家，想念道：「他說永別之言，只是怕風聲敗露，我便耐守幾時再去走動，或者還可相會。」正躊躇間，父命已至，只得跟著回去。百祿一見，喝道：「你書到不讀，夜夜在那裏遊蕩？」孟沂看見張運使一同在家了，便無言可對。百祿見他不說，就拿起一條柱杖劈頭打去，道：「還不實告！」孟沂無奈，只得把相遇之事，及錄成聯句一本，與所送鎮紙筆管兩物，多將來道：「如此佳人，不容不動心，不必罪兒了。」百祿取來逐件一看，看那玉色是幾百年出土之物，管上有篆刻「渤海高氏清玩」六個字。又揭開詩來，從頭細閱，不覺心服。對張運使道：「物既稀奇，詩又俊逸，豈尋常之怪！我每可同了不肖子，親到那地方去查一查蹤跡看。」遂三人同出城來，將近桃林，孟沂道：「此間是了。」進前一看，孟沂驚道：「怎生屋宇俱無了。」百祿與運使齊擡頭一看，只見水碧山青，桃株茂盛。荊棘之中，有塚纍然。張運使點頭道：「是了，是了。此地相傳是唐妓薛濤之墓，後人因鄭谷詩有『小桃花遶薛濤墳』之句，所以種桃百株，為春時遊賞之所。賢郎所遇，必是薛濤也。」百祿道：「怎見得？」張運使道：「他說所嫁是平氏子康，分明是平康巷了。又說文孝坊，城中並無此坊，『文孝』乃是『教』字，分明是教坊了。平康巷教坊乃是唐時妓女所居。今云『薛氏』不是薛濤是誰？且筆上有『高氏』字，乃是西川節度使高駢，駢在蜀時，濤最蒙寵待，二物是其所賜無疑。濤死已久，其精靈猶如此，此事不必窮究了。」百祿曉得運使之言甚確，恐怕兒子還要著迷，打發他回歸廣東。後來孟沂中了進士，常對人說，便將二玉物為證。雖然想念，再不相遇了，至今傳有田洙遇薛濤故事。

小子為何說這一段鬼話？只因蜀中女子從來號稱多才，如文君、昭君，多是蜀中所生，皆有文才。

所以薛濤一個妓女，生前詩名不減當時詞客，死後猶且詩興勃然。這也是山川的秀氣，唐人詩有云：

錦江膩滑蛾眉秀，幻出文君與薛濤。

誠為千古佳話。至於黃崇嘏⑬女扮為男，做了相府掾屬，今世傳有女狀元，本也是蜀中故事。可見蜀女多才，自古為然。至今兩川風俗，女人自小從師上學，與男人一般讀書。還有考試進庠做青衿弟子，若在別處，豈非大段奇事。而今說著一家子的事，委曲奇咤，最是好聽。

從來女子守閨房，幾見裙釵入學堂？
文武習成男子業，婚姻也只自商量。

話說四川成都府綿竹縣有一個武官，姓聞名確，乃是衛⑭中世襲指揮。因中過武舉兩榜，累官至參將，就鎮守彼處地方。家中富厚，賦性豪奢。夫人已故，房中有一班姬妾，多會吹彈歌舞。有一子，也是妾生，未滿三周。有一個女兒，年十七歲，名曰蜚娥，丰姿絕世。卻是將門將種，自小習得一身武藝，最善騎射，真能百步穿楊。模樣雖是娉婷，志氣賽過男子。他起初因見父親是個武出身，受那外人指目，只說是個武弁人家。必須得個子弟，在黌門⑮出入，方能結交斯文士夫，不受人的欺侮。爭奈兄弟尚小，

⑬黃崇嘏：前蜀（五代時十國之一，西元八九一—九二五年）臨邛女子，幼喪父母，穿扮成男子，與老嫗同居。偶失火，下獄，蜀相周庠重視她的才能，召做相府掾屬。此故事，後來演變為明徐渭所撰的女狀元雜劇。

⑭衛：明代軍隊編制有「衛」有「所」，明史兵志：「明以武功定天下，自京師達於郡縣，皆立『衛』、『所』。」又云：「度要害地係一郡者設『所』；連郡者設『衛』。」

⑮黌門：「黌」，指「縣學」。「黌門出入」的人，乃是進學的秀才。此處說明當時重文輕武，武官家子弟，必須爭取進學，方能結交斯文士夫，不受人的欺侮。

等他長大不得，所以一向粧做男子，到學堂讀書。外邊走動，只是個少年學生，到了家中內房，方還女扮。如此數年，果然學得滿腹文章，博通經史，這也是蜀中做慣的事。遇著提學到來，他就報了名，改為勝傑。說是勝過豪傑男人之意，表字俊卿，一般的入了隊去考童生。一考就進了學，做了秀才。他男扮久了，人多認他做聞參將的小舍人⑯。一進了學，多來賀喜。府縣迎送到家，參將也只是將錯就錯，一面歡喜開宴。蓋是武官人家，秀才乃極難得的。從此參將與官府往來，添了個幫手，有好些氣色。為此內外大小，卻像忘記他是女兒一般的，凡事盡是他支持過去。

他同學朋友，一個叫做魏造，字撰之。一個叫做杜億，字子中。兩人多是出群才學，英銳少年，與聞俊卿意氣相投，學業相長，況且年紀差不多。魏撰之，年十九，長聞俊卿兩歲。杜子中與聞俊卿同年，又是聞俊卿月生⑰大些。三人就像一家兄弟一般，極是過得好，相約了同在學中一個齋舍裏讀書。兩個無心，只認做一伴的好朋友。聞俊卿卻有意要在兩個裏頭揀一個嫁他。兩個人比起來，又覺得杜子中同年所生，凡事彷彿些，模樣也是他標緻些，更為中意，比魏撰之分外說得投機。杜子中見俊卿意思又好，丰姿又妙。常對他道：「我與兄兩人可惜多做了男子，我若為女，必當嫁兄；兄若為女，我必當娶兄。」魏撰之聽得，便取笑道：「而今世界盛行男色，久已顛倒陰陽，那見得兩男便嫁娶不得？」聞俊卿正色道：「我輩俱是孔門子弟，以文藝相知，彼此愛重，豈不有趣？若想著淫昵，便把面目放在何處？我輩堂堂男子，誰肯把身子做頑童乎？魏兄該罰東道便好。」魏撰之道：「適纔聽得子中愛慕俊卿，恨不得

⑯ 小舍人：明代軍衛應襲子弟，亦稱「舍人」。聞確係衛中世襲指揮，所以她被稱為「小舍人」。

⑰ 月生：吳語，即「誕生的月份和日子」。

身為女子，故爾取笑。若俊卿不愛此道，子中也就變不及身子了。」杜子中道：「我原是兩下的說話，今只說得一半，把我說得失便宜了。」魏撰之道：「三人之中，誰叫你小些，自然該喫虧些。」大家笑了一回。

俊卿歸家來，脫了男服，還是個女人。自家想道：「我久與男人做伴，已是不宜，豈可他日舍此同學之人，另尋配偶不成？畢竟止在二人之內了。雖然杜生更覺可喜，魏兄也自不凡，不知後來還是那個結果好？姻緣還在那個身上？」心中委決不下，他家中一個小樓，可以四望。一個高興，趁步登樓。見一隻烏鴉，在樓窗前飛過，卻去住在百來步外一株高樹上，對著樓窗呀呀的叫。俊卿認得這株樹，乃是學中齋前之樹，心裏道：「叵耐⑱這業畜叫得不好聽，我結果他去。」跑下來自己臥房中，取了弓箭，跑上樓來。那烏鴉還在那裏狠叫，俊卿道：「我借這業畜，卜我一件心事則個。」扯開弓，搭上箭，口裏輕輕道：「不要誤我！」颼的一響，箭到處，那邊烏鴉墜地。這邊望去看見，情知中箭了。急急下樓來，仍舊改了男妝，要到學中看那枝箭下落。且說杜子中在齋前閒步，聽得鴉鳴正急，忽然撲的一響，掉下地來。走去看時，鴉頭上中了一箭，貫睛而死。子中拔了箭出來道：「誰有此神手？恰恰貫著他頭腦。」仔細看那箭幹上，有兩行細字道：

矢不虛發，發必應弦。

子中念道：「那人好誇口！」魏撰之聽得，跳出來，急叫道：「拿與我看！」在杜子中手裏接了過去。正同著看時，忽然子中家裏有人來尋，子中掉著箭自去了。

---

⑱ 叵耐：見本書卷二㊸。

魏撰之細看之時，八個字下邊，還有「蜚娥記」三小字，想道：「蜚娥乃女人之號，難道女人中有此妙手？這也咤異。適才子中不看見這三個字，若見時，必然還要稱奇了。」沉吟間，早有聞俊卿走將來，看見魏撰之捻了這枝箭，立在那裏。忙問道：「這枝箭是兄拾了麼？」撰之道：「箭自何來？兄卻如此盤問？」俊卿道：「箭上有字的麼？」撰之道：「因為有字，在此念想。」俊卿道：「念想些甚麼？」撰之道：「有『蜚娥記』三字。蜚娥必是女人，故此想著，難道有這般善射的女子不成？」俊卿搗個鬼道：「不敢欺兄，蜚娥即是家姐。」撰之道：「令姐有如此巧藝，曾許聘那家了？」俊卿道：「未曾許人。」撰之道：「模樣如何？」俊卿道：「與小弟有些廝像。」撰之道：「這等，必是極美的了。俗語道：『未看老婆，先看阿舅。』小弟尚未有室，吾兄與小弟做個撮合山⑲何如？」俊卿道：「家下事，多是小弟作主。老父面前，只消小弟一說，無有不依。只未知家姐心下如何？」撰之道：「令姐面前也在吾兄幫襯，通家之雅，料無推拒。」俊卿道：「小弟謹記在心。」撰之喜道：「得兄應承，便十有八九了。誰想姻緣卻在此枝箭上，小弟謹當寶此以為後驗。」便把來收拾在拜匣⑳內了。取出羊脂玉鬧粧㉑一箇遞與俊卿道：「以此奉令姐，權答此箭，作個信物。」俊卿收來束在腰間。撰之道：「小弟作詩一首，道意於令姐何如？」俊卿道：「願聞。」撰之吟道：

聞得羅敷㉒未有夫，　支機肯許問津㉓無？

---

⑲ 撮合山：俗稱媒人做「撮合山」。

⑳ 拜匣：見本書卷三㉞。

㉑ 羊脂玉鬧粧：「羊脂玉」即「白玉」；「鬧粧」，指「腰帶」。

他年得射如臯雉㉔，　珍重今朝僕射姑。

俊卿笑道：「詩意最妙，只是兄貌不陋，似太謙了些。」撰之笑道：「小弟雖不便似賈大夫之醜，卻與令姐相並，必是不及。」俊卿含笑自去了。

從此撰之胸中癡癡裏想著。聞俊卿有個姐姐，美貌巧藝，要得為妻。有了這個念頭，並不與杜子中知道。因為箭是他拾著的，今自己把做寶貝藏著，恐怕他知因，來要了去。誰想這個箭，原有來歷，俊卿學射時，便懷有擇配之心。竹幹上刻那二句，固是誇著發矢必中，也暗藏箇應弦的啞謎。他射那烏鴉之時，明知在書齋樹上，射去這枝箭，心裏暗卜一卦，看他兩人那個先拾得者，即為夫妻。為此急急來尋下落，不知是杜子中先拾著，後來掉在魏撰之手裏。俊卿只見在魏撰之處，以為姻緣有定。故假意說是姐姐，其實多暗隱著自己的意思。魏撰之不知其故，憑他搗鬼，只道真有個姐姐罷了。俊卿固然認了魏撰之是天緣，心裏卻為杜子中十分相愛，好些撇打不下。嘆口氣道：「一馬跨不得雙鞍，我又違不得天意。他日別尋件事端，補還他美情罷。」明日來對魏撰之道：「老父與家姐面前，小弟十分攛掇，已有允意。玉鬧敉也留在家姐處了。老父的意思，要等秋試㉕過，待兄高捷了方議此事。」魏撰之道：「這

㉒ 羅敷：戰國時趙王家令王仁妻，採桑陌上，趙王欲奪，羅敷作陌上桑歌拒絕，其中最為後世所稱道的兩句，就是「使君自有婦，羅敷自有夫」。

㉓ 問津：論語微子：「長沮桀溺耦而耕，孔子過之，使子路問津焉。」疏：「問濟渡之處。」此處借用作「求婚的門徑」。

㉔ 如臯雉：故事見左傳：「賈大夫貌醜，取妻而美，三年不言不笑，御以如臯，射雉獲之，其妻始笑而言。」

㉕ 秋試：參閱本書卷九⑫。

個也好，只是一言既定，再無翻變纔妙。」俊卿道：「有小弟在，誰翻變得！」魏撰之不勝之喜。

時值秋闈❷⑥，魏撰之與杜子中、聞俊卿多考在優等，起送鄉試。兩人來拉了俊卿同走，俊卿與父參將計較道女孩兒家只好瞞著人，暫時做秀才耍子，若當真去鄉試，一下子中了舉人，後邊露出真情來，就要關著奏請干係。事體弄大了，不好收場，決使不得。推了有病不行，魏杜兩生只得撇了自去赴試。揭曉之日，兩生多得中了。聞俊卿見兩家報了捷，也自歡喜。打點等魏撰之迎到家時，方把求親之話，與父親說知，圖成此親事。

不想安綿兵備道❷⑦與聞參將不合。時值軍政考察，在按院❷⑧處開了款數，遞了一個揭帖，誣他冒用國課，妄報功績，侵剋軍糧，累贓巨萬。按院參上一本，奉聖旨著本處撫院❷⑨提問。此報一至，聞家合門慌做了一團。也就有許多衙門人尋出事端來纏擾，還虧得聞俊卿是個出名的秀才，眾人不敢十分囉唣。過不多時，兵道行個牌到府，說是奉旨犯人，把聞參將收拾在府獄中去了。聞俊卿自把生員出名去遞投訴，就求保候父親。府間准了訴詞，不肯召保。俊卿就央了新中的兩個舉人去見府尊，府尊說：「礙上司分付，做不得情。」三人袖手無計。

此時魏撰之自揣道：「他家患難之際，料說不得求親的閒話，只好不提起，且一面去會試再處。」

---

❷⑥ 秋闈：同上。

❷⑦ 兵備道：即按察使司兵備僉事。

❷⑧ 按院：即提刑按察使司，一省的司法長官。

❷⑨ 撫院：即四川巡撫。

兩人臨行之時，又與俊卿作別。撰之道：「我們三人同心之友，我兩人喜得僥倖。方恨俊卿因病蹉跎，不得同登，不想又遭此家難。而今我們匆匆進京去了，心下如割。卻是事出無奈。多致意尊翁，且自安心聽問，我們若少得進步，必當出力相助，來白此冤。」子中道：「此間官官相護，做定了圈套陷人。還是聞兄只在家營救，未必有益。我兩人進去，倘得好處，聞兄不若徑到京來商量，與尊翁尋個出場。還是那邊上流頭好辨白冤枉，我輩也好相機助力。切記！切記！」撰之又私自叮囑道：「令姐之事，萬萬留心。不論得意不得意，此番回來必求事諧了。」俊卿道：「鬧妝見在，料不使兄失望便了。」三人灑淚而別。

聞俊卿自兩人去後，一發沒有商量可救父親。虧得官無三日急，到有七日寬，無非湊些銀子，上下分派，使用得停當，獄中的也不受苦，官府也不來急急要問，丟在半邊，做一件未結公案了。參將與女兒計較道：「這邊的官司既未問理，我們正好做手腳㉚。我意欲修下一個辨本。做成一個備細揭帖，到京中訴冤。只沒個能幹的人去得，心下躊躇未定。」聞俊卿道：「這件事須得孩兒自去，前日魏杜兩兄臨別時，也教孩兒進京去，可以相機行事。但得兩兄有一人得第，也就好做靠傍了。」參將道：「雖是你是個女中丈夫，是你去畢竟停當。只是萬里程途，路上恐怕不便。」俊卿道：「自古多稱『緹縈救父』㉛以為美談。他也是個女子，況且孩兒男妝已久，游庠已過，一向算在丈夫之列，有甚去不得？雖是路途遙遠，孩兒弓矢可以防身，倘有甚麼人盤問，憑著胸中見識，也支持得過，不足為慮。只是須得個男人

㉚ 做手腳：吳語，此處作「設法」解。

㉛ 緹縈救父：漢文帝時淳于意有罪當刑。其女緹縈上書，願為官婢，贖父刑，文帝悲其意，為除肉刑。

隨去，這卻不便。孩兒想得有個道理，家丁聞龍夫妻，多是苗種，多善弓馬。孩兒把他妻子也扮做男人，帶著他兩個，連孩兒共是三人一起走，既有婦女伏事，又有男僕跟隨，可以放心，一直到京了。」參將道：「既然算計得停當，事不宜遲，快打點動身便是了。」俊卿依命，一面去收拾。聽得街上報進士說：「魏杜兩人多中了。」俊卿不勝之喜，來對父親說道：「有他兩人在京做主，此去一發不難做事。」

就揀定一日，作急起身。在學中動了一個游學呈子，批一個文書執照，帶在身邊了。路經省下，再察聽一察聽上司的聲口消息。你道聞小姐怎生打扮？

飄飄巾幘，覆著兩鬢青絲，窄窄靴鞋，套著一雙玉笋。上馬衣裁成短後；蠻獅帶妝就偏垂。囊一張玉靶弓，想開時，舒臂扭腰多體態；插幾枝雁翎箭，看放處，猿啼鵰落逞高強。爭羨道，能文善武的小郎君；怎知是，女扮男妝的喬秀士？

一路來到了成都府中，聞龍先去尋下了一所幽靜飯店。聞俊卿後到，歇下了行李，叫聞龍妻子，取出帶來的山菜幾件，放在碟內，向店中取了一壺酒，斟著慢喫。

又道是無巧不成話。那坐的所在，與隔壁人家窗口相對，只隔得一個小天井㉜。正喫之間，只見那邊窗裏一個女子掩著半窗，對著聞俊卿不轉眼的看。及至聞俊卿擡起眼來，那邊又閃了進去。遮遮掩掩，只不走開。忽地打個照面，乃是個絕色佳人。聞俊卿想道：「原來世間有這樣標緻的？」看官，你道此時若是個男人，必然動了心，就想妝出些風流家數，兩下做起光景來㉝。怎當得聞俊卿自己也是個女身，

㉜ 天井：吳俗稱室外院落做「天井」，即北京所稱的「院子」。

㉝ 做起光景來：即「調情」。

那裏放在心上？一面取飯來喫了，且自衙門前幹正事去。到得出去了半日，傍晚轉來。俊卿剛得坐下，隔壁聽見這裏有人聲，那個女子又在窗邊來看了，俊卿私下自笑道：「看我做甚？豈知我與你是一般樣的！」正嗟嘆間，只見門外一個老姥走將進來，手中拿著一個小榼兒。見了俊卿，放下榼子，道了「萬福。」對俊卿道：「隔壁景家小娘子見舍人獨酌，送兩件菓子與舍人當茶。」俊卿開看，乃是南充黃柑，順慶紫梨，各十來枚。俊卿道：「小生在此經過，與娘子非親非戚，如何承此美意？」老姥道：「小娘子說來，此間來萬去千的人，不曾見有似舍人這等手標的，必定是富貴家的出身。及至問人來，說是參府中小舍人，小娘子說這俗店無物可口，叫老媳婦送此二物來解渴。」俊卿道：「小娘子何等人家，卻居此間壁？」老姥道：「這小娘子是井研㉞景少卿的小姐。只因父母雙亡，他依著外婆家住。他家裏自有萬金家事，只為尋不出中意的丈夫，所以還未嫁人。外公是此間富員外，這城中極興的客店，多是他家的房子，何止有十來處，進益甚廣。只有這裏幽靜些，卻同家小每住在間壁。他也不敢主張，把外甥許人。恐怕錯了對頭，後來怨悵。常對景小娘子道：『憑你自家看得中意的，實對我說，我就主婚。』這個小娘子也古怪，自來會揀相人物，再不曾說那一個好。方纔見了舍人，便十分稱贊。敢是與舍人有些姻緣動了？」俊卿不好答應，微微笑道：「小生那有此福？」老姥道：「好說，好說。老媳婦且去著。」俊卿道：「致意小娘子，多承佳惠，客中無可奉答，但有心感盛情。」老姥去了，俊卿自想一想，不覺失笑道：「這小娘子看上了我，卻不枉費春心？」吟詩一首，聊寄其意。詩云：

為念相如渴不禁，交梨邛橘出芳林。

㉞井研：今四川省縣名。

卻慚未是求凰客，　　寂寞囊中綠綺㉟琴。

次日早起，老姥又來，手中將著四枚剝淨的熟雞子，做一碗盛著，同了一小壺好茶，送到俊卿面前道：「舍人喫點心。」俊卿道：「多謝媽媽盛情。」老姥道：「這是景小娘子昨夜分付了老身支持來的。」俊卿道：「又是小娘子美情，小生如何消受？有一詩奉謝，煩媽媽與我帶去。」俊卿就把昨夜之詩寫在紙上，封好了，付媽媽。詩中分明是推卻之意，媽媽將去與景小姐看了，景小姐一心喜著俊卿，見他以相如自比，反認做有意於文君，後邊二句，不過是謙讓些說話。遂也回他一首，和其末韻云：

宋玉墻東思不禁，　　願為比翼止同林。
知音已有新裁句，　　何用重挑焦尾㊱琴。

吟罷，也寫在烏絲繭紙上，教老姥送將來，俊卿看罷，笑道：「原來小姐如此高才！難得，難得。」俊卿見他來纏得緊，生一個計較，對老姥道：「多謝小姐美意，小生不是無情，爭奈小生已聘有妻室，不敢欺心妄想。上覆小姐，這段姻緣，種在來世罷。」老姥道：「既然舍人已有了親事，老身去回覆了小娘子，省得他牽腸掛肚㊲，空想壞了。」老姥去後；俊卿自出門去打點衙門事體，央求寬緩日期，諸色停當。到了天晚，纔回得下處，是夜無話。

來日天早，這老姥又走將來，笑道：「舍人小小年紀，倒會掉謊，老婆滾到身邊，推著不要。昨日

㉟ 綠綺：琴名，傅玄琴賦序云：「司馬相如有綠綺……。」
㊱ 焦尾：琴名，傅玄琴賦序云：「蔡邕有焦尾……。」
㊲ 牽腸掛肚：吳俗語，形容「割斷不了」的情形。

回了小娘子，小娘子教我問一問兩位管家，多說道：『舍人並不曾聘娘子過。』小娘子喜歡不勝，已對員外說過，少刻員外自來奉拜說親，好歹要成事了。」俊卿聽罷，呆了半晌道：「這冤家帳，那裏說起？只索收拾行李起來，趁早去了罷。」分付聞龍與店家會了鈔，急待起身。只見店家走進來報道：「主人富員外相拜聞相公。」說罷，一個七十多歲的老人家，笑嘻嘻進來堂中，望見了聞俊卿先自歡喜。問道：「這位小相公，想就是聞舍人了麼？」老姥還在店內，也跟將來，說道：「正是這位。」富員外把手一拱道：「請過來相見。」聞俊卿見過了禮，整了客座，坐了。富員外道：「老漢無事，不敢冒叩新客。老漢有一外甥，乃是景少卿之女，未曾許著人家。舍甥立願不肯輕配凡流，老漢不敢擅做主張，憑他意中自擇。昨日對老漢說，『有個聞舍人，下在本店，丰標不凡，願執箕箒。』所以要老漢自來奉拜，說此親事。老漢今見足下，果然俊雅非常。舍甥也有幾分姿容，況且粗通文墨。實是一對佳耦，足下不可錯過。」聞俊卿道：「不敢欺老丈，小生過蒙令甥謬愛，豈敢自外。一來令甥是公卿閥閱，小生是武弁門風，恐怕攀高不著；二來老父在難中，小生正要入京辨冤，此事既不曾告過，又不好為此擔閣，所以應承不得。」員外道：「舍人是簪纓世胄，況又是黌宮名士，指日飛騰，豈分甚麼文武門楣？若為令尊之事，慌速入京，何不把親事議定了？待歸時稟知令尊，方纔完娶。既安了舍甥之心，又不誤了足下之事，有何不可？」聞俊卿無計推托，心下想道：「他家不曉得我的心病，如此相逼，卻又不好十分過卻，打破機關。我想魏撰之有竹箭之緣，不必說了。還有杜子中更加相厚，到不得不閃下了他。一向有個主意，要在骨肉女伴裏邊，別尋一段因緣，發付他去。而今既有此事，我不若權且應承，定下在這裏。他日作成[38]了杜子中，豈不為妙？那時曉得我是女身，須怪不得我說謊。萬一杜子中也不成，那時也好開交了，不像而今礙手。」算計已定，就對員外說：「既承老丈與令甥如此高情，小生豈敢不受人提挈！只得留下一件信物在此為定，待小生京中回來，上門求娶就是了。」說罷，就在身邊解下那個羊脂玉鬧妝，雙手遞與員外道：「奉此與令甥表信。」富員外千歡萬喜，接受在手，一同老姥去回覆景小姐道：「一言已定了。」員外就叫店中辦起酒來，與聞舍人餞行。俊卿推卻不得，喫得盡歡而罷，相別了。

起身上路，少不得風餐水宿，夜住曉行。不一日，到了京城。叫聞龍先去打聽魏杜兩家新進士的下處。問著了杜子中一家，原來那魏撰之已在部給假回去了。杜子中見說聞俊卿來到，不勝之喜，忙差長班❸❾來接到下處，兩人相見，寒溫已畢。俊卿道：「小弟專為老父之事，前日別時承兄每分付入京圖便，切切在心。後聞兩兄高發，為此不辭跋涉，特來相托。不想魏撰之已歸，今幸吾兄尚在京師，小弟不致失望了。」杜子中道：「仁兄，先將老伯被誣事款做一個揭帖，逐一辯明，刊刻起來，在朝門外逢人就送。等公論明白了，然後小弟央個相好的同年，在兵部的條陳別事，帶上一段，就好到本籍去生發出脫了。」俊卿道：「老父有個本稿，可以上得否？」子中道：「而今重文輕武，老伯是按院題❹⓪的，若武職官出名自辯，他們不容起來，反致激怒弄壞了事。不如小弟方纔說的為妙，仁兄不要輕率。」俊卿道：「感謝指教。小弟是書生之見，還求仁兄做主行事。」子中道：「異姓兄弟，原是自家身上的事，何勞叮嚀。」俊卿道：「撰之為何回去了？」子中道：「撰之原與小弟同寓了多時，他說有件心事，要歸來

---

❸❽ 作成：此處作「玉成」解。
❸❾ 長班：見本書卷三⓮。
❹⓪ 題：指「上過題本」的，「題本」即後來的奏摺。

與仁兄商量。問其何事，又不肯說。小弟說仁兄見吾二人中了，未必不進京來。他說這是不可期的，況且事體要在家裏做的，必要先去，所以告假去了。正不知仁兄卻又到此，可不兩相左了。敢問仁兄，他果然要商量何等事？」俊卿明知為婚姻之事，卻只做不知，推說道：「連小弟也不曉得他為甚麼？想來無非為家裏的事。」子中道：「小弟也想他沒甚麼，為何恁地等不得？」兩個說了一回，子中分付治酒接風，就叫聞家家人安頓好了行李，不必另尋寓所，只在此間同寓。這是子中先前與魏家同寓，今魏家去了，房舍儘有，可以下得聞家主僕三人。子中又分付打掃聞舍人的臥房，就移出自己的榻來，相對鋪著。說：「晚間可以聯床清話。」俊卿看見，心裏有些突兀起來。想道：「平日與他們同學，不過是日間相與，會文會酒，並不看見我的臥起，所以不得看破。而今多在一間房內了，須閃避不得，露出馬腳來，怎麼處？」卻又沒個說話可以推掉得兩處宿。只是自己放著精細，遮掩過去便了。

雖是如此說，卻是天下的事是真難假，是假難真。亦且終日相處，這些細微舉動，水火不便的所在，那裏妝飾得許多來？聞俊卿日間雖是長安街上去送揭帖，做著男人的勾當，晚間宿歇之處，有好些破綻現出在杜子中的眼裏。子中是個聰明人，有甚不省得的事？曉得有些咤異，越加留心閒覷，越看越是了。這日，俊卿出去，忘鎖了拜匣，子中偷揭開來一看，多是些文翰柬帖，內有一幅草藁。寫著道：

成都綿竹縣信女聞氏，焚香拜告關真君神前。願保父聞確冤情早白，自身安穩還鄉，竹箭之期，鬧妝之約，各得如意。謹疏。

子中見了拍手道：「眼見得公案在此了。我枉為男子，被他瞞過了許多時。今不怕他飛上天去，只是後邊兩句解他不出，莫不許過了人家？怎麼處？」心裏狂蕩不禁。

忽見俊卿回來，子中接在房裏坐了，看著俊卿只是笑。俊卿疑怪，將自己身子上下前後看了又看，問道：「小弟今日有何舉動差錯了，仁兄見哂之甚？」子中道：「笑你瞞得我好。」俊卿道：「小弟到此來做的事，不曾瞞仁兄一些。」子中道：「瞞得多哩。俊卿自想麼？」俊卿道：「委實沒有。」子中道：「俊卿記得當初同齋時言語麼？原說弟若為女，必當嫁兄；兄若為女，必為娶兄。可惜弟不能為女，誰知兄果然是女。卻瞞了小弟，不然娶兄多時了。怎麼還說不瞞？」俊卿見說著心病，臉上通紅起來道：「誰是這般說？」子中袖中摸出這紙疎頭來道：「這須是俊卿的親筆。」俊卿一時低頭無語。子中就挨過來坐在一處了，笑道：「一向只恨兩雄不能相配，今卻遂了人願也。」俊卿站了起來道：「行蹤為兄識破，抵賴不得了。只有一件，一向承兄過愛，慕兄之心，非不有之。爭奈有件緣事，已屬了撰之，不能再以身事兄，望兄見諒。」子中愕然道：「小弟與撰之同為俊卿窗友，論起相與意氣，還覺小弟勝他一分。俊卿何得厚於撰之，薄於小弟乎？況且撰之又不在此間，何規譹不打，反去鍊銅㊶？這是何說？」俊卿道：「仁兄有所不知，仁兄可看疎上竹箭之期的說話麼？」子中道：「正是不解。」俊卿道：「小弟因為與兩兄同學，心中願卜所從，那日向天暗禱，箭到處，先拾得者即為夫婦，後來這箭卻在撰之處，小弟詭說是家姐所射。撰之遂一心想慕，把一個玉鬧粄為定。此時小弟雖不明言，心已許下了。此天意有屬，非小弟有厚薄也。」子中大笑道：「若如此說，俊卿宜為我有無疑了。」俊卿道：「怎麼說？」子中道：「前日齋中之箭，原是小弟拾得。看見幹上有兩行細字，以為奇異。正在念誦，撰之聽得，走

㊶規譹不打，反去鍊銅：「譹」同「摹」，「規譹」指「規制法式」。此處此二語用來譬喻「舍近求遠」。與「現鐘不打，更去鍊銅」用法同。

出來，在小弟手裏接去觀看。此時偶然家中接小弟，就把竹箭掉在撰之處，不曾取得。何嘗是撰之拾取的？若論俊卿所卜天意，一發正是小弟應占了。撰之他日可問，須混賴不得。」俊卿道：「既是曾見箭上字來，今可記得否？」子中道：「雖然看時節倉卒無心，也還記是『矢不虛發，發必應弦』八個字，小弟須是造不出。」俊卿見說得是真，心裏已自軟了。說道：「果是如此，乃天意了。只是枉了魏撰之望空想了許多時，而今又趕將回去，日後知道，甚麼意思？」子中道：「這個說不得。從來說『先下手為強』，況且原該是我的。」就擁了俊卿求歡道：「相好兄弟，而今得同衾枕，天上人間，無此樂矣。」俊卿推拒不得，只得含羞走入幃帳之內，一任子中所為。有一首奋調㊷山坡羊，單道其事。

這小秀才有些兒怪樣，走到羅幃，忽現了本相。本來是個黌宮裏折桂的郎君，改換了章臺內司花的主將。金蘭契，只覺得肉味馨香；筆硯交，果然是有筆如鎗。皺眉頭，忍著疼，受的是良朋針砭；趁胸懷，揉著竅，顯出那知心酣暢。用一番切切偲偲來也；哎呀，分明是遠方來，樂意洋洋。思量，一羅一羅是聯句的篇章。慌忙為雲為雨，還錯認了龍陽。

事畢，聞小姐整容而起，嘆道：「妾一生之事，付之郎君，妾願遂矣。只是哄了魏撰之，如何回他？」忽然轉了一想，將手床上一拍道：「有處法了。」杜子中倒喫一驚道：「這事有甚麼處法？」小姐道：「好教郎君得知，妾身前日行至成都，在客店內安歇，主人有個甥女，窺見了妾身，對他外公說了，逼要相許。是妾身想個計較，將信物權定，推道歸時完娶。當時妾身意思道，魏撰之有了竹箭之約，恐怕冷澹了郎君。又見那個女子才貌雙全，可為君配，故此留下這頭姻緣。今妾既歸君，他日回去，魏撰之

㊷ 奋調：調名，「奋」音「坢」。

問起所許之言，就把這家的說合與他成了，豈不為妙？況且當時只說是姐姐，他心裏並不曾曉得是妾身自己，也不是哄他了。」子中驚道：「這個最好。足見小姐為朋友的美情，有了這個出場，就與小姐配合，與撰之也無嫌了。誰曉得途中又有這件奇事？還有一件要問，途中認不出是女客，不必說了。但小姐雖然男扮，同兩個男漢行走，好些不便。」小姐笑道：「誰說同來的，多是男人？他兩個原是一對夫婦，一男一女，打扮做一樣的。所以途中好伏侍走動，不必避嫌也。」子中也笑道：「有其主必有其僕，有才思的人做來多是奇怪的事。」小姐就把景家女子所和之詩，拿出來與子中看。子中道：「世間也還有這般的女人！魏撰之得之，也好意足了。」

小姐再與子中商量著父親之事。子中道：「而今說是我丈人，一發好措詞出力。我吏部有個相知，先央他把做對頭的兵道調了地方，就好營為了。」小姐道：「這個最是要著。郎君在心則個。」子中果然去央求吏部，數日之間，推陞本上，已把兵道改陞了廣西地方。子中來回覆小姐道：「對頭改去，我今作速討個差，與你回去，救取岳丈了事。此間辨白已透，撫按輕擬上來，無不停當了。」小姐愈加感激，轉增恩愛。子中討下差來，解餉到山東地方，就便回籍。

小姐仍舊扮做男人，一同聞龍夫妻擊弓帶箭，照前妝束，騎了馬傍著子中的官轎，家人原以舍人相呼。行了幾日，將過鄭州，曠野之中，一枝響箭擦官轎射來。小姐曉得有歹人來了，分付轎上：「你們只管前走，我在此對付他。」真是忙家不會，會家不忙。扯出囊弓，扣上弦，搭上箭，只見百步之外，一騎馬飛也似的跑來。小姐掣開弓，喝聲道：「著。」那邊人不防備的，早中了一箭，倒撞下馬，在地下掙扎。小姐疾鞭著坐馬趕上前轎，高聲道：「賊人已了當了，放心前去。」一路的人多贊稱小舍人好箭，個個忌憚，子中轎裏得意，自不必說。自此完了公事，平平穩穩到了家中。

父親聞參將已因兵道陞去，保候在外了，小姐進見，備說了京中事體及杜子中營為，調去了兵道之事。參將感激不勝，說道：「如此大恩，何以為報？」小姐又把被他識破，已將身子嫁他，共他同歸的事也說了。參將也自喜歡道：「這也是郎才女貌，配得不枉了。你快改了妝，趁他今日榮歸吉日，我送你過門去罷。」小姐道：「妝還不好改得，且等會過了魏撰之看。」參將道：「正要對你說，魏撰之自京中回來，不知為何只管叫人來打聽，說我有個女兒，他要求聘。我只說他曉得些風聲，是來說你了。及至問時，又說是同窗舍人許他的，仍不知你的事。我不好回得，只是含糊說等你回家。你而今要會他怎的？」小姐道：「其中有許多委曲，一時說不及，父親日後自明。」

正說話間，魏撰之來相拜。原來魏撰之正為前日婚姻事在心中放不下，故此就回。不想問著聞舍人又已往京，叫人探聽舍人有個姐姐的說話，一發言三語四，不得明白。有的說：「參將只有兩個舍人，一大一小，並無女兒。」又有的說：「參將有個女兒，就是那個舍人。」弄得魏撰之滿肚疑心，胡猜亂想。見說聞舍人已回，所以亟亟來拜，要問明白。聞小姐照舊時家數接了進來，寒溫已畢。撰之急問道：「仁兄，令姐之說如何？小弟特為此趕回來的。」小姐說：「包管兄有一位好夫人便了。」撰之道：「小弟叫人宅上打聽，其言不一，何也？」小姐道：「兄不必疑，玉鬧妝已在一個人處，待小弟再略調停，準備迎娶便了。」撰之道：「依兄這等說，不像是令姐了。」小姐道：「杜子中盡知端的，兄去問他就明白。」撰之道：「兄何不就明說了？又要小弟去問。」小姐道：「中多委曲，小弟不好說得，非子中不能詳言。」說得魏撰之愈加疑心。

他正要去拜杜子中，就急忙起身來到杜子中家裏，不及說別樣說話，忙問聞俊卿所言之事。杜子中把京中同寓，識破了他是女身，已成夫婦，始末根繇，說了一遍。魏撰之驚得木呆道：「前日也有人如此說，我卻不信。誰曉得聞俊卿果是女身！這分明是我的姻緣，平日錯過了。」子中道：「怎見得是兄的。」撰之述當初拾箭時節，就把玉鬧敉為定的說話，子中道：「箭本小弟所拾，原係他向天暗卜的。只是小弟當時不知其故，不曾與兄取得此箭在手，今仍歸小弟，原是天意。兄前日只認是他令姐，原未嘗屬意他自身。這個不必追悔，兄只管鬧敉之約不脫空罷了。」撰之道：「符已去矣，怎麼還說不脫空？難道真還有個令姐？」子中又把聞小姐途中所遇景家之事說了一遍，道：「其女才貌非常，那日一時難推，就把兄的鬧敉權定在彼。而今想起來，這就有個定數在裏邊了。豈不是兄的姻緣麼？」撰之道：「怪不得聞俊卿道：『自己不好說。』原來有許多委曲。只是一件，雖是聞俊卿已定下在彼，他家又不曾曉得明白，小弟難以自媒，何繇得成？」子中道：「小弟與聞氏雖已成夫婦，還未曾見過岳翁。打點就是今日迎娶，少不得還借重一個媒妁。而今就煩兄與小弟做一做，小弟成禮之後，代相恭敬，也只在小弟身上撮合就是了。」撰之大笑道：「當得，當得。只可笑小弟一向在睡夢中，又被兄占了頭籌，而今不使小弟脫空，也還算是好了。既是這等，小弟先到聞宅去道意，兄可隨後就來。」

魏撰之討大衣服來換了，竟擡到聞家。此時聞小姐已改了女敉，不出來了。聞參將自己出來接著，魏撰之述了杜子中之言，聞參將道：「小女嬌癡慕學，得承高賢不棄，今幸結此良緣，蒹葭倚玉，惶恐，惶恐。」聞參將已見女兒說過門諸色，準備停當。門上報說：「杜爺來迎親了。」鼓樂喧天，杜子中穿了大紅衣服，擡將進門。真是少年郎君，人人稱羨。走到堂中，站了位次，拜見了聞參將，請出小姐來，又一同行禮。謝了魏撰之，啟轎而行。迎至家裏，拜告天地，見了祠堂，杜子中與聞小姐正是新親舊朋友，喜喜歡歡，一樁事完了。

只是魏撰之有些眼熱，心裏道：「一樣的同窗朋友，偏是他兩個成雙。平時杜子中分外相愛，常恨不將男作女，好做夫妻。誰知今日竟遂其志，也是一段奇話。只所許我的事，未知果是如何？」次日，就到子中家裏賀喜，隨問其事。子中道：「昨晚弟婦，就和小弟計較，今日專為此要同到成都去。弟婦誓欲以此報兄，全其口信，必得佳音，方回來報。」撰之道：「多感，多感。一樣的同窗，也該記念著我的冷靜。但未知其人果是如何？」子中走進去，取出景小姐前日和韻之詩與撰之看了。撰之道：「果得此女，小弟便可以不妬兄矣。」子中道：「弟婦贊之不容口，大略不負所舉。」撰之道：「這件事做成，真愈出愈奇了，小弟在家顒顒。」俱大笑而別。杜子中把這些說話與聞小姐說了，聞小姐道：「他盼望久了的，也怪他不得。只索作急成都去，周全了這事。」

小姐仍舊帶了聞龍夫妻跟隨，同杜子中到成都來。認著前日飯店，歇在裏頭了。杜子中叫聞龍拿了帖徑去拜富員外。員外見說是新進士來拜，不知是甚麼緣故，喫了一驚，慌忙迎接進去，坐下了。道：「不知為何大人貴足賜踹賤地？」子中道：「學生在此經過，聞知有位景小姐，是老丈令甥，才貌出眾。有一敝友，也叨過甲第了，欲求為夫人，故此特來奉訪。」員外道：「老漢有個甥女，他自要擇配，前日看上了一個進京的聞舍人，已納下聘物，大人見教遲了。」子中道：「那聞舍人也是敝友，學生已知他另有所就，不來娶令甥了，所以敢來作伐。」員外道：「聞舍人也是讀書君子，既已留下信物，兩心相許，怎誤得人家兒女？舍甥女也畢竟要等他的回信。」子中將出前日景小姐的詩箋來道：「老丈試看此紙，不是令甥寫與聞舍人的麼？因為聞舍人無意來娶了，故把與學生做執照，來為敝友求令甥。即此是聞舍人的回信了。」員外接過來看，認得是甥女之筆，沉吟道：「前日聞舍人也曾說道聘過了，不信其言，逼他應成的。原來當真有這話，老漢且與甥女商量一商量，來回覆大人。」員外別了，進去了一會，出來道：「適間甥女見說，甚是不快。他也說得是：『就是聞舍人負了心，是必等他親身見一面，還了他玉鬧粧，以為訣別，方可別議姻親。』」子中笑道：「不敢欺老丈說，那玉鬧粧也即是敝友魏撰之的聘物，非是聞舍人的。聞舍人因為自己已有姻親，不好回得，乃為敝友轉定下了。是當日埋伏機關，非今日無因至前也。」員外道：「大人雖如此說，甥女豈肯心休，必得聞舍人自來說明，方好處分。」子中道：「聞舍人不能復來，有拙荊在此。可以進去一會令甥，等他與令甥說這些備細，令甥必當見信。」員外道：「有尊夫人在此，正好與甥女面會一會。有言可以盡吐，省得傳消遞息。最妙，最妙。」就叫前日老姥來接杜夫人，老姥一見聞小姐舉止形容，有些面善，只是改粧過了，一時想不出。一路想著，只管遲疑，接到間壁。裏邊景小姐出來相迎，各叫了萬福，聞小姐對景小姐道：「認得聞舍人否？」景小姐見模樣廝像，還只道或是舍人的姐妹，答道：「夫人與聞舍人何親？」聞小姐道：「小姐恁等識人？難道這樣眼鈍？前日到此，過蒙見愛的舍人，即妾身是也。」景小姐喫了一驚，仔細一認，果然一毫不差。連老姥也在傍拍手道：「是呀，是呀。我方纔道面龐熟得緊，那知就是前日的舍人。」景小姐道：「請問夫人前日為何這般打扮？」聞小姐道：「老父有難，進京辯冤，故喬粧作男，以便行路。所以前日過蒙見愛，再三不肯應承者，正為此也，後來見難推卻，又不敢實說真情，所以代友人納聘，以待後來說明。今納聘之人，已登黃甲，年紀也與小姐相當，故此愚夫婦特來奉求，與小姐了此一段姻親，報答前日厚情耳。」景小姐見說，半晌做聲不得。老姥在傍道：「多謝夫人美意，只是那位老爺姓甚名誰？夫人如何也叫他是友人？」聞小姐道：「幼年時節曾共學堂，後來同在庠中，與我家相公，三人年貌多相似，是異姓骨肉。知他未有親事，所以前日就有心替他結下了。這人姓魏，好一表人物，就是我相公同年，也不辱沒了小姐。小姐一去，也就做夫人了。」景小姐聽了這一篇說話，曉得是少年進士，有甚麼不喜歡？叫老姥陪住了聞小姐，背地去把這些說話備細告訴員外。員外見說許個進士，豈有不攛掇之理，真個是一讓一個肯，回覆了聞小姐。轉說與杜子中，一言已定。富員外設起酒來謝媒，外邊款待杜子中，內裏景小姐作主，款待杜夫人。兩個小姐，說得甚是投機，盡歡而散。

約定了回來，先教魏撰之納幣，揀個吉日，迎娶回家。花燭之夕，見了模樣，如獲天人。因說起聞小姐鬧妝納聘之事，撰之道：「那聘物原是我的。」景小姐問：「如何卻在他手裏？」魏撰之又把先時竹箭題字，杜子中拾得掉在他手裏，認做另有個姐姐，故把玉鬧妝為聘的根繇，說了一遍，齊笑道：「彼此夙緣，顛顛倒倒，皆非偶然也。」

明日，撰之取出竹箭來與景小姐看，景小姐道：「如今只該還他了。」撰之就提筆寫一柬與子中夫妻道：

既歸玉環，返卿竹箭。兩段姻緣，各從其便。一笑，一笑。

寫罷，將竹箭封了，一同送去，杜子中收了，與聞小姐拆開來看，方見八字之下，又有「蜚娥記」三字。問道：「『蜚娥』怎麼解？」聞小姐道：「此妾閨中之名也。」子中道：「魏撰之錯認了令姐，就是此三字了。若小生當時曾見此三字，這箭如何肯便與他！」聞小姐道：「他若沒有這箭起這些因頭，那裏又絆得景家這頭親事來！」兩人又笑了一回，又題了一束戲他道：

環為舊物，箭亦歸宗。兩俱錯認，各不落空。一笑，一笑。

從此兩家往來，如同親兄弟姐妹一般。

兩個甲科與聞參將辯白前事，世間情面那有不讓縉紳的。逐件贓罪得以開釋，只處得他革任回衛。聞參將也不以為意了。後邊魏杜兩人俱為顯官，聞景二小姐各生子女，又結了婚姻，世交不絕。這是蜀多才女，有如此奇奇怪怪的妙話。卓文君成都當壚，黃崇嘏相府掌記，卻又平平了。詩曰：

世上誇稱女丈夫，不聞巾幗竟為儒。
朝廷若也開科取，未必無人待賈沽。

卷十八　甄監生浪吞秘藥　春花婢誤洩風情

詩云：

自古成仙必有緣，　　仙緣不到總徒然。
世間多少癡心者，　　日對丹爐取藥煎。

話說昔日有一個老翁極好奉道，見有方外人經過，必厚加禮待，不敢怠慢。一日，有個雙髽髻的道人，特來訪他。身上甚是藍褸不像，卻神色豐滿和暢。老翁疑是異人，迎在家中，好生管待。那道人飲酒食肉，且是好量。老翁只是支持與他，並無厭倦。道人來去了幾番，老翁相待到底是一樣的。道人一日對老翁道：「貧道叨擾吾丈久矣。多蒙老丈，再無棄嫌。貧道也要老丈到我山居中，尋幾味野蔬，少少酧答厚意一番。未知可否？」老翁道：「一向不曾問得：仙莊在何處？有多少遠近？老漢可去得否？」道人道：「敝居只在山深處，原無多遠。若隨著貧道走去，頃刻就到。」老翁道：「這等，必定要奉拜則個。」當下道人在前，老翁在後，走離了鄉村鬧市去處，一步步走到荒田野徑中，轉入山路裏來。境界清幽，林木茂盛。迤逦過了幾個山嶺，山凹之中露出幾間茅舍來。道人用手指道：「此間已是山居了。」不數步，走到面前，道人開了門，拉了老翁一同進去。老翁看那裏面光景時：

雖無華屋朱門氣，　　卻有琪花瑤草春。

道人請老翁在中間堂屋裏坐下。道人自走進裏面去了一回，走出來道：「小蔬已具，老丈且消停坐一會，等貧道去請幾個道伴相陪閒話則個。」老翁喜的是道友，一發歡喜道：「師父自尊便，老漢自當坐等。」道人一徑望外去了。老翁呆呆坐著，等候多時，不見道人回來。老翁有些不耐煩，起來前後走看。此時肚裏也有些餓了，想尋些甚麼東西喫喫。料道廚房中必有，打從傍門走到廚房中來。誰想廚房中鍋竈俱無，止有些椰瓢棘匕❶之類。又有兩個陶器的水缸，用笠篷蓋著。老翁走去揭開一個來看，喫了一驚。原來是一盆清水，浸著一隻雪白小狗子，毛多撏❷乾淨了的。老翁心裏道：「怪道他酒肉不戒，還喫狗肉哩。」再揭開這一缸來看，這一驚更不小。水裏浸著一個小小孩童，手足都完全的，只是沒氣。老翁心裏纔疑道：「此道人未必是好人了。喫酒喫肉，又在此荒山居住，沒個人影的所在，卻家裏放下這兩件東西。狗也罷了，如何又有此死孩子？莫非是放火殺人之輩？我一向錯與他相處了。今日在此，也多凶少吉。」欲待走了去，又不認得來時的路，只得且耐著。正疑惑間，道人同一夥道者走來，多是些龐眉皓髮之輩，共有三四個。進草堂中與老翁相見，敘禮坐定。老翁心裏懷著鬼胎，看他們怎麼樣。只見道人道：「好教列位得知，此間是貧道的主人，一向承其厚款，無以為答。今日恰恰尋得野蔬二味在此，特請列位過來，陪著同享，聊表寸心。」道人說罷，走進裏面，將兩個瓦盆盛出兩件東西來，擺在桌上；就每人面前放一雙棘匕。向老翁道：「勿嫌村鄙，略嘗些少則個。」老翁看著桌上擺的二物，就是水缸內浸的那一隻小狗，一個小孩子。眾道流掀髯拍掌道：「老兄何處得此二奇物？」盡打點動手，

---

❶ 棘匕：「棘」是棗木；「匕」是飯匙。「棘匕」即棗木做的飯匙。

❷ 撏：用手指摘物曰「撏」。

先向老翁推遜。老翁慌了道：「老漢自小不曾破犬肉之戒，何況人肉！今已暮年，怎敢喫此！」道人道：「此皆素物，但喫不妨。」老翁道：「就是餓死也不敢喫。」眾道流多道：「果然立意不喫，也不好相強。」拱一拱手道：「恕無禮了。」四五人攢做一堆，將兩件物事喫個罄盡。盆中濺著幾點殘汁，也把來餂乾淨了。老翁呆著臉，不敢開言，只是默看。道人道：「老丈既不喫此，枉了下顧這一番。乏物相款，肚裏饑了怎好？」又在裏面取出些白糕來遞與老翁道：「此是家製的糕，儘可充饑，請喫一塊。」老翁看見是糕，肚裏本等又是餓了，只得取來吞嚼，略覺有些澀味。正是餓得荒時，也管不得好歹了。纔喫下去，便覺精神陡搜❸起來。想道：「長安雖好，不是久戀之家。趁肚裏不餓了，走回去罷。」來與道人作別，道人也不再留。但說道：「可惜了此會，有慢老丈，反覺不安。貧道原自送老丈回去。」與眾道流同出了門。眾道流叫聲：「多謝。」各自散去。道人送老翁到了相近鬧熱之處，曉得老翁已認得路，不別而去。老翁獨自走了家來。心裏只疑心這一干人多不是善男子、好相識，眼見得喫狗肉喫人肉慣的，是一夥方外採割生靈❹做歹事的強盜，也不見得。

過了兩日，那個雙髻髻的道人又到老翁家來，對老翁拱手道：「前日有慢老丈。」老翁道：「見了異樣食品，至今心裏害怕。」道人笑道：「此乃老丈之無緣也。貧道歷劫修來，得遇此二物，不敢私享。念老丈相待厚意，特欲邀至山中，同眾道侶食了此味，大家得以長生不老。豈知老丈仙緣尚薄，不得一

---

❸ 精神陡搜：吳語中至今沿用。「精神陡搜」指「精神健旺」之意。

❹ 採割生靈：一稱「採生折割」。元時常豐辰沅土人，採取生人，非理屠戮，彩畫邪鬼，買覓師巫祭賽，名曰「採生折割」。

嘗！」老翁道：「此一小犬小兒，豈是仙味？」道人道：「此是萬年靈藥，其形相似，非血肉之物也。如小犬者，乃萬年枸杞❺之根，食之可活千歲。如小兒者，乃萬年人參成形，食之可活萬歲。皆不宜犯烟火，只可生喫。若不然，吾輩皆是人類，豈能如虎狼喫那生犬生人，又毫無骸骨吐棄乎？」老翁纔想著前日喫的光景，果然是大家生啖，不見骨頭吐出來，方信其言是真。懊悔道：「老漢前日直如此懞懂，師父何不明言？」道人道：「此乃生成的緣分。沒有此緣，豈可洩漏天機？今事已過了，方可說破。」老翁搥胸跌足道：「眼面前錯過了僊緣，悔之何及！師父而今還有時，再把一個來老漢喫喫。」道人道：「此等靈根，尋常豈能再遇！老丈前日雖不曾嘗得二味，也曾喫過千年茯苓。自此也可一生無疫，壽過百歲了。」老翁道：「甚麼茯苓？」道人道：「即前日所食白糕便是。老丈的緣分只得如此，非貧道不欲相度也。」道人說罷而去。已後再不來了。自此老翁整整直活到一百餘歲，無疾而終。

可見神仙自有緣分。仙藥就在面前，又有人有心指引的，只為無緣，兀自❻不得到口。卻有一等癡心的人聽了方士之言，指望煉那長生不死之藥，死砒死汞，弄那金石之毒到了肚裏，一發不可復救。古人有言：「服藥求神仙，多為藥所誤。」自晉人作興那五石散、寒食散❼之後，不知多少聰明的人被此壞了性命。臣子也罷，連皇帝裏邊藥發不救的也有好幾個。這迷而不悟，卻是為何？只因製造之藥，其

---

❺ 枸杞：植物名，茄科，落葉灌木。果實卵形而尖，熟則色赤，供藥用，名枸杞子；其根之皮，曰地骨皮，亦入藥，見本草。俗傳多年枸杞之根，能成物形，食之可成仙云，此處指此。

❻ 兀自：和「尚且」用法同。

❼ 五石散、寒食散：「散」指「藥石屑」。此處指斥「晉人服藥求神仙」的荒謬。

方未嘗不是仙家的遺傳；卻是神仙製煉此藥，須用身心寧靜，一毫嗜慾俱無，所以服了此藥，身中水火自能自鍊，故能骨力堅強，長生不死。今世製藥之人，先是一種貪財好色之念横于胸中。正要借此藥力掙得壽命，可以恣其所為。意思先錯了；又把那耗精勞形的軀殼要降伏他金石熬煉之藥，怎當得起？所以十個九個敗了。朱文公有感遇詩云：

飄搖學仙侶，　遺世在雲山。
盜啟元命秘，　竊當生死關。
金鼎蟠龍虎，　三年養神丹。
刀圭一入口，　白日生羽翰。
我欲往從之，　脫屣諒非難。
但恐逆天理，　偷生詎能安。

看了文公此詩，也道仙藥是有的；只是就做得來，也犯造化❽所忌，所以不願學他。豈知這些不明道理之人只要蠻做蠻喫。豈有天上如此沒清頭❾，把神仙與你這夥人做了去？落得活活弄殺了。而今說一個人，信著方外人，好那丹方鼎器，弄掉了自己性命，又幾乎連累出幾條人命來。

欲作神仙，　先去嗜欲。
愚者貪淫，　惟日不足。

---

❽ 造化：指「天地」。
❾ 沒清頭：吳語，一作「嘸清頭」，指「不分皂白」之意。

借力藥餌，　　取歡枕褥。
一朝藥敗，　　金石皆毒。
誇言鼎器，　　鼎覆其餗。

話說國朝山東曹州有一個甄廷詔，乃是國子監監生。家業富厚，有一妻二妾。生來有一件癖性，篤好神仙黃白之術。何謂黃白之術？方士丹客哄人煉丹，說養成黃芽，再生白雪，用藥點化為丹，便鉛汞之類皆變黃金白銀。故此煉丹叫做黃白之術。有的只貪圖銀子，指望丹成。有的說，丹藥服了就可成仙度世，又想長生起來。有的又說，內丹成外丹亦成，卻用女子為鼎器與他交合，採陰補陽，捉坎填離，鍊成嬰兒奼女，以為內丹，名為「採戰工夫」；乃黃帝、容成公、彭祖御女之術，又可取藥，又可長生。其中有本事不濟，等不得女人精至先自戰敗了的，只得借助藥力，自然堅強耐久。又有許多話頭做作，哄動這些血氣未定的少年，其實有枝有葉，有滋有味。那甄監生心裏也要鍊銀子，也要做神仙，也要女色取樂，無所不好。但是方士所言之事，無所不依。被這些人弄了幾番諠頭❿，提了幾番罐子⓫，只是不知懊悔，死心塌地在裏頭。把一個好好的家事弄得七零八落，田產多賣盡，用度漸漸不足了。同鄉有個舉人朱大經善口勸諫了幾遭，只是不悟，乃作一首口號嘲他道：

曹州有個甄廷詔，　　養著一夥真強盜。

---

❿ 弄了幾番諠頭：「諠頭」指「騙局」，此處指被騙了幾次之意。

⓫ 提了幾番罐子：「提罐」是方士所用的隱語。初刻卷十八中說得很清楚，「只要先將銀子為母，後來覷個空兒，偷了銀子便走，叫做『提罐』。」此處指被盜了幾次銀子。

養砂乾汞立投詞，　採陰補陽去禱告。
一般青烟不見蹤，　十頃好地隨人要。
家間妻子低頭惱，　街上親朋拍手笑。

又作一首歌警戒他道：

聞君多智兮，何邪正之混施？聞君好道兮，何妻子之嗟咨？予知君不孝兮，棄祖業而無遺；又知君不壽兮，耗元氣而難醫。

甄監生得知了，心裏惱怒，發個冷笑道：「朱舉人肉眼凡夫，那裏曉得就裏，說我棄了祖業，這是他只據目前，怪不得他說，也罷。怎反道我不壽？看你們倒做了仙人不成？」恰像與那個鱉氣⑫一般的，又把一所房子賣掉了。賣得一二百兩銀子，就一氣討了四個丫頭，要把來採取，做鼎器。內中一個喚名春花，獨生得標緻出眾。甄監生最是喜歡，自不必說。

一日請得一個方士來，沒有名姓，道號玄玄子，與甄監生講著內外丹事，甚是精妙。甄監生說得投機，留在家裏多日，把向來弄過舊方請教他。玄玄子道：「方也不甚差。藥材不全，所以不成。若要成事，還要養煉藥材。這藥材須到道口集上去買。」甄監生道：「藥材明日我與師父親自買去，買了來從容養煉。至于內外事口訣，先要求教。」玄玄子先把外丹養砂乾汞許多話頭傳了；再說到內丹採戰，抽添轉換，升提呼吸，要緊關頭。甄監生聽得津津有味，道：「學生于此事究心已久，行之頗得其法。只是到得沒後一著，不能忍耐。有時提得氣上，忍得牢了，卻又興趣已過，便自軟痿，不能抽送，以此不

⑫ 與……鱉氣：即「和……使氣」之意。

能如意。」玄玄子道：「此事最難。在此地位，須是形交而神不交，方能守得牢固。然工夫未熟，一個主意要神不交，才付之無心，便自軟痿。所以初下手人必須借力于藥。有不倒之藥，然後可以行久御之術；有久御之功，然後可以收陰精之助。到得後來，收得精多，自然剛柔如意，不必用藥了。若不先資藥力，竟自講究其法，便有些說時容易做時難，弄得不尷尬，落得損了元神。」甄監生道：「藥不過是春方，有害身子。」玄玄子道：「春方乃小家之術，豈是仙家所宜用？小可有鍊成秘藥，服之久久，便可骨節堅強，長生度世。若試用鼎器，陽道壯偉堅熱，可以膠結不解，自能伸縮，女精立至，即夜度十女，金鎗不倒。此乃至寶之丹，萬金良藥也。」甄監生道：「這個就要相求了。」玄玄子便去葫蘆內傾出十多丸來，遞與甄監生道：「此藥每服一丸。然未可輕用。還有解藥。那解藥合成，尚少一味，須在明日一同這些藥料買去。」甄監生收受了丸藥，又要玄玄子參酌內丹口訣異同之處。玄玄子道：「此須晚間臥榻之上，才指點得穴道明白，傳授得做法手勢親切。」甄監生道：「總是明日要起早到道口集上去買藥，今夜學生就同在書房中一處宿了，講究便是。」當下分付家人早起做飯，天未明就要起身。倘或睡著了，飯熟時來叫一聲。家人領命已訖。是夜遂與玄玄子同宿書房，講論房事，傳授口訣。約莫一更多天，然後睡了。

第二日，天未明，家人們起來做飯停當，來叫家主起身。連呼數聲，不聽得甄監生答應，卻驚醒了玄玄子。玄玄子摸摸床子，不見主人家。回說道：「昨夜一同睡的。我睡著了，不知何往，今不在床上了。」家人們道：「那有此話！」推進門去，把火一照，只見床裏邊玄玄子睡著，外邊脫下裏衣一件，卻不見家主。盡道想是原到裏面睡去了。走到裏頭敲門問時，說道：「昨晚不曾進來。」合家驚起，尋到書房外邊一個小室之內，只見甄監生直挺挺眠于地上，看看口鼻時已是沒氣的了。大家慌張起來道：「這死得稀奇！」其子甄希賢聽得，慌忙走來仔細看時，口邊有血流出。希賢道：「此是中毒而死，必是方士之故。」希賢平日見父親所為，心中不伏氣，怪的是方士。不匡父親這樣死得不明，不恨方士恨誰？領了家人，一頭哭，一頭走，趕進書房中揪著玄玄子，不管三七二十一，拳頭腳尖齊上，先是一頓肥打。玄玄子不知一些頭腦，打得口裏亂叫：「老爺、相公。親爹爹，且饒狗命！有話再說。」甄希賢道：「快還我父親的性命來！」玄玄子慌了道：「老相公怎的了？」家人走上來，一個巴掌打得應聲響，道：「怎的了？怎的了？你難道不知道的，假撇清麼？」一把抓來，將一條鐵鍊鎖住在甄監生屍首邊了。一邊收拾後事。待天色大明了，寫了一狀，送這玄玄子到縣間來。

知縣當堂，問其實情。甄希賢道：「此人哄小人父親鍊丹，晚間同宿，就把毒藥藥死了父親。口中現有血流。是謀財害命的。」玄玄子訴道：「晚間同宿是真。只是小的睡著了，不知幾時走了起去，以後又不知怎樣死，其實一些也不知情。」知縣道：「胡說！既是同宿，豈有不知情的？況且你們這些游方光棍有甚麼做不出來！」玄玄子道：「小人見這個監生好道，打點哄他些東西，情是有的。至于死事，其實不知。」知縣冷笑道：「你難道肯自家說是怎麼樣死的不成？自然是賴的。」叫左右將夾強盜的頭號夾棍，把這光棍夾將起來。可憐那玄玄子：

管甚麼玄之又玄，只看你熬得不得。吆呵力重，這等做洗髓伐毛；叫喊聲高，用不著存神閉氣。

口中白雪流將盡，穀道黃芽掙出來。

當日把玄玄子夾得一佛出世，二佛生天⓭，又打勾一二百榔頭。玄玄子雖然是江湖上油嘴棍徒，卻是慣哄人家好酒好飯喫了，叫先生，叫師父，尊敬過的，到不曾喫著這樣苦楚。好生熬不得，只得招了道：「用藥毒死，圖取財物是實。」知縣叫畫了供，問成死罪，把來收了大監。待疊成文案，再申上司。鄉里人聞知的，多說：「甄監生尊信方士，卻被方士藥死了。雖是甄監生迷而不悟，自取其禍，那些方士這樣沒天理的！今官司明白，將來抵罪，這才為現報了。」親戚朋友沒個不歡喜的。至于甄家家人，平日多是恨這些方士入骨的。今見家主如此死了，恨不得登時咬他一塊肉，斷送得他在監裏問罪，人人稱快。不在話下。

豈知天下自有冤屈的事。元來甄監生二妾四婢，惟有春花是他新近寵愛的。多日在閨門之內，輪流侍寢，採戰取樂。終久⑭人多耳目眾，覺得春花興趣頗高，礙著同伴竊聽，不能盡情。意思要與他私下在那裏弄一個翻天覆地的快活。是夜口說，在書房中歇宿，其實暗地裏約了春花，晚間開門出來，同到側邊小室中行事。春花應允了。甄監生先與玄玄子同宿，教導術法，傳授了一更多次。習學得熟，正要思量試用。看見玄玄子睡著，即走下床來，披了衣服，悄悄出來，走到外邊。恰好春花也在裏面走出來，兩相遇著。拽著手，竟到側邊小室中，有一把平日坐著運氣的禪椅在內，叫春花脫了下衣，坐好在上面了，甄監生就舞弄起來，按著辦法，九淺一深，你呼我吸，弄勾多時。那春花花枝也似一般的後生，興趣正濃，弄得渾身酥麻，做出千嬌百媚哼哼嚻嚻的聲氣來。身子好像蜘蛛做網一般，把屁股向前突了一突，又突一突，兩隻腳一伸一縮，踏車也似的不住，間深之處緊抱住甄監生，叫聲：「我的爹，快活死

---

⑬ 一佛出世，二佛生天：見本書卷五㉞。

⑭ 終久：吳語中至今沿用，即「到底」也。

了。」早已陰精直洩。甄監生看見光景，興動了，也有些喉急，忍不住，急按住身子，閉著一口氣，將尾閭往上一趯，如忍大便一般，纔阻得不來。那些清水游精，也流個不住，雖然忍住了，只好站著不動，養扛陰戶裏面，要再抽送，就差不多丟出來。甄監生極了，猛想道：「日間玄玄子所與秘藥，且喫他一丸，必是耐久的。」就在袖裏摸出紙包來，取一丸，用唾津嚥了下去。纔嚥得下，就覺一股熱氣，竟趨丹田，一霎時陽物振盪起來，其熱如火，其硬如鐵，毫無起初欲洩之意了。發起狠來，儘力抽送。春花快活連聲，甄監生只覺他的陰戶窄小了好些。元來得了藥力，自己的肉具，漲得黃瓜也似大了，用手摸摸，兩下湊著皮，沒些些縫地。甄監生曉得這藥有些妙處，越加樂意，只是陰戶塞滿，徹覺抽送艱澀。卻是這藥果然靈妙，不必抽送，裏頭肉具自會伸縮，弄得春花死來活去，又丟過了一番。甄監生虧得藥力，這番耐得住了，誰知那陽物得了陰精之助，一發熱硬壯偉，把陰中淫水熯乾，兩相吸，牢扯拔不出。甄監生想道：「他日間原說還有解藥，不曾合成。方纔性急頭上，一下子喫了，而今怎得藥來解他。」心上一急，便有些口渴氣喘起來，對春花道：「怎得口水來喫喫便好。」春花道：「放我去取水來與你喫。」甄監生待要拔出時，卻像皮肉粘連，生了根的，略略扯動，兩下叫疼的了不得，甄監生道：「不好不好，待我高聲叫個人來取水罷。」春花道：「似此粘連的模樣，叫個人來看見，好不羞死。」甄監生道：「這等如何能勾解開？」春花道：「你丟了不得。」甄監生道：「說得是，雖是我們內養家不可輕泄，而今弄到此地位說不得了。」因而一意要泄。誰知這樣古怪，先前不要他住，卻偏要鑽將出來，而今要泄了時，卻被藥力澀住，落得頭紅面熱，火氣反望上攻。口裏哼道：「活活的急死了我。」咬得牙齒格格價響，大喊一聲道：「罷了我了。」兩手撒放，撲的望地上倒了下來，春花只覺陰戶螫得生疼，且喜已脫出了，連忙放下雙腳，站起身來道：「這是怎的說？」去扶扶甄監生時，聲息俱無，四肢挺直，但身上還是熱的，叫問不應了。春花慌了手腳，道：「這事利害。若聲張起來，不要說羞人，我這罪過須逃不去。總是夜裏沒人知道，瞞他娘罷。」且不管家主死活，輕輕的脫了身子，望自己臥房裏只一溜，溜進去睡了，並沒一個人知覺。

到得天明，合家人那查夜來細帳？卻把一個甚麼玄玄子頂了缸，以消平時惡氣，再不說他冤枉的了。只有春花肚裏明白，懷著鬼胎，不敢則聲，眼盼盼便做這個玄玄子悔氣不著也罷。看官，你道這些方士固然可恨，卻是此一件事是甄監生自家誤用其藥，不知解法，以致藥發身死，並非方士下手故殺的。況且平時提了罐，著了道兒的，又別是一夥，與今日這個方士沒相干。只為這一路的人，眾惡所歸，官打見在，正所謂「張公喫酒李公醉」，又道是「拿著黃牛便當馬」。又是個無根蒂的，沒個親戚朋友與他辨訴一紙狀紙，活活的頂罪罷了。卻是天理難昧。元不是他謀害的，畢竟事久辨白出來。這放著做後話。

且說甄希賢自從把玄玄子送在監裏了，歸家來成了孝服。把父親所作所為盡更變過來。將藥爐丹竈之類打得粉碎，一意做人家。先要賣去這些做鼎器的使女。其時有同里人李宗仁，是個富家子弟，新斷了絃。聞得甄家使女多有標緻的，不惜重價，來求一看。希賢叫將出來看時，頭一名就點中了春花。用掉了六十多兩銀子，討了家去。宗仁明曉得春花不是女身，卻容貌出眾，風情動人。兩下多是少年，你貪我愛，甚是過得綢繆。春花心性飄逸，好喫幾杯酒。有了酒，其興愈高。也是甄家家裏操鍊過，是能征慣戰的手段。宗仁肉麻頭裏高興時節，問他甄家這些採戰光景。春花不十分肯說，直等有了酒，才略略說些出來。宗仁一日有親眷家送得一小罈美酒。夫妻兩個將來對酌。宗仁把春花勸得半醉，兩個上床，乘著酒興幹起事來。就問甄家做作，春花乜斜著雙眼道：「他家動不動喫了藥做事，好不爽利煞人！只有一日正弄得極快活，可惜就收場了。」宗仁道：「怎的就收場了？」春花道：「人多弄殺了？不收場怎的？」宗仁道：「我正見說甄監生被方士藥死了的。」春花道：「那裏是方士藥死。這是一樁冤屈事。其實只是喫了他的藥，不解得，自弄死了。」宗仁道：「怎生不解得，弄死了？」春花卻把前日晚間的事，是長是短，備細說了一遍。宗仁道：「這等說起來，你當時卻不該瞞著。急急叫起人來，或者還可有救。」春花道：「我此時慌了，只管著自己身子乾淨，躲得過便罷了。那裏還管他死活！」宗仁道：「這等，你也是個沒情的。」春花道：「若救活了，今日也沒你的分了。」兩個一齊笑將起來。雖然是一番取笑說話，自此宗仁心裏畢竟有些嫌鄙⓯春花不足他的意思。

看官聽說，大凡人情專有一件古怪心裏。熱落⓰時節，便有些缺失之處，只管看出好來；略有些不像意起頭，隨你承奉他，多是可嫌的，並那平日見的好處也要揀相出不好來。這多是緣法在裏頭。有一隻小詞兒單說那緣法盡了的：

緣法兒盡了，諸般的改變；緣法兒盡了，要好也再難；緣法兒盡了，恩成怨；緣法兒盡了，好言當惡言；緣法兒盡了，也動不動變了臉。

今日說起來，也是春花緣法將盡，不該趁酒興把這些話柄一盤托了出來。男子漢心腸，見說了許多用藥淫戰之事，先自有些撚酸，不耐煩，覺得十分輕賤，又兼說道：「弄死了在地上，不管好歹且自躲

⓯ 嫌鄙：吳語中至今沿用，「討厭」，或「憎惡」之意。

⓰ 熱落：吳語中至今沿用，指「雙方熱度很高」的意思。

過，是個無情不曉事的女子。」心裏澹薄了好些。朝暮情意漸漸不投。春花看得光景出來，心裏老大懊悔。正是「一言既出駟馬難追」。此時便把舌頭剪了下來，嘴唇縫了攏去，也沒一毫用處。思量一轉，便自搥胸跌足，時刻不安。

也是合當有事。一日，公婆⑰處有甚麼不合意，罵了他：「弄死漢子的賤淫婦！」春花聽見，恰恰道著心中之事。又氣惱，又懊悔，沒怨悵處。婦人短見，走到房中，一索吊起⑱。無人防備的，那個來救解。不上一個時辰，早已嗚呼哀哉。

只緣身作延年藥，一服曾經送主終。
今日投環殆天意，雙雙採戰夜臺中。

卻說春花含羞自縊而死。過了好一會，李宗仁才在外廂走到房中。忽見了這件打鞦韆的物事，喫了一驚，慌忙解放下來，早已氣絕的了。宗仁也有些不忍，哭將起來。父母聽得，走來看時，只叫得苦。老公婆兩個互相埋怨道：「不合罵了他幾句。誰曉得這樣心性，就做短見的事！」宗仁明知道是他自懷羞愧之故，不好說將出來。鄰里地方聞知了來問的，只含糊回他道：「妻子不孝，毀罵了公婆，懼罪而死。」幸喜春花是甄家遠方討來的，沒有親戚，無人生端告執人命。卻自有這夥地方人等要報知官府，投遞結狀，相驗屍傷許多套數。宗仁也被纏得一個不耐煩，費掉了好些盤費，才得停妥。也算是大悔氣。

春花既死，甄監生家裏的事越無對證。這方士玄玄子永無出頭日子。誰知天理所在，事到其間，自

⑰ 公婆：吳語稱丈夫的「父母」做「公婆」。
⑱ 一索吊起：指「自縊」，就是說「一根繩索吊起」之意。

有機會出來。其時山東巡按⑲是靈寶許襄毅公⑳。按臨曹州，會審重囚。看見了玄玄子這宗案卷，心裏疑道：「此輩不良，用藥毒人，固然有這等事；只是人既死了，為何不走？」次早提問這事。先叫問甄希賢。希賢把父親枉死之狀說了一遍。許公道：「汝父既與他同宿，被他毒了，想就死在那房裏的了。」希賢道：「死在外邊小室之中。」許公道：「為何又在外邊？」希賢道：「想是藥發了，當不得，亂走出來尋人，一時跌倒了的。」許公道：「這等，那方士何不逃了去？」希賢道：「彼時合家驚起，登時拿住，所以不得逃去。」許公道：「死了幾時，你家纔知道？」希賢道：「約了天早同去買藥，因家人叫呼不應，不見蹤跡，前後找尋，纔看見死了的。」許公道：「這等，他要走時，也去久了。他招上說謀財害命，謀了你家多少財？而今在那裏？」希賢道：「止是些買藥之本，十分不多；還在父親身邊，不曾拿得去。」許公道：「這等，他毒死你父親何用？」希賢道：「正是不知為何這等毒害？」許公就叫玄玄子起來，先把氣拍一敲道：「你這夥人死有餘辜。你藥死甄廷詔，待要怎的？」玄玄子道：「廷詔要小人與他鍊外丹，打點哄他些銀子，這心腸是有的。其實藥也未曾買，正要同去買了。纔弄起頭，小人為何先藥死他？前日熬刑不過，只得屈招了。」許公道：「與你同宿，是真的麼？」玄玄子道：「先在一床上宿的。後來睡著了，不知幾時走了去？小人睡夢之中，只見許多家人打將進來，拿小人去償命，

⑲ 巡按：官名，明於十三省各置巡按御史一人，專以察吏安民，職權與漢刺史相似。

⑳ 靈寶許襄毅公：許進，字季升，靈寶人，成化二年進士，除御史，歷按甘肅山東皆有聲，正德元年代劉大夏為兵部尚書，半歲改吏部。後忤權閹劉瑾，致仕，被追奪誥命，家幾被籍沒。適瑾誅得解，復官致仕，未聞命而卒，年七十四。嘉靖五年謚襄毅。

小人方知主人死了。其實一些情也不曉得。」許公道：「為甚麼與你同宿？」玄玄子道：「要小人傳內事功夫。小人傳了他些口訣，又與了他些丸藥，小人自睡了。」許公道：「丸藥是何用的？」玄玄子道：「是房中秘戲之藥。」許公點頭道：「是了，是了。」又叫甄希賢問道：「你父親房中有幾人？」希賢道：「有二妾四女。」許公道：「既有二妾，焉用四女？」希賢道：「父親好道，用為鼎器。」許公道：「六人之中，誰為最愛？」希賢道：「二妾已有年紀。四女輪侍，春花最愛。」許公道：「春花在否？」希賢道：「已嫁出去了。」許公道：「嫁在那裏？快喚將來！」希賢道：「近日死了。」許公道：「怎樣死了？」希賢道：「聞是自縊死的。」許公哈哈大笑道：「即是一樁事，一個情也。其夫是何姓名？」希賢道：「是李宗仁。」許公就掣了一籤，差個皁隸去，不一時拘將李宗仁來。許公問道：「你妻子為何縊死？」宗仁磕頭道：「是不孝公姑，懼罪而死。」許公故意作色道：「分明是你致死了他，還要胡說！」宗仁慌了道：「妻子與小人從來好的，並無說話。地方鄰里見有干結在官。委是不孝小人的父母，父母要聲說，自知不是，縊死了的。」許公道：「你且說他如何不孝？」宗仁一時說不出來，只得支吾道：「毀罵公姑。」許公道：「胡說。既敢毀罵，是個放潑的婦人了；有甚懼怕？就肯自死。」指著宗仁道：「這不是他懼怕，還是你的懼怕。」宗仁道：「小人有甚懼怕？」許公道：「你懼怕甄家醜事彰露出來，鄉里間不好聽，故此把不孝懼罪之說支吾過了，可是麼？」宗仁見許公道著真情，把個臉漲紅了，開不得口。許公道：「你若實說，我不打你；若有隱匿，要問你償命。」宗仁慌了，只得實實把妻子春花喫酒醉了，說出真情：甄監生如何相約，如何採戰，如何喫了藥不解得一口氣死了的話，備細述了一遍，道：「自此以後，心裏嫌他，委實沒有好氣相待。妻子自覺失言，悔恨自縊，此是真情。因怕鄉親恥笑，所以只說因罵公姑，懼怕而死。今老爺所言分明如見，小人不敢隱瞞一句。只望老爺超生。」許公道：「既實說了，你原無罪，我不罪你。」一面錄了口詞。就叫玄玄子來道：「我曉得甄廷詔之死與你無干。只是你藥如此誤事，如何輕自與人？」玄玄子道：「小人之藥，原用解法。今甄廷詔自家妄用，喪了性命，非小人之罪也。」許公道：「卻也誤人不淺。」提筆寫道：

審得：甄廷詔誤用藥而死于淫；春花婢醉泄事而死于悔。皆自貽伊戚，無可為抵。兩死相償，足矣。玄玄子財未交涉，何遽生謀；死尚身留，必非毒害。但淫藥誤人，罪亦難免。甄希賢痛父執命，告不為誣。李宗仁無心喪妻，情更可憫。俱免擬釋放。

當下將玄玄子打了廿板，引庸醫殺人之律，問他杖一百，逐出境，押回原籍。又行文山東六府㉑，凡軍民之家敢有聽信術士道人邪說採取鍊丹者，一體問罪。發放了畢。

甄希賢回去與合家說了，才曉得當日甄監生死的緣故卻因春花；春花又為此縊死，深為駭異。盡道：「雖不干這個方士的事，卻也是平日誤信此輩，致有此禍也。」六府之人見察院行將文書來，張掛告示，三三兩兩盡傳說甄家這事，乃察院明斷，以為新聞。好些好此道的也不敢妄做了。真足為好內外丹事者之鑒。

從來內外有丹術，　不是貪財與好色。
外丹原在廣施濟，　內丹卻用調呼吸。

㉑ 山東六府：明代山東府六，屬州十五，縣八十九。山東六府即濟南府、兗州府、東昌府、青州府、萊州府、登州府是也。

而今燒汞要成家，採戰無非圖救急。
□□神僊累劫修，不及庸流眼前力。
一盆火內鍊能成，兩片皮中抽得出。

卷十九　田舍翁時時經理　牧童兒夜夜尊榮

詞云：

擾擾勞生，待足何時足。據見定隨家豐儉，便堪龜縮。得意濃時休進步！須防世事多翻覆。枉教人白了少年頭，空碌碌。

此詞乃是宋朝詩僧晦菴所作滿江紅前闋，說人生富貴榮華，常防翻覆，不足憑恃。勞生擾擾，巴前算後，每懷不足之心，空白了頭，沒用處，不如隨緣度日的好。

只看宋時嘉祐❶年間有一個宣議郎❷萬延之，乃是錢塘南新人，曾中乙科，出仕。性素剛直，做了兩三處地方州縣官，不能屈曲，中年拂衣而歸。徙居餘杭，見水鄉陂澤，可以耕種作田的。田為低窪，有水即沒，其價甚賤。萬氏費不多些本錢，買了無數。也是人家該興，連年亢旱，是處❸低田大熟。歲收租米萬石有餘，萬宣議喜歡，每對人道：「吾以萬為姓，今歲收萬石，也勾了我了。」自此營建第宅，置買田園，扳結婚姻。有人來獻勤作媒，第三公子說合駙馬都尉王晉卿家孫女為室，約費用二萬緡錢，

❶ 嘉祐：宋仁宗年號，西元一〇五五—一〇六三年間。

❷ 宣議郎：宋文職散官，作「宣義郎」。散官規定，四年一轉。

❸ 是處：作「各處」解。

才結得這頭親事。兒子因是駙馬孫壻，得補三班借職。一時富貴薰人，詐民無算。

他家有一個瓦盆，是希世的寶物。乃是初選官時，在都下，為銅禁甚嚴，將十個錢，市上買這瓦盆來盥洗。其時天氣凝寒，注湯沃面過了，將殘湯傾去，還有傾不了的，多少留些在盆內。過了一夜，凝結成冰，看來竟是桃花一枝。人來見了，多以為奇，說與宣議，宣議看見道：「冰結攏來，原是花的。偶像桃花，不是奇事。」不以為意。明日又復剩些殘水在內，過了一會，看時，另結一枝開頭牡丹，花朵豐滿，枝葉繁茂，人工做不來的。報知宣議來看，道：「今日又換了一樣，難道也是偶然？」宣議方才有些驚異道：「這也奇了，且待我試一試。」親自把瓦盆拭淨，另灑些水在裏頭。次日再看，一發結得奇異了，乃是一帶寒林，水村竹屋，斷鴻翹鷺，遠近烟巒，宛如圖畫。宣議大駭，曉得是件異寶。喚將銀匠來，把白金鑲了外層，將錦綺做了包袱，甚襲珍藏。但遇凝寒之日，先期約客，張筵置酒，賞那盆中之景。是一番另結一樣，再沒一次相同的。雖是名家畫手，見了遠愧不及。前後色樣甚多，不能悉紀。只有一遭，最奇異的，乃是上皇登極，恩典下頒，致仕官，皆得遷授一紙。宣議即加宣德郎，勑下之日，正遇著他的生辰。親戚朋友來賀喜的，滿坐堂中。是日天氣大寒，席中放下此盆，灑水在內，須與凝結成象，卻是一塊山石上坐著一個老人，左邊一龜，右邊一鶴，儼然是一幅「壽星圖」。滿堂飲酒的，無不喜歡讚歎。內中有知今識古的士人議論道：「此是瓦器，無非凡火燒成，不是甚麼天地精華，五行間氣結就的。有此異樣，理不可曉。誠然是件罕物！」又有小人輩脅肩諂笑，掇臀捧屁，稱道：「分明萬壽無疆之兆，不是天下大福人，也不能勾有此異寶，」當下盡歡而散。

此時萬氏又富又貴，又與皇親國戚聯姻，豪華無比，勢焰非常。盡道是用不盡的金銀，享不完的福祿了。誰知過眼雲烟，容易消歇。宣德郎萬延之死後，第三兒子補三班的也死了。駙馬家裏見女壻既死，來接他郡主回去。說道萬家家資多是都尉府中帶來的，夥著二三十男婦，內外一搶，席捲而去。萬家兩個大兒子只好眼睜睜看他使勢行兇，不敢相爭。內財一空，所有低窪田千頃，每遭大水淹沒，反要賠糧，巴不得推與人了，倒乾淨，憑人佔去。家事盡消，兩子寄食親友，流落而終。

此寶盆被駙馬家取去，後來歸了蔡京太師。識者道：「此盆結冰成花，應著萬家之富，猶如冰花一般，原非堅久之家，乃是不祥之兆。」然也是事後猜度，當他盛時，那個肯是這樣想？敢是這樣說？直待後邊看來，真個是如同一番春夢。所以古人寓言，做著邯鄲夢記❹、櫻桃夢記❺盡是說那富貴繁華，直同夢境。卻是一個人做得一個夢了卻一生，不如莊子所說那牧童做夢，日裏是本相，夜裏做王公，如此一世，更為奇特。聽小子敷衍來著：

人世原同一夢，　夢中何異醒中？
若果夜間富貴，　只算半世貧窮。

話說春秋時，魯國曹州有座南華山，是宋國商丘小蒙城莊子休流寓來此隱居著書，得道成仙之處。後人稱莊子為南華老僊，所著書就名為南華經，皆因此起。彼時山畔，有一田舍翁，姓莫名廣，專以耕

❹ 邯鄲夢記：明崑曲大家湯顯祖根據唐李泌的傳奇小說枕中記，著作傳奇邯鄲記，合紫釵記、南柯記、還魂記，稱玉茗堂四種曲，收六十種曲中。

❺ 櫻桃夢記：明陳與郊撰櫻桃夢，故事本太平廣記卷二百八十二，原出唐任繁的夢遊錄。此劇收古本戲曲叢刊二集中。

種為業。家有肥田數十畝，耕牛數頭，工作農夫數人。茆簷草屋，衣食豐足，算做山邊一個土財主。他並無子嗣，與莊家老姥夫妻兩個早夜算計思量，無非只是耕田，鋤地，養牛，牧豬之事。幾句詩，單道田舍翁的行徑：

田舍老翁性夷逸，僻向小山結幽室。生意不滿百畝田，力耕水耨艱為食。春晚喧喧布穀鳴，春雲靄靄簷溜滴。呼童載犁躬負鋤，手牽黃犢頭戴笠。一耕不自己，再耕還自力，三耕且種苗，看看秀而碩。夏耘勤勤秋復來，禾黍如雲堪刈銍，擔籮負囊紛斂歸，倉盈囤滿居無隙。教妻囊酒賽田神，烹羊宰豚享親戚，擊鼓鼕鼕樂未央，忽看玉兔東方白。

那個莫翁勤心苦力，牛畜漸多。莊農不足，要尋一個童兒，專管牧養。其時本莊有一個小廝兒，祖家姓言，因是父母雙亡，寄養在人家，就叫名寄兒。生來愚蠢，不識一字，也沒本事做別件生理，只好出力做工度活。一日在山邊拔草，忽見一個雙丫髻的道人走過，把他來端相了一回，道：「好個童兒！儘有道骨，可惜癡性頗重，苦障未除，肯跟我出家麼？」寄兒道：「跟了你，怎受得清淡過？」道人道：「不跟我，怎受得煩惱過？也罷，我有個法兒，教你夜夜快活，你可要學麼？」寄兒道：「夜裏快活，也是好的，怎不要學？師父可指教我。」道人道：「你識字麼？」寄兒道：「一字也不識。」道人道：「不識也罷，我有一句真言，只有五個字，既不識字，口傳心授，也容易記得。」遂叫他將耳朵來，「說與你聽，你牢記著！」是那五個字？乃是：

婆珊婆演底

道人道：「臨睡時，將此句念上百遍，管你有好處。」寄兒謹記在心。道人道：「你只依著我，後會有期。」捻著漁鼓簡板，口唱道情❻，飄然而去。是夜寄兒果依其言，整整念了一百遍，然後睡下。才睡得著，就入夢境。正是：

人生勞擾多辛苦，　已遜山間枕石眠。
況是夢中遊樂地，　何妨一覺睡千年。

看官牢記話頭，這回書，一段說夢，一段說真，不要認錯了。卻說言寄兒睡去，夢見身為儒生，粗知文義，正在街上斯文氣象，搖來擺去。忽然見個人來說道：「華胥國❼王，黃榜招賢，何不去求取功名，圖個出身？」寄兒聽見，急取官名寄華，恍恍惚惚，不知塗抹了些甚麼東西，叫做「萬言長策」，將去獻與國王。國王發與那掌文衡的看閱。寄華使用了些馬蹄金，作為贄禮。掌文衡的大悅，說這個文字乃驚天動地之才，古今罕有。加上批點，呈與國王。國王授為著作郎，主天下文章之事。旗幟鼓樂，高頭駿馬，送入衙門到任。寄華此時身子如在雲裏霧裏，好不風騷！正是：

電光石火夢中身，　白馬紅纓衫色新。
我貴我榮君莫羨，　做官何必讀書人？

寄華跳得下馬，一個虛跌，驚將醒來，擦擦眼，看一看，仍睡在草鋪裏面，叫道：「呸，呸，作他娘的怪！我一字也不識的，卻夢見獻甚麼策，得做了官，管甚麼天下文章。你道是真夢麼？且看他怎生應驗？」

---

❻ 道情：散曲黃冠體的別名。本為道士所歌，大抵是離塵絕俗語。
❼ 華胥國：列子黃帝：「黃帝晝寢而夢遊於華胥氏之國，其國無帥長，自然而已。其民無嗜欲，自然而已。既寤，悟然自得，天下大治。」

嗤嗤的，還定著性想那光景。只見平日往來的鄰里沙三走將來叫寄兒道：「寄哥，前村莫老官家尋人牧牛，你何不投與他家了？省得短趁❽，閒了一日，便待嚼本。」寄兒道：「投在他家，可知好哩。只是沒人引我去。」沙三道：「我昨日已與他家說過你了，今日我與你同去，只要寫下文券，就成了。」「多謝美情，指點則個。」兩個說說話話，一同投到莫家來。莫翁問其來意，沙三把寄兒勤謹過人，願投門下牧養，說了一遍。莫翁看寄兒模樣老實，氣力粗夯，也自歡喜。情願僱傭，叫他寫下文券。寄兒道：「我須不識字，寫不得。」沙三道：「我寫了，你畫個押罷。」沙三曾在村學中讀過兩年書，儘寫得幾個字。便寫了一張情願受僱，專管牧畜的文書。雖有幾個不成的字兒，意會得去，也便是了。後來年月之下，要畫個押字，沙三畫了，寄兒拿了一管筆，不知是「左畫是，右畫是。」自想了，暗笑道：「不知昨夜怎的獻了萬言長策來？」捻著筆千斤來重。沙三把定了手，才畫得一個十字。莫翁當下發了一季工食，著他在山邊草房中住宿，專管牧養。寄兒領了匙鑰，與沙三同到草房中。寄兒謝了沙三些常例媒錢。是夜就在草房中宿歇。依著道人念過五字真言百遍，倒翻身便睡。看官，你道從來只有說書的續上前因，那有做夢的接著前事？而今煞是古怪，寄兒一覺睡去，仍舊是昨夜言寄華的身份。頂冠束帶，新到著作郎衙門升堂理事。只見蹌蹌蹡蹡，一群儒生，將著文卷，多來請教。寄華一一批答，好的，歹的，圈的，抹的，發將下去，紛紛爭看。眾人也有服的，也有不服的，諠譁鬧嚷起來，寄華發出規條，吩咐多要遵繩束，如不伏者，定加鞭笞。眾儒方弭耳拱聽，不敢放肆。俱各從容雅步，逡巡而退。是日，同衙門官擺著公會筵席，特賀到任。美酒嘉餚，珍羞百味，歌的歌，舞的舞，大家盡歡。直喫到斗轉參橫，

❽ 短趁：做短工。

才得席散，回轉衙門裏來。

那邊就寢，這邊方醒。想著明明白白記得的，不覺失笑道：「好怪麼？那裏說起？又接著昨日的夢，身做高官，管著一班士子，看甚麼文字？我曉得文字中喫的不中喫的？落得喫了些酒席，倒是快活起來。」抖抖衣服，看見襤褸，嘆道：「昨夜的袍帶，多在那裏去了？」將破布襖穿著停當，走下得床來。只見一個莊家老蒼頭，奉著主人莫翁之命，特來交盤牛畜與他。一群牛，共有七八隻。寄兒逐隻看相，用手去牽他鼻子。那些牛不曾認得寄兒，是個面生的，有幾隻馴擾不動，有幾隻奔突起來。老蒼頭將一條皮鞭付與寄兒。寄兒趕去，將那奔突的牛，兩三鞭打去。那些牛不敢違拗，順順被寄兒牽來一處拴著。寄兒慢慢喂放。老蒼頭道：「你新到我主翁家來，我們該請你喫三杯。昨日已約下沙三哥了，這早晚他敢就來。」說未畢，沙三提了一壺酒，一個籃，籃裏一碗肉、一碗芋頭、一碟荳，走將來。老蒼頭道：「正等沙三哥來商量喫三杯，你早已辦下了，我補你份罷。」寄兒道：「甚麼道理，要你們破鈔？我又沒得回答處，我也出個份在內罷了。」老蒼頭道：「甚麼大事！值得這個商量。我們盡個意思兒罷。」三人席地而坐，喫將起來。寄兒想道：「我昨夜夢裏的筵席，好不齊整！今卻受用得這些東西，豈不天地懸絕！」卻是怕人笑他，也不敢把夢中事告訴與人。正是：

對人說夢，說聽皆癡。
如魚飲水，冷暖自知。

寄兒酒量原淺，不十分喫得，多飲了一杯，有些醺意，兩人別去。

寄兒就在草地上一眠，身子又到華胥國中去。國王傳下令旨，訪得著作郎能統率多士，繩束嚴整，特賜錦衣冠帶一襲，黃蓋一頂，導從鼓吹一部。出入鳴騶，前呼後擁，好不興頭。忽見四下火起，忽然驚覺。身子在地上眠著，東方大明，日輪紅焰焰鑽將出來了。起來喫些點心，就騎著牛，四下裏放草。那日色在身上晒得熱不過，走來莫翁面前告訴。莫翁道：「我這裏原有簑笠一副，是牧養的人，一向穿的。又有短笛一管，也是牧童的本等。今拏出來，交付與你，你好好去看養。若瘦了牛畜，要與你說話的。」牧童道：「再與我一把傘遮遮身便好。若只是笠兒，只遮得頭，身子須晒不過。」莫翁道：「那裏有得傘？池內有的是大荷葉，你日日摘將來遮身不得？」寄兒唯唯受了簑笠短笛，果在池內摘張大荷葉擎著，騎牛前去。牛背上自想道：「我在華胥國裏是個貴人，今要一把日照❾也不能勾了，卻叫我擎著荷葉遮身。」猛然想道：「這就是夢裏的黃蓋了，簑與笠就是錦袍官帽了。」橫了笛，吹了兩聲，笑道：「這可不是一部鼓吹麼？我而今想來，只是睡的快活。」有詩為證：

草鋪橫野六七里，笛弄晚風三四聲。
歸來飽飯黃昏後，不脫簑笠臥月明。

自此之後，但是睡去，就在華胥國去受用富貴。醒來只在山坡去處做牧童，無日不如此，無夢不如此。不必逐日逐夜，件件細述，但只揀有些光景的，纔把來做話頭。

一日國中國王有個公主要招贅駙馬，有人啟奏：「著作郎言寄華，才貌出眾，文彩過人，允稱此選。」國王准奏，就著傳旨：「欽取著作郎為駙馬都尉，尚范陽公主！」迎入駙馬府中成親。燈燭輝煌，儀文璀璨，好不富貴！有賀新郎詞❿為證：

❾ 日照：即傘。

瑞氣籠清曉，捲珠簾，一時齊奏。無限神仙離蓬島，鳳駕鸞車初到。見擁個仙娥窈窕，玉珮叮噹風縹緲，望嬌姿一似垂楊裊。天上有，世間少。

那范陽公土生得面長耳大，曼聲善嘯，規行矩步，頗會周旋，寄華身為王壻，日夕公主之前，對案而食，比前受用，更加貴盛。明日睡醒，主人莫翁來喚，因為家中有一匹拽磨的牝驢兒，一并交與他牽去喂養。寄兒牽了，暗笑道：「我夜間配了公主，怎生烜赫！卻今日來弄這個買賣？伴這個眾生⓫！」跨在背上，打點也似騎牛的騎了到山邊去。誰知騎上了背，那驢兒只是團團而走，並不前進，蓋因是平日拽的磨盤走慣了。寄兒沒奈何，只得跳下來，打著兩鞭，牽著前走。從此又添了牲口，恐怕走失，飲食無暇。只得備著乾糧，隨著四處放牧。莫翁又時時來稽查，不敢怠慢一些兒。辛苦一日，只圖得晚間好睡。

是夜又夢見在駙馬府裏，正同著公主歡樂，有鄰邦玄菟、樂浪二國前來相犯。華胥國王傳旨，命駙馬都尉言寄華討議退兵之策。言寄華聚著舊日著作衙門一干文士到來，也不講求如何備禦，也不商量如何格鬥，只高談正心誠意，強鄰必然自服。諸生中也有情願對敵的，多退著不用。只有兩生獻策，他一個到玄菟；一個到樂浪，捨身往質，以圖講和。言寄華大喜，重發金帛，遣兩生前往。兩生屈己聽命，飽其所欲，果然那兩國不來。言寄華誇張功績，奏上國王。國王大悅，敘錄軍功，封言寄華為黑甜鄉侯，加以九錫，身居百僚之上，富貴已極。有詩為證：

---

❿ 賀新郎詞：此詞據本書卷二十五卷首，說是宋時辛棄疾詞，待考。兩兩相較，此為賀新郎詞的上一段。而且在「捲珠簾」下，缺「次第笙歌」四字。

⓫ 眾生：吳俗語，相當北方語的「畜生」。

當時魏絳⓬主和戎，　　豈是全將金幣供？
厥後宋人偏得意，　　一班道學自雍容。

言寄華受了封侯錫命，綠轂袞冕，鸞輅乘馬，彤弓盧矢，左建朱鉞，右建金戚，手執圭瓚，道路輝煌。自朝歸第，有一個書生叩馬上言，道：「日中必昃，月滿必虧。明公功名到此，已無可加。急流勇退，此其時矣。直待福過災生，只恐悔之無及！」言寄華此時志得意滿，那裏聽他，笑道：「我命中生得好，自然富貴逼人，有福消受，何須過慮，只管目前享用勾了。寒酸見識，曉得甚麼？」大笑墜車，喫了一驚。醒將起來，點一點牛數，只叫得：「苦！」內中不見了二隻，山前山後，到處尋訪蹤跡。原來一隻被虎咬傷，死在坡前；一隻在河中喫水，浪湧將來，沒在河裏。寄兒看見，急得亂跳，道：「夢中甚麼兩國來侵，誰知倒了我兩頭牲口？」急去報與莫翁，莫翁聽見大怒道：「此乃你的典守，人多說你，只是貪睡，眼見得坑了我頭口！」取過匾擔來要打，寄兒負極辯道：「虎來時，牛尚不敢敵，況我敢與他爭奪，救得轉來的？那水中是牛常往之所，波浪湧來，一時不測，也不是我力攔得住的。」莫翁雖見他辯得有理，卻是做家心重的人，那裏捨得兩頭牛死？怒吽吽不息，定要打匾擔十下。寄兒哀告求饒，纔饒得一下，打到九下住了手。寄兒淚汪汪的走到草房中，摸摸臀上痛處道：「甚麼九錫？九錫？到打了九下屁股。」想道：「夢中書生勸我歇手，難道教我不要看牛不成？從來說：『夢是反的：夢福得禍，夢笑得哭。』我自念了此咒，夜夜做富貴的夢，所以日裏到喫虧。我如今不念他了，看待怎的？」誰知這樣作怪，此咒不念，恐怖就來。

⓬ 魏絳：春秋晉大夫，悼公時，山戎無終子請和，絳言和有五利，乃盟諸戎。

是夜夢境，范陽公主疽發於背，偃蹇不起。寄華盡心調治未痊。國中一二三新進小臣，逆料公主必危，寄華勢焰將敗，摭拾前過，糾彈一本，說他禦敵無策，冒濫居功，欺君誤國許多事件。國王覽奏大怒，將言寄華削去封爵，不許他重登著作堂，鎖去大窖邊聽罪。公主另選良才別降⓭。令旨已下，隨有兩個力士將鋃鐺鎖了言寄華到那大糞窖邊墩著。寄華看那糞穢狼籍，臭不堪聞。嘆道：「我只道到底富貴，豈知有此惡境乎？書生之言，今日驗矣。」不覺號咷痛哭起來。這邊噙淚而醒，啐了兩聲道：「作你娘的怪，這番做這樣的惡夢！」看視牲口，那邊驢子蹇臥地下，打也打不起來。看他背項之間，乃是繩損處，爛了老大一片跎踏。寄兒慌了道：「前番倒失了兩頭牛，打得苦惱。今這眾生，又病害起來。萬一死了，又是我的罪過。」忙去打些水來，替他澆洗腐肉，再去拔些新鮮好草來喂他。拿著鍥刀⓮望山前地上下手斫時，有一棵草甚韌，刀斫不得。寄兒性起，連根一拔，拔出泥來。泥鬆之處，露出石板。那草根還纏纏繞繞絆在石板縫內。寄兒將鍥刀撬將開來，板底下是個周圍石砌就的大窖，裏頭多是金銀。寄兒看見，慌了手腳，揟揟眼道：「難道白日裏又做夢麼？」定睛一看，草木樹石，天光雲影，眼前歷歷可數。料道非夢，便把鍥刀草蔀⓯一撩：「還幹那營生麼？」取起五十多兩一大錠在手，權把石板蓋上，仍將泥草遮覆，竟望莫翁家裏來見莫翁。未敢竟說出來，先對莫翁道：「寄兒蒙公公相托，一向看牛不差。近來時運不濟，前日失了兩頭牛，今蹇驢又生病，寄兒看管不來。今有大銀一錠，納與公公，

⓭ 降：封建帝王稱公主招駙馬做「降」或「下嫁」。

⓮ 鍥刀：「鍥」即「鐮」，鍥刀即鐮刀。

⓯ 草蔀：草製有蓋的盛具。

憑公公除了原發工銀，餘者給還寄兒為度日之用。放了寄兒，另著人牧放罷。」莫翁看見是錠大銀，喫驚道：「我田家人苦積勤趲了一世，只有些零星碎銀，自不見這樣大錠。你卻從何處得來？莫非你合著外人做那不公不法的歹事？你快說個明白，若說得來歷不明，我須把你送出官府，究問下落。」寄兒道：「好教公公得知，這東西多哩。我只拏得他一件來看樣。」莫翁駭道：「在那裏？」寄兒道：「在山邊一個所在，我因斫草掘著的，今石板蓋著哩。」莫翁情知是藏物，急叫他不要聲張，悄悄問寄兒，到那所在來。寄兒指與莫翁，揭開石板來看，果是一窖金銀，不計其數。莫翁喜得打跌，拊著寄兒背道：「我的兒，偌多金銀東西，我與你兩人一生受用不盡。今番不要看牛了，只在我莊上喫些安樂茶飯，掌管帳目。這些牛隻，另自僱人看管罷。」兩人商量，把個草蔀來裏外用亂草補塞，中間藏著窖中物事⑯。莫翁前走，寄兒駝了後隨，運到家中放好，仍舊又用前法去取，不則一遭，把石窖來運空了。莫翁到家，歡喜無量。另叫一個蒼頭去收拾牛隻。是夜就留寄兒在家中宿歇，寄兒的床鋪，多換齊整了。寄兒想道：「昨夜夢中喫苦，誰想糞窖正應著發財，今日反得好處。果然，夢是反的，我要那夢中富貴則甚？那五字真言，不要念他了。」

其夜睡去，夢見國王將言寄華家產抄沒，發在養濟院中度日。只見前日的叩馬書生高歌將來道：

> 落葉辭柯，人生幾何！六戰國而漫流人血，三神山而杳隔鯨波。任誇百斛明珠，虛延遐算；若有一卮芳酒，且共高歌。

寄華聞歌，認得其人。邀住他道：「前日承先生之教，不能依從。今日至於此地，先生有何高見，可以

⑯ 物事：此處「物事」，指窖中所藏的金銀。

救我？」那書生不慌不忙，說出四句來道：

顛顛倒倒　　何時局了？
遇著漆園⓱　　還汝分曉。

說罷，書生飄然而去，寄華扯住不放，被他袍袖一摔，閃得一跌，即時驚醒。張目道：「還好，還好。一發沒出息，弄到養濟院裏去了。」須臾，莫翁走出堂中，原來莫翁因得了金錢，晚間對老姥說道：「此皆寄兒的造化，掘著的功不可忘。我與你沒有兒女，家事無傳。今平空地得來許多金銀，雖道好，沒取得他的。不如認義他做個兒子，把家事付與他，做了一家一計，等他養老了我們。這也是我們知恩報處。」老姥道：「說得有理。我們眼前沒個傳家的人，別處平白地尋將來，要承當家事，我們也氣不平。今這個寄兒，他見有著許多金銀，付在我家，就認義他做了兒子，傳我家事，也還是他多似我們的，不叫得過分。」商量已定，莫翁就走出來，把這意思說與寄兒。寄兒道：「這個折殺小人，怎麼敢當？」莫翁道：「若不如此，這些東西，我也何名享受你的。我們兩老商議了一夜，主意已定，不可推辭。」寄兒沒得說，當下納頭拜了四拜，又進去把老姥也拜了。自此改名為莫繼，在莫家莊上做了乾兒子。

本是驢前廝養，　　今為舍內螟蛉。
何緣分外親熱？　　只看黃金滿籯。

卻是此番之後，晚間睡去，就做那險惡之夢。不是被火燒水沒，便是被盜劫官刑。初時心裏道：「夢裏雖不妙，日裏落得好處，不像前番做快活夢時，日裏受辛苦。」以為得意，後來到得夜夜如此，每每驚

⓱ 漆園：莊子在周時曾為蒙漆園吏，見史記本傳。此處指莊子。

魔不醒，才有些慌張。認舊念取五字真言，卻不甚靈了。你道何故？只因財利迷心，身家念重，時時防賊發火起，自然夢魂顛倒。怎如得做牧童時，無憂無慮，飽食安眠，夜夜夢裏逍遙，享那王公之樂？莫繼要尋前番夢境，再不能勾。心裏鶻突，如醉如癡，生出病來。莫翁見他如此，要尋個醫人來醫治他。只見門前有一個雙丫髻的道人走將來，口稱善治人間恍惚之症。莫翁接到廳上，教莫繼出來相見。原來正是昔日傳與真言的那個道人，見了莫繼道：「你的夢還未醒麼？」莫繼道：「師父，你前者教我真言，我不曾忘了。只是前日念了，夜夜受用，後來因夜裏好處多，應著日裏歹處，一程兒不敢念，便再沒快活的夢了。而今就念煞也無用了，不知何故？」道人道：「我這五字真言，乃是主夜神咒。華嚴經云：

> 善財童子，參善知識，至閻浮提摩竭提國迦毗羅城。見主夜神，名曰『婆珊婆演底』。神言我得菩薩，破一切生癡暗法，光明解脫。

所以持念百遍，能生歡喜之夢。前見汝苦惱不過，故使汝夢中快活。汝今日間要享富貴，晚間宜受恐怖，此乃一定之理。人世有好必有歉，有榮華必有銷歇。汝前日夢中豈不見過了麼？」莫繼言下大悟，倒身下拜道：「師父，弟子而今曉得世上沒有十全的事，要那富貴無幹，總來與我前日封侯拜將一般。不如跟著師父出家去罷。」道人道：「吾乃南華老仙漆園中高足弟子。老仙道：『汝有道骨。』特遣我來度汝的。汝既見了境頭，宜早早回首。」莫繼遂是長是短述與莫翁莫姥。兩人見是真仙來度他，不好相留。況他身子去了，遺下了無數金銀，兩人儘好受用，有何不可。只得聽他自行。莫繼隨也披頭髮，挽做兩丫髻，跟著道人雲遊去了。後來不知所終，想必成仙了道去了。看官不信，只看南華真經有此一段因果。話本說徹，權作收場。

總因一片婆心，　日向癡人說夢。
此中打破關頭，　棒喝何須拈弄。

卷二十　賈廉訪贗行府牒　商功父陰攝江巡

詩曰：

世人結交須黃金，　黃金不多交不深。
縱令然諾暫相許，　終是悠悠行路人。

這四句，乃是唐人之詩，說天下多是勢利之交，沒有黃金成不得相交。這個意思還說得淺，不知天下人，但是見了黃金，連那一向相交人也不顧了。不要說相交的，總是至親骨肉，關著財物面上，就換了一條肚腸，使了一番見識，當面來弄你、算計你，幾時見為了親眷❶，不要銀子做事的？幾曾見眼看親眷富厚，不想來設法要的？至於撞著有些不測事體，落了患難之中，越是平日往來密的，頭一場先是他騙你起了。

直隸常州府武進縣有一個富戶，姓陳名定，有一妻一妾。妻巢氏，妾丁氏。妻已中年，妾尚少艾❷。陳定平日情分在巢氏面上淡些，在丁氏面上濃些，卻也相安無說。巢氏有兄弟巢大郎，是一個鬼頭鬼腦的人，奉承得姐夫姐姐好。陳定托他掌管家事，他內外攬權，百般欺侵，巴不得姐夫有事就好科派❸用

❶ 親眷：見本書卷一㉓。

❷ 少艾：「艾」，「美好」之意。「少艾」作「年少美貌」解。

度，落來肥家。一日巢氏偶染一病，大凡人病中，性子易得惹氣。又且其夫有妾，一發易生疑忌，動不動就嘔氣。說道：「巴不得我死了，讓你們自在快樂，省做你們眼中釘。」那陳定男人家心性，見大娘有病在床，分外與小老婆肉麻的榜樣，也是有的。遂致巢氏不堪，日逐惱罵，也是陳定與丁氏合該悔氣，平日既是好好的，讓他是個病人，忍耐些個罷了。陳定見他聒絮❹不過，回答他幾句起來。巢氏倚了病勢，要死要活的，顛了一場。陳定也沒好氣的，也不來管他好歹，巢氏自此一番，有增無減。陳定慌了，竭力醫禱無效，丁氏也自盡心伏侍，爭奈病痛犯拙，畢竟不起，嗚呼哀哉了。陳定平時家裏飽煖，妻妾享用，鄉鄰❺人忌尅他的多，看想他❻的也不少。今聞他大妻已死，有曉得他病中相爭之事的，來挑著巢大郎道：「聞得令姐之死，起於妻妾相爭。你是他兄弟，怎不執命告他？你若進了狀，我鄰里人家，少不得要執結人命虛實，大家有些油水❼。」巢大郎是個乖人，便道：「我終日在姐夫家裏走動，翻那面皮不轉❽。不若你們聲張出首，我在裏頭做好人，少不得聽我處法。我就好幫襯你們了。只是你們要硬著些，必是到得官，方起發得大錢。只說過了，處來要對分的。」鄰里人道：「這個當得。」兩下寫開合同，果然鄰里閒合出❾三四個「要有事」、「怕太平」的人來，走到陳定家裏喧嚷說：「人命死得不

❸ 科派：即攤派。
❹ 聒絮：見本書卷二㊾。此處指「嘮叨」。
❺ 鄉鄰：吳語，稱「鄰居」做「鄉鄰」。
❻ 看想他：吳語，作「眼紅他的生活享用，要算計他」解。
❼ 有些油水：見本書卷十㉗。
❽ 翻那面皮不轉：吳語稱「板臉」或「變臉」，作「翻轉面皮」，此處言其不好意思「變臉」也。

明，必要經官，入不得殮！」巢大郎反在裏頭勸解，私下對陳定說：「我是親兄弟，沒有說話，怕他外人怎的？」陳定謝他道：「好舅舅，你退得這些人，我自重謝你。」巢大郎即時揚言道：「我姐姐自是病死的，有我做兄弟的在此，何勞列位多管！」鄰里人自有心照，曉得巢大郎是明做好人之言，假意道：「你自私受軟口湯❿，到來吹散我們，我們自有說話處。」一鬨而散。陳定心中好不感激巢大郎，怎知他卻暗裏串通地方，已自出首武進縣了。武進縣知縣，是個貪夫，其時正有個鄉親，在這裏打抽豐⓫，未得打發，見這張首狀，是關著人命，且曉得陳定名字，是個富家，要在他身上設處些，打發鄉親起身。立時准狀，僉牌來拿陳定到官。不繇分說，監在獄中。陳定急了忙叫巢大郎到監門口與他計較，叫他快尋分上⓬。巢大郎心中機謀，說道：「分上固要，原首人等也要洒派些，免得他每做對頭，纔好脫然無累。」陳定道：「但憑舅舅主張，要多少時，我寫去與小妾教他照數付與舅舅。」巢大郎道：「這個定不得數，我去用看，替姐夫省得一分是一分。」陳定道：「只要快些完得事，就多著些也完了。」巢大郎別去，就尋著了這個鄉里與他說，倒了銀子，要保全陳定無事。陳定面前說了一百兩，取到了手，實與得鄉里四十兩。鄉里是要緊歸去之人，挑得籃裏便是菜⓭，一個信送將進去，登時把陳定放了出來。

❾ 合出：「集合出來」之意。

❿ 軟口湯：說他「私受財物，因而嘴軟」。

⓫ 打抽豐：一作「打秋風」。俗指抽分人之有餘叫做「打抽豐」。郎瑛七修類稿：「米芾札中有『抽豐』二字，即世云『秋風』之義，蓋彼處豐稔，往抽分之耳。」

⓬ 快尋分上：作「快找人向知縣說人情」解。

⓭ 挑得籃裏便是菜：吳俗語，一作「拾著籃裏便是菜」，一般譬喻人只要得著一點就行，毫不挑好嫌歹之意。

巢大郎又替他說合地方鄰里，約費了百來兩銀子，盡皆無說。少不得巢大郎又打些虛賬，又與眾人私下平分，替他做了好些買賣，當官歸結了。鄉里得了銀子，當下動身回去。巢大郎貪心不足，想道：「姐夫官事，其權全在於我，要息就息。前日鄉里分上，不過保得出獄，何須許多銀子？他如今已離了此處，不怕他了，不免趕至中途，倒他的出來。」遂不通陳定知道，竟連夜趕到丹陽，撞見鄉里正在丹陽寫轎，一把扭住討取前物。鄉里道：「已是說到見效過的，為何又來翻賬？」巢大郎道：「官事問過，地方原無詞說，屍親願息，自然無事的。起初無非費得一保，怎值得許多銀子？」兩不相服，爭了半日，巢大郎要死要活，又要首官。那個鄉里是個有體面的，忙忙要走路，怎當得如此歪纏，恐怕惹事，忍著氣拏出來還了他。巢大郎千歡萬喜轉來了。鄉里受了這場虧，心裏不甘，捎個便信把此事告訴了武進縣知縣。知縣大怒，出牌重問，連巢大郎也標在牌上，說他私和人命，要拿來出氣。巢大郎虛心，曉得是替鄉里報仇，預先走了。只苦的是陳定，一同妾丁氏俱拿到官，不繇分說，先是一頓狠打，發下監中。出牌吊屍，叫集了地方人等簡驗起來，陳定不知是那裏起的禍，沒處設法一些手腳。知縣是有了成心的，只要從重坐罪，先分付仵作報傷要重，仵作揣摩了意旨，將無作有，多報的是拳毆腳踢致命傷痕。巢氏幼時喜喫甜物，面前牙齒落了一個，也做硬物打落之傷，竟把陳定問了鬥毆殺人之律。妾丁氏威逼期親尊長⑭致死之律，各問絞罪。陳定央了幾個分上來說，只是不聽。丁氏到了女監，想道：「只為我一身，致得丈夫，受此大禍。不若做我一個不著，好歹出了丈夫。」他算計定了，解審察院，見了陳定遂把這話說

⑭ 期親尊長：「期」是封建制度中喪服五服之一「齊衰」期年，叫做期服。正妻死，妾亦應服此服，因為在這個制度中，妻是妾的親尊長。按照刑律，妾威逼正妻致死，處絞刑。

知。當官招道：「不合與大妻廝鬧，手起凳子打落門牙，即時暈地身死，並與丈夫陳定無干。」察院依口詞，駁將下來，刑館再問，丁氏一口承認。丁氏曉得有了此一段說話在案內了，丈夫到底脫罪，然必須身死，問官方肯見信，作做實據，游移不得。亦且丈夫可以速結。是夜在監中自縊而死，監中呈報，刑館看詳巢氏之死，既係丁氏生前招認下手，今已懼罪自盡，堪以相抵，原非死後添情推卸，陳定止斷杖贖發落。陳定雖然死了愛妾，自卻得釋放，已算大幸。一喜一悲，到了家內，方纔見有人說巢大郎許多事蹟：「這件是非，全是他起的，在裏頭打偏手⓯使用，得了偌多東西還不知足，又去知縣鄉里處拔短梯⓰，故重複弄出這個事來，他又脫身去了，枉送了丁氏一條性命。」陳定想著丁氏捨身出脫他罪，不覺越恨巢大郎得緊了。只是逃去未回，不得見面。

後來知縣朝覲去了，巢大郎已知陳定官司問結，放膽大了，喜氣洋洋，轉到家裏。只道陳定還未知其奸，照著平日光景前來探望。陳定雖不說破甚麼，卻意思冷淡了好些。巢大郎也看得出，且喜財物得過，儘幾時的受用，便姐夫怪了也不以為意。豈知天理不容，自見了姐夫歸家來，他妻子便癲狂起來，口說的多是姐姐巢氏的說話。嚷道：「好兄弟，我好端端死了，只為你要銀子，致得我粉身碎骨⓱，地下不寧。你快超度我便罷。不然我要來你家作祟，領兩個人去。」巢大郎驚得只是認不是討饒，去請僧道念經設醮，安靜得兩日，又換了一個口聲，道：「我乃陳妾丁氏，大娘死與我何干？為你家貪財，致

⓯ 打偏手：見本書卷十六⓮。
⓰ 拔短梯：吳俗語，指「和人相約，末了失信翻悔毀約」，近乎「過河拆橋」意。
⓱ 粉身碎骨：指簡驗屍體時因而毀損屍體情事。

令我死於非命，今須償還我！」巢大郎一發懼怕，燒紙拜獻，不敢吝惜，只求無事。怎當得妻妾兩個，推班出色，遞換來擾，不勾幾時，把所得之物乾淨弄完，寧可賠了些。又不好告訴得人，姐夫那裏又不作准了，懨懨氣色，無情無緒，得病而死。此是貪財害人之報。可見財物一事，至親也信不得，上手就騙害的。

小生如今說著宋朝時節一件事，也為至親相騙，後來報得分明，還有好些希奇古怪的事，做一回正話。

利動人心不論親，巧謀賺取橐中銀。
直從江上巡回日，始信陰司有鬼神。

卻說宋時靖康之亂，中原士大夫紛紛避地，大多盡入閩廣之間。有個寶文閣學士賈讜之弟賈謀，以勇爵入官，宣和年間為諸路廉訪使者⑱。其人貪財無行，詭詐百端，移來嶺南，寓居德慶府。其時有個濟南商知縣，乃是商侍郎之孫也。來寄居府中，商知縣夫人已死，止有一小姐，年已及笄。有一妾，生二子，多在乳抱。家貲頗多，盡是這妾掌管。小姐也在裏頭照料，且自過得和氣。賈廉訪探知商家甚富，小姐還未適人，遂為其子賈成之納聘，取了過門。後來商知縣死了，商妾獨自一個管理內外家事，撫養這兩個兒子。商小姐放心不下，每過十來日，即到家裏看一看兩個小兄弟，又與商妾把家裏遺存黃白東西在箱匣內的，查點一查點，及逐日用度之類，商量計較而行，習以為常。

⑱ 廉訪使者：官名，宋置，初名「走馬承受」，諸路各一員，以三班使臣及內侍充任，初隸經略安撫總管司，崇寧中始詔不隸帥司，尋改為「廉訪使者」。靖康初罷之，復名為「走馬承受」，見宋史職官志第一百二十。

一日，商妾在家，忽見有一個承局⑲打扮的人，來到堂前，口裏道：「本府中要排天中節⑳，是合府富家大戶，金銀器皿絹段綾羅盡數關借一用，事畢一一付還。如有隱匿不肯者，即拏家屬問罪，財物入官。有一張牒文在此。」商妾頗認得字義，見了府牒，不敢不信。卻是自家沒有主意，不知該應㉑怎的？回言道：「我家沒有男子正人，哥兒們又小，不敢自做主，還要去賈廉訪宅上，問問我家小姐與姐夫賈衙內才好行止。」承局打扮的道：「要商量，快去商量！府中限緊，我還要到別處去，催齊回話的，不可有誤！」商妾見說，即差一個當直的，到賈家去問，須臾，來回言道：「小人到賈家，入門即撞見廉訪相公，問小人來意。小人說要見姐姐與衙內，廉訪相公道：『見他怎的？』小人把這裏的事，說了一遍。廉訪相公道：『府間來借，怎好不與？你只如此回你家二娘子就是。小官人與娘子處，我替你說知罷了。』小人見廉訪是這樣說，小人就回來了。因恐怕家裏官府人催促，不去見衙內與姐姐。」商妾見說是廉訪相公教借與他，必是不妨，遂照著牒文所開，且是不少。終久是㉒女娘家㉓見識，看事不透，不管好歹，多搬出來，盡情交與這承局打扮的，道：「只望排過節，就發來還了，自當奉謝。」承局打扮的道：「那不消說，官府門中豈肯少著人家的東西？但請放心，把這張牒文留下。若有差池，可將此

⑲ 承局：在宋代是殿前司屬下將校的名稱。此處則泛稱「衙役」。
⑳ 天中節：據熙朝樂事：「端午為天中節」。
㉑ 該應：吳語中有許多語彙，和北方語顛倒的。例如北方語「熱鬧」，吳語作「鬧熱」之類。此處吳語的「該應」，即北方語的「應該」。
㉒ 終久是：見本書卷一⑱。
㉓ 女娘家：吳語稱男子做「男人家」；稱女子做「女娘家」。

做執照，當官稟領得的。」當下商妾接了牒文，自去藏好。這承局打扮的，捧著若干東西，欣然去了。隔了幾日，商小姐在賈家來到自家家裏㉔，走到房中，與商妾相見了，寒溫了一會，照著平時，翻翻箱籠看，只見多是空箱，金銀器皿之類，一些也不見，到有一張花邊欄紙票在內，拏起來一看，卻是一張公牒。喫了一驚，問商妾道：「這卻為何？」商妾道：「幾日前有一個承局打扮的，拏了這張牒文，說府裏要排天中節，各家關借東西去鋪設。當日奴家心中疑惑，卻教人來問姐姐姐夫，問的人回來說，撞過老相公，說起道：『是該借的。』奴家依言，借與他去。這幾日望他拏來還我，竟不見來。正要來與姐姐姐夫商量了，往府裏討去，可是中㉕麼？」商小姐面如土色，想道：「有些蹺蹊。」不覺眼淚落下來道：「偌多東西，多是我爹爹手澤，敢是被那人拐去的了？怎的好？我且回去與賈郎計較，查個著實去。」當時亟望賈家來，見了丈夫賈成之，把此事說了一遍。賈成之道：「這個姨姨也好笑，這樣事，何不來問問我們！竟自支分了去。」商小姐道：「姨姨說來，曾教人到我家來問，遇著我家相公，問知其事，說是該借與他，問的人就不來見你我，竟自去回了姨姨，故此借與他去的。」賈成之道：「不信有這等事，我問爹爹則個。」賈成之進去問父親廉訪道：「商家借東西與府中，說是來問爹爹，爹爹分付借他，有此話麼？」廉訪道：「果然府中來借，怎好不借？只怕被別人狐假虎威的誆的去，這個卻保不得他。」賈成之道：「這等索向府中當官去告，必有下落。」遂與商妾取了那紙府牒，在德慶府裏下了狀子，府裏太守見說其事，也自喫驚。取這紙公牒去看，明知是假造的，只不知奸人是那個，當下出

㉔ 自家家裏：指母家。

㉕ 中：相當「成不成」的「成」字。

了一紙文書給與緝捕使臣，命商家出五十貫當官賞錢，要緝捕那作不是的。訪了多時，並無一些影響。商家嘆這一閃，差不多失了萬金東西，家事自此消乏了。商妾與商小姐但一說著，便相對痛哭不住。賈成之見丈人家裏零替如此，又且妻子時常悲哀，心裏甚是憐惜，認做自家身上事，到處出力，不在話下。

誰知這賺去東西的，不是別人，正是：

遠不遠千里，　近只在眼前。

看官你道賺去商家物事的，卻是那個？真個是人心難測，海水難量。原來就是賈廉訪。這老兒曉得商家有貲財，又是孤兒寡婦，可以欺騙，其家金銀雜物多曾經媳婦商小姐盤驗，兒子賈成之透明知道。因商小姐帶回帳目一本，賈成之有時拿出來看，誇說妻家富饒，被廉訪留心，接過手去，逐項記著。賈成之一時無心，難道有甚麼疑忌老子不成？豈知利動人心，廉訪就生出一個計較，假著府裏關文，著人到商家設騙。商家見所借之物，多是家中有的，不好推掉，又兼差當值的來，就問著這個日裏鬼，怎不信了？此時商家決不疑心到親家身上，就是賈成之夫妻二人，也只說是甚麼神棍弄了去，神仙也不誆㉖是自家老子。所以偌多時緝捕人那裏訪查得出？說話的，依你說，而今為何知道了？看官聽說，天下事欲人不知，除非莫為。廉訪拐了這注橫財到手，有些毛病出來。俗語道：「偷得爺錢沒使處。」心心念念要拿出來兌換錢鈔使用，爭奈多是見成器皿，若拿出來怕人認得，只得把幾件來鎔化。又不好托得人，便燒熾了炭，親自坯銷。銷開了卻沒處傾成錠子，他心生一計，將毛竹截了一段小管，將所銷之銀，傾將下去，卻成一個圓餅，將到鋪中兌換錢鈔。鋪中看見廉訪家裏，近日使的，多是這竹節銀，再無第二樣。

㉖不誆：同「不匡」，作「不料」解。參見本書卷四㊴。

便有時零鏨了將出來，那圓處也還看得出。心裏疑惑，問那家人道：「宅上銀兩，為何卻一色用竹筒鑄的？是怎麼說？」家人道：「是我家廉訪，手自坯銷，再不托人的。不知為著甚麼緣故？」三三兩兩傳將開去，道：「賈家用竹筒傾銀用，煞是古怪。」就有人猜到商家失物這件事上去，卻是他兩家兒女至親，誰來執證？不過這些人費得些口舌，有的道：「他們只當一家，那有此事？」有的道：「官宦人家怕不會喚銀匠傾銷物件，卻自家動手？必是礙人眼目的，出不得手，所以如此。況且平日不曾見他這等的，必然蹊蹺。」也只是如此疑猜，沒人鑿鑿說得是不是，至於商家連疑心也不當人子㉗，只好含辛忍苦，自己懊悔怨恨，沒個處法。緝捕使臣等聽得這話，傳在耳朵裏，也只好笑笑，誰敢向他家道個「不」字？這件事只索付之東流了。只可笑賈廉訪堂堂官長，卻做那賊的一般的事！曾記得無名子有詩云：

解賊一金㉘并一鼓，迎官兩鼓一聲鑼。
金鼓看來都一樣，官人與賊不爭多㉙。

又劇賊鄭廣受了招安，得了官位，曾因官員每作詩，他也口吟一首云：

鄭廣有詩獻眾官，眾官與廣一般般。
眾官做官卻做賊，鄭廣做賊卻做官。

今日賈廉訪所為，正似此二詩所言，「官人與賊不爭多」，「做官卻做賊」了。卻又施在至親面上，欺孤騙

㉗ 不當人子：原意「不成人」，引申作「不該」、「不敢」、「豈有此理」解。此處作「不敢」解。
㉘ 一金：「金」，「金聲」之略，即「一聲鑼」。
㉙ 不爭多：即「差不多」。

寡，尤為可恨！若如此留得東西與子孫受用，便是天沒眼睛。看官不要性急，且看後來報應。

果然光陰似箭，日月如梭，轉眼二十年。賈廉訪已經身故，賈成之得了出身，現做粵西永寧橫州㉚通判。其時商妾長子，幼年不育，第三個兒子，喚名商懋，表字功父，照通族排來，行在第六十五，同母親不住德慶，還在臨賀㉛地方，與橫州不甚相遠。那商功父生性剛直，頗有幹才，做事慷慨，又熱心，又和氣。賈成之本意憐著妻家，後來略聞得廉訪欺心賺騙之事，越加心裏不安，見了小舅子十分親熱。商小姐兒兄弟小時母子伶仃，而今長大知事，也自歡喜他。所以成之在橫州衙內，但是小舅子來，千歡萬喜，上百兩送他，姐姐又還有私贈。至於與人通關節得錢的在外。來一次，一次如此。功父奉著寡母過日，靠著賈家姐姐姐夫恁地扶持，漸漸家事豐裕起來。在臨賀置有田產莊宅，廣有生息。又娶富人之女為妻，規模日大一日，不似舊時母子旅邸荒涼景況。過了幾時，賈成之死在官上，商小姐急差人到臨賀接功父商量後事。諸凡停當過，要扶柩回葬，商功父攛掇姐姐道：「總是德慶，也不過客居，原非本籍。我今在臨賀已立了家業，姐姐只該同到臨賀尋塊好地，葬了姐夫。就在臨賀住下，相傍做人家，也好時常照管，豈非兩便。」小姐道：「我是女人家，又是孑身孀居，巴不得依傍著親眷。但得安居，便是住足之地。那德慶也不是我家鄉，還去做甚？只憑著兄弟主張，就在臨賀同住了，周全得你姐夫入了土，大事便定，吾心安矣。」

原來商小姐無出，有媵婢生得兩個兒子，絕是幼小，全仗著商功父提撥行動。當時計議已定，即便

㉚ 橫州：清屬廣西省南寧府，今縣名。
㉛ 臨賀：今廣西省賀縣。

收拾家私，一起望臨賀進發。少時來到，商功父就在自己住的宅邊，尋個房舍，安頓了姐姐與兩個小外甥。從此兩家相依，功父母親與商小姐兩人，朝夕為伴，不是我到你家，便是你到我家，彼此無間。商小姐中年寡居，心貪安逸，又見兄弟能事，是件周到停當，遂把內外大小之事，多托與他執料，錢財出入，悉憑其手，再不問起數目。又托他與賈成之尋陰地，造墳安葬，所費甚多。商功父賦性慷慨，將著賈家之物作為己財，一律揮霍，雖有兩個外甥，不是姐姐親生，亦且是乳臭未除，誰人來稽查得他？商功父正氣的人，不是要存私，卻也只趁著興頭，自做自主，像心像意，那裏分別是你的我的，久假不歸，連功父也忘其所以。賈廉訪昔年設心拐去的東西，到此仍還與商家用度了。這是羹裏來飯裏去，天理報復之常，可惜賈廉訪眼裏不看得見。

一日商功父害了傷寒症候，身子熱極，忽覺此身飄浮，直出帳頂，又升屋角，漸漸下來，恣行曠野。茫茫恰像海畔一般，並無一個伴侶。正散蕩間，忽見一個公吏打扮的，走來相見已畢，問了姓名。公吏道：「郎君數未該到此，今有一件公事，郎君合當來看一看，請到府中走走。」商功父不知甚麼地方，跟著這公吏便走，走到一個官府門前，見一個囚犯，頭戴黑帽，頸荷鐵枷，絣在西邊兩扇門外。仔細看，這門是個獄門。但見：

陰風慘慘，殺氣霏霏。只聞鬼哭神號，不見天清日朗。猙獰隸卒挨肩立，蓬垢囚徒側目窺。憑教鐵漢銷魂，任是狂夫失色。

商功父定睛看時，只見這囚犯絣處，左右各有一個人，執著大扇相對而立，把大扇一揮，這枷的囚犯叫一聲：「啊呀！」登時血肉糜爛，淋漓滿地，連囚犯也不見，止剩得一個空枷。少頃、須臾，依然如舊。

功父看得渾身打顫，呆呆立著。那個囚犯忽然張目，大叫道：「商六十五哥，認得我否？」功父倉卒間，不曾細認，一時未得答應。囚犯道：「我乃賈廉訪也，生前做得虧心事頗多，今要一一結證，諸事還一時了不來得。你到此且與我了結一件。我昔年取你家財，陽世間償還，已差不多了，陰間未曾結絕得。多一件多受一樣苦，今日煩勞你寫一供狀，認是還足，我先脫此風扇之苦。」說罷，兩人又是一扇，仍然起初狼籍一番。功父好生不忍，因聽他適間之言，想起家裏事體來道：「平時曾見母親說，向年間被人賺去家貲萬兩，不知是誰？後來有人傳說，是賈廉訪，因為親眷家，不信有這事，而今聽他說起來，這事果然真了，所以受此果報。看他這般苦楚，吾心何安？況且我家受姐夫許多好處，而今他家家事見在我掌握之中，原來是前緣，合當如此。我也該遞個結狀，解他這一樁公案了。」就對囚犯說道：「我願供結狀。」囚犯就求傍邊兩人，取紙筆遞與功父。兩人見說，肯寫結狀，便停了扇不扇。功父看那張紙時，原已寫得有字，囚犯道：「只消舅舅押個字，就是了。」功父依言提起筆來寫個花押，遞與囚犯。兩人就伸手來囚犯處接了，便喝道：「快進去！」囚犯對著功父大哭道：「今與舅舅別了，不知幾時得脫？好苦！好苦！」一頭哭，一頭被兩個執扇的人，趕入獄門。功父見他去了，嘆息了一回，信步走出府門外來。只見起初同來這個公吏，手執一符，引著卒徒數百，多像衙門執事人役。也有掮旗的，也有打傘的，前來聲喏，恰似新官一般。功父心疑，那公吏走上前，行起禮來，跪著稟白道：「泰山府君道：『郎君剛正好義，既抵陰府，不宜空回，可暫充賀江㉜地方巡按使者！』天符已下，就請起程。」功父

㉜賀江：源出廣西省富鍾（川）縣北，南流經賀縣，與臨水合；又南入廣東省，至封川縣入西江，亦曰賀水，又名封水或封溪。

身不自繇，未及回答，吏卒前導，已行至江上。空中所到之處，神只參謁。但見：

華蓋山　目巖山　白雲山　滎山　歌山　泰山　蒙山　獨山　許多山神
昭潭洞　平樂溪　考槃澗　龍門灘　感應泉　灘江　富江　茘江　許多水神

多來，以次相見。待功父以上司之禮，各執文簿呈遞。公吏就請功父一一查勘，查有境內某家，肯行好事，積有年數，神不開報，以致久受困窮；某家慣作歹事，惡貫已盈，神不開報，以致尚享福澤；某家外假虛名，存心不善，錯認做好人，冒受好報；某家跡蒙曖昧，心地光明，錯認做歪人，久行廢棄。以致山中虎狼食人，川中波濤溺人，有冥數不該不行分別，誤傷性命的，多一一詰責，據案部判。隨人善惡細微，各彰報應，諸神奉職不謹，各量申罰。諸神諾諾連聲，盡服公平。迤邐到封川㉝大江口，公吏稟白道：「公事已完，現有福神來迎，明公可回駕了。」就空中還至賀州，到了家中，原從屋上飛下，走入床中，一身冷汗，颯然驚覺，乃是南柯一夢。汗出不止，病已好了。功父伸一伸腰，掙一掙眼，叫聲：「奇怪！」走下床來，只見母妻兩人，正把玄天上帝畫像，挂在床邊，焚香禱請。

原來功父身子眠在床上，惛惛不知人事，叫問不應，飲食不進，不死不活，已經七晝夜了。母妻見功父走將起來，大家歡喜道：「全仗聖帝爺爺保佑之力。」功父方纔省得公吏所言：「福神來迎。」正是家間奉事聖帝之應，功父對母妻把陰間所見之事，一一說來，母親道：「向來人多傳說道是這老兒拐去我家東西，因是親家，決不敢疑心。今日方知是真，卻受這樣惡報，可見做人在財物上，不可欺心如此。」正嗟嘆間，商小姐恰好到來，問兄弟的病信，見說走起來了，不勝歡喜。商功父見了姐姐，也說

㉝封川：今縣名，屬廣東省，在德慶縣西北。

了陰間所見。商小姐見說公公如此受苦，心中感動，商議要設建一個醮壇，替廉訪解釋罪業。功父道：「正該如此，神明之事，灼然可畏。我今日親經過的，斷無虛妄。」依了姐姐說，擇一個日子，總是做賈家錢鈔不著，建啟一場黃籙大醮，超拔商賈兩家亡過諸魂，做了七晝夜道場，功父夢見廉訪來謝道：「多蒙舅舅道力超拔，兩家亡魂，俱得好處托生，某也得脫苦獄，隨緣受生去了。」功父看去，廉訪衣冠如常，不是前日蓬首垢面，囚犯形容。覺來與合家說著，商小姐道：「我夜來夢見廉訪相公說話，也如此，可知報應是實。」功父自此力行善事，敬信神佛，後來年至八十餘，復見前日公吏，執著一紙文書前來，請功父交代。仍舊卒徒數百人簇擁來迎，一如前日夢裏，江上所見光景。功父沐浴衣冠，無疾而終。自然入冥路為神道矣。

周親忍去騙孤孀，到此良心已盡亡。
善惡到頭如不報，空中每欲借巡江。

卷二十一　許察院感夢擒僧　王氏子因風獲盜

詩云：

獄本易冤，　　況於為盜？
若非神明，　　鮮不顛倒。

話說天地間事，只有獄情，最難測度。問刑官憑著自己的意思，認是這等了，坐在上面，只是敲打。自古道：「箠楚之下，何求不得？」任是甚麼事情，只是招了。見得說道：「重大之獄，三推六問❶。」大略多守著現成的案，能有幾個伸冤理枉的？至於盜賊之事，尤易冤人。一心猜是那個人了，便覺語言行動，件件可疑，越辨越像。除非天理昭彰，顯應出來，或可明白。若只靠著鞫問一節，儘有屈殺了，再無說處的。

記得宋朝隆興元年❷鎮江軍將吳超守楚州❸，魏勝在東海與虜人❹相抗。因缺軍中賞賜財物，遣統

---

❶三推六問：俗指累次審訊。
❷隆興元年：隆興為宋孝宗年號，隆興元年相當西元一一六三年。
❸楚州：宋稱楚州山陽郡，即今江蘇省淮安縣。
❹虜人：指金人。

領官盛彥來取。別將袁忠押了一擔金帛，從丹陽來到。盛彥到船相拜，見船中白物堆積，笑道：「財不露白，金帛滿舟纍纍，晃人眼目如此！」袁忠道：「官物甚人敢輕覷？」盛彥戲道：「吾今夜當令壯士來取了去，看你怎地？」袁忠也笑道：「有膽來取，任從取去。」大家一笑而別。是夜果有強盜二十餘人跳上船來，將袁忠綑縛，掠取船中銀四百錠去了，次日袁忠到帥府中哭告吳帥，說：「昨夜被統領官盛彥劫去銀四百錠，且被綁縛，伏乞追還究治。」吳帥道：「怎見得是盛彥劫去？」袁忠道：「前日袁忠船自丹陽來到，盛統領即來相拜。一見銀兩，便已動心，口說道：『今夜當遣壯士來取去。』袁忠還道他是戲言。不想至夜，果然上船，劫掠了四百錠去，不是他是誰？」吳帥聽罷，大怒道：「有這樣大膽的？」即著四個捕盜人將盛彥及隨行親校，盡數綁來。軍令嚴肅，誰敢有違！一干人眾，綁入轅門，到了庭下，盛統領請問得罪緣繇。吳帥道：「袁忠告你帶領兵校劫了他船上銀四百錠，還說無罪？」盛彥道：「那有此事！小人雖卑微，也是個職官，豈不曉得法度，幹這樣犯死的事？」袁忠跪下來證道：「你日間如此說了，晚間就失了盜，還推得那裏去？」盛彥道：「日間見你財物太露，故此戲言，豈有當真做起來的？」吳帥道：「這樣事，豈可戲得？自然有了這意思，方纔說那話。」盛彥慌了道：「若小人要劫他，豈肯先自洩機？」吳帥怒道：「正是你心動火了，口裏不覺自露。如此大事，料你不肯自招。」喝教用刑起來，盛彥殺豬也似叫喊冤屈。吳帥那裏肯聽，只是嚴加拷掠，備極慘酷。盛彥熬刑不過，只得招道：「不合見銀動念，帶領親兵夜劫是實。」因把隨來親校逐個加刑起來，其間有認了的，有不認的。那不認的，落得❺多受了好些刑法，有甚用處？不繇你不葫蘆提❻，一概畫了招伏。及至追

❺ 落得：見本書卷十二㉘。

究原贓，一些無有，搜索行囊已遍，別無蹤跡。又把來加上刑法，盛統領沒奈何信口妄言，道：「即時有個親眷到湖湘，已盡數付他販魚米去了。」吳帥寫了口詞，軍法所係，等不到贓到成獄，三日內便要押付市曹，先行梟首示眾。盛統領不合一時取笑，到了這個地位。正是：

渾身是口不能言，　　遍體排牙說不得。

且說鎮江市上有一個破落戶，姓王名林，素性無賴，專一在揚子江中做些不用本錢的勾當❼。有妻治容年少，當罏沽酒，私下順便結識幾個綽俏的，走動走動。這一日，王林出去了，正與鄰居一個少年在房中調情，摟著要幹那話。怎當得七歲的一個兒子在房中頑耍，不肯出去。王妻罵道：「小業種，還不走了出去？」那兒子頑到興頭上，那裏肯走。年紀雖小，也到曉得些光景，便苦毒道：「你們自要入口，干我甚事，只管來礙著我。」王妻見說著病痛，自覺沒趣起來，趕去一頓栗暴，又將出去。小孩子被打得疼了，捧著頭號天號地價哭，口裏「千入口萬入口」的喊，惱得王妻性起，且丟得漢子，抓了一條麵杖趕來打他。小孩子一頭喊一頭跑，急急奔出街心，已被他頭上撈了一下。小孩護著痛，口裏嚷道：「你家幹得甚麼好事？到來打我。好端端的竈頭拆開了，偷別人家許多銀子放在裏頭遮好了，不要討我說出來。」嗚哩嗚喇的正在嚷處，王妻見說出海底眼，急走出街心，拉了進去。早有做公的聽見這話，走去告訴了夥計道：「小孩子這句話，造不出來的，必有緣故。目今袁將官失了銀四百錠，冤著盛統領劫了，早晚處決，不見贓物。這個王林乃是慣家，莫不有些來歷麼？我們且去察聽個消息。」約了五六

❻　葫蘆提：見本書卷十六⓬。

❼　不用本錢的勾當：指「偷盜」。

個夥伴，到王林店中來買酒喫。喫得半闌大叫道：「店主人，有魚肉回些❽我們下酒。」王妻應道：「我店裏只是腐酒，沒有葷菜。」做公的道：「又不白喫了你們的，為何不肯？」王妻道：「家裏不曾有得，變不出來，誰說白喫？」一個做公的，便倚著酒勢，要來尋非，走起來道：「不信沒有，待我去搜看。」望著內裏便走，一個趕來相勸，已被他搶入廚房中，故意將竈上一撞，撞下一磚塊來，跌得粉碎。王妻便發話道：「誰人家沒個內外，怎喫了酒，沒些清頭❾，趕到人家廚房中竈砧多打碎了。」做公的，回嗔作喜道：「店家娘子，不必發怒！竈砧小事，我收拾好還你。」便把手去捥❿那碎處，王妻慌忙將手來遮掩道：「不妨事，我們自家修罷。」做公的看見光景有些尷尬，不繇分說，索性用力一推，把竈角多推塌了，裏面露出白晃晃大錠銀子一堆來，胡哨一聲道：「在這裏了。」眾人一齊起身，趕進來，看見，先把王妻拴起，正要根究王林。只見一個人撞將進來道：「誰在我家囉唣？」眾人看去，認得是王林，喝道：「拿住！拿住！」王林見不是頭，轉身要走，眾做公的如鷹拿雀，將索來綁縛了。一齊動手，索性把竈頭扒開，取出銀子，數一數看，四百錠多在，不曾動了一些。連人連贓，一起解到帥府。吳帥取問口詞，王林招說：「打劫袁將官船上銀兩是實。」推究黨與，就是平日與妻子往來的鄰近一夥惡少年，共有二十餘人。密地擒來，不曾脫了一個。招情相同，即以軍法從事，立時梟首。妻子官賣，方纔曉得前日屈了盛統領並一干親校，放了出獄。若不是這日王林敗露，再隔一晚，盛統領並親校的頭，多

❽ 回些：吳語，「賣些」或「通融」之意。

❾ 沒些清頭：吳語，現在說起來，是「嘸不清頭」，相當「瞎鬧」、「胡鬧」之意。

❿ 捥：即「挖」。

不在頸上了。可見天下的事，再不可因疑心妄坐著人的。而今也為一樁失盜的事，疑著兩個人，後來卻得清官辨白出來，有好些委曲之處，待小子試說一遍。

訟獄從來假，翻令夢寐真。
莫將幽暗事，冤卻眼前人。

話說國朝正德⓫年間，陝西有兄弟二人。一個名喚王爵，一個名喚王祿。祖是個貢途知縣，致仕在家。父是個鹽商，與母俱在堂。王祿生有一子，名一夔。爵、祿兩人，幼年俱讀書。爵進學為生員。祿廢業不成，卻精於商賈榷算之事。其父就帶他去山東相幫種鹽。見他能事，後來其父不出去了，將銀一千兩，托他自往山東做鹽商去。隨行兩個家人，一個叫做王恩，一個叫做王惠。多是經歷風霜，慣走江湖的人，王祿到了山東，主僕三個，眼明手快，算計過人。撞著時運又順利，做去就是便宜的，得利甚多。自古道：「飽暖思淫欲。」王祿手頭饒裕，又見財物易得，便思量淫蕩起來。接著兩個表子⓬，一個喚做夭夭，一個喚做蓁蓁。闞宿情濃，索性兌出銀子來包了他身體。又與家人王恩、王惠各娶一個小老婆，多揀那少年美貌的。名雖為家人媳婦，服侍夭夭、蓁蓁，其實王祿輪轉歇宿，反是王恩、王惠到手的時節甚少。興高之時，四個弄做一床，大家淫戲，彼此無忌。日夜歡歌，酒色無度。不及二年，遂成勞怯，一絲兩氣，看看至死。王祿自知不濟事了，打發王恩寄家書去與父兄，叫兒子王一夔同了王恩到山東來交付賬目。

⓫ 正德：明武宗年號，西元一五〇六～一五二一年。

⓬ 表子：妓女。今多作婊子。明陸噓雲世事通考一：「表，外衣也，言倡非內室妻子，乃外邊苟合者。」

王爵看書中說得銀子甚多，心裏動了火，算計道：「姪兒年紀幼小，便去也未必停當，況且病勢不好。萬一等不得，卻不散失了銀兩？」意要先趕將去，卻交兒子一臯相伴一夔同走。遂吩咐王恩道：「你慢慢與兩位小官人收拾了一同來，待我星夜先自前去見二官人則個。」只因此去，有分交：白面書生遽作離鄉之鬼，緇衣佛子翻為入獄之囚。正是：

福無雙至猶難信，禍不單行果是真。
不為弟兄多濫色，怎教雙喪異鄉身？

王爵不則一日，到了山東，尋著兄弟王祿。看見病雖沉重，還未曾死，原來這些色病，固然到底不救，卻又一時不死，最有清頭⓭的。幸得兄弟兩個還及相見，王祿見了哥哥，掉下淚來。王爵見了兄弟病勢，已到十分，涕泣道：「怎便狼狽至此？」王祿道：「小弟不幸，病重不起，忍著死，專等親人見面。今吾兄已到，弟死不恨了。」王爵道：「賢弟在外日久，營利甚多，皆是賢弟辛苦得來。今染病危急，萬一不好，有甚遺言回覆父母？」王祿道：「小弟遠遊，父母兄長跟前，有失孝悌。專為著幾分微利，以致如此，聞兄說我辛苦，只這句話，雖勞不怨了。今有原銀一千兩，奉還父母，以代我終身之養。其餘利銀三千餘兩，可與我兒一夔一半，姪兒一臯一半，兩分分了。幸得吾兄到此，銀既有托，我雖死亦瞑目矣。」吩咐已畢，王爵隨叫家人王惠將銀子查點已過。王祿多說了幾句話，漸漸有聲無氣，挨到黃昏，只有出的氣，沒有入的氣，嗚呼哀哉，伏維尚饗。

王爵與王惠哭做了一團，四個婦人也陪出了哀而不傷的眼淚。王爵著王惠去買了一副好棺木，盛貯

⓭ 有清頭：吳語，一般指「乖巧」，此處作「頭腦清楚」解。

了。下棺之時，王爵推說日辰有犯，叫王惠監視著四個婦女做一房鎖著，一個人不許來看，殯殮好了，方放出來。隨去喚那夭夭蓁蓁的鴇兒到來，寫個領字，領了回去。還有這兩個女人也叫原媒人領還了娘家。也不管眼前的王惠有些捨不得，身後的王恩不曾相別得，只要設法輕鬆了便當走路。當下一面與王惠收拾打疊起來，將銀五百兩裝在一個大匣之內，將一百多兩零碎銀子，金首飾二副收在隨身行囊中，一路使用。王惠疑心，問道：「二官人許多銀兩，如何只有得這些？」王爵道：「恐怕路上不好走，多的我自有妙法藏過，到家便有，所以只剩這些在外邊。」王惠道：「大官人既有妙法，何不連這五百兩也藏過？路上盤纏彀用罷了。」王爵道：「一個大客商屍棺回去，難道幾百兩銀子也沒有的。別人疑心起來，反要搜根剔齒，便不妙了。不如放此一匣在行李中，也彀看得沈重，別人便不再疑心還有甚麼了。」王惠道：「大官人見得極是。」計較已定，去僱起一輛車來，車戶名叫李旺。車上載著棺木，滿貯著行李。自己與王惠，短撥著牲口騎了，相傍而行。一路西來，到了曹州東關飯店內歇下，車子也推來安頓在店內空處了。車戶李旺行了多日，習見匣子沈重，曉得是銀子在內。起個半夜，竟將這一匣抱著，趁人睡熟時離了店內，連車子撇下，逃了出去。

比及天明，客起，喚李旺來推車，早已不知所向，急簡點行李物件，止不見了匣子一個。王爵對店家道：「這個匣子裝著銀子五百兩在裏頭，你也脫不得干係。」店家道：「若是小店內失竊了，應該小店查還。今卻是車戶走了，車戶是客人前途僱的。小店有何干涉？」王爵見他說得有理，便道：「就與你無干，也是在你店內失去，你須指引我們尋他的路頭。」店家道：「客人這車戶那裏僱的？」王惠道：「是省下僱來的北地裏回頭車子。」店家道：「這等，他不往東去，還只在西去的路上。況且身有重物，行走不便，作速追去，還可擒獲。只是得個官差同去，追獲之時，方無疎失。」王爵道：「這個不打緊，我穿了衣巾，與你同去稟告州官，差個快手⑭便是。」店家道：「原來是一位相公⑮，一發不難了。」問問州官，卻也是個陝西人。王爵道：「是我同鄉更妙。」王爵寫個帖子，又寫著一紙失狀。州官見是同鄉，分外用情。即差快手李彪隨著王爵跟捕賊人，必要擒獲，方准銷牌。王爵就央店家另僱了車夫，推了車子，別了店家，同公差三個人一起走路。到了開河集上，王爵道：「我們帶了纍堆物事⑯，如何尋訪？不若尋訪一大店安下了，住定了身子，然後分頭緝探消息方好。」李彪道：「相公極說得有理，我們也不是一日訪得著的。訪不著，相公也去不成。此間有個張善店極大，且把喪車停在裏頭，相公住起兩日來。我們四下尋訪，訪得影響，我們回覆相公，方有些起倒。」王爵道：「我正是這個意思。」叫王惠吩咐車夫，竟把車子推入張善店內。店主人出來接了。李彪吩咐道：「這位相公是州裏爺的鄉里，護喪回去。有些公幹，要在此地方停住兩日。你們店裏揀潔淨好房收拾兩間，我們歇宿，須要小心承值。」店主張善見李彪是個公差，不敢怠慢，回言道：「小店在這集上，算是寬敞的。相公們安心住幾日就是。」一面擺出常例的酒飰⑰來。王爵自居上房另喫，王惠與李彪同喫，喫過了，李彪道：「日色還早，小人

⑭ 快手：指「公差」或「衙役」。

⑮ 相公：日知錄：「前代拜相者，必封公，故稱之曰相公。」通俗編按云：「今凡衣冠中人，皆僭稱相公。」此處指「秀才相公」，用來尊稱「秀才」的。

⑯ 纍堆物事：「纍堆」，一作「磊𡍮」，吳俗語，指「累累墜墜」、「拖拖拉拉」、「煩累」之意。「纍堆物事」此處指「棺木」。

⑰ 飰：俗「飯」字。

去與集上一班做公的弟兄約會一聲，大家留心一訪。」王爵道：「正該如此，訪得著了，重重相謝。」李彪道：「當得效勞。」說罷，自去了。王爵心中悶悶不樂，問主人道：「我要到街上閒步一回，沒個做伴，你與我同走走。」張善道：「使得。」王爵留著王惠看守行李房臥，自己同了張善走出街上來。在鬧熱市裏擠了一番。王爵道：「可引我到幽靜處走走。」張善道：「來，來，有一個幽靜好去處在那裏。」王爵隨了張善在野地裏穿將去，走到一個所在，乃是個尼菴。張善道：「這裏甚幽靜，裏邊有好尼姑，我們進去討杯茶兒喫喫。」張善在前，王爵在後，走入菴裏。只見一個尼僧在裏面踱將出來。王爵一見驚道：「世間有這般標緻的！」怎見得那尼僧標緻？

尖尖髮印，好眉目新剃光頭，窄窄緇袍，俏身軀雅裁稱體。櫻桃樊素口，芬芳吐氣只看經；楊柳小蠻腰⑱，嫋娜逢人旋唱喏。似是摩登女來生世，那怕老阿難⑲不動心！

王爵看見尼姑，驚得蕩了三魂，飛了七魄。固然尼姑生得大有顏色，亦是客邊人易得動火。尼姑見有客來，趨蹌迎進拜茶。王爵當面相對，一似雪獅子向火，酥了半邊，看看軟了。坐間未免將幾句風話撩他。那尼姑也是見多識廣的，公然不拒。王爵曉得可動，密懷有意。一盞茶罷，作別起身。同張善回到店中

---

⑱ 櫻桃樊素口，楊柳小蠻腰：樊素、小蠻都是唐代白居易侍姬。雲溪友議：「居易有妓樊素善歌，小蠻善舞，嘗為詩曰：『櫻桃樊素口，楊柳小蠻腰。』」

⑲ 摩登……阿難：「摩登」，乃「摩登伽女」之略。摩登迦女，印度摩登伽種之淫女。楞嚴經載佛弟子阿難乞食，途次經歷淫室，遭摩登伽女以娑毘羅先梵天神咒攝入淫席，如來宣說頂光神咒，敕文殊菩薩將往護阿難，惡咒消滅，即與阿難及摩登伽女同歸佛所。

來。暗地取銀一錠，藏在袖中，叮嚀王惠道：「我在此悶不過，出外去尋個樂地適興。晚間回不回來也不可知。店家問時，只推不知。你伴著公差好生看守行李。」王惠道：「小人曉得，官人自便。」王爵撇了店家，回身重到那個菴中來。尼姑出來見了，道：「相公方纔別得去，為何又來？」王爵道：「心裏捨不得師父美貌，再來相親一會。」尼姑道：「好說。」王爵道：「敢問師父法號？」尼姑道：「小尼賤名真靜。」王爵笑道：「只怕樹欲靜而風不寧，便動動也不妨。」尼姑道：「相公休得取笑！」王爵道：「不是取笑，小生客邊得遇芳容，三生有幸。若便是這樣去了，想也教人想殺了。小生寓所煩雜，敢具白銀一錠，在此要賃一間閒房住幾晚，就領師父清誨，未知可否？」尼姑道：「閒房儘有，只是晚間不便，如何？」王爵笑道：「晚間賓主相陪，極是便的。」尼姑也笑道：「好一個老臉皮的客人！」原來那尼姑是個經彈的班鳩，著實在行的。況見了白晃晃的一錠銀子，心下先自要了。便伸手來接著銀子道：「相公果然不嫌此間窄陋，便住兩日去。」王爵道：「方纔說要主人晚間相陪的。」尼姑微笑道：「夯貨！誰說道叫你獨宿？」王爵大喜，彼此心照。是夜就與真靜一處宿了。你貪我愛，顛鸞倒鳳，恣行淫樂，不在話下。睡到次日天明，來到店中看看，打發差人⓴李彪出去探訪，仍留王惠在店。傍晚又到真靜處去了。兩下情濃，割扯不開。王惠與李彪見他出去外邊歇宿，只說是在花柳人家，也不查他根腳㉑。店主人張善一發不干他己事，只曉得他不在店裏宿罷了。

如此多日，李彪日日出去，晚晚回店，並沒有些消息。李彪對王爵道：「眼見得開河集上地方沒影

⓴ 差人：吳俗，指稱「公差」。

㉑ 根腳：即「根底」。

蹤，我明日到濟寧密訪去。」王爵道：「這個卻好。」就秤些銀子與他做盤纏，打發他去了。又轉一個念頭道：「緝訪了這幾時，並無下落。從來說做公人的捉賊放賊，敢是有弊在裏頭？」隨叫王惠：「可趕上去，同他一路走，他便沒做手腳處。」王惠領命也去了。王爵剩得一個在店，思量道：「行李是要看守的。今晚須得住在店裏。」日間先走去與尼姑說了今夜不來的緣故。真靜戀戀不捨，王爵只得硬了肚腸別了，到店裏來。店家送些夜飰喫了，收拾歇宿。店家併疊了傢伙，關好了店門，大家睡去。一更之後，店主張善聽得屋上瓦響，他是個做經紀的人，常是提心吊膽的，睡也睡得惺憁㉒，口不做聲，嘿嘿靜聽。須臾之間，似有個人在屋簷上跳下來的聲響。張善急披了衣服，跳將起來，口裏喊道：「前面有甚響動？大家起來看看。」張善等不得做公的起身，慌忙走出外邊。腳步未到時，只聽得劈撲之聲，店門已開了。張善曉得著了賊，自己一個人不敢追出來。心下想道：「且去問問王家房裏看。」那王爵這間的住房門也開了。張善連聲叫：「王相公！王相公！不好了！不好了！快起來點行李！」不見有人應。只見店外邊一個人氣急咆哮的走進來道：「這些時，怎生未關店門，還在這裏做甚麼？」張善擡頭看時，卻是快手李彪。張善道：「適間響動，想是有賊，故來尋問王相公。你到濟寧去了，為何轉來？」李彪道：「我吊下了隨身腰刀在床鋪裏了，故連忙趕回拿去。既是響動，莫不失竊了甚麼？」張善道：「正要去問王相公。」李彪道：「大家去叫他起來。」走到王爵臥房內，叫聲不應，點火來看，一齊喊一聲道：「不好了！」原來王爵已被殺死在床上了。李彪呆了道：「這分明是你店裏的緣故了。見我每二人多不在，他是秀才家孤身，你就算計他了。」張善也變了臉道：「我每睡夢裏聽得響聲，纔起來尋

㉒惺憁：廣韻：「惺憁，了慧也」。所以此處當作「機警」解。

問，不見別人，只見你一個。你既到濟寧去，為何還在？這殺人事，不是你，倒說是我？」李彪氣得眼睜道：「我自掉了刀轉來尋的。只見你夜晚了，還不關門，故此問你，豈知你先把人殺了！」張善也戰抖抖的怒道：「你有刀的，怕不會殺人了！反來賴我！」李彪道：「我的刀須還在床上，不曾拿得在手裏，」隨走去床頭，取了出來，燈下與張善看道：「你們多來看看，這可是方纔殺人的？血跡也有一點半點兒？」李彪是公差，人能說能話。張善那裏說得過他，嚷道：「我只為趕賊，走起來不見到賊，只撞著的是你。一同叫到房裏纔見王秀才殺死，怎賴得我？」兩人彼此相疑，大家混爭，驚起地方鄰里人等，多來問故。兩個你說一遍，我說一遍。地方見是殺人公事，道：「不必相爭，兩下都走不脫。到了天明，一同見官去。」把兩個人拴起了，收在鋪裏。一霎時天明，地方人等一齊解到州裏來。知州升堂，地方帶將過去，稟說是人命重情。州官問其緣繇，地方人說：「客店內晚間殺死了一個客人。這兩個人互相疑推，多帶來，聽爺究問。」李彪道：「小人就是爺前日差出去同王秀才緝賊的公差。因停在開河集張善店內，緝訪無蹤。小人昨日同王秀才家人王惠前往濟寧廣緝，留得王秀才在下處。店家看見單身，貪他行李，把來殺了。」張善道：「小人是個店家，歇下王秀才在店幾日了。只因訪賊無蹤，還未起身。昨日打發公差與家人到濟寧去了，獨留在店。小人晚間聽得有人開門響，這是小人店裏的干係，起來尋問。只見公差重復回店，說是尋刀。當看王秀才時，已被殺死。」知州問李彪道：「你既去了，為何轉來？得知店家殺了王秀才？」李彪道：「小人也不知。小人路上記起失帶了腰刀，與同行王惠說知，叫他前途等候，自己轉來尋的。到得店中，已自更餘。只見店門不關，店主張善正在店裏慌張。看王秀才已被殺了。不是店家殺了是誰？」知州也決斷不開，只得把兩人多用起刑來。李彪終久是衙門中人，說話硬浪，又受得刑起。張善是經紀人，不曾熬過這樣痛楚的，當不過了，只得屈招道：「是小人見財起意，殺了王秀才是實。」知州取了供詞，將張善發下死囚牢中，申詳上司發落，李彪候保聽結。

且說王惠在濟寧飯店宿歇，等李彪到了一同訪緝。第二日等了一日，不見來到。心裏不耐煩起來，回到開河來問消息。到得店中，只見店中嚷成一片，說是：「王秀才被人殺了，卻叫我家問了屈刑！」王惠只得叫苦，到房中看看家主王爵頸下飧刀，已做了兩截了。王惠號咷大哭了一場，急簡點行李，已不見了銀子八十兩，金首飾二副。王惠急去買副棺木，盛貯了屍首，恐怕官府要相認，未敢釘蓋。且就停在店內，排個座位，朝夕哭奠。已知張善在獄，李彪保候。他道：「這件事，一來未有原告。二來不曾報得失贓；三來未知的是張善謀殺。下面官府未必有力量歸結得冤仇，須得上司告去，纔得明白。」聞知察院㉓許公善能斷無頭案，恰好巡按到來，遂寫下一張狀子，赴察院案下投告。那個察院，就是河南靈寶有名的許尚書襄毅公㉔。其時在山東巡按，見是人命重情，批與州中審解。州中照了原招，只坐在張善身上，其贓候追。張善當官怕打，雖然一口應承，見了王惠，私下對他著實叫屈。且訴說那晚門響撞見李彪的光景，連王惠心裏也不能無疑，只是不好指定了那一個。一同解到察院來，許公看了招詞，叫起兩下一問，多照前日說了一番說話。許公道：「既然張善還扳著李彪，如何州裏一口招了？」張善道：「小人受刑不過，只得屈招。其實小人是屋主，些小失脫，還要累及小人追尋，怎敢公然殺死了人，藏了財物？小人待躲到那裏去？那日開門時，小人趕起來，只見李彪撞進來的。怎到不是李彪，卻栽在

㉓ 察院：即「巡按察院」，見本書卷四㊻。

㉔ 河南靈寶有名的許尚書襄毅公：見本書卷十八⑳。

小人身上？」李彪道：「小人是個官差，州裏打發小人隨著王秀才緝賊的。這秀才是小人的干係，殺了這秀才，怎好回得州官？況且小人掉了腰刀轉身來尋的。進門時，手中無物，難道空拳頭殺得人？已後床頭纔取刀出來，眾目所見的，須不是殺人的刀了。人死在張善店裏，不問張善問誰？」許公叫王惠問道：「你道是那一個？」王惠道：「連小人心裏也胡突㉕。兩下多疑，兩下多有辨，說不得是那一個？」許公道：「據我看來，兩個都不是，必有別情。」遂援筆判道：

李彪張善，一為根尋，一為店主，動輒牽連，肯殺人以自累乎？必有別情，監候審奪。

當下把李彪、張善多發下州監。自己退堂進去，心中只是放這事不下。晚間朦朧睡去，只見一個秀才同著一個美貌婦人前來告狀，口稱被人殺死了。許公道：「我正要問這事。」婦人口中說出四句道：

無髮青青，　彼此來爭。
土上鹿走，　只看夜明。

許公點頭記著，正要問其詳細，忽然不見。喫了一驚，颯然覺來，乃是一夢。那四句卻記得清清，仔細思之，不解其意。但忖道：「婦人口裏說的，首句有『無髮』二字，婦人無髮，必是尼姑也。這秀才莫不被尼姑殺了？且待明日細審，再看如何，這詩句必有應驗處。」次日升堂，就提張善一起再問，人犯到了案前，許公叫張善起來問道：「這秀才自到你店中，晚間只在店中歇宿的麼？」張善道：「自到店中，就只留得公差與家人在店歇宿，他自家不知那裏去過夜的。直到這晚，因為兩人多差往濟寧，方纔來店歇宿，就被殺了。」許公道：「他曾到本地甚麼菴觀㉖去處麼？」張善想了一想道：「這秀才初到

㉕胡突：一作「糊突」，就是「糊塗」。

店裏，要在幽靜處閒走散心，曾同了小人尼菴內走了一遭。」許公道：「菴內尼姑，年紀多少？生得如何？」張善道：「一個少年尼僧，生得美貌。」許公暗喜道：「事有因了。」又問道：「尼僧叫得甚麼名字？」張善道：「叫得真靜。」許公想著，拍案道：「是了，是了。夢中頭兩句，『無髮青青，彼此來爭。』『無髮』二字，應了尼僧；下面『青』字配個『爭』字，可不是『靜』字？這人命只在真靜身上。」就寫個小票，掣了一根籤，差個公人李信，速拿尼僧真靜解院。李信承了籤票，竟到菴中來拿。真靜慌了，問是何因。李信道：「察院老爺要問殺人公事，非同小可。」真靜道：「爺爺呀！小菴有甚麼殺人事體？」李信道：「張善店內王秀才被人殺了，說是曾在你這裏走動的，故來拿你去勘問。」真靜覺得木呆，心下想道：「怪道王秀才這兩晚不來，原來被人殺了。苦也！苦也！」求告李信道：「我是個女人，不出菴門，怎曉得他店內的事？牌頭㉗，怎生可憐見！替我回覆一聲，免我見官，自當重謝！」李信道：「察院要人，豈同兒戲！我怎生方便得！」真靜見李信不肯，嬌啼宛轉，做出許多媚態來。意思要李信動心，拚著身子陪他，就好討個方便。李信雖知其意，懼怕衙門法度，不敢胡行。只好安慰他道：「既與你無干，見見官去，自有明白，也無妨礙的。」拉著就走，真靜只得跟了，解至察院裏來。許公一見真靜，拍手道：「是了，是了，此即夢中之人也！煞恁作怪！」叫他起來，跪在案前，問道：「你怎生與王秀才通奸？後來怎生殺了？你從實說來，我不打你。有一句含糊，就活敲死了。」滿堂皁隸雷也似吆喝一聲。真靜年紀不上廿歲，自不曾見官的，膽子先嚇壞了。不敢隱瞞，戰抖抖的道：「這個秀

㉖ 菴觀：吳俗，尼姑奉佛的廟宇，稱做「……菴」；男女道士之所居，叫做「……觀」。

㉗ 牌頭：公人的尊稱。公人亦都懸腰牌，證明身份。「牌頭」者，指稱「公人首領」。

才，那一日到菴內遊玩，看見了小尼。到晚來，他自拿了白銀一錠，就在菴中住宿。小尼不合留他，一連過了幾日，彼此情濃，他口許小尼道，店中有幾十兩銀子，兩副首飾，多要拿來與小尼。這一日，說道：『有事幹，晚間要在店裏宿，不得來了。』自此一去，竟無影響。小尼正還望他來，怎知他被人殺了？」許公看見真靜年幼，形容嬌媚，說話老實，料道通奸是真，須不會殺的人。如何與夢中恰相符合？及至說所許銀兩物件之類，又與失贓不差。躊躇了一會，問道：「秀才許你東西之時，有人聽見麼？」真靜道：「在枕邊說的話，沒人聽見。」許公道：「你可曾對人說麼？」真靜想了一想，通紅了臉，低低道：「是了，是了。不該與這狠廝說！這秀才苦死是他殺的了。」許公拍案道：「怎的說？」真靜道：「小人該死！到此地位，瞞不得了。小尼平日有一個和尚私下往來。自有那秀才在菴中，不招接了他。這晚秀才去了，他卻走來。問起與秀才交好之故，我說秀才情意好，他許下我若干銀兩東西，所以從他。和尚問秀才住處，我說他住在張善大店中。和尚就忙忙的起身去了。這幾時也不見來，想必這和尚走去，就把那秀才來殺了。」許公道：「和尚叫甚名字？」真靜道：「名叫無塵。」許公聽了和尚之名，跌足道：「是了，是了。『土上鹿走』，不是『塵』字麼？他住在那寺裏？」真靜道：「住光善寺。」許公就差李信去光善寺裏拿和尚無塵。吩咐道：「和尚幹下那事，必然走了，就拿他徒弟來問去向。但和尚名多相類，不可錯誤生事！那尼僧曉得他徒弟名字麼？」真靜道：「他徒弟名月朗，住在寺後。」許公推詳道：「一發是了。夢中道：『只看夜明』，『夜明』不是『月朗』麼？一個個字多應了。但只拿了月朗便知端的。」李信領了密旨，去到光善寺拿無塵。果然徒弟回道：「師父，幾日前不知那裏去了。」李信問得這徒弟，就是月朗。一索套了，押到公庭。許公問無塵去向，月朗一口應承道：「他只在親眷人家，不要驚張，致他走了。小的便與公差去挨出來。」許公就差李信，押了月朗出去訪尋。月朗對李信道：「他結拜往來的親眷甚多，知道在那一家？若曉得是公差訪他，他必然驚走，不若你扮做道人，隨我沿門化齋。訪得他的當，就便動手。」李信道：「說的是。」當下扮做了道人，跟著月朗，走了幾日，不見蹤跡。來到一村中人家，李信與月朗進去化齋，正見一個和尚在裏頭喫酒。月朗輕輕對李信道：「這和尚正是師父無塵。」李信悄悄去叫了地方❷❽，把牌票與他看了，一同闖入。李信一把拿住無塵道：「你殺人事發了，巡按老爺要你。」無塵說著心病，慌了手腳。看見李信是個道粧，叫道：「齋公❷❾，我與你並無冤仇，何故首❸⓿我？」李信撲地一掌打過去道：「我把你這瞎眼的賊禿！我是齋公麼？」掀起衣服，把出腰牌來道：「你睜著驢眼認認看！」無塵曉得是公差，欲待要走，卻有一夥地方在那裏，料走不脫，軟軟地跟了出來。看見了月朗，罵道：「賊弟子，是你領到這裏的？」月朗道：「官府押我出來，我自身也難保。你做了事，須自家當去，我替了你不成？」李信一同地方押了無塵，伺候許公升堂，解進察院來。許公問：「你為何殺了王秀才？」無塵初時抵賴，只推不知。用起刑法來，又叫尼姑真靜與他對質。真靜心裏也恨他，便道：「王秀才所許東西，止是對你說得，並不曾與別個講。你那時狠狠出門，當夜就殺了，還推得那裏？」李信又稟他在路上與徒弟月朗互相埋怨的說話。許公叫起月朗來，也要夾他。月朗道：「爺爺，不要夾得。如今首飾銀兩，還藏在寺中箱裏，只問師父便是。」無塵見滿盤

❷❽ 地方：俗稱地保做「地方」。此處似泛指四鄰人等。

❷❾ 齋公：道人的尊稱。

❸⓿ 首：「出首」之略。告發人罪，叫做「出首」。

托出，曉得枉熬刑法，不濟事了。遂把真情說出來道：「委實一來忌他佔住尼姑，致得尼姑心變了；二來貪他這些財物。當夜到店裏去殺了這秀才，取了銀兩首飾是實。」畫了供狀，押去，取了八十兩原銀，首飾二副，封在曹州庫中給主。無塵問成死罪；尼姑逐出菴舍，贖了罪，當官賣為民婦；張善、李彪與和尚月朗俱供明無罪，釋放寧家㉛，這件事方得明白。若非許公神明，豈不枉殺了人？正是：

兩值命途乖，相遭各致猜。
豈知殺人者，原自色中來。

當下王惠稟領贓物，許公不肯道：「你家兩個主人死了，贓物豈是與你領的？你快去原籍，叫了主人的兒子來，方准領去。」王惠只得扣頭而去。走到張善店裏，大家叫一聲：「悔氣！虧得青天大老爺追究得出來，不害了平人。」張善燒了平安紙㉜，反請王惠、李彪，喫得大醉。王惠次日與李彪說：「前有個兄弟到家接小主人，此時將到。我和你一同過西去迎他，就便訪緝去。」李彪應允。王惠將主人棺蓋釘好了，交與張善看守。自己收拾了包裹，同了李彪，望著家裏進發。行至北直隸開州㉝長垣縣㉞地方，下店喫飰。只見飯店裏走出一個人來，即是前日家去的王恩。王惠叫了一聲，兩下相見。王恩道：「兩個小主人多在裏面。」王惠進去叩見一皁、一夔，哭說：「兩位老家主多沒有了。」備述了這許多

㉛ 寧家：一無問題，釋放回家。
㉜ 燒了平安紙：亦稱「燒利市」，「祭神去晦氣求平安」的迷信舉動。
㉝ 開州：金置，即今河北省濮陽縣。
㉞ 長垣縣：今縣名，屬河南省，在濮陽縣西南。本屬直隸省。

事故，四個人抱頭哭做一團。哭了多時，李彪上前來勸，三個人卻認不得。王惠說：「這是李牌頭，州裏差他訪賊的。勞得久了，未得影蹤。今幸得接著小主人做一路兒行事，也不枉了。目今兩棺俱停在開河，小人原匡㉟小主們將到，故與李牌頭迎上來。曹州庫中現有銀八十兩，首飾二副，要得主人們親到，纔肯給領。只這一項，盤纏兩個棺木回去夠了。只這五百兩一匣，未有下落。還要勞著李牌頭。」王恩道：「我去時，官人尚有偌多銀子，怎只說得這些？」王惠道：「銀子多是大官人親手著落，前日我見只有得這些發出來，也曾疑心。問著大官人，大官人回說：『我自藏得妙，到家便有。』今大官人已故，卻無問處了。」王恩似信不信來對一皐、一夔說：「許多銀兩，豈無下落？」連王惠也有些信不得了。小主人記在心下，且看光景行去，道路之間，未可發露。」五個人出了店門，連王惠、李彪多回轉腳步，一起走路，重到開河來。正行之間，一陣大風起處，捲得灰沙飛起，眼前對面不見，竟不知東西南北了。五個人互相牽扭，信步行去。到了一個村房，方纔歇了足，定一定喘息，看見風沙少靜，天色明朗了。尋一個酒店，買碗酒喫再走。見一酒店中，止有婦人在內。王惠擡眼起來，見了一件物事，叫聲：「奇怪！」即扯著李彪密密說道：「你看店桌上這個匣兒，正是我們放銀子的，如今卻在這裏！必有緣故了。」一皐、一夔、王恩多來問道：「說甚麼？」王惠也一一說了。李彪道：「這等，我們只在這家買酒喫，就好相腳手盤問他。」一齊走至店中，分兩個座頭上坐了。婦人來問：「客人打多少酒？」李彪道：「不拘多少，隨意盪來。」王惠道：「你家店中男人家㊱那裏去了？」婦人道：「我家老漢與兒子旺哥昨日

㉟ 匡：見本書卷十❸。

㊱ 男人家：見本書卷二十㉓。

去討酒錢，今日將到。」王惠道：「你家姓甚麼？」婦人道：「我家姓李。」王惠點頭道：「慚愧！也有撞著的日子！」低低對眾人道：「前日車戶正叫做李旺。我們且坐在這裏喫酒，等他來認。」五個人各磨槍備箭，只等拿賊。到日西時，只見兩個人踉踉蹌蹌走進店來。此時眾人已不喫了酒，在店閒坐。那兩個帶了酒意問道：「你每一起是甚麼人？」王惠認那後生的這一個，正是車戶李旺。走起身來一把扭住道：「你認得我麼？」四人齊聲和道：「我們多是拿賊的。」李旺擡頭，認得是王惠，先自軟了。李彪身邊取出牌來，明開著車戶李旺盜銀之事，把出鐵鍊來鎖了頸項，道：「我每只管車戶裏打聽，你卻躲在這裏賣酒！」連老兒也走不脫，也把繩來拴了。李彪終久是衙門人手段，走到竈下取一根劈柴來，先把李旺打一個下馬威，問道：「銀子那裏去了？」李旺是賊皮賊骨，一任打著，只不開口。王惠道：「匣子贓證現在，你不說便待怎麼？」正施為間，那店裏婦人一眼估著竈前地下，只管努嘴㊲。原來這婦人是李旺的繼母，李旺兇狠，不把娘來看待，這婦人巴不得他敗露的。不好說得，只做暗號。一皐、一夔看見，叫王惠道：「且慢著打！可從這地下掘看。」王惠掉了李旺奔來，取了一把廚刀，依著指的去處，挖開泥來，泥內一堆白物。王惠喊道：「在這裏了。」王恩便取了匣子，走進來，將銀只記件數，放在匣中。一皐、一夔將紙筆來寫個封皮封記了。對李彪道：「有勞牌頭這許多時，今日幸得成功，人贓俱獲。我們一面解到州裏發落去。」李彪又去叫了本處地方幾個人一路防送，一直到州裏來。州官將銀兩當堂驗過，收貯庫中，候解院過，同前銀一併給領。李彪銷牌記功，就差他做押解，將一起人解到察院來。許公陞堂，帶進，稟說：「是王秀才的子姪一皐、一夔路上適遇盜銀賊人，同公差擒獲，一同

㊲ 努嘴：用嘴示意。

解到。」事情，遂將李旺打了三十，發州問責，同僧人無塵一併結案。李旺父親年老免科㊳。一臯、一夔當堂同遞領狀求批州中同前入庫贓物，一併給發。許公准了，擡起眼來看見一臯、一夔，多少年俊雅，問他「作何生理？」稟說：「多在學中。」許公喜歡，吩咐道：「你父親不安本分，客死他鄉，幾乎不得明白。虧我夢中顯報，得了仇人。今你每路上無心又獲原賊。似有神助，你二子必然有福。今得了銀子回去，各安心讀書向上，不可效前人所為了。」二人叩謝流淚，就稟說道：「生員每還有一言，父親未死之時，寄來家書，銀數甚多。今被賊兩番所盜，同貯州庫者，不過六百金。據家人王惠所言，此外止有二棺寄頓飯店，並無所有，必有隱弊，乞望發下州中推勘前銀下落，實為恩便。」許公道：「當初你父親隨行是那個？」二子道：「只有這個王惠。」許公便叫王惠，問道：「你小主說：『你家主死時，銀兩甚多，』今在那裏了？」王惠道：「前日著落銀兩，多是大主人王爵親手搬弄，後來只剩得這些上車，小人當時疑心，就問緣故。主人說：『我有妙法藏了，但到家中，自然有銀。』今可惜主人被殺，就沒處問了。小人其實不曉得。」許公道：「你莫不有甚欺心藏匿之弊麼？」王惠道：「小人孤身在此，途路上那裏是藏匿得的所在。況且下在張善店中時，主人還在，止得此行李棺木，是店家及推車人，公差李彪眾目所見的。小人那裏存得私。」許公道：「前日王祿下棺時，你在面前麼？」王惠道：「大主人道：『是日辰有犯，不許看見。』」許公笑一笑道：「這不干你事，銀子自在一處。」取一張紙來，不知寫上些甚麼，叫門子封好了，上面用顆印印著，付與二子道：「銀子在這裏面，但到家時開看，即有取銀之處了。不可在此耽擱，又生出事端來。」二子不敢再說，領了出來。回到張善店中，看見兩個靈

㊳ 免科：「科」，「斷罪」之意。免科，即免判罪刑。

柩，一齊哭拜了一番。哭罷，取了院批的領狀，到州中庫裏領這項銀子。州官原是同鄉，周全其事，衙門人不敢勒掯，一些不少，如數領了。到店中將二十兩謝了張善一向停柩，且累他喫了官司，就央他寫僱誠實車戶，車運兩柩回家。明日，置辦一祭，奠了兩柩。祭物多與了店家與車腳夫，隨即起柩而行。不則一日，到了家中。舉家號咷，出來接著：

雄糾糾兩人次第去，　四方方兩柩一齊來。
一般喪命多因色，　萬里亡軀只為財。

此時王爵、王祿的父母俱在堂，連祖公公歲貢知縣也還康健。聞得兩個小官人各接著父親棺柩回來，大家哭得不耐煩，慢慢說著彼中事體，致死根繇，及許公判斷許多緣故。合家多感戴許公，許公問得明白，不然幾乎一命也沒人償了。其父問起餘銀，一皐、一夔道：「因是餘銀不見，稟告許公。許公發得有單，今既到家，可拆開來看了。」遂將前日所領印信小封，一齊拆開看時，上面寫道：

銀數既多，非僕人可匿。爾父云：「藏之甚秘。」必在棺中。若虞開棺礙法，執此為照。

看罷，王惠道：「當時不許我每看二官人下棺，後來蓋好了，就不見了許多銀子，想許爺之言，必然明見。」其父道：「既給了執照，況有我為父的在，開棺不妨。」即叫王惠取器械來，輕輕將王祿靈柩撬開[39]，只見屍身之傍，周圍多是白物[40]。王惠叫道：「好個許爺！若是別個昏官，連王惠也造化低了！」一皐、一夔大家動手，盡數取了出來。眼同一兌，足足有三千五百兩。內有一千，另是一包，上寫道：

[39] 撬開：「撬」音「蹺」，俗指「用東西撥開或挑起物件」叫做「撬」。
[40] 白物：按「黃白」指黃金和白銀，所以此處白物指白銀。

「還父母原銀。」餘包多寫：「一臯、一夔均分。」合家看見了這個光景，思量他們在外死的苦惱，一齊慟哭不禁，仍把棺木蓋好了，銀子依言分訖。那個老知縣相公見說著察院給了執照，開棺見銀子之事，討枝香來點了，望空叩頭道：「虧得許公神明，仇既得報，銀又得歸。願他福祿無疆，子孫受享！」舉家頂戴㊶不盡。可見世間刑獄之事，許多隱昧之情，一些造次不得的。有詩為證：

世間經目未為真，　疑似緣來易枉人。
寄語刑官須仔細，　獄中儘有負冤魂。

㊶頂戴：指敬禮。

卷二十二　癡公子狠使噪脾錢　賢丈人巧賺回頭壻

詩云：

最是富豪子弟，不知稼穡艱難。
悖入必然悖出，天道一理循環。

話說宋時汴京有一個人姓郭名信！父親是內司官，家事殷富。止生得他一個，甚是嬌養溺愛，從小不教他出外邊來的，只在家中讀些點名❶的書籍。讀書之外，毫釐世務，也不要他經涉。到了十七八歲，未免要務了聲名，投拜名師。其時有個蔡元中先生，是臨安人，在京師開館。郭信的父親出了禮物，叫郭信從他求學。那先生開館去處，是個僧房，頗極齊整，郭家就賃了他旁舍三間，亦是幽雅。郭信住了，心裏不像意，道是不見得華麗。看了舍後一塊空地，另外去興造起來。總是他不知數目，不識物料，憑著家人與匠作扶同破費，不知用了多少銀兩，他也不管。只見造成了幾間，妝飾起來，弄得花簇簇的，方纔歡喜，住下了。終日叫書童打掃門窗梁柱之類，略有點染不潔，便要匠人連夜換得過，心裏方掉得下。身上衣服穿著，必要新的，穿上了身，左顧右盼，嫌長嫌短。甚處不熨貼，一些不當心裏，便別買段疋，另要做過。鞋襪之類，多是上好綾羅，一有微污，便丟下另換。至於洗過的衣服，決不肯再著的。

❶ 點名：吳俗語中，至今稱人「名不符實的」做「叫名頭……」。此處的「點名」是說「敷衍門面」的意思。

彼時有赴京聽調的一個官人，姓黃，表字德琬。他的寓所，恰與郭家為鄰，見他行徑如此，心裏不以為然。後來往來得熟了，時常好言勸他道：「君家後生年紀，未知世間苦辣。錢財入手甚難，君家雖然富厚，不宜如此枉費。日復一日，須有盡時，日後後手不上❷了，悔之無及矣。」郭信聽罷，暗暗笑他道：「多是寒酸說話。錢財那有用得盡的時節？我家田產不計其數，豈有後手不上之理！只是家裏沒有錢鈔，眼孔子小，故說出這等議論，全不曉得我們富家行徑的。」把好言語如風過耳，一毫不理，只依著自己性子行去不改。黃公見說不聽，曉得是縱慣了的，道：「看他後來怎生結果？」得了官，自別過出京去了，以後絕不相聞。

過了五年，有事幹，又到京中來。問問舊鄰，已不見了郭家蹤跡。偌大一個京師，也沒處查訪了。一日，偶去拜訪一個親眷，叫做陳晟。主人未出來，先叫門館先生❸出來陪著。只見一個人葳葳蕤蕤❹踱將出來，認一認，卻是郭信。戴著一頂破頭巾，穿著一身藍褸衣服，手臂顫抖抖的敘了一個禮，整椅而坐。黃公看他臉上饑寒之色，殆不可言。惻然問道：「足下何故在此？又如此形狀？」郭信嘆口氣道：「誰曉得這樣事？錢財要沒有起來，不消用得完，便是這樣沒有了。」黃公道：「怎麼說？」郭信道：「自別尊顏之後，家父不幸棄世。有個繼娶的晚母，在喪中罄捲所有，轉回娘家。第二日去問，連這家多搬得走了，不知去向。看看家人，多四散逃去，剩得孑然一身，一無所有了。還虧得識得幾個字，胡

---

❷ 後手不上：「後面接不上」解。

❸ 門館先生：舊時官僚地主家，招請到家教子弟讀書的塾師，叫做「門館先生」。

❹ 葳葳蕤蕤：委頓形狀。

亂在這主家教他小學生度日而已。」黃公道：「家財沒有了，許多田業須在，這是偷不去的。」郭信道：「平時不曾曉得田產之數，也不認得田產在那一塊所在，一經父喪，簿籍多不見了。不知還有一畝田在那裏？」黃公道：「當初我曾把好言相勸，還記得否？」郭信道：「當初按著東西使用，那管他來路是怎麼樣的。只道到底如此。見說道要惜費，正不知惜他做甚麼。豈知今日一毫也沒來處了。」黃公道：「今日這邊所得束脩❺之儀多少？」郭信道：「能有多少？每月千錢，不勾充身。圖得個朝夕糊口，不去尋柴米就好了。」黃公道：「當時一日之用，也就有一年館貲了。富家兒女，到此地位，可憐！可憐！」身邊恰帶有數百錢，盡數將來送與他，以少見故人之意。少頃，主人出來，黃公又與他說了郭信出身富貴光景，教好看待他。郭信不勝感謝。捧了幾百錢，就像獲了珍寶一般，緊緊收藏，只去守那冷板凳❻了。看官，你道當初他富貴時節，幾百文，只當他家賞人也不爽利，而今纔曉得是值錢的，卻又遲了。只因幼年時，不知稼穡艱難，以致如此。到此地位，曉得值錢了，也還是有受用的。所以說：「敗子回頭好作家」也。小子且說一回敗子回頭的正話。

無端浪子昧持籌，偌大家緣一旦休。
不是丈人生巧計，夫妻怎得再同儔？

話說浙江溫州府有一個公子姓姚，父親是兵部尚書，丈人上官翁也是顯宦，家世富饒，積累鉅萬。周匝百里之內，田圃、池塘、山林、川藪，盡是姚氏之業。公子父母俱亡，並無兄弟，獨主家政。妻上

❺ 束脩：舊日學生對教師的報酬，叫做「束脩」。
❻ 冷板凳：俗譏諷村塾教師，叫做「坐冷板凳」。

官氏，生來軟默，不管外事，公子凡事憑著自性而行。自恃富足有餘，豪奢成習。好往來這些淫朋狎友，把言語奉承他，哄誘他，說是：「自古豪傑英雄，必然不事生產，手段慷慨，不以財物為心，居食為志，方是俠烈之士。」公子少年心性，道：「此等是好言語。」切切於心。見別人家算計利息，較量出入，孳孳作家的，便道齷齪小人❼，不足指數的。又懶看詩書，不習舉業，見了文墨之士，便頭紅面熱，手足無措，厭憎不耐煩，遠遠走開。只有一班捷給❽滑稽之人，利口便舌，脇肩諂笑，一日也少不得。又有一班猛勇驍悍之輩，揎拳舞袖，說強誇勝，自稱好漢。相見了，便覺分外興高，說話處脾胃多燥，行事時舉步生風，是這兩種人與他說得話著。有了這兩種人，便又去呼朋引類，你薦舉我，我薦舉你。市井無賴少年，多來倚草附木，獻技呈能，掇臀捧屁❾。公子要人稱揚大量，不論好歹，一概收納。一出一入，何止百來個人扶從他。那百來個人多喫著公子，還要各人安家分例，按日衣糧。公子皆千歡萬喜給派不吝。見他們拿得家去，心裏方覺爽利。公子性好射獵，喜的是駿馬良弓。有門客說道：「何處有名馬一匹價值千金，日走數百里。」公子即便如數發銀，只要買得來，不爭價錢多少。及至買來，但只毛片好看，略略身材高聳些，便道值得了。有說貴了的，到反不快，必要爭說買便宜方喜。人曉得性子，看見買了物事，只是贊美上前了。遇說有良弓的，也是如此。門下的人又要利落，又要逢迎。買下好馬一二十匹，好弓三四十張，公子揀一匹最好的，時常乘坐，其餘的隨意聽騎。每與門下眾客相約，各騎

❼ 齷齪小人：吳語指汙穢，叫做「齷齪」。此處「齷齪小人」，作「心地不潔淨的小人」解。

❽ 捷給：指言辭敏捷，應對不窮。

❾ 掇臀捧屁：吳俗語，同「拍馬屁」。

馬持弓，分了路數，縱放轡頭，約在某處相會，先到者有賞，後到者有罰。賞的多出公子己財，罰不過罰酒而已。只有公子先到，眾皆罰酒，又將大觥上公子稱慶。有時分為幾隊，各去打圍。須臾合為一處，看擒獸多寡，以分賞罰。賞罰之法，一如走馬之例。無非只是借名取樂，似此一番，所費酒食賞勞之類，已自不少了。還有時聯鑣❿放馬，踏傷了人家田禾，驚失了人家六畜⓫等事。公子是人心天理，又是慷慨好勝的人，門下客人又肯幫襯道：「公子出外，寧可使小百姓巴不得來，不可使他怨悵我每來！今若有傷損了他家，便是我每不是，後來他望見就怕了。必須加倍賠他，他每道有些便宜，方才贊嘆公子，巴不得公子出來行走了。」公子大加點頭道：「說得極有見識。」因而估值損傷之數，吩咐「寧可估好看些，從重賠還，不要虧了他們。」門客私下與百姓們說通了，得來平分，有一分，說了七八分。說去，公子隨即賠償，再不論量。這又是射獵中分外之費，時時有的。公子身邊最講得話，像心稱意的，有兩個門客。一個是簫管朋友賈清夫，一個是拳棒教師趙能武。一文一武，出入不離左右。雖然獻諂、效勤、哄誘、攛掇的人不計其數，大小事多要串通得這兩個，方纔弄得成。這兩個一鼓一板⓬，只要公子出脫得些，大家有味。

一日，公子出獵，草叢中驚起一個兔來。兔兒騰地飛跑，公子放馬趕去，連射兩箭，射不著。恰好

---

❿ 聯鑣：「鑣」就是「馬銜」。這是橫貫馬口中的革勒。「聯鑣」就是「馬頭相並」的意思。

⓫ 六畜：指「馬、牛、羊、雞、狗、豬」。

⓬ 一鼓一板：「鼓」和「板」（即「拍板」）是南曲用來節制曲緩急的。這是兩樣不可分離的樂器。此處用來譬喻賈趙互相幫襯的情形。和另一俗語「一吹一唱」相同。

後騎隨至，趙能武一箭射個正著，兔兒倒了。公子拍手大笑，因貪趕兔兒，路來得遠了。肚中有些饑餓起來。四圍一看，山明水秀，光景甚好。可惜是個荒野去處，並無酒店飯店。賈清夫與一群少年隨後多到。大家多說道：「好一個所在！只該聚飲一回。」公子見說，興高得不耐煩。問問後頭跟隨的，身邊銀子也有，銅錢也有，只沒設法酒餚處。趙能武道：「眼面前就有東西，怎苦沒餚？」眾人道：「有甚麼東西？」趙能武道：「只方纔射倒的兔兒，尋些火煨起，也勾公子下酒。」賈清夫道：「若要酒時，做一匹快馬不著，跑他五七里路，遇個村坊去處，好歹尋得些來，只不能勾多帶得，可以暢飲。」公子道：「此時便些少也好。」正在商量處，只見路傍有一簇人，老少不等，手裏各拿著物件走近前來，迎喏道：「某等是村野小人，不曾識認財主貴人之面。今日難得公子貴步至此，謹備瓜菓、雞黍，村酒、野蔌數品，聊獻從者一飯。」公子聽說酒肴，喜動顏色，回顧一班隨從的道：「天下有這樣湊巧的事！知趣的人！」賈清夫等一齊拍手道：「此皆公子吉人天相，酒食之來，如有神助。」各下了馬，打點席地而坐。野老們道：「既然公子不嫌飲食粗糲，何不竟到舍下坐飲？椅桌俱便，乃在此草地之上喫酒，不像模樣。」眾人一齊道：「妙，妙。知趣得緊。」野老們恭身在前引路，眾人扶從了公子，一擁到草屋中來。那屋中雖然窄狹，也倒潔淨。擺出椅桌來，揀一隻齊整些的古老椅子，公子坐了。其餘也有坐椅的，也有坐凳的，也有扯張稻床來做杌子的，團團而坐，喫出興頭來，這家老小們供應不迭。賈清夫又打著攛鼓兒⓭道：「多拿些酒出來，我們要喫得快活，公子是不虧人的。」這家子將醞下的杜茅柴⓮，

⓭ 打著攛鼓兒：意義似「打邊鼓」，指從旁幫腔的意思。

⓮ 杜茅柴：「茅柴」，壞酒名。杜茅柴，指自釀的劣酒。

不住的湯來，喫得東倒西歪，撐腸柱腹。又道是：「饑者易為食，渴者易為飲。」大凡人在饑渴之中，覺得東西好喫。況又在興趣頭上，就是肴饌粗些，雞肉肥些，酒味薄些，一總不論，只算做第一次嘉肴美酒了。公子不勝之喜。門客多幫襯道：「這樣湊趣的東道主人，不可不厚報他的。」公子道：「這個自然該的。」便教賈清夫估他約費了多少。清夫在行。多說了些。公子教一倍償他三倍。管事的和眾人剋下了一倍自得，只與他兩倍。這家子道：「已有了對合利錢⑮。」怎不歡喜！當下公子上馬回步，老的少的，多來馬前拜謝，兼送公子。公子一發快活道：「這家子這等殷勤！」趙能武道：「不但敬心，且有禮數。」公子再教後騎賞他。管事的策馬上前問道：「賞他多少？」公子叫打開銀包來看，見有幾兩零碎銀子，何止千百來塊。公子道：「多與他們罷。論甚麼多少？」用手只一擡，銀子塊塊落地，只剩得一個空包。那些老小們看見銀子落地，大家來搶，也顧不得尊卑長幼，扯扯拽拽，磕磕撞撞。溜撒的⑯，拾了大塊子，又來拈撮；遲夯的，將拾到手，又被眼快的先取了去。老人家戰抖抖的拿得一塊，死也不放，還累了兩個地滾。公子看此光景，與眾客馬上拍手大笑道：「天下之樂，無如今日矣！」公子此番雖費了些賞賜，卻嗓盡了脾胃⑰，這家子賠了些辛苦，落得便宜多了。這個消息傳將開去，鄉里人家，只嘆息無緣不得遇著公子。自此以後，公子出去，有人先來探聽馬首所向，村落中無不整頓酒食，爭來迎接。真個是：

---

⑮ 對合利錢：吳語，即「對本對利」之義，加一倍也。

⑯ 溜撒的：即「機靈的」。

⑰ 嗓盡了脾胃：「嗓脾」，指公子哥兒擺闊架子的意思。全句意義說公子雖費了些賞賜，卻擺足了闊架子。

東馳，西人已為備饌；南獵，北人就去戒廚。士有餘糧，馬多剩草。一呼百諾，顧盼生輝。此送彼迎，尊榮莫並。憑他出外連旬樂，不必先營隔宿裝。

公子到一處，一處如此。這些人也竭力奉承，公子也加意報答。還自歉然道：「賞勞輕微，謝他們厚情不來。」眾門客又齊聲力贊道：「此輩乃小人，今到一處，即便供帳備具，奉承公子，勝於君主。若非重賞，何以示勸？」公子道：「說得有理。」每每賞了又賞，有增無減。原來這圈套多是一班門客串同了百姓們，又是賈、趙二人先定了去向，約會得停當，故所到之處，無不如意。及至得來賞賜，盡皆分取。只是攛掇多些了。親眷中有老成的人，叫做張三翁，見公子日逐如此費用，甚為心疼。他曾見當初尚書公行事來的。偶然與公子會面，勸諷公子道：「宅上家業豐厚，先尚書也不純仗做官得來的宦橐，多半是算計做人家⓲來的。老漢曾眼見先尚書早起晏晚，算盤、天平、文書、簿籍，不離於手。別人少他分毫也要算將出來，變面變孔，費唇費舌，略有些小便宜，即便喜動顏色。如此掙來的家私，非同容易。今郎君十分慷慨撒漫，與先尚書苦掙之意，太不相同了。」公子面色通紅，未及回答。賈清夫、趙能武等一班兒朋友，大嚷道：「這樣氣量淺陋之言，怎能在公子面前講！公子是海內豪傑，豈把錢財放在眼孔上？況且人家天做，不在人為。豈不聞李太白有言：『天生我才終有用，黃金散盡還復來』？先尚書這些孜孜為利，正是差處。公子不學舊樣，盡改前非，是公子超群出眾英雄不羈之處，豈田舍翁所可曉哉？」公子聽得這一番說話，方纔覺得有些吐氣揚眉，心裏放下。張三翁見不是頭路，曉得有這一班小人，料想好言不入，再不開口了。公子被他們舞弄了數年，弄得囊中空虛，看看手裏不能接濟，所

⓲ 做人家：見本書卷十⓬。

有倉房中莊舍內積下米糧，或時糶銀使用；或時即發米代銀；或時先在那裏移銀子用了，秋收還米。也就東扯西拽，不能如意。公子要噪脾時，有些掣肘不爽利。門客每見公子世業不曾動損，心裏道：「這裏面儘有大想頭。」與賈、趙二人商議定了，來見公子獻策道：「有一妙著，公子再不要愁沒銀子用了。」公子正苦銀子短少，一聞此言，欣然起問道：「有何妙計？」賈、趙等指手畫腳道：「公子田連阡陌，地佔半州，足跡不到所在，不知多少。這許多田地，大略多是有勢之時，小民投獻，富家餽送，原不盡用價銀買的。就有些買的，也不過債利盤算，准折將來。或是戶絕人窮，止剩得些磽田瘠地，只得收在戶口。所值原不多的。所以而今荒蕪的多，開墾的少。租利沒有，錢糧要緊。這些東西，留在後邊，貽累不淺的。公子看來，不過是些土泥，小民得了，自家用力耕種，方纔是有用的。公子若把這些作賞賜之費，不是土泥盡當銀子用了。亦且自家省了錢糧之累。」公子道：「我最苦的是時常來要我完甚麼錢糧，激聒得不耐煩。今把來推將去，當得銀子用，這是極便宜的事了。」自此公子每要用銀子之處，只寫一紙賣契，把田來准去。那得田的，心裏巴不得，反要敉個腔兒，說不情願，不如受些現物好。門客故意再三解勸，強他拿去，公子蹴踖不安，惟恐他不受。直等他領了文契，方掉得下。所有良田美產，有富戶欲得的，先還有出妻獻子的；或又有接了娼妓養在家裏，假做了妻女來與公子調情的。公子便有些曉得，只是將錯就錯，自以為得意。喫得興闌將行，就請公子寫契作賞。公子寫字，不甚利便，門客內有善寫的，便來執筆。一個算價錢，一個查簿籍，寫完了只要公子押字，公子也不知田在那裏，好的歹的，貴的賤的，見說押字，即便押了。又有時反有幾兩銀子找將出來與公子用，公子卻像落得⑲的，

⑲ 落得：吳語，指「代買東西從中賺錢」做「落錢」。此處「落得」兩字指「公子找得了銀兩，好像不該得而得

分外喜歡。如此多次，公子連押字也不耐煩了，對賈清夫道：「這些時不要我拿銀子出來，只寫張紙，頗覺便當。只是定要我執筆押字，我有些倦了。」趙能武道：「便是我們掿著鎗棒，且溜撒，只這一管筆，重得可厭相！」賈清夫道：「這個不打緊，我有一策，大家可以省力。」公子道：「何策？」賈清夫道：「把這些賣契套語刊刻了板，空了年月，刷印百張，放在身邊，臨時只要填寫某處及多少數目，注了年月。連公子花押也另刻一個，只要印上去，豈不省力？」公子道：「妙，妙。卻有一件，賣契刻了印板，這些小見識的必然笑我。我那有氣力逐個與他辨。我做一首口號，也刻在後面，等別人看見的，曉得我心事開闊，不比他們猥瑣的。」賈清夫道：「口號怎麼樣的？」公子道：「我念來，你們寫著：

千年田土八百翁，何須苦苦較雌雄。
古今富貴知誰在，唐宋山河總是空。
去時卻似來時易，無他還與有他同。
若人笑我亡先業，我笑他人在夢中。」

念罷，叫一個門客寫了。賈清夫道：「公子出口成章如此，何愁不富貴！些須田業，不足戀也！公子若刻此佳作在上面了，去得一張，與公子揚名一張矣。」公子大喜，依言刻了。每日印了十來張，帶在賈、趙二人身邊。行到一處，遇要賞賜，即取出來，填注幾字，印了個花押，即已成契了。公子笑道：「真正簡便，此後再不消捏筆了。快活，快活。」其中門客每自家要的，只須自家寫注，偷用花押，一發不難。如此過了幾時，公子只見逐日費過幾張紙，一毫不在心上，豈知皮裏走了肉，田產俱已蕩盡，公子

到」的意思。

還不知覺。但見供給不來，米糧不繼，印板文契，丟開不用。要些使費，別無來處。問問家人：「何不賣些田來用度？」方知田多沒有了。門客看見公子艱難了些，又兼有靠著公子做成人家過得日子的，漸漸散去不來。惟有賈、趙二人哄得家裏瓶滿甕滿，還想道：「瘦駱駝尚有千斤肉。」戀著未去。勸他把大房子賣了，得中人錢；又替他買小房子住，得後手錢。搬去新居不像意，又與他算計改造，置買木石，落⑳他的。造得像樣，手中又缺了。公子自思，賓客既少，要這許多馬也沒幹，托著二人把來出賣，比原價只好十分之一二。公子問：「為何差了許多？」二人道：「騎了這些時，走得路多了，價錢自減了。」公子也不計論。見著銀子，且便接來應用。起初還留著自己騎坐兩三匹好的。後來因為賞賜無處，隨從又少，把個出獵之興，疊起在三十三層高閣上了。一總要馬沒幹，且喂養費力，賈、趙二人也設法賣了去。價錢不多，又不盡到得公子手裏，勾他幾時用？只得又商量賣那新居。枉自裝修許多，性急要賣，只賣得原價錢到手。新居既去，只得賃居而住。一向家中家具雜物，沒處藏疊，半把價錢，爛賤送掉。到得遷在賃的房子內時，連賈、趙二人也不來了。

惟有妻上官氏隨起隨倒，當初風花雪月之時，雖也曾勸諫幾次，如水投石，落得反目。後來曉得說著無用，只得憑他。上官氏也是富貴出身，只會喫到口茶飯，不曉得甚麼經求，也不會做下一些私房，公子有時，他也有得用；公子沒時，他也沒了。兩個住在賃房中，且用著賣房的銀子度日。走出街上去，遇見舊時的門客，一個個多新鮮衣服，僕從跟隨。初時撞見公子，還略略敘寒溫，已後漸漸掩面而過；再過幾時，對面也不來理著了。一日早晨，撞著了趙能武，能武道：「公子曾喫早飯未曾？」公子道：

⑳落：同上條。

「正來買點心喫。」趙能武道：「公子且未要喫點心，到家裏來坐坐，喫一件東西去。」公子隨了他到家裏。趙能武道：「昨夜打得一隻狗，煨得糜爛在這裏，與公子同享。」果然拿出熱騰騰的狗肉來，與公子一同狼餐虎嚥，喫得盡興。公子回來，飽了一日。心裏道：「他還是個好人。」沒些主意，便去尋他。後來也常時躲過，不十分招攬了。賈清夫遇著公子，原自滿面堆下笑來。及至到他家裏坐著，只是泡些好清茶來請他評品些茶味，說些空頭話，再不然，蹺著腳兒把管簫吹一曲，只當是他的敬意，再不去破費半文錢鈔，多少弄些東西來點饑。公子忍餓不過，只得別去，此外再無人理他了。公子的丈人上官翁是個達者，初見公子敗時，還來主張爭論。後來看他行徑，曉得不了不住，索性不來管他。意要等他乾淨了，喫盡窮苦滋味，方有回轉念頭的日子。所以富時也不來勸戒；窮時也不來資助，只像沒相干的一般。公子手裏罄盡，衣食不敷，家中別無可賣，一身之外，只有其妻。沒做思量處，癡算道：「若賣了他去，省了一口食，又可得些銀兩用用。」只是怕丈人，開不得這口。卻是有了這個意思，未免露些光景出來。上官翁早已識破其情，想道：「省得他自家蠻做㉑出事來，不免用個計較哄他在圈套中了，再作道理。」遂挽出前日勸他好話的那個張三翁來，托他做個說客。商量說話完了，竟來見公子。公子因是前日不聽其言，今荒涼光景了，羞慚滿面。張三翁道：「郎君，纔曉得老漢前言不是迂闊麼？」公子道：「惶愧，惶愧。」張三翁道：「近聞得郎君度日艱難，有將令正娘子改適之意，果否如何？」公子滿面通紅了道：「自幼夫妻之情，怎好輕出此言！只是絕無來路㉒，兩口餔食不給，惟恐養他不活，

㉑ 蠻做：吳語，即「胡做」。
㉒ 來路：此處指「經濟來源」。

不如等他別尋好處安身，我又省得多一口食，他又有著落㉓了，免得跟著我一同忍餓。所以有這一點念頭，還不忍出口。」張三翁道：「果有此意，作成㉔老漢做個媒人何如？」公子道：「老丈，有甚麼好人家在肚裏麼？」張三翁道：「便是有個人叫老漢打聽，故如此說。」公子道：「就有了人家，岳丈面前怎好啟齒？」張三翁道：「好教足下得知，令岳正為足下敗完了人家，令正後邊日子難過，儘有肯改嫁之意，只是在足下身邊起身，甚不雅相。令岳欲待接著家去，在他家門裏擇配人家。那時老漢便做個媒人，等令正嫁了出去，寂寂裏將財禮送與足下，方為隱秀㉕，不傷體面，足下心裏何如？」公子道：「如此委曲最妙。省得㉖眼睜睜的，我與他不好分別。只是既有了此意，岳丈那裏，我不好再走去了。我在那裏問消息？」張三翁道：「只消在老漢家裏討回話。一過去了，就好成事體，我也就來回覆你的，不必掛念！」公子道：「如此做事，連房下㉗面前，我不必說破，只等岳丈接他歸家便了。」張三翁道：「正是，正是。」兩下別去。上官翁一徑打發人來，接了女兒回家住了。過了兩日，張三翁走來見公子道：「事已成了。」公子道：「是甚麼人家？」張三翁道：「人家豪富，也是姓姚。」公子道：「既是富家，聘禮必多了。」張三翁道：「他們道是中年再醮，不肯出多。是老漢極力稱贊賢能，方得聘金四

㉓ 著落：見本書卷七⑳。

㉔ 作成：吳語，此處是「照顧」的意思。

㉕ 隱秀：吳語，「不顯露」或「秘密」的意思。

㉖ 省得：吳語，「免得」的意思。

㉗ 房下：俗稱妻做「房下」。

十兩。你可省喫儉用些，再若輕易弄掉了，別無來處了。」公子見就有了銀子，大喜過望，口口稱謝。張三翁道：「雖然得了這幾兩銀子，一入豪門，終身不得相見了，為何如此快活？」公子道：「譬如兩個一齊餓死了，而今他既落了好處，我又得了銀子，有甚不快活處？」原來這銀子就是上官翁的，因恐他把女兒當真賣了，故裝成這個圈套，接了女兒家去，把這些銀子暗暗助他用度，試看他光景。

公子銀子接到手，手段闊慣了的，那裏勾他的用？況且一向處了不足之鄉，未免房錢柴米錢之類，掛欠些在身上，拿來一出摩訶薩，沒多幾時，手裏又空。左顧右盼，別無可賣，單單剩得一個身子，思量索性賣與人了。既得身錢，又可養口。卻是一向是個公子，那個來兜他？又兼目下已做了單身光棍，種火又長，杜門又短㉘，誰來要這個廢物？公子不揣，各處央人尋頭路。上官翁知道了，又拿幾兩銀子，另攛出一個人來，要了文契，叫莊客收他在莊上用。莊客就假做了家主，與他約道：「你本富貴出身，故此價錢多了，既已投靠㉙，就要隨我使用。禁持苦楚，不得違慢！說過方纔留你。」公子思量道：「我當初富盛時，家人幾十房，多是喫了著了閒蕩的，有甚苦楚處？」一力應承道：「這個不難，既已靠身，但憑使喚了。」公子初時看見遇飰喫飰，遇粥喫粥，不消自己經管，頗謂得計。誰知隔得一日，莊客就限他功課起來。早晨要打柴，日裏要挑水，晚要舂穀簸米，勞筋苦骨，沒一刻得安閒。略略推故懈惰，就拿著大棍子嚇他。公子受不得那苦，不勾十日，魆地逃去。莊客受了上官翁吩咐，不去追他。只看他

㉘ 種火又長，杜門又短：「杜」一作「拴」。拿公子比作不成材的木料，就是說，這塊材料拿來生火，覺得長些，可是要拿來當作「門撐」杜門，又覺得短些。

㉙ 投靠：賣身做家奴，叫做「投靠」。

怎生著落。

公子逃去兩日，東不著邊，西不著際，肚裏又餓不過。看見乞兒每討飦，討得來，到有得喫，只得也皮著臉去討些充饑。討了兩日，挨去乞兒隊裏做了一伴了。自家想著當年的事，還有些氣傲心高。只得作一長歌，當做似蓮花落㉚滿市唱著乞食。歌曰：

人道光陰疾如梭，我說光陰兩樣過。昔日繁華人羨我，一年一度易蹉跎。可憐今日我無錢，一時一刻如長年。我也曾輕裘肥馬載高軒，指麾萬眾驅山前。一聲圍合魑魅驚，百姓邀迎如神明。今日黃金散盡誰復矜，朋友離群獵狗烹。晝無饘粥夜無眠，落得街頭唱哩嗹㉛。一生兩截誰能堪，不怨爺娘不怨天。早知到此遭坎坷，悔教當日結妖魔。而今無計可奈何，殷勤勸人休似我！

上官翁曉得公子在街上乞化了，教人密地吩咐了一班乞兒故意要凌辱他，不與他一路乞食。及至自家討得些須來，又來搶奪他的，沒得他喫飽。略略不順意，便嚇他道：「你無理，就扯你去告訴家主。」公子慌得手腳無措，東躲西避，又沒個著身之處。真個是凍餒憂愁，無件不嘗得到了。上官翁道：「奈何得他也勾了。」乃先把一所大莊院與女兒住下了。在後門之傍收拾一間小房，被窩甚物略略備些在裏邊。又叫張三翁來尋著公子，對他道：「老漢做媒不久，怎知就流落此中㉜了！」公子道：「此中了！可憐，

㉚ 蓮花落：民間歌曲的一種，乞丐歌唱。宋釋普濟五燈會元云：「俞道婆嘗隨眾參琅玡，聞丐者唱蓮花樂，大悟。」「樂」，其後通用作「落」。

㉛ 唱哩嗹：蓮花落歌中，夾唱著「哩哩蓮花，哩哩蓮花落」也。所以此處「唱哩嗹」三字即指「唱蓮花落」。

㉜ 此中：指「乞兒隊中」。

眾人還不容我。」張三翁道：「你本大家，為何反被乞兒欺侮？我曉得你不是怕乞兒，只是怕見你家主。你主幸不遇著，若是遇著，送你到牢獄中追起身錢來，你再無出頭日子了。」公子道：「今走身無路，只得聽天命，早晚是死，不得見你了。前日你做媒，嫁了我妻子出去，今不知好過日子否？」說罷大哭。張三翁道：「我正有一句話要對你說，你妻子今為豪門主母，門庭貴盛，與你當初也差不多。今托我尋一個管後門的，我若薦了你去，你只管晨昏啟閉，再無別事。又不消自爨，享著安樂茶飲，這可好麼？」公子拜道：「若得如此，是重生父母了。」張三翁道：「只有一件，他原先是你妻子，今日是你主母，必然羞提舊事。你切不可妄言放肆，露了風聲，就安身不牢了。」公子道：「此一時，彼一時也。他如今在天上，我得收拾門下，免死溝壑，便為萬幸了。還敢妄言甚麼？」張三翁道：「既如此，你隨我來，我幫襯你成事便了。」公子果然隨了張三翁去，站在門外，等候回音。張三翁去了好一會，來對他道：「好了，好了。事已成了，你隨我進來。」遂引公子到後門這間房裏來，但見：

床帳皆新，器具粗備。蕭蕭一室，強如菴寺墳堂；寂寂數椽，不見露霜風雨。雖單身之入隊，審容膝之易安。

公子一向草棲露宿受苦多了，見了這一間清淨房室，器服整潔，喫驚問道：「這是那個住的？」張三翁道：「此即看守後門之房，與你住的了。」公子喜之不勝，如入仙境。張三翁道：「你主母家富，故待僕役多齊整。他著你看管後門，你只坐在這間房裏，喫自在飯㉝勾了。憑他主人在前面出入，主母在裏行止，你一切不可窺探，他必定羞見你，又萬不可走出門一步，倘遇著你舊家主，你就住在此不穩了。」

㉝ 自在飯：同「現成飯」。

再三叮囑而去。公子喫過苦的，謹守其言。心中一來怕這飯碗弄脫了；二來怕露出蹤跡，撞著舊主人的是非出來，呆呆坐守門房，不敢出外。過了兩個月餘，只是如此。

上官翁曉得他野性已收了，忽一日叫一個人拿一封銀子與他，說道：「主母生日，眾人多有賞，說你管門沒事，賞你一錢銀子買酒喫。」公子接了，想一想道：「這日正是前邊妻子的生辰，思量在家富盛之時，多少門客來作賀，喫酒興頭，今卻在別人家了。」不覺淒然淚下，藏著這包銀子，不捨得輕用。隔幾日，又有個人走出來道：「主母喚你後堂說話。」公子喫了一驚道：「張三翁前日說他羞見我面，叫我不要露形，怎麼如今喚我說話起來？我怎生去相見得？」又不好推故，只得隨著來人一步步走進中堂。只見上官氏坐在裏面，儼然是主母尊嚴，公子不敢擡頭。上官氏道：「但見說管門的姓姚，不曉得就是你。你是富公子，怎在此與人守門？」說得公子羞慚滿面，做聲不得。上官氏道：「念你看門勤謹，賞你一封銀子買衣服穿去。」丫鬟遞出來，公子稱謝受了。上官氏吩咐原叫領了門房中來。公子到了房中，拆開封筒一看，乃是五錢足紋。心中喜歡，把來與上次生日裏賞的一錢，並做一處包好，藏在身邊。就有一班家人來與他慶鬆，哄他拿出來買酒喫。公子不肯，眾人又說不好獨難為他一個，我們大家湊些，打個平火。公子捏著銀子道：「錢財是難得的，我藏著，後來有用處。這樣閒好漢再不做了。」眾人強他不得，只得散了。一日黃昏時候，一個丫鬟走來說道：「主母叫他進房中來，問舊時說話。」公子不肯道：「夜晚間不是說話時節。我在此住得安穩，萬一有些風吹草動，不要我管門起來，趕得出去，就是個死。我只是守著這斗室罷了。你與我回覆主母一聲，決不敢胡亂進來的。」

上官翁逐時叫人打聽，見了這些光景，曉得他已知苦辣了。遂又去挽那張三翁來看公子。公子見了，深謝他舉薦之德。張三翁道：「此間好過日子否？」公子道：「此間無憂衣食，我可以老死在室內了，皆老丈之恩也。若非老丈，吾此時不知性命在那裏。只有一件，喫了白飯，閒過日子，覺得可惜。吾今積攢幾錢銀子在身邊，不捨得用。老丈是好人，怎生教導我一個生利息的方法兒，或做些本等手業，也不枉了。」張三翁笑道：「你幾時也會得惜光陰惜財物起來了？」公子也笑道：「不是一時學得的，而今曉得也遲了。」張三翁道：「我此來，單為你有一親眷要來會你，故著我先來通知。」公子道：「我到此地位，親眷無一人理我了。那個還來要會我？」張三翁道：「有一個在此。你隨我來。」張三翁引了他走入中堂。只見一個人在裏面，巍冠大袖，高視闊步，踱將出來。公子望去一看，見是前日的丈人上官翁。公子叫聲：「阿也！」失色而走。張三翁趕上一把拉住道：「是你令岳，為何見了就走？」公子道：「有甚面孔見他！」張三翁道：「自家丈人，有甚麼見不得？」公子道：「妻子多賣了，而今還是我的丈人？」張三翁道：「他見你有些務實了，原要把女兒招你。」公子道：「女兒已是此家主母，還有女兒在那裏？」張三翁道：「當初是老漢做媒賣去，而今原是老漢做媒還你。」公子道：「怎麼還得？」張三翁道：「癡騃子，大人家的女兒，豈肯再嫁人？前日恐怕你當真胡行起來，令岳叫人接了家去，只說嫁了，今住的原是你令岳家的房子。又恐怕你凍餓死在外邊了，故著老漢設法了你家來，收拾在門房裏。今見你心性轉頭，所以替你說明。原等你夫妻完聚。這多是令岳造就你成器的好意思。」公子道：「怪道住在此多時，只見說主母，從不見甚麼主人出入。我守著老實，不敢窺探一些，豈知如此就裏。元來岳父恁般費心！」張三翁道：「還不上前拜見他去！」一手扯著公子走將進來。上官翁也湊將上來，撞著道：「你而今記得苦楚，省悟前非了麼？」公子無言可答，大哭而拜。上官翁道：「你痛改前非，我把這所房子與你夫妻兩個住下，再撥一百畝田與你營運，做起人家來。若是飽暖之後，舊性復發，我即時逐你出去，連妻子也不許見面了。」公子哭道：「經了若干苦楚過來，今受了岳丈深恩，若再不曉得省改，真豬狗不值了。」上官翁領他進去與女兒相見，夫妻抱頭而哭。說了一會出來，謝了張三翁。張三翁臨去，公子道：「只有一件不乾淨的事，倘或舊主人尋來，怎麼好？」張三翁道：「那裏甚麼舊主人？多是你令岳捏弄出來的。你只要好好做人家，再不必別慮！」公子方得放心，住在這房子裏，做了家主。雖不及得富盛之時，卻是省喫儉用，勤心苦胝，衣食儘不缺了。記恨了日前之事，不容一個閒人上門。

那賈清夫、趙能武見說公子重新做起人家來了，合了一伴來拜望他。公子走出來道：「而今有飯我要自喫，與列位往來不成了。」賈清夫把趣話來說說，議論些簫管；趙能武又說某家的馬健，某人的弓硬，某處地方禽獸多，公子只是冷笑。臨了道：「兩兄看有似我前日這樣主顧，也來作成我做一夥同去賺他些兒。」兩人見說話不是頭，掃興而去。上官翁見這些人又來歪纏，把來告了一狀，搜根剔齒，查出前日許多隱漏自佔的田產來，盡歸了公子，公子一發有了家業，夫妻竟得溫飽而終。可見前日心性，只是不曾喫得苦楚過，世間富貴子弟，還是等他曉得些稼穡艱難為妙。至於門下往來的人，尤不可不慎也。

貧富交情只自知，梁公何必署門楣？
今朝敗子回頭日，便是奸徒退運時。

卷二十三　大姐魂游完宿願　小姨病起續前緣

詩曰：

生死由來一樣情，燃萁煎豆❶並根生。
存亡姐妹能相念，可笑鬩牆❷親弟兄。

話說唐憲宗元和年間有個侍御❸李十一郎，名行修。妻王氏夫人，乃是江西廉使❹王仲舒女。貞懿賢淑，行修敬之如賓。王夫人有個幼妹，端妍聰慧，夫人極愛他，常領他在身邊鞠養，連行修也十分愛他，如自家養的一般。一日行修在族人處赴筵，就在這家歇宿。晚間忽做一夢，夢見自身再娶夫人，認

❶燃萁煎豆：魏文帝（即曹丕）嘗令其弟植七步成詩，如不成，行大法。植應聲成詩，用「豆」、「萁」來諷喻丕對待兄弟的不當，丕聽了，受到感動，停止迫害。所作詩，據世說文學是：「煮豆持作羹，漉菽以為汁。萁在釜下燃，豆在釜中泣。本是同根生，相煎何太急？」此處即指此故事。

❷鬩牆：詩小雅常棣：「兄弟鬩于牆，外禦其侮。」後世就用「鬩牆」二字來形容「兄弟的不睦」。

❸侍御：「侍御史」之略。據唐會要，唐長安（武則天年號）二年（西元七〇二年）始置四員，其職司如下：（一）奏彈三司；（二）西推；（三）東推；（四）理匭；（五）贓贖等。

❹廉使：合璧事類曰：「柳公綽為鄂岳觀察使，至安州，刺史李聽以『廉使』禮事之。」此處即觀察使的尊稱。

著新人，不是別人，正是王夫人的幼妹。猛然驚覺。心裏甚是不快活，巴到天明，連忙歸家。進得門來，只見王夫人清早起來了，悶坐著，將手頻頻拭淚。行修問著不答，行修便問家人道：「夫人為何如此？」家人齊說道：「今早當廚老奴在廚下自說：『五更頭做一夢，夢見相公再娶王家小娘子。』夫人知道了，恐怕自身有甚山高水低，所以悲哭了一早起❺了。」行修聽罷，毛骨聳然，驚出一身冷汗。想道：「如何與我所做夢正合？」他兩人是恩愛夫妻，心下十分不樂。只得勉強勸諭夫人道：「此老奴顛顛倒倒，是個愚懵之人，其夢何足憑准！」口裏雖如此說，心下因是兩夢不約而同，終久有些疑惑。只是過不多幾日，夫人生出病來，屢醫不效，兩月而亡。行修哭得死而復醒，書報岳父王公。王公舉家悲痛，因不忍斷了行修親誼，回書還答，便有把幼女續婚之意。行修傷悼正極，不忍說起這事，堅辭岳父。於時有個秘書衛隨，最能廣識天下奇人。見行修如此思念夫人，說道：「李侍御懷想王夫人如此，不是要見他麼？」行修道：「一死永別，如何得見？」秘書道：「侍御若要見亡夫人，何不去問『稠桑王老』？」行修道：「王老是何人？」秘書道：「不必說破，侍御只牢牢記著『稠桑王老』四字，少不得有相會之處。」行修見說得奇怪，切記之。過了兩三年，王公幼女越長成了，王公思念亡女，要與行修續親，屢次著人來說。行修不忍背亡夫人，只是不肯從。

此後除授東臺御史❻，奉詔入關，行次稠桑驛。驛館中有館使住下了，只得討個官房歇宿。那店名

❺ 一早起：吳語，指「一朝晨」，即指「一清早就哭，哭了好久了」之意。

❻ 東臺御史：「東都留臺御史」之略，「東都」，指「洛陽」。演繁露：「唐都長安，於洛陽為西，而洛陽亦有留臺，故御史長安名『西臺』；而洛陽名『東臺』。」所以行修奉詔出關（潼關）了。

就叫稠桑店。行修觸著「稠桑」二字，心上想道：「莫不是王老就在此處？」正要跟尋他，只聽得街上人亂嚷。行修走到店門邊一看，只見一夥人團團圍住一個老者，你拉我扯，你問我問，纏得一個頭昏眼暗。行修問店主人道：「這些人何故如此？」主人道：「這個老兒姓王，是個希奇的人，善談祿命。鄉里人信他如神，故此見他走過，就纏住他問禍福。」行修想著衛秘書之言，卻原來果有此人。便叫店主人快請他到店相見，店主人見行修是個出差御史，不敢稽延，撥開人叢，走進去扯住他道：「底中有個李御史十一郎奉請。」眾人見說是官府請，放開圍，讓他出來，一哄而散了。到店相見，行修見是個老人，不要他行禮。就把想念亡妻，有衛秘書指引來求他的話，說了一遍。便道：「不知老翁果有奇術能使亡魂相見否？」老人道：「十一郎要見亡夫人，就是今夜罷了。」老人前走，行修打發開了左右，引他一路走，入一個山中，又翻了一個數丈的高坡，坡側隱隱見有個叢林。老人便住了腳，對行修道：「十一郎可走去林下，高聲呼『妙子』，必有人應，應了便說道：『傳語九娘子，今夜暫借妙子同看亡妻。』」行修依言走去林間呼著，果有人應，又依著前言說了。少頃一個十五六歲的女子走出來道：「九娘子差我隨十一郎去。」說罷，便折竹二枝，自跨了一枝，一枝與行修跨。跨上便同馬一般快，行勾三四十里，忽到一處，城闕壯麗。前經一大宮殿有門，女子道：「但循西廊直北從南第二宮，乃是尊夫人所居。」行修依言，趨至其處。卻見十數年前一個死過的丫頭出來迎拜，請行修坐下。夫人就出來，涕泣相見。行修申訴離恨，一把抱住不放，卻待要再請歡會。王夫人不肯道：「今日與君幽顯異途，不願如此，貽妾之患，若是不忘平日之好，但得納小妹為婚，續此姻親，妾心願畢矣。所要相見，只此奉托。」言畢，女子已在門外厲聲催叫道：「十一郎速出！」行修不敢停留，含淚而出。女子依前與他跨了竹枝同行，到了原處，只見老人頭枕一塊石頭，眠著正睡。聽得腳步響，曉得是行修到了，走起來問道：「可如意麼？」行修道：「幸已相會。」老人道：「須謝九娘子遣人相送。」行修依言送妙子到林間，高聲稱謝，回來問老人道：「此是何等人？」老人道：「此原上有靈應九子母祠耳。」老人復引行修到了店中，只見壁上燈火熒熒，槽中馬啖芻如故，僕夫等個個熟睡。行修疑道做夢。卻有老人尚在可證。老人當即辭行修而去，行修嘆異了一番。因念妻言諄懇，才把這段事情備細寫與岳丈王公，從此遂續王氏之婚，恰應前日之夢。正是：

舊女壻為新女壻，　　大姨夫做小姨夫。

這是做過夫婦多時的，如今再說一個不曾做親過的。元朝大德年間❼，揚州有個富人姓吳，曾做防禦使❽之職，人都叫做吳防禦。住居春風樓側，生有二女，一個名叫興娘，一個名叫慶娘。慶娘小興娘兩歲，多在襁褓之中。鄰居有個崔使君，與防禦往來甚厚。崔家有子，名曰興哥，與興娘同年所生。崔公即求聘興娘為子婦，防禦欣然相許。崔公以金鳳釵一隻為聘禮。定盟之後，崔公合家多到遠方為官去了。

一去一十五年，竟無消息回來。此時興娘已一十九歲。母親見他年紀大了，對防禦道：「崔家興哥一去十五年，不通音訊。今興娘年已長成，豈可執守前說，錯過他青春？」防禦道：「一言已定，千金不移。吾已許故人之子，豈可因他無信，便欲食言？」那母親終究是婦人家識見，見女兒年長無婚，眼

❼大德年間：元成宗年號，相當西元一二九七—一三〇七年。
❽防禦使：武官名，地位在團練使之下。

中看不過意，日與防禦絮聒❾，要另尋人家。興娘肚裏一心專盼崔生來到，再沒有二三的意思。雖是虧得防禦有正經，卻看見母親說起激話，便暗地恨命自哭。又恐怕父親被母親纏不過，一時更變起來，心中常懷著憂慮，只願得崔家郎早來一日也好。眼睛幾望穿了，那裏叫得崔家應？看看飯食減少，生出病來，沉眠枕席，半載而亡。父母與妹及合家人等，多哭得發昏。臨入殮時，母親手持崔家原聘這隻金鳳釵，撫屍哭道：「此是你夫家之物，今你已死，我留之何益？見了徒增悲傷，與你戴了去罷。」就替他插在鬢上，蓋了棺。三日之後，擡去殯在郊外了。家裏設個靈座，朝夕哭奠。

殯過兩個月，崔生忽然來到。防禦迎進問道：「郎君一向何處？尊父母平安否？」崔生告訴道：「家父做了宣德府❿理官⓫，歿於任所，家母亦先亡了數年。小壻在彼守喪，今已服除，完了死葬之事，不遠千里，特到府上來完前約。」防禦聽罷，不覺吊下淚來道：「小女興娘薄命，為思念郎君成病，於某月前飲恨而終，已殯在郊外。郎君便早到半年，或者還不到得死的地步了。今日來時，卻已死了。」說罷又哭。崔生雖是不曾認識興娘，未免悲慟起來。防禦道：「小女殯事雖行，靈位還在。郎君可將那事詳述一番，卻使他陰魂曉得你來了。」含著眼淚，一竟領著崔生同進內房來。崔生看見了靈座，拜將下去。防禦拍著桌子大聲道：「興娘吾兒，你的丈夫來了。你靈魂不遠，知道也未？」說罷，放聲大哭。合家見防禦說得傷心，一同痛哭起來，直哭得一佛出世，二佛生天。連崔生也陪下多少眼淚。哭罷，焚

❾ 絮聒：即「吵鬧不休」之意。
❿ 宣德府：今河北省宣化縣。
⓫ 理官：掌推鞫獄訟之官。

了些冥錢，就引崔生在靈位前拜見了媽媽。媽媽本自哽哽咽咽的，還下個半禮。防禦同崔生出到堂前來，對他道：「郎君父母既沒，道途又遠，今既來此，可便在吾家住下。不要論到親情，只是故人之子，即同吾子，勿以興娘沒故，自同外人。」即令人替崔生搬將行李來，收拾門側一舍小書房與他住下了。朝夕看待，十分親熱。

將及半年，正值清明節屆。防禦念興娘新亡，合家到他塚上堆錢祭掃。此時興娘之妹慶娘已是十七歲，一同媽媽擡了轎，到姐姐墳上去了。只留崔生一個在家中，看守大莊。好人家女眷出外稀少，到得時節，看見春光明媚，巴不得尋個事出外，外邊散心耍子。今日雖是到興娘新墳上，心中懷著悽慘的，卻是莊郊野外，桃紅柳綠，正是女眷們游耍去處。盤桓了一日，直到天色昏黑，方才到家。崔生步出門外等候，望見女轎二乘來了。走在門左迎接，前轎先進，後轎至前，到生身邊經過，只聽得地下磚上，鏗的一聲，卻是轎中掉一件物事出來。崔生待轎過了，急去拾起來看，乃是金鳳釵一隻。崔生知是閨中之物，急欲進去納還，只是中門⓬已關。原來防禦合家在墳上辛苦了一日，又各帶了些酒意，進得門便把門關了，收拾睡覺。崔生也曉得這個緣由，不好去叫得門，且待明日未遲。

回到書房，把釵子放好在書箱裏了。明燭獨坐，思念婚事不成，隻身孤苦，寄跡人門，雖然相待子壻一般，終非久計，不知如何是個結果？悶上心頭，嘆了幾聲，上了床，正要就枕。忽聽得有人敲門響，崔生問道：「是那個？」不見回言。崔生道是錯聽了，方要睡下去，又聽得敲的畢畢剝剝。崔生又問，又不見聲響了。崔生心疑，坐住床沿，正要穿鞋到門邊靜聽，只聽得又敲響了，卻只不見則聲⓭。崔生

⓬ 中門：界分內外的門，叫做「中門」，過此門，即內室。

忍耐不住，立起身來，幸得殘燈未熄。重添亮了⑭，拿在手中，開門出來一看。燈卻明亮，見得明白，乃是十七八歲一個美貌女子，立在門外。看見門開，即便掀起布簾走將進來。崔生大驚，嚇得倒退了兩步。那女子笑容可掬，低聲對崔生道：「郎君不認得妾耶？妾即興娘之妹慶娘也。適才進門時，釵墜轎下，故此乘夜來尋，郎君曾拾得否？」崔生見說是小姨，恭恭敬敬答應道：「適才娘子乘轎在後，果然落釵在地。小生當時拾得，即欲奉還，見中門已關，不敢驚動，留待明日。今娘子親尋至此，即當持獻。」就在書箱取出，放在桌上道：「娘子親拿了去。」女子取釵，插在頂上，笑喜喜的對崔生道：「早知是郎君拾得，妾亦不必乘夜來尋了。如今更闌⑮時候，妾身出來了，不可復進，今夜當借郎君枕席一宵。」崔生大驚道：「娘子說那裏話！令尊令堂待小生如骨肉，小生怎敢胡行？有污娘子。娘子請回步，誓不敢從命的。」女子道：「如今合家睡熟，並無一個人知道的，何不趁此良宵，完成好事？你我悄悄往來，親上加親，有何不可？」崔生道：「欲人不知，莫若勿為。雖承娘子美情，萬一後邊有些風吹草動，被人發覺，不要說道無顏面見令尊，傳將出去，小生如何做得人成？不是把一生行止⑯多壞了！」女子道：「如此良宵，又兼夜深，我既寂寥，你亦冷靜。難得這個機會，同在一個房中，也是一生緣分。且顧眼前好事，管甚麼發覺不發覺？況妾自能為郎君遮掩，不至敗露，郎君休得疑慮！錯過了佳期。」崔生見

---

⑬ 不見則聲：即「不見做聲」。

⑭ 添亮了：吳語，指「將油燈燈芯撥出一些，使得燈光明亮」。

⑮ 更闌：即夜深。

⑯ 行止：指「品德」。

他言詞媚嬌，美麗非常，心裏也禁不住動人。只是想著防禦相待之厚，不敢造次。卻待依從，又轉一念。又說道：「做不得！做不得！」只得向女子哀求道：「娘子看令姐與娘之面，保全小生行止。」那女子見他再三不肯，自覺羞慚，忽然變了顏色，勃然大怒，道：「吾父以子侄之禮待你，留置書房，你乃敢於深夜誘我至此！你將何為？我聲張起來，去告訴了父親，出官告你。看你如何折辨？不得輕易饒你！」聲色俱厲，崔生見他放刁起來，心裏好生懼怕。想道：「果是老大的利害。如今已是在我房中，清濁難分，萬一聲張，被他一口嚙定，從何分剖？不若且依從了他，到還未見得即時敗露，慢慢圖個自全之策罷了。」只得陪著笑，對女子道：「娘子休要高聲！既承娘子美意，小生但憑娘子做主便了。」女子見他依從，回嗔作喜道：「元來郎君恁地膽小的！」崔生閉上了門，兩個解衣就寢，雲雨已畢，真是千恩萬愛，歡樂不可名狀。將至天明，就起身來，辭了崔生，閃將進去。崔生雖然得了些甜頭，心中尚是懷著個鬼胎，戰兢兢的只怕有人曉得。幸得女子來蹤去跡，甚是秘密，又且身子輕捷，朝隱而入，暮隱而出。只在門側書房，私自往來快樂，並無一個人知覺。

將及一月有餘，忽然一晚對崔生道：「妾處深閨，郎處外館。今日之事，幸而無人知覺，誠感好事多磨，佳期易阻。一旦聲跡彰露，親庭罪責。將妾拘繫於內，郎趕逐於外，在妾便自甘心，卻累了郎之清德，妾罪大矣。須與郎從長商議一個計策便好。」崔生道：「前日所以不敢輕從娘子，專為此也。不然，人非草木，小生豈是無情之物？而今事已到此，還是怎的好？」女子道：「依妾愚見，莫若趁著人未及知覺，先自雙雙逃去，在他鄉外縣居住了，深自斂藏，方可優游偕老，不致分離，你心下如何？」崔生道：「此言固然有理，但我目下零丁孤苦，素少親知，雖要逃亡，還是向那邊去好？」想了又想，猛然省起來道：「曾記得父親在日，常說有個舊僕金榮，乃是信義的人。是居鎮江呂城⑰，以耕種為業。家道從容，今我與你兩個前去投他，他有舊主情分，必不拒我。況且一條水路，直到他家，極是容易。」女子道：「既然如此，事不宜遲，今夜就走罷。」商量已定，起個五更，收拾停當了。那個書房即在門側，開了甚便。出了門，就是水口。崔生走到船幫裏，叫了一隻小划子船⑱，到門首下了女子，隨即開船，徑到瓜州。打發了船，又在瓜州另討了一個長路船，渡了江，進了潤州，奔丹陽，又四十里，到了呂城。泊住了船，上岸訪問一個村人道：「此間有個金榮否？」村人道：「金榮是此間保正，家道殷富，且是做人忠厚，誰不認得？你問他則甚？」崔生道：「他與我有些親，特來相訪。有煩指引則個。」村人把手一指道：「你看那邊有個大酒坊，間壁大門就是他家。」崔生問著了，心下喜歡，到船中安慰了女子。又自走到這家門首，一直走進去。金保正聽得人聲，在裏面跳將出來，說道：「是何人下顧？」崔生上前施禮，保正問道：「秀才官人何來？」崔生道：「小生是揚州崔公之子。」保正見說了揚州「崔公子」二字，便喫了一驚道：「是何官位？」崔生道：「是宣德府理官，今已亡故了。」保正道：「是官人的何人？」崔生道：「正是我父親。」保正道：「這等是衙內了。請問當時乳名，可記得麼？」崔生道：「乳名叫做興哥。」保正道：「說起來是我家小主人也。」推崔生坐了，納頭便拜。問道：「老主人幾時歸天的？」崔生道：「今已三年了。」保正就走去掇張椅桌，做個靈位，寫一神主牌，放在桌上，磕頭而哭。哭罷，問道：「小主人，今日何故至此？」崔生曰：「我父親在日，曾聘定吳防禦家小

⑰ 呂城：鎮名，在江蘇省丹陽縣東五十里，相傳三國時吳呂蒙築城於此，故名呂城。

⑱ 小划子船：正字通：「俗呼小船為划子。」小划子船即小船。

娘子興娘……」保正不等說完，就接口道：「正是這事，老僕曉得的。而今想已完親事了麼？」崔生道：「不想吳家興娘為盼吾家音信不至，得了病症，我到得吳家死已兩月。吳防禦不忘前盟，款留在家。喜得他家小姨慶娘為親情顧盼，私下成了夫婦，恐怕發覺，要個安身之所。我沒處投奔，想著父親在時，曾說你是忠義之人，住在呂城，故此帶了慶娘一同來此。你既不忘舊主，一力周全則個。」金保正聽說罷，道：「這個何難！老僕自得與小主人分憂。」便進去喚娘子出來，拜見小主人，又叫他帶了丫頭到船邊接了小主人娘子起來。老夫妻兩個，親自洒掃正堂，鋪疊床帳，一如待主公之禮。供給周全，兩個安心住下。

將及一年，女子對崔生道：「我和你住在此處，雖然安穩，卻是父母生身之恩，竟與我永絕了。畢竟不是個收場，心裏也覺過不去。」崔生道：「事已如此，說不得了。難道好去相見得？」女子道：「起初一時間做的事，萬一敗露，父母必然見惱，你我離合，尚未可知。除了一逃，再無別著。今已一年，我想愛子之心，人皆有之，父母那時不見了我，必然捨不得的。今日若同你回去，父母重得相見，自覺喜歡，前事必不記恨。這也是料得出的。何不拼個老臉，雙雙去見他一面？有何妨礙？」崔生道：「丈夫四海為事，只是這樣潛藏在此，原非長計。今娘子主見如此，小生即受岳丈些罪責，為了娘子，也是甘心的。既然做了一年夫妻，你家素有門望，料沒有把你我重拆散了，再嫁別人之理。況有令姐舊盟未完，重續前好，自是不妨，只須陪些小心。」兩人計議已定，就托金榮討了一隻船，別了金榮一路行去，渡了江，進瓜州，前到揚州地方。有日將到防禦家，女子對崔生道：「且把船歇在此處，莫要停到門口。我還有話和你計較。」崔生叫船家住好了船，問女子道：「有甚麼說話？」女子道：「你我逃了一年，今日突然雙雙往見，幸得容恕，千好萬好了。如一怒發，不好收場。不如你先去見見，看看喜怒，說個明白。不見憤怒，然後叫他來接我上去，豈不婉轉些？我也覺得有顏，你也有些興頭。」崔生道：「娘子見得不差，我先上岸。」正待舉步，女子又把手招他轉來，道：「還有一說，婦人私奔，原非美事。萬一家中忌諱，故意不認，這也是有的。」連忙在頭上拔那隻金鳳釵，遞來與他，道：「倘若言語支吾，將此釵與他們一看，便推故不得了。」崔生道：「娘子恁地精細。」接將釵來，袋在袖裏了，望著防禦家裏來。到得堂中，傳將進去，防禦聽知崔生來了。大喜道：「向日看待不周，致郎君住不安穩。」崔生拜伏在地，不敢仰視，又不好直說，只稱：「小壻罪該萬死！」叩頭不止。防禦到驚駭起來道：「郎君如何口出此言？快快說個明白！免老夫心裏疑惑。」崔生道：「必要怒著小壻，小子不敢出口。」防禦道：「有話但說，通家子侄，有何嫌疑？」崔生見他光景是喜歡的，方才說道：「小壻蒙令愛慶娘不棄，一時間結了私盟，負不美之名，犯通私之嫌。誠恐得罪非小，不得已夤夜奔逃，潛匿村墟，經今一載。音容久阻，書信難傳。雖然夫婦情深，敢忘父母恩重！今日謹同令愛到此拜訪，伏望察其深情，饒恕罪過，得同諧老之歡，永遂于飛之願。岳父不失為溺愛，小壻得完美室家，實出萬幸。只求岳父憐憫則個。」防禦聽罷，大驚道：「郎君說得是甚麼話？小女慶娘臥病在床，經今一載，茶飯不進，轉動要人扶持。從不下床一步，方才的話，在那裏說起的？莫不見鬼了？」崔生見他說話，心裏暗道：「慶娘真是有見識之人！怕玷辱家門，回說病在床上，遮掩著外人了。」又對防禦道：「小壻豈敢說謊！慶娘現在船中，岳父叫個人去接了起來，便見明白。」防禦只是冷笑不信，對一個家僮說：「你可走到崔郎船上去看看，與他同來的是甚麼人？卻認做我家慶娘？豈有此理！」家僮走到船邊，向船內一望，艙中悄然不見一人。問著船家道：「你艙裏的人，那裏去了？」船家道：「有個秀才官人，上岸去了，留個小娘子在艙中。適才看見也上去了。」家僮走來回覆家主道：「船中不見有甚麼人，問船家說，有個小娘子，上了岸了，卻是不見。」防禦見無影響，不覺怒形於色道：「郎君少年，當誠實些，何乃造次妖妄，誣玷人家閨女，是何道理？」崔生見發出話來，也著了急，急忙袖中摸出這隻金鳳釵來，呈上防禦道：「此即令愛慶娘之物，可以表信，豈是脫空說的。」防禦接來看了，大驚道：「此乃吾亡女興娘殯殮時，戴在頭上的。釵已殉葬多時了，如何得在你手裏？奇怪！奇怪！」崔生卻把去年墳上女轎歸來，轎下拾得此釵，後來慶娘因尋釵夜出，遂得成其夫婦。恐怕事敗，同逃至舊僕金榮處，住了一年，方纔又同來的說話，仔細述了一遍。防禦驚得呆了，道：「慶娘是在房中床上臥病，郎君不信，可以去看得的。如何說得如此有枝有葉，又且這釵如何得出世？真是蹊蹺的事！」執了崔生的手，要引他房中去看病人，證辨真假。

卻說慶娘果然一向病在床上，下地不得。那日外廂正在疑惑之際，慶娘忽地在床中走將起來，望堂前奔出。家人看見奇怪，防禦同嬤嬤一簇人多隨了出來，道：「兒一向動不得的，如今忽地走將起來。」只見慶娘到得堂前看見防禦便拜，防禦見是慶娘，一發喫驚，道：「你且起來。」說罷，崔生心裏還暗道：「是船裏走進去的，且聽他說甚麼？」只聽慶娘道：「兒乃興娘也。別離父母，遠殯荒郊，然與崔郎緣分未斷。今日來此，並無別意，特為崔郎方便，要把愛妹慶娘續其婚姻。如肯從兒之言，妹子病體當即痊癒，若有不肯，兒去妹也死了。」合家聽說，個個驚駭，看他身體面龐，是慶娘的；聲音舉止，卻是興娘。都曉得是亡魂跟來附體說話了。防禦正色責他道：「你既已死了，如何又在人世妄作胡為，亂惑生人?」慶娘又說著興娘的話道:「兒死去見了冥司,冥司道是無罪,不行拘禁得,屬后土夫人帳下,掌傳箋奏。兒以世緣未盡,特向夫人給假一年,來與崔郎了此一段姻緣。妹子向來的病,也是鬼假借他精魂,與崔郎相處。如今限滿當去,豈可使崔郎自此孤單,與我家遂同路人!所以特來拜求父母,是必把妹子許了他,續上前姻,兒在九泉之下,也放得心下了。」防禦夫妻見他言詞哀切,便許他道:「吾兒放心,只依你主張了。把慶娘嫁他便了。」興娘見父母許了,拜謝防禦道:「多感父母肯聽兒言,兒安心去了。」走到崔生面前,執了崔生的手,哽哽咽咽哭起來道:「我與你恩愛一年,自此別去。慶娘親事,父母已許我了,你好作嬌客⑲,與新人歡好時節,不要竟忘了我舊人。」言畢大哭,崔生見說了來蹤去跡,方知一向與他同住的,乃是興娘之魂。今日聽罷叮嚀之語,雖然悲切,明知是小妹的身體,又在眾人面前,不好十分親熱得。只見興娘的魂,吩咐已畢,眾人哭數聲,慶娘身體忽然倒了。眾人驚惶,前來看時,口見已無氣了。摸他心頭,卻溫溫的,急把生薑湯灌下,將有一個時辰,方醒轉來。病體日好,行動如常,問他前事,一事也不曉得。人叢之中,掙眼一看,看見崔生在裏頭,急急遮了臉,望中門奔了進去。崔生如夢初覺,驚疑了半日始定。防禦就揀個黃道吉日,將慶娘與崔生合了婚。崔生見是慶娘,喜的甚是熱分。慶娘卻不十分認得崔生的,老大羞慚。

卻說崔生與慶娘定情之夕,只見慶娘含苞未破,元紅尚在,仍是處子之身。崔生悄悄地問他道:「你令姐借你的身子,陪伴了我一年,如何你身子還是好好的?」慶娘怫然不悅道:「你真撞見了姐姐鬼魂,做作出來的,與我甚事?說到我身上來。」崔生道:「若非令姐多情,今日如何能勾與你成親!此恩不

⑲ 嬌客:老學庵筆記:「秦會之(即秦檜)有十客,吳益以愛壻為嬌客」,「嬌客」即「女壻」也。

可忘了。」慶娘道：「這個也說得是。萬一他不明不白，不來周全此事，借我的名頭，出了我許多醜，我如何做得人成？只你心裏到底認是我隨你逃走了的，豈不羞死人！今幸得他有靈，完成你我的事，也是他十分情分了。」次日，崔生感興娘之情不已，思量薦度他。卻是身邊無物，只得就將金鳳釵到市上貨賣，賣得鈔二十錠，盡買香燭紙錢，賚到陽莊觀中，命道士建醮三晝夜，以報恩德。醮事已畢，崔生夢中見一個女子來到，崔生卻不認得。女子道：「妾乃興娘也。前日假妹子之形，故郎君不曾相識。卻是妾一點真魂，與郎君相處一年了。今日郎君與妹子成親過了，妾所以才把真面目與郎相見。」遂拜謝道：「蒙郎超拔，尚有餘情。雖隔幽明，實深感佩。小妹慶娘，稟性柔和，郎好看覷他！妾從此別矣。」崔生不覺驚哭而醒。慶娘枕邊見崔生哭醒來，問其原故。崔生把興娘夢中說話，一一對慶娘說。慶娘問道：「你見他如何模樣？」崔生把夢中所見容貌，備細說來。慶娘道：「真是吾姐也。」不覺哭將起來，兩人感嘆希異，親上加親，越發過得和睦了。自此興娘別無影響。要知只是一個情字為重，不忘崔生，做出許多事體來。心願既完，便自罷了。是後崔生與慶娘，年年到他墳上拜掃，後來崔生出仕，討了前妻封誥勅命，三人合葬。曾有四句口號，道著這本文字。

大姐精靈，　小姨身體。
到得圓成，　無彼無此。

卷二十四　菴內看惡鬼善神　井中談前因後果

經云：

　　要知前世因，今生受者是。
　　要知來世因，今生作者是。

話說南京新橋，有一人姓丘字伯皐，平生忠厚志誠，奉佛甚謹，性喜施捨，不肯妄取人一毫一釐，最是個公直有名的人。一日獨坐在家內屋簷之下，朗聲讀經。忽然一個人，背了包裹，走到面前來放下包裹在地，向伯皐作一個揖道：「借問老丈一聲。」伯皐慌忙還禮道：「有甚話？」那人道：「小子是個浙江人，在湖廣做買賣，來到此地，要尋這裏一個丘伯皐，不知住在何處？」伯皐道：「足下問彼住處，敢是與他舊相識麼？」那人道：「一向不曾相識，只是江湖上聞得，這人是個長者，忠信可託。今小子在途路間有些事體，要干累他，故此動問。」伯皐道：「在下便是丘伯皐，足下既是遠來相尋，請到裏面來細講。」立起身來拱進室內坐定，問道：「足下高姓？」那人道：「小子姓南賤號少營。」伯皐道：「有何見托？」少營道：「小子有些事體，要到北京會一個人，兩月後，可回了。」手指著包裹道：「這裏頭頗有些東西，今單身遠走，路上干係，欲要寄頓停當，方可起程。世上的人，便是親眷朋友，最相好的，撞著財物交關❶，就未必保得心腸不變。一路聞得吾丈大名，是分毫不苟的人，所以要將來寄放在此。安心北去，回來叩謝，即此便是干累老丈之處，別無他事。」伯皐道：「這個當得。但請足下封記停當，安放舍下。只管放心自去，萬無一失。」少營道：「如此多謝。」當下依言把包裹封記好了，交與伯皐，拿了進去。伯皐見他是遠來的人，整治酒飯待他，他又要置辦上京去的幾件物事，未得動身。伯皐就留他家裏住宿兩晚，方纔別去。

過了兩個多月不見他來，看看等至一年有餘，杳無音耗。伯皐問著北來的浙江人，沒有一個曉得他的。要差人到浙江去問他家裏，又不曉得他地頭❷住處。相遇著浙人便問南少營，全然無人認得。伯皐道：「這樁未完事❸，如何是了？」沒計奈何，巷口有一卜肆甚靈，即時去問卜一卦。那占卦的道：「卦上已絕生氣。行人必應沉沒在外，不得回來。」伯皐心下委決不開，歸來與妻子商量道：「前日這人與我素不相識，忽然來寄此包裹，今一去不來，不知包內是甚麼東西？意欲開來看一看。這人道我忠厚可托，故一面不相識，肯寄我處，如何等不得他來？欲待不看，心中疑惑不過。我想只不要動他原物，便看一看，想也無害。」妻子道：「自家沒有欺心，便是看看何妨。」取將出來覺得沉重，打開看時，多是黃金白銀，約有千兩之數。伯皐道：「原來有這些東西在這裏，如何卻不來了？啟卦的說，卦上已絕生氣，莫不這人死了？所以不來。我而今有個主意，在他包裹取出五十金來，替他廣請高僧，做一壇佛事，祈求佛力，保祐他早早回來。倘若真個死了，求他得免罪苦，早早受生，也是我和他相與一番。受

❶ 財物交關：吳語，「……交關」用法，見本書卷十六⓲。
❷ 地頭：吳語，指所在之地。
❸ 未完事：指沒有結束的事。吳語有時引申作「負債」解。此處似兼有兩種意思。

寄多時，盡了一片心，不便是這埋沒了他的。」妻子道：「若這人不死，來時節動了他五十兩，怎麼回他？」伯皐道：「我只把這實話對他講說，是保佑他回來的。難道怪我不成！十分不認帳❹，我填還他也罷了。佛天面上，那裏是使了屈錢處？」算計已定，果然請了幾眾❺僧人，做了七晝夜功果。伯皐是致誠人，佛前至心祈禱，願他生得早歸，死得早脫。功果已罷。又是幾時，不見音信，眼見得南少營不來了。伯皐雖無貪他東西念頭，卻沒個還處。自佛事五十兩之外，已此❻是入己的財物。伯皐心裏常懷著不安，日遠一日，也不以為意了。

伯皐一向無子，這番佛事之後，其妾即有妊孕。明年生下一男，眉目疎秀，甚覺可喜。伯皐夫妻十分愛惜，養到五六歲，送他上學，取名丘俊。豈知小聰明甚有，見了書就不肯讀，只是賴學。到得長大來一發不肯學好，專一結識了一班無賴子弟，闞賭行中一溜撒漫使錢，戒訓不下。鄉里人見他如此作為，盡皆嘆息道：「丘伯皐做了一世好人，生下後代，乃是敗子。天沒眼睛，好善無報。」如此過了幾時，伯皐與他娶了妻，生有一子，指望他漸漸老成，自然收心。不匡丘俊有了妻兒，越加狂肆，連妻兒不放在心上，棄著不管。終日只是三街兩市，和著酒肉朋友串哄，非賭即闞，整個月不回家來。便是到家無非是取錢鈔，要當頭❼。伯皐氣忿不過，一日，伯皐出外去，思量他在家非為，哄他來鎖在一間空室裏

❹ 認帳：見本書卷十三㉓。
❺ 眾：見本書卷一㊶。
❻ 已此：見本書卷一㉟。
❼ 當頭：吳語，指「可以拿到當鋪去典當的物品」。

頭。周圍多是墻壁，只留著一個圓洞，放進飲食。就是生了雙翅，也沒處飛將出來。伯皐去了多時，丘俊坐在房裏，真如囹圄一般。其大娘甚是憐他，恐怕他愁苦壞了。一日早起，走到房前，在壁縫中張他一張，看他在裏面怎生光景。不看萬事全休。只這一看，那驚非小可！正是：

分開八片頂陽骨，傾下一桶雪水來。

丘俊的大娘，看見房裏坐的，不是丘俊的模樣。喫了一驚，仔細看時，儼然是向年寄包裹的客人南少營。大娘認得明白，不敢則聲，嘿嘿歸房。恰好丘伯皐也回來，妻子說著怪異的事，伯皐猛然大悟道：「是了，是了。不必說了，原是他的東西，我怎管得他浪費？枉做冤家！」登時開了門，放了丘俊出來，聽他仍舊外邊浮浪快活。不多幾時酒色淘空的身子，一口氣不接，無病而死。伯皐算算所費，恰正是千金的光景。明曉得是因果，不十分在心上，只收拾孫子過日，望他長成罷了。

後邊人議論丘俊是南少營的後身，來取這些寄下東西的，不必說了。只因丘伯皐是個善人，故來與他家生下一孫，衍著後代，天道也不為差。但只是如此忠厚長者明受人寄頓，又不曾貪謀了他的，還要填還本人，還得盡了方休。何況實負欠了人，強要人的，打點受用，天豈容得你過？所以冤債相償，因果的事，說他一年，也說不了。小子而今說一個沒天理的，與看官們聽一聽。

錢財本有定數，莫要欺心胡做！
試看古往今來，只是一本賬簿。

卻說元朝至正❽年間，山東有一人姓元名自實，田莊為生，家道豐厚，性質愚純，不通文墨，卻也

❽至正：元末順帝年號，相當西元一三四一—一三六七年。

忠厚，認真一句說話兩個半句的人。同里有個姓繆的千戶❾，與他從幼往來相好。一日繆千戶選授得福建地方官職，收拾赴任。缺少路費，要在自實處借銀三百兩。自實慨然應允，繆千戶寫了文券，送過去。自實道：「通家至愛，要文券做甚麼？他日還不還在你心裏。你去做官的人，料不賴了我的。」此時自實恃家私有餘，把這幾兩銀子，也不放在心上，竟自不收文券，如數交與他去。繆千戶自去上任了。

真是事有不測，至正末年間，山東大亂，盜賊四起。自實之家，被群盜劫掠一空，所剩者田地屋宇，兵戈擾攘之中，又變不出銀子來。戀著住下，又恐性命難保。要尋個好去處避兵，其時福建被陳友定❿所據七郡地方，獨安然無事。自實與妻子商量道：「目今滿眼兵戈，只有福建平靜。況繆君在彼為官，可以投托。但道途阻塞，人口牽連，行動不得。莫若尋個海船搭了他，繇天津出海，直趨福州。一路海洋，可以徑達，便可挈家而去了。」商量已定，收拾了些零剩東西，載了一家，上了海船，看了風訊⓫開去，不則幾時，到了福州地面。自實上岸，先打聽繆千戶消息。見說繆千戶正在陳友定幕下，當道用事，威權隆重，門庭赫奕。自實喜之不勝道：「是來得著了。」匆忙之中，未敢就去見他，且回到船裏對妻子說道：「問著了繆家，他正在這裏興頭⓬，便是我們的造化了。」大家歡喜。自實在福州城中賃

❾ 千戶：元代官名，乃是衛所之官，掌兵千人。

❿ 陳友定：一名有定，字安國，福清人。世業農，至正中投元軍，屢次和陳友諒所派軍隊戰，大捷。行省上其功第一，進參知政事已置分省於延平，以友定為平章。不久即據有福建八郡之地。其後為明兵所滅。友定，明史卷一百二十四有傳。

⓫ 風訊：應作「風信」，指「風的時期和方向」，以有準期，故謂之「信」。

⓬ 興頭：本指「高興頭上」意，引申作「威權烜赫」解。

下了一個住居，接妻子上來，安頓行李停當，思量要見繆千戶。轉一個念頭道：「一路受了風波，顏色憔悴，衣裳襤褸，他是興頭的時節，不要討他鄙賤，還宜從容為是。」住了多日，把冠服多整飾齊楚，面龐也養得黑色退了，然後到門求見。門上人見是外鄉人，不肯接帖，問其來由，說是山東。門上人道：「我們本官最怕鄉里來纏，門上不敢稟得，怕惹他惱燥。等他出來，你自走過來，覿面見他，須與吾們無干。他只這個時節，出來快了。」自實依言站著等候，果然不多一會，繆千戶騎著馬出來拜客。自實走到馬前，躬身打拱。繆千戶把眼看到別處，毫釐不像認得的。自實急了，走上前去，說了山東土音，把自己姓名，大聲叫喊。繆千戶聽得，只得叫攏住了馬，認一認，假作喫驚道：「元來是我鄉親，失瞻，失瞻。」下馬來，作了揖，拉了他，轉到家裏來，敘了賓主坐定。一杯茶罷，千戶自立起身來道：「適間正有小事，要出去，不得奉陪。且請仁兄回寓，來日薄具小酌，奉請過來一敘。」自實不曾說得甚麼，沒奈何且自別過。等到明日，千戶著個人拿了一個單帖來請自實。自實對妻子道：「今日請我，必有好意。」歡天喜地，不等再邀，跟著就走。到了衙內，千戶接著自實，只說道長久不見，又遠來相投，怎生齊整待他，誰知千戶意思甚淡，草草酒菓三杯，說些地方上大概的話。略略問問家中兵戈光景，親眷存亡之類，毫釐不問著自實為何遠來？家業興廢若何？比及自實說著遭劫逃難，苦楚不堪。千戶聽了，也只如常，並無驚駭憐恤之意。至於借銀之事，頭也不提起，謝也不謝一聲。自實幾番要開口，又想道：「剛到此地，初次相招，怎生就說討債之事。萬一衝撞了他，不好意思。」只得忍了出門。到了下處，旅寓荒涼，柴米窘急。妻子問說：「何不與繆家說說前銀，也好討些來救急。」自實說初到不好啟齒，未曾說得的緣故。妻子怨恨道：「我們萬里遠來，所幹何事？專為要投托繆家，今特特請去一番，只貪著他些微酒食，礙口識羞，不把正經話提起。我們有甚麼別望頭在那裏？」自實被埋怨得不耐煩，躊躇了一夜，次日早起，就到繆千戶家去求見。千戶見說自實到來，心裏已有幾分不像意了。免不得出來見他，意思甚倦，敘得三言兩語，做出許多勉強支吾的光景出來。自實只得自家開口道：「在下家鄉遭變，拚了性命，挈家海上遠來，所仗惟有兄長。今日有句話，不揣來告。」千戶不等他說完，便接口道：「不必兄說，小弟已知。向者承借路費，於心不忘。雖是一官蕭條，俸入微薄，恰是故人遠至，豈敢辜恩！兄長一面將文券簡出來，小弟好照依數目打點陸續奉還。」看官你道此時繆千戶肚裏，豈是忘記了當初借銀之時，並不曾有文券的？只是不好當面賴得，且把這話做出推頭⑬，等他拿不出文券來，便不好認真催逼，此乃負心人起賴端的圈套處。自實是個老實人，見他說得蹊蹺了，喫驚道：「君言差矣！當初鄉里契厚，開口就相借，從不曾有甚麼文契。今日怎麼說出此話來？」千戶故意敉出正經面孔來道：「豈有是理！債務往來，全憑文券。怎麼說個沒有？或者兵火之後，君家自失去了，容或有之。然既與兄舊交，而今文契有無也不必論，自然處來還兄。只是小弟也在不足之鄉，一時性急不得。從容些個勉強措辦纔妙。」自實聽得如此說了，一時也難相逼，只得唯唯而出。一路想他說話古怪，明是欺心光景，卻是既到此地，不得不把他來作傍。他適纔也還有從容處還的話，不是絕無生意的。還須忍耐幾日，再去求他。只是我當初要好的不是，而今權在他人之手，就這般煩難了。歸來與妻子說知，大家嘆息了一回，商量還只是求他為是。只得挨著面皮，走了幾次，常只是這些說話。推三阻四，一千年也不賴，一萬年也不還。耳朵裏時時好聽，並不見一分遞過手裏來。欲待不走時，又別無生路。自實走得一個不耐煩，

⑬ 推頭：見本書卷四㉟。

正所謂：

羝羊觸藩，　進退兩難。

自實枉自奔波多次，竟無所得。日挨一日，悠忽半年。看看已近新正，自實客居蕭索，合家嗷嗷，過歲之計，分毫無處。自實沒奈何了，只得到繆家去，見了千戶，一頭哭，一頭拜將下去道：「望兄長救吾性命則個。」千戶用手扶起道：「何至於此！」自實道：「新正在邇，妻子饑寒，囊乏一錢，瓶無一粒粟，如何過得日子？向者所借銀兩，今不敢求還，任憑尊意應濟多少，一絲一毫，盡算是尊賜罷了。就是當時無此借貸一項，今日故人之誼，也求憐憫一些。」說罷大哭。千戶見哭得慌了，也有些不安，把手指數一數道：「還有十日，方是除夜。兄長可在家，專等小弟分些祿米，備些柴薪之費，送到貴寓，以為兄長過歲之資，但勿以輕微為怪，便見相知。」自實窮極之際，見說肯送些東西了，心下放掉了好些，道：「若得如此，且延殘喘到新年，便是盛德無盡。」歡喜作別，臨別之時，千戶再三叮囑道：「除夕切勿他往，只在貴寓等著便是。」自實領諾，歸到寓中，把千戶之言，對妻子說了，一家安心。到了除日，清早就起來，坐在家裏等候。欲要出去，尋些過年物事，又恐怕一時錯過。心裏還想等有些錢鈔到手了，好去運動。呆呆等著，心腸扒將出來，叫一個小廝站在巷口，看有甚麼動靜，先來報知。去了一會，小廝奔來道：「有人挑著米來了。」自實急出門一看，果然一個擔夫，一個青衣人前頭拿了帖兒走來。自實認道是了，只見走近門邊，擔夫並無歇肩之意。那個青衣人也徑自走過了。自實疑心道：「必是不認得吾家，錯走過了。」連忙叫道：「在這裏，可轉來。」那兩個並不回頭。自實只得趕上前去問青衣人道：「老哥，送禮到那裏去的？」青衣人把手中帖與自實看道：「吾家主張員外送米與館賓的，你問他則甚？」自實情知不是，佯佯走了轉來，又坐在家裏。一會，小廝又走進來道：「有一個公差打扮的，肩上馱了一肩錢，走來了。」自實到門邊探頭一望道：「這番是了。」只見那公差打扮的，經過門首，腳步不停，更跑得緊了些。自實越加疑心，跑上前問時，公差答道：「縣裏知縣相公送這些錢與他鄉里過節的。」自實又見不是，心裏道：「別人家多紛紛送禮，要見只在今日這一日了。如何我家的偏不見到？」自實心裏好像十五個吊桶打水，七上八落的，身子好像鏊盤⑭上螞蟻，一霎也站腳不住。看看守到下午，竟不見來，落得探頭探腦，心猿意馬。這一日，一件過年的東西，也不買得到。街前再一看，家家戶戶多收拾起買賣；開店的多關了門，只打點過新年了。自實反為繆家所誤，粒米束薪家裏無備，妻子只是怨悵啼哭，別人家歡呼暢飲，爆竹連天。自實攢眉皺目，淒涼相對。自實越想越氣，雙腳亂跳，大罵：「負心的狠賊！害人到這個所在。」一憤之氣，箱中翻出一柄解腕刀來，在磨石上磨得雪亮。對妻子道：「我不殺他，不能雪這口氣。我拚著這命抵他，好歹三推六問，也還遲死幾時。明日絕早清晨，等他一出門來，斷然結果他了。」妻子勸他且耐性。自實那裏按納得下，捏刀在手，坐到天明，雞鳴鼓絕，徑望繆家門首而去。

且說這條巷中間有一個小菴乃自實家裏到繆家必由之路，菴中有一道者號軒轅翁，年近百歲，是個有道之士。自實平日到繆家時，經過此菴，每走到裏頭歇足，便與菴主軒轅翁敘一會閒話。往來既久，遂成熟識。此日是正月初一日元旦，東方將動，路上未有行人。軒轅翁起來開了門，將一張桌當門放了，桌上兩枝蠟燭，朝天拜了四拜。將一卷經攤在桌上，中間燒起一爐香，對著門坐下，朗聲而誦。誦不上

⑭ 鏊盤：燒器，如今之烙餅者曰「鏊盤」。吳俗語「鏊盤上螞蟻」形容坐立不安的情景。一作「熱煎盤上螞蟻」。

一兩板，看見街上天光熹微中，一個人當前走過，甚是急遽，認得是元自實。因為怕斷了經頭，由他自去，不叫住他。這個老人家道眼清明，看元自實在前邊一面走，後面卻有許多人跟著。仔細一看，那裏是人？乃是奇形異狀之鬼，不計其數，跳舞而行。但見：

或握刀劍，　　或執椎鑿；
披頭露體，　　勢甚兇惡。

軒轅翁住了經不念，口裏叫聲道：「怪哉！」把性定一回，重把經念起。不多時見自實復走回來，腳步懶慢。軒轅翁因是起先咤異了，嘿嘿看他自走，不敢叫破。自實走得過，又有百來個人跟著在後。軒轅翁著眼細看，此番的人多少，比前差不遠，卻是打扮大不相同，盡是金冠玉佩之士。但見：

或挈幢蓋，　　或舉旌旛；
和顏悅色，　　意甚安閒。

軒轅翁驚道：「這卻是甚麼緣故？歲朝清早，所見如此，必是元生死了。適間乃是陰魂，故到此不進門來。相從的，多是神鬼，然惡往善歸，又怎麼解說？」心下狐疑未決，一面把經誦完了，急急到自實家中訪問消耗。進了元家門內，不聽得裏邊動靜。咳嗽一聲，叫道：「有客相拜。」自實在裏頭走將出來，見是個老人家，新年初一相拜，忙請坐下。軒轅翁說了一套隨俗的吉利話，便問自實道：「今日絕清早，足下往何處去？去的時節甚是匆匆；回來的時節甚是緩緩，其故何也？願得一聞。」自實道：「在下有一件不平的事，不好告訴得老丈。」軒轅翁道：「但說何妨。」自實把繆千戶當初到任，借他銀兩，而今來取，只是推托，希圖混賴，及年晚哄送錢米，竟不見送，以致狼狽過年的事，從頭至尾，說了一遍。

軒轅翁也頓足道：「這等恩將仇報，其實可恨！這樣人必有天報，足下今日出門，打點與他尋鬧麼？」自實道：「不敢欺老丈，昨晚委實氣了一晚，喫虧不過，把刀磨快了，巴到天明，意欲往彼門首，等他清早出來，一刀刺殺了，以雪此恨。及至到了門首，再想一想，他固然得罪於我，他尚有老母妻子，平日與他通家往來的。他們須無罪，不爭殺了千戶一人，他家老母妻子就要流落他鄉了。思量自家一門流落之苦，如此難堪，怎忍叫他家也到這地位！寧可他負了我，我不可做那害人的事，所以忍住了這口氣，慢慢走了來。心想未定⓯，不曾到老丈處奉拜得，卻教老丈先降，得罪，得罪。」軒轅翁道：「老漢不是拜年，其實有椿⓰奇異，要到宅上奉訪，今見足下訴說這個緣故，當與足下稱賀。」自實道：「有何可賀？」軒轅翁道：「足下當有後祿，適間之事，神明已知道了。」自實道：「怎見得？」軒轅翁道：「方纔清早，足下去時節，老漢看見許多兇鬼相隨；回來時節，多換了福神。老漢因此心下奇異。今見足下所言如此，乃知一念之惡，兇鬼便至；一念之善，福神便臨。如影隨形，一毫不爽，暗室之內，造次之間，萬不可萌一惡念，造罪損德的！足下善念既發，鬼神必當嘿佑，不必愁恨了。」自實道：「雖承老丈勸慰，只是受了負心之騙，一個新歲，錢米俱無，光景難堪。既不殺得他，自家尋個死路罷，也羞對妻了了。」軒轅翁道：「休說如此短見的話！老漢菴中尚有餘糧，停會當送過來，權時應用。切勿更起他念！」自實道：「多感，多感。」軒轅翁作別而去，去不多時，果然一個道者，領了軒轅翁之命，送一挑米一貫錢到自實家來。自實枯渴之際，只得受了，轉托道者致謝菴主。道者去後，自實展轉思量：

⓯ 心想未定：情緒波動之意。參閱本書卷九⓫。

⓰ 椿：即「件」。

「此翁與我向非相識，尚承其好意如此，叵耐繆千戶負欠了我的，反一毛不拔。本為他遠來相投，今失了望，後邊日子如何過得？我要這性命也沒幹？況且此恨難消，據軒轅翁所言神鬼如此之近，我陽世不忍殺他，何不尋個自盡？到陰間告理他去，必有申訴之處。」遂不與妻子說破，竟到三神山下一個八角井邊，歎了一口氣，仰天嘆道：「皇天有眼，我元自實被人賴了本錢，卻教我死於非命！可憐！可憐！」說罷撲通的跳了下去。

自實只道是水淬將來，立刻可死。誰知道井中可煞作怪⓱，自實腳踏實地，點水也無。伸手一摸，兩邊俱是石壁削成，中間有一條狹路，只好容身。自實將手托著兩壁，黑暗中只管向前，依路走去。走勾有數百步遠，忽見有一線亮光透入，急急望亮處走去。須臾壁盡路窮，乃是一個石洞小口。出得口時，豁然天日明朗，別是一個世界。又走了幾十步，見一所大宮殿，外邊門上牌額四個大金字乃是「三山福地」。自實瞻仰了一會，方敢舉步而入。但見：

古殿烟消，長廊晝靜。徘徊四顧，闃無人蹤。鐘磬一聲，恍來雲外。自是洞天福地，宜有神僊在此藏；絕非俗境塵居，不帶凡緣那得到？

自實走了一晌，不見一個人面。肚裏饑又饑，渴又渴，腿腳又酸，走不動了。見面前一個石壇，且是潔淨。自實軟倒來，只得眠在石壇傍邊，歇息一回。忽然裏邊走出一個人來，乃是道士打扮。走到自實跟前，笑問自實道：「翰林已知客邊滋味了麼？」自實喫了一驚道：「客邊滋味，受得勾苦楚了。如何呼我做翰林？豈不大差！」道士道：「你不記得在興慶殿草詔書了麼？」自實道：「一發好笑，某乃山東

⓱ 可煞作怪：「可煞」，作「卻極其……」解。全句作「卻極為奇怪」解。

鄙人，布衣賤士，生世四十，目不知書。連京裏多不曾認得，曉得甚麼興慶殿，草甚麼詔書？」道士道：「可憐！可憐！人生換了皮囊，便為嗜慾所汩，饑寒所困，把前事多忘記了。你來此間，腹中已餓了麼？」自實道：「昨晚忿恨不食，直到如今，為尋死地到此，不期誤入仙境。卻是腹中又餓，口中又渴，腿軟觔痲，當不得，暫臥於此。」道士袖裏摸出大梨一顆，大棗數枚，與自實道：「你認得這東西麼？此交梨火棗⑱也。你喫了下去，不惟免了饑渴，兼可曉得過去之事。」自實接來手中，正當饑渴之際，一口氣喫了下去。不覺精神爽健，瞑目一想，憬然明悟。記得前生身為學士，在大都興慶殿側草詔，尤如昨日。一轂轆扒將起來，拜著道士道：「多蒙仙長佳菓之味，不但解了饑渴，亦且頓悟前生。但前生既如此清貴，未知作何罪業？以致今生受報，弄得如此沒下梢了。」道士道：「你前世也無大罪，但在職之時，自恃文學高強，忽略後進之人，不肯加意汲引，故今世罰你愚懵，不通文義。又妄自尊大，拒絕交游，毫無情面，故今世罰你漂泊，投人不著。這也是一還一報，天道再不差的。今因你一念之善，故有分到此福地與吾相遇，救你一命。」道士因與自實說世間許多因果之事，某人是善人，該得好報；某人是惡人，該得惡報；某人乃是無厭鬼王出世，地下有十個爐替他鑄橫財，故在世貪饕不止，賄賂公行，他日福滿，當受幽囚之禍；某人乃多殺鬼王出世，有陰兵五百，多是銅頭鐵額的，跟隨左右，助其行虐，故在世殺害良民，不戢軍士，他日命衰，當受割截之殃。其餘凡貪官、污吏、富室、豪民，及矯情干譽欺世盜名，種種之人，無不隨業得報，一一不爽。自實見說得這等利害明白，打動了心中事。遂問道：「假似繆千戶欺心混賴，負我多金，反致得無聊如此，他日豈無報應？」道士道：「足下不必怪他。他

⑱ 交梨火棗：真誥：「玉體金漿，交梨火棗，此則飛騰之藥，不比金丹。」俗傳交梨火棗為神仙所食的果品。

乃是王將軍的庫子，財物不是他的。他豈得妄動耶？」自實道：「見今他享榮華，我受貧苦，眼前怎麼當得？」道士道：「不出三年，世運變革，地方將有兵戈大亂，不是這光景了。你快擇善地而居，免受池魚之禍⓳。」自實道：「在下愚昧，不識何處可以躲避？」道士道：「福寧可居，且那邊所在，與你略有緣分，可償得你前日好意貸人之物，不必想繆家還了。此皆子善念所至也。今到此已久，家人懸望，只索回去罷！」自實道：「起初自井中下來，行了許多暗路，今不能重記。就尋著了舊路，也上去不得，如何歸去？」道士道：「此間別有一徑，可以出外，不必從舊路了。」因指點山後一條路徑，叫自實從此而行。自實再拜稱謝，道士自轉身去了。自實依著所指之徑，行不多時，見一個穴口，走將出來，另有天日。急回頭認時，穴已不見。自實望去百步之外，遠遠有人行走。奔將去問路，元來即是福州城外。遂急急跑回家來，家人見了又驚又喜，道：「那裏去了這幾日？」自實道：「我今日去，就是今日來，怎麼說幾日？」家人道：「今日是初十了，自那日初一出門，到晚不見回來，只道在軒轅翁菴裏。及至去問時，卻又說不曾來，只疑心是有甚麼山高水低。軒轅翁說：『你家主人還有後祿，定無他事。』所以多勉強寬解。這幾日杳然無信，未免慌張。幸得來家，卻好了。」自實把憤恨投井，誰知無水不死，卻遇見道士，奇奇怪怪許多說話，說了一遍。道：「聞得仙家日月長，今吾在井只得一晌，世上卻有十日。這道士多分是仙人。他的說話，必定有准，我們依言搬在福寧去罷。不要戀戀繆家的東西，不得到手，反為所誤了。」一面叫人收拾起來，打點上路。自實走到軒轅翁菴中別他一別，說遷去之意。軒轅

⓳ 池魚之禍：東魏杜弼檄梁文云：「楚國亡猿，禍延林木；城門失火，殃及池魚。」此處用來譬喻「無端受禍」的意思。

翁問：「為何發此念頭？」自實把井中之事，說了一遍。軒轅翁跌足道：「可惜足下不認得人！這道士，乃英容真人也。我修煉了一世，不能相遇，豈知足下，當面錯過！仙家之言，不可有違！足下遷去為上，老漢也自到山中去了。若住在此地，必為亂兵所殺。」自實別了回家，一徑領了妻子同到福寧。此時天下擾亂，賦役繁重，地方多有逃亡之屋。自實走去尋得幾間，可以收拾得起的房子，並疊瓦礫，將就修葺來住。揮鋤之際，錚然有聲，掘將下去，卻是石板一塊。掇將開來，中有藏金數十錠。合家見了不勝之喜，恐怕有人看見，連忙收拾在箱匣中了。自實道：「井中道士所言，此間與吾有些緣分，可還所貸銀兩。正謂此也。」將來秤一秤，果是三百金之數，不多不少。自實道：「井中人果是仙人。在此住，料然不妨。」從此安頓了老小，衣食也充足了些，不愁凍餒，放心安居。後來張士誠大軍臨福州，陳平章❿遭擄，一應官吏，多被誅戮。繆千戶一家，被王將軍所殺，盡有其家資。自實在福寧竟得無事，算來恰恰三年。道士之言，無一不驗。可是財物有定數，他人東西強要不得的，為人一念，善惡之報，一些不差的。有詩為證：

一念起時神鬼至，何況前生夙世緣！
方知富室多慳吝，只為他人守業錢。

⓴ 陳平章：即陳友定，參閱本篇❿。但必須注意的，按照明史，陳友定的被俘，不是由於張士誠，而是由於明軍。因為這是話本小說，並不一定完全與史實符合的。

卷二十五　徐茶酒乘鬧劫新人　鄭蕊珠鳴冤完舊案

詞云：

瑞氣籠清曉。捲珠簾，次第笙歌，一時齊奏，無限神仙離蓬島，鳳駕鸞車初到。見擁個仙娥窈窕，玉珮玎璫風縹緲，望嬌姿一似垂楊裊。天上有，人間少。劉郎正是當年少，更那堪天教付與最多才貌。玉樹瓊枝相映耀，誰與安排忒好？有多少風流歡笑。直待來春成名了，馬如龍，綠綬欺芳草。同富貴，又偕老。

這首詞名賀新郎，乃是宋時辛稼軒❶為人家新婚吉席而作。天下喜事，先說洞房花燭夜，最為熱鬧。因是這熱鬧，就有趁哄打劫的了。吳興安吉州❷富家新婚，當夜有一個做賊的，趁著人雜時節，溜將進去，伏在新郎的床底下了。打點人靜後，出來捲取東西。怎當這人家新房裏頭一夜燈火到天明，床上新郎新婦，雲雨歡濃了一會，枕邊切切私語，你問我答，煩瑣不休。說得高興，又弄起那話兒來，不十分肯睡。那賊躲在床下，只是聽得肉麻不過，卻是不曾靜悄。又且燈火明亮，氣也喘不得一口，何況脫身出來做手腳？只得耐心伏著不動，水火急❸時，直等日間床上無人時節，就床下暗角中撒放。如此三日

❶ 辛稼軒：見本書卷十二❿。

❷ 安吉州：今縣名，屬浙江省，在武康縣西北。明初移今治，升為安吉州，清仍為縣，屬湖州府。

夜，畢竟下不得手，肚中餓得難堪。顧不得死活，聽得人聲略定，拚著命，魆魆走出要尋路逃去。火影下早被主人家守宿人瞧見，叫一聲：「有賊！」前後人多扒起來，拿住了。先是一頓拳頭腳尖，將繩綑著，整備天明送官。賊人哀告道：「小人其實不曾偷得一毫物事，便做道不該進來，適間這一頓臭打，也折算得過了。千萬免小人到官，放了出去，小人自有報效之處。」主翁道：「誰要你報效？你每這樣歹人，只是送到官府，打死了纔乾淨。」賊人道：「十分不肯饒我，我到官自有說話。你每不要懊悔！」主翁見他說得倔強，更加可恨，又打了幾個巴掌，綑到次日。申破了地方，一同送到縣裏去。縣官審問時，正是賊有賊智，那賊人不慌不忙的道：「老爺詳察，小人不是個賊，不要屈了小人！」縣官道：「不是賊，是甚麼樣人？躲在人家床下。」賊人道：「小人是個醫人，只為這家新婦，從小有個暗疾，舉發之時，疼痛難當。惟有小人醫得，必要親手調治，所以一時也離不得小人。今新婚之夜，只怕舊疾舉發，暗約小人隨在房中，防備用藥，故此躲在床下。這家人不認得，當賊拿了。」縣官道：「那有此話？」賊人道：「新婦乳名瑞姑，他家父親，寵了妾生子女，不十分照管他。母親與他一路，最是愛惜。所以有了暗疾，時常叫小人私下醫治。今若叫他到官，自然認得小人，纔曉得不是賊。」知縣見他丁一確二❹說著，有些信將起來道：「果有這等事！不要冤屈了平人。而今只提這新婦當堂一認就是了。」元來這賊躲在床下這三夜，備細聽見床上的說話。新婦果然有些心腹之疾，家裏常醫的。因告訴丈夫，被賊人記在肚裏，恨這家不饒他，當官如此攀出來。不惟可以遮飾自家的罪，亦且可以弄他新婦到官，出他家

❸ 水火急：大小便的隱語。

❹ 丁一確二：即「的的確確」。

的醜。這是那賊人僥賴之處。那曉縣官竟自被他哄了，果然提將新婦起來。富家主翁急了，負極去求免新婦出官。縣官那裏肯聽。富家主翁又告，情願不究賊人罷了。縣官大怒道：「告別人做賊也是你，及至要個證見，就說情願不究，可知是誣賴平人為盜。若不放新婦出來質對，必要問你誣告。」富家主翁計無所出，方悔道：「早知如此，放了這猾賊也罷，而今反受他累了。」衙門中一個老吏，見這富家主翁徬徨，問知其故。便道：「要破此猾賊，也不難，只要重重謝我。我去稟明了，有方法叫他伏罪。」富家主翁許了謝禮十兩，老吏去稟縣官道：「這家新婦初過門，若出來與賊盜同辨公庭，恥辱極矣！老爺還該惜其體面。」縣官道：「若不出來，怎知賊的真假？」老吏道：「吏典到有一個愚見。想這賊潛藏內室，必然不曾認得這婦人的。他卻混賴其婦有約，而今不必其婦到官，密地另使一個婦人代了，與他相對。他認不出來，其誣立見。既可以辨賊，又可以周全這家了。」縣官點頭道：「說得有理。」就叫吏典悄地去喚一娼婦打扮了良家，包頭素衣，當賊人面前，帶上堂來，高聲稟道：「其家新婦瑞姑拿到。」賊人不知是假，連忙叫道：「瑞姑，瑞姑，你約我到房中治病的，怎麼你公公家裏拿住我做賊送官？你就不說一聲。」縣官道：「你可認得正是瑞姑了麼？」賊人道：「怎麼不認得？從小認得的。」縣官大笑道：「有這樣奸詐賊，險些被你哄了。元來你不曾認得瑞姑，怎賴道是他約你醫病？這是個娼妓，你認得真了麼？」賊人對口無言，縣官喝叫用刑。賊人方纔訴說不曾偷得一件，乞求減罪。縣官打了一頓大板，枷號示眾。因為無贓，恕其徒罪。富家主翁新婦方纔得免出官。這也是新婚人家一場大笑話。先說此一段做個笑本，小子的正話，也說著一個新婚人家，到弄出好些沒頭的官司，直到後來方得明白。

本為花燭喜筵，弄得是非苦海。
不因天網恢恢，啞謎何時得解？

卻說直隸蘇州府嘉定縣有一人家，姓鄭，也是經紀行中人，家事不為甚大。生有一女，小名蕊珠，這倒是個絕世佳人。真個有沉魚落雁之容，閉月羞花之貌。許下本縣一個民家姓謝，是謝三郎，還未曾過門❺。這個月裏揀定了吉日，謝家要來取去。三日之前，蕊珠要整容開面❻，鄭家老兒去喚整容匠。原來嘉定風俗，小戶人家女人篦頭剃臉，多用著男人。其時有一個後生，姓徐名達。平時最是不守本分，心性奸巧，好淫，專一打聽人家女子，那家生得好？那家生得醜？因為要像心看著內眷，特特去學了那櫛工生活，得以進入內室。又去做那婚筵茶酒❼，得以窺看新人。如何叫得茶酒？即是那邊儐相之名，因為贊禮時節，在傍高聲：「請茶！請酒！」多是他口裏說的，所以如此稱呼。這兩項生意，多傍著女人行止，他便一身兼做了。比時鄭家就叫他與女兒蕊珠開面。徐達帶了篦頭傢伙，一徑到鄭家內裏來。

❺ 過門：吳俗指「出嫁」。

❻ 開面：舊日吳地風俗，未嫁女子不修臉，在出嫁前才修臉，叫做「開面」。如果一眼看去，一個女子，還未修過臉，就瞭解她還沒有出嫁。我的家鄉常熟，過去擔任修臉的，不是男子，大體是伴娘（一稱喜娘，專是在人家喜事時新房中做女儐相）。稱修臉做「捲面」。

❼ 茶酒：據宋耐得翁都城紀勝四司六局條云：「宦官貴家，置四司六局，各有所掌，故筵席排當，凡事整齊，都下街市亦有之。當時人戶，每遇禮席，以錢倩之，皆可辦也。」四司之中，有名「茶酒司」，「專掌賓客茶湯，暖盪篩酒，請坐諮席，開盞歇坐，揭席迎送，應于席次」：這個習俗，就是我的家鄉，二十年前還沿用。凡婚喪大事時僱用「茶擔」（即呼此名）。既張羅茶酒，又兼司贊禮。

蕊珠做女兒時節，徐達未曾見一面。而今卻叫他整容，煞是看得親切。徐達一頭動手，一頭覷玩，身子如雪獅子向火，看看軟起來，那話兒如喫石髓的海燕，看看硬起來。可惜礙著前後有人，恨不就勢一把抱住，弄他一會。鄭老兒在傍看見模樣，識破他有些輕薄意思。等他用手一完，急打發他出到外邊來了。徐達看得渾身似火，背地裏手銃也不知放了幾遭，心裏掉不下，曉得嫁去謝家，就設法到謝家，包做了吉日的茶酒。到得那日，鄭老兒親送女兒過門。只見出來迎接的儐相，就是前日的櫛工徐達。心下一轉道：「元來他又在此。」比至新人出轎，行起禮來，徐達沒眼看得，一心只在新娘子身上。口裏哩嗹囉嗹，把禮數多七顛八倒起來。但見：

東西錯認，左右亂行。信口稱呼，親翁忽為親媽；無心贊唱，該「拜」反做該「興」❽。見過泰山，又請岳翁受禮；參完堂上，還叫父母升廳。不管嘈壞郎君，只是貪看新婦。

徐達亂嘈嘈的行過了許多禮數，新娘子花燭已過，進了房中，算是完了。只要款待送親，喫喜酒。這謝家民戶人家，沒甚人力。謝翁與謝三郎只好陪客在外邊，裏頭媽媽率了一二個養娘，親自廚房整酒。有個把當直的，搬東搬西，手忙腳亂，常是來不迭的。徐達相禮❾到客人坐定了席，正要「請湯」、「請酒」是件贊唱，忽然不見了他。兩三次湯送到，只得主人自家請過喫了，將至終席，方見徐達慌慌張張在後面走出來，唱了兩句。比至酒散，謝翁見茶酒如此參前失後，心中不喜。要叫他來埋怨幾句，早又不見。

---

❽「拜」……「興」：這是描寫徐茶酒在結婚後，見禮時喝禮忙亂情形。「拜」和「興」是茶酒喝禮的聲口。「拜」，即「跪拜」；「興」即「起立」。新婚夫婦和見禮親友，都隨著茶酒的贊禮行禮的。

❾相禮：即「贊禮」，俗稱「喝禮」。

當值的道：「方纔往前面去了。」謝翁道：「怎麼尋了這樣不曉事的？如此淘氣？」親家翁不等茶酒來贊禮，自起身，謝了酒。謝三郎走進新房，不見新娘子在內，疑他床上睡了，揭帳一看，仍然是張空床。前後照看，竟不見影。跑至廚房問人時，廚房中人多嚷道：「我們多只在這裏收拾，新娘子花燭過了，自坐房中，怎麼倒來問我們？」三郎叫了當值的、後來各處找尋，到後門一看，門又關得好好的。走出堂前說了，合家驚惶。當值的道：「這個茶酒，一向不是個好人，方纔喝禮⑩時節看他沒心沒想⑪，兩眼只看著新人，又兩次不見了他，而今竟不知那裏去了。莫不是他有甚麼奸計藏過了新人麼？」鄭老兒道：「這個茶酒，元不是好人。小女前日開面，也是他，因見他輕薄態度，正心裏怪恨。不想宅上茶酒也用著他。」鄭家隨來的僕人，也說道：「他元是個游嘴光棍，這篦頭贊禮，多是近新來學了攛哄過日子的。畢竟他有緣故，去還不遠，我們追去。」謝家當值的道：「他要內裏拐出新人，必在後門出後巷裏去了。方纔後門關好，必是他復身轉來關了，使人不疑。所以又到堂前敷衍這一回，必定從前面轉至後巷去了。故此這會不見，是他無疑。」此時是新婚人家，簹子⑫火把多有在家裏，就每人點著一根，兩家僕人與同家主共是十來個，開了後門，多望後巷裏趕來。元來謝家這條後門路，是一個直巷，也無

---

⑩ 喝禮：吳俗語，即贊禮。

⑪ 沒心沒想：同「無心想」，參見本書卷九⑪。

⑫ 簹子：吳語叫做「篾簹」。過去手電筒還未盛行之前，吳中夜行，多用「篾簹」點火照路。吳地多竹，所以簹是用竹篾紮成的。一般通用的，長約二尺左右；每遇迎神賽會的時候，常地「夜會」中，在神輿前，用丈餘長粗大篾簹照路。

灣曲，也無傍路。火把照起，明亮猶同白日，一望去多是看見的。遠遠見有兩三個人走，前頭差一段路，去了兩個，後邊有一個還在那裏。疾忙趕上，拿住火把一照，正是徐茶酒，問道：「你為何在這裏？」徐達道：「我有些小事，等不得酒散，我要回去。」眾人道：「你要回去，直不得對本家說聲，並且好一會不見了你，還在這裏行走，豈是回去的？你好好說，拐將新娘子那裏去了？」徐達支吾道：「新娘子在你家裏，豈是我掌禮人包管的？」眾人打的打，推的推，喝道：「且拿這游嘴光棍到家裏拷問他出來。」一群人擁著徐達拿到了家裏。兩家親翁一同新郎各各盤問，徐達只推不知，一齊道：「這樣頑皮賴骨，私下問他，如何肯說？綁他在柱上，待天明送到官去，難道當官也賴得？」遂把徐達做一團綑住，只等天明。此時第一個是謝三郎掃興了，

不能勾握雨攜雲，　整備著鼠牙雀角。
喜筵前枉喚新郎，　洞房中依然獨覺。

眾人鬧鬧嚷嚷簇擁著徐達，也有嚇他的，也有勸他的，一夜何曾得睡？徐達只不肯說。須臾，天已大明。謝家父子教眾人帶了徐達寫了一紙狀詞，到縣堂上告准，面稟其故。知縣驚異道：「世間有此事？」遂喚徐達問道：「你拐的鄭蕊珠那裏去了？」徐達道：「小人是婚筵的茶酒，只管得行禮的事，怎曉得新人的去向？」謝翁就把他不辭而去，在後巷趕著之事，說了一遍。知縣喝叫用刑起來，徐達雖然是游花光棍，本是柔脆的人，熬不起刑。初時支吾兩句，看看當不得了，只得招道：「小人因為開面時，見他美貌，就起了不良之心。曉得嫁與謝家，謀做了婚筵茶酒，預先約會了兩個同伴，埋伏在後門了，趁他行禮已完，外邊只要上席。小人在裏面一看，只見新人獨坐在房中，小人哄他還要行禮。新人隨了小人

走出，新人卻不認得路，被小人引他到了後門，就把新人推與門外二人。新人正待叫喊，卻被小人關好了後門，望前邊來了。仍舊從前邊抄至後巷，趕著二人，正要奔脫。看見後面火把明亮，知是有人趕來。那兩個人顧不得小人，竟自飛跑去了。小人有這個新人在旁，動止不得。恰好路傍有個枯井，一時慌了，只得抱住了他，攛了下去。卻被他們趕著，拿了送官。這新人現在井中，只此是實。」知縣道：「你在他家時，為何不說？」徐達道：「還打點遮掩得過，取他出井來受用。而今熬刑不起，只得實說了。」知縣寫了口詞，就差一個公人押了徐達與同謝鄭兩家人，快到井邊來勘實回話。一行人到了井邊，鄭老兒先去望一望，井底下黑洞洞不見有甚聲響，疑心女兒此時畢竟死了。扯著徐達狠打了幾下，道：「你害我女兒死了，怕不償命！」眾人勸住道：「且撈了起來，不要廝亂，自有官法處他。」鄭老兒心裏又慌又恨，且把徐達咬住一塊肉，不肯放。徐達殺豬也似叫喊，這邊謝翁叫人停當了竹兜繩索，一面下井去救人。一個膽大些的家人，紮縛好了，掛將下去。井中無水，用手一摸，果然一個人蹲倒在裏面。推一推看，已是不動的了。抱將來放在兜中，吊將上去。眾人一看，那裏是甚麼新娘子？卻是一個大鬍鬚的男子，鮮血模糊，頭多打開的了。眾人多喫了一驚，鄭老兒將徐達又是一巴掌，道：「這是怎麼說？」連徐達看見，也嚇得呆了。謝翁道：「這又是甚麼蹊蹺的事？」對了井中問下邊的人道：「裏頭還有人麼？」井裏應道：「並無甚麼了，接了我上去。」隨即放繩下去，接了那個家人上來。一齊問道：「井中還有甚麼？」家人道：「止有些石塊在內，是一個乾枯的井，方纔黑洞洞地摸起來的人，不知死活，可正是新娘子麼？」眾人道：「是一個死了的鬍子，那裏是新人，你看麼？」押差公人道：「不要鳥亂了，回覆官人去，還在這個入娘的身上，尋究新人下落。」鄭謝兩老兒多道：「說得是。」就叫地方人看了屍首，一同公人去稟白縣官。知縣問徐達道：「你說把鄭蕊珠推在井中，而今井中卻是一個男屍，且說鄭蕊珠那裏去了？這屍是那裏來的？」徐達道：「小人只見後邊趕來，把新人推在井裏是實。而今卻是一個男屍，連小人也猜不出了。」知縣道：「你起初約會這兩個同伴，叫做甚麼名字？必是這二人的緣故了。」徐達道：「一個張寅，一個李邦。」知縣寫了名字住址，就差人去拿來。甕中捉鱉，立時拿到，每人一夾棍，只招得道：「徐達相約後門等待，後見他推出新人來，負了就走。徐達在後趕來，正要同去，望見後面火把齊明，喊聲大震，我們兩個膽怯了，把新人掉與徐達，只是拚命走脫了。已後的事，一些也不知。」又對著徐達道：「你當時將的新人，那裏去了？怎不送了出來？要我們替你喫苦。」徐達對口無言。知縣指著徐達道：「還只是你這奴才奸巧！」喝叫再夾起來，徐達只喊得是：「小人該死！」說來說去，只說到推在井中，便再說不下去了。知縣便叫鄭謝兩家父親與同媒妁人等，又拘齊兩家左右鄰里，備細訪問，多只是一般不知情，沒有甚麼別話，也沒有一個認得這屍首的。知縣出了一張榜文，召取屍親家屬，認領埋葬，也不曾有一個說起的。鄭謝兩家自備了賞錢，知縣又替他寫了榜文訪取鄭蕊珠下落，也沒有一個人曉得的。知縣斷決不開，只把徐達收在監中。五日一比，謝三郎苦毒，時時催稟。縣官沒法，只得做他不著，也不知打了多多少少。徐達起初一時做差了事，到此不知些頭腦，教他也無奈何，只好巴過五日，喫這番痛棒，也沒個打聽的去處，也沒個結局的法兒。真正是沒頭的公事，表過不題。

再說鄭蕊珠那晚被徐達拐至後門，推與二人，便見把後門關了，方曉得是歹人的做作。欲待叫著本家人，自是新來的媳婦，不曾知道一個名姓，一時叫不出來。亦且門已關了，便口裏喊得兩句：「不好了！」也沒人聽得，那些後生背負著，只是走，心裏正慌，只見後面趕來，兩個人撇在地下，竟自去了。那個徐達一把抱來，丟在井裏。井裏無水，又不甚深，只跌得一下，毫無傷損。聽是上面眾人喧嚷，曉得是自己家人，又火把齊明，照得井裏也有光。鄭蕊珠負極叫喊：「救人！」怎當得上邊人拿住徐達，你長我短，嚷得一個不耐煩。婦人聲音，終久嬌細，又在井裏，那個聽見？多簇擁著徐達，吆吆喝喝一路去了。鄭蕊珠聽得人聲漸遠，只叫得苦，大聲啼哭，看看天色明亮。蕊珠想道：「此時上邊未必無人走動。」高喊兩聲：「救人！」又大哭兩聲，果然驚動了上邊兩個人。只因這兩個人走將來，有分教：

黃塵行客，翻為墜井之魂；綠鬢新人，竟作離鄉之婦。

說那兩個是河南開封府杞縣客商，一個是趙申，一個是錢己。合了本錢，同到蘇松做買賣，得了重利。正要回去，偶然在此經過。聞得啼哭喊叫之聲，卻在井中出來，兩個多走到井邊，望下一看。此時天光照下去，隱隱見是個女人。問道：「你是甚麼人在這裏頭？」下邊道：「我是此間人家新婦，被強盜劫來丟在此的，快快救我出來，到家自有重謝。」兩人聽得自商量道：「從來說救人一命，勝造七級浮屠。況是個女人，怎能勾出來，沒人救他，必定是死。我每撞著也是有緣，行囊中有長繩，我每墜下去救了他起來。」趙申道：「我溜撒些，等我下去。」錢己道：「我身子坌，果然下去不得，我只在上邊吊著繩頭，用些坌氣力罷。」也是趙申悔氣到了，見是女子，高興之甚。揎拳裸袖，把繩縛在腰間，雙手吊著繩。錢己一腳踹著繩頭，雙手提著繩，一步步放將下去。到了下邊，見是沒水的，他就不慌不忙對鄭蕊珠道：「我救你則個。」鄭蕊珠道：「多謝大恩。」趙申就把身上繩頭解下來，將鄭蕊珠腰間如法縛了，道：「你不要怕，只把雙手吊著繩，上邊自提你上去。縛得牢不掉下來的。快上去了，把繩來吊我。」鄭蕊珠巴不得出來，放著膽吊了繩上邊，錢己見繩急了，曉得有人吊著，儘氣力一扯一扯的，吊出井來。錢己擡頭一看，卻是一個艷粧的女子。

雖然鬢亂釵橫，　卻是天姿國色。

猛地井裏現身，　疑是龍宮拾得。

大凡人不可有私心，私心一起，就要幹出沒天理的勾當來。起初錢己與趙申商量救人，本是好念頭。一下子救將起來，見是個美貌女子，就起了打偏手之心。思量道：「他若起來，必要與我爭，不能夠獨自享受。況且他囊中本錢儘多，而今生死之權，操在我手。我不放他起來，這女子與囊橐，多是我的了。」歹念正起，聽得井底下大叫道：「怎不把繩放下來？」錢己發一個狠道：「結果了他罷。」在井傍掇起一塊大石頭來，照著井中叫聲下去，可憐趙申眼盼盼望著上邊放繩下來，豈知是塊石頭，不曾提防的，回避不及，打著腦蓋骨立時粉碎，嗚呼哀哉了。鄭蕊珠在井中出來，見了天日，方抖擻衣服，略定得性。只見錢己如此做作，驚得魂不附體，口裏只念阿彌陀佛。錢己道：「你不要慌，此是我仇人，故此哄他下去，結果了他性命。」鄭蕊珠心裏道：「是你的仇人，豈知是我的恩人？」也不敢說出來，只求送在家裏去。錢己道：「好自在話，我特特在井裏救你出來，是我的人了。我怎肯送還你家去！我是河南開封富家，你到我家裏，就做我家主婆⑬，享用富貴了。快隨我走！」鄭蕊珠昏天黑地，不認得這條路是那裏？離家是近是遠？又沒個認得的人在傍邊，心中沒個主見。錢己催促他走動，道：「你若不隨我，仍舊攛你在井中，一石頭打死了你，見方纔那個人麼？」鄭蕊珠懼怕，思量無計，只得隨他去。正是：

⑬ 家主婆：吳俗稱妻做「家主婆」。

纔脫風狂手，又逢輕薄兒。
情知不是伴，事急且相隨。

錢己一路吩咐鄭蕊珠，教道他到家，見了家人，只說蘇州討來的。有人來問趙申時，只回他還在蘇州，就是了。不多幾日，到了開封杞縣，進了錢己家裏，誰知錢己家中還有一個妻子萬氏，小名叫做蟲兒。其人狠毒的甚，一見鄭蕊珠就放出手段來，無所不至，擺佈他。將他頭上首飾，身上衣服，盡都奪下，只許他穿著布衣服，打水做飯，一應粗使生活，要他一身支當。一件不到，大棒打來。鄭蕊珠道：「我又不是嫁你家的，你家又不曾出銀子討我的。平白地強我來，怎如此毒打得我！」那個萬蟲兒那裏聽你分訴，也不問著來歷，只說是小老婆，就該一味喫醋蠻打罷了。萬蟲兒一向做人惡劣，是鄰里婦人，沒一個不相罵斷的。有一個鄰媽看見他如此毒打鄭蕊珠，心中常抱不平。忽聽見鄭蕊珠口中如此說話，心裏道：「又不嫁，又不討，莫不是拐來的？做這樣陰騭事，坑著人家兒女！」把這話留在心上。

一日，錢己出到外邊去了，鄭蕊珠打水，走到鄰媽家借水桶。鄰媽留他坐著問道：「看娘子是好人家出身，為何宅上爹娘肯遠嫁到此？喫這般磨折。」鄭蕊珠哭道：「那裏是爹娘嫁我來的！」鄰媽道：「這等怎得到此？」鄭蕊珠把身許謝家初婚之夜，被人拐出，抛在井中之事，說了一遍。鄰媽道：「這等是錢家在井中救出了你，你隨他的了。」鄭蕊珠道：「那裏是！其時還有一個人下井，親身救我起來的。這個人好苦！指望我出井之後，就將繩接他，誰知錢家那廝狠毒，就把一塊大石頭丟下去，打死了那人，拉了我就走。我彼時一來認不得家裏；二來怕他那殺人手段；三來他說道，到家就做家主婆，豈知墮落在此，受這樣磨難！」鄰媽道：「當初你家的，與前村趙家一同出去為商，今趙家不回來，前日來問你家時，說道：『還在蘇州。』他家信了。依小娘子說起來，那下井救你喫打死的，必是趙家了。小娘子何不把此情當官告明了？少不得牒送你回去，可不免受此間之苦。」鄭蕊珠道：「只怕我跟人來了，也要問罪。」鄰媽道：「你是婦人家，被人迫誘，有何可罪？我如今替你把此情，先對趙家說了。趙家必定告狀，再與你寫一張首狀，當官遞去。你只要實說，包你一些罪也沒有，且得還鄉見父母了。」鄭蕊珠道：「若得如此，重見天日了。」計較已定，鄰媽一面去與趙家說了，趙家赴縣裏告，這邊鄭蕊珠也拿首狀到官。杞縣知縣問了鄭蕊珠口詞，即時差捕錢已到官。錢已欲待支吾，卻被鄭蕊珠是長是短，一口證定。錢已抵賴不去，恨恨的向鄭蕊珠道：「我救了你，你倒害我！」鄭蕊珠道：「那個救我的，你怎麼打殺了他？」錢已無言。趙家又來求判填命，知縣道：「殺人情真，但皆係口詞，屍首未見，這裏成不得獄。這是嘉定縣地方做的事，鄭蕊珠又是嘉定縣人，屍首也在嘉定縣，我這裏只錄口詞成招，將一行人連文卷，押解到嘉定縣結案就是了。」當下先將錢已打了三十大板，收在牢中。鄭蕊珠召保，就是鄰媽替他遞了保狀，且喜與那個惡婦萬蟲兒不相見了。杞縣一面疊成文卷，僉了長解⓮，把一干人多解到蘇州府嘉定縣來。是日正逢五日比較⓯之期，嘉定知縣帶出監犯徐達，恰好在那裏比較。開封府

⓮ 長解：「解」指「解送犯人」。解送犯人有「長解」、「短解」之分。「長解」指「解送犯人地點較遠（隔省等），途中時間較長」的遣送事。

⓯ 比較：立期限責令辦成一事，到期不成，則加重責，叫做「比較」。大致所立限期，一般是五天。此處所敘，因徐達供不出鄭蕊珠究在何處，所以知縣立限，每隔五天令說出，說不出即重打一次。這是知縣想用比較來追究的手段。

杞縣的差人，投了文，當堂將那解批⑯上姓名逐一點過，叫到鄭蕊珠。蕊珠答應，徐達擡頭一看，卻正是這個失去的鄭蕊珠，是開面時認得親切的。大叫道：「這正是我的冤家，我不知為你打了多少，你卻在那裏來？莫不是鬼麼？」知縣看見，問徐達道：「你為甚認得那婦人？」徐達道：「這個正是井裏失去的新人，不消比較小人了。」知縣也駭然道：「有這等事？」喚鄭蕊珠近前，一一細問。鄭蕊珠照前事，細說了一遍。知縣又把來文，逐一簡看，方曉得前日井中死屍，乃趙申被錢己所殺。遂吊取趙申屍首，令仵作人簡驗得頭骨碎裂，係是生前被石塊打傷身死，將錢己問成死罪，抵趙申之命。徐達拐騙雖事不成，禍端所自，問三年滿徒。張寅李邦各不應，杖罪。鄭蕊珠所遭不幸，免科，給還原夫謝三郎完配。趙申屍首，家屬領埋，係隔省埋訖，釋放寧家。知縣發落已畢，笑道：「若非那邊弄出，解這兩人來，這件未完，何時了結也？」嘉定一縣傳為新聞，可笑謝三郎好端端的新婦，直到這日，方得到手，已是個弄殘的了。又為這事壞了兩條性命，其禍皆在男人開面上起的。所以內外之防，不可不嚴也。

男子何當整女容？致令惡少起頑兇。
今期試看含香蕊，已動當年函谷封。

⑯解批：解送犯人的公文書。

卷二十六　懵教官愛女不受報　窮庠生助師得令終

詩曰：

朝日上團團，照見先生盤。
盤中何所有？苜蓿長闌干。❶

這首詩乃是廣文先生❷所作，道他做官清苦處。蓋因天下的官隨你至卑極小的，如倉大使巡簡司，也還有些外來錢❸。惟有這教官管的是那幾個酸子❹。有體面的，還來送你幾分節儀；沒體面的，終年面也不來見你，有甚往來交際？所以這官極苦，然也有時運好，撞著好門生，也會得他氣力起來，這又是各人的造化不同。浙江溫州府曾有一個廩膳秀才❺，姓韓名贄卿，屢次科第，不得中式。挨次出貢❻，

---

❶朝日……闌干：據四部叢刊本簡齋詩集（胡穉註）卷五次韻張迪功春日，註云：「唐薛會之為右庶子時，官僚清談，會之為詩曰：『朝日出團團，照見先生盤。盤中何所有，苜蓿長闌干。飯澀匙難進，羹稀箸易寬。只可謀早夕，何由保歲寒？』」此處四句即為此詩前半，用來譬喻教書先生苦況的。後來常有用「苜蓿」指稱教書先生的。

❷廣文先生：明清時稱教官為「廣文」，見本書卷十七❿。

❸外來錢：吳俗語又稱「外快」，指「並非正常收入，包括賄賂等等」不正當的收入。

❹酸子：寒素日「酸」。蘇軾詩：「豪氣一洗儒生酸。」世俗帶嘲帶諷地稱秀才做「酸子」。

到京赴部聽選，選得廣東一個縣學裏的司訓。那個學直在海邊，從來選了那裏，再無人去做的。你道為何？元來與軍民府州一樣，是個有名無實的衙門。有便有幾十個秀才，但是認得兩個上大人❼的字腳，就進了學；再不退了。平日只去海上尋些道路，直到上司來時，穿著衣巾，擺班接一接，送一送，就是他向化之處了。不知國朝幾年間，曾創立得一個學舍，無人來住，已有東倒西歪，旁邊有兩間舍房，住一個學吏，也只管記記名姓簿籍，沒事得做，就合著秀才一夥去做生意。這就算做一個學了。韓贊卿悔氣，卻選著了這一個去處。曾有走過廣裏❽的備知詳細，說了這樣光景，合家恰像死了人一般，哭個不歇。韓贊卿家裏窮得火出，守了一世書窗，指望巴個出身，多少掙些家私。今卻如此遭際，沒計奈何。韓贊卿道：「難道便是這樣罷了不成。窮秀才結煞❾，除了去做官，再無路可走了。我想朝廷設立一官，畢竟也有個用處。見放著一個地方，難道是去不得，哄人的。也只是人自怕了，我總是沒事得做，拚著

❺ 廩膳秀才：明初凡生員皆是廩食（公家給以膳食，相當今日的公費生）。其後有「增廣」（宣德初，定額同廩膳生員數目），「附學」（正統時更令於額外增取，附於諸生之末；叫做附學生員），因稱生員食廩者為廩膳生，簡稱「廩生」，亦即此處所稱的廩膳秀才。

❻ 出貢：貢生不得中科第時，可挨著次序出貢，到京吏部聽候選官。關於貢生，參閱本書卷四㉕。

❼ 上大人：舊日蒙師教童子描摹字體所用摹本（吳俗稱「描黃」，亦即北方人稱做「描紅模子」的），多取筆劃稀少的文字，用紅色印出，童子則用墨筆套描，其上第一行的三個字，就是「上大人」。此處用來譏諷此地秀才識字不多的情形。

❽ 廣裏：指廣東方面。

❾ 結煞：即「歸根結底」。

窮骨頭去走一遭。或者撞著上司可憐，有些別樣處法，作成些道路，就強似在家裏坐了。」遂發一個狠，決意要去。親眷們阻當，他多不肯聽，措置了些盤纏，別了家眷，冒冒失失，竟自赴任。到了省下，見過幾個上司，也多說道：「此地去不得，住在會城，守幾時，別受些差委罷。」韓贊卿道：「朝廷命我到此方行教，豈有身不履其地，算得為官的。是必到任一番，看如何光景。」上司聞知，多笑是迂儒腐氣，憑他自去了。韓贊卿到了海邊地方，尋著了那個學吏，拏出吏部急字號文憑與他看了。學吏喫驚道：「老爹，你如何直走到這裏來？」韓贊卿道：「朝廷教我到這裏做教官，不到這裏，卻到那裏？」學吏道：「舊規但是老爹們來，只在省城住下，寫個諭帖，知會我們開本花名冊子送來，秀才廩銀中，扣出一個常例❿，一同送到。一件事就完了。老爹每俸薪自在縣裏去取，我們不管。以後陞除⓫去任，我們總不知道了。今日如何，卻竟到這裏？」韓贊卿道：「我既是這裏官，就管著這裏秀才。你去叫幾個來見我。」學吏見過文憑，曉得是本管官，也不敢怠慢。急忙去尋幾個為頭的積年秀才，與他說知了。秀才道：「奇事，奇事。有個先生來了。」一傳兩，兩傳三，一時會聚了四五個，商量道：「既是先生到此，我們也該以禮相見。」有幾個年老些的，穿戴了衣巾，其餘的只是常服，多來拜見先生。韓贊卿接見已畢，逐個問了姓，敘些寒溫，盡皆歡喜。略略問起文字大意，一班兒都相對微笑。老成的道：「先生不必拘此，某等敢以實情相告。某等生在海濱，多是在海裏去做生計的。當道恐怕某等在內地生事，

❿ 常例：「常例銀錢」之略。

⓫ 陞除：拜官曰「除」。漢書景帝紀：「初除之官」，註云：「凡言『除』者，除故官就新官也。」此處「陞除」二字，指除教官陞其他官職的意思。

作成⓬我們穿件藍袍，做了個秀才，羈縻著，唱得幾個喏，寫得幾字，就是了。其實不知孔夫子義理，是怎麼樣的？所以再沒有先生們到這裏的。今先生辛辛苦苦來走這番，這所在不可久留，卻又不好叫先生便如此空回去。先生且安心住兩日，讓我們到海中去。去五日後，卻來見先生，就打發先生起身。只看先生造化何如？」說畢，哄然而散。韓贊卿聽了這番說話，驚得呆了，做聲不得。只得依傍著學吏，尋間民房，權且住下。

這些秀才去了五日，果然就來。見了韓贊卿道：「先生大造化，這五日內生意，不比尋常，足足有五千金，勾先生下半世用了。弟子們說過的話，毫釐不敢入己，盡數送與先生，見弟子們一點孝意。先生可收拾回去，是個高見。」韓贊卿見了許多東西，嚇了一跳道：「多謝列位盛意。只是學生⓭帶了許多銀兩，如何回去得？」眾秀才道：「先生不必憂慮，弟子們著幾個與先生做伴，同送過嶺⓮，萬無一失。」韓贊卿道：「學生只為家貧無奈，選了這裏，不得不來。豈知遇著列位，用情如此？」眾秀才道：「弟子從不曾見先生面的。今勞苦先生一番，周全得回去，也是我們弟子之事。已後的先生不消再勞了。」當下眾秀才替韓贊卿打疊起來，水陸路程舟車之類，多是眾秀才備得停當。有四五個陪他一路起身，但到泊舟所在，有些人來相頭相腳，面生可疑的，這邊秀才不知口裏說些甚麼，拋個眼色，就便走開了去。直送至交界地方，路上太平的了，然後別了韓贊卿告回。韓贊卿謝之不盡，竟帶了重貲回家。一個窮儒，

⓬ 作成：見本書卷二十二㉔。

⓭ 學生：過去讀書人出身的人自謙之稱。

⓮ 嶺：今廣東省一名「嶺南」，因為地在五嶺之南。嶺含省界意，過嶺則出了廣東省界了。

一旦饒裕了。可見有造化的，只是這個教官，又到了做不得的地方，也原有起好處來。

在下為何把這個教官說這半日？只因有一個教官做了一任回來，貧得徹骨，受了骨肉許多的氣，又虧得做教官時一個門生之力，掙了一派後運，爭盡了氣，好結果了。正是：

世情看冷暖，　人面逐高低。
任是親兒女，　還隨阿堵⑮移。

話說浙江湖州府近太湖邊地方，叫做錢簍。有一個老廩膳秀才，姓高名廣，號愚溪，為人忠厚，生性古直。生有三女，俱已適人過了。妻石氏已死，並無子嗣。止有一姪，名高文明，另有居住，家道頗厚。這高愚溪積祖傳下房屋一所，自己在裏頭住。姪兒也是有分的⑯。只因姪兒自掙了些家私，要自家像意⑰，見這祖房坍塌下來修理不便，便自己置買了好房子，搬出去另外住了。若論支派，高愚溪無子，該是姪兒高文明承繼的。只因高愚溪諱言這件事，況且自有三女，未免偏向自己骨血，有積攢下的束脩本錢，多零星與女兒們去了。後來挨得出貢，選授了山東費縣教官，轉了沂州，又陞了東昌府，做了兩三任歸來，囊中也有四五百金寬些。看官聽說大凡窮家窮計，有了一二兩銀子，便就做出十來兩銀子的氣質出來。況且世上人的眼光極淺，口頭最輕，見一兩個箱兒匣兒略重些，便猜道有上千上萬的銀子在

⑮ 阿堵：唐人語詞，意義同現在的「這個」、「那個」。即宋、元人所用的「兀的」、「阿」、「兀」，皆發聲詞。世俗訛稱錢為阿堵物。此處沿俗訛用作錢。
⑯ 有分的：「有分」的「分」，「附分」切。吳語，指在財產方面有名分可得到應得權利的。
⑰ 像意：稱心如意。

裏頭。還有鑿鑿說著數目，恰像親眼看見親手兌過的一般，總是一剗的⑱窮相。彼時高愚溪帶得些回來，便就聲傳有上千的數目了。三個女兒曉得老子有些在身邊，爭來親熱，一個賽一個的要好。高愚溪心裏歡喜道：「我雖是沒有兒子，有女兒們如此殷勤，老景也還好過。」又想一想道：「我總是留下私蓄，也沒有別人得與他，何不拿些出來分與女兒們了？等他們感激，越堅他每的孝心。」當下取三百兩銀子，每個女兒與他一百兩。女兒們一時見了銀子，起初時千歡萬喜，也自感激，後來聞得說身邊還多，就有些過望起來，不見得十分足處。大家唧噥道：「不知還要留這偌多與那個用？」雖然如此說，心裏多想他後手的東西，不敢沖撞，只是趕上前的討好。姪兒高文明照常往來，高愚溪不過體面相待，雖也送他兩把俸金幾件人事，恰好姪兒也替他接風洗塵，只好直退。姪兒有些身家，也不想他的，不以為意。那些女兒開鬨了幾日，各要回去，只剩得老人家一個在這些敗落舊屋裏居住，覺得淒涼。三個女兒，你也說，我也說，多道：「來接老爹家去住幾時。」各要爭先。愚溪笑道：「不必爭，我少不得要來看你們的。我從頭而來，各住幾時便了。」別去不多時，高愚溪在家清坐了兩日，寂寞不過，收拾了些東西，先到大女兒家裏住了幾時。第二個第三個女兒，多著人來相接。高愚溪以次而到，女兒們只怨悵來得遲，住得不長遠。過得兩日，又來接了。高愚溪周而復始，住了兩巡。女兒們殷殷勤勤，東也不肯放，西也不肯放。高愚溪思量道：「我總是不生得兒子，如今年已老邁，又無老小，何苦獨自個住在家裏？有此三個女兒輪轉供養，勾過了殘年了。只是白喫他們的，心裏不安。前日雖然每人與了他百金，他們也費些在我身上了。我何不與他們說過？索性把身邊所有，盡數分與三家，等三家輪供養了我，我落得自繇

⑱ 一剗的：作「一派的」解。

自在。這邊過幾時，那邊過幾時，省得老人家還要去買柴糴米，支持辛苦，最為便事。」把此意與女兒們說了，女兒們個個踴躍從命。多道：「女兒養父親是應得的，就不分得甚麼，也說不得。」高愚溪大喜，就到自屋裏把隨身箱籠有些實物的，多搬到女兒家裏來了。私下把箱籠東西，輧輧湊湊，還有三百多兩。裝好漢發個慷慨，再是一百兩一家，分與三個女兒，身邊剩不多些甚麼了。三個女兒接受，盡皆歡喜。自此高愚溪只輪流住在三個女兒家裏過日，不到自家屋裏去了。這幾間祖屋，久無人住，逐漸坍將下來。公家物事，賣又賣不得。女兒們又攛掇他說：「是有分東西，何不折了些來？」愚溪總是不想家去住了，道：「是有理。」但見女壻家裏有甚麼工作修造之類，就去悄悄載了些作料來增添改用。東家取了一條梁，西家就想一根柱，甚至豬棚屋也取些椽子板障來拉一拉，多是零碎取了的。姪兒子也不好小家子樣⑲來爭，聽憑他沒些搭煞⑳的，把一所房屋狼籍完了。

祖宗締造本艱難，公物將來棄物看。
自道壻家堪畢世，寧知轉眼有炎寒！

且說高愚溪初時在女壻家裏過日，甚是熱落㉑，家家如此。以後手中沒了東西，要做些事體，也不得自繇，漸漸有些不便當起來。亦且老人家心性，未免有些嫌長嫌短，左不是右不是的難為人。略不像意，口裏便恨恨毒毒的說道：「我還是喫用自家的，不喫用你們的。」聒絮㉒個不住，到一家，一家如

---

⑲ 小家子樣：吳俗語一作「小裏小器」，指「度量褊淺，慳吝」，又俗稱「小氣」。
⑳ 沒搭煞：見本書卷三⑳。
㉑ 熱落：吳語，即「熱鬧」，或「熱情熱意」。

此。那些女壻家裏未免有些厭倦起來，況且身邊無物，沒甚麼想頭了。就是至親如女兒，心裏較前也懈了好些，說不得個推出門，卻是巴不得轉過別家去了，眼前清淨幾時。所以初時這家住了幾時，未到滿期，那家就先來接他。而今就過日期，也不見來接，只是巴不得他遲來些。高愚溪見未來接，便多住了一兩日。這家子就有些言語出來道：「我家住滿了，怎不到別家去？」再略動氣，就有的發話道：「當初東西三家均分，又不是我一家得了的。」言三語四，耳朵裏聽不得。高愚溪受了一家之氣，忿忿地要告訴這兩家。怎當得這兩家，真是一個娘養的。過得兩日，這些光景，也就現出來了。閒話中間對女兒們說著姐妹不是，開口就護著姐妹夥的。至於女壻一發彼此相為，外貌解勸之中，帶些尖酸譏評，只是丈人不是，更當不起。高愚溪惱怒不過，只是尋是尋非的炒鬧，合家不寧。數年之間，弄做個老厭物，推來攮去，有了三家，反無一個歸根著落之處了。

看官若是女兒女壻說起來，必定是老人家不達時務，惹人憎嫌。若是據著公道評論，其實他分散了好些本錢，把這三家做了靠傍，凡事也該體貼他意思一分，纔有人心天理。怎當得人情如此，與他的便算己物，用他的便是冤家。況且三家相形，便有許多不調勻處。假如要請一個客，做個東道。這家便嫌道：「何苦定要在我家請！」口裏應承時，先不爽利了。就應承了去，心是懈的，日挨一日，挨得滿了，又過了一家。到那家提起時，又道：「何不在那邊時節請了？偏要㉓留到我家來請！」到底不請得，撒開手，難道遇著大小一事，就三家各派不成，所以一件也成不得了。怎教老人家不氣苦？這也是世態，

㉒ 聒絮：此處作「嘮叨」解。一作「絮聒」。

㉓ 偏要：吳語，「偏」是「出乎常情」之意。「偏要」作「卻要」解。

自然到此地位的，只是起初不該一味溺愛女兒，輕易把家事盡情散了。而今權在他人之手，豈得如意？只該自揣了些己㉔也罷，卻又是親手分過銀子的，心不甘伏。欲待嚽了口氣，別走道路，又手無一錢，家無片瓦，爭氣不來，動彈不得。要去告訴姪兒，平日不曾有甚好處到他，今如此行徑，沒下稍㉕了。恐怕他們見笑，沒臉嘴見他。左思右想，恨道：「只是我不曾生得兒子，致有今日！枉有三女，多是負心向外的，一毫沒幹，反被他們賺得沒結果了。」使一個性子，噙著眼淚，走到路傍一個古廟裏坐著，越想越氣，累天倒地的哭了一回。猛想道：「我做了一世的儒生，老來弄得這等光景，要這性命做甚麼？我把胸中氣不忿處，哭告菩薩一番，就在這裏尋個自盡罷了。」又道是「無巧不成話」，高愚溪正哭到悲切之處，恰好姪兒高文明在外邊收債回來，船在岸邊搖過。只聽得廟裏哭聲，終是關著天性，不覺有些動念。仔細聽著，像是伯伯㉖的聲音。便道：「不問是不是，這個哭，哭得好古怪。就住攏去看一看，怕做甚麼！」叫船家一櫓邀住了船，船頭湊岸，撲的跳將上去，走進廟門。喝道：「那個在此啼哭？」各擡頭一看，兩下多喫了一驚。高文明道：「我說是伯伯的聲音，為何在此？」高愚溪見是自家姪兒，心裏悲酸起來，越加痛切。高文明道：「伯伯，老人家休哭壞了身子！且說與姪兒，受了何人的氣？以致如此。」高愚溪道：「說也羞人，我自差了念頭，死靠著女兒，不留個後步，把些老本錢多分與他們了。今日卻沒一個理著我了，氣忿不過，在此痛哭，告訴神明一番，尋個自盡。不想遇著我姪，甚為有

㉔揣……己：凡「探求忖度」皆叫做「揣」，「揣己」就是有「自知之明」。

㉕沒下稍：俗指「一個人沒有好收場，或沒有好結果」，叫做「沒下稍」。

㉖伯伯：吳語，侄兒當面稱伯父做「伯伯」。

愧！」高文明道：「伯伯怎如此短見！姐妹們是女人家見識，與他認甚麼真？」愚溪道：「我寧死於此，不到他三家去了。」高文明道：「不去也憑得伯伯，何苦尋死！」愚溪道：「已無家可歸，不死何待？」高文明道：「姪兒不才，家裏也還奉養得伯伯一口起，怎說這話？」愚溪道：「我平時不曾有好處到我姪些些，家事多與了別人，今日剩得個光身子，怎好來擾得你！」高文明道：「自家骨肉，如何說個『擾』字？」愚溪道：「便做道我姪不棄，姪媳婦定嫌憎的。我出了偌多本錢，買別人嫌憎過了。何況孑然一身！」高文明道：「姪兒也是個男子漢，豈繇婦人作主！況且姪婦頗知義理，必無此事。伯父只是隨著姪兒到家裏罷了，再不必遲疑，快請下船同行。」高文明也不等伯父回言，一把扯住衣袂，拉了就走，竟在船中載回家來。高文明先走進去對娘子說著伯伯苦惱思量尋死的話，高娘子喫驚道：「而今在那裏了？」高文明道：「已載他在船裏回來了。」娘子道：「雖然老人家沒搭煞，討得人輕賤，卻也是高門裏的體面，原該收拾了回家來，免被別家恥笑！」高文明還怕娘子心未定，故意道：「老人家雖沒用了，我家養這一群鵝在圈裏，等他在家早晚看看也好的，不得喫白飯㉗。」娘子道：「說那裏話！家裏不爭得這一口，就喫了白飯，也是自家骨肉，又不養了閒人。沒有姪兒叫個伯子㉘來家看鵝之理！不要說這話！快去接了他起來。」高文明道：「既如此說，我去請他起來，你可整理些酒飯相待。」說罷，高文明三腳兩步走到船邊，請了伯子起來，到堂屋㉙裏坐下，就搬出酒肴來，伯姪兩人喫了一會。高愚溪還

㉗ 喫白飯：吳語指「一無所用，卻要人撫養的人」做「喫白飯」。此處意思說，他還可以幫同看看鵝，不是白費飯食養他的。

㉘ 伯子：吳語稱「伯父」、「叔父」、「姪兒」做「伯子」、「叔子」、「姪子」。

想著可恨之事，提起一兩件來告訴姪兒，眼淚簌簌的下來。高文明只是勸解，自此且在姪兒處住下了。三家女兒知道，曉得老兒心裏怪了，卻是巴不得他不來，雖體面上也叫個人來動問動問，不曾有一家說來接他去的。那高愚溪心性古憋，便接也不肯去了。一直到了年邊，三個女兒家纔假意來說：「接去過年。」也只是說聲㉚，不見十分殷勤。高愚溪回道：「不來。」也就住了。高文明道：「伯伯過年，正該在姪兒家裏住的。祖宗影神㉛也好拜拜，若在姐妹們家裏，挂的是他家祖宗，伯伯也不便。」高愚溪道：「姪兒說得是，我還有兩個舊箱籠，有兩套圓領在裏頭，舊紗帽㉜一頂，多在大女兒家裏，可著人去取了來。過年時也好穿了，拜拜祖宗。」高文明道：「這是要的，可寫兩個字去取。」隨著人到大女兒家裏去討這些東西，那家子正怕這厭物再來，見要這付行頭㉝，曉得在別家過年了。恨不得急燒一付退送紙㉞，連忙把箱籠交還不迭。高愚溪見取了這些行頭來，心裏一發曉得女兒家裏不要他來的意思，

㉙ 堂屋：吳俗稱正室的中間做「堂屋」。

㉚ 說聲：「說一聲」之略，指「口中空嚷」。

㉛ 祖宗影神：家鄉常熟舊俗到年底，也是家家掛祖宗影神，俗呼作「掛幀子」。大致到農曆年初十左右取下，呼作「落幀子」。

㉜ 圓領……舊紗帽：「紗帽圓領」是舊日官員的禮服。

㉝ 行頭：現在俗指演戲所用的衣服。此處借用來形容大女兒家已瞧不起高愚溪，拿高看得極鄭重的舊官服，看作演戲的行頭了。

㉞ 退送紙：舊日吳俗迷信，家人如有疾病，大抵以為鬼神作祟，一般燒紙退神鬼。此處極言他大女兒家怕他再去，交還箱籠，希望他不去。所以拿來譬作退送紙了。

安心在姪兒處過年。大凡老休在屋裏的小官，巴不得撞個時節吉慶，穿著這一付紅閃閃的，搖擺搖擺以為快樂。當日高愚溪著了這一套，拜了祖宗，姪兒姪媳婦也拜了尊長。一家之中，甚覺和氣，強似在別人家了。只是高愚溪心裏時常不快道：「是不曾掉得甚麼與姪兒，今反在他家打攪！」甚為不安，就便是看鵝的事，他也肯做，早是姪兒不要他去，

同枝本是一家親，纔屬他們便路人。

直待酒闌人散後，方知葉落必歸根。

一日高愚溪正在姪兒家閒坐，忽然一個人公差打扮的，走到面前拱一拱手道：「老伯伯㉟，借問一聲，此間有個高愚溪老爹否？」公差道：「老伯伯指引一指引，一路問來，說道：『在此間。』在下要見他一見，有些要緊說話。」高愚溪道：「問他怎的？」公差道：「這是個老朽之人，尋他有甚麼勾當？」公差道：「福建巡按李爺，山東沂州人，是他的門生。今去到任，迂道到此，特特來訪他，找尋兩日了。」愚溪笑道：「則我便是高廣。」公差道：「果然麼？」愚溪指著壁間道：「你不信，只看我這頂破紗帽。」公差曉得是實，叫聲道：「失敬了。」轉身就走。愚溪道：「你且說山東李爺叫甚名字？」公差道：「單諱著一個『某』字。」愚溪想了一想道：「元來是此人。」公差道：「老爹家裏收拾一收拾，他等得不耐煩了。小的去稟，就來拜了。」公差訪得的實，喜喜歡歡自去了。高愚溪叫出姪兒高文明來與他說知此事。高文明道：「這是興頭的事，貴人來臨，必有好處。伯伯當初怎麼樣與他相處起的？」愚溪道：「當初吾在沂州做學正㊱，他是童生新進學，家裏甚貧，出那拜見錢不起。有半年多了，不能

㉟ 老伯伯：吳中對老人家的稱呼，相當北方語的「老大爺」。

勾來盡禮。齋中兩個同僚，攛掇我出票去拏他。我只是不肯，後來訪得他果貧，去喚他來見。是我一個做主，分文不要他的。齋中見我如此，也不好要得了。我見這人身雖寒儉，意氣軒昂，模樣又好。問他家裏，連燈火之貲多難處的。我到助了他些盤費回去，又替他各處贊揚。第二年就有了一個好館，在東昌時節，又府裏薦了他。歸來這幾時，不相聞了。後來見說中過進士，也不知在那裏為官。我已是老邁之人，無意世事，總不記在心上，也不去查他了。不匡他不忘舊情，一直到此來訪我。」高文明道：「這也是一個好人了。」正說之間，外邊喧嚷起來，說一個大船泊將攏來了，一齊來看。高文明走出來，只見一個人拿了紅帖，竟望門裏直奔。高文明接了，拿進來看。高愚溪忙將古董衣服穿戴了出來迎接。船艙門開處，搖搖擺擺，踱上個御史來。那御史生得齊整，但見：

胸蟠豸綉，人避驄威。攬轡想像澄清，停車動搖山嶽。霜飛白簡，一筆裏要管閒非；清比黃河，滿面上專尋不是。若不為學中師友誼，怎肯來林外野人家？

那李御史見了高愚溪，口口稱為老師，滿面堆下笑來。與他拱揖進來，李御史退後一步，不肯先走，扯得個高愚溪氣喘不迭，涎唾鼻涕亂來，李御史帶著笑，只是謙遜。高愚溪強不過，只得扯著袖子佔先了些，一同行了，進入草堂之中。御史命設了毯子，納頭四拜，拜謝前日提攜之恩。高愚溪還禮不迭，拜過，即送上禮帖，「候敬十二兩」。高愚溪收下，整椅在上面。御史再三推辭，定要傍坐，只得左右相對。御史還不肯佔上，必要愚溪右手高些，纔坐了。御史提起昔日相與之情，甚是感謝。說道：「僥倖之後，日夕想報師恩，時刻在念。今幸適有此差，道繇貴省，迂途來訪。不想高居如此鄉僻。」高愚溪道：「可

㊱學正：明清各州儒學教官，又名「學正」。

憐，可憐。老漢那得有居？此乃舍姪之居，老朽在此趁住的。」御史道：「老師當初必有居。」愚溪道：「老朽拙算，祖居盡廢。今無家可歸，只得在此強顏度日。」說罷，不覺哽咽起來。老人家眼淚極易落的，撲的掉下兩行來。御史惻然不忍道：「容門生到了地方，與老師設處便了。」愚溪道：「若得垂情，老朽至死不忘。」御史道：「門生到任後，便著承差來相候。」說勾一個多時的話，起身去了。

愚溪送動身，看船開了，然後轉來，將適纔所送銀子來看一看。對姪兒高文明道：「此封銀子，我姪可收去，以作老漢平日供養之費。」高文明道：「豈有此理！供養伯伯是應得的，此銀伯伯留下隨便使用。」高愚溪道：「一向打攪，心實不安。手中無物，只得靦顏過了，今幸得門生送此，豈有累你供給了我，白收物事自用之理！你若不收我的，我也不好再住了。」高文明推卻不得，只得道：「既如此說，姪兒取了一半去，伯伯留下一半別用罷。」高愚溪依言，各分了六兩。自李御史這一來，鬧動了太湖邊上，把這事說了幾日。女兒家知道了，見說送來銀子分一半與姪兒了，有的不氣干道：「光輝了他家，又與他銀子！」有的道：「這些須銀子也不見幾時用，不要欣羨他！免得老厭物來家也勾了，料沒得再有幾個御史來送銀子！」各自唧噥㊲不題。

且說李御史到了福建，巡歷地方，祛蠹除奸，雷厲風行，且是做得利害。一意行事，隨你天大分上，挽回不來。三月之後，即遣承差到湖州公幹，順便賫書一封，遞與高愚溪，約他到任所。先送程儀十二兩，教他收拾了，等公差公事已畢，就接了同行。高愚溪得了此信與姪兒高文明商量，伯姪兩個一同去走走。收拾停當，承差公事已完，來促起身。一路上多是承差支持，毫無費力。不二十日已到了省下。

㊲ 唧噥：「嘰咕嘮叨」的意思。

此時察院正巡歷漳州，開門時節，承差進稟：「請到了高師爺。」察院即時送了下處，打轎出拜。拜時趕開閒人，敘了許多時說話。回到衙內，就送下程，又分付辦兩桌酒，喫到半夜方散。外邊見察院如此綢繆，那個不欽敬。府縣官多來相拜，送下程，盡力奉承。大小官吏，多來撥臀捧屁，希求看覷。把一個老教官，擡在半天裏，因而有求薦獎的；有求免參論的；有求出罪的；有求免贓的，多來鑽他分上。察院密傳意思，教且離了所巡境地，或在省下，或遊武夷，已叮囑了心腹府縣。其有所托之事，釘好書札，附寄公文封簡進來，無有不依。高愚溪在那裏半年，直到察院，將次復命，方纔收拾回家。總計所得，足足有二千餘兩白物。其餘土產貨物尺頭禮儀之類甚多，真叫做滿載而歸。只這一番，比似先前自家做官時，倒有三四倍之得了。伯姪兩人，滿心歡喜，到了家裏，搬將上去。

鄰里之間，見說高愚溪在福建巡按處，抽豐回來，盡來觀看。看見行李沈重，貨物堆積，傳開了一片，道：「不知得了多少來家。」三家女兒知道了，多著人來問安，又各說著，要接到家裏去的話。高愚溪只是冷笑，心裏道：「見我有了東西，又來親熱了。」接著幾番，高愚溪立得主意定，只是不去，正是自從：

受了賣糖公公[38]騙， 至今不信口甜人。

這三家女兒，見老子不肯來，約會了，一日，同到高文明家裏來見高愚溪。個個多撮得笑起，說道：「前日不知怎麼樣沖撞了老爹？再不肯到家來了。今我們自己來接，是必原到我每各家來住住。」高愚溪笑道：「多謝，多謝。一向打攪得你們勾了，今也要各自揣己，再不來了。」三個女兒，你一句，我一句，

[38] 公公：相當北方語「爺爺」。吳中對年紀很老的人的尊稱。「賣糖公公」即「賣糖老兒」。

說道：「親的只是親，怎麼這等見棄我們！」高愚溪不耐煩起來，走進房中，去了一會，手中拿出三包銀子來，每包十兩，每一個女兒與他一包。道：「只此見我老人家之意，以後我也再不來相擾，你們也不必再來相纏了。」又拿一個柬帖來付高文明，就與三個女兒看一看。眾人爭上前看時，上面寫道：

平日空囊，止有親姪收養。今茲餘橐，無用他姓垂涎！一生宦資已歸三女，身後長物，悉付姪兒！書此為照。

女兒中頗有識字義者，見了此紙，又氣忿，又沒趣。只得各人收了一包，且自各回家裏去了。高愚溪罄將所有，盡交付與姪兒。高文明那裏肯受，說道：「伯伯留些防老，省得似前番缺乏了，告人便難。」高愚溪道：「前番分文沒有時，你兀自肯白養我。今有東西與你了，倒怠慢我不成！我老人家心直口快，不作久計了，你收下我的。一家一計過去，我到相安。休分彼此，說是『你的，我的』。」高文明依言，只得收了，以後盡心供養，但有所需，無不如意。高愚溪到底不往女兒家去，善終於姪兒高文明之家。所剩之物盡歸姪兒，也是高文明一點親親之念不衰，畢竟得所報也。

廣文也有遇時人，自是人情有假真。
不遇門生能報德，何緣愛女復思親？

卷二十七　偽漢裔奪妾山中　假將軍還姝江上

詩云：

曾聞盜亦有道，　　其間多有英雄。
若逢真正豪傑，　　偏能掉臂於中。

昔日宋相張齊賢❶，他為布衣時，值太宗皇帝駕幸河北，上太平十策。太宗大喜，用了他六策，餘四策斟酌再用。齊賢堅執道：「是十策皆妙，盡宜亟用。」太宗笑其狂妄，還朝之日，對真宗道：「我在河北得一宰相之才，名曰張齊賢，留為你他日之用。」真宗牢記在心，後來齊賢登進士榜，卻中在後邊。真宗見了名字，要拔他上前，爭奈榜已填定，特旨一榜盡賜及第，他日直做到宰相。

這個張相未遇時節，孤貧落魄，卻倜儻有大度。一日偶到一個地方，投店中住止，其時適有一夥大盜，劫掠歸來，在此經過。下在店中，造飯飲酒，鎗刀森列，形狀猙獰。居民恐怕拿住，東逃西匿，連店主多去躲藏。張相剩得一身在店內，偏不走避。看見群盜喫得正酣，張相整一整巾幘，岸然走到群盜面前，拱一拱手道：「列位大夫請了，小生貧困書生，欲就大夫求一醉飽，不識可否？」群盜見了容貌

❶張齊賢：宋史卷二百六十五有傳，布衣時向太祖條陳十事，而非向太宗；欲置張高第者，恰是太宗而非真宗。至於未遇時豪傑情況，則完全是民間傳說。

魁梧，語言爽朗，便大喜道：「秀才乃肯自屈，何不可之有？但是吾輩粗疎，恐怕秀才見笑耳。」即立起身來請張相同坐，張相道：「世人不識諸君，稱呼為『盜』，不知這盜，非是齷齪兒郎做得的。諸君多是世上英雄，小生也是慷慨之士，今日幸得相遇，便當一同歡飲一番，有何彼此？」說罷便取大碗斟酒，一飲而盡。群盜見他喫得爽利，再斟一碗來，也就一口吸乾。連喫三碗，又在桌上取過一盤豬蹄來，略擘一擘開，狼飧虎嚥，喫個罄盡。群盜看了，皆大驚異，共相希咤道：「秀才真宰相器量！能如此不拘小節，決非凡器。他日做了宰相，宰制天下，當念吾曹為盜，多出於不得已之情，今日塵埃中，願先結納。幸秀才不棄！」各各身畔將出金帛來贈，你強我賽，堆了一大堆。張相毫不推辭，一一簡取，將一條索子綑縛了，擕在手中，叫聲：「聒噪。」大踏步走出店去。此番所得，倒有百金。張相盡付之酒家，供了好些時酣暢。只此一段氣魄，在貧賤時，就與人不同了。這個是膽能玩盜的。有詩為證：

> 等閒卿相在塵埃，大嚼無慙亦異哉！
> 自是胸中多磊落，直教劇盜也憐才。

山東萊州府掖縣有一個勇力之士邵文元，義氣勝人，專愛路見不平，拔刀相助。有人在知縣面前誇他，恃力為盜，知縣初到不問的實，尋事打了他一頓。及至知縣朝覲入京，纔出境外，只見一人騎著馬，跨著刀，跑至面前，下馬相見。知縣認得是邵文元，只道他來報仇。喫了一驚，問道：「你自何來？」文元道：「小人特來隨魏相公入京，前途劇賊頗多，然聞了小人之名，無不退避的。」知縣道：「我無恩於你，你怎到有此好心？」文元道：「相公前日戒訓小人，也只是要小人學好，況且相公清廉，小人敢不盡心報效。」知縣心裏方纔放了一個大疙搭。文元隨至中途，別了自去，果然絕無盜警。一日出行，過一富翁之門。正撞著強盜四十餘人，在那裏打劫他家，將富翁綑縛住著。一個強盜將刀加頸嚇他道：「如有官兵救應，即先下手。」其餘強盜盡劫金帛。富翁家裏有一個錢堆，高與屋齊，強盜算計拿他不去。盡笑道：「不如替他散了罷。」號召居民，多來分錢。居民也有怕事的，不敢去；也有好事的，去看光景；也有貪財大膽的，拿了家伙稱心的兜取，弄得錢滿堦墀。邵文元聞得這話，要去玩弄這些強盜，在人叢中側著肩膊，挨將進去，高聲叫道：「你們做甚的？做甚的？」眾人道：「強盜多著哩，不要惹事！」文元走到鄰家，取一條鐵叉，立在門內，大叫道：「邵文元在此，你們還了這家銀子，快散了罷。」富翁聽得，恐怕強盜見有救應，即要動刀。大叫道：「壯士！快不要來！若來，先殺我了。」文元聽得，權且走了出來。群盜齊把金銀裝在囊中，馱在馬背上，有二十馱。仍綁押了富翁，送出境外二十里，方纔解縛。富翁披髮狼狽而歸。誰知文元自出門外，騎著馬即遠遠隨來，看見富翁已回，急鞭馬追趕。強盜見是一個人，不以為意。文元喝道：「快快把金銀放在路傍，汝等認得邵文元否？」強盜聞其名，正慌張未答。文元道：「汝等遲遲，且著你看一個樣！」颼的一箭，已把內中一個射下馬來死了。群盜大驚，一齊下馬跪在路傍，告求饒命。文元喝道：「留下東西，饒你命去罷！」強盜盡把囊物丟下，空身上馬逃遁而去。文元就在人家借幾疋馬，負了這些東西，竟到富翁家裏，一一交還。富翁迎著叩頭道：「此乃壯士出力奪來之物，已不是我物了。願送至君家，吾不敢吝。」文元怒叱道：「我哀憐你家橫禍，故出力相助，吾豈貪私邪？」盡還了富翁，不顧而去。這個是力能制盜的。有詩為證：

白晝探丸勢已凶，　　不堪壯士笑談中。
揮鞭能返相如璧❷，　　盡卻酬金更自雄。

再說一個見識能作弄強盜的汪秀才，做回正話。看官要知這個出處，先須聽我瀟湘八景：

瀟湘夜雨

雲暗龍推古渡，湖連鹿角平田。薄暮長楊垂首，平明秀麥齊肩。人羨春遊此日，客愁夜泊如年。

洞庭秋月

湘妃初理雲鬟，龍女忽開曉鏡。銀盤水面無塵，玉魄天心相映。一聲鐵笛風清，兩岸畫闌人靜。

遠浦歸帆

八佳城南路杳，蒼梧江月音稀。昨夜一天風色，今朝百道帆飛。對鏡且看妾面，倚樓好待郎歸。

平沙落雁

湖平波浪連天，水落汀沙千里。蘆花冷澹秋容，鴻雁差池南徙。有時小棹經過，又遣幾群驚起。

烟寺晚鐘

軒帝洞庭聲歇，湘靈寶瑟香銷。湖上長烟漠漠，山中古寺迢迢。鐘擊東林新月，僧歸野渡寒潮。

漁村夕照

湖頭俄頃陰晴，樓上徘徊晚眺。霏霏雨障輕過，閃閃夕陽回照。漁翁東岸移舟，又向西灣垂釣。

山市晴嵐

石港湖心野店，板橋路口人家。少婦箧中麥芡，村翁筒裏魚蝦。蜃市依稀海上，嵐光咫尺天涯。

---

❷ 相如璧：戰國趙臣藺相如，因秦昭襄王願以十五城求換趙國所得楚和氏璧，奉使懷璧入秦，既獻璧，見秦王無償城意，乃紿（騙也）取之，完璧歸趙。此處用此故事來稱贊文元奪還盜劫物品。

隴頭初放梅花，江面平鋪柳絮。樓居萬玉叢中，人在水晶深處。一天素幔低垂，萬里孤舟歸去。

江天暮雪

此八詞多道著楚中景致，乃一浙中縉紳所作。楚中稱道此詞頗得真趣，人人傳誦的。這洞庭湖❸八百里，萬山環列，連著三江，乃是盜賊淵藪。國初時偽漢陳友諒❹據楚稱王，後為太祖所滅。今其子孫住居瑞昌❺興國❻之間，號為柯陳，頗稱蕃衍。世世有勇力出眾之人，推立一個為主，其族負險善鬥，劫掠客商，地方有亡命無賴，多去投入夥中。官兵不敢正眼覷他，雖然設立有游擊❼把總❽等巡遊武官，隄防地方非常事變，卻多是與他們豪長通同往來。地方官不奈他何的，宛然宋時梁山泊❾光景。

且說黃州府黃岡縣有一個汪秀才，身在黌宮❿，家事富厚，家僮數十，婢妾盈旁。做人倜儻不羈，

❸ 洞庭湖：在湖南省境，環湖為岳陽、華容、安鄉、常德、漢壽、沅江諸縣，湘、資、沅、澧諸水，都匯瀦於此，春冬水淺。有數道通長江。長約一二百里，廣約百里左右。湖中小山最多，其中以君山為最著名。

❹ 陳友諒：元沔陽人，漁家子，順帝時，依徐壽輝將倪文俊麾下，旋殺壽輝，稱帝於采石磯，國號漢，盡有江西、湖、廣地。後與明軍戰，中流矢卒。立凡四年。新元史、明史都有傳。

❺ 瑞昌：今縣名，屬江西省，在九江縣西南。

❻ 興國：舊縣名，即今湖北省陽新縣。

❼ 游擊：明軍官，位次參將（總兵之下，為參將），全名為游擊將軍，簡稱「游擊」，亦稱「游府」。

❽ 把總：官名，明初三大營有把總、千總等職，都以勳臣任之。其後選用日輕。

❾ 梁山泊：在山東省壽張縣東南梁山下，一作「梁山濼」。此處引用水滸中宋江等在梁山泊起義故事，拿柯陳來和梁山泊英雄比擬的。

❿ 黌宮：「黌」指「縣學」。「身在黌宮」就是說明汪是進學的秀才。

豪俠好游，又兼權略過人。凡事經他布置，必有可觀，混名稱他為汪太公，蓋比他呂望⓫一般智術。他房中有一愛妾，名曰迴風。真個有沉魚落雁之容，閉月羞花之貌。更兼吟詩作賦，馳馬打彈，是少年場中之事，無所不能。汪秀才不惟寵冠後房⓬，但是游行再沒有不帶他同走的。怎見得迴風的標致？

雲鬟輕梳蟬翼，翠眉淡掃春山。朱唇綴一顆櫻桃，皓齒排兩行碎玉。花生丹臉，水剪雙眸。意態自然，技能出眾。直教殺人壯士回頭覷，便是入定禪師轉眼看。

一日，汪秀才領了迴風，來到岳州⓭，登了岳陽樓⓮。望著洞庭浩渺，巨浪拍天。其時冬月水落，自樓上望君山隔不多些水面。遂出了岳州南門拏舟而渡，不止數里，已到山腳。顧⓯了肩輿，與迴風同行十餘里，下輿謁湘君祠⓰。在數十步榛莽中，有二妃塚，汪秀才取酒來與迴風各酹一杯。步行半里，到崇勝寺之外，三個大字是「有緣山」。汪秀才不解，迴風笑道：「只該同我們女眷游的，不然，何稱有緣？」汪秀才取問僧人，僧人道：「此處山靈妬人來游，每將渡，便有惡風濁浪阻人。得到此地者，便是有緣，故此得名。」汪秀才笑對迴風道：「這等說來，我與你今日到此，可謂僥倖矣。」其僧遂指引

⓫ 呂望：周初賢臣。姜姓，呂氏名尚，初釣於渭濱。文王出獵遇之云：「吾太公望子久矣。」故稱太公望。輔助武王克殷有功，封於齊。相傳是一個極有權略的人。

⓬ 後房：舊指姬妾居住的地方。「寵冠後房」四字，指「在姬妾中最為得寵」的意思。

⓭ 岳州：即今湖南省岳陽縣。

⓮ 岳陽樓：在湖南岳陽縣城西門上，下瞰洞庭，風景絕勝，乃是岳陽有名的名勝地方。

⓯ 顧：通「雇」字。

⓰ 湘君祠：這是奉祀湘君的祠。湘君，相傳就是古堯帝二女娥皇和女英，舜帝的后妃。

汪秀才許多勝處，說有：

軒轅臺乃黃帝鑄鼎於此。　酒香亭乃漢武帝得仙酒於此。

朗吟亭乃呂仙遺蹟。　柳毅井乃柳毅為洞庭龍女傳書處。

汪秀才別了僧人，同了迴風，繇方丈側出去，登了軒轅臺。憑欄四顧，水天一色，最為勝處。又左側過去，是酒香亭。遶出山門之左，登朗吟亭，再下柳毅井，旁有傳書亭，亭前又有刺橘泉，許多古跡。正游玩間，只見山腳下走起一個大漢來，儀容甚武，也來看玩。迴風雖是遮遮掩掩，卻沒十分好躲避處。那大漢看見迴風美色，不轉眼的上下瞟覷，跟定了他兩人，步步傍著不捨。汪秀才看見這人有些尷尬，急忙下山，將到船邊，只見大漢也下山來，口裏一聲胡哨，左近一隻船中，吹起號頭答應。船裏跳起一二十彪形大漢來，對岸上大漢聲喏。大漢指定迴風道：「取了此人，獻大王去。」眾人應一聲，一齊動手，猶如鷹拿燕雀，竟將迴風搶到那隻船上，拽起滿篷，望洞庭湖中而去。汪秀才只叫得苦，這湖中盜賊去處，窟穴甚多，竟不知是那一處的強人弄的去了。淒淒惶惶，雙出單回，甚是苦楚。正是：

不知精爽落何處，　疑是行雲秋水中。

汪秀才眼看愛姬失去，難道就是這樣罷了！他是個有擘劃的人，即忙著人四路找聽，是省府州縣鬧熱市鎮去處，即貼了榜文：「但有知風來報的，賞銀百兩。」各處傳遍道：「汪家失了一妾，出著重賞招票。」從古道：「重賞之下，必有勇夫。」汪秀才一日到省下來，有一個都司⓱向承勳是他的相好朋

⓱ 都司：明都指揮使司，亦稱都司，即總兵官，職位甚崇，與清制不同（清於游擊之次，置都司，僅為四品武職）。

友，擺酒在黃鶴樓⑱請他。飲酒中間，汪秀才憑欄一望，見大江浩渺，雲霧蒼茫。想起愛妾迴風不知在烟水中那一個所在？投袂而起，亢聲長歌蘇子瞻赤壁之句⑲云：

渺渺兮予懷，望美人兮天一方。

歌之數回，不覺潸然淚下。向都司看見，正要請問。旁邊一個護身的家丁，慨然向前道：「秀才飲酒不樂，得非為家姬失去否？」汪秀才道：「汝何以知之？」家丁道：「秀才遍榜街衢，誰不知之！秀才但請與我主人盡飲，管還秀才一個下落。」汪秀才納頭便拜道：「若得知一個下落，百觥也不敢辭。」向都司道：「為一女子，直得如此著急？且滿飲三大卮，教他說明白。」汪秀才即取大卮過手，一氣喫了三巡。再斟一卮，奉與家丁道：「願求壯士明言，當以百金為籌。」家丁道：「小人是興國州人，住居闤闠山中，頗知山中柯陳家事體。為頭的叫做柯陳大官人，有幾個兄弟，多有勇力，專在江湖中，做私商勾當。他這一族最大，江湖之間，各有頭目，惟他是個主。前日聞得在岳州洞庭湖劫得一美女回來，進與大官人，甚是快活，終日飲酒作樂。小人家裏離他不上十里路，所以備細得知。這個必定是秀才家裏小娘子了。」汪秀才道：「我正在洞庭湖失去的，這消息是真了。」向都司便道：「他這人慷慨好義，雖係草竊之徒，多曾與我們官府往來。上司處也私有進奉，盤結深固，四處響應。不比其他盜賊，可以官兵緝拏得的。若是尊姬被此處弄了去，只怕休想再合了。天下多美婦人，仁兄只宜丟開為是。且自暢

⑱黃鶴樓：在今湖北武昌縣西南，亦是一個名勝地方。

⑲蘇子瞻赤壁之句：蘇東坡前赤壁賦中云：「於是飲酒樂甚，扣舷而歌之，歌曰：『桂棹兮蘭槳，擊空明兮泝流光。渺渺兮予懷，望美人兮天一方。』」此處引後二句。

飲，介懷無益。」汪秀才道：「大丈夫生於世上，豈有愛姬被人所據，既已知其下落，不能用計奪轉來的？某雖不才，誓當返此姬，以博一笑。」向都司道：「且看仁兄大才，談何容易？」當下汪秀才放下肚腸，開懷暢飲而散。

次日，汪秀才即將五十金送與向家家丁，以謝報信之事。就與都司討此人去做眼，事成之後，再奉五十金，以湊百兩。向都司笑汪秀才痴心，立命家丁：「到汪秀才處聽憑使用，看他怎麼作為？」家丁接了銀子，千歡萬喜，頭顛尾顛，巴不得隨著他使喚了。就向家丁問了柯陳家裏弟兄名字。汪秀才胸中算計已定，寫下一狀，先到兵巡[20]衙門去告。兵巡看狀，見了柯陳大等名字，已自心裏虛怯。對這汪秀才道：「這不是好惹的。你無非只為一婦女小事，我若行個文書下去，差人拘拏對理，必要激起爭端，致成大禍，決然不可。」汪秀才道：「小生但求得一紙牒文，自會去與他講論曲直，取討人口，不須大人的公差，也不到得與他爭競，大人可以放心。」兵巡見他說得容易，便道：「牒文不難，即將汝狀判准，排號用印付汝持去就是了。」汪秀才道：「小生之意，也只欲如此，不敢別求多端。有此一紙，便可了一樁公事來回覆。」兵巡似信不信，分付該房如式端正，付與汪秀才。汪秀才領了此紙，滿心歡喜，就像愛姬已取到手了一般的。來見向都司道：「小生狀詞已准，來求將軍助一臂之力。」都司搖頭道：「若要我們出力，添撥兵卒與他廝鬥，這決然不能的。」汪秀才道：「但請放心，多用不著。我自有人，只那平日所駕江上樓船[21]，要借一隻；巡江哨船[22]要借二隻，與平日所用傘蓋旌旗冠服之類，要借一用。

---

[20] 兵巡：明代官制，每省最高的官署是兩司。其一是「提刑按察使司」，最高長官為按察使，有副使，還設僉事（分道巡察），其中兵備僉事，即分巡道中兼兵備的官，即「兵備道」，又稱「兵巡」。

此外不勞一個兵卒相助，只帶前日報信的家丁去，就勾了。」向都司道：「意欲何為？」汪秀才道：「漢家自有制度，此時不好說得，做出便見。」向都司依言，盡數借與汪秀才，汪秀才大喜，罄備了一個多月糧食，喚集幾十個家人。又各處借得些號衣，多打扮了軍士，一齊到船上去撐駕開江。鼓吹喧闐，竟像武官出汛一般。有詩為證：

舳艫千里傳赤壁，此日江中行畫鷁。

將軍漢號是樓船，這回投卻班生筆㉓。

汪秀才駕了樓船，領了人從，打了游擊牌額，一直行到闔閭山江口來。未到岸四五里，先差一隻哨船，載著兩個人前去。一個是向家家丁，一個是心腹家人汪貴，拿了一張硬牌㉔去，叫齊本處地方居民迎接，新任提督江洋游擊。就帶了幾個紅帖，把汪姓去了一畫，帖上名字江萬里，竟去柯陳大官人家投遞，幾個兄弟，每人一個帖子，說：「新到地方的官，慕大名就來相拜。」兩人領命去了，汪秀才分付船戶，把船慢慢自行。且說向家家丁是個熟路，得了汪家重賞，有甚不依他處？領了家人汪貴一同下在哨船中了，頃刻到了岸邊，掮了硬牌上岸，各處一說，多曉得新官船到，整備迎接。家丁引了汪貴同到一個所在，元來是一座莊子。但見：

㉑ 江上樓船：樓船乃是兵船中高大的船隻，一般是主將等乘坐的。

㉒ 巡江哨船：巡哨江中的較小兵船。舊制，沿海各省，皆設哨船，操練水兵，是作巡哨之用。

㉓ 投卻班生筆：班生指漢班超，此處指「班超投筆從戎」故事。

㉔ 硬牌：舊制，官府到達前，必遣前站掮木牌先行通知地方官紳人等迎接。

冷氣侵人，寒風撲面。三冬無客過，四季少人行。團團蒼檜若龍形，鬱鬱青松如虎跡。已昇紅日，莊門內鬼火熒熒；未到黃昏，古澗邊悲風颯颯。盆盛人酢醬，板蓋鑄錢爐。驀聞一陣血腥來，元是強人居止處。

家丁原是地頭人，多曾認得柯陳家裏的，一徑將帖兒進去報了。柯陳大官人認得向家家丁，是個官身，有甚麼疑心？與同兄弟柯陳二柯陳三等會集商議道：「這個官府甚有吾每體面，他既以禮相待，我當以禮接他。而今吾每辦了菓盒，帶著羊酒，結束鮮明，一路迎將上去。一來見我每有禮體，二來顯我每弟兄有威風。看他舉止如何，斟酌待他的厚薄，就是了。」商議已定，外報游府㉕船到江口，一面叫轎夫打轎拜客，想是就起來了。柯陳弟兄果然一齊戎裝，點起二三十名嘍囉，牽羊擔酒，擎著旗幡，點著香燭，迎出山來。汪秀才船到泊裏，把借來的紗帽紅袍穿著在身，叫齊轎夫，四擡四綽㉖擡上岸來。先是地方人等聲喏已過，柯陳兄弟站著兩傍，打個躬，在前引導。汪秀才分付一徑擡到柯陳家莊上來。擡到廳前，下了轎，柯陳兄弟忙掇一張坐椅，擺在中間。柯陳大開口道：「大人請坐，容小兄弟拜見。」汪秀才道：「快不要行禮，賢昆玉多是江湖上義士好漢，下官未任之時，聞名久矣。今幸得守此地方，正好與諸公義氣相與，所以特來奉拜。豈可以官民之禮相拘！只是個賓主相待，倒好久長。」柯陳兄弟跪將下去，汪秀才一手扶起，口裏連聲道：「快不要這等，吾輩豪傑不比尋常，決不要拘於常禮。」柯陳兄弟謙遜一回，請汪秀才坐了。三人侍立，汪秀才急命取坐來，分左右而坐。柯陳兄弟道游府如此相待，

㉕ 游府：見本卷❼。

㉖ 四擡四綽：這是指八個轎夫擡的轎子，四個人擡，四個人扶轎槓（叫做「綽」），八個人輪流替換「擡」、「綽」。

喜出非常，急忙治酒相款。汪秀才解帶脫衣，盡情歡宴，猜拳行令，不存一毫形跡。行酒之間，說著許多豪傑勾當，搇拳裸袖，只恨相見之晚。柯陳兄弟不唯心服，又且感恩，多道：「若得恩府如此相待，我輩赤心報效，死而無怨。江上有警，一呼即應，決不致自家作孽，有負恩府青目。」汪秀才聽罷，越加高興，接連百來巨觥，引滿不辭。自日中起，直飲至半夜，方纔告別下船。此一日算做柯陳大官人的酒。第二日就是柯陳二做主，第三日就是柯陳三做主，各各請過。柯陳大官人又道：「前日是倉卒下馬，算不得數。」又請喫了一日酒，俱有金帛折席㉗。汪秀才多不推辭，欣然受了。酒席已完，回到船上。柯陳兄弟多來謝罪，汪秀才留住在船上，隨命治酒相待。柯陳兄弟推辭道：「我等草澤小人，承蒙恩府不棄，得獻酒食，便為大幸，豈敢上叨賜宴！」汪秀才道：「禮無不答，難道只是學生叨擾，不容做個主人還席的？況我輩相與，不必拘報施常規。前日學生到宅上，就是諸君作主。今日諸君見顧，就是學生做主。逢場作戲，有何不可？」柯陳兄弟不好推辭，早已排上酒席，擺設已完。汪秀才定席已畢，就有帶來一班梨園子弟，上場做戲。做的是桃園結義、千里獨行㉘許多豪傑襟懷的戲文㉙，柯陳兄弟多是

㉗ 折席：「折」，指「準折」，就是說：「用此物代彼物」之意，因此，「折席」作「用金帛代酒席」解。實則，借此名義，贈送金錢。

㉘ 桃園結義、千里獨行：此二齣戲當然演的是三國志演義中劉關張桃園結義和關雲長千里獨行故事，元雜劇現存戲曲或劇目中，無桃園結義；在商務排印的孤本元明雜劇中有千里獨行一劇，但係雜劇。此句上原書有眉批云：「必是弋陽腔。」可以知道弋陽腔戲中有此二劇。二拍有崇禎壬申即空觀主人序文，壬申是崇禎五年（西元一六三二年），可以看出弋陽腔在崇禎年間是相當盛行的，附誌以告愛好戲曲同志。

㉙ 戲文：明何良俊四友齋叢說卷三十七云：「金元人呼北戲為雜劇，南戲為戲文。」

山野之人，一見此花鬨，怎不貪看？豈知汪秀才先已密密分付行船的，但聽戲文鑼鼓為號，即便魆地開船。趁著月明，沿流放去，緩緩而行，要使船中不覺。行未數十餘里，戲文方完，興未肯闌。仍舊移席團坐，飛觴行令。樂人清唱，勸酧大樂。汪秀才曉得船已行遠，方發言道：「學生承諸君見愛，如此傾倒，可謂極歡。但胸中有一件小事，甚不便於諸君，要與諸君商量一個長策。」柯陳兄弟愕然道：「不知何事？但請恩府明言，愚兄弟無不聽令。」汪秀才叫從人掇一個手匣過來，取出那張榜文來，捏在手中。問道：「有一個汪秀才告著諸君，說道劫了他愛妾，有此事否？」柯陳兄弟兩兩相顧，不好隱得。柯陳大回言道：「有一女子在岳州所得，名曰迴風，說是汪家的。而今見在小人處，不敢相瞞。」汪秀才道：「一女子是小事，那汪秀才是當今豪傑，非凡人也。今他要去上本奏請征剿，先將此狀告到上司，上司密行此牒，托與學生勾當此事。學生是江湖上義氣在行的人，豈可興兵動卒前來攪擾？所以邀請諸君到此，明日見一見上司，與汪秀才質證那一件公事。」柯陳兄弟見說，驚得面如土色道：「我等豈可輕易見得上司，一到公庭必然監禁，好歹是死了！」人人思要脫身，立將起來，推窗一看，大江之中，烟水茫茫。既無舟楫，又無崖岸，巢穴已遠，救應不到，再無個計策了。正是：

有翅膀飛騰天上，有鱗甲鑽入深淵。
既無窟地升天術，目下災殃怎得延？

柯陳兄弟明知著了道兒，一齊跪下道：「恩府救命則個。」汪秀才道：「到此地位，若不見官，學生難以回覆。若要見官，又難為公等。是必從長計較，使學生可以銷得此紙，就不見官罷了。」柯陳兄弟道：「小人愚昧，顧求恩府良策。」汪秀才道：「汪生只為一妾著急，今莫若差一隻哨船，飛棹到宅上，取了此妾來船中。學生領去，當官交付還了他，這張牒文可以立銷，公等可以不到官了。」柯陳兄弟道：「這個何難？待寫個手書與當家的，做個執照，就取了來了。」汪秀才道：「事不宜遲，快寫起來。」柯陳大寫下執照，汪秀才立喚向家家丁與汪貴兩個到來。他一個是認得路的，一個是認得人的，悄地分付。付與執照，打發兩隻哨船，一齊棹去，立等回報。船中且自金鼓迭奏，開懷喫酒。柯陳兄弟見汪秀才意思坦然，雖覺放下了些驚恐，也還心緒不安，牽觔縮脈。汪秀才只是一味豪興，談笑洒落，飲酒不歇。候至天明，兩隻哨船已此載得迴風小娘子，飛也似的來報。汪秀才立叫請過船來，迴風過船。汪秀才大喜，叫一壁廂房艙中去，一壁廂將出四錠銀子來。兩個去的人，各賞一錠，兩船上各賞一錠。眾人齊聲稱謝，分派已畢。汪秀才再命斟酒三大觥與柯陳兄弟作別道：「此事已完，學生竟自回覆上司，不須公等在此了。就此請回。」柯陳兄弟感激稱謝救命之恩。汪秀才把柯陳大官人鬍髯捋一捋道：「公等果認得汪秀才否？我學生便是。那裏是甚麼新陞游擊？只為不捨得愛妾，做出這一場把戲。今愛妾仍歸於我，落得與諸君游宴數日，備極歡暢，莫非結緣？多謝諸君，從此別矣。」柯陳兄弟如夢初覺，如醉方醒，纔放下心中疙搭。不覺大笑道：「元來秀才詼諧至此，如此豪放不羈，真豪傑也！吾輩粗人，幸得陪侍這幾日，也是有緣。小娘子之事，失於不知，有愧！有愧！」各解腰間所帶銀兩出來，約有三十餘兩，贈與汪秀才道：「聊以贈小娘子添妝。」汪秀才再三推卻不得，笑而受之。柯陳兄弟求差哨船一送。汪秀才分付送至通岸大路，即放上岸。柯陳兄弟殷勤相別，登舟而去。

汪秀才房艙中喚出迴風來說，前日驚恐的事。迴風嗚咽告訴，汪秀才道：「而今仍歸吾手，舊事不必再提，且喫一杯酒壓驚。」兩人如渴得漿，喫得盡歡，遂同宿於舟中。次日起身，已到武昌馬頭上。

來見向都司道：「承借船隻家伙等物，今已完事，一一奉還。」向都司道：「尊姬已如何了？」汪秀才道：「叨仗尊庇，已在舟中了。」向都司道：「如何取得來？」汪秀才把假敉新任拜他賺他的話，備細說了一遍。道：「多在尊使肚裏，小生也仗尊使之力不淺。」向都司道：「有此奇事，真正有十二分膽智，纔弄得這個伎倆出來。仁兄手段，可以行兵。」當下汪秀才再將五十金送與向家家丁，完前日招票上許出之數。另顧下一船，裝了迴風小娘子，再與向都司討了一隻哨船護送，并載家僮人等。安頓已定，進去回覆兵巡道，繳還原牒。兵巡道問道：「此事已如何了？卻來繳牒？」汪秀才再把始終之事，備細一稟。兵巡道笑道：「不動干戈，能入虎穴，取出人口，真奇才奇想！秀才他日為朝廷所用，處分封疆大事，料不難矣。」大加賞嘆，汪秀才謙謝而出，遂載了迴風，還至黃岡。黃岡人聞得此事，多驚嘆道：「不枉了汪太公之名，真不虛傳也！」有詩為證：

自是英雄作用殊，虎狼可狎與同居。
不須竊伺驪龍睡，已得探還頷下珠。

卷二十八　程朝奉單遇無頭婦　王通判雙雪不明冤

詩云：

人命關天地，從來有報施。
其間多幻處，造物顯其奇。

話說湖廣❶黃州府❷有一地方，名曰黃圻嶛，最產得好瓜。有一老圃，以瓜為業，時時手自灌溉，愛惜倍至。圃中諸瓜，獨有一顆結得極大，塊壘如斗。老圃特意留著，待等味熟，要獻與豪家做孝順的。一日手中持了鋤頭，去圃中掘菜，忽見一個人掙掙縮縮，在那瓜地中。急趕去看時，乃是一個乞丐，在那裏偷瓜喫。把個籬笆多扒開了，仔細一認，正不見了這顆極大的。已被他打碎，連瓤連子，在那裏亂啃。老圃見偏摘掉了加意的東西，不覺怒從心上起，惡向膽邊生，提起手裏鋤頭，照頭一下。卻元來不禁打，打得腦漿迸流，死於地下。老圃慌了手腳，忙把鋤頭鋤開一塄地❸來，把屍首埋好，上面將泥鋪平。且喜是個乞丐，並沒個親人來做苦主❹討命，竟沒有人知道罷了。到了明年，其地上瓜愈盛，仍舊

❶ 湖廣：舊省名，元置。明代起，專指兩湖之地曰湖廣。
❷ 黃州府：今湖北省黃岡縣。
❸ 一塄地：「塄」通「稜」，農人指地遠近多少，稱做「幾稜」，此處「一塄地」即「一塊地」的意思。

一顆獨結得大，足抵得三四個小的，也一般加意愛惜，不肯輕採。偶然縣官衙中有個害熱渴的，想得個大瓜清解。各處買來，多不中意，累那買辦衙役比較了幾番。衙役急了，四處尋訪，見說老圃瓜地專有大瓜，遂將錢與買，進圃選擇。果有一瓜，比常瓜大數倍，欣然出了十個瓜的價錢，買了去送進衙中。衙中人大喜，見這個瓜大得異常，集了眾人共剖。剖將開來，瓤水亂流。多嚷道：「可惜好大瓜，是爛的了。」仔細一看，多把舌頭伸出半晌，縮不進去。你道為何？原來滿桌都是鮮紅血水，滿鼻是血腥氣的。眾人大驚，稟知縣令。縣令道：「其間必有冤事。」遂叫那買辦的來問道：「這瓜是那裏來的？」買辦的道：「是一個老圃家裏地上的。」縣令道：「他怎生法兒養得這瓜恁大？喚他來我要問他。」買辦的不敢稽遲，隨去把個老圃喚來當面。縣令問道：「你家的瓜，為何長得這樣大？一圃中多是這樣的麼？」老圃道：「其餘多是常瓜，只有這顆，不知為何恁大？」縣令道：「經常也這樣結一顆兒麼？」老圃道：「去年也結一顆，沒有這樣大，略比常瓜大些。今年這一顆大得古怪，自來不曾見這樣。」縣令笑道：「此必異種，他的根畢竟不同，快打轎，我親去看。」當時擡至老圃家中，叫他指示結瓜的處所。縣令叫人取鋤頭掘將下去，看他根是怎麼樣的？掘不多深，只見這瓜的根在泥土中，卻像種在一件東西裏頭的。扒開泥土一看，乃是個死人的口張著，其根直在裏面出將起來。眾人發聲喊，把鋤頭亂挖開來，一個死屍全見。縣令叫挖開他口中，滿口尚是瓜子。縣令叫把老圃鎖了，問其死屍之故。老圃賴不得，只得把去年乞丐偷瓜喫，誤打死了，埋在地下的事，從實說了。縣令道：「怪道這瓜瓤內的多是血水，元來是這個人冤氣所結，他一時屈死，膏液未散，滋長這一棵根苗來。天教我衙中人渴病，揀選

❹ 苦主：俗稱被殺害人的親屬做苦主。

大瓜，得露出這一場人命。乞丐雖賤，生命則同，總是偷竊，不該死罪！也要抵償。」把老圃問成毆死人命絞罪，後來死於獄中。可見人命至重，一個乞丐死了，又沒人知見的。埋在地下，已是一年，又如此結出異樣大瓜來弄一個明白，正是天理昭彰的所在。而今還有一個因這一件事，露出那一件事來，兩件不明不白的官司，一時顯露，說著也古怪，有詩為證：

從來見說沒頭事，此事沒頭真莫猜。
及至有時該發露，一頭弄出兩頭來。

話說國朝成化❺年間，直隸徽州府❻，有一個富人姓程。他那邊土俗，但是有貲財的，就呼為朝奉。蓋宋時有朝奉大夫，就像稱呼富人為員外一般，總是尊他。這個程朝奉擁著巨萬家私，所謂飽煖生淫慾，心裏只喜歡的是女色，見人家婦女生得有些姿容的，就千方百計，必要弄他到手纔住。隨你費下幾多東西，他多不吝。只是以成事為主，所以花費的也不少，上手的也不計其數。自古道：「天道禍淫。」才是這樣貪淫不歇，便有希奇的事體做出來。直教你破家辱身，急忙分辨得來，已喫過大虧了，這是後話。

且說徽州府巖子街邊有一個賣酒的，姓李叫做李方哥。有妻陳氏，生得十分嬌媚，丰采動人。程朝奉動了火，終日將買酒為由，甜言軟語哄動他夫妻二人。雖是纏得熟分了，那陳氏也自正正氣氣，一時也勾搭不上。程朝奉道：「天下的事，惟有利動人心，這家子是貧難之人，我拚捨著一主財，怕不上我

❺ 成化：明憲宗年號，相當西元一四六五—一四八七年。

❻ 直隸徽州府：明成祖遷都北平後，以北平為北直隸，而以江南為南直隸。此處直隸，指南直隸。徽州即今安徽省歙縣。

的鉤？私下鑽求，不如明買。」一日對李方哥道：「你一年賣酒得利多少？」李方哥道：「靠朝奉福蔭，借此度得夫妻兩口，便是好了。」程朝奉道：「有得贏餘麼？」李方哥道：「若有得一兩二兩贏餘，便也留著些做個根本，而今只好繃繃拽拽，朝升暮合過去，那得贏餘？」程朝奉道：「假如有個人幫你十兩五兩銀子做本錢，你心下何如？」李方哥道：「小人若有得十兩五兩銀子，便多做些好酒起來，開個興頭的糟坊，一年之間，度了口，還有得多。只是沒尋那許多東西，就是有人肯借，欠下了債要賠利錢，不如守此小本經紀罷了。」朝奉道：「我看你做人也好，假如你有一點好心到我，我便與你二三十兩，也不打緊❼。」李方哥道：「二三十兩是朝奉的毫毛，小人得了卻一生一世受用不盡了。只是朝奉怎麼肯？」朝奉道：「肯到肯，只要你好心。」李方哥道：「教小人怎麼樣的？纔是好心。」朝奉笑道：「我喜歡你家裏一件物事，是不費你本錢的，我借來用用，仍舊還你。若肯時我即時與你三十兩。」李方哥道：「我家裏那裏有朝奉用得著的東西？況且用過就還，有甚麼不奉承了朝奉？卻要朝奉許多銀子。」朝奉笑道：「只怕你不肯，你肯了，又怕你妻子不捨得。你且兩個去商量一商量，我明日將了銀子來與你，現成講兌。今日空口說白話，未好就明說出來。」笑著去了，李方哥晚上把這些話與陳氏說道：「不知是要我家甚麼物件？」陳氏想一想道：「你聽他油嘴，若是別件動用物事，又說道借用就還的，隨你奢遮❽寶貝也用不得許多貰錢❾？必是痴心想到我身上來討便宜的說話了。你男子漢放些主意出來，不

❼ 不打緊：作「無關緊要」解。
❽ 奢遮：此處作「了不得」解。
❾ 貰錢：出賃器物曰「貰」。「貰」通「賒」，即「出租錢」。

要被他騰倒。」李方哥笑道：「那有此話！」隔了一日，程朝奉果然拿了一包銀子來，對李方哥道：「銀子已現有在此，打點送你的了。只看你每意思如何？」朝奉當面打開包來，白燦燦的一大包。李方哥見了好不眼熱道：「朝奉明說是要怎麼？小人好如命奉承。」朝奉道：「你是個曉事人，定要人說個了話，你自想家裏是甚東西？是我用得著的，又這般值錢，就是了。」李方哥道：「教小人沒想處，除了小人夫妻兩口身子外，要值上十兩銀子的家伙，一件也不曾有。」朝奉笑道：「正是身上的，那個說是身子外邊的？」李方哥通紅了臉道：「朝奉沒正經！怎如此取笑？」朝奉道：「我不取笑，現錢買現貨，願者成交。若不肯時，也只索罷了，我怎好強得你！」說罷，打點袖起銀子了。自古道：

清酒紅人面，　　黃金黑世心。

李方哥見程朝奉要收拾起銀子，便呆著眼不開口，儘有些沉吟不舍之意。程朝奉早已瞧科⑩，就中取著三兩多重一錠銀子，攙在李方哥袖子裏道：「且拿著這錠去做樣，一樣十錠就是了。你自家兩個計較去。」李方哥半推半就的接了。程朝奉正是會家不忙，見接了銀子，曉得有了機關。說道：「我去去再來討回音。」李方哥進到內房與妻陳氏說道：「果然你昨日猜得不差，元來真是此意。被我搶白⑪了一頓，他沒意思，把這錠銀子作為陪禮，我拿將來了。」陳氏道：「你不拿他的便好，拿了他的，已似有肯意了。他如何肯歇這一條心？」李方哥道：「我一時沒主意，拿了他，臨去時，就說像得我意，十錠也不難。我想我與你在此苦掙一年，掙不出幾兩銀子來。他的意思，倒肯在你身上捨主大錢。我每不如將計就計

⑩ 瞧科：作「瞧出來了」解。
⑪ 搶白：見本書卷九⑰。

哄他，與了他些甜頭，便起他一主大銀子，也不難了。也強如一盞半盞的與別人論價錢。」李方哥說罷，就將出這錠銀子放在桌上。陳氏拿到手來看一看道：「你男子漢見了這個東西，就捨得老婆養漢了。」李方哥道：「不是捨得，難得財主家倒了運來想我們，我們拚忍著一時羞恥，一生受用不盡了。而今總是混帳的世界，我們又不是甚麼閥閱人家，就守著清白，也沒人來替你造牌坊⑫，落得和同了些。」陳氏道：「是倒也是，羞人答答的，怎好兜他？」李方哥道：「總是做他的本錢不著，我而今辨著一個東道在房裏，請他晚間來喫酒，我自到外邊那裏去避一避。等他來時，只說我偶然出外就來的，先做主人陪他飲酒，中間他自然撩撥你，你看著機會，就與他成了事。等得我來時，事已過了，可不是不知不覺的，落得賺了他一主銀子。」陳氏道：「只是有些害羞，使不得。」李方哥道：「程朝奉也是一向熟的，有甚麼羞？你只是做主人陪他喫酒，又不要你先去兜他，只看他這麼樣來，纔回答他就是。也沒甚麼羞處？」陳氏見說，算來也不打緊的，當下應承了。

李方哥一面辦治了東道，走去邀請程朝奉說道：「承朝奉不棄，晚間整酒在小房中，特請朝奉一敘。朝奉就來則個。」朝奉見說，喜之不勝道：「果然利動人心，他已商量得情願了。今晚請我，必然就成事。」巴不得天晚前來赴約。從來好事多磨，程朝奉意氣洋洋走出街來，只見一般兒朝奉姓汪的，拉著他水口去看甚麼新來的表子王大捨，一把拉了就走。程朝奉推說沒工夫得去，他說：「有甚麼貴幹？」程朝奉心忙裏，一時造不出來。汪朝奉見他沒得說，便道：「原沒事幹，怎如此推故掃興？」不管三七二十一，同了兩三個少年子弟，一推一攮的，牽的去了。到了那裏，汪朝奉看得中意，就秤銀子辦起東

⑫ 造牌坊：「牌坊」指貞節牌坊，過去為守貞節的婦女造這樣牌坊來獎勵她們。

道來，在那裏入馬⓭。程朝奉心上有事，被帶住了身子，好不耐煩。三杯兩盞，逃了席就走，已有二更天氣。此時李方哥已此尋個事由，避在朋友家裏了，沒人再來相邀的。程朝奉徑自急急忙忙走到李家店中，見店門不關，心下意會了。進了店，就把門拴著。那店中房子苦不深邃，擡眼望見房中燈燭明亮，酒肴羅列，悄無人聲。走進看時，不見一個人影，忙把桌上火移來一照，大叫一聲：「不好了！」正是：

分開八片頂陽骨，傾下一桶雪水來。

程朝奉看時，只見滿地多是鮮血，一個沒頭的婦人，淌在血泊裏，不知是甚麼事由？驚得牙齒捉對兒廝打，抽身出外，開門便走。到了家裏，只是打顫，蹲跕不定，心頭丕丕的跳。曉得是非要惹到身上，一味惶惑不題。

且說李方哥在朋友家裏捱過了更深，料道朝奉與妻子事體已完，從容到家，還好趁喫杯兒酒，一步步踱將回來。只見店門開著，心裏道：「那朝奉好不精細，私下做事，門也不掩掩著。」走到房裏，不見甚麼朝奉，只有個沒頭的屍首，淌在地下。看看身上衣服，正是妻子。驚得亂跳道：「怎的起？怎的起？」一頭哭，一頭想道：「我妻子已是肯的，有甚麼言語沖撞了他？便把來殺了。須與他討命去！」連忙把家裏收拾乾淨了，鎖上了門，往奔到程朝奉家敲門。朝奉不知好歹，聽得是李方哥聲音，正要問他個端的，慌忙開出門來。李方哥一把扭住道：「你幹得好事！為何把我妻子殺了？」程朝奉道：「我到你家，並不見一人，只見你妻子已殺倒在地。怎說是我殺了？」李方哥道：「不是你，是誰？」程朝奉道：「我心裏愛你的妻子，若是見了，奉承還恐不及，捨得殺他！你須訪個備細，不要冤我！」李方

⓭ 入馬：作「交往」（一般指男女間私情）解。

哥道：「好端端兩口住在家裏，是你來起這些根由，而今卻把我妻子殺了，還推得那個！和你見官去，好好還我一個人來。」兩下你爭我嚷，天已大明。結扭了，一直到府裏來叫屈。府裏見是人命事，准了狀發與三府王通判⓮審問這件事。王通判帶了原被告兩人，先到李家店中相驗屍首。相得是個婦人，身體被人用刀殺死的，現無頭顱。通判著落地方把屍盛了，帶原被告到衙門來。先問李方哥的口詞。李方哥道：「小人李方哥，妻陳氏，是開酒店度日的。是這程某看上了小人妻子，乘小人不在，以買酒為由來強奸他。想是小人妻子不肯，他就殺死了。」通判問：「程某如何說？」程朝奉道：「李方哥夫妻賣酒，小人是他的熟主顧。李方哥昨日來請小人去喫酒，小人因有事去得遲了些。到他家裏，不見李方哥，只見他妻子不知被何人殺死在房，小人慌忙走了家來，與小人並無相干。」通判道：「他說你以買酒為由去強奸他，你又說是他請你到家，他既請你，是主人了，為何他反不在家？這還是你去強奸是真了。」程朝奉道：「委實是他來請小人，小人纔去的。當面在這裏，老爺問他，他須賴不過。」李方哥道：「請是小人請他的，小人未到家，他先去強奸，殺了人了。」王通判道：「既是你請他，怎麼你未到家，他到先去行奸殺人？你其時不來家做主人，到在那裏去了？其間必有隱情。」取夾棍來，每人一夾棍，只得多把實情來說了。李方哥道：「其實程某看上了小人妻子，許了小人銀兩，要與小人妻子同喫酒。小人貪利，不合許允，請他喫酒是真。小人怕礙他眼，只得躲過片時。後邊到家，不想妻子被他殺死在地，他逃在家裏去了。」程朝奉道：「小人喜歡他妻子，要營勾他是真。他已自許允請小人喫酒了，小人為

⓮ 通判：明制，府置通判一官，職掌倅貳郡政，凡兵、民、錢穀、獄訟聽斷之事，可否裁決，與守臣通簽書施行。

甚麼反要殺他？其實到他家時，妻子已不知為何殺死了。小人慌了，走了回家，實與小人無干。」通判道：「李方哥請喫酒賣奸是真，程某去時，必是那婦人推拒，一時殺了也是真。平白地要謀奸人妻子，原不是良人行徑，這人命自然是程某抵償了。」程朝奉道：「小人不合見了美色，輒起貪心，是小人的罪了。至於人命，委實不知，不要說他夫妻商同請小人喫酒，已是願從的了。即使有些勉強，也還好慢慢央求，何至下手殺了他？」王通判惱他奸淫起禍，那聽他辯說，要把他問個強奸殺人死罪。卻是死人無頭，又無行兇器械，成不得招，責了限期，要在程朝奉身上追那顆頭出來。正是：

官法如爐不自由，這回惹著怎干休。
方知女色真難得，此日何來美婦頭？

程朝奉比過幾限，只沒尋那顆頭處。程朝奉訴道：「便做道是強奸。不從，小人殺了，小人藏著那顆頭做甚麼用？在此挨這樣比較。」王通判見他說得有理，也疑道：「是或者另有人殺了這婦人，也不可知。」且把程朝奉與李方哥多下在監裏了，便叫拘集一干鄰里人等，問他事體根由，與程某殺人真假。鄰里人等多說：「他們是主顧家，時常往來的，也未見甚麼奸情事。至於程某是個有身家的人，貪淫的事或者有之，從來也不曾見他做甚麼兇惡歹事過來。人命的事，未必是他。」通判道：「既未必是程某，你地方人必曉得李方哥家的備細，與誰有仇？那處可疑？該推詳得出來。」鄰里人等道：「李方哥平日賣酒，也不見有甚麼仇人。他夫妻兩口做人多好，平日與人鬥口的事多沒有的。這黑夜間不知何人所殺，連地方人多沒猜處。」通判道：「你們多去外邊訪一訪。」眾人領命，正要走出。內中一個老者，走上前來稟道：「據小人愚見，猜著一個人，未知是否？」通判道：「是那個？」只因說出這個人來，有分交：

乞化游僧，明投三尺之法，　沉埋朽骨，趁白十年之冤。

正是善惡到頭終有報，　只爭來早與來遲。

老者道：「地方上向有一個遠處來的游僧，每夜敲梆，高叫求人布施，已一個多月了。自從那夜李家婦人被殺之後，就不聽得他的聲響了。若道是別處去了，怎有這樣恰好的事？況且地方上不曾見有人布施他的，怎肯就去。這個事著實有疑。」通判聞言道：「殺人作歹，正是野僧本等。這疑也是有理的。只那尋這個游僧處？」老者道：「重賞之下，必有勇夫。老爺喚那程某出來，說與他知道。他家道殷實，要明白這事，必然不吝重賞。這游僧也去不久，不過只在左近地方，要訪著他也不難的。」通判依言，獄中帶出程朝奉來，把老者之言說與他。程朝奉道：「有此疑端，便是小人生路。只求老爺與小人做主，出個廣捕文書⑮，著落幾個應捕，四處尋訪。小人情願立個賞票，認出謝金就是。」當下通判差了應捕出來，程朝奉托人邀請眾應捕說話，先送了十兩銀子做盤費，又押起三十兩，等尋得著這和尚，即時交付，眾應捕應承去了。

元來應捕黨與極多，耳目最眾，但是他們上心的事，沒有個訪拿不出的。見程朝奉是個可擾之家，又兼有了厚贈，怎不出力？不上一年已訪得這叫夜僧人在寧國府⑯地方乞化，夜夜街上叫了轉來，投在一個古廟裏宿歇。眾應捕帶了一個地方人，認得面貌是真，正是巖子鎮叫夜的了。眾應捕商量道：「人

---

⑮ 廣捕文書：不規定地點期限的緝捕文書。

⑯ 寧國府：今安徽省宣城縣。

便是這個人了，不知殺人是他不是他？就是他了，沒個憑據，也不好拿得他，只可智取。」算計去尋了一件婦人衣服，把一個少年些的應捕，打扮起來，裝做了婦人模樣。一眾人去埋伏在一個林子內，是街上回到古廟必經之地，守至更深，果然這僧人叫夜轉來。撁⑰了梆，正自獨行林子裏。假做了婦人的，低聲叫道：「和尚，還我頭來！」初時一聲，那僧人已喫了一驚，立定了腳，昏黑之的，隱隱見是個穿紅的婦人，心上虛怯不過了。只聽得一聲不了，又叫：「和尚，還我頭來！」連叫不止，那僧人慌了。顫篤篤的道：「頭在你家上三家鋪架上不是？休要來纏我！」眾人聽罷，情知殺人事已實，胡哨一聲，眾應捕一齊鑽出，把個和尚綑住。道：「這賊禿！你巖子鎮殺了人，還躲在這裏麼？」先是一頓下馬威，打軟了，然後解到府裏來。通判問應捕：「如何拿得著他？」應捕把假裝婦人嚇他，他說出真情，才擒住他的話，稟明白了，帶過僧人來。僧人明知事已露出，混賴不過，只得認道：「委實殺了婦人是的。」通判道：「他與你有甚麼冤仇？殺了他。」僧人道：「並無冤仇，只因那晚叫夜，經過這家門首，見店門不關，挨身進去，只指望偷盜些甚麼。不曉得燈燭明亮，有一個美貌的婦人，盛裝站立在床邊。看見了不由得心裏不動火，抱住求奸，他抵死不肯。一時性起，拔出戒刀來殺了。提了頭就走，走將出來，纔想道：『要那頭做甚麼？』其時把來挂在上三家鋪架上了。只是恨他那不肯，出了這口氣。當時連夜走脫此地，而今被拿住，是應得償他命的，別無他話。」通判就出票去提那上三家鋪上人來問道：「和尚招出人頭在鋪架上，而今那裏去了？」鋪上人道：「當時實有一個人頭挂在架上，天明時見了，因恐怕經官受累，悄悄將來，移上前去十來家趙大門首一棵樹上挂著。已後不知怎麼樣了？」通判差人押了

---

⑰ 撁：「攓」的俗字。音「蹇」，「掔取在手中」的意思。

這三家鋪人來提趙大到官，趙大道：「小人那日蚤起，果然見樹上挂著一顆人頭。心中驚懼，思要首官⑱。誠恐官司牽累，當下悄地拿到家中埋在後園了。」通判道：「而今現在那裏麼？」趙大道：「小人其時就怕後邊或有是非，要留做證見，埋處把一棵小草樹記認著的。怎麼不現在？」通判道：「只怕其間有詐偽，須得我親自去取驗。」通判即時打轎，擡到趙大家裏，叫趙大在前引路。引至後園中，趙大指著一處道：「在這底下。」通判叫從人掘將下去，剛鉏得土開，只見一顆人頭連泥帶土，轂碌碌滾將出來。眾人發聲喊道：「在這裏了。」通判道：「這婦人的屍首，今日方得完全。」從人把泥土拂去，仔細一看，驚道：「可又古怪！這婦人怎生是有髭鬚的？」送上通判看時，但見這顆人頭：

> 雙眸緊閉，一口牢開。頸子上也是刀刃之傷，嘴兒邊卻有鬚髯之覆。早難道骷髏能作怪，致令得男女會差池。

王通判驚道：「這分明是一個男子的頭，不是那婦人的了。這頭又出見得作怪，其中必有蹺蹊。」喝道：「把趙大鎖了！」尋那趙大時，先前看見掘著人頭，不是婦人的，已自往外跑了。王通判就走出趙大前邊屋裏，叫擡張桌兒做公座。坐了，帶那趙大的家屬過來，且問這顆人頭的事。趙大妻子一時難以支吾，只得實招道：「十年前趙大曾有個仇人，姓馬，被趙大殺了，帶這頭來埋在這裏的。」通判道：「適纔趙大在此，而今躲在那裏了？」妻子道：「他方纔見人頭被掘將來，曉得事發，他一徑出門，連家裏多不說那裏去了。」王通判道：「立刻的事，他不過走在親眷家裏，料去不遠，快把你家甚麼親眷住址，

---

⑱ 首官：「首」是「報告」的意思。法律上稱「自陳」做「自首」；「告人」做「出首」。此處「首官」指「向官申報」之意。

一一招出來。」妻子怕動刑法，只得招道：「有個女壻，姓江，做府中令史⑲，必是投他去了。」通判即時差人押了妻子，竟到這江令史家裏來拿。通判坐在趙大家裏立等回話。果然：

　　甕中捉鼈，　手到拿來。

且說江令史是衙門中人，曉得利害，見丈人趙大急急忙忙走到家來，說道：「是殺人事發，思要藏避。」令史恐怕累及身家，不敢應承，勸他往別處逃走。趙大一時未有去向，心裏不決。正躊躇間，公差已押著妻子來要人了。江令史此時火到身上，且自圖滅熄，不好隱瞞，只得付與公差，仍帶到趙大自己家裏來。妻子路上已自對他說道：「適纔老爺問時，我已實說了。你也招了罷，免受痛苦。」趙大見通判時，果然一口承認。通判問其詳細，趙大道：「這姓馬的，先與小人有些仇隙，後來在山路中遇著。小人因在那裏砍柴，帶得有刀在身邊，把他來殺了。恐怕有人認得，一時傳遍這事，就露出來，所以既剝了他的衣服，就割下頭來，藏到家裏。把衣服燒了，頭埋在園中。後來馬家不見了人，尋問時，只見有人說：『山中有個死屍。』因無頭的，不知是不是，不好認得。而今事已經久，連馬家也不提起了。這埋頭的去處，與前日婦人之頭相離有一丈多地。只因這個頭在地裏，恐怕發露，所以前日埋那婦人頭時，把草樹記認的。因為隔得遠，有膽氣掘下去。不知為何一掘，到先掘著了?這也是宿世冤業，應得填還。早知如此，連那婦人的頭，也不說了。」通判道：「而今婦人的頭，畢竟在那裏?」趙大道：「只在那一塊，這是記認不差的。」通判又帶他到後園，再命從人打舊掘處掘下去，果然又掘出一顆頭來。認一認，纔方是婦人的了。通判笑道：「一件人命卻問出兩件人命來，莫非天意也！」鎖了趙大，帶了

⑲ 令史：即書史。

兩顆人頭，來到府中，出張牌去喚馬家親人來認。馬家兒子見說，纔曉得父親不見了十年，果是被人殺了。來補狀詞，王通判准了。把兩顆人頭，一顆給與馬家埋葬，一顆喚李方哥出來認看，果是其妻的了。把叫夜僧與趙大各打三十板，多問成了死罪。程朝奉不合買奸，致死人命，問成徒罪，折價納贖。李方哥不合賣奸問杖罪的決斷。程朝奉出葬埋銀六兩，給與李方哥葬那陳氏。三家鋪人不合移屍，各該問罪，因不是這等，不得併發趙大人命，似乎天意明冤，非關人事，釋罪不究。王通判這件事，問得清白，一時清結了兩件沒頭事，申詳上司，各各稱獎。至今傳為美談。

只可笑程朝奉空想一個婦人，不得到手。枉葬送了他一條性命，自己喫了許多驚恐，又坐了一年多監，費掉了百來兩銀子，方得明白，有甚便宜處？那陳氏立個主意不從夫言，也不見得被人殺了。至於因此一事，那趙大久無對證的人命，一并發覺，越見得天心巧處。可見欺心事做不得一些的。有詩為證：

冶容誨淫從古語，會見金夫不自主。
稱觴已自不有躬，何怪啟寵納人侮。
彼黠者徒恣強暴，將此頭顱向何許？
幽冤鬱積十年餘，彼處有頭欲出土。

卷二十九　贈芝蔴識破假形　擷草藥巧諧真偶

詩曰：

萬物皆有情，不論妖與鬼。
妙藥可通靈，方信岐黃❶理。

話說宋乾道❷年間，江西一個官人，赴調❸臨安都下。因到西湖上游玩，獨自一人，各處行走。走得路多了，覺得疲倦，道傍有一民家，門前有幾株大樹，樹傍有石塊可坐，那官人遂坐下少息。望去屋內有一雙鬟女子，明艷動人。官人見了，不覺心神飄蕩，注目而視。那女子也回眸流盼，似有寄情之意。官人眷戀不舍，自此時時到彼處少坐。那女子是店家賣酒的，就在裏頭做生意，不避人的。見那官人走來，便含笑相迎，竟以為常。往來既久，情意綢繆。官人將言語挑動他，女子微有羞澀之態，也不惱怒。

❶ 岐黃：岐（亦作「歧」）伯與黃帝之略。岐伯，黃帝的臣子，精醫，黃帝嘗與論醫，更相問難，其語盡記入內經。後世並稱岐黃，奉為醫家之祖。

❷ 乾道：南宋孝宗年號，相當西元一一六五－一一七一年。

❸ 調：即官吏赴臨安聽遷調官職之意。按宋史卷一百六十選舉志第一百十三選舉六考課，宋太祖立法，文臣五年，武臣七年，無贓私者，始得遷秩。下文說：「隔了五年，又赴京聽調。」是符合宋制的。

只是店在路傍，人眼看見，內有父母。要求諧魚水之歡，終不能勾，但只兩心睠睠而已。官人已得注選，歸期有日，掉那女子不下，特到他家告別。恰好其父出外，女子獨自在店。見說要別，拭淚私語道：「自與郎君相見，彼此傾心，欲以身從郎君，父母必然不肯。若私下隨著郎君去了，淫奔之名，又羞恥難當。今就此別去，必致夢寐焦勞，相思無已。如何是好？」那官人深感其意，即央他鄰近人，將著厚禮求聘為婚，那父母見說是江西外郡，如何得肯？那官人只得怏怏而去，自到家收拾赴任，再不能與女子相聞音耗了。

隔了五年，又赴京聽調，剛到都下，尋個旅館歇了行李，即去湖邊尋訪舊游，只見此居已換了別家在內。問著五年前這家，茫然不知，鄰近人也多換過了，沒有認得的。心中悵然不快，回步中途，忽然與那女子相遇。看他年貌比昔年已長大，更加標致了好些。那官人急忙施禮相揖，女子萬福不迭。口裏道：「郎君隔闊許久，還記得奴否？」那官人道：「為因到舊處尋訪不見，正在煩惱。幸喜在此相遇，不知宅上為何搬過了？今在那裏？」女子道：「奴已嫁過人了，在城中小巷內。吾夫坐庫務，監在獄中。故奴出來求救於人，不匡撞著五年前舊識。郎君肯到我家啜茶否？」那官人欣然道：「正要相訪。」兩個人一頭說，一頭走，先在那官人的下處前經過。官人道：「此即小生館舍，可且進去談一談。」那官人正要營勾著他，了還心願。思量下處儘好就做事，那裏還等得到他家裏去？一邀就邀了進來，關好了門，兩個抱了一抱，就推到床上，行其雲雨。那館舍是個獨院，甚是僻靜。館舍中又無別客，止是那江西官人一個住著。女子見了光景，便道：「此處無人知覺，儘可偷住與郎君歡樂，不必到吾家去了。吾家裏有人，反更不便。」官人道：「若就肯住此，更便得緊了。」一留半年，女人有時出外，去去即時就來，再不提著家中事，也不見他想著家裏。那官人相處得濃了，也忘記他是有夫家的一般。那官人調得有地方了，思量回去，因對女子道：「我而今同你悄地家去了，可不是長久之計麼？」女子見說要去，便流下淚來，道：「有句話對郎君說，郎君不要喫驚！」官人道：「是甚麼話？」女子道：「奴自向時別了郎君，終日思念，懨懨成病，朞年而亡。今之此身，實非人類。以夙世緣契，幽魂未散，故此特來相從。這幾時歡期有限，冥數已盡。要從郎君遠去，這卻不能勾了。恐郎君他日有疑，不敢避嫌，特與郎君說明。但陰氣相侵已深，奴去之後，郎君腹中必當暴下❹，可快服平胃散，補安精神，即當痊癒。」官人見說，不勝驚駭了許久，又聞得教服平胃散，問道：「我曾讀夷堅志見孫九鼎遇鬼，亦服此藥。吾思此藥皆平平，何故奏效？」女子道：「此藥中有蒼朮，能去邪氣，你只依我言就是了。」說罷涕泣不止，那官人也相對傷感，是夜同寢，極盡歡會之樂。將到天明，慟哭而別。出門數步，倏已不見，果然別後，那官人暴下不止。依言贖平胃散服過纔好。那官人每對人說著此事，還淒然淚下。

可見情之所鍾，雖已為鬼，猶然眷戀如此。況別後之病，又能留方服藥醫好，真多情之鬼也！而今說一個妖物，也與人相好了，留著些草藥，不但醫好了病，又弄出許多姻緣事體，成就他一生夫婦，更為奇怪。有憶秦娥一詞為證：

堪奇絕，陰陽配合真丹結。真丹結，歡娛雖就精神亦竭。殷勤贈物機關洩，姻緣盡處傷離別。

傷離別，三番草藥，百年歡悅。

這一回書，乃京師老郎❺傳留，原名為靈狐三束草❻。天地間之物，惟狐最靈，善能變幻，故名狐

❹ 暴下：「暴」，猝然之意；「下」，下泄之意。「暴下」即「猝然泄瀉」。

魅。北方最多，宋時有「無狐魅不成村」之說。又性極好淫，其涎染著人，無不迷惑，故又名「狐媚」。比世間淫女。唐時有「狐媚偏能惑主」之檄❼。然雖是個妖物，其間原有好歹，如任氏以身殉鄭六❽，連貞節之事，也是有的。至於成就人功名，度脫人災厄，撮合人夫婦，這樣的事，往往有之。莫謂妖類，便無好心。只要有緣遇得著。

國朝天順甲申❾年間，浙江有一個客商，姓蔣，專一在湖廣❿、江西地方做生意。那蔣生年紀二十多歲，生得儀容俊美，眉目動人，同伴裏頭道是他模樣，可以選得過駙馬，起他混名叫做「蔣駙馬」。他

❺ 老郎：按老郎這一個稱呼，在元明的雜劇中是常常可以看到的。醒世恆言第十三卷勘皮靴單證二郎神回尾稱「原係京師『老郎』傳流，至今編入野史」；元無名氏逞風流王煥百花亭雜劇第三折正末中亦云：「……須記得京城古本『老郎』流傳……」；古今小說第二卷陳御史巧勘金釵鈿開首明說：「聞得京城古本『老郎』們相傳的說話」，更明顯地使我們了解「老郎」是「說話」藝人的尊稱，相當明朱有燉雜劇桃源景第一折句中所稱的「書會老先生」。宋元明初都有書會的組織，許多話本和戲曲都是由這些書會中編撰出來的。此處的老郎，即指此。

❻ 靈狐三束草：係說話藝人話本的原名。

❼ 狐媚偏能惑主之檄：「狐媚偏能惑主」，見唐駱賓王為徐敬業討武曌檄。

❽ 任氏以身殉鄭六：見唐人傳奇小說，沈既濟撰任氏傳，記鄭六遇妖狐事，戲曲中常引。董西廂開頭的曲中所云：「……也不是鄭子遇妖狐」；關漢卿謝天香雜劇楔子中所云：「鄭六遇妖虎」，皆指此事。情史狐精六條之二，即敘此事。

❾ 天順甲申：明英宗年號，相當西元一四五七—一四六四年。天順甲申即一四六四年，是年英宗逝世。

❿ 湖廣：見本書卷二十八❶。

自家也以風情自負，看世間女子輕易也不上眼。道是必遇絕色，方可與他一對。雖在江湖上走了幾年，不曾撞見一個中心滿意女子。也曾同著朋友衏衏人家⓫走動兩番，不過是遣興而已。公道看起來，還則是他失便宜與婦人了。

一日置貨到漢陽馬口地方，下在一個店家姓馬叫得馬月溪店。那個馬月溪是本處馬少卿家裏的人，領著主人本錢開著這個歇客商的大店。店中儘有幽房邃閣，可以容置上等好客。所以遠方來的斯文人，多來投他。店前走去不多幾家門面，就是馬少卿的家裏。馬少卿有一位小姐，小名叫得雲容，取李青蓮「雲想衣裳花想容」⓬之句，果然纖姣非常，世所罕有。他家內樓小窗看得店前人見，那小姐閒了時，常登樓看望作耍。一日正在臨窗之際，恰被店裏蔣生看見。蔣生遠望去，極其美麗，生平目中所未睹。一步步走近前去細玩，走得近了，看得較真，覺他沒一處生得不妙。蔣生不覺魂飛天外，魄散九霄。心裏妄想道：「如此美人！得以相敘一宵，也不枉了我的面龐風流。卻怎生能勾？」只管仰面痴看，那小姐在樓上瞧見有人看他，把半面遮藏也窺著蔣生是個俊俏後生，恰像不捨得就躲避著一般。蔣生越道是樓上留盼，賣弄出許多飄逸身分出來，要惹他動火。直等那小姐下樓去了，方纔走回店中。關著房門，默默暗想：「可惜，不曾曉得丹青，若曉得時，描也描他一個出來。」次日問著店家，方曉得是主人之女，還未曾許配人家。蔣生道：「他是個仕宦人家，我是個商賈，又是外鄉，雖是未許下丈夫，料不是

⓫ 衏衏人家：見本書卷四㉞。

⓬ 李青蓮「雲想衣裳花想容」：李青蓮，即唐有名詩人李白（字太白，號青蓮居士），曾作清平調雲想衣裳三章，古今傳誦。此處即指李白的清平調句。

我想得著的？若只論起一雙的面龐，卻該做一對纔不虧了人。怎生得氤氳大使⑬做一個主便好。」大凡是不易得動情的人，一動了情，再按納不住的。蔣生自此行著思，坐著想，不放下懷。他原賣的是絲紬綾絹女人生活之類，他央店家一個小的，拿了箱籠引到馬家宅裏去賣，指望撞著那小姐，得以飽看一回。果然賣了兩次，馬家家眷們你要買長，我要買短，多討箱籠裏東西，自家翻看，覿面講價。那小姐雖不十分出頭露面，也在人叢之中，遮遮掩掩的看物事。有時也眼瞟著蔣生，四目相視，蔣生回到下處，越加禁架不定。長吁短氣，恨不身生雙翅飛到他閨閣中做一處。晚間的春夢也不知做了多少？

俏冤家，驀然來，懷中摟抱。羅帳裏，交著股，耍下千遭。裙帶頭，滋味十分妙。你貪我又愛，臨住再加饒。呸夢兒裏相逢，夢兒裏就去了。

蔣生眠思夢想，日夜不置。真所謂：

思之思之，又從而思之。

思之不得，鬼神將通之。

一日晚間，關了房門，正待獨自去睡，只聽得房門外有行步之聲，輕輕將房門彈響。蔣生幸未熄燈，急忙添明了燈，開門出看，只見一個女子閃將入來。定睛仔細一認，正是馬家小姐。蔣生喫了一驚道：「難道又做起夢來了？」正心一想，卻不是夢。燈兒明亮，儼然與美貌的小姐相對。蔣生疑假疑真，惶惑不定。小姐看見意思，先開口道：「郎君不必疑怪！妾乃馬家雲容也。承郎君久垂顧盼，妾亦關情多時了。今偶乘家間空隙，用計偷出重門，不自嫌其醜陋，願伴郎君客中岑寂。郎君勿以自獻為笑，妾之

⑬ 氤氳大使：見本書卷九❻。

幸也。」蔣生聽罷，真個如饑得食，如渴得漿，宛然劉阮入天臺⓮，下界凡夫得遇仙子。快樂傒倖，難以言喻。忙關好了門，挽手共入鴛帷，急講于飛之樂。雲雨既畢，小姐分付道：「妾見郎君韶秀，不能自持，致於自薦枕席。然家嚴剛厲，一知風聲，禍不可測。郎君此後，切不可輕至妾家門首！也不可到外邊閒步，被別人看破行徑；只管夜夜虛掩房門相待，人定之後，妾必自來。萬勿輕易漏洩，始可歡好得長久耳。」蔣生道：「遠鄉孤客，一見芳容，想慕欲死。雖然夢寐相遇，還道仙凡隔遠，豈知荷蒙不棄，垂盼及於鄙陋，得以共枕同衾，極盡人間之樂。小生今日就死也瞑目了。何況金口分付，小生敢不記心。小生自此足不出戶，口不輕言，只呆呆守在房中，等到夜間，候小姐光降相聚便了。」天未明，小姐起身，再三計約了夜間，然後別去。

蔣生自想，真如遇仙，胸中無限快樂，只不好告訴得人。小姐夜來明去，蔣生守著分付，果然輕易不出外一步，惟恐露出形跡，有負小姐之約。蔣生少年，固然精神健旺，竭力縱慾，不以為疲。當得那小姐深自知味，一似能征慣戰的一般，一任顛鸞倒鳳，再不推辭，毫無厭足。蔣生倒時時有怯敗之意，那小姐竟像不要睡的，一夜何曾休歇！蔣生心愛得緊，見他如此高興，道是深閨少女，乍知男子之味，又兩情相得，所以毫不避忌，儘著性子，喜歡做事。難得這樣真心，一發快活。惟恐奉承不周，把個身子不放在心上，拚著性命做，就一下走了陽，死了也罷了。弄了多時，也覺有些倦怠，面顏看看憔悴起來。正是：

⓮ 劉阮入天臺：指東漢劉晨和阮肇入天臺山，採藥遇二仙女故事。相處半年，求歸，至家，子孫已歷七世。太康（晉武帝年號）八年（相當西元二八七年）又失二人所在。

二八佳人體如酥，　腰間仗劍斬愚夫。
雖然不見人頭落，　暗裏教君骨髓枯。

且說蔣生同伴的朋友，見蔣生時常日裏閉門昏睡，少見出外。有時略略走得出來，呵欠連天，像夜間不曾得睡一般。又不曾見他搭伴夜飲，或者中了宿酲，又不曾見他妓館留連，或者害了色病。不知為何如此？及來牽他去那裏喫酒宿娼，未到晚必定要回店中，並不肯少留在外邊一更二更的。眾人多各疑心道：「這個行徑必然心下有事的光景，想是背著人做了些甚麼不明的勾當了。我們相約了，晚間候他動靜，是必要捉破他。」當夜天色剛晚。小姐已來。蔣生將他藏好。恐怕同伴疑心，反走出來談笑一會，同喫些酒。直等大家散了，然後關上房門，進來與小姐上床。上得床時，那交歡高興，弄得你死我活，哼哼嚬嚬的聲響，也顧不得傍人聽見。又且無休無歇，外邊同伴竊聽的道：「蔣駙馬不知那裏私弄個婦女在房裏受用，這等久戰？」站得不耐煩，一個個那話兒直豎起來，多是出外久了的人，怎生禁得？各自歸房，有的硬忍住了，有的放了手銃，自去睡了。

次日起來，大家道：「我們到蔣駙馬房前守他，看甚麼人出來？」走在房外，房門虛掩，推將進去。蔣生自睡在床上，並不曾有人。眾同伴疑道：「那裏去了？」蔣生故意道：「甚麼那裏去了？」同伴道：「昨夜與你弄那話兒的。」蔣生道：「何曾有人？」同伴道：「我們眾人多聽得的，怎麼混賴得？」蔣生道：「你們見鬼了！」同伴道：「我們不見鬼，只怕你著鬼了。」蔣生道：「我如何著鬼？」同伴道：「晚間與人幹那話。聲響外聞，早來不見有人，豈非是鬼？」蔣生曉得他眾人夜來竊聽了，虧得小姐起身得早，去得無跡，不被他們看見，實為萬幸。一時把說話支吾道：「不瞞眾兄說，小生少年出外，鰥曠日久，晚來上床，忍制不過，學作交歡之聲，以解慾火。其實只是自家喉急的光景，不是真有個人在裏面交合。說著甚是惶恐，眾兄不必疑心！」同伴道：「我們也多是喉急的人，若果是如此，有甚惶恐？只不要著了甚麼邪妖？便不是耍事。」蔣生道：「並無此事，眾兄放心。」同伴似信不信的也不說了。

只見蔣生漸漸支持不過，一日疲倦似一日，自家也有些覺得了。同伴中有一個姓夏的名良策，與蔣生最是相愛。見蔣生如此，心裏替他耽憂。特來對他說道：「我與你出外的人，但得平安，便為大幸。今仁兄面黃肌瘦，精神恍惚，語言錯亂。及聽兄晚間房中，每每與人切切私語，此必有作怪蹺蹊的事。仁兄不肯與我每明言，他日定要做出事來，性命干係，非同小可。可惜這般少年，葬送在他鄉外府，我輩何忍！況小弟蒙兄至愛，有甚麼勾當，便對小弟說說，斟酌而行也好。何必相瞞！小弟賭個咒，不與人說就是了。」蔣生見夏良策說得痛切，只得與他實說道：「兄意思真懇，小弟實有一件事，不敢瞞兄。此間主人馬少卿的小姐，與小弟有些緣份，夜夜自來歡會。兩下少年，未免情慾過度。小弟不能堅忍，以致生出疾病來。然小弟性命還是小事，若此風聲一露，那小姐性命也不可保了。再三叮囑小弟慎口，所以小弟只不敢露。今雖對仁兄說了，仁兄萬勿漏洩！使小弟有負小姐。」夏良策大笑道：「仁兄差矣！馬家是鄉宦人家，重垣峻壁，高門邃宇，豈有女子夜夜出得來！況且旅館之中，眾人雜沓，女子來來去去，雖是深夜，難道不隄防人撞見？此必非他家小姐可知了。」蔣生道：「馬家小姐我曾認得的，今分明是他，再有何疑？」夏良策道：「聞得此地慣有狐妖，善能變化惑人。仁兄所遇，必是此物。仁兄今當謹慎自愛。」蔣生那裏肯信。夏良策見他迷而不悟，躊躇了一夜。心生一計道：「我直教他識出蹤跡來，方纔肯住手。」只因此一計，有分交：

深山妖牝，難藏醜穢之形；幽室香軀，陡變溫柔之質。用著那神仙洞裏千年草，成就了卿相門中百歲緣。

且說蔣生心神惑亂，那聽好言！夏良策勸他不轉來，對他道：「小弟有一句話，不礙兄事的。兄是必依小弟而行。」蔣生道：「有何事教小弟做？」夏良策道：「小弟有件物事，甚能分別邪正。仁兄等那人今夜來時，把來贈他拿去。若真是馬家小姐也自無妨。若不是時，須有認得他處，這卻不礙仁兄事的。仁兄當以性命為重，自家留心便了。」蔣生道：「這個卻使得。」夏良策就把一個粗蔴布袋，袋著一包東西，遞與蔣生。蔣生收在袖中，夏良策再三叮囑道：「切不可忘了！」蔣生不知何意，但自家心裏也有些疑心，便打點依他所言，試一試看，料也無礙。是夜小姐到來，歡會了一夜，將到天明去時，蔣生記得夏良策所囑，便將此袋出來。贈他道：「我有些少物事送與小姐，拿去且到閨閣中，慢慢自看。」那小姐也不問是甚麼物件，見說送他的，欣然拿了就走，自出店門去了。蔣生睡到日高，披衣起來。只見床面前多是些碎芝蔴粒兒，一路出去灑到外邊。蔣生恍然大悟道：「夏兄對我說，此囊中物，能別邪正，元來是一袋芝蔴。芝蔴那裏是辨別得邪正的？他以粗蔴布為袋，明是要他撒將出來，就此可以認得他來蹤去跡，這個就是教我辨別邪正了。我而今跟著這芝蔴蹤跡尋去，好歹有個住處，便見下落。」蔣生不說與人知，只自心裏明白，逐步暗暗看地上有芝蔴處便走，眼見得不到馬家門上，明知不是他家出來的人了。紆紆曲曲穿林過野，芝蔴不斷，一直跟尋到大別山⑮下，見山中有個洞口，芝蔴從此進去。蔣生曉得有些咤異，擔著一把汗，望洞口走進。果見一個牝狐，身邊放著一個芝蔴布袋兒，放到頭在那

⑮大別山：湖北省的東南，位於河南安徽湖北交界處，抗戰時為游擊根據地。

裏鼾睡。

幾轉雌雄坎與離，　皮囊改換使人迷。
此時正作陽臺夢，　還是為雲為雨時。

蔣生一見大驚，不覺喊道：「來魅吾的，是這個妖物呀！」那狐性極靈，雖然睡臥，甚是警醒。一聞人聲，倏把身子變過，仍然是個人形。蔣生道：「吾已識破，變來何幹？」那狐走向前來，執著蔣生手道：「郎君勿怪！我為你看破了行藏，也是緣分盡了。」蔣生見他仍復舊形，心裏老大不捨。那狐道：「好教郎君得知，我在此山中修道，將有千年。專一與人配合雌雄，鍊成內丹。向見郎君韶麗，正思借取元陽，無門可入。卻得郎君鍾情馬家女子，思慕真切，故爾倣倣其形，特來配合。一來助君之歡，二來成我之事。今形跡已露，不可再來相陪，從此永別了。但往來已久，與君不能無情。君身為我得病，我當為君治療。那馬家女子，君既心愛，我又假托其貌，邀君恩寵多時，我也不能恝然。當為君謀取，使為君妻，以了心願，是我所以報君也。」說罷，就在洞中手擷出一般希奇的草來，束做三束，對蔣生道：「將此頭一束，煎水自洗，當使你精完氣足，壯健如故。這第二束，將去悄地撒在馬家門口暗處，馬家女子即時害起癩病來。然後將這第三束去煎水與他洗濯，這癩病自好，女子也歸你了。新人相好時節，莫忘我做媒的舊情也。」遂把三束草，一一交付蔣生，蔣生收好。那狐又分付道：「慎之！慎之！莫對人言！我亦從此逝矣。」言畢，依然化為狐形，跳躍而去，不知所往。蔣生又驚又喜，謹藏了三束草走歸店中來，叫店家燒了一鍋水，悄地放下一束草，煎成藥湯。是夜將來自洗一番，果然神氣開爽，精力陡健，沈睡一宵。次日，將鏡一照，那些萎黃之色，一毫也無了。方知仙草靈驗，謹閟其言，不向人說。夏良策來問昨日蹤跡，蔣生推道：「尋至水邊已住，不可根究，想來是個怪物，我而今看破，不與他往來便了。」夏良策見他容顏復舊，便道：「兄心一正，病色便退，可見是個妖魅。今不被他迷了，便是好了。連我也得放心。」蔣生口裏稱謝，卻不把真心說出來。只是一依狐精之言，密去幹著自己的事。將著第二束草，守到黃昏人靜後，走去馬少卿門前向戶檻底下墻角暗處，各各撒放停當，自回店中，等待消息。不多兩日，紛紛傳說，馬家雲容小姐生起癩瘡來。初起時不過二三處，雖然嫌憎，還不十分在心上。漸漸渾身癩發，但見：

腥臊遍體，臭味難當。玉樹亭亭，改做魚鱗皴皺；花枝嫋嫋，變為蠹蝕纍堆。癢動處不住爬搔，滿指甲霜飛雪落；痛來時豈勝啾唧，鎮朝昏抹淚揉眵。誰家女子恁般撐？聞道先儒以為癩。

馬家小姐忽患癩瘡，皮癢膿腥，痛不可忍。一個絕色女子，弄成人間厭物。父母無計可施，小姐求死不得。請個外科先生來醫，說得甚不值事，敷上藥去就好。依言敷治，過了一會，渾身針刺，卻像剝他皮下來一般疼痛，頃刻也熬不得，只得仍舊洗掉了。又有內科醫家前來處方，說是：「內裏服藥，調得血脈停當，風氣開散，自然痊可。只是外用敷藥，這叫得治標，決不能除根的。」聽了他把煎藥日服兩三劑，落得把脾胃盪壞了，全無功效。外科又爭說：「是他專門，必竟要用擦洗之藥。」內科又說：「是肺經受風，必竟要喫消風散毒之劑。」落得做病人不著，挨著疼痛，熬著苦水，今日換方，明日改藥。醫生相罵了幾番，你說我無功，我說你沒用，總歸沒帳。馬少卿大張告示在外：「有人能醫得痊癒者，贈銀百兩。」這些醫生看了告示，只好噤啞，真是孝順郎中⑯，也算做竭盡平生之力，查盡秘藏之書，

⑯ 郎中：吳語，稱醫生做「郎中」或「郎中先生」。

再不曾見有些小效處。小姐已是十死九生，只多得一口氣了。馬少卿束手無策，對夫人道：「女兒害著不治之症，已成廢人。今出了重賞，再無人能醫得好。莫若捨了此女，待有善醫此症者，即將女兒與他為妻，倒賠粧奩，招贅入室。我女兒頗有美名，或者有人慕此，獻出奇方來救他，也未可知。就未必門當戶對，譬如女兒害病死了。就是不死，這樣一個癩人，也難嫁著人家。還是如此，庶幾有望。」遂大書於門道：

小女雲容染患癩疾，一應人等能以奇方奏效者，不論高下門戶，遠近地方，即以此女嫁之，贅入為壻，立此為照！

蔣生在店中，已知小姐病癩出榜招醫之事，心下暗暗稱快。然未見他說到婚姻上邊，不敢輕易兜攬。只恐遠地客商，他日便醫好了，只有金帛酬謝，未必肯把女兒與他。故此藏著機關，靜看他家事體。果然病不得痊，換過榜文，有醫好招贅之說。蔣生撫掌道：「這番老婆到手了。」即去揭了門前榜文，自稱能醫。門公見說，不敢遲滯，立時奔進通報。馬少卿出來相見，見了蔣生一表非俗，先自喜歡。問道：「有何妙方？可以醫治。」蔣生道：「小生原不業醫，曾遇異人傳有仙草，專治癩疾，手到可以病除。但小生不慕金帛，惟求不爽榜上之言，小生自當效力。」馬少卿道：「下官止此愛女，德容俱備。不幸忽犯此疾，已成廢人。若得君子施展妙手，起死回生，榜上之言，豈可自食？自當以小女餘生，奉侍箕箒⑰。」蔣生道：「小生原籍浙江，遠隔異地，又是經商之人，不習儒業，只恐有玷門風。今日小姐病

⑰ 箕箒：見漢書，呂公謂高祖曰：「臣有息女，願為箕箒妾。」言司灑掃之事，乃謙辭，實即表示「嫁之為妻」的意思。

癲消滅，所以捨得輕許。他日醫好復舊，萬一悔卻前言，小生所望，豈不付之東流！先須說得明白。」馬少卿道：「江浙名邦，原非異地。經商亦是善業，不是賤流。看足下器體，亦非以下之人，何況有言在先！遠近高下，皆所不論。只要醫得好，下官忝在縉紳，豈為一病女，就做爽信之事？足下但請用藥，萬勿他疑！」蔣生見說得的確，就把那一束草叫煎起湯來，與小姐洗澡。小姐聞得藥草之香，已自心中爽快。到得傾下浴盆，通身澡洗，可煞作怪，但是湯到之處，疼的不疼，癢的不癢，透骨清涼，不可名狀。小姐把膿污抹盡，出了浴盆，身子輕鬆了一半。眠在床中一夜，但覺瘡痂漸落，粗皮層層脫下來，過了三日，完全好了。再復清湯浴過一番，身體瑩然如玉，比前日更加嫩相。馬少卿大喜，去問蔣生下處，原來就住在本家店中。即人著請得蔣生過家中來，打掃書房與他安下。只要揀個好日，就將小姐贅他。蔣生不勝之喜，已在店中把行李搬將過來，住在書房，等候佳期。馬家小姐心中感激蔣生：救好他病，見說就要嫁他，雖然情願，未知生得人物如何，叫梅香探聽。元來即是曾到家裏賣過綾絹的客人，多曾認得他，面龐標致的，心裏就放得下。吉日已到，馬少卿不負前言，主張成婚。兩下少年，多是美麗人物，你貪我愛，自不必說。

但蔣生未成婚之先，先有狐女假扮，相處過多時，偏是他熟認得的了。一日馬小姐說道：「你是別處人，甚氣力到得我家裏？天教我生出這個病來，成就這段姻緣。那個仙方是我與你的媒人，誰傳與你的？不可忘了。」蔣生笑道：「是有一個媒人，而今也沒謝他處了。」小姐道：「你且說是那個，今在何處？」蔣生不好說是狐精，捏個謊道：「只為小生曾瞥見小姐芳容，眠思夢想，寢食俱廢。心意志誠了，感動一位仙女，假托小姐容貌，來與小生往來了多時。後被小生識破，他方纔說，果然不是真小姐。

小姐應該目下有災，就把一束草，教小生來救小姐。說當有姻緣之分，今果應其言，可不是個媒人？」小姐道：「怪道你見我像舊識一般。元來曾有人假過我的名來。而今在那裏去了？」蔣生道：「他是仙家，一被識破，就不再來了。知他在那裏？」小姐道：「幾乎被他壞了我名聲，卻也虧他救我一命，成就我兩人姻緣，還算做個恩人了。」蔣生道：「他是個仙女，恩與怨總不挂在心上。只是我和你合該做夫妻，遇得此等仙緣，稱心滿意。但愧小生不才，有屈了小姐耳。」小姐道：「夫妻之間，不要如此說。況我是垂死之人，你起死回生的大恩，正該終身奉侍君子，妾無所恨矣。」自此如魚似水，蔣生也不思量回鄉，就住在馬家終身夫妻偕老，這是後話。

那蔣生一班兒同伴，見說他贅在馬少卿家了。多各不知其繇，惟有夏良策曾見蔣生說著馬小姐的話，後來道是妖魅的假托，而今見真個做了女壻，也不明白他備細。多來與蔣生慶喜，夏良策私下細問根繇，蔣生瞞起用草生癩一段話，只說前日假托馬小姐的，是大別山狐精，後被夏兄粗布芝蔴之計，追尋蹤跡，認出真形，他贈此藥草，教小弟去醫好馬小姐就有姻緣之分。小弟今日之事，皆狐精之力也。眾人見說多稱奇道：「一向稱兄為蔣駙馬，今仁兄在馬口地方作客，住在馬月溪店，竟為馬少卿家之壻，不脫一個『馬』字，可知也是天意，生出這狐精來，成就此一段姻緣。駙馬之稱，便是前讖了。」大家相傳以為佳話。有等痴心的，就恨怎生我偏不撞著狐精？得有此奇遇。妄想得一個不耐煩。有詩為證：

人生自是有姻緣，　得遇靈狐亦偶然。
妄意洞中三束草，　豈知月下赤繩牽？

卷三十　瘞遺骸王玉英配夫　償聘金韓秀才贖子

詩曰：

　　晉世曾聞有鬼子，　　今知鬼子乃其常。
　　既能成得雌雄配，　　也會生兒在冥壤。

話說國朝隆慶❶年間，陝西西安府有一個易萬戶，以衛兵入屯京師。同鄉有個朱工部相與得最好，兩家夫人各有娠孕。萬戶與工部偶在朋友家裏同席，一時說起，就兩下指腹為婚。依俗禮各割衫襟，彼此互藏，寫下合同文字為定。後來工部建言，觸忤了聖旨，欽降為四川瀘州❷州判❸。萬戶陞了邊上參將❹，各奔前程去了。

萬戶這邊生了一男，傳聞朱家生了一女。相隔既遠，不能勾圖完前盟。過了幾時，工部在謫所水土不服，全家不保。剩得一兩個家人，投托著在川中做官的親眷，經紀得喪事回鄉，殯葬在郊外。其時萬

❶ 隆慶：明穆宗年號，相當西元一五六七－一五七二年。
❷ 瀘州：今四川瀘縣。
❸ 州判：即「州判官」之略。明代置為州的佐吏，看事情繁簡決定，無定員。
❹ 參將：武官名，明置，俗稱參戎，位次副將。

戶也為事革任回衛，身故在家了。

萬戶之子易大郎，年已長大，精熟武藝，日夜與同伴馳馬較射。一日，正在角逐之際，忽見草間一兔騰起，大郎舍了同伴，挽弓趕前。趕到一個人家門口，不見了兔兒，望內一看，元來是一所大宅院。宅內一個長者走出來，衣冠偉然，是個士大夫模樣。將大郎相了一相，道：「此非易郎麼？」大郎見是認得他的，即下馬相揖。長者挽了大郎之手，步進堂內來，重見過禮，即分付裏面治酒相款。酒過數巡，易大郎請問長者姓名。長者道：「老夫與易郎葭莩❺不薄，老夫教易郎看一件信物。」隨叫書僮在裏頭取出一個匣子來，送與大郎開看。大郎看時，內有羅衫一角，文書一紙，合縫押字半邊，上寫道：

朱易兩姓，情既斷金❻，家皆種玉。得雄者為壻，必諧百年。背盟者天厭之，天厭之！

隆慶某年月日朱某易某書，坐客某某為證。

大郎仔細一看，認得是父親萬戶親筆，不覺淚下交頤。只聽得後堂傳說：「孺人同小姐出堂。」大郎擡眼看時，見一個年老婦人，珠冠緋袍，擁一女子，嫋嫋婷婷，走出廳來。那女子真色澹容，蘊秀艷麗，世上所未曾見。長者指了女子對大郎道：「此即弱息，尊翁所訂以配君子者也。」大郎拜見孺人已過，對長者道：「極知此段良緣，出於先人成命，但媒妁未通，禮儀未備，奈何？」長者道：「親口交盟，何須執伐？至於儀文末節，更不必計較。郎君倘若不棄，今日即可就甥館❼，萬勿推辭！」大郎此時意

❺葭莩：舊稱戚誼做「葭莩」。

❻斷金：指雙方同心之意，見易繫辭云：「二人同心，其利斷金。」

❼甥館：孟子萬章：「舜尚見帝，帝館甥於貳室。」「甥」即「女夫」。因此後世稱贅壻所居之室做「甥館」。

亂心迷，身不自由。女子已進去粧梳。須臾出來行禮，花燭合巹，悉依家禮儀節。是夜送歸洞房，兩情歡悅，自不必說。正是歡娛夜短，大郎匆匆一住數月，竟不記得家裏了。

一日忽然念著道：「前日騾馬到此，路去家不遠，何不回去看看就來？」把此意對女子說了，女子稟知父母，那長者與孺人堅意不許。大郎問女子道：「岳父母為何不肯？」女子垂淚道：「只怕你去了不來。」大郎道：「那有此話！我家裏不知我在這裏，我回家說聲就來。一日內的事，有何不可？」女子只不應允。大郎見他作難，就不開口。又過了一日，大郎道：「我馬閒著，久不騎坐，只怕失調了。我須騎出去盤旋一回。」其家聽信，大郎走出門，一上了馬，加上數鞭，那馬四腳騰空，一跑數里。馬上回頭看那舊處，何曾有甚麼莊院？急盤馬轉來一認，連人家影跡也沒有，但見群塚纍纍，荒藤野蔓而已。歸家昏昏了幾日，纔與朋友們說著這話，有老成人曉得的道：「這兩家割襟之盟，果是有之，但工部舉家已絕，郎君所遇，乃其幽宮❽，想是夙緣未了，故有此異。幽明各路，不宜相侵，郎君勿可再往！」大郎聽了這話，又眼見奇怪，果然不敢再去。

自到京師襲了父職回來，奉上司檄文，管署衛印事務。夜出巡堡，偶至一處，忽見前日女子懷抱一小兒迎上前來道：「易郎認得妾否？郎雖忘妾，襁❾中之兒，誰人所生？此子有貴徵，必能大君門戶，今以還郎，撫養他成人，妾亦籍手不負於郎矣。」大郎念著前情，不復顧忌，抱那兒子一看，只見眉清目秀，甚是可喜。大郎未曾娶妻有子的，見了好個孩兒，豈不快活？走近前去，要與那女子重敘離情，

❽ 幽宮：指「墳墓」。

❾ 襁：「襁」是絡負於小兒背上的褙帶，寬八寸，長一丈二尺。

再說端的。那女子忽然不見，竟把懷中之子，掉下去了。大郎帶了回來，後來大郎另娶了妻，又斷絃，再續了兩番，立意要求美色。娶來的皆不能如此女之貌，又絕無生息。惟有得此子長成，勇力過人，兼有雄略。大郎因前日女子有「大君門戶」之說，見他不凡，深有大望。一十八歲了，大郎倦於戎務，就讓他襲了職，以累建奇功，累官至都督，果如女子之言。

這件事全似晉時范陽盧充與崔少府女金椀幽婚之事，然有地有人，不是將舊說附會出來的。可見姻緣未完，幽明配合，鬼能生子之事，往往有之。這還是目前的鬼魂氣未散，更有幾百年鬼也會與人生子，做出許多話柄來，更為奇絕。要知此段話文，先聽幾首七言絕句為證：

洞裏仙人路不遙　洞庭烟雨晝瀟瀟原註「兩洞字犯。」

莫教吹笛城頭閣　尚有銷魂烏鵲橋其一

莫訝鴛鸞會有緣　桃花結子已千年

塵心不識藍橋路　信是蓬萊有謫仙其二

朝暮雲驂闋楚關　青鸞信不斷塵寰

乍逢仙侶拋桃打　笑我清波照霧鬟其三

這三首乃女鬼王玉英憶夫韓慶雲之詩。那韓慶雲是福建福州府福清縣的秀才，他在本府長樂縣藍田石尤嶺地方開館授徒。一日散步嶺下，見路傍有枯骨在草叢中，心裏惻然道：「不知是誰人遺骸，暴露在此？吾聞收掩胔骼，仁人之事。今此骸無主，吾在此間開館，既為吾所見，即是吾責了。」就歸向鄰家借了鋤钁畚鍤之類，又沒個人幫助，親自動手，瘞埋停當，撮土為香，滴水為酒，以安他魂靈，致敬而去。

是夜獨宿書館，忽見籬外畢畢剝剝，敲得籬門響。韓生起來，開門出看，乃是一個端麗女子。韓生慌忙迎揖。女子道：「且到尊館，有話奉告。」韓生在前引導，同至館中。女子道：「妾姓王，名玉英，本是楚中湘潭人氏。宋德祐年間，父為閩州守將，兵禦元人，力戰而死。妾不肯受胡虜之辱，死此嶺下。當時人憐其貞義，培土掩覆。經今二百餘年，骸骨偶出，蒙君埋藏，恩最深重，深夜來此，欲圖相報。」韓生道：「掩骸小事，不足挂齒，人鬼道殊，何勞見顧。」玉英道：「妾雖非人，然不可謂無人道。君是讀書之人，幽婚冥合之事，世所常有。妾蒙君葬埋，便有夫妻之情，況夙緣甚重，願奉君枕席，幸勿為疑。」韓生孤館寂寥，見此美婦，雖然明說是鬼，然行步有影，衣衫有縫，濟濟楚楚，絕無鬼意。又且說話明白可聽，能不動心，遂欣然留與同宿，交感之際，一如人道，毫無所異。

韓生與之相處一年有餘，情同伉儷。忽一日對韓生道：「妾於去年七月七日與君交接，已受娠，今當產了。」是夜即在館中產下一兒。初時韓生與玉英往來，俱在夜中，生徒俱散，無人知覺。今已有子，雖是玉英自己乳抱，卻是嬰兒啼聲，瞞不得人許多，漸漸有人知覺，但亦不知「女子是誰？嬰兒是誰？」沒個人家主名，也沒人來查他細帳。只好胡猜亂講，總無實據。傳將開去，韓生的母親也知道了。對韓生道：「你山間處館，恐防妖魅，外邊傳說，你有私遇的事，果是這麼樣的？可實對我說。」韓生把掩骸相報，及玉英姓名說話，備細述一遍。韓母驚道：「依你說來，是個多年之鬼了，一發可慮。」韓生道：「說也奇怪，雖是鬼類，實不異人，已與兒生下一子了。」韓母道：「不信有這話！」韓生道：「兒豈敢造言欺母親。」韓母道：「果有此事，我未有孫，正巴不得要個孫兒。你可抱歸來與我看一看。方信你言是真。」韓生道：「待兒與他說著。」果將母親之言說知。玉英道：「孫子該去見婆婆，只是兒受陽氣尚淺，未可便與生人看見，待過幾時再處。」韓生回覆母親，韓母不信，定要捉破他蹤跡，不與兒子說知，忽一日，自己魆地到館中來。玉英正在館中樓上，將了菓子餵著兒子。韓母一直闖將上樓去。玉英望見有人，即抱著兒子，從窗外逃走。餵兒的菓子，多遺棄在地。看來像是蓮肉，拾起仔細一看，元來是蜂房中白子。韓母大驚道：「此必是怪物。」教兒子切不可再近他。韓生口中唯唯，心下實捨不得。等得韓母去了，玉英就來對韓生道：「我因有此兒在身，去來不便。今婆婆以怪物疑我，我在此也無顏。我今抱了他回故鄉湘潭去，寄養在人間，他日相會罷。」韓生道：「相與許久，如何舍得離別？相念時節，教小生怎生過得？」玉英道：「我把此兒寄養了，自身去來繇我。今有二竹筊留在君所，倘若相念，及有甚麼急事，要相見，只把兩筊相擊，我當自至。」說罷，即飄然而去。

玉英抱此兒，到了湘潭，寫七字在兒衣帶上道：「十八年後當來歸。」又寫他生年月日在後邊了，棄在河傍。湘潭有個黃公，富而無子，到河邊遇見，拾了回去，養在家裏。玉英已知，來對韓生道：「兒已在湘潭黃家，吾有書在衣帶上，以十八年為約，彼時當得相會，一同歸家。今我身無累，可以任從去來了。」此後韓生要與玉英相會，便擊竹筊。玉英既來，凡有疾病禍患，與玉英言之，無不立解。甚至他人禍福，玉英每先對韓生說過，韓生與人說，立有應驗。外邊傳出去，盡道韓秀才遇了妖邪，以妖言惑眾。恰好其時主人有女淫奔於外，又有疑韓生所遇之女，即是主人家的。弄得人言肆起，韓生聲名頗不好聽。玉英知道，說與韓生道：「本欲相報，今反相累。」漸漸來得希疎，相期一年，只來一番，來必以七夕為度。韓生感其厚意，竟不再娶。如此一十八年，玉英來對韓生道：「衣帶之期已至，豈可不去一訪之！」韓生依言，告知韓母，遂往湘潭。正是：

阮修倡論無鬼，　豈知鬼又生人。

昔有尋親之子，　今為尋子之親。

且說湘潭黃翁一向無子，偶至水濱，見有棄兒在地，抱取回家。看見眉清目秀，聰慧可愛，養以為子。看那衣帶上面有「十八年後當來歸」七字，心裏疑道：「還是人家嫡妾相忌，沒奈何拋下的？還是人家生得兒女多了，怕受累棄著的？既已拋棄，如何又有十八年之約？此必是他父母既不欲留，又不忍舍，明白記著，寄養在人家，他日必來相訪。我今現在無子，且收來養著。到十八年後，再看如何。」黃翁自拾得此兒之後，忽然自己連生二子，因將所拾之兒，取名鶴齡；自己二子分開他二字，一名鶴算，一名延齡。一同送入學堂讀書。鶴齡敏慧異常，過目成誦；二子雖然也好，總不及他。總丱之時，三人一同游庠。黃翁歡喜無盡，也與二子一樣相待，毫無差別。二子是老來之子，黃翁急欲他早成家室，目前生孫。十六七歲多與他畢過了姻。只有鶴齡因有衣帶之語，怕父母如期來訪，未必不要歸宗，是以獨他遲遲未娶。卻是黃翁心裏過意不去道：「為我長子，怎生反未有室家？」先將四十金與他定了里中易氏之女。那鶴齡也曉得衣帶之事，對黃翁道：「兒自幼蒙撫養深恩，已為翁子；但本生父母，既約得有期，豈可娶而不告？雖蒙聘下妻室，且待此期已過，父母不來，然後成婚，未為遲也。」黃翁見他講得有理，只得憑他。既到了十八年，多懸懸望著，看有甚麼動靜。

一日有個福建人在街上與人談星命，訪得黃翁之家，求見黃翁，黃翁心裏指望二子，立刻科名，見是星相家，無不延接。聞得遠方來的，疑有異術，遂一面請坐，將著二子年甲，央請推算。談星的假意推算了一回，指著鶴齡的八字，對黃翁道：「此不是翁家之子，他生來不該在父母身邊的，必得寄養出外，方可長成。及至長成之後，即要歸宗，目下已是其期了。」黃公見他說出真底實話，面色通紅道：「先生好胡說！此三子皆我親子，怎生有寄養的話說！況說的更是我長子，承我宗祧，那邊還有宗可歸處？」談星的大笑道：「老翁豈忘衣帶之語乎？」黃翁不覺失色道：「先生何以知之？」談星的道：「小生非他人，即是十八年前棄兒之韓秀才也。恐翁家不承認，故此假扮做談星之人，來探蹤跡。今既在翁家，老翁必不使此子昧了本姓。」黃翁道：「衣帶之約，果然是真，老漢豈可昧得！況我自有子，便一日身亡，料已不填溝壑，何必賴取人家之子！但此子為何見棄？乞道其詳。」韓生道：「說來事涉怪異，不好告訴。」黃翁道：「既有令郎這段緣契，便是自家骨肉，說與老夫知道，也好得知此子本末。」韓生道：「此子之母，非今世人，乃二百年前貞女之魂也。此女在宋時，父為閫官禦敵失守，全家死節，其魂不泯，與小生配合生兒。因被外人所疑，他說家世湘潭，將來貴處寄養，衣帶之字，皆其親書。今日小生到此，也是此女所命，不想果然遇著，敢請一見。」黃翁道：「有如此作怪異事！想令郎出身如此，必當不凡。今令郎與小兒，共是三兄弟，同到長沙應試去了。」韓生道：「小生既遠尋到此，就在長沙，也要到彼一面。只求老翁念我天性父子，恩使歸宗，便為萬幸。」黃翁道：「父子至親，誼當使君還珠❿。況是足下冥緣，豈可間隔，但老夫十八年撫養已不必說，只近日下聘之資，也有四十金。子既已歸足下，此聘金須得相還。」韓生道：「老翁恩德難報，至於聘金，自宜奉還。容小生見過小兒之後，歸與其母計之，必不敢負義也。」

❿ 還珠：後漢孟嘗為合浦太守，珠之他徙者復還。後世用來譬喻「物歸原地或原主」。

韓生就別了黃翁，徑到長沙訪問黃翁之子應試的下處。已問著了，就寫一帖傳與黃翁大兒子鶴齡。帖上寫道：「十八年前與聞衣帶事人韓某。」鶴齡一見衣帶說話，感動於心，驚出請見，道：「足下何處人氏？何以知得衣帶事體？」韓生看那鶴齡時：

年方弱冠，體不勝衣。清標固稟父形，媽質猶同母貌。恂恂儒雅，盡道是十八歲書生；邈邈源流，豈知乃二百年鬼子！

韓生看那鶴齡模樣，儼然與王玉英相似，情知是他兒子。遂答道：「小郎君可要見寫衣帶的人否？」鶴齡道：「寫衣帶之人，非吾父即吾母，原約在今年，今足下知其人，必是有的信，望乞見教。」韓生道：「寫衣帶之人，即吾妻王玉英也。若要相見，先須認得我。」鶴齡見說，知是其父，大哭抱住道：「果是吾父，如何捨得棄了兒子一十八年？」韓生道：「汝母非凡女，乃二百年鬼仙，與我配合生兒，因乳養不便，要寄托人間。汝母原籍湘潭，故將至此地。我實福建秀才，與汝母姻緣也在福建。今汝若不忘本生父母，須別了此間義父，還歸福建為是。」鶴齡道：「吾母如今在那裏？兒也要相會。」韓生道：「汝母倏去倏來，本無定所，若要相會，也須到我閩中。」鶴齡至性所在，不勝感動。兩弟鶴算、延齡在旁邊聽見說著要他歸福建說話，少年心性，不覺大怒起來道：「那裏來這野漢！造此不根之談，來誘哄人家子弟！說著不達道理的說話。好端端一個哥哥，卻教他到福建去，有這樣胡說的！」那家人每見說，也多嗔怪起來，對鶴齡道：「大官人不要聽這個游方人，他每專打聽著人家事體，來撰造是非，哄誘人的。」不管三七二十一，扯的扯，推的推，要搡他出去。韓生道：「不必囉唣！我已在湘潭見過了你老主翁，他只要完得聘金四十金，便可贖回，還只是我的兒子。你們如何胡說！」眾人那裏聽他，只是推他出去為淨。鶴齡心下不安，再三戀戀，眾人也不顧他。兩弟狠狠道：「我兄無主意，如何與這些閒棍講話？饒他一頓打，便是人情了。」鶴齡道：「衣帶之語，必非虛語。此實吾父來尋盟，他說道曾在湘潭見過爹爹來，回去到家裏必知端的。」鶴算、延齡兩個與家人只是不信，管住了下處門首，再不放進去與鶴齡相見了。

韓生自思兒子，雖得見過，黃家婚聘之物，理所當還。今沒個處法還得他，空手在此一年也無益，莫要想得兒子歸去。不如且回家去再做計較。心裏主意未定，到了晚間，把竹筴擊將起來。王玉英即至。韓生因說著已見兒子，黃家要償取聘金，方得贖回的話。玉英道：「聘金該還，此間未有處法，不如且回閩中，別圖機會。易家親事，亦是前緣，待處了聘金，再到此地，完成其事，未為晚也。」韓生因此決意回閩，一路浮湘涉湖，但是波浪險阻，玉英便到舟中護衛，至於盤纏缺乏，也是玉英暗地資助，得以到家。到家之日，里鄰驚駭，道是韓生向來遇妖，許久不見，是被妖魅拐到那裏去，必然喪身在外，不得歸來了。今見好好還家，以為大奇。平日往來的，多來探望。韓生因為眾人疑心壞了他，見來問的，索性一一把實話，從頭至尾備述與人，一些不瞞。眾人見他不死，又果有兒子在湘潭，方信他說話是實。反共說他遇了仙緣，多來慕羨他；不認得的，盡想一識其面。有問韓生為何不領了兒子歸來？他把聘金未曾還得，湘潭養父之家不肯的話說了。有好事的多願相助。不多幾時，湊上了二十餘金，尚少一半。夜間擊筴，與王玉英商量。玉英道：「既有了一半，你只管起身前去，途中有湊那一半之處。」

韓生隨即動身，到了半路，在江邊一所古廟邊經過，玉英忽來對韓生道：「此廟中神廚裏坐著，可得二十金，足還聘金了。」韓生依言，泊船登岸，走入廟裏看時，只見：

廟門頹敗，神路荒涼。執撾的小鬼無頭；拿簿的判官落帽。庭中多獸迹，狐狸在此宵藏；地上少人蹤，魍魎投來夜宿。存有千年香火樣，何曾一陌紙錢飄！

韓生到神廚邊揭開帳幔來看，灰塵堆來有寸多厚。心裏道：「此處那裏來的銀子？」然想著玉英之言，未曾有差，且依他說話，爬上去蹲在廚裏。喘息未定，只見一個人慌慌忙忙走將進來，將手在案前香爐裏亂擡，擡罷，對著神道聲喏道：「望菩薩遮蓋遮蓋，所罰之咒，不要作准。」又見一個人在外邊嚷進來道：「你欺心！偷過了二十兩銀子，打點混賴，我與你此間神道面前罰個咒。罰得咒出，便不是你。」先來那個人便對著神道口裏念誦道：「我若偷了銀子，如何如何。」後來這個人見他賭得咒出，遂放下臉子道：「果是與你無干，不知在那裏錯去了。」先來那個人，把身子抖一抖，袖洒一洒道：「你看我身邊須沒藏處。」兩個唧唧噥噥，一路說著，外邊去了。

韓生不見人來了，在神廚裏走將出來，摸一摸香爐看，適間藏的是甚麼東西，摸出一個大紙包來，打開看時，是一包成錠的銀子，約有二十餘兩。韓生道：「慚愧，眼見得這先入來的，瞞起同伴的銀子，藏在這裏，等賭過咒，搜不出時，慢慢來取用。豈知已先為鬼神所知，歸我手也。欲待不取，總來是不義之財，欲待還那失主，又明顯出這個人的偷竊來了。不如依著玉英之言，且將去做贖子之本，有何不可？」當下取了出廟下船，船裏從容一秤，果有二十兩重，分毫不少。韓生大喜。到了湘潭，徑將四十金來，送還黃翁聘禮，求贖鶴齡。黃翁道：「婚盟已定，男女俱已及時，老夫欲將此項，與令郎完了姻親，此後再議歸閩。唯足下喬梓自做主張，則老夫事體也完了。」韓生道：「此皆老翁玉成美意，敢不聽命。」黃翁著媒人與易家說知此事，易家不肯起來道：「我家初時只許嫁黃公之子，門當戶對，又同里為婚，彼此俱便，今聞此子原籍福建，一時配合了，他日要離了歸鄉，相隔著四五千里，這怎使得？必須講過，只在黃家不去的，其事方諧。」媒人來對黃翁說了，黃翁巴不得他不去的，將此語一一告訴韓生道：「非關老夫要留此子，乃親家之意如此。況令郎名在楚籍，婚在楚地，還閩之說，必是不妥，為之奈何？」韓生也自想有些行不通，再擊竹筊與玉英商量。玉英道：「一向說易家親事是前緣，既已根絆在此，怎肯放去？況妾本籍湘中，就等兒子做了此間女壻，成立在此也好。郎君只要父子相認，何必歸閩？」韓生道：「閩是吾鄉，我母還在，若不歸閩，要此兒子何用？」玉英道：「事數到此，不繇君算。若執意歸閩，兒子婚姻，便不可成。郎君將此兒歸閩中，又在何處另結良緣？不如且從黃易兩家之言，成了親事，他日兒子自有分曉也。」韓生只得把此意回覆了黃翁，一憑黃翁主張。黃翁先叫鶴齡認了父親，就收拾書房與韓生歇下了。然後將此四十兩銀子，支分作花燭之費。到易家道了日子，易家見說不回福建了，無不依從。

成親之後，鶴齡對父韓生說，要見母親一面。韓生說與玉英，玉英道：「是我自家兒子，正要見他。但此間生人多，非我所宜。可對兒子說，人靜後房中悄悄擊筊，我當見他夫婦兩人一面。」韓生對鶴齡說知，就把竹筊密付與他，鶴齡領著去了，等到黃昏，鶴齡擊筊，只見一個濟妝女子在空中下來，鶴齡夫妻知是尊嫜，雙雙跪下。玉英撫摩一番道：「好一對兒子媳婦，我為你一點骨血，情緣所牽，二百年貞靜之性，不得安閒。今幸已成房立戶，我願已完矣。」鶴齡道：「兒子頗讀詩書，曾見古今事蹟。如我母數百年精魂，猶然游戲人間，生子成立，誠為希有之事。不知母親何術致此？望乞見教。」玉英道：「我以貞烈而死，后土錄為鬼仙，許我得生一子，延其血脈。汝父有掩骸之仁，陰德可紀，故我就與配合生汝，以報其恩。此皆生前之注定也。」鶴齡道：「母親既然靈通如此，何不即留跡人間？使兒媳輩得以朝夕奉養。」玉英道：「我與汝父有緣，故得數見於世，然非陰道所宜。今日特為要見吾兒與媳婦一面，故此暫來，此後也不再來了。直待歸閩之時，石尤嶺下，再當一見。吾兒前程遠大，勉之，勉之。」說罷，騰空而去。

鶴齡夫妻恍恍自失了半日，纔得定性。事雖怪異，想著母親之言，句句有頭有尾。鶴齡自嘆道：「讀盡稗官野史，今日若非身為之子，隨你傳聞，豈肯即信也。」次日與黃翁及兩弟說了，俱各驚駭。鶴齡隨將竹篋交還韓生，備說母親夜來之言。韓生道：「今汝托義父恩庇，成家立業，俱在於此，歸閩之期，知在何時？只好再過幾時，我自回去，看婆婆罷了。」鶴齡道：「父親不必心焦！秋試❶在即，且待兒子應試過了，再商量就是。」從此韓生且只在黃家住下。

鶴齡與兩弟，俱應過秋試。鶴齡與鶴算一同報捷，黃翁與韓生盡皆歡喜。鶴齡要與鶴算同去會試，韓生住湘潭無益，思量暫回閩中。黃翁贈與盤費，鶴齡與易氏各出所有送行。韓生仍到家來，把上頭事，一一對母親說知。韓母見說孫兒娶婦成立，巴不得要看一看，只恨不得到眼前，此時連媳婦是個鬼也不說了。次年鶴齡、鶴算春榜❷連捷。鶴齡給假省親，鶴算選福川府閩縣知縣，一同回到湘潭。鶴算接了黃翁，全家赴任。鶴齡也乘此便帶了妻易氏附舟到閩訪親。登堂拜見祖母，喜慶非常。韓生對兒子道：「我館在長樂石尤嶺，乃與汝母親相遇之所，連汝母骸骨也在那邊。今可一同到彼，汝母必來相見。前

---

❶ 秋試：一稱「秋榜」，見本書卷九⑫。

❷ 春榜：即「春試」，見本書卷九❿。

日所約，原自如此。」遂合家同到嶺下，方得駐足館中，不須擊筊，玉英已來拜韓母道：「今孫兒媳婦多在婆婆面前。況孫兒已得成名，妾所以報郎君者已盡。妾幽陰之質，不宜久在陽世周旋，只因夙緣，故得如此。今合門完聚，妾事已了，從此當靜修玄理，不復再入塵寰矣。」韓生道：「往返多年，情非朝夕，即為兒子一事，費過多少精神。今甫得到家，正可安享子媳之奉，如何又說要別的話來？」鶴齡夫婦涕泣請留，玉英道：「冥數如此，非人力所強。若非數定，幾曾見二百年之精魂，還能通人道生子，又在世間往還二十多年的事？你每亦當以數自遣，不必作人間離別之悲也。」言畢，翩然而逝。鶴齡痛哭失聲，韓母與易氏，各各垂淚，惟有韓生不十分在心上，他是慣了的，道夜靜擊筊，原自可會，豈知此後隨你擊筊，也不來了。守到七夕常期，竟自杳然，韓生方忽忽如有所失，一如斷絃喪偶之情。思他平時相與時節，長篇短詠，落筆數千言，清新有致，皆如前三首絕句之類，傳出與人，頗為眾口所誦。韓生取其所作成集，計有十卷，因曾賦萬鳥鳴春四律，韓生即名其集為萬鳥鳴春；流布於世。韓生後來去世，鶴齡即合葬之石尤嶺下。鶴齡改復韓姓，別號黃石，以示不忘黃家及石尤嶺之意。三年喪畢，仍與易氏同歸湘潭，至今閩中盛傳其事。

二百年前一鬼魂，猶能生子在乾坤。
遺骸掩處陰功重，始信骷髏解報恩。

卷三十一　行孝子到底不簡屍　殉節婦留待雙出柩

詩云：

削骨蒸肌豈忍言，　世人籍口欲伸冤。
典刑未正先殘酷，　法吏當知善用權。

話說戮屍棄骨，古之極刑。今法被人毆死者，必要簡屍❶。簡得致命傷痕，方准抵償，問入死罪，可無冤枉，本為良法。自古道法立弊生，只因有此一簡，便有許多奸巧做出來，那把人命圖賴人的，不到得就要這個人償命。只此一簡，已彀奈何著他了。你道為何？官府一准簡屍，地方上搭廠的，就要搭廠錢；跟官、門皁、轎夫、吹手多要酒飯錢；仵作人要開手錢、洗手錢；至於官面前桌上，要燒香錢、硃墨錢、筆硯錢。氈條坐褥俱被告人所備。還有不肖佐貳，要擺案酒，要折盤盞，各項名色甚多，不可盡述。就簡得雪白無傷，這人家已去了七八了。就問得原告招誣，何益於事？所以奸徒與人有仇，便思將人命為奇貨。官府動筆判個「簡」字，何等容易！道人命事應得的，豈知有此等害人不小的事？除非真正人命，果有重傷，簡得出來，正人罪名，方是正條。然刮骨蒸屍，千零萬碎，與死的人計較，也是不忍見的。律上所以有「不願者聽」及「許屍親告遞免簡」之例，正是聖主曲體人情處。豈知世上慘刻

❶ 簡屍：即「檢驗屍體」。

的官，要見自己風力，或是私心嗔恨被告，不肯聽屍親免簡，定要劣撅做去，以致開久殮之棺，掘久埋之骨，隨你傷人子之心，墮傍觀之淚，他只是硬著肚腸不管。原告不執命，就坐他受賄；親友勸息，就誣他私和。一味蠻刑，打成獄案。自道是與死者伸冤，不知死者慘酷已極了。這多是絕子絕孫的勾當。

閩中有一人名曰陳福生，與富人洪大壽家傭工。偶因口語不遜，被洪大壽痛打一頓。那福生纔喫得飯過，氣鬱在胸，得了中懣之症，看看待死。臨死對妻子道：「我被洪家長痛打致恨而死。但彼是富人，料掙他不倒，莫要聽了人教唆賴他人命，致將我屍首簡驗，粉骨碎身。只略與他說說，他怕人命纏累，必然周給後事，供養得你每終身，便是便益了。」妻子聽言，死後果去見那家長，但道：「因被責罰之後，得病不痊，今已身死。惟家長可憐孤寡，做個主張。」洪大壽見因打致死，心裏虛怯的，見他說得揣己❷，巴不得他沒有說話。給與銀兩，厚加殯殮，又許了時常周濟他母子，已此無說了。

陳福生有個族人陳三，混名陳喇虎，是個不本分好有事的。見洪大壽是有想頭的❸人家，況福生被打而死，不為無因，就來攛掇陳福生的妻子，教他告狀執命。妻子道：「福生的死，固然受了財主些氣，也是年該命限；況且死後，他一味好意殯殮有禮，我們番臉子不轉，只自家認了悔氣罷。」喇虎道：「你每不知事體，這出銀殯殮，正好做告狀張本。這樣富家，一條人命，好歹也起發他幾百兩生意，如何便是這樣住了？」妻子道：「貧莫與富鬥，打起官司來，我們先要銀子下本錢，那裏去討？不如做個好人住手，他財主每或者還有不虧我處。」陳喇虎見說他不動，自到洪家去嚇詐道：「我是陳福生族長，福

❷ 揣己：見本書卷二十六㉔。

❸ 有想頭的：吳語即「有利可圖的」。

生被你家打死了，你家私買下了他妻子，便打點把一場人命糊塗了。你們須要我口淨，也得大家喫塊肉兒；不然明有王法，不到得被你躲過了。」洪家自恃福生妻子已無說話，天大事已定，傍邊人閒言閒語，不必怕他。不教人來兜攬，任他放屁喇撒❹一出，沒興自去。喇虎見無動靜，老大沒趣。放他不下，思量道：「若要告他人命，須得是他親人。他妻子是扶不起的了，若是自己出名，告他不得。我而今只把私和人命，首他一狀，連屍親也告在裏頭，須教他開不得口！」登時寫下一狀往府裏首了。府裏見是人命，發下理刑館。那理刑推官，最是心性慘刻的，喜的是簡屍，好的是入罪，是個拆人家的祖師。見人命狀到手，訪得洪家巨富，就想在這樁事上顯出自己風力來。連忙出牌拘人，吊屍簡驗。陳家妻子實是怕事，與人商量道：「遞了免簡，就好住得。」急寫狀去遞。推官道：「分明是私下買和的情了。」不肯准狀。洪家央了分上去說：「屍親不願，可以免簡。」推官一發怒將起來道：「有了銀子，王法多行不去了。」反將陳家妻子拶出，定要簡屍。沒奈何只得擡出棺木，解到屍場，聚齊了一干人眾，如法蒸簡。仵作人曉得官府心裏要報重的，敢不奉承。把紅的說紫，青的說黑，報了致命傷兩三處。推官大喜，道：「是拿得倒一個富人，不肯假借，我聲名就重了，立要問他抵命。」怎當得將律例一查，家長毆死顧工人，只斷得埋葬，問得徒贖，並無抵償之條。只落得洪家費掉了些銀子，陳家也不得安寧。陳福生殮好入棺了，又狼狼籍籍這一番大家多事；陳喇虎也不見沾了甚麼實滋味，推官也不見增了甚麼好名頭，枉做了難人。一場人命結過了。洪家道：「陳氏母子到底不做對頭。」心裏感激，每每看管他二人，不致貧乏。陳喇虎指望個小富貴，竟落了空，心裏常懷怏怏。一日在外酒醉晚了回家，忽然路上與陳福生

❹ 放屁喇撒：吳語，指斥他人的「胡言亂語」。

相遇。福生埋怨道：「我好好的安置在棺內，為你妄想嚇詐別人，致得我屍骸零落，魂魄不安，我怎肯干休你！還我債去。」將陳喇虎按倒在地，滿身把泥來搓擦。陳喇虎掙扎不得，直等後邊人走來，陳福生放手而去。喇虎悶倒在地。後邊人認得他的，扶了回家。家裏道是酒醉，不以為意。不想自此之後，喇虎渾身生起癩來，起床不得，要出門來扛幫教唆，做些傯懶的事，再不能勾了。淹纏半載，不能支持。到臨死纔對家人說著：「路上遇陳福生，嫌我出首，簡了他屍，以此報我。我不得活了。」說罷就死。死後家人信了人言，道：「癩疾要纏染親人。」急忙擡出埋於淺土，被狗子乘熱拖將出來，喫了一半。此乃陳喇虎作惡之報。卻是陳福生不與打他的洪大壽為仇，反來報替他執命的族人，可見簡屍一事，原非死的所願，做官的人要曉得，若非萬不得已，何苦做那極慘的勾當！倘若屍親苦求免簡，也該依他為是。至於假人命一發不必說，必待審得人命逼真，然後行簡定罪。只一先後之著，也保全得人家多了。而今說一個情願自死不肯簡父屍的孝子，與看官每聽一聽。

父仇不報忍模糊，自有雄心托湛盧❺。
梟獍一誅身已絕，法官還用簡屍無？

話說國朝萬曆年間，浙江金華府武義縣❻有一個人，姓王名良，是個儒家出身。有個族姪王俊，家道富厚，氣岸淩人，專一放債取利，行兇剝民。就是族中支派，不論親疏，但與他財利交關，錙銖必較，一些面情也沒有的。王良不合曾借了他本銀二兩，每年將束脩上利，積了四五年，還過他有兩倍了。王

❺ 湛盧：越絕書外傳記歐冶所造寶劍五，其一名叫湛盧。
❻ 武義縣：今浙江省縣名，在金華縣東南。

良意思道：「自家屋裏❼，還到此地❽，可以相讓。」此後利錢便不上緊了些。王俊是放債人心性，那管你是叔父！道：「逐年還煞只是❾利銀，本錢原根不動，利錢還須照常，豈算還過多寡。」一日在一族長處會席，兩下各持一說，爭論起來。王俊有了酒意，做出財主的樣式，支手舞腳的發揮。王良氣不平，又自恃尊輩，喝道：「你如此氣質，敢待打我麼？」王俊道：「便打了只是財主打了欠債的。」趁著酒性，那管尊卑？撲的一掌打過去，王良不隄防的一交跌倒。王俊索性趕上，拳頭腳尖一齊來。族長道：「使不得！使不得！」忙來勸時，已打得不亦樂乎了。大凡酒德不好的人，酒性發了，也不認得甚麼人，也不記得甚麼事；但只是使他酒風，狠戾暴怒罷了，不管別人當不起的。當下一個族姪，把個叔子打得七損八傷，族長勸不住，猛力解開，教人負了王良家去。王俊沒個頭主，沒些意思，耀武揚威，一路吆吆喝喝也走去了。

詎知王良打得傷重，次日身危。王良之子王世名也是個讀書人。父親將死之時，喚過分付道：「我為族子王俊毆死，此仇不可忘！」王世名痛哭道：「此不共戴天之仇，兒誓不與俱生人世。」王良點頭而絕。王世名拊膺號慟，即具狀到縣間，告為立殺父命事。將族長告做見人。縣間准行，隨行牌吊屍到

❼ 自家屋裏：吳語，本指「自己家裏人」而言，意即「自家人」，此處因王俊係王良之姪，引申用作「自己族中人」意義。

❽ 還到此地：其意指「還債已經還到這樣地步（即『還過他有兩倍了』）。」

❾ 還煞只是：參閱本書卷五⑳。「煞」字在吳語中用在形容詞或動詞之後，作「極」字用。如果下面緊接著「也」字，或「只是」二字，上半句構成「假定的」意思。此處就是說「便是逐年還得夠，不過還的是利銀罷了」之意。

官，伺候相簡。王俊自知此事決裂，到不得官，苦央族長處息，任憑要銀多少，總不計論；處得停妥，族長分外酧謝，自不必說。族長見有些油水，來勸王世名罷訟，道：「父親既死，不可復生。他家有的是財物，怎與他爭得過？要他償命，必要簡屍。他使用了仵作，將傷報輕了，命未必得償，屍骸先喫這番狼籍，大不是算。依我說，乘他懼怕成訟之時，多要了他些，落得做了人家，大家保全得無事，未為非策。」王世名自想了一回道：「若是執命，無有不簡屍之理。不論世情敵他不過；縱是償得命來，傷殘父骨，我心何忍？只存著報仇在心，拼得性命，那處不著了手？何必當官拘著理法。先將父屍經這番慘酷，又三推六問，幾年月日，纔正得典刑。不如目今權依了他們處法，詐痴佯呆，住了官司，且保全了父骨，別圖再報。」回覆族長道：「父親委是冤死，但我貧家，不能與做頭敵，只憑尊長所命罷了。」族長大喜，去對王俊說了，主張將王俊膏腴田三十畝與王世名，為殯葬父親養膳老母之費。王世名同母當官遞個免簡，族長隨遞個息詞，永無翻悔。王世名一一依聽了。來對母親說道：「兒非見利忘仇，若非如此，父骨不保，兒所以權聽其處分，使彼絕無疑心也。」世名之母，婦女見識，是做人家念頭重的，見得了這些肥田，可以受享，也自甘心罷了。

世名把這三十畝田所收花利，每歲藏貯封識，分毫不動。外邊人不曉得，眾人多有議論他得了田業息了父命的，世名也不與人辨明。王俊懷著鬼胎，倒時常以禮來問候叔母。世名雖不受他禮物，卻也像毫無嫌隙的，照常往來。有時撞著杯酒相會，笑語酧酢，略無介意。眾人又多有笑他忘了父仇的事，已漸冷徑，沒人提起了。怎知世名日夜提心吊膽，時刻不忘！悄地鑄一利劍，鏤下兩個篆字，名曰「報仇」，出入必佩。請一個傳真的[10]繪畫父像，挂在齋中，就把自己之形，也圖在上面，寫他持劍侍立父側。有人問道：「為何畫作此形？」世名答道：「古人出必佩劍，故慕其風，別無他意。」有詩為證：

戴天不共敢忘仇！　畫筆常將心事留。
說與傍人渾不解，　腰間寶劍自颼颼。

且說王世名日間對人嘻笑如常。每到歸家，夜深人靜，便撫心號慟。世名妻俞氏曉得丈夫心不忘仇，每對他道：「君家心事，妾所洞知。一日仇死君手，君豈能獨生？」世名道：「為子死孝，吾之職分，只恐仇不得報耳。若得報，吾豈願偷生耶！」俞氏道：「君能為孝子，妾亦能為節婦。」世名道：「你身是女子，出口大易，有好些難哩。」俞氏道：「君能為男子之事，安見妾身就學那男子不來？他日做出便見。」世名道：「此身不幸，遭罹仇難，娘子不以兒女之見相阻，卻以男子之事相勉，足見相成了。」夫妻各相愛重。五載之內，世名已得游泮，做了秀才；妻俞氏又生下一兒。世名對俞氏道：「有此呱呱，王氏之脈不絕了。一向懷仇在心，隱忍不報者，正恐此身一死，斬絕先祀，所以不敢輕生做事。如今我死可瞑日。上有老母，下有嬰兒，此汝之責，我托付已過，我不能再顧了。」遂仗劍而出，也是王俊冤債相尋，合該有事。他新相處得一個婦人在鄉間，每飯後不帶僕從，獨往相敘。世名打聽在肚裏，曉得在蝴蝶山下經過，先伏在那邊僻處了。王俊果然搖搖擺擺獨自一人踱過嶺來。世名正是：

恩人相見，　分外眼明。
仇人相見，　分外眼睜。

看得明白，颼的鑽將過來，喝道：「還我父親的命來！」王俊不隄防的喫了一驚，不及措手，已被世名

❿ 傳真的：指「繪畫亡人神影」的人。

劈頭一剁，說時遲，那時快，王俊倒在地下掙扎，世名按倒，梟下首級，脫件衣服下來，包裹停當，帶回家中。見了母親大哭，拜道：「兒已報仇，頭在囊中。今當為父死，不得侍母膝下了。」拜罷，解出首級到父靈前拜告道：「仇人王俊之頭，今在案前，望父陰靈不遠，兒今赴官投死去也。」隨即取了歷年所收田租帳目，左手持刀，右手提頭，竟到武義縣中出首。

此日縣中傳開說王秀才報父仇，殺了人，拿頭首告，是個孝子。一傳兩，兩傳三，鬨動了一個縣城。但見：

人人豎髮，個個伸眉。豎髮的恨那數載含冤；伸眉的喜得今朝吐氣。挨肩疊背，老人家擠壞了腰脊厲聲呼；裸袖舒拳，小孩子踏傷了腳指號咷哭。任俠豪人齊拍掌，小心怯漢獨驚魂。

王世名到了縣堂縣門外，喊發連天，何止萬人擠塞。武義縣陳大尹不知何事，慌忙出堂坐了，問其緣故。王世名把頭與劍放下，在堦前跪稟道：「生員特來投死。」陳大尹道：「為何？」世名指著頭道：「此世名族人王俊之頭。世名父親被此人打死，昔年告得有狀。世名法該執命，要他抵償，但不忍把父屍簡驗，所以只得隱忍；今世名不煩官法，手刃其人，以報父仇，特來投到請死，乞正世名擅殺之罪。」大尹道：「汝父之事，聞和解已久，如何忽有此舉？」世名道：「只為要保全父屍，先憑族長議處，將田三十畝養膳老母。世名一時含糊應承，所收花息，年年封貯，分毫不動。今既已殺卻仇人，此項義不宜取，理當入官，寫得有簿籍在此，伏乞驗明。」大尹聽罷，知是忠義之士，說道：「君行孝子之事，不可以文法相拘。但事干人命，須請詳上司為主，縣間未可擅便，且召保候詳。王俊之頭先著其家領回候驗。」看的人恐怕縣官難為王秀才，個個伸拳裸臂，候他處分。見說申詳上司不拘禁他，方纔散去。

陳大尹曉得眾情如此，心裏大加矜念。把申文多寫得懇切，說：「先經王俊毆死王良是的。今王良之子世名報仇，殺了王俊。論來也是一命抵一命，但王世名不繇官斷，擅自殺人，也該有罪。本人係是生員，特為申詳斷決。」申文之外，又加上稟揭，替他周全，說：「孝義可敬，宜從輕典。」上司見了，也多嘆羨。遂批與金華縣汪大尹，會同武義審決這事。汪大尹訪問端的，備知其詳，一心要保全他性命，商量道：「須把王良之屍一簡，若果然致命傷重，王俊原該抵償，王世名殺人之罪就輕了。」會審之時，汪大尹如此倡言。王世名哭道：「當初專為不忍暴殘父屍，故隱忍數年，情願殺仇人而自死。豈有今日仇已死了，反為要脫自身，重簡父屍之理！前日殺仇之日，即宜自殺，所以來造邑庭，正來受朝廷之法，非求免罪也，大人何不見諒如此？」汪大尹道：「若不簡父屍，殺人之罪，難以自解。」王世名道：「原不求解，望大人放歸別母，即來就死。」汪大尹道：「君是孝子烈士，自來投到者，放歸何妨。但事須斷決，可歸家與母妻再一商量。倘肯把父屍一簡，我就好周全你了。此本縣好意，不可錯過。」王世名主意已定，只不應承。回來對母親說汪大尹之意。母親道：「你待如何？」王世名道：「豈有事到今日，反失了初心？兒久已拚著一死，今特來別母而去耳。」說罷，抱頭大哭。妻俞氏在傍也哭做了一團。俞氏道：「前日與君說過，君若死孝，妻亦當為夫而死。」王世名道：「我前日已把老母與嬰兒相托於你，我今不得已而死，你與我事母養子，纔是本等，我在九原亦可瞑目。從死之說，萬萬不可，切莫輕言！」俞氏道：「君向來留心報仇，誓必身死，別人不曉，獨妾知之。所以再不阻君者，知君立志如此，君能捐生，妾亦不難相從，故爾聽君行事。今事已至此，若欲到底完翁屍首，非死不可。妾豈可獨生以負君乎！」世名道：「古人言：『死易立孤難。』你若輕一死，孩子必絕乳哺，是絕我王家一脈。連我的死，也死得不正當了。你只與我保全孩子，便是你的大恩。」俞氏哭道：「既如此，為君姑忍三歲。三歲之後，孩子不須乳哺了，此時當從君地下，君亦不能禁我也。」正哀慘間，外邊有二三十人喧嚷，是金華武義兩學中秀才與王世名曾往來相好的，乃汪陳兩令央他們來勸王秀才，還把前言來講道：「兩父母意見相同，只要輕兄之罪，必須得一簡驗，使仇罪應死，兄可得生。特使小弟輩來達知此意，與兄商量。依小弟輩愚見，尊翁之死，實出含冤，仇人本所宜抵，今若不從簡驗，兄須脫不得死罪，是以兩命抵得他一命，尊翁之命，原為徒死。況子者親之遺體，不忍傷既死之骨，卻枉殘現在之體，亦非正道。何如勉從兩父母之言一簡，以白親冤，以全遺體，未必非尊翁在天之靈所喜，惟兄熟思之。」王世名道：「諸兄皆是謬愛小弟肝鬲之言。兩令君⑪之意，弟非不感激。但小弟提著簡屍二字，便心酸欲裂，容到縣堂再面計之。」眾秀才道：「兩令⑫之意，不過如此。兄今往一決，但得相從，事體便易了。弟輩同伴兄去相講一遭。」王世名即進去拜了母親四拜道：「從此不得再侍膝下了。」又拜妻俞氏兩拜，托以老母幼子。大哭一場，噙淚而出，隨同眾友到縣間來。

兩個大尹正會在一處，專等諸生勸他的回話。只見王世名一同諸生到來，兩大尹心裏暗喜道：「想是肯從所議，故此同來也。」王世名身穿囚服，一見兩大尹即稱謝道：「多蒙兩位大人曲欲全世名一命。世名心非木石，豈不知感恩，但世名所以隱忍數年，甘負不孝之罪於天地間，靦顏嘻笑者，正為不忍簡屍一事。今欲全世名之命，復致殘久安之骨，是世名不是報仇，明是自殺其父了。總是看得世名一死太

⑪ 兩令君：舊稱「縣令」曰「令君」，此處「兩令君」指武義縣陳大尹和金華縣汪大尹兩人。

⑫ 兩令：亦即「兩縣官」也。

重，故多此議論。世名已別過母妻，特來就死，惟求速賜正罪。」兩大尹相顧遲疑，諸生輩雜遝亂講，世名只不改口。汪大尹假意作色道：「殺人者死。王俊既以毆死致為人殺，論法自宜簡所毆之屍有傷無傷，何必問屍親願簡與不願簡！吾們只是依法行事罷了。」王世名見大尹執意不回，憤然道：「所以必欲簡視，止為要見傷痕，便做道世名之父毫無傷，王俊實不宜殺，也不過世名一死當之，何必再簡？今日之事，要動父親屍骸，必不能勾。若要世名性命，只在頃刻可了，決不偷生，以負初心！」言畢，望縣堂堦上一頭撞去，眼見得世名被眾人激得焦燥，用得力猛，早把顱骨撞碎，腦漿迸出而死。

囹圄自可從容入，何必須臾赴九泉。
只為書生拘律法；反令孝子不迴旋。

兩大尹見王秀才如此決烈，又驚又慘，一時做聲不得。兩縣學生一齊來看王秀才，見已無救，情義激發，哭聲震天。對兩大尹道：「王生如此死孝，真為難得。今其家惟老母寡妻幼子，身後之事，兩位父母主張從厚，以維風化。」兩大尹不覺垂淚道：「本欲相全，豈知其性烈如此？前日王生曾將當時處和之產，封識花息，當官交明，以示義不苟受；今當立一公案，以此項給其母妻為終老之資，庶幾兩命相抵，獨多著王良一死無著落，即以買和產業，周其眷屬，亦為得平。」諸生眾口稱是。兩大尹隨各捐俸金十兩，諸生共認捐三十兩，共成五十兩。召王家親人來將屍首領回，從厚治喪。兩學生員為文以祭之云：

嗚呼王生！父死不鳴。刃加仇頸，身即赴冥。欲全其父，寧棄其生。一時之死，千秋之名。哀哉尚饗！

諸生讀罷祭文，放聲大哭。哭得山搖地動，聞之者無不淚流。哭罷，隨請王家母妻拜見，面送賻儀說道：「伯母尊嫂，宜趁此資物，出喪殯殮。」王母道：「謹領尊命。即當與兒媳商之。」俞氏哭道：「多承列位盛情。吾夫初死，未忍遽殯，尚欲停喪三年，盡妾身事生之禮。三年既滿，然後議葬，列位伯叔不必性急！」諸生不知他甚麼意思，各自散去了。此後但是親戚來往問及出柩者，俞氏俱以言阻說，必待三年。親戚多道：「從來說入土為安，為何要拘定三年？」俞氏只不肯聽。停喪在家，直至服滿除靈，俞氏痛哭一場，自此絕食，旁人多不知道。不上十日，肚腸饑斷，嗚呼哀哉了。

學中諸生聞之，愈加希奇，齊來弔視。王母訴出媳婦堅貞之性，矢志從夫，三年之中，如同一日，使人不及提防，竟以身殉。今止剩三歲孤兒與老身，可憐可憐。諸生聞言慟哭不已，齊去稟知陳大尹。大尹驚歎道：「孝子節婦，出於一家，真可敬也！」即報各上司先行獎恤，候撫按具題旌表。諸生及親戚又義助含殮，告知王母擇日一同出柩。方知俞氏初時必欲守至三年，不肯先葬其夫者，專為等待自己，雙雙同出也。遠近聞之，人人稱歎。巡按馬御史奏聞於朝，下詔旌表其門曰：「孝烈。」建坊保榮，有孝烈傳志行於世。

父死不忍簡，自是人子心。
懷仇數年餘，始得伏斧碪。
豈肯自惜死？復將父骨侵。
法吏拘文墨；枉效書生忱。
寧知俠烈士，一死無沈吟。

彼婦激餘風，三年蓄意深。
一朝及其期，地下遂相尋。
似此孝與烈，堪為薄俗箴。

卷三十二　張福娘一心貞守　朱天錫萬里符名

詩云：

> 卌牛無宿草；　　倉鼠有餘糧。
> 萬事分已定，　　浮生空自忙。

話說天下凡事皆繇前定，如近在目前，遠不過數年，預先算得出，還不足為奇。儘有世間未曾有這樣事，未曾生這個人，幾十年前，先有前知的道破了；或是幾千里外，恰相湊著的，真令人夢想不到。可見數皆前定也。

且說宋時宣和年間❶，睢陽❷有一官人，姓劉、名鼒，與孺人年皆四十外了。屢生子不育，惟剩得一幼女。劉官人到京師調官去了。這幼女在家，又得病而死。將出瘞埋，孺人看他出門，悲痛不勝，哭得發昏，倦坐椅上。只見一個高髻婦人走將進來道：「孺人何必如此悲哭？」孺人告訴他，屢喪嗣息，止存幼女，今又夭亡，官人又不在家，這些苦楚。那婦人道：「孺人莫心焦！從此便該得貴子了。官人已有差遣，這幾日內就歸。歸來時節，但往城西魏十二嫂處，與他尋一領舊衣服留著，待生子之後，借

❶ 宣和年間：宣和乃是宋徽宗年號，相當西元一一一九－一一二五年。

❷ 睢陽：明以前縣名，故城在今河南省商丘縣南。唐安祿山叛，張巡許遠守此以屏蔽江淮，後因無援而被攻陷。

一個大銀盒子，把衣裙鋪著，將孩子安放盒內，略過少時，抱將出來，取他一個小名，或是合住，或是蒙住，即易長易養，再無損折了。可牢牢記取老身之言！」孺人婦道家心性，最喜歡聽他的是這些說話。見話得有枝有葉，就問道：「姥姥何處來的，曉得這樣事？」婦人道：「你不要管我來處去處。我憐你哭得悲切，又見你貴子將到，故教你個法兒，使你以後生育得實了。」孺人問：「高姓大名，後來好相謝。」婦人道：「我慣救人苦惱，做好事，不要人謝的。」說罷走出門外，不知去向。

果然過得五日，劉官人得調滁州法曹掾，歸到家裏。孺人把幼女夭亡又逢著高髻婦人的說話，說了一遍。劉官人感傷了一回，也是死怕了兒女的心腸，見說著婦人之言，便做個不著，也要試試看。況說他得差回來，已此准了，心裏有些信他。次日即出西門，遍訪魏家。走了二里多路，但只有姓張，姓李，姓王，姓趙，再沒有一家姓魏。劉官人道：「眼見得說話作不得准了，」走回轉來。到了城門邊，走得口渴，見一茶坊，進去坐下喫個泡茶。問問主人家，恰是姓魏。店裏一個後生，是主人之姪，排行十一。劉官人見他稱呼出來，打動心裏，問魏十一道：「你家有兄弟麼？」十一道：「有兄弟十二。」劉官人道：「令弟有嫂子了麼？」十一道：「娶個弟婦，生個了十個兒子，並無一個損折。見今同居共食，貧家支撐甚是煩難。」劉官人見有了十二嫂，又是個多子的，讖兆相合，不覺大喜。就把實情告訴他，說屢損幼子，及婦人教導向十二嫂假借舊衣之事。今如此多子，可見魘樣之說不為虛妄的。十一見是個官人，圖個往來，心裏也喜歡，忙進去對兄弟說了。魏十二就取了自穿的一件舊絹中單衣出來，送與劉官人。劉官人身邊取出帶來紙鈔二貫答他。魏家兄弟斷不肯受，道：「但得生下貴公子之時，喫杯喜酒，日後照顧寒家照顧勾了。」劉官人稱謝，取了舊衣回家。

不多幾時，孺人果然有了姙孕，將五個月，夫妻同赴滁州之任。一日在衙對食，劉官人對孺人道：「依那婦人所言，魏十二嫂已有這人，舊衣已得，生子之兆，顯有的據了。卻要個大銀盒子，吾想盛得孩子的盒子，也好大哩。料想自置不成，甚樣人家有這樣盒子？好去借得，這卻是荒唐了。」孺人道：「正是這話，人家料沒有的；就有，我們從那裏知道，好與他借。只是那姥姥說話，句句不妄，且看應驗將來。」夫妻正在疑惑間，劉官人接得府間文書，委他查盤滁州公庫。劉官人不敢遲慢，分付庫吏，取齊了簿籍，凡公庫所有，盡皆簡出備查。滁州荒僻，庫藏蕭索，別不見甚好物，獨內中存有大銀盒二具。劉官人觸著心裏，又疑道：「何故有此物事？」試問庫吏，庫吏道：「近日有個欽差內相❸譚稹，到浙西公幹，所過州縣，必要獻上土宜❹。那盛土宜的，俱要用銀做盒子，連盒子多收去，所以州中備得有此。後來內相不打從滁州過，卻在別路去了。銀盒子得以不用，留在庫中收貯，作為公物。」劉官人記在心裏，回與孺人說其緣故，共相咤異。

過了幾月，生了一子，遂到庫中借此銀盒，照依婦人所言，用魏十二家舊衣襯在底下，把所生兒子，眠在盒子中間，將有一個時辰，纔抱他出來，取小名做蒙住。看那盒子底下，鐫得有字，乃是宣和庚子❺年製。想起婦人在睢陽說話的時節，那盒子還未曾造起，不知為何他先知道了？這兒子後名孝韙，字正

❸ 內相：指「宦官」。據本書卷三十四中云：「這幾個壯士是誰？乃是平日內裏所用閹工，專與『內相』淨身的。」可證。

❹ 土宜：俗稱土產之物做「土宜」。

❺ 宣和庚子：即宣和二年，西元一一二〇年。

甫，官到兵部侍郎，果然大貴。高髻婦人之言，無一不驗，真是數已前定。並那件物事，世間還不曾有，那貴人已該在這裏頭眠一會，魘樣得長成，說過在那裏了，可不奇麼？而今說一個人在萬里之外，兩不相知。這邊預取下的名字，與那邊原取下的，竟自相同。這個定數，還更奇哩。要知端的，先聽小子四句口號：

有母將雛橫遣離，誰知萬里遇還時。
試看兩地名相合，始信當年天賜兒。

這回書也是說宋朝蘇州一個官人，姓朱字景先，單諱著一個銓字。淳熙丙申年間❻，主管四川茶馬使❼，有個公子名遜。年已二十歲。聘下妻室范氏，是蘇州大家。未曾娶得過門，隨父往任。那公子青春正當強盛，衙門獨處無聊。慾念如火，按納不下。央人對父親朱景先說，要先娶一妾，以侍枕蓆。景先道：「男子未娶妻，先娶妾，有此禮否？」公子道：「固無此禮，而今客居數千里之外，只得反經行權，目下圖個伴寂寥之計。他日娶了正妻，遣還了他，亦無不可。」景先道：「這個也使得。只恐他日溺於情愛，要遣就煩難了。」公子道：「說過了話，男子漢做事，一刀兩段，有何煩難！」景先許允。公子遂托衙門中一個健捕胡鴻出外訪尋。胡鴻訪得成都張姓家裏，有一女子名曰福娘，姿容美麗，性格溫柔。來與公子說了，將著財禮銀五十兩，取將過來為妾。福娘與公子年紀相倣，正是：

❻ 淳熙丙申年間：淳熙，南宋孝宗年號，丙申係淳熙三年，相當西元一一七六年。

❼ 四川茶馬使：宋置提舉茶馬司，掌榷茶之利，凡市馬於四夷，大抵用茶易馬。紹興四年初命四川宣撫司支茶博馬，七年復置茶馬官。此處殆指此官。

少女少郎，　其樂難當。

兩情歡愛，如膠似漆。過了一年，不想蘇州范家見女兒長成，女壻遠方隨任，未有還期，恐怕擔閣了兩下青春。一面整辦妝奩，父親范翁親自伴送到任上成親。將入四川境中，先著人傳信到朱家衙內，已知朱公子一年之前，娶得有妾，便留住行李不行，寫書去與親家道：

先妻後妾，世所恆有。妻未成婚，妾已入室，其義何在？今小女于歸戒途，吉禮將成，必去駢枝，始諧連理。此白。

看官聽說，這個先妾後妻果不是正理。然男子有妾亦是常事。今日既已娶在室中了，只合講明了嫡庶之分，不得以先後至有僭越，便可相安，才是處分得妥的。爭奈人家女子，無有不妬，只一句有妾，即已不相應了。必是逐得去，方拔了眼中之釘。與他商量，豈能相容？做父親的有大見識，當以正言勸勉，說媵妾雖賤，也是良家兒女，既已以身事夫，便亦是終身事體，如何可輕說一個去他，使他別嫁，亦非正道。到此地位，只該大度含容，和氣相與，等人頌一個賢惠，他自然做小伏低，有何不可？若父親肯如此說，那未婚女子，雖怎生嫉妬，也不好添添㿉㿉，就放出手段，要長要短的。當得人家父親，護著女兒，不曉得調停為上，正要幫他立出界墻來。那管這一家增了好些難處的事，只這一封書去，有分交：

錦窩愛妾，一朝劍析延津❽，遠道孤兒，萬里珠還合浦❾。

❽ 劍析延津：見本書卷三❶、❹。
❾ 珠還合浦：見本書卷三十❿。

正是：

世間好物不堅牢，綵雲易散琉璃碎。
無緣對面不相逢；有緣千里能相會。

朱景先接了范家之書，對公子說道：「我前日曾說過的，今日你岳父以書相責，原說他不過。他說必先遣妾，然後成婚，你妻已送在境上，討了回話，然後前進，這也不得不從他了。」公子心裏委是不捨得張福娘，然前日要娶妾時，原說過了娶妻遣還的話。今日父親又如此說，丈人又立等回話，若不遣妾，便成親不得。真也是左難右難，眼淚從肚子裏落下來。只得把這些話與張福娘說了。張福娘道：「當初不要我時，憑得你家。今既娶了進門，我沒有得罪，須趕我去不得。便做討大娘來時，我只是盡禮奉事他罷了，何必要得我去？」公子道：「我怎麼捨得你去？只是當初娶你時節，原對爹爹說過，待成正婚之日，先行送還。今爹爹把前言責我，范家丈人又帶了女兒住在境上，要等送了你去，然後把女兒過門。我也處在兩難之地，沒奈何了。」張福娘道：「妾乃是賤輩，唯君家張主。君家既要遣去，豈可強住，以阻大娘之來？但妾身有件不得已事，要去也去不得了。」公子道：「有甚不得已事？」張福娘道：「妾身上已懷得有孕，此須是君家骨血。妾若回去了，他日生出兒女來，到底是朱家之人，難道又好那裏去得不成？把似❿他日在家守著，何如今日不去的是。」公子道：「你若不去，范家不肯成婚，可不擔閣了一生婚姻正事？就強得他肯了，進門以後，必是沒有好氣，相待得你刻薄起來，反為不美。不如權避了出去，等我成親過了，慢慢看個機會，勸轉了他，接你來同處，方得無礙。」張福娘沒奈何，

❿ 把似：作「假如」解。

正是：

人生莫作婦人身，　　百年苦樂繇他人。

福娘主意不要回去，卻是堂上主張發遣；公子一心要遵依丈人說話，等待成親。福娘四不拗六⓫徒增些哭哭啼啼，怎生撇強得過，只得且自回家去守著。

這朱家即把此信報與范家。范翁方纔同女兒進發，晝夜兼程，行到衙中，擇吉成親。朱公子男人心性，一似荷葉上露水珠兒，這邊缺了，那邊又圓且全了。范氏伉儷之歡，管不得張福娘仳離之苦。夫妻兩下，目自過得恩愛。此時便沒有這妾也罷了。明年朱景先茶馬差滿，朝廷差少卿王渥交代，召取景先還朝。景先揀定八月離任，此時福娘已將分娩，央人來說，要隨了同歸蘇州。景先道：「論來有了娠孕，原該帶了同去為是，但途中生產，好生不便，且看他造化。若得目下生產，便好帶去了。」福娘再三來說：「已嫁從夫，當時只為避取大娘，暫回母家，原無絕理。況腹中之子，是那個的骨血，可以棄了竟去麼？不論即產與不產，嫁雞逐雞飛，自然要一同去的。」朱景先是仕宦中人，被這女子把正理來講，也有些說他不過，說與夫人，勸化范氏媳婦，要他接了福娘來衙中，一同東歸。范氏已先見公子說過兩番，今翁姑來說，不好違命。他是詩禮之家出身的，曉得大體。一面打點接取福娘了，怎當得：

天有不測風雲，　　人有旦夕福禍！

朱公子是色上要緊的人，看他未成婚時，便如此忍耐不得，急于取妾，以致害得個張福娘，上不得，下不得，豈不是個喉急⓬的。今與范氏夫妻，你貪我愛。又遭了張福娘，新換了一番境界，把從前毒火，

⓫　四不拗六：見本書卷一⓳。

多注在一處，朝夕探討，早已染了癆怯之症。吐血絲，發夜熱，醫家只戒少近女色。景先與夫人商量道：「兒子已得了病，一個媳婦，還要勸他分床而宿，若張氏女子再娶將來，分明是油鍋內添上一把柴了。還只是立意回了他，不帶去罷。只可惜他已將分娩，是男是女？這是我朱家之後，捨不得撇他。」景先道：「兒子媳婦，多是青年，只要兒子調理得身體好了，那怕少了孫子？趁著張家女子尚未分娩，黑白未分，還好辭得他。若不日之間，產下一子，到不好撇他了。而今只把途間不便生產去說，十分說不倒時，權約他日後來相接便是。」計議已定，當下力辭了張福娘，離了成都，歸還蘇州去了。

張福娘因朱家不肯帶去，在家中哭了幾場，他心裏一意，守著腹中消息，朱家去得四十日後，生下一子，因道少不得要歸朱家，只當權寄在四川，小名喚做寄兒。福娘既生得有兒子，就甘貧守節，誓不嫁人。隨你父母鄉里，百般說諭，並不改心，只績紡補紉，資給度日，守那寄兒長成。寄兒生得眉目疎秀，不同凡兒。與里巷同伴一般的孩童戲耍，他每每做了眾童的頭，自稱是官人，把眾童呼來喝去，儼然讓他居尊的模樣。到了七八歲，張福娘送他上學從師，所習詩書，一覽成誦，福娘一發把做了大指望，堅心守去，也不管朱家日後來認不認的事了。

且不說福娘苦守教子，那朱家自回蘇州，與川中相隔萬里，彼此杳不聞知。過了兩年，是庚子歲，公子朱遜，病不得痊，嗚呼哀哉。范氏雖做了四年夫妻，到有兩年不同房，寸男尺女皆無。朱景先又只生得這個公子，並無以下小男小女，一死只當絕代了。有詩為證：

不孝有三無後大，　誰料兒亡竟絕孫？

⑫ 喉急：即「性急」，吳語中至今沿用，但「急」讀作「極」。

早知今日淒涼景，　　何故當時忽妾姬？

朱景先雖然仕宦榮貴，卻是上奉老母，下撫寡媳，膝下並無兒孫。光景孤單，悲苦無聊，再無開眉歡笑之日。直至乙巳年，景先母太夫人又喪。景先心事，一發只有痛傷。此時連前日兒子帶姐還妾之事，盡多如隔了一世的，那裏還記得影響起來？又道是無巧不成話，四川後任茶馬王渥少卿，聞知朱景先丁了母憂，因是他交手的前任官，多有首尾的，特差人賫了賻儀奠帛，前來致弔。你道來的是甚麼人？正是那年朱公子托他討張福娘的舊役健捕胡鴻。他隨著本處一個巡簡⓭鄒圭到蘇州公幹的便船，來至朱家。送禮已畢，朱景先問他川中舊事，是件備陳。朱景先是個無情無緒之人，見了手下舊使役的，偏喜是長是短的婆兒氣消遣悶懷。那胡鴻住在朱家了幾時，講了好些閒說話，也看見朱景先家裏事體光景在心，便問家人道：「可惜大爺青年短壽，今不曾生得有公子，還與他立個繼嗣麼？」家人道：「立是少不得立他一個，總是別人家的肉，那裏煨得熱，所以老爺還不曾提起。」胡鴻道：「假如大爺留得一股真骨血在世上，老爺喜歡麼？」家人道：「可知道喜歡，卻那裏討得出？」胡鴻道：「有是有些緣故在那裏，只不知老爺意思怎麼樣？」家人見說得蹊蹺，便問道：「你說的話，那裏起？」胡鴻道：「你每豈忘了大爺在成都曾娶過妾麼？」家人道：「娶是娶過，後來因娶大娘子，還了他娘家了。」胡鴻道：「而今他生得有兒子。」家人道：「他別嫁了丈夫，就生得有兒子與我家有甚相干？」胡鴻道：「冤屈！冤屈！他那曾嫁人！還是你家帶去的種哩。」家人道：「我每不敢信你這話對老爺說了，你自說去！」家人把胡鴻之言，一一來稟朱景先。朱景先卻記起那年離任之日，張家女子將次分娩，再三要同到蘇州之事，

⓭巡簡：即「巡檢」，官名，宋置，掌訓練甲兵，巡邏州邑，擒捕盜賊之事。

明知遺腹在彼地，見說是生了兒子，且驚且喜。急喚胡鴻來問他的信。胡鴻道：「小人不知老爺主意怎麼樣？小人不敢亂講出來。」朱景先道：「你只說前日與大爺做妾的那個女子而今怎麼樣了就是！」胡鴻道：「不敢瞞老爺說，當日大爺娶那女子，即是小人在裏頭做事的，所以備知端的。大爺遣他出去之時，元是有娠，後來老爺離任得四十多日，即產下一個公子了。」景先道：「而今見在那裏？」胡鴻道：「這個公子，生得好不清秀伶俐，極會讀書，而今在娘身邊，母子相守，在那裏過日。」景先道：「難道這女子還不嫁人？」胡鴻道：「說這女子也可憐，他縫衣補裳，趁錢過日，養那兒子，供給讀書，不肯嫁人。父母多曾勸他，鄉裏也有想他的，連小人也巴不得他有這日，在裏頭再賺兩數銀子。怎當得他心堅如鐵，再說不入。後來看見兒子會讀了書，一發把這條門路絕了。」景先道：「若果然如此，我朱氏一脈可以不絕，莫大之喜了。只是你的說話可信麼？」胡鴻道：「小人是老爺舊役，從來老實，不會說謊，況此女是小人的首尾⓮，小人怎得有差？」景先道：「雖然如此，我嗣續大事，非同小可，今路隔萬里，未知虛實，你一介小人，豈可因你一言，造次舉動得！」胡鴻道：「老爺信不得小人一個的言語。小人附舟來的，是巡簡鄒圭，他也是老爺的舊吏，老爺問他，他備知端的。」朱景先見說話有來因，巴不得得知一個詳細。即差家人請那鄒巡簡來，鄒巡簡見是舊時本官相召，不敢遲慢，忙寫了稟帖，來見朱景先。朱景先問他蜀中之事，他把張福娘守貞教子，與那兒子聰明俊秀，不比尋常的話，說了一遍，與胡鴻所說，分毫不差。景先喜得打跌，進去與夫人及媳婦范氏，備言其故。合家驚喜道：「若得如此，絕處逢生，祖宗之大慶也！」景先分付備治酒飯，管待鄒巡簡。與鄒巡簡商量川中接他母子來蘇州說話。

⓮ 首尾：指「始終其事」的意思。

鄒巡簡道：「此路迢遙，況一個女人，一個孩子，跋涉艱難，非有大力，不能周全得直到這裏。小官如今公事已完，早晚回蜀。恩主除非乘此便致書那邊當道支持一路舟車之費，小官自當效犬馬之力，著落他母子起身，一徑到府上，方可無誤。」景先道：「足下所言，實是老成之見。下官如今寫兩封書，一封寫與制置使⓯留尚書，一封即寫與茶馬王少卿，托他周置一應路上事體，保全途中母子無虞。至於兩人在那裏收拾起身之事，全仗足下與胡鴻照管停當，下官感激不盡，當有後報。」鄒巡簡道：「此正小官與胡鴻報答恩主之日，敢不隨便盡心，曲護小公子到府。恩主作速寫起書來，小官早晚即行也。」朱景先遂一面寫起書來，書云：

銓不祿，母亡子夭，目前無孫。前發蜀時，有成都女子張氏為兒妾，懷娠留彼。今據舊胥巡簡鄒圭及舊役胡鴻俱言，業已獲雄。今計八齡矣。遺孽萬里，實係寒宗如線。欲致其還吳，而伶仃母子，跋涉非易。敢祈鼎力覆庇，使舟車無虞，非但骨肉得以會合，實令祖宗藉以綿延，感激非可名喻也。銓白。

一樣發書二封，附與鄒巡簡將去，就便賞了胡鴻，致謝王少卿相弔之禮，各厚贈盤費，千叮萬囑，兩人受托而去。朱景先道是既有上司主張，又有舊役幫襯，必是停當得來的，合家日夜只望好音不題。且說鄒巡簡與胡鴻回去，到了川中，鄒巡簡將留尚書的書去至府中遞過；胡鴻也回覆了王少卿的差使，就遞了舊茶馬朱景先謝帖，並書一封。王少卿遂問胡鴻，這書內的詳細，胡鴻一一說了。王少卿留

⓯ 制置使：官名，唐置，宋因之，掌經畫邊境軍旅之事，不常設。南北宋之交，漸有增置。成都守臣帶四川安撫制置使，掌節制御前軍馬。

在心上，就分付胡鴻道：「你先去他家通此消息，教母子收拾打疊停當了，來稟著我，我早晚乘便周置他起身便是。」胡鴻領旨，竟到張家見了福娘，備述身被差遣，直到蘇州朱家作弔太夫人的事，福娘忙問：「朱公子及合家安否？」胡鴻道：「公子已故了五六年了。」張福娘大哭一場，又問公子身後事體。胡鴻道：「公子無嗣，朱爺終日煩惱，偶然說起娘子這邊有了兒子，娘子教他讀書，苦守不嫁。朱爺不信，遂問得鄒巡簡之言相同，十分歡喜。有兩封書，托這邊留制使與王少卿，要他每設法護送著娘子與小官人到蘇州。我方纔見過少卿了，少卿叫我先來通知你母子，早晚有便，就要請你們動身也。」張福娘前番要跟回蘇州，是他本心，因不得自繇，只得強留在彼，又不肯嫁人，如此苦守，今見朱家要來接他，正是葉落歸根事務，心下豈不自喜？一面謝了胡鴻報信，一面對兒子說了，打點東歸，只看王少卿發付。王少卿因會著留制使，同提起朱景先托致遺孫之事，一齊道：「這是完全人家骨肉的美事，我輩當力任之。」適有蜀中進士馮震武，要到臨安，有舟東下，其路必經蘇州。且舟中寬敞，儘可附人。」王少卿知得，報與留制使，各發柬與馮進士說了，如此兩位大頭腦⑯去說那些小附舟之事，你道敢不依從麼？馮進士分付了船戶，將好艙口分別得內外的，收拾潔淨，專等朱家家小下船。留制使與王少卿各贈路費茶果銀兩，即著鄒巡簡胡鴻兩人賫發張福娘母子動身，復著胡鴻防送到蘇州，張福娘隨別了自家家裏，同了八歲兒子寄兒，上在馮進士船上，馮進士曉得是縉紳家屬，又是制使茶馬使所托，加意照管，自不必說，一路進發，尚未得到。

這邊朱景先家裏，日日盼望消息，真同大旱望雨。一日，遇著朝廷南郊禮成，大賚恩典，侍從官員

---

⑯ 大頭腦：吳語，指「有權力的人」。

當蔭一子，無子即孫。朱景先待報有子孫來，目前實是沒有。待說沒有來，已著人四川勾當去了。雖是未到，不是無指望的。難道虛了恩典不成？心裏計較道：「寧可先報了名字去，他日可把人來補蔭。」主意已定，只要取下一個名字，就好填了。想一想道：「還是取一個甚麼名字好？」

有恩須賃子和孫，爭奈庭前未有人。
萬里已迎遺腹孽，先將名諱報金門⑰。

朱景先輾轉了一夜，未得佳名。次早心下猛然道：「蜀中張氏之子，果收拾回來，此乃數年絕望之後，從天降下來的，豈非天賜？詩云：『天錫公純嘏。』⑱取名天錫，既含蓄天幸得來的意思，又覺字義古雅，甚妙，甚妙。」遂把「有孫朱天錫」，填在冊子上，報到儀部⑲去，准了恩蔭，只等蜀中人來頂補。不多幾時，忽然胡鴻復來叩見，將了留尚書王少卿兩封回書來稟道：「事已停當，兩位爺給發盤纏，張小娘子與小公子多在馮進士船上附來，已到河下了。」朱景先大喜，正要著人出迎，只見馮進士先將帖來進拜。景先接見馮進士，訴出：「留王二大人，相托順帶令孫母子在船上來，幸得安穩，已到府前。」說話，朱景先稱謝不盡，答拜了馮進士，就接取張福娘母子上來。張福娘領了兒子寄兒，見了翁姑與范氏大娘，感起了舊事，全家哭做了一團，又教寄兒逐位拜見過，又合家歡喜。朱景先問張福娘道：「孫兒可叫得甚麼名字？」福娘道：「乾名叫得寄兒，兩年之前，送入學堂從師，那先生取名天錫。」朱景

---

⑰ 金門：漢宮有金馬門，亦稱「金門」，後世用來指稱宮廷。

⑱ 詩云：「天錫公純嘏」：出詩魯頌閟宮：「天錫公純嘏。」箋：「受福曰嘏。」

⑲ 儀部：即禮部。

先大驚道：「我因儀部索取恩蔭之名，你每未來到，想了一夜，纔取這兩個字，預先填在冊子上送去，豈知你每萬里之外，兩年之前，已取下這兩個字作名了？可見天數有定若此，真為奇怪之事！」合家歎異。那朱景先忽然得孫，直在四川去認將來，已此是新聞了。又兩處取名，適然相同，走進門來，只消補蔭，更為可駭。傳將開去，遂為奇談。後來朱天錫襲了恩蔭，官位大顯。張福娘亦受封章，這是他守貞教子之報。有詩為證：

娶妾失妻亦偶然，豈知棄妾更心堅？
歸來萬里繇前定，善念陰中必保全！

卷三十三　楊抽馬甘請杖　富家郎浪受驚

詩云：

敕使南來坐畫船，袈裟猶帶御爐烟。

無端撞著曹公相，二十皮鞭了宿緣。

這四句詩乃是國朝永樂年間少師❶姚廣孝所作。這個少師乃是僧家出身，法名道衍，本貫蘇州人氏。他雖是個出家人，廣有法術，兼習兵機，乃元朝劉秉忠❷之流。太祖分封諸王，各選一高僧伴送之國，道衍私下對燕王說道：「殿下討得臣去作伴，臣當送一頂白帽子與大王戴。」「白」字加在「王」字上，乃是個「皇」字，他藏著啞謎，說道輔佐他做皇帝的意思。燕王也有些曉得他不凡，果然面奏太祖，討了他去。後來贊成靖難❸之功，出師勝敗，無不未卜先知。燕兵初起時，燕王問他：「利鈍如何？」他

❶ 少師：三公之貳，亦曰「三少」。書周官：「少師，少傅，少保曰『三孤』。」傳：「此三官名曰『三孤』，『孤』，『特』也。言卑于『公』，尊于『卿』，特置此三者。」

❷ 劉秉忠：元邢州人，博學精於易。初為僧，從世祖滅宋，奏定國號曰元。典章制度，皆出其手，拜光祿大夫，位太保。預中書省事。元史新元史均有傳。

❸ 靖難：明建文帝用齊泰、黃子澄之謀，欲削諸藩權。燕王棣遂起兵南下，指齊、黃為奸人，入清君側，稱其兵做「靖難之師」。

說：「事畢竟成，不過廢得兩日工夫。」後來敗於東昌，方曉得「兩日」是個「昌」字。他說道：「此後再無阻了。」果然屢戰屢勝，燕王直正大位，改元永樂。道衍賜名廣孝，封至少師之職。雖然受了職銜，卻不肯留髮還俗，仍舊光著個頭，穿著蟒龍玉帶，長安中出入。文武班中曉得是他佐命功臣，誰不欽敬？一日，成祖皇帝御筆親差他到南海、普陀、落伽山進香，少師隨坐了幾號大樣官船，從長江中起行。不則數日，來到蘇州馬頭上，灣船在姑蘇館驛河下。蘇州是他父母之邦，他有心要上岸觀看風俗比舊同異如何。屏去從人，不要跟隨，獨自一個穿著直裰在身，只做野僧打扮，從胥門走進街市上來行走。正在看玩之際，忽見喝道之聲，遠遠而來。市上人雖不見十分驚惶，卻也各自走開，在兩邊了讓他。有的說是管糧曹官人來了。少師雖則步行，自然不放他在眼裏的，只在街上搖擺不避。須臾之間，那個官人看看擡近，轎前皂快❹人等高聲喝罵道：「禿驢怎不迴避！」少師只是微微冷笑。就有兩個應捕把他推來搶去❺。少師口裏只說得一句道：「不得無理！我怎麼該避你們的？」應捕見他不肯走開，道是：「衝了節。」一把拏住，只等轎到面前，應捕口裏稟道：「一個野僧衝道，拏了聽候發落。」轎上那個官人問道：「你是那裏野和尚，這等倔強？」少師只不做聲。那個官人大怒，喝教拿下打著。眾人喏了一聲，如鷹拏燕雀，把少師按倒在地，打了二十板。少師再不分辨，竟自忍受了。纔打得完，只見府裏一個承差同一個船上人，飛也似跑來道：「那裏不尋得少師爺到？卻在這裏。」眾人驚道：「誰是少師爺？」承差道：「適纔司道府縣各爺多到欽差少師姚老爺船上迎接，說著了❻小服從胥門進來了，故此同他船

---

❹ 皂快：「皂隸」、「快手」之略。

❺ 推來搶去：吳語，即「扯來扯去」。

上水手急急趕來，各位爺多在後面來了，你們何得在此無理！」眾人見說大驚失色，一哄而散。連擡那官人的轎夫，把個官來撇在地上了，丟下轎子，恨不爺娘多生兩隻腳，盡數跑了。剛剛剩下得一個官人在那裏。

元來這官人姓曹，是吳縣縣丞。當下承差將出繩來，把縣丞拴下，聽候少師發落。須臾守巡兩道府縣各官多來迎接，把少師簇擁到察院衙門裏坐了，各官挨次參見已畢。承差早已各官面前稟過少師被辱之事，各官多跪下待罪，就請當面治曹縣丞之罪。少師笑道：「權且寄府獄中，明日早堂發落。」當下把縣丞帶出，監在府裏。各官別了出來。少師是晚即宿於察院之中。次早開門，各官又進見，少師開口問道：「昨日那位孟浪的官人在那裏？」各官稟道：「見監府獄，未得鈞旨，不敢造次。」少師道：「帶他進來。」各官道是：「此番曹縣丞必不得活了。」曹縣丞也道：「性命只在霎時。」戰戰兢兢，隨著解人，膝行到庭下，叩頭請死。少師笑對各官道：「少年官人不曉事。即如一個野僧，在街上行走，與你何涉？定要打他。」各官多道：「這是有眼不識泰山，罪應萬死，只求老大人自行誅戮，賜免奏聞，以寬某等失於簡察之罪，便是大恩了。」少師笑嘻嘻的袖中取出一個柬帖來與各官看，即是前詩四句。各官看罷，少師哈哈大笑道：「此乃我前生欠下他的。昨日微服閒步，正要完這夙債。今事已畢，這官人原沒甚麼罪過，各請安心做官罷了，學生也再不提起了。」眾官盡歎伏少師有此等度量，卻是少師是曉得過去未來的事，這句話必非混帳之語。看官若不信，小子再說宋時一個奇人，也要求人杖責了前欠的。已有個榜樣過了，這人卻有好些奇處，聽小子慢慢說來，做回正話。

❻ 著了：吳語稱「穿」做「著」，音若「酌」。「著了」就是「穿了」。

從來有奇人，　　其術堪玩世。
一切真實相，　　僅足供游戲。

話說宋朝蜀州江源有一個奇人，姓楊名望才，字希呂。自小時節不知在那裏遇了異人，得了異書，傳了異術。七八歲時在學堂中便自蹺蹊作怪，專一聚集一班學生，要他舞仙童，跳神鬼，或扮個劉關張三戰呂布❼，或扮個尉遲恭單鞭奪槊❽。口裏不知念些甚麼？任憑隨心搬演。那些村童無不一一按節跳舞，就像教師教成了一般的，傍觀著實好看。及至舞畢，問那些童子，毫釐不知。

一日同學的有錢數百文，在書笥中，並沒人知道。楊生忽地向他借起錢來。同學的推說沒有。楊生便把手指掐道：「你的錢有幾百幾十幾文見在笥中，如何賴道沒有？」眾學生不信，群然啟那同學的書笥看，果然一文不差。於是傳將開去，盡道楊家學生有希奇術數。年紀漸大，長成得容狀醜怪，雙目如鬼，出口靈驗。遠近之人多來請問吉凶休咎，百發百中。因為能與人抽簡祿馬❾，川中起他一個混名叫做楊抽馬。

但是經過抽馬說的，近則近應，遠則遠應，正則正應，奇則奇應。且略述他幾樁怪異去處：楊家住居南邊有大木一株，蔭蔽數丈，忽一日寫個帖子出去貼在門首道：

❼ 劉關張三戰呂布：戲劇名，扮演三國劉備、關羽、張飛虎牢關三戰呂布故事。

❽ 尉遲恭單鞭奪槊：戲劇名，扮演「唐李世民在和王世充交戰時，偷看洛陽城，被王部下勇將單雄信領兵追趕，正在危急之際，唐將尉遲恭剗馬單鞭趕救，打敗了雄信，奪下武器棗木槊」的故事。

❾ 祿馬：星命家術語。「祿」指「祿存」；「馬」指「天馬」。「抽簡祿馬」指「為人占算星命吉凶」之意。

明日午未間，行人不可過此，恐有奇禍。

有人看見傳說將去，道抽馬門首有此帖子，多來爭看。看見了的，曉得抽馬有些古怪，不敢不信，相戒明日午未時候，切勿從他門首來走。果然到了其期，那株大木忽然摧仆下來，盈塞街市，兩傍房屋，略不少損，這多是楊抽馬魘樣過了，所以如此。又恐怕人不知道，失誤傷犯，故此又先通示，得免於禍。若使當時不知，在街上搖擺時節，不好似受了孫行者金箍棒⑩一壓，一齊做了肉餅了。

又常持縑帛入市貨賣。那買的接過手量著，定是三丈四丈長的，價錢且是相應。買的還要討他便宜，短少些價值，他並不爭論。及至買成，叫他再量量看，出得多少價錢，原只長得多少。隨你是量過幾丈的，價錢只有尺數，那縑也就只有幾尺長了。

出去拜客，跨著一疋騾子，且是雄健。到了這家門內，將騾繫在庭柱之下，賓主相見茶畢，推說別故暫出，不牽騾去。騾初時叫跳不住，去久不來，騾亦不作聲，看看縮小。主人怪異，仔細一看，乃是紙剪成的。

四川制置司⑪有三十年前一宗案牘，急要對勘，年深塵積，不知下落。司中吏胥徬徨終日，竟無尋處。有人教他請問楊抽馬，必知端的。吏胥來問，抽馬應聲答道：在某屋某櫃第幾沓下。依言去尋，果然即在那裏番出來。

---

⑩ 孫行者金箍棒：出西遊記。

⑪ 四川制置司：制置司，官名，唐置，宋因之。掌經畫邊境軍旅之事，不常設。南北宋之交，漸有增置。本篇故事，原出宋洪邁夷堅志。洪係南宋初時人，所記當是當時的制度。

一日眉山琛禪師造門相訪，適有鄉客在座。那鄉客新得一馬，黑身白鼻，狀頗駿異。楊抽馬見了道：「君此馬不中騎，只該送與我罷了。君若騎他，必有不利之處。」鄉客大怒道：「先生造此等言語，意欲嚇騙吾馬。吾用錢一百千買來的，乘坐未久，豈肯輕為你賺去麼？」抽馬笑道：「我好意替你解此大厄，你不信我，也是你的命了。今有禪師在此為證，你明年五月二十日，宿冤當有報應。切宜記取，勿可到馬房看他芻秣！又須善護左肋，直待過了此日，還可望再與你相見耳。」鄉客見他說得荒唐，又且利害，越加忿怒，不聽而去。到了明年此日，鄉客那裏還把他言語放在心上，果然親去餵馬。那匹馬忽然跳躍起來，將雙蹄亂踢，鄉客倒地。那馬見他在地上了，急向左肋用力一踹，肋骨齊斷。鄉客叫得一聲：「阿也！」連吼是吼⑫，早已後氣不接，嗚呼哀哉。琛禪師問知其事，大加驚異。每向人說楊抽馬靈驗，這是他親經目見的說話。

虞丞相自荊襄召還，子公亮遣書來叩所向。抽馬答書道：

得蘇不得蘇，半月去作同僉書。

其時僉書未有帶「同」字的，虞公不信。以後守蘇臺，到官十五日，果然召為同僉書樞密院事⑬。時錢處和先為僉書，故加「同」字。其前知不差如此。

果州教授關壽卿，名耆孫，有同僚聞知楊抽馬之術，央他遣一僕致書問休咎。關僕未至，抽馬先知，

---

⑫ 連吼是吼：吳語，作「接連地急速喘氣」解。

⑬ 同僉書樞密院事：宋代樞密院與中書省號稱「兩府」，掌握兵柄，其中主要人員，據宋史，有樞密使、知院事、同知院事、樞密副使、簽書院事、同簽書院事。此處即指虞被召為「樞密院同簽書院事」。

已在家分付其妻道：「快些造飯，有一關姓的家僕來了，須要待他。」其妻依言造飯，飯已熟了，關僕方來。未及進門，抽馬迎著笑道：「足下不問自家事，卻為別人來奔波麼？」關僕驚拜道：「先生真神仙也。」其妻即將所造之飯，款待此僕。抽馬答書，備言禍福而去。

元來他這妻子姓蘇，也不是平常的人。原是一個娼家女子，模樣也只中中，卻是拿班做勢，不肯輕易見客。及至見過的客，他就評論道：「某人是好，某人是歹，某人該興頭，某人該落泊，某人有結果，某人沒散場。」恰像請了一個設帳的相士一般。看了氣色，是件斷將出來。卻面前不十分明說，背後說一兩句，無不應驗的，因此也名重一時。來求見的頗多，王孫公子，車馬盈門。中意的晚上也留幾個，及至有的往來熟了，欲要娶他，只說道目前之人，皆非吾夫也。後來一見楊抽馬這樣醜頭怪臉，偏生喜歡道：「吾夫在此了。」抽馬一見蘇氏，便像一向認得的一般道：「元來吾妻混迹於此。」兩下說得投機，就把蘇氏娶了過來。好一似桃花女嫁了周公家裏⓮。一發的：

陰陽有準，　　禍福無差。

楊抽馬之名越加著聞。就是身不在家，只消到他門裏問著，也是不差的。所以門前熱鬧，家裏喧闐，王侯貴客，無一日沒有在座上的。

忽地一日抽馬在郡中。郡中走出兩個皁隸來，少不得是叫做張千、李萬，多是認得抽馬的，齊來聲諾。抽馬一把拉了他兩人出郡門來道：「請兩位到寒舍有句要緊話，相央則個。」那兩個是公門中人，

⓮桃花女嫁了周公家裏：桃花女和周公鬥法故事，在宋元間相當流行的。這是說一個叫桃花的女子和洛陽卦鋪主人周公鬥法，後與周公之子結婚結束，詳情閱讀元曲選桃花女破法嫁周公雜劇。

見說請他到家，料不是白差使，自然願隨鞭鐙，跟著就行。抽馬道：「兩位平日所用官杖，望乞就便帶了去。」張千、李萬道：「到宅上去，要官杖子何用？難道要我們去打那個不成？」抽馬道：「有用得著處，到彼自知端的。」張千、李萬曉得抽馬是個古怪的人，莫不真有甚麼事得做。依著言語，各掮了一條杖子，隨到家來。抽馬將出三萬錢來，送與他兩個。張千、李萬道：「不知先生要小人那廂使喚？未曾效勞，怎敢受賜。」抽馬道：「兩位受了薄意，然後敢相煩。」張千、李萬道：「先生且說。將來可以效得犬馬的，自然奉命。」抽馬走進去喚妻蘇氏出來，與兩位公人相見。張千、李萬不曉其意，為何出妻見子，各懷著疑心，不好做聲。只見抽馬與妻每人取了一條官杖，奉與張千、李萬道：「在下別無相煩，止求兩位牌頭，將此杖子責我夫妻二人每人二十杖，便是盛情不淺。」張千、李萬大驚道：「那有此話！」抽馬道：「兩位不要管，但依我行事，足見相愛。」張千、李萬道：「且說明是甚麼緣故。」抽馬道：「吾夫婦目下當受此杖，不如私下請牌頭來，完了這業債，省得當場出醜。兩位是必見許則個。」張千、李萬道：「不當人子！不當人子！⑮小人至死也不敢胡做。」抽馬與妻嘆息道：「兩位畢竟不肯，便是數已做定，解禳不去了。有勞兩位到此，雖然不肯行杖，請收了錢去。」張千、李萬道：「尊賜一發出於無名。」抽馬道：「但請兩位收去，他日略略用些盛情就是。」張千、李萬雖然推托，公人見錢，猶如蒼蠅見血，一邊接在手裏了，道：「既蒙厚賞，又道是長者賜少者不敢辭，他日有用著兩小人處，水火不避便了。」兩人真是無功受賞，頭輕腳重，歡喜不勝而去。

且說楊抽馬平日祠神，必設六位；東邊二位空著虛座，道是神位；西邊二位卻是他夫妻二人坐著作

---

⑮ 不當人子！不當人子！：見本書卷二㉘。此處引申作：「萬無此理！萬無此理！」解。

主；底下二位，每請一僧一道同坐。又不知奉的是甚麼神，又不從僧，又不從道，人不能測。地方人見他行事古怪，就把他祠神詭異，說是：「左道惑眾，論法當死。」首在郡中。郡中准詞，差人捕他到官，未及訊問，且送在監裏。獄吏一向曉得他是有手段的蹺蹊作怪人，懼怕他的術法利害，不敢加上械扭，曲意奉承他。卻又怕他用術逃去，沒尋他處，心中甚是憂惶。抽馬曉得獄吏的意思了，對獄吏道：「但請足下寬心，不必慮我。我當與妻各受刑責，其數已定，萬不可逃，自當含笑受之。」獄吏道：「先生有神術，總使數該受刑，豈不能趨避，為何自來就他？」抽馬道：「此魔業使然，避不過的。度過了厄，始可成道耳。」獄吏方纔放下了心。果然楊抽馬從容在監，並不作怪。

郡中把他送在司理⑯楊忱處議罪。司理曉得他是法術人，有心護庇他。免不得外觀體面，當堂鞫訊一番。楊抽馬不辯自己身上事，仰面對司理道：「令叔某人，這幾時有信到否？可惜，可惜。」司理不知他所說之意，默然不答。只見外邊一人走將進來，道：「是成都來的人。」正報其叔訃音。司理大驚退堂，心服抽馬之靈。其時司理有一女久病，用一醫者陳生之藥，屢服無效。司理私召抽馬到衙，意欲問他。抽馬不等開口便道：「公女久病，陳醫所用某藥，一毫無益的，不必服他。此乃後庭朴樹中小蛇為祟，我如今不好治得，因身在牢獄，不能役使鬼神。待我受杖後以符治之，可即平安，不必憂慮！」司理把所言對夫人說。夫人道：「說來有因，小姐未病之前，曾在後園見一條小蛇，緣在朴樹上，從此心中恍惚得病起的。他既知其根繇，又說能治，必有手段。快些周全他出獄，要他救治則個。」司理有

---

⑯ 司理：官名，宋太祖開寶六年（西元九七三年）始設置諸州司寇參軍，以新進士及選人為之，後改為司理，掌獄訟勘鞫，亦稱「司李」。

心出脫他，把罪名改輕，說：「元非左道惑眾死罪，不過術人妄言禍福，」只問得個不應決杖。申上郡堂去，郡守依律科斷，將抽馬與妻蘇氏各決臀杖二十。元來那行杖的皁隸，正是前日送錢與他的張千、李萬兩人。各懷舊恩，又心服他前知，加意用情，手腕偷刀，蒲鞭示辱⑰而已。抽馬與蘇氏盡道業數該當，又且輕杖，恬然不以為意。受杖歸來，立書一符，又寫幾字，作一封送去司理衙中，權當酬謝周全之意。司理拆開，見是一符，乃教他挂在樹上的，又一紅紙有六字，寫道：「明年君家有喜。」司理先把符來試挂，果然女病灑然。留下六字，看明年何喜。果然司理兄弟四人，明年俱得中選。抽馬奇術如此類者，不一而足。獨有受杖一節，說是度厄，且預先要求皁隸自行杖責解禳，及後皁隸不敢依從。畢竟受杖之時，用刑的仍是這兩人，真堪奇絕。有詩為證：

禍福從來有宿根，要知受杖亦前因。
請君試看楊抽馬，有術何能強避人。

楊抽馬術數高奇，語言如響，無不畏服。獨有一個富家子與抽馬相交最久，極稱厚善。卻帶一味狎玩，不肯十分敬信。抽馬一日偶有些事幹，要錢使用，須得二萬。囊中偶乏，心裏想道：「我且蒿惱一個人，著來向富家借貸一用。」富家子聽言，便有些不然之色。看官聽說：大凡富人沒有一個不慳吝的。惟其看得錢財如同性命一般，寶惜倍至，所以錢神有靈，甘心跟著他走；若是把來不看在心上，東手接來西手去的，觸了財神嗔怒，豈肯到他手裏來。故此非慳不成富家；纔是富家一定慳了。真個：「說了錢便無緣。」這富家子雖與楊抽馬相好，只是見他興頭有術，門面撮哄而已。忽然要與他借貸起來，他

⑰蒲鞭示辱：以蒲為鞭，薄罰示恥。出後漢書劉寬傳：「吏人有過，但用蒲鞭罰之，示辱而已。」

就心中起了好些歹肚腸。一則說是江湖行術之家，貪他家事起發他的，借了出門，只當捨去了；一則說是朋友面上，就還得本錢，不好算利；一則說是借慣了手腳，常要歆動，是開不得例子的。只回道是：「家間正在缺乏，不得奉命。」抽馬見他推辭，哈哈大笑道：「好替你借，你卻不肯。我只教你喫些驚恐，看你借我不迭。那時纔見手段哩。」自此見富家子再不提起借錢之事。富家子自道回絕了他，甚是得意。偶然那一日獨自在書房中歇宿，時已黃昏人定，忽聞得叩門之聲，起來開看，只見一個女子閃將入來，含顰萬福道：「妾東家之女也。丈夫酒醉逞兇，橫相逼逐，勢不可當。今夜已深，不可遠去，幸相鄰近，願借此一宿，天未明即當潛回家裏，以待丈夫酒醒。」富家子看其模樣，儘自飄逸有致，私自想道：「暮夜無知，落得留他伴寢。他說天未明就去，豈非神鬼不覺的？」遂欣然應允道：「既蒙娘子不棄，此時沒人知覺，安心共寢一宵，明早即還尊府便了。」那婦人並無推拒，含笑解衣，共枕同衾，忙行雲雨。

一箇孤館寂寥，不道佳人猝至；一個夜行淒楚，誰知書舍同歡。兩出無心，略覺情形忸怩；各因乍會，翻驚意態新奇。未知你弱我強，從容試看；且自抽離添坎，熱鬧為先。

行事已畢，俱各困倦，睡到五更，富家子恐天色乍明，有人知道。忙呼那婦人起來，叫了兩聲，推了兩番，既不見聲響答應，又不見身子展動。心中正疑，鼻子中只聞得一陣陣血腥之氣，甚是來得狠。富家子疑怪；只得起來挑明燈盞，將到床前一看，叫聲：「阿也！」正是：

分開八片頂陽骨，　澆下一桶雪水來。

你道卻是怎麼，元來昨夜那婦人身首，已斫做三段，鮮血橫流，熱腥撲鼻，恰像是纔被人殺了的。富家子慌得只是打顫，心裏道：「敢是丈夫知道趕來殺了他，卻怎不傷著我？我雖是弄了兩番，有些疲倦，可也忒睡得死。同睡的人被殺了，怎一些也不知道？而今事已如此，這屍首在床，血痕狼籍，倏忽天明，他丈夫定然來這裏討人，豈不決撒？若要併疊過，一時怎能乾淨得？這禍事非同小可！除非楊抽馬他廣有法術，或者可以用甚麼障眼法兒，遮掩得過。須是連夜去尋他。」也不管是四更五更，日裏夜裏，正是慌不擇路，急走出門，望著楊抽馬家裏亂亂攛攛跑將來，擂鼓也似敲門。險些把一雙拳頭敲腫了，楊抽馬方纔在裏面答應出來道：「是誰？」富家子忙道：「是我，是我。快開了門，有話講。」此時富家子正是：

急驚風撞著了慢郎中⑱。

抽馬聽得是他聲音，且不開門，一路數落⑲他道：「所貴朋友交厚，緩急須當相濟。前日借貸些少，尚自不肯，今如此黑夜來叫我甚麼幹？」富家子道：「有不是處，且慢講，快與我開開門著。」抽馬從從容容把門開了。富家子一見抽馬，且哭且拜道：「先生救我奇禍則個。」抽馬道：「何事恁等慌張？」富家子道：「不瞞先生說，昨夜黃昏時分，有個鄰婦投我，不合留他過夜。夜裏不知何人所殺？今橫屍

---

⑱ 急驚風撞著了慢郎中：此係吳地習用的成語，譬喻「急事求人而對方則漠然對待」的情形的。急驚風，俗病名，係小兒急癎。小兒期中各種痙攣發作中最多見，發作時，時時搐搦，呼吸停止，面色蒼白，人事不省，此等症候，一般都認為急症須醫生急救。可是這時候如果碰到了慢條斯理的「郎中」（吳中呼醫生為「郎中」），那病家必然心裏感到焦急也。

⑲ 數落：吳語，作「責備」解。

在家，乃飛來大禍。望乞先生妙法救解。」抽馬道：「事體特易。只是你不肯顧我緩急，我顧你緩急則甚！」富家子道：「好朋友！念我和你往來多時，前日偶因缺乏，多有得罪；今若救得我命，此後再不敢吝惜在先生面上了。」抽馬笑道：「休得驚慌！我寫一符與你拿去，貼在所臥室中，亟亟關了房門，切勿與人知道！天明開看，便知端的。」富家子道：「先生勿耍我！倘若天明開看仍復如舊，可不誤了大事！」抽馬道：「豈有是理！若是如此，是我符不靈，後來如何行術？況我與你相交有日，怎誤得你！只依我行去，包你一些沒事便了。」富家子道：「若果蒙先生神法救得，當奉錢百萬相報。」抽馬笑道：「何用許多！但只原借我二萬足矣。」富家子道：「這個敢不相奉。」抽馬遂提筆畫一符與他。富家子袖了急去。幸得天尚未明，慌慌忙忙依言貼在房中。自身走了出來，緊把房門閉了，站在外邊，牙齒還是捉對兒廝打的，氣也不敢多喘。守至天大明了，纔敢走至房前。未及開門，先向門縫窺看，已此不見甚麼狼籍意思。急急開進看時，但見乾乾淨淨一床被臥，不曾有一點漬污，那裏還見甚麼屍首？富家子方才心安意定，喜歡不勝，隨即備錢二萬，併分付僕人攜酒持肴，特造抽馬家來叩謝。抽馬道：「本意只求貸二萬錢，得此已勾，何必又費酒肴之惠。」富家子道：「多感先生神通廣大，救我難解之禍，欲加厚酬，先生又分付只須二萬。自念莫大之恩，無可報謝，聊奉卮酒，圖與先生遣興笑談而已。」抽馬道：「這等須與足下痛飲一回。但是家間窄隘無趣，又且不時有人來尋，攪擾雜沓，不得暢快。明日攜此酒肴，一往郊外盡興何如？」富家子道：「這個絕妙，先生且留此酒肴自用。明日再攜杖頭，來邀先生郊外一樂可也。」抽馬道：「多謝，多謝。」遂把二萬錢與酒肴，多收了進去。

富家子別了回家。到了明日，果來邀請出遊。抽馬隨了他到郊外來。行不數里，只見一個僻淨幽雅去處，一條酒帘子，飄飄揚揚在這裏。抽馬道：「此處店家潔靜，吾每在此小飲則個。」富家子即命僕人將盒兒向店中座頭上安放已定，相拉抽馬進店，相對坐下。喚店家取上等好酒來。只見裏面一個當壚的婦人，應將出來，手拿一壺酒，走到面前。富家子擡頭看時，喫了一驚。元來正是前夜投宿被殺的婦人，面貌一些不差，但只是像個初病起來的模樣。那婦人見了富家子，也注目相視，暗暗癡想，像個心裏有甚麼疑惑的一般。富家子有些鶻突⑳，問道：「我們與你素不相識，你見了我們，只管看了又看，是甚麼緣故？」那婦人道：「好教官人得知，前夜夢見有人邀到個所在，乃是一所精緻書房，內中有少年留住。那個少年模樣頗與官人有些廝像，故此疑心。」富家子道：「既然留住，後來卻怎麼散場了？」婦人道：「後來直到半夜方纔醒來，只覺身子異常不快，陡然下了幾斗鮮血，至今還是有氣無力的，平生從來無此病，不知是怎麼樣起的？」楊抽馬在旁只不開口，暗地微笑。富家子曉得是他的作怪，不敢明言，私念著一晌歡情，重賞了店家婦人，教他服藥調理。楊抽馬也笑嘻嘻的袖中取出一張符來付與婦人道：「你只將此符貼在睡的床上，那怪夢也不做，身體也自平復了。」婦人喜歡稱謝。兩人出了店門，富家子埋怨楊抽馬道：「前日之事，正不知禍從何起？元來是先生作戲。既累了我受驚，又害了此婦受病，先生這樣耍法，不是好事！」抽馬道：「我只召他魂來誘你。你若主意老成，那有驚恐？誰教你一見就動心營勾他，不驚你驚誰？」富家子笑道：「深夜美人來至，遮莫是㉑柳下惠魯男子㉒也忍耐不住，

⑳鶻突：即「糊塗」。
㉑遮莫是：作「即便是」解。
㉒柳下惠魯男子：相傳「柳下惠坐懷不亂」、「魯男子夜逢奔女，閉戶不納」。後世常引此二人指稱「不好色的人」。

怎教我不動心？雖然後來喫驚，那半夜也是我受用過了。而今再求先生致他來與我敘一敘舊，更感高情，再容酬謝。」抽馬道：「此婦與你元有些小前緣，故此致得他魂來，不是輕易可以弄術的，豈不怕鬼神責罰麼？你夙債原少我二萬錢，只為前日若不如此，你不肯借。偶爾作此頑耍勾當，我原說二萬之外，要也無用。我也不要再謝，你也不得再妄想了。」富家子方才死心塌地敬服抽馬神術。抽馬後在成都賣卜，不知所終。要知雖是絕奇術法，也脫不得天數的。

異術在身，可以驚世。
若非夙緣，不堪輕試。
杖既難逃，錢豈妄覬？
不過前知，遊戲三昧。

參見本書卷十五㉘。

卷三十四　任君用恣樂深閨　楊太尉戲宮館客

詩曰：

黃金用盡教歌舞，　留與他人樂少年。
此語只傷身後事，　豈知現報在生前。

且說世間富貴人家，沒一個不廣蓄姬妾，自道是左擁燕姬，右擁趙女，嬌艷盈前，歌舞成隊，乃人生得意之事；豈知男女大欲，彼此一般，一人精力要周旋幾個女子，便已不得相當，況富貴之人，必是中年上下，取的姬妾，必是花枝也似一般的後生，枕蓆之事，三分四路，怎能勾滿得他們的意，盡得他們的興，所以滿閨中不是怨氣，便是醜聲；縱有家法極嚴的，鐵壁銅墻，提鈴喝號，防得一個水洩不通，也只禁得他們的身，禁不得他們的心，略有空隙，就思量弄一場把戲，那有情趣到你身上來，只把做一個厭物看承而已，似此有何好處？費了錢財，用了心機，單買得這些人的憎嫌；試看紅拂離了越公之宅，紅綃逃了勳臣之家，此等之事，不一而足，可見生前已如此了，何況一朝身死，樹倒猢猻散，殘花嫩蕊，盡多零落于他人之手，要那做得關盼盼❶的，千中沒有一人。這又是身後之事，管不得許多，不足慨嘆了，爭奈富貴之人，只顧眼前，以為極樂，小子在旁看的，正替你擔著愁布袋哩。

❶ 關盼盼：唐時徐州妓，貞元中張建封納妾，為築燕子樓，建封卒，盼盼樓居十五不嫁，後絕食而卒。

宋朝有個京師士人，出游歸來，天色將晚，經過一個人家後苑，墻缺處若不甚高，看來像個跳得進的。此士人帶著酒興，一躍而過，只見裏面是一所大花園子，好不空闊，四圍一望，花木叢茂，路徑交雜，想來煞是好看，一團高興，隨著石砌階路，轉灣抹角，漸走漸深，悄不見一個人，只管踱的進去，看之不足，天色有些黑下來了，思量走回，一時忘了來路。正在追憶尋索，忽地望見紅紗燈籠，遠遠而來，想道：必有貴家人到。心下慌忙，一發尋不出原路來了，恐怕撞見不便，思量躲過。看見道左有一小亮，亮前太湖石畔，有疊成的一個石洞，洞口有一片小氈遮著，想道：躲在這裏頭去。外面人不見，權可遮掩過了，豈不甚妙！忙將這片小氈揭將開來，正要藏身進去，猛可裏一個人在洞裏鑽將出來，那一驚可也不小，士人看那人時，是一個美貌少年，不知為何先伏在這裏頭，忽見士人揭開來，只道抄他跟腳的，也自老大喫驚，急忙奔竄，不知去向了。士人道：「慚愧。且讓我躲一躲著。」於是吞聲忍氣，蹲伏在內，只道必無人見，豈知事不可料，冤家路窄，那一盞紅紗燈籠偏生生地向那亭子上來。士人洞中是暗處，覷出去，看那燈亮處較明，乃是十來個少年婦人，靚妝麗服，一個個妖冶舉止，風騷動人，士人正看得動火，不匡那一夥人一窩蜂的多搶到石洞口，眾手齊來揭氈，看見士人面貌生疎，俱各失驚道：「怎的不是那一個了？」面面廝覷，沒做理會。一個年紀略老成些的婦人，奪將紗燈在手，提過來把士人仔細一照道，就這個也好。隨將纖手拽著士人的手，一把挽將出來。士人不敢聲問，料道沒甚麼歹處，軟軟隨他同走，引到洞房曲室，只見酒肴竝列，眾美爭先，六博爭雄，交杯換盞，以至摟肩交頸，搵臉接唇，無所不至；幾杯酒下肚，一個個多興熱如火，不管三七二十一，一把推士人在床上了，齊攢入帳中，脫褲的脫褲，抱腰的抱腰。不知怎的一個輪法，排頭弄將過來，士人精洩就有替他品咂的，摸弄的，不繇他不再舉，幸喜得士人是後生，還放得兩枝連珠箭，卻也無休無歇，隨你鐵鑄的，也怎有那樣本事，廝炒得不耐煩；直到五鼓，方才一個個逐漸散去，士人早已弄得骨軟觔麻，肢體無力，行走不動了；那一個老成些的婦人，將一個大擔箱，放士人在內，叫了兩三個丫鬟扛擡了，到了墻外，把擔箱傾了士人出來，急把門閉上了，自進去了。此時天色將明，士人恐怕有人看見，惹出是非來，沒奈何強打精神，一步一步挨了回來，不敢與人說知。

過了幾日，身體健旺，纔到舊所旁邊，打聽缺墻內是何處，聽得人說是蔡太師家的花園，士人伸了舌頭出來，一時縮不進去，捏了一把汗，再不敢打從那裏走過了。看官，你想當時這蔡京太師，何等威勢，何等法令，有此一班兒姬妾，不知老頭子在那裏昏寐中，眼睛背後，任憑他們這等胡弄，約下了一個驚去了，又換了一個，恣行淫樂，如同無人，太師那裏拘管得來，也只為多蓄姬妾，所以有這等醜事。同時稱高、童、楊、蔡四大奸臣，與蔡太師差不多權勢的楊戩太尉，也有這樣一件事，後來敗露，妝出許多笑柄來。看官不厭，聽小子試道其詳。

滿前嬌麗恣淫荒，　雨露誰曾得飽嘗。
自有陽臺成樂地，　行雲何必定襄王。

話說宋時楊戩太尉，恃權怙寵，靡所不為，聲色之奉，姬妾之多，一時自蔡太師而下，罕有其比。一日太尉要到鄭州上塚，攜帶了家小同行，是上前的幾位夫人，與各房隨使的養娘侍婢，多跟的西去，餘外有年紀過時了些的，與年幼未諳承奉的，又身子嬌怯，怕歷風霜的，月信方行，轎馬不便的，剩下不去；合著養娘侍婢們，也還共有五六十人留在宅中，太尉心性猜忌，防閑緊嚴，中門以外，直至大門，盡皆鎖閉，添上硃筆封條，不通出入；惟有中門內前廊壁間挖一孔，裝上轉輪盤，在外邊傳將食物進去，一個年老院奴姓李的，在外監守，晚間督人巡更，鳴鑼敲鼓，通夕不歇，外邊人不敢正眼覷視他。內宅中留不下去的，有幾位奢遮出色，乃太尉寵幸有名的姬妾，一個叫得瑤月夫人，一個叫得築玉夫人，一個叫得宜笑姐，一個叫得餐花姨姨，同著一班兒侍女，關在裏面，日長夜永，無事得做，無非是抹骨牌，鬥百草，戲鞦韆，蹴氣毬，消遣過日，然意味有限，那裏當得甚麼興趣，況日間將就扯拽過了，晚間寂寞，何以支吾。這個築玉夫人，原是長安玉工之妻，資性聰明，儀容美艷，私下也通些門路，京師傳有盛名，楊太尉偶得瞥見，用勢奪來，十分寵愛，立為第七位夫人，呼名築玉，說他標致如玉琢成一般的人，也就暗帶著本來之意。他在女伴中伶俐異常，妖淫無賽，太尉在家之時，尚兀自思量背地裏溜將個把少年進來取樂，今見太尉不在，鎮日空閒，清清鎖閉著。怎叫他不妄想起來。太尉一個館客，姓任，表字君用，原是個讀書不就的少年子弟。寫得一筆好字，也代做得些書啟簡札之類，模樣俊秀，年紀未上三十歲，總角之時，多曾與太尉後庭取樂過來，極善恢諧幫襯，又加心性熨貼，所以太尉喜歡他，留在館中作陪客。太尉鄭州去，因是途中姬妾過多，轎馬上下之處，恐有不便，故留在家閒外舍不去。任生有個相好朋友，叫做方務德，是從幼同窗，平時但是府中得暇，便去尋他閒話飲酒，此時太尉不在家，任生一發身畔無事，日裏只去拉他各處行走，晚間或同宿娼家，或獨歸書館，不在話下。

且說築玉夫人，晚間寂守不過，有個最知心的侍婢，叫做如霞，喚來床上，做一頭睡著。與他說些淫欲之事消遣悶懷。說得高興，取出行淫的假具，教他縛在腰間，權當男子行事。如霞依言而做，夫人也自哼哼嘖嘖，將腰往上亂聳亂顛，如霞弄得興頭上，問夫人道：「可比得男子滋味麼？」夫人道：「只好略取解饞，成得甚麼正經，若是真男子滋味，豈止於此。」如霞道：「男子如此值錢，可惜府中到閒著一個在外舍。」夫人道：「不是任君用麼？」如霞道：「正是。」夫人道：「這是太尉相公最親愛的客人，且是好個人物，我們在裏頭窺見他，常自火動的。」如霞道：「這個人若設法得他進來，豈不妙哉。」夫人道：「果然此人閒著。只是牆垣高峻，豈能飛入。」如霞道：「只好說要，自然進來不得。」夫人道：「待我心生一計，定要取他進來。」如霞道：「後花園牆下，便是外舍書房，我們明日早起，到後花園相相地頭，夫人怎生設下好計，弄進來大家受用一番。」夫人笑道：「我未曾到手，你便思想分用了。」如霞道：「夫人不要獨喫自疴，我們也大家有興，好做幫手。」夫人笑道：「是是。」夜無話，到得天明，梳洗已畢，夫人與如霞開了後花園門，去摘花戴，就便去相地頭。行至鞦韆架邊，只見絨索高縣，夫人看了，笑一笑道：「此件便有用他處了。」又見脩樹梯子，倚在太湖石畔，夫人叫如霞道：「你看！你看！有此二物，豈怕內外隔牆。」如霞道：「計將安出。」夫人道：「且到那對外廂的牆邊，再看個明白，方有道理。」如霞領著夫人，到兩株梧桐樹邊，指著道：「此外正是外舍書房，任君用見今獨居在內了。」夫人仔細相了一相，又想了一想道：「今晚端的只在此處，取他進來一會，不為難也。」如霞道：「卻怎麼？」夫人道：「我與你悄地把梯子拿將來，倚在梧桐樹旁，你走上梯子，再在枝幹上踏上去兩層，即可以招呼得外廂聽見了。」如霞道：「這邊上去不難，要外廂聽見也不打緊，如何得他上來。」夫人道：「我將幾片木枝，用鞦韆索縛住兩頭，隔一尺多，縛一片板，收將起來，只是一綑，撒將直來，便似梯子一般，如與外邊約得停當了，便從梯子走到梧桐枝上去，把索頭紥緊在丫叉老幹，生了根，然後將板索多抛向牆外，挂下去，分明是張軟梯，隨你再多幾個，也次第上得來。何況一人乎？」如霞道：「妙哉！妙哉！事不宜遲，且如法做起來試試看。」笑嘻嘻且向房中取出十來塊小木板，遞與夫人，夫人叫解將鞦韆索來。親自紮縛得堅牢了，對如霞道：「你且將梯兒倚好，走上梯去，望外邊一望，看可通得個消息出去，倘遇不見人，就把這法兒，先墜你下去，約他一約也好。」如霞依言，將梯兒靠穩，身子小巧利便，一轂碌溜上枝頭，望外邊書舍一看，也是合當有事，恰恰任君用同方務德外邊游耍，過了夜，方纔轉來，正要進房，墻裏如霞笑指道：「兀的不是任先生。」任君用聽得墻頭上笑聲，擡頭一看，卻見是個雙鬟女子，指著他說話，認得是宅中如霞。他本是少年的人，如何禁架得定，便問道，姐姐說小生甚麼，如霞是有心招風惹火的，答道：「先生這早在外邊回來，莫非昨晚在那處行走麼？」任君用道：「小生獨處難捱，怪不得要在外邊走走。」如霞道：「你看我墻內，那個不是獨處的，你何不到裏面走走，便大家不獨了。」任君用道：「我不生得雙翅，飛不進來。」如霞道：「你果要進來，我有法兒，不消飛得。」任君用向墻上唱一個肥喏道：「多謝姐姐，速教妙方。」如霞道：「待稟過了夫人，晚上伺候消息。」說罷了，溜下樹來。任君用聽得明白，不勝徯徉道：「不知是那一位夫人，小生有此緣分，卻如何能進得去，且到晚上看消息則個。」一面只望著日頭下去。正是：

> 無端三足烏，團圓光皎灼。
> 安得后羿弓，射此一輪落。

不說任君用巴天晚，且說築玉夫人在下邊，看見如霞和墻外講話，一句句多聽得的，不待如霞回覆，各自心照，笑嘻嘻的且回房中，如霞道：「今晚管不寂寞了。」夫人道：「萬一後生家膽怯，不敢進來，這樣事也是有的。」如霞道：「他方才恨不得立地飛了進來，聽得說有個妙法，他肥喏就唱不迭，豈有膽怯之理，只準備今宵取樂便了。」築玉夫人暗暗歡喜。

床上添鋪異錦，爐中滿爇名香。脂松細菓貯教嘗，美酒佳茗陳放。久作阱中猿馬，今思野外鴛鴦。安排芳餌鉤檀郎。百計圖他歡暢。（調寄西江月）

是日將晚，夫人喚如霞同到園中，走到梯邊，如霞仍前從梯子溜上梧桐枝去，對著墻外，大聲咳嗽，外面任君用看見天黑下來，正在那裏探頭探腦，伺候聲響，忽聞有人咳嗽，仰面瞧處，正是如霞，在樹枝高頭站著，忙道：「好姐姐，望穿我眼也，快用妙法，等我進來。」如霞道：「你在此等著，就來接你。」急下梯來，對夫人道：「那人久等哩。」夫人道：「快放他進來。」如霞即取早間紮縛停當的索子，拿在腋下，望梯上便走，到樹枝上，牢繫兩頭。如霞口中叫聲道：「著！」把木板繩索，向墻外一撒，那索子早已挂了下去。任君用外邊凝望處，見一件物事抛將出來，卻是一條軟梯索子，喜得打跌，將腳試踹，且是結得牢實，料道可登，踹著木板，雙手吊索，一步吊上墻來。如霞看見急跑下來道：「來了！來了！」夫人覺得有些害羞，走退一段路，在太湖石畔坐著等候。任君用跳過了墻，急從梯子跳下，一見如霞，向前雙手抱住道：「姐姐恩人，快活殺小生也。」如霞啐一聲道：「好不識羞的，不要饞臉，且去前面見夫人。」任君用道：「是那一位夫人？」如霞道：「是第七位築玉夫人。」任君用道：「可正是京師極有名標致的麼？」如霞道：「不是他，還有那個？」任君用道：「小生怎敢就去見他！」如霞道：「是他想著你，用見識教你進來的，你怕怎地？」任君用道：「果然如此，小生何以克當？」如霞道：「不要虛謙遜，造化著你罷了，切莫忘了我引見的。」任君用道：「小生以身相謝，不敢有忘。」

一頭說話，已走到夫人面前，如霞低聲道：「任先生已請到了。」任君用滿臉堆下笑來，深深拜揖道：「小生下界凡夫，敢望與仙子相近，今蒙夫人垂盼，不知是那世裏積下的福！」夫人道：「妾處深閨，常因太尉晏會，窺見先生丰采，渴慕已久。今太尉不在，閨中空閒，特邀先生一敘，倘不弃嫌，妾之幸也。」任君用道：「夫人擡舉，敢不執鞭墜鐙。只是他日太尉知道，罪犯非同小可。」夫人道：「太尉昏昏的，那裏有許多背後眼，況如此進來，無人知覺，先生不必疑慮，且到房中去來。」夫人叫如霞在前引路，一隻手挽著任君用同行。任君用到此，魂靈已飛在天外，那裏還顧甚麼利害，隨著夫人，輕手輕腳，竟到房中。此時天已昏黑，各房寂靜，如霞悄悄擺出酒肴，兩人對酌，四目相視，甜語溫存，三杯酒下肚，欲心如火，偎偎抱抱，共入鴛帷，兩人之樂，不可名狀。

本為旅館孤栖客，今向蓬萊頂上遊。
偏是乍逢滋味別，分明織女會牽牛。

兩人雲雨盡歡，任君用道：「久聞夫人美名，今日得同枕席，天高地厚之恩，無時可報。」夫人道：「妾身頗慕風情，奈為太尉拘禁，名雖朝歡暮樂，何曾有半點情趣。今日若非設法得先生進來，豈不辜負了好天良夜。自此當永圖偷聚，雖極樂而死，妾亦甘心矣。」任君用道：「夫人玉質冰肌。但得挨皮靠肉，福分難消，何況親承雨露之恩，實遂于飛之願，揔然事敗，直得一死了。」兩人笑談歡謔，不覺東方發白，如霞走到床前來，催起身道：「快活了一夜也勾了，趁天色未明，不出去了，更待何時？」任君用慌忙披衣而起。夫人不忍舍去，執手留連，叮嚀夜會而別。分付如霞送出後園中，原從來時方法，在索上挂將下去，到晚夕仍舊進來。真個是：

朝隱而出，　暮隱而入。

果然行不由徑，　早已非公至室。

如此往來數晚，連如霞也弄上了手，滾得熱做一團。築玉夫人心歡喜，未免與同伴中笑語之間，有些精神恍惚。說話沒頭沒腦的，露出些馬腳來。同伴裏面初時不覺，後來看出意態，頗生疑心，到晚上有有心的，外方察聽，已見了些聲響，大家多是喫得杯兒的，巴不得尋著些破綻，同在渾水裏攪攪，只是沒有找著來蹤去跡。一日，眾人偶然高興，說起打鞦韆，一哄的走到架邊，不見了索子，大家尋將起來，築玉夫人與如霞兩個多做不得聲。原來先前兩番，任君用出去了，便把索子解下藏過，以防別人看見，以後多次，便有些膽大了，曉得夜來要用，不耐煩去解他，任君用雖然出去了，索子還吊在樹枝上，挂向外邊。未及收拾，卻被眾人尋見了道：「兀的不是鞦韆索。如何縛在這裏樹上，拋向外邊去了？」宜笑姐年紀最小，身子輕便，見有梯在那裏，便溜在樹枝上去，吊了索頭，收將進來，眾人看見一節一節縛著木板，共驚道：「奇怪！奇怪！可不有人在此出入的麼？」築玉夫人通紅了臉，半晌不敢開言，瑤月夫人道：「眼見得是甚麼人在此通內了，我們該傳與李院公查出，等候太尉來家，稟知為是。」口裏一頭說，一頭把眼來瞅著築玉夫人，築玉夫人只低了頭，餐花姨姨十分瞧科了，笑道：「築玉夫人為何不說一句？莫不心下有事？不如實對姐妹們說了，通同作商量，倒是美事。」如霞料是瞞不過了，對築玉夫人道：「此事若不通眾，終須大家炒壞，便要獨做，也做不成了，大家和同些，說明白了罷。」眾人拍手道：「如霞姐說得有理，不要瞞著我們了。」築玉夫人纔把任生在此墻外做書房，用計取他進來的事，說了一遍。瑤月夫人道：「好姐姐，瞞了我們，做這樣好事。」宜笑姐道：「而今不必說了，既是通同知道，我們合伴取些快樂罷了。」瑤月夫人故意道：「做的自做，不做的自不做，怎如此說！」餐花姨姨道：「就是不做，姐妹情分，只是幫襯些為妙。」宜笑姐道：「姨姨說得是。」大家哄笑而散。原來瑤月夫人內中與築玉夫人兩下最說得來，曉得築玉有此私事，已自上心要分他的趣了，礙著眾人在面前，只得說假撇清的話，比及眾人散了，獨自走到築玉房中，問道：「姐姐，今夜來否？」築玉道：「不瞞姐姐說，連日慣了的。為甚麼不來？」瑤月笑道：「來時仍是姐姐獨樂麼？」築玉道：「姐姐纔說不做的自不做。」瑤月道：「纔方是大概說話，我便也要學做做兒的。」築玉道：「姐姐果有此意，小妹理當奉讓。今夜喚他進來，送到姐姐房中便了。」瑤月道：「我與他又不相熟。羞答答，怎好就叫他到我房中？我只在姐姐處做個幫戶便使得。」築玉笑道：「這件事用不著人幫。」瑤月道：「沒奈何，我初次害羞，只好頂著姐姐的名，嘗一嘗滋味，不要說破是我，等熟分了再處。」築玉道：「這等姐姐須權躲過，待他到我床上，脫衣之後，吹息了燈，掉了包就是。」瑤月道：「好姐姐，彼此幫襯些個。」築玉道：「這個自然。」兩個商量已定，到得晚來，仍叫如霞到後花園，把索兒收將出去，叫了任君用進來。築玉夫人打發他先睡好了，將燈吹滅，暗中拽出瑤月夫人來，推他到床上去。瑤月夫人先前兩個說話時，已自春心蕩漾，適才閃在燈後偷覷任君用進來，暗處看明處較清，見任君用俊俏風流態度，著實動了眼裏火。趁著築玉夫人來拽他，心裏巴不得就到手。況且黑暗之中，不消顧忌，也沒甚麼羞恥，一轂碌鑽進床去。床上任君用只道是築玉夫人，輕車熟路，也不等開口，翻過身就弄起來。瑤月夫人慾心已熾，猛力承受，弄到間深之處，任君用覺得肌膚湊理，與那做作態度略是有些異樣，又且不見則聲，未免有些疑惑，低低叫道：「親親我的夫人，為甚麼今夜不開了口？」瑤月夫人不好答應，任君用越加盤問，瑤月轉閉口息聲，氣也不敢出。急的任君用連叫奇怪，按住身子不動。築玉在床沿邊站著，聽這一會，聽見這些光景，不覺失笑，輕輕揭帳，將任君用狠打一下道：「天殺的便宜了你，只管絮叨甚麼，今夜換了個勝我十倍的瑤月夫人，你還不知哩！」任君用纔曉得果然不是，便道：「不知又是那一位夫人見憐，小生不曾叩見，輒敢放肆了？」瑤月夫人方出聲道：「文謅謅甚麼，曉得便罷。」任君用聽了嬌聲細語，不繇不興動，越加鼓煽起來。瑤月夫人樂極道：「好知心姐姐，肯讓我這一會，快活死也。」陰精早洩，四肢懈散。築玉夫人聽得，當不住興發，也脫下衣服，跳上床來。任君用且喜旗鎗未倒，瑤月已自風流興過，連忙幫襯，放下身來，推他到築玉夫人那邊去。任君用換了對主，另復交鋒起來，正是：

> 倚翠偎紅情最奇，巫山黯黯雨雲迷。
> 風流一似偷香蝶，纔過東來又向西。

不說三人一床高興，且說宜笑姐、餐花姨姨，日裏見說其事，明知夜間任君用必然進內，要去約瑤月夫人，同守著他，大家取樂。且自各去喫了夜飯，然後走到瑤月夫人房中，早已不見夫人，心下疑猜，急到築玉夫人處探聽，房外遇見如霞，問道：「瑤月夫人在你處否？」如霞笑道：「老早在我這裏，今在我夫人床上睡哩。」兩人道：「同睡了，那人來時卻有些不便。」如霞道：「有甚不便，且是便得忒煞，三人做一頭了。」兩人道：「那人已進來了麼？」如霞道：「進來，進來。此時進進出出得不耐煩。」宜笑姐道：「日裏他見我說了合伴取樂，老大撇清，今反是他先來下手。」餐花姨姨道：「偏是說喬話的最要緊。」宜笑姐道：「我兩個炒進去，也不好推拒得我們。」餐花姨姨道：「不要，不要。而今他兩個弄一個，必定消乏，那裏還有甚麼本事，輪到得我每。」附著宜笑姐的耳朵，說道：「不如耐過了今夜，明日我們先下些功夫，弄到了房裏，不怕他不讓我們受用。」宜笑姐道：「說得有理。」兩下各自歸房去了。一夜無詞，次日早放了任君用出去。如霞到夫人床前，說明宜笑、餐花兩人來尋瑤月夫人的說話。瑤月聽得，忙問道：「他們曉得我在這裏麼？」如霞道：「怎不曉得？」瑤月驚道：「怎麼好，須被他們恥笑。」築玉道：「何妨，索性連這兩個丫頭也弄在裏頭了。省得彼此顧忌，那時小任也不必早去夜來，只消留在這裏，大家輪流，一發無些阻碍，有何不可。」瑤月道：「這倒極是，只是今日難見他們。」築玉道：「姐姐今日只如常時，不必提起甚麼，等他們不問便罷，若問時，我便乘機兜他在裏面做事便了。」瑤月放下心腸，因是夜來困倦，直睡到晌午起來，心裏暗暗得意樂事，只提防宜笑、餐花兩人要來饒舌，見了帶些沒意思，豈知二人已自有了主意，竝不說破一字。兩夫人各像沒些事故一般，怡然相安，也不提起。到了晚來，宜笑姐與餐花姨商量，競往後花園中迎候那人，兩人走到那裏，躲在僻處，瞧那樹邊，只見任君用已在墻頭上過來，從梯子下地，整一整巾幘，抖一抖衣裳，正舉步要望裏面走去，宜笑姐搶出來，喝道：「是何閒漢，越墻進來做甚麼？」餐花姨也走出來，一把扭住道：「有賊！有賊！」任君用喫了一驚，慌得顫抖抖道：「是是是裏頭兩位夫人約我進來的，姐姐休高聲。」宜笑姐道：「你可是任先生麼？」任君用道：「小生正是任君用，並無假冒。」餐花姨道：「你偷好了兩位夫人，罪名不小，你要官休私休？」任君用道：「是夫人們教我進來的，非干小生大膽，卻是官休不得，情願私休。」宜笑姐道：「官休時，拿你交付李院公等，太尉回來，稟知處分，叫你了不得。既情願私休，今晚不許你到兩位夫人處去，只隨我兩個悄悄到裏邊，憑我們處置。」任君用笑道：「這裏頭料沒有苦楚勾當，只隨兩位姐姐去罷了。」當下三人捏手捏腳，一直領到宜笑姐自己房中，連餐花姨也留做了一床，翻雲覆雨，倒鳳顛鸞，自不必說。這邊築玉瑤月兩位夫人，等到黃昏時候，不見到來，叫如霞拿燈去後花園中，隔墻支會一聲，到得那裏，將燈照著樹邊，只見鞦韆索子挂向墻裏邊來了。原來任君用但是進來了，便把索子收向墻內，恐防挂在外面，有人瞧見，又可以隨著尾他蹤跡，故收了進來，以此為常。如霞看見，曉得任生已自進來了，忙來回覆道：「任先生進來過了，不到夫人處，卻在那裏？」築玉夫人想了一想，笑道：「這等有人剪著綹去也。」瑤月夫人道：「料想只在這兩個丫頭處。」即著如霞去看，如霞先到餐花房中，見房門閉著，內中寂然。隨到宜笑房前，聽得房內笑聲哈哈，床上軋軋震動不住。明知是任生在床做事，如霞好不口饞，急跑來對兩個夫人道：「果然在他那裏，正弄得興哩！我們快去炒他。」瑤月夫人道：「不可，不可。昨夜他們也不捉破我們，今若去炒，便是我們不是，須要傷了和氣。」築玉道：「我正要弄他兩個在裏頭，不匡他先自留心，已做下了，正合我的機謀。今夜且不可炒他，我與他一個見識，絕了明日的出路，取笑他慌張一回，不怕不打做一團。」瑤月道：「卻是如何？」築玉道：「只消叫如霞去把那鞦韆索解將下來，藏過了，且著他明日出去不得，看他們怎地瞞得我們。」如霞道：「有理！有理！是我們做下這些機關，弄得人進來，怎麼不通知我們一聲，竟自邀截了去，不通！不通！」手提了燈，一性子跑到後花園，溜上樹去，把索子解了下來，做一綑抱到房中來道：「解來了，解來了。」築玉夫人道：「藏下了，到明日再處，我們睡休。」兩個夫人各自歸房中，寂寂寞寞睡了。正是：

一樣玉壺傳漏出，　　南宮夜短北宮長。

那邊宜笑餐花兩人，摟了任君用，不知怎生狂蕩了一夜，約了晚間再會，清早打發他起身出去。任君用前走，宜笑餐花兩人蓬著頭，尾在後邊，悄悄送他，同到後花園中，任生照常登梯上樹，早不見了索子軟梯，出墻外不得，依舊走了下來道：「不知那個解去了索子，必是兩位夫人見我不到，知了些風有些見怪，故意難我，而今怎生別尋根索子，弄出去罷。」宜笑姐道：「那裏有這樣粗索，吊得人起，墜得下去的。」任君用道：「不如等我索性去見見兩位夫人，告個罪，大家商量。」餐花姨姨道：「只是我們不好意思些。」三人正躊躇間，忽見兩位夫人，同了如霞，趕到園中來。拍手笑道：「你們瞞了我們，幹得好事，怎不教飛了出去。」宜笑姐道：「先有人幹過了，我們學樣的。」餐花道：「且不要鬥口，原說道大家幫襯，只為兩位夫人撇了我們，自家做事，故此我們也打一場偏手，而今不必說了，且將索子出來，放了他出去。」築玉夫人大笑道：「請問還要放出去做甚麼？既是你知我見，大家有分了，便終日在此，還礙著那個，落得我們成群合夥，喧鬨過日。」一齊笑道：「妙！妙！夫人之言有理。」築玉便挽了任生，同眾美步回內庭中來，從此任生晝夜不出，朝歡暮樂，不是與夫人們並肩疊股，便與姨姐們作對成雙。淫慾無休，身體勞憊，思量要歇息一會兒。怎繇得你自在，沒奈何求放出去兩日，又沒個人肯。各人只將出私錢，買下肥甘物件，進去調養他。因恐李院奴有言，各用重賞，買他口淨，真是無拘無忌，受用過火了。所謂：

志不可滿，　　樂不可極。
福過災生，　　終有敗日。

任生在裏頭快活了一月有餘，忽然一日，外邊傳報進來，說太尉回來了，眾人多在睡夢昏迷之中，還未十分准信。不知太尉立時就到，府門院門，豁然大開，眾人慌了手腳，連忙著兩個送任生出後花園，叫他越牆出去，任生上得牆頭，底下人忙把梯子掇過，口裏叫道：「快下去！快下去！」不顧死活，沒頭的奔了轉來，那時多著了忙，那曾仔細，竟不想不曾繫得鞦韆索子，卻是下去不得，這邊沒了梯子，又下來不得，想道：「有人撞見，煞是利害。」欲待奮身跳出，爭奈淘虛的身子，手腳酸軟，膽氣虛怯。掙著便簌簌的抖，只得騎著牆簷脊上坐著。好似：

羝羊觸藩，　進退兩難。

自古道冤家路兒窄。誰想太尉回來，不問別事，且先要到院中各處墻垣上看有無可疑蹤跡。一徑走到後花園來，太尉擡起頭來，早已看見墻頭上有人。此時任生在高處望下，認得是太尉自來，慌得無計可施，只得把身子伏在脊上，這叫得兔子掩面，只不就認得是他，卻藏不得身子。太尉是奸狡有餘的人，明曉得內院墻垣，有甚事卻到得這上頭，畢竟連著閨門內的話，恐怕傳播開去，反為不雅，假意揚聲道：「這墻垣高峻，豈是人走得上去的？那上面有個人，必是甚邪祟憑附著他了，可尋梯子扶下來，問他端的。」左右從人應聲去掇張梯子，將任生一步步扶掖下地，任生明明聽得太尉方纔的說話，心生一計，將錯就錯，只做懵懂，不省人事的一般，任憑眾人扯扯拽拽，拖至太尉跟前。太尉認一認面龐道：「兀的不是任君用麼？原何這等模樣！必是著鬼了。」任生緊閉雙目，只不開言，太尉叫去神樂觀裏，請個法師來救解，太尉的威令，誰敢稽遲，不一刻法師已到。太尉叫他把任生看一看，法師捏鬼道：「是個著邪的。」手裏仗了劍，口裏哼了幾句呪語，噴了一口淨水道：「好了！好了！」任生果然睜開眼來道：

「我如何卻在這裏？」太尉道：「你方纔怎的來？」任生謅出一段謊來道：「夜來獨坐書房，恍惚之中，有五個錦衣花帽的將軍來說，要隨他天宮裏去抄寫甚麼，小生疑他怪樣，抵死不肯，他叫從人扯捉，騰空而起，小生慌忙吊住樹枝，口裏喊道：『我是楊太尉爺館賓，你們不得無禮。』那些小鬼見說出楊太尉三字，便放鬆了手，推跌下來，一時昏迷不省，不知卻在太尉面前。太尉幾時回來的？這裏是那裏？」旁邊人道：「你方纔被鬼迷，在墻頭上伏著，是太尉教救下來的，這裏是後花園。」太尉道：「適間所言，還是何神怪？」法師道：「依他說來是，五通神道見，此獨居無伴作，怪求食的今。與小符一紙，貼在房中，再將些三牲酒菓，安一安神，自然平穩無事。」太尉分付當直的依言而行，送了法師回去，任生扶在館中將息，任生心裏道：「慚愧！天字號一場是非，早被瞞過了也。」任生因是幾時斲喪過度了，精神原是虛耗的，做這被鬼迷了，要將息的名頭，在館中調養了十來日，終是少年易復，漸覺旺相，進來見太尉，稱謝道：「不是太尉請法師救治，此時不知怎生被神鬼所迷，喪了殘生，也不見得。」太尉也自忻然道：「且喜得平安無事，老夫與君用久闊，今又值君用病起，安排幾品，暢飲一番則個。」隨命取酒共酌，猜枚行令，極其歡洽，任生隨機應變，曲意奉承，酒間任生故意說起遇鬼之事，要探太尉心上如何，但提起，太尉便道：「使君用獨居遇魅，原是老夫不是。」著實安慰，任生心下私喜道：「所做之事，點滴不漏了。只是眾美人幾時能夠再會，此生只好做夢罷了。」書房靜夜，常是相思不歇，卻見太尉不疑，放下了老大的鬼胎，不擔干係，自道僥倖了。豈知太尉有心從墻頭上見了任生，已瞧料了九分在肚裏。及到築玉夫人房中，不想那條做軟梯的索子，自那夜取笑，將來堆在壁間，終日喧閧，已此忘了，一時不曾藏得過，被太尉看在眼裏，料道：「此物正是接引人進來的東西了。」即將如霞拷問，如霞喫苦不過，一一招出，太尉又各處查訪，從頭徹尾的事，無一不明白了，卻只毫不發覺出來？待那任生一如平時，寧可加厚些，正是：

腹中懷劍，笑裏藏刀。
撩他虎口，怎得開交。

一日，太尉召任生喫酒，直引至內書房中，歡飲多時，喚兩個歌姬出來唱曲，輪番勸酒；任生見了歌姬，不覺想起內裏相交過的這幾位來，心事悒快，只是喫酒，被灌得酩酊大醉，太尉起身走了進去。歌姬也隨時進來了，只留下任生，正在椅子上打盹，忽然四五個壯士，走到面前，不繇分說，將任生綑縛起來。任生此時醉中，不知好歹，口裏胡言亂語，沒個清頭，早被眾人擡放一張臥榻上，一個壯士拔出風也似一把快刃來，任生此時，正是：

命如五鼓啣山月，身似三更油盡燈。

看官，你道若是要結果任生性命，這也是太尉家慣做的事，況且任生造下罪孽不小，除之亦不為過，何必將酒誘他在內室了，然後動手。原來不是殺他，那處法實是希罕，只見拏刃的壯士，褪下任生腰褲，將左手扯他的陽物出來，右手颼的一刀割下，隨即剔出雙腎，任生昏夢之中，叫聲阿呀，痛極暈絕。那壯士即將神效止疼生肌的敷藥，敷在傷處，放了任生綑縛，緊閉房門而出。這幾個壯士是誰，乃是平日內裏所用閹工，專與內相淨身的。太尉怪任生淫污了他的姬妾，又平日喜歡他知趣，著人不要徑自除他，故此分付這些閹工，把來閹割了。因是閹割的，見不得風，故引入內裏密室之中，古人所云下蠶室，正是此意。太尉又分付如法調治他，不得傷命，飲食之類，務要加意。任生疼得十死九生，還虧調理有方，得以不死。明知太尉洞曉前事，下此毒手。忍氣吞聲，沒處申訴，且喜留得性命。過了十來日，勉強掙扎起來，討些湯來洗面，但見下頦上微微幾莖髭鬚，盡脫在盆內，急取鏡來照時，儼然成了一個太監之相，看那小肚之下，結起一個大疤，這一條行淫之具，已丟向東洋大海裏去了。任生摸了一摸，淚如雨下，有詩為證：

昔日花叢多快樂，今朝獨坐悶無聊。
始知裙帶喬衣食，也要生來有福消。

任君用自被閹割之後，楊太尉見了，便帶笑容，越加待得他殷勤，索性時時引他到內室中，與妻妾雜坐，宴飲耍笑。葢為他身無此物，不必顧忌。正好把來做玩笑之具了。起初瑤月築玉等人，凡與他有一手者，時時說起舊情，還十分憐念他，卻而今沒蛇得弄，中看不中喫，要來無幹。任生對這些舊人道：「自太尉歸來，我只道今生與你們永無相會之日了，豈知今日時時可以相會，卻做了個無用之物。空嘸唾津，可憐！可憐！」自此任生十日到有九日在太尉內院，希得出外，又兼頦淨聲雌，太監嘴臉，怕見熟人，一發不敢到街上閒走，平時極往來得密的方務德，也有半年不見他面。務德曾到太尉府中探問。乃太尉分付過的，盡說道：「他死了。」一日太尉帶了姬妾，出游相國寺，任生隨在裏頭，偶然獨自走至大悲閣下，恰恰與方務德撞見，務德看去，模樣雖像任生，卻已臉皮改變。又聞得有已死之說，心裏躊躇，不敢上前相認，走了開去。任生卻認得是務德不差，連忙呼道：「務德！務德！你為何不認我故人了？」務德方曉得真是任生，走來相揖。任生一見故友，手握著手，不覺嗚咽流涕，務德問他許久不見，及有甚傷心之事，任生道：「小弟不才遭變，一言難盡。」遂把前後始末之事，細述一遍，道：「一時狂興，豈知受禍如此。」痛哭不止。務德道：「你受用太過，故折罰至此。已成往事，不必追悔。今後只宜出來相尋同輩，消遣過日，」任生道：「何顏復與友朋相見，貪戀餘生，苟延旦夕罷了。」務德大加嗟嘆而別。後來打聽任生鬱鬱不快，不久竟死于太尉府中，這是行淫的結果。方務德每見少年好色之人，即舉任君用之事以為戒。看官聽說，那血氣未定後生們，固當謹慎，就是太尉，雖然下這等毒手，畢竟心愛姬妾被他弄過了。此亦是富貴人多蓄婦女之鑒。

堪笑纍垂一肉具，喜者奪來怒削去。
寄語少年漁色人，大身勿受小身誤。

又一詩笑楊太尉云：

削去淫根淫已過，尚留殘質共婆娑。
譬如宮女尋奄尹，一樣多情奈若何。

卷三十五　錯調情賈母詈女　誤告狀孫郎得妻

詩曰：

婦女輕自縊，就裏別貞淫。
若非能審處，枉自命歸陰。

話說婦人短見，往往沒奈何了，便自輕生。所以縊死之事，惟婦人極多。然有死得有用的，有死得沒用的。湖廣黃州蘄水縣❶，有一個女子陳氏，年十四歲，嫁與周世文為妻，世文年紀更小似陳氏兩歲，未知房室之事。其母馬氏是個寡婦，卻是好風月淫濫之人，先與姦夫蔡鳳鳴私通，後來索性贅他入室，作做晚夫。慾心未足，還要喫一看二。有個方外僧人性月，善能養龜，廣有春方，也與他搭上了。蔡鳳鳴正要學些抽添之法，借些藥力幫襯，並不喫醋撚酸，反與僧人一路宣淫，曉夜無度。有那媳婦陳氏在面前走動，一來礙眼，二來也帶些羞慚，要一網兜他在裏頭。況且馬氏中年了，那兩個姦夫，見了少艾女子，分外動火，巴不得到一到手。三人合伴百計來哄誘他，陳氏只是不從。婆婆馬氏怪他不肯學樣，羞他道：「看你獨造了貞節牌坊不成！」先是毒罵，漸加痛打。蔡鳳鳴假意旁邊相勸，便就捏捏撮撮撩撥他。陳氏一頭受打，一頭口裏亂罵鳳鳴道：「繇婆婆自打，不干你這野賊事，不要你來勸得！」婆婆

❶ 黃州蘄水縣：黃州屬湖北省，即今黃岡縣；蘄水縣今湖北省浠水縣，原屬黃州府。

道：「不知好歹的賤貨！必要打你肯順隨了纔住。」陳氏道：「拚得打死，決難從命。」蔡鳳鳴趁勢抱住道：「乖乖，偏要你從命，不捨得打你。」馬氏也來相幫，扯袴揿腿，強要奸他。怎當得陳氏亂顛亂滾，兩個人用力，只好捉得他身子住，那裏有閒空湊得著道兒行淫？元來世間強姦之說，元是說不通的。落得馬氏費壞了些氣力，恨毒不過，狠打了一場纔罷。陳氏受這一番作踐❷，氣忿不過，跑回到自己家裏，哭訴父親陳東陽。那陳東陽是個市井小人，不曉道理的。不指望幫助女兒，反說道：「不該逆著婆婆，凡事隨順些，自不討打。」陳氏曉得分理不清的，走了轉來，一心只要自盡。家裏還有一個太婆❸，年紀八十五了，最是疼他的。陳氏對太婆道：「媳婦做不得這樣狗彘的事，尋一條死路罷。不得伏侍你老人家了，卻是我決不空死，我決來要兩個同去。」太婆道：「我曉得你是個守志的女子，不肯跟他們胡做。卻是人身難得，快不要起這樣念頭！」陳氏主意已定，恐怕太婆老人家婆兒氣，又或者來防閒著他，假意道：「既是太婆勸我，我只得且忍著過去。」是夜在房竟自縊死。死得兩日，馬氏晚間取湯澡牝，正要上床與蔡鳳鳴快活，忽然一陣冷風過處，見陳氏拖出舌頭尺餘，當面走來。叫聲：「不好了！媳婦來了！」驀然倒地，叫喚不醒。蔡鳳鳴看見，嚇得魂不附體，連夜逃走英山❹地方，思要躲過。不想心慌不擇路，走脫了力，次日發寒發熱，口發譫語，不上幾日也死了。眼見得必是陳氏活拿了去，此時是六月天氣，起初陳氏死時，婆婆恨他，不曾收殮。今見顯報如此，鄰里喧傳，爭到周家來看。那陳

❷ 受……作踐：吳語指「受……羞辱」或「受……虐遇」之意。

❸ 太婆：吳俗稱丈夫的祖母做「太婆」。

❹ 英山：今湖北省縣名，在浠水縣東北，原屬安徽省，民國廿一年劃歸湖北。

氏停屍在低簷草屋中，烈日炎蒸，面色如生，毫不變動。說起他死得可憐，無不垂涕。又見惡姑姦夫俱死，又無不拍手稱快，有許多好事儒生，為文的為文，作傳的作傳，備了牲禮，多來祭奠。呈明上司，替他立起祠堂。後來察院采風，奏知朝廷，建坊旌表為烈婦。果應著馬氏獨造牌坊之讖。這個縊死可不是死得有用的了。

蓮花出水，不染泥淤。
均之一死，唾罵在姑。

湖廣又有承天府景陵縣❺一個人家，有姑嫂兩人。姑未嫁出，嫂也未成房，尚多是女子，共居一個小樓上。樓後有別家房屋一所，被火焚過，餘下一塊老大空地，積久為人堆聚糞穢之場。因此樓墻後窗，直見街道。二女閒空，就到窗邊看街上行人往來光景。有鄰家一個學生，朝夕在這街上經過，貌甚韶秀。二女年俱二八，情慾已動，見了多次，未免妄想起來。便兩相私語道：「這個標緻小官，不知是那一家的？若得與他同宿一晚，死也甘心。」正說話間，恰好有個賣糖的小廝，喚做四兒，敲著鑼在那裏後頭走來。姑嫂兩人多是與他賣糖廝熟的，樓窗內把手一招，四兒就挑著擔走轉向前門來，叫道：「姑娘們買糖。」姑嫂多走下樓來，與他買了些糖，便對他道：「我問你一句說話，方才在你前頭走的小官，是那一家的？」四兒道：「可是那生得齊整的麼？」二女道：「正是。」四兒道：「這個是錢朝奉家哥子❻。」二女道：「為何日日在這條街上走來走去？」四兒道：「他到學堂中去讀書，姑娘問他怎的？」二女笑

❺ 景陵縣：今湖北省天門縣。舊名竟陵；秦置，梁末廢，北周復置，五代晉改為景陵，清改為天門。
❻ 哥子：即「哥兒」。

道：「不怎的，我們看見，問問著。」四兒年紀雖小，到是點頭會意的人，曉得二女有些心動。便道：「姑娘喜歡這哥子，我替你們傳情，叫他來耍耍何如？」二女有些羞縮，多紅了臉，半晌方纔道：「你怎麼叫得他來？」四兒道：「這哥子在書房中，我時常挑擔去賣糖，極是熟的。他心性好不風月，說了兩位姑娘好情，他巴不得在裏頭的。只是門前不好來得，卻怎麼處？」二女笑道：「只他肯來，我自有處。」四兒道：「包管我去約得來。」二女就在汗巾裏解下一串錢來，遞與四兒道：「與你買菓子喫。煩你去約他一約，只叫他在後邊糞場上走到樓窗下來，我們在樓上窗裏，抛下一個布兜，兜他上來就是。」四兒道：「這等我去說與他知道了，討了回音，來復兩位姑娘。」三個多是孩子家，不知甚麼利害。歡歡喜喜，各自散去。四兒走到書房來尋錢小官，撞著他不在書房，不曾說得，走來回復。把鑼敲得響，二女即出來問，四兒便說未得見他的話。二女苦央他再去一番，千萬等個回信。四兒去了一會，又走來道：「偏生❼今日他不在書房中，待走到他家裏去與他說。」二女又千叮萬囑道：「不可忘了。」似此來去了兩番。對門有一個老兒姓程，年紀七十來歲，終日坐在門前一隻櫈上，矇矓著雙眼，看人往來。見那賣糖的四兒，在對門這家去了又來，頻敲糖鑼。那裏頭兩個女人，但是敲鑼，就走出來與他交頭接耳。想道：「若只是買糖，一次便了，為何這等藤纏？裏頭必有緣故。」跟著四兒到僻淨處，便一把扯住問道：「對門這兩個女兒，托你做些甚麼私事？你實對我說了，我與你菓兒喫。」四兒道：「不做甚麼事。」程老兒道：「你不說，我只不放你。」四兒道：「老人家休纏我，我自要去尋錢家小哥。」程老兒道：「想是他兩個與那小官有情，故此叫你去麼？」四兒被纏不過，只得把實情說了。程老兒帶著

❼偏生：吳語，即「恰巧」之意。

笑說道：「這等今夜若來，就成事了。」四兒道：「卻不怎的。」程老兒笑嘻嘻的扯著四兒道：「好對你說，作成❽了我罷。」四兒拍手大笑道：「他是女兒家，喜歡他小官，要你老人家做甚麼？」程老兒道：「我老則老，興趣還高。我黑夜裏坐在布兜內上去了，不怕他們推了我出來，那時臨老入花叢，我之願也。」四兒道：「這是我哄他兩個了，我做不得這事。」程老兒道：「你若依著我，我明日與你一件衣服穿；若不依我，我去對他家家主說了，還要拿你這小猴子❾去擺佈哩。」四兒有些著忙了道：「老爹爹果有此意，只要重賞我。我便假說是錢小官，送了你上樓罷。」程老兒便伸手腰間錢袋內，摸出一塊銀子來，約有一錢五六分重，遞與四兒道：「你且先拿了這些須去，明日再與你衣服。」四兒千歡萬喜，果然不到錢家去，竟謅一個謊，走來回復二女道：「說與錢小官了，等天黑就來。」二女喜之不勝，停當了布疋等他，一團春興。誰知程老兒老不識死，想要剪綹。四兒走來，回了他話。他就獃獃等著日晚，家裏人叫他進去喫晚飯，他回說：「我今夜有夜宵主人，不來喫了。」磕磕撞撞，撞到糞場邊來，走至樓窗下面，咳嗽一聲。時已天黑不辨色了，兩女聽得人聲，向窗外一看，但見黑魆魆一個人影，料道是那話來了。急把布來，每人捏緊了一頭，放將中段下去。程老兒見布下來了，即兜在屁股上坐好。樓上見布中已重，知是有人，扯將起來。那程老兒老年的人，身體乾枯，苦不甚重。二女趁著興高，同力一扯，扯到窗邊，正要伸手扶他，樓中火光照出窗外，卻是一個白頭老人，喫了一驚。手臂索軟，布扯不牢，一個失手，程老兒早已頭輕腳重，跌下去了。二女慌忙把布收進，顫篤篤的關了樓窗，一場掃

---

❽ 作成：同本書卷十㊻。

❾ 小猴子：賤稱小孩。

興，不在話下。

次日程老兒家，見家主夜晚不回，又不知在那一家宿了，分頭去親眷家問，沒個蹤跡。忽見糞場牆邊，一個人死在那裏，認著衣服，正是程翁。報至家裏兒子每來看著，不知其繇。只道是老人家腳蹉，自跌死了的，一齊哭著，扛擡回去。一面開喪入殮，家裏嚷做一堆。那賣糖的四兒，還不曉得緣故，指望討夜來信息，希冀衣服。莽莽走來，聽見裏面聲喧。進去看看，只見程老兒直挺挺的，躺在板上。心裏明知是昨夜做出來的，不勝傷感，點頭嘆息。程家人看見了道：「昨夜晚上請喫晚飯時，正見主翁同這個小廝，在那裏唧噥些甚麼，想是牽他到那處去。今日卻死在牆邊，那廂又不是街路，死得蹊蹺，這小廝必定知情。」眾人齊來一把拿住道：「你不實說，活活打死你，纔住。」四兒慌了，只得把昨日的事，一一說了，道：「我只曉得這些緣故，以後去到那裏，怎麼死了？我實不知。」程家兒子們聽了這話道：「雖是我家老子，老沒志氣，牽頭是你。這條性命，斷送在你身上，干休不得。」就把四兒縛住，送到官司告理。四兒到官，把首尾一十一五說了，事情干連著二女，免不得出牌行提。二女見說，曉得要出醜了，雙雙縊死樓上。只為一時沒正經，不曾做得一點事，葬送了三條性命。這個縊死，可不是死得沒用的了？

二美屬目，　睠睠孌童。
老翁夙孽，　彼此兇終。

小子而今說一個縊死的，只因一弔⑩，到弔出許多妙事來。正是：

⑩ 弔：吳俗稱「自縊」做「上弔」，此處「弔」即「自縊」也。

失馬未為禍，　　其間自有緣。
不因俱錯認，　　怎得兩團圓？

話說吳淞⑪地方有一個小官人，姓孫，也是儒家子弟。年方十七，姿容甚美。隔鄰三四家，有一寡婦姓方，嫁與賈家。先年其夫亡故，止生得一個女兒，名喚閏娘。也是十七歲，貌美出群。只因家無男子，止是娘女兩個過活，顧得一個禿小廝使喚。無人少力，免不得出頭露面。鄰舍家個個看見的，人人稱羨。孫小官自是讀書之人，又年紀相當，時時撞著，兩下眉來眼去，各自有心。只是方媽媽做人刁鑽，心性兇暴，不是好惹的人，拘管女兒甚是嚴緊。日裏只在面前，未晚就收拾女兒到房裏去了。雖是賈閏娘有這個孫郎在肚裏，只好空自嚥唾。孫小官恰像經布一般⑫，不時往來他門首，只弄得個眼熟，再無便處下手。幸喜得方媽媽見了孫小官，心裏也自愛他一分的，時常留他喫茶，與他閒話，算做通家子弟，還得頻來走走，捉空與閏娘說得句把話。閏娘恐怕娘疑心，也不敢十分兜攬。似此多時，孫小官心痒難熬，沒個計策。

一日賈閏娘穿了淡紅襖子在窗前刺綉。孫小官走來看見無人，便又把語言挑他。賈閏娘提防娘瞧著，只不答應。孫小官不離左右的，踅了好兩次，賈閏娘只怕露出破綻，輕輕的道：「青天白日，只管人面前來晃做甚麼？」孫小官聽得只得走了去。思量道：「適間所言，甚為有意。教我青天白日不要來晃，敢是要我夜晚些來？或有個機會也不見得。」等到傍晚，又踅來賈家門首呆呆立著。見賈家門已閉了，

⑪ 吳淞：鎮名，在黃浦江入海之處，現有淞滬鐵路通上海。
⑫ 經布一般：與「穿梭似的」意義同。

忽聽得呀的一響，開將出來。孫小官未知是那個，且略把身子退後，望把門開處走出一個人來，影影看去，正是著淡紅衵子的。孫小官喜得了不得，連忙尾來，只見走入坑廁裏去了。孫小官也跳進去，攔腰抱住道：「親親姐姐，我被你想殺了！你叫我：『日裏不要來。』今已晚了，你怎生打發我？」那個人啐了一口道：「小入娘賊，你認做那個哩？」元來不是賈閏娘，是他母親方媽媽，為晚了到坑廁上收拾馬子，因是女兒換下衵子在那裏，他就穿了出來。孫小官一心想著賈閏娘，又見衣服是日裏的打扮，娘女們身分必定有些廝像，眼花撩亂認錯了。直等聽得聲音，方知是差訛，打個失驚，不要命的一道烟跑了去。方媽媽喫了一場沒意思，氣得顫抖抖的，提了馬子回來。想著道：「適才小猢猻⑬的言語，甚有蹺蹊。必是女兒與他做下了有甚麼約會，認錯了我，故作此行徑，不必說得。」一忿之氣，走進房來，對女兒道：「孫家小猢猻在外頭叫你，快出去！」賈閏娘不知一些清頭，說道：「甚麼孫家李家，卻來叫我？」方媽媽道：「你這臭淫婦約他來的！還要假撇清？」賈閏娘叫起屈來道：「那裏說起！我好耽耽坐在這裏，卻與誰有約來？把這等話贓污我！」方媽媽道：「方纔我走出去，那小猢猻急急趕來，口口叫姐姐，不是認做了你這臭淫婦麼？做了這樣齷齪人，不如死了罷。」賈閏娘沒口得分剖，大哭道：「可不是冤殺我，我那知他這些事體來？」方媽媽道：「你渾身是口，也洗不清。平日不調得喉慣，沒些事體，他怎敢來動手動腳！」方媽媽平日本是難相處的人，就碎聒得一個不了不休。賈閏娘欲待辨來，往常心裏，本是有他的虛心病，說不出強話；欲待不辨來，其實不曾與他有勾當，委是冤屈。思量一轉，淚如泉湧，道：「以此一番防範越嚴，他走來也無面目，這因緣料不能勾了。況我當不得這擦刮，受不

⑬小猢猻：吳語稱「猴子」做「猢猻」，「小猢猻」即「小猴子」也。

得這腌臢，不如死了，與他結個來生緣罷。」哭了半夜，趁著方媽媽炒罵興闌，精神疲倦，昏昏熟睡，輕輕床上起來，將束腰的汗巾，懸梁高弔。正是：

未得野鴛交頸；　且做羚羊挂角。

且說方媽媽一覺睡醒，天已大明，口裏還嘮嘮叨叨，說昨夜的事，帶著罵道：「只會引老公招漢子，這時候還不起來，挺著屍⓮做甚麼？」一頭碎聒，一頭穿衣服。靜悄悄不見有人聲響，嚷道：「索性不見則聲，還嫌我做娘的多嘴哩！」夾著氣蠱，跳下床來。擡頭一看，正見女兒挂著，好似打鞦韆的模樣，叫聲不好了。連忙解了下來，早已滿口白沫，鼻下無氣了。方媽媽又驚，又苦，又懊悔。一面抱來，放倒在床上，搥胸跌腳的哭起來。哭了一會，狠的一聲道：「這多是孫家那小入娘賊，害了他性命。更待干罷，必要尋他來抵償，出這口氣。」又想道：「若是小入娘賊得知了這個消息，必定躲過我。且趁著未張揚時，去賺得他來，留住了，當官告他，不怕他飛到天外去。」忙叫禿小廝來，不與他說明，只教去請孫小官來講話。孫小官正想著昨夜之事，好生沒意思。聞知方媽媽請他，一發心裏縮縮朒朒⓯起來，道：「怎到反來請我？敢怕要發作我麼？」卻又是平日往來的，不好推辭得，只得含著些羞慚之色，隨著禿小廝來到，見了方媽媽。方媽媽撮起笑容來道：「小哥夜來好莽撞！敢是認做我小女麼？」孫小官面孔通紅，半晌不敢答應。方媽媽道：「吾家與你家，門當戶對，你若喜歡著我女兒，只消明對我說，

⓮ 挺……屍：吳俗罵「人躺在床上不動」做「挺屍」。

⓯ 縮縮朒朒：據顧張思士風錄云：「畏人曰：『縮朒。』」見漢五行志：「王侯縮朒不任事。」師古注：「退怯貌」。」此處作「膽怯」解。

一絲為定，便可成事，何必做那鼠竊狗偷沒道理的勾當？」孫小官聽了這一片好言，不知是計，喜之不勝道：「多蒙媽媽厚情！待小子去備些薄意，央個媒人來說。」方媽媽道：「這個且從容。我既以口許了你，你且進房來，與小女相會一相會，再去央媒也未遲。」孫小官正像尼姑菴裏賣卵袋，巴不得要的。歡天喜地，隨了方媽媽進去。方媽媽到得房門邊，推他一把道：「在這裏頭，你自進去。」孫小官冒冒失失，踹腳進了房。方媽媽隨把房門拽上了，鏗的一聲下了鎖，隔著板障大聲罵道：「孫家小猢猻聽著，你害我女兒弔死了，今挺屍在床上，交付你看守著。我到官去告你因奸致死，看你活得成活不成？」孫小官初時見關了門，正有些慌忙道不知何意。及聽得這些說話，方曉得是方媽媽因女兒死了，賺他來討命。看那床上，果有個死人躺著，老大驚惶。卻是門兒已鎖，要出去又無別路，在裏頭哀告道：「媽媽，是我不是，且不要經官，放我出來再商量著。」門外悄沒人應，元來方媽媽叫禿小廝跟著，已去告訴了地方，到縣間遞狀去了。

孫小官自是小小年紀，不曾經過甚麼事體，見了這個光景，豈不慌怕？思量道：「弄出這人命事來，非同小可！我這番定是死了。」嘆口氣道：「就死也罷，只是我雖承姐姐顧盼好情，不曾沾得半分實味，今卻為我而死，我免不得一死償他。無端端的兩條性命，可不是前緣前世欠下的業債麼？」看著賈閏娘屍骸，不覺傷心大哭道：「我的姐姐，昨日還是活潑潑與我說話的，怎今日就是這樣了，卻害著我？」正傷感間，一眼覷那賈閏娘時：

雙眸雖閉，一貌猶生。嫋嫋腰肢，如不舞的迎風楊柳；亭亭體態，像不動的出水芙蕖。宛然美女獨眠時，只少才郎同伴宿。

孫小官見賈閏娘顏面如生，可憐可愛。將自己的臉，偎著他臉上，又把口嗚嘬一番，將手去摸摸肌膚，身體還是和軟的，不覺興動起來。心裏想道：「生前不曾沾著滋味，今旁無一人，落得任我所為。我且解他的衣服開來，雖是死的，也弄他一下，還此心願，不枉把性命賠他。」就揭開了外邊衫子與裙子，把褲子解了帶扭，褪將下來，露出雪白也似兩腿。看那牝處，尚自光潔無毛，真是：

陰溝渥丹，　火齊欲吐。

兩腿中間，兀自氣騰騰的。嘴對著嘴，恣意親咂。只見賈閏娘口鼻中，漸漸有些氣息，喉中咯咯聲響。元來起初放下時，被汗巾勒住了氣，一時不得回轉，心頭溫和，原不曾死。方媽媽性子不好，一看見死了，就耐不得。只思報仇害人，一下子奔了出去，不曾仔細解救。今得孫小官在身體上騰那，氣便活動，口鼻之間，又接著真陽之氣，慨慨的甦醒轉來。孫小官見有些奇異，反驚得不敢胡動。跳下身來，忙把賈閏娘款款扶起。閏娘得這一起胸口痰落，忽地叫聲：「哎呀！」早把雙眼朦朧閃開，看見是孫小官扶著他，便道：「我莫不是夢裏麼？」孫小官道：「姐姐，你險些害殺我也！」閏娘道：「我媽媽在那裏了？你到得這裏？」孫小官道：「你家媽媽道你死了，哄我到此，反鎖著門，當官告我去了。不想姐姐卻得重醒轉來，而今媽媽未來，房門又鎖得好好的，可不是天叫我兩個成就好事了。」閏娘道：「昨夜受媽媽炒聒不過，拼著性命。誰知今日重活？又得見哥哥在此，只當另是一世人了。」孫小官抱住要雲雨，閏娘羞阻道：「媽媽昨日沒些事體，尚且百般醜罵，若今日知道與哥哥有些甚麼，一發了不得。」孫小官道：「這是你媽媽自家請我上門的，須怪不得別人！況且姐姐你適纔未醒之時，我已先做了點點事了，而今不必推掉得。」閏娘見說，自看身體上，纔覺得裙袴俱開，陰中生楚，已知著了他手。況且原是心愛的人，有何不情願？只算任憑他舞弄，孫小官重整旗槍，兩下交戰起來：

一個朦朧初醒，一個熱鬧重興。烈火乾柴，正是相逢對手；疾風暴雨，還饒未慣嬌姿。不怕隔垣聽，喜的是房門靜閉；何須牽線合，妙在那靦面成交。兩意濃時，好似渴中新得水；一番樂處，真如死去再還魂。

兩人無拘無管，盡情盡意，樂了一番。閏娘道：「你道媽媽回家來，見了卻怎麼？」孫小官道：「我兩人已成了事，你媽媽來家，推也推我不出去，怕他怎麼？誰叫他鎖著你我在這裏的？」兩人情投意合，親愛無盡。也只詎⑯媽媽就來，誰知到了天晚，還不見回。閏娘自在房裏取著火種，到廚房中做飯與孫小官喫。孫小官也跟著相幫動手，已宛然似夫妻一般。至晚媽媽竟不來家，兩人索性放開肚腸，一床一臥，相偎相抱睡了。自不見有這樣湊趣幫襯的事，那怕方媽媽住在外邊過了年回來，這廂不題。

且說方媽媽這日哄著孫小官，鎖禁在房了，一徑到縣前來叫屈。縣官喚進審問，方媽媽口訴因奸致死人命事情。縣官不信道：「你們吳中風俗不好，婦女刁潑。必是你女兒病死了，想要圖賴鄰里的？」方媽媽說：「女兒不從縊死，奸夫現獲在家，只求差人押小婦人到家，便可扭來登堂究問。如有虛誑，情願受罪。」縣官見他說得的確，纔叫個吏典將紙筆責了口詞，准發該房出牌行拘。方媽媽終是個女流，被衙門中刁難，要長要短的，詐得不討煩。纔與他差得個差人出來，差人又一時不肯起身，藤纏著要錢。羈絆住身子，轉眼已是兩三日，方得同了差人，來到自家門首。方媽媽心裏道：「不詎一出門擔閣了這

⑯ 只詎：「詎」同「叵」。通常與「不」字或「誰」字連用，作「不料」或「誰料」解。此係獨立的用法，意義仍作「料」字解。「只詎」即「只料」。

些時，那小猢猻不要說急死，餓也該餓得零丁了。」先請公差到堂屋裏坐下，一面將了鑰匙去開房門。只聽得裏邊笑語聲響，心下疑惑道：「這小猢猻在裏頭，卻和那個說話？」忙開進去，擡眼看時，只見兩個人並肩而坐，正在那裏知心知意的商量。方媽媽驚得把雙眼一擦，看著女兒道：「你幾時又活了？」孫小官笑道：「多承把一個死令愛交我相伴，而今我設法一個活令愛還了。這個人是我的了。」方媽媽呆了半晌，開口不得。思量沒收場，只得拗曲作直說道：「誰叫你私下通奸？我已告在官了。」孫小官道：「我不曾通奸，是你鎖我在房裏的，當官我也不怕。」方媽媽正有些沒擺佈處，心下躊躇，早忘了支分公差，外邊公差每焦燥道：「怎麼進去不出來了？打發我們回復官人去。」方媽媽只得走出來把實情告訴公差道：「起初小女實是縊死了，故此告這狀；不想小女仍復得活，而今怎生去回得官人便好？」公差變起臉來道：「匾大的天，憑你掇出掇入的。人命重情，告了狀又說是不死，你家老子做官，也說不通。誰教你告這樣謊狀？」方媽媽道：「人命不實，姦情是真。我也不為虛情，有煩替我帶人到官，我自會說。」就把孫小官交付與公差。孫小官道：「我須不是自家走來的，況且人又不曾死，不犯甚麼事，要我到官何幹？」公差道：「這不是這樣說，你牌上有名，有理沒理，你自見官分辨，不干我們事。我們來一番，須與我們差使錢去。」孫小官道：「我身子被這裏媽媽鎖住，餓了幾日，而今拼得見官，那裏有使用？但憑媽媽怎樣罷了。」當下方媽媽反輸一帖，只得安排酒飯，款待了公差。公差還要連閨娘帶去。方媽媽求免女兒出官。公差道：「起初說是死的，也少不得要相驗屍首⑰，而今是個活的，怎好不見得官？」賈閏娘聞知說道：「果要出醜，我不如仍舊縊死了罷。」方媽媽沒奈何，苦苦央及公差。

⑰ 相驗屍首：「檢驗」吳俗稱「相驗」。即「檢驗屍首」。

做好做歉了一番，又送了東西，公差方肯住手。只帶了孫小官同原告方媽媽到官回復。

縣官先叫方媽媽問道：「你且說女兒怎麼樣死的？」方媽媽因是女兒不曾死，頭一句就不好答應。只得說：「爺爺，女兒其實不曾死。」縣官道：「不死，怎生就告人因奸致死？」方媽媽道：「起初告狀時節是死的；爺爺准得狀回去，不想又活了。」縣官道：「有這樣胡說！原說吳下婦人刁，多是一派虛情，人不曾死，就告人命，好打！」方媽媽道：「人雖不死，姦情實是有的。小婦人現獲正身在此。」縣官就叫孫小官上去問道：「方氏告你姦情，是怎麼說？」孫小官道：「小人委實不曾有姦。」縣官道：「你方纔是那裏拿出來的？」孫小官道：「在賈家房裏。」縣官道：「可知是行姦被獲了。」孫小官道：「小人是方氏騙去，鎖在房裏，非小人自去的，如何是小人行奸？」縣官又問方媽媽道：「你如何騙他到家？」方媽媽道：「他與小婦人女兒有奸，小婦人知道了，罵了女兒一場，女兒當夜縊死。所以小婦人哄他到家鎖住了，特來告狀。及至小婦人到得家裏，不想女兒已活，雙雙的住在房裏了幾日，這姦情一發不消說起了。」孫小官道：「小人與賈家女兒鄰居，自幼相識，原不曾有一些甚麼事。不知方氏與女兒有何話說，卻致女兒上吊。道是女兒死了，把小人哄到家裏，一把鎖鎖住，小人並不知其繇。及至小人慌了，看看女兒屍首時，女兒忽然睜開雙目，依然活在床上。此時小人出來又出來不得，便做小人是柳下惠魯男子⑱時，也只索同這女兒住在裏頭了。不詎一住就是兩三日，卻來拿小人到官，這不是小人自家走進去住在裏頭的，須怪小人不得，望爺爺詳情。」縣官見說了，笑將起來道：「這說的是真話。只是女兒今雖不死，起初自縊，必有隱情。」孫小官道：「這是他娘女自有相爭，小人卻不知道。」縣

⑱ 柳下惠魯男子：見本書卷十五㉘。

官叫方氏起來問道：「且說你女兒為何自縊？」方媽媽道：「方纔說過，是與孫某有姦了。」縣官道：「怎見得他有姦？拏姦要雙，你曾拏得他著麼？」方媽媽道：「他把小婦人認做了女兒，趕來把言語調戲，所以疑心他有姦。」縣官笑道：「疑心有姦，怎麼算得奸？以前反未必有這事，是你疑錯了，以後再活轉來，同住這兩日夜，這就不可知。卻是你自鎖他在房裏，成就他的。此莫非是他的姻緣了，況已死得活，世所罕有，當是天意。我看這孩子儀容可觀，說話伶俐，你把女兒嫁了他，這些多不消饒舌了。」方媽媽道：「小婦人原與他無仇，只為女兒死了，思量沒處出這口氣，要擺佈他；今女兒不死，小婦人已自悔多告了這狀了，只憑爺爺主張。」縣官大笑道：「你若不出來告狀，女兒與女壻怎能勾先相會這兩三日。」遂援筆判道：

孫郎賈女，貌若年當。疑奸非奸，認死不死。欲縶其鑽穴之身，反遂夫同衾之樂。似有天意，非屬人為。宜效綢繆，以消怨曠⓳。

判畢，令吏典讀與方媽媽孫小官聽了，俱各喜歡，兩兩拜謝而出。孫小官就去擇日行禮，與賈閏娘配為夫婦。這段姻緣，分明在這一弔上成的。有詩為證：

姻緣分定不須忙，自有天公作主張。
不是一番寒徹骨，怎得梅花撲鼻香？

⓳ 怨曠：「怨女曠夫」之略。女子及年未結婚的叫做「怨女」；男子及年而未結婚的，叫做「曠夫」。

卷三十六　王漁翁捨鏡崇三寶　白水僧盜物喪雙生

詩云：

資財自有分定，　　貪謀枉費躊躇。
假使取非其物，　　定為神鬼揶揄！

話說宋時淳熙年間❶，臨安府市民沈一以賣酒營生，家居官巷口，開著一個大酒坊。又見西湖上生意好，在錢塘門外豊僂買了一所庫房，開著一個大酒店。樓上臨湖玩景，游客往來不絕。沈一日裏在店裏監著酒工賣酒，傍晚方回家去。日逐營營算計利息，好不興頭。

一日正值春盡夏初，店裏喫酒的甚多，到晚未歇，收拾不及，不回家去，就在店裏宿了。將及二鼓時分，忽地湖中有一大船，泊將攏岸，鼓吹喧闐，絲管交沸，有五個貴公子，各戴花帽，錦袍玉帶，挾同姬妾十數輩，徑到樓下，喚酒工過來，問道：「店主人何在？」酒工道：「主人沈一今日不回家去，正在此間。」五客多喜道：「主人在此更好，快請相見。」沈一出來見過了，五客道：「有好酒，只管拿出來，我每不虧你。」沈一道：「小店酒頗有，但憑開量洪飲，請到樓上去坐。」五客擁了歌童舞女，一齊登樓，暢飲更餘，店中百來罈酒喫了罄盡。算還酒錢，多是雪花白銀。沈一是個乖覺的人，見了光

❶ 淳熙年間：南宋孝宗年號，相當西元一一七四—一一八九年。

景，想道：「世間那有一樣打扮的五個貴人？況他容止飄然，多有仙氣，只這用了無數的酒，決不是凡人了，必是五通神道❷無疑。既到我店，不可錯過了。」一點貪心，忍不住向前跪拜道：「小人一生辛苦經紀，趕趁些微末利錢，只勾度日。不道十二分天幸，得遇尊神，真是夙世前緣，有此遭際。願求賜一場小富貴。」五客多笑道：「要與你些富貴也不難，只是你所求何等事？」沈一叩頭道：「小人市井小輩，別不指望，只求多賜些金銀便了。」五客多笑著點頭道：「使得，使得。」即叫一個黃巾力士聽使用，力士向前聲喏，五客內中一個為首的喚到近身，附耳低言，不知分付了些甚麼，領命去了，須臾回覆，背上負一大布囊來，擲于地。五客教沈一來與他道：「此一囊金銀器皿，盡以賞汝。然須到家始看，此處不可洩露！」沈一伸手去隔囊捏一捏，捏得囊裏塊塊纍纍，其聲鏗鏘，大喜過望，叩頭稱謝不止。俄頃雞鳴，五客率領姬妾上馬，籠燭夾道，其去如飛。沈一心裏快活，不去再睡，要駝回到家開看。慮恐入城之際，囊裏狼犺❸，被城門上盤詰，拏一個大錘，隔囊鎚擊，再加蹴踏匾了，使不聞聲，然後背在肩上，急到家裏。妻子還在床上睡著未起，沈一連聲喊道：「快起來！快起來！我得一主橫財在這裏了。尋秤來與我秤秤看。」妻子道：「甚麼橫財？昨夜家中櫃裏頭，異常響聲，疑心有賊，只得起來照看，不見甚麼。為此一夜睡不著，至今未起。你且先去看看櫃裏著，再來尋秤不遲。」沈一走去，取

---

❷ 五通神道：「五通」亦稱「五聖」，留青日札稱五通起於明初，但據陔餘叢考，指出宋夷堅志中載有五聖行祠等，認為宋元已有之。此係妖淫之神，俗稱能魅人，為種種怪異，吳俗祀之甚虔。清康熙初湯斌撫吳，毀像撤祠，其風始絕。

❸ 狼犺：見本書卷六⓫。

了鑰匙，開櫃一看，那裏頭空空的了。元來沈一城內城外兩處酒坊所用銅錫器皿家伙與妻子金銀首飾，但是值錢的多收拾在櫃內，而今一件也不見了。驚異道：「奇怪！若是賊偷了去，為何鎖都不開的？」妻子見說櫃裏空了，大哭起來道：「罷了！罷了！一生辛苦，多沒有了。」沈一道：「不妨，且將神道昨夜所賜來看看，儘勾受用哩！」慌忙打開布袋來看時，沈一驚得呆了。說也好笑，一件件拿出來看，多是自家櫃裏東西，只可惜被夜來那一頓鎚踏，多弄得歪的歪，匾的匾，不成一件家伙了。沈一大叫道：「不好了！不好了！被這夥潑毛神，作弄了。」妻子問其緣故，乃說：「昨夜遇著五通神道，求他賞賜金銀，他與我這一布囊。誰知多是自家屋裏東西，叫個小鬼來搬去的。」妻子道：「為何多打壞了？」沈一道：「這卻是我怕東西狼犺，撞著城門上盤詰，故此多敲打實落了。那知有這樣□自家害著自家了。」沈一夫妻多氣得不耐煩，重新喚了匠人，逐件置造過，反費了好些工食，不指望橫財，倒折了本。傳聞開去，做了笑話。沈一好些時不敢出來見人，只因一念貪癡，妄想非分之得，故受神道侮弄如此。可見世上不是自家東西，不要欺心貪他的。小子說一個欺心貪別人東西，不得受用，反受顯報的一段話，與看官聽一聽，冷一冷這些欺心要人的肚腸。有詩為證：

異寶歸人定夙緣，豈容旁睨得垂涎！
試看欺隱皆成禍，始信冥冥自有權。

話說宋朝隆興年間❹，蜀中嘉州❺地方，有一個漁翁姓王名甲，家住岷江之旁，世代以捕魚為業。

❹ 隆興年間：隆興乃南宋孝宗年號，相當西元一一六三—六四年兩年間，其後即改元稱乾道。
❺ 嘉州：今四川樂山縣。

每日與同妻子，棹著小舟，往來江上撒網施罟，一日所得，恰好供給一家。這個漁翁，雖然行業❻落在這裏頭了，卻一心好善敬佛，每將魚蝦市上去賣，若勾了一日食用，便肯將來布施與乞丐，或是寺院裏打齋化飩，禪堂中募化腐菜，他不拘一文二文，常自喜不吝捨。他妻子見慣了的，況是女流，愈加信佛，也自與他一心一意，雖是生意淺薄，不多大事，沒有一日不捨兩文的。

一日，正在河中棹舟，忽然看見水底一物蕩漾不定，恰像是個日頭的影一般，火采閃爍，射人眼目。王甲對妻子道：「你看見麼？此下必有奇異，我和你設法取他起來，看是何物？」遂教妻子理網，搜的一聲，撒將下去。不多時掉轉船頭，牽將起來，看那網中，光亮異常。笑道：「是甚麼好物事呀？」取上手看，卻元來是面古鏡。周圍有八寸大小，雕鏤著龍鳳之文，又有篆書許多字，字形像符籙一般樣，識不出的。王甲與妻子看了道：「聞得古鏡值錢，這個鏡雖不知值多少？必然也是件好東西。我和你且拿到家裏藏好。看有識者，纔取出來與他看看，不要等閒褻瀆了。」看官聽說，原來這鏡，果是有來歷之物。乃是軒轅皇帝所造，採著日精月華，按著奇門遁甲，揀取年月日時，下罏開鑄，上有金章寶篆，多是秘笈靈符。但此鏡所在之處，金銀財寶，多來聚會，名為「聚寶之鏡」。只為王甲夫妻好善，也是夙世前緣，合該興旺。故此物出現，卻得取了回家，自得此鏡之後，財物不求而至。在家裏掃地，也掃出金屑來；墾田也墾出銀窖來；船上去撒網，也牽起珍寶來；剖蚌也剖出明珠來。

一日在江邊捕魚，只見灘上有兩件小白東西，趕來趕去❼，盤旋數番，急跳上岸。將衣襟兜住，卻

❻ 行業：今稱「職業」。

❼ 趕來趕去：作「彼此追逐」解。

似蓮子兩大塊小石子，生得明淨瑩潔，光彩射人，甚是可愛。藏在袖裏，帶回家來，放在匣中。是夜即夢見兩個白衣美女，自言是姐妹二人，特來隨侍。醒來想道：「必是二石子的精靈，可見是寶貝了。」把來包好，結在衣帶上。隔得幾日，有一個波斯胡人特來尋問，見了王甲道：「君身上有寶物，願求一看。」王甲推道：「沒甚寶物。」胡人道：「我遠望寶氣在江邊，跟尋到此，知在君家。及見君走出，寶氣卻在身上，千萬求看一看，不必瞞我！」王甲曉得是個識寶的，身上取出與他看。胡人看了嘖嘖道：「有緣得遇此寶，況是一雙，尤為難得。不知可肯賣否？」王甲道：「我要他無用，得價也就賣了。」胡人見說肯賣，不勝之喜道：「此寶本沒有定價，今我行囊止有三萬緡，盡數與君，買了去罷。」王甲道：「吾無心得來，不識何物？價錢既不輕了，不敢論量，只求指明要此物何用？」胡人道：「此名『澄水石』，放在水中，隨你濁水皆清。帶此汎海，即海水皆同湖水，淡而可食。」王甲道：「只如此怎就值得許多？」胡人道：「吾本國有寶池，內多奇寶，只是淤泥濁水，水中有毒。人下去的，起來無不即死。所以要取寶的，必用重價募著捨性命的下水。那人死了，還要養贍他一家。如今有了此石，只須帶在身邊，水多澄清如同凡水。往後取寶，總無妨了。豈不值錢？」王甲道：「這等只買一顆去勾了，何必兩顆多要？便等我留下一顆也好。」胡人道：「有個緣故，此寶形雖兩顆，氣實相聯。彼此相逐，纔是活物，可以長久。若拆開兩處用，不多時就枯槁無用，所以分不得的。」王甲想胡人識寶，就取出前日的古鏡出來求他賞識。胡人見了合掌頂禮道：「此非凡間之寶，其妙無量，連咱也不能盡知其用，必是世間大有福的人，方得有此。咱就有錢，也不敢買。只買此二寶去，也勾了。此鏡好好藏著，不可輕覷了他！」王甲依言，把鏡來藏好，遂與胡人成了交易。果將三萬緡買了二白石去。王甲一時富足起來，然還未捨漁船生活。

一日天晚，遇著風雨，棹船歸家。望見江南火把明亮，有人喚船求渡，其聲甚急。王甲料此時沒有別舟，若不得渡，這些人須喫了苦。急急冒著風棹過去載他。元來是兩個道士，一個穿黃衣，一個穿白衣，下在船裏了，搖過對岸。道士對王甲道：「如今夜黑雨大，沒處投宿，得到宅上權歇一宵，實為萬幸。」王甲是個行善的人，便道：「家裏雖蝸窄，尚有草榻可以安寢，師父每不妨下顧的。」遂把船拴好，同了兩道士到家裏來。分付妻子安排齋飯，兩道士苦辭道：「不必賜餐，只求一宿。」果然茶水都不喫，徑到一張竹床上一鋪睡了。王甲夫妻夜裏睡覺，只聽得竹床栗喇有聲，撲的一響，像似甚重物跌下地來的光景。王甲夫妻猜道：「莫不是客人跌下床來？然是人跌沒有得這樣響聲。」王甲疑心，暗裏走出來，聽兩道士宿處寂然，沒一些聲息，愈加奇怪。走轉房裏，尋出火種，點起個燈來，出外一照，叫聲：「阿也！」元來竹床壓破，兩道士俱落在床底下，直挺挺的眠著。伸手去一摸，嚇得舌頭伸了出去，半個時辰縮不進來。你道怎麼？但見這兩個道士：

冰一般冷，石一樣堅。儼焉兩個皮囊，塊然一雙寶體。黃黃白白，世間無此不成人；重重癡癡，路上非斯難算客。

王甲叫妻子起來道：「說也希罕，兩個客人不是生人，多變得硬硬的了。」妻子道：「變了何物？」王甲道：「火光之下，看不明白。不知是銅是錫？是金是銀？直待天明纔知分曉。」妻子道：「這等會作怪通靈的，料不是銅錫東西。」王甲道：「也是。」漸漸天明，仔細一看，果然那穿黃的是個金人；那穿白的是個銀人，約重有千百來斤。王甲夫妻驚喜非常道：「此是天賜，只恐這等會變化的，必要走了那裏去。」急急去買了一二十簍山炭歸家，熾煽起來，把來銷鎔了。但見黃的是精金，白的是紋銀。王甲前此日逐有意外之得，已是漸饒。又賣了二石子，得了一大主錢。今又有了這許多金銀，一發瓶滿甕滿，幾間破屋，沒放處了。王甲夫妻是本分的人，雖然有了許多東西，也不想去起造房屋，也不想去置買田產。但把漁家之事閣起，不去弄了，只是安守過日。尚且無時無刻，沒有橫財到手。又不消去做得生意，兩年之間，富得當不得。卻只是夫妻兩口，要這些家私竟沒用處。自己反覺多得不耐煩起來，心裏有些惶懼不安。與妻子商量道：「我家自從祖上到今，只是以漁釣為生計。一日所得，極多有了百錢，再沒去處了。今我每自得了這寶鏡，動不動上千上萬不消經求，憑空飛到，夢裏也是不打點❽的。我每且自思量著，我與你本是何等之人，驟然有這等非常富貴，只恐怕天理不容。況我每粗衣淡飯，便自過日，要這許多來何用？今若留著這寶鏡在家，只有得增添起來。我想天地之寶，不該久留在身邊，自取罪業。不如拿到峨眉山白水禪院捨在聖像上，做了圓光，永做了佛家供養，也盡了我每一片心，也結了我每一個緣，豈不為美？」妻子道：「這是佛天面上好看的事，況我每知時識務，正該如此。」于是兩個志志誠誠喫了十來日齋，同到寺裏獻此寶鏡。寺裏住持僧法輪問知來意，不勝贊嘆道：「此乃檀越大福田事！」王甲央他寫成意旨，就便邀集合寺僧眾，做一個三日夜的道場，辦齋糧，施襯錢，費過了數十兩銀錢。道場已畢，王甲即將寶鏡交付住持法輪，作別而歸。法輪久已知得王甲家裏此鏡聚寶，乃謙詞推托道：「這件物事，天下至寶，神明所惜。檀越肯將來施作佛供，自是檀越結緣。吾僧家何敢

---

❽ 不打點：「打點」作「打算」、「豫備」解。此處「不打點」即「沒有豫備」之意，全句意義，作「夢裏也沒有想到」解。參見本書卷九❸❾。

與其事？檀越自奉著置在三寶之前，頂禮而去就是了。貧僧不去沾手。」王甲夫妻依言，親自把寶鏡安放佛頂後面停當，拜了四拜，別了法輪自回去了。誰知這個法輪是個奸狡有餘的僧人？明知這鏡是至寶，王甲鉅富，皆因於此。見說肯捨在佛寺，已有心貪他的了。又恐怕日後番悔，原來取去，所以故意說個「不敢沾手」，他日好賴。王甲去後，就取將下來，密喚一個絕巧的鑄鏡匠人，照著形模，另鑄起一面來，鑄成與這面寶鏡分毫無異，隨你識貨的人，也分別不出的。法輪重謝了匠人，教他謹言。隨將新鑄之鏡，裝在佛座，將真的換去，藏好了。那法輪自得此鏡之後，金銀財物不求自至，悉如王甲這兩年的光景，以致衣鉢充牣，買祠部度牒❾，度的僮奴多至三百餘人。寺剎興旺，富不可言。王甲回去，卻便一日衰敗一日起來。元來人家要窮，是不打緊的。不消得盜劫火燒，只消有出無進，七顛八倒，做事不著，算計不就。不知不覺的漸漸消耗了。況且王甲起初財物原是來得容易的，慷慨用費不在心上，好似沒底的吊桶一般，只管漏了出去。不想寶鏡不在手裏，更沒有得來路，一用一空，只勾有兩年光景，把一個大財主，仍舊弄做個漁翁身分，一些也沒有了。俗語說得好：

寧可無了有，　　不可有了無。

王甲潑天家事，弄得精光。思量道：「我當初本是窮人，只為得了寶鏡，以致日遇橫財，如此富厚。

---

❾ 買祠部度牒：凡人詣僧寺等出家，師為之剃除鬚髮曰「剃度」，亦單曰「度」，謂「度其離俗出生死」也。出家時有「憑由」，曰「度牒」。唐會要曰：「天寶六年五月制僧尼道士，令祠部給牒。」又據唐書食貨志：「安祿山反，楊國忠遣御史崔眾至太原納錢度僧尼道士，旬日，得百萬緡。」自此官家開始鬻度牒。法輪有錢後，即大買度牒，事實上寺中增加許多僧家奴隸也。

若是好端端放在家中，自然日長夜大，那裏得個窮來！無福消受，卻沒要緊的，捨在白水寺中了。而今這寺裏好生興旺，卻教我仍受貧窮，這是那裏說起的事！」夫妻兩個互相埋怨道：「當初是甚主意？怎不阻當一聲？」王甲道：「而今也好處⑩，我每又不是賣絕與他，是白白捨去供養的，今把實情去告訴住持長老，原取了來家，這須是我家的舊物，他也不肯不得。若怕佛天面上不好看，等我每照舊豐富之後，多出些布施，莊嚴三寶起來，也不為失信行了。」妻子道：「說得極是，為甚麼睜著眼看別人富貴，自己受窮？作急去取了來，不可遲了。」商議已定，明日王甲徑到峨眉山白水禪院中來。

昔日輕施重寶，是個慷慨有量之人。今朝重想舊蹤，無非窮促無聊之計。一般檀越，貧富不同。
總是登臨，苦樂頓別。

且說王甲見了住持法輪說起為捨鏡傾家，目前無奈只得來求還原物。王甲口裏雖說，還怕法輪有些甚麼推故，不匡法輪見說，毫無難色。欣然道：「此原是君家之物，今日來取，理之當然。小僧前日所以毫不與事，正為後來必有重取之日。小僧何苦又在裏頭經手，小僧出家人，只這個色身⑪，尚非我有，何況外物乎？但恐早晚之間，有些不測，或被小人偷盜去了，難為檀越好情，見不得檀越金面。今得物歸其主，小僧睡夢也安，何敢吝惜！」遂分付香積廚⑫中辦齋，管待了王甲已畢，卻令王甲自上佛座，取了寶鏡下來。王甲捧在手中，反覆仔細轉看，認是舊物宛然，一些也無疑心，拿回家裏來，與妻子看

⑩ 也好處：「處」是「處理」也。「也好處」即「也好辦」之意。
⑪ 色身：佛家語，指「肉身」。
⑫ 香積廚：僧家的廚房，蓋取香積佛國香飯之意。

過，十分珍重收藏起了，指望一似前日財物水一般湧來。豈知一些也不靈驗，依然貧困，時常拿出鏡子來看看，光彩如舊，毫不濟事。嘆道：「敢是我福氣已過，連寶鏡也不靈了？」夢裏也不道是假的，有改字陳朝駙馬詩為證：

鏡與財俱去，鏡歸財不歸。
無復珍奇影，空留明月輝。

王甲雖然寶藏鏡子，仍舊貧窮。那白水禪院只管一日興似一日，外人聞得的，盡疑心道：「必然原鏡還在僧處，所以如此。」起先那鑄鏡匠人打造時節，只說寺中住持無非看樣造鏡，不知其中就裏。今見人議論，說出王家有鏡聚寶，捨在寺中，被寺僧偷過，致得王家貧窮，手中豐富，一段緣繇，匠人纔省得前日的事，未免對人告訴出來。聞知的越恨那和尚欺心了。卻是王甲有了一鏡，雖知其假，那從證辨？不好再向寺中爭論得，只得吞聲忍氣，自恨命薄。妻子叫神叫佛，冤屈無申，沒計奈何。法輪自謂得計，道是沒有盡藏的，安然享用了。看官你道若是如此做人，落得欺心，到反便宜，沒個公道了。怎知：

量大福亦大，機深禍亦深！

法輪用了心機，藏了別人的寶鏡，自發了家，天理不容，自然生出事端來。漢嘉⓭來了一個提點刑獄使者⓮姓渾名耀，是個大貪之人。聞得白水寺僧十分富厚，已自動了頑涎。後來察聽聞知，有鏡聚寶

⓭ 漢嘉：此指成都、府路，「漢州」、「嘉州」的略稱。
⓮ 提點刑獄使者：據事物紀原卷六：「淳化二年五月詔諸路轉運司，各命常參官一人，專知糾察刑獄公事。……

之說，想道：「一個僧家要他上萬上千，不為難事，只是萬千也有盡時，況且動人眼目，何如要了他這鏡？這些財富盡跟了我走，豈不是無窮之利？亦且只是一件物事，甚為穩便。」當下差了一個心腹吏典，叫得宋喜，特來白水禪院問住持要借寶鏡一看，只一句話，正中了法輪的心病，如何應承得？回吏典道：「好交提控⓯得知，幾年前有個施主，曾將古鏡一面捨在佛頂上，久已討回去了。小寺中那得有甚麼寶鏡？萬望提控回言一聲。」宋喜道：「提點相公坐名⓰要問這寶鏡，必是知道些甚麼來歷的，今如何回得他？」法輪道：「委實沒有，叫小僧如何生得出來？」宋喜道：「就是恁地時，在下也不敢回話，須討嗔怪！」法輪曉得他作難，寺裏有的是銀子，將出十兩來，送與吏典道：「是必有煩提控回一回，些小薄意，勿嫌輕鮮！」宋喜見了銀子，千歡萬喜道：「既承盛情，好歹替你回一回去。」法輪送吏典出了門，回身轉來與親信的一個行者真空商量道：「此鏡乃我寺發蹟之本，豈可輕易露白⓱，放得在別人家去的？不見王家的樣麼？況是官府來借，他不還了沒處叫得撞天屈，又是瞞著別人家的東西，明白告訴人不得的事，如今只是緊緊藏著，推個沒有，隨他要得急時，做些銀子不著，買求罷了。」真空道：「這個自然。怎麼好輕與得他？隨他要了多少物事去，只要留得這寶貝在，不愁他的。」師徒兩個愈加謹密不題。

至三年四月詔始稱『提點刑獄』」云。

⓯ 提控：吏典的尊稱。

⓰ 坐名：作「指明」或「指出名字」解。

⓱ 露白：俗稱露財於外做「露白」。

且說吏典宋喜去回渾提點相公的話，提點大怒道：「僧家直恁無狀！吾上司官取一物，輒敢抗拒不肯！」宋喜道：「他不是不肯，說道：『原不曾有。』」提點道：「胡說！吾訪得真實在這裏，是一個姓王的富人捨與寺中，他卻將來換過，把假的還了本人，真的還在他處。怎說沒有？必定你受了他賄賂，替他解說。如取不來，連你也是一頓好打！」宋喜慌了道：「待吏典再去與他說，必要取來就是。」提點道：「快去！快去！沒有鏡子，不要思量來見我！」宋喜唯唯而出，又到白水禪院來見住持說：「提點相公必要鏡子，連在下也被他焦燥得不耐煩。而今沒有鏡子，莫想去見得他！」法輪道：「前日已奉告過，委實還了施主家了。而今還那裏再有！」宋喜道：「相公說得丁一卯二⑱的道：有姓王的施主，捨在寺中，以後來取，你把假的還了他，真的自藏了。不知那裏訪問在肚裏的？怎好把此話回得他？」法輪道：「此皆左近之人，見小寺有兩貫浮財⑲，氣苦眼熱，造出些無端⑳說話。」宋喜道：「而今說不得了，他起了風，少不得要下些雨。既沒有鏡子，須得送些甚麼與他，纔熄得這火。」法輪道：「除了鏡子，隨分要多少，敝寺也還出得起。小僧不敢吝，憑提控怎麼分付。」宋喜道：「若要周全這事，依在下見識，須得與他千金纔打得他倒。」法輪道：「千金也好處，只是如何送去？」宋喜道：「這多在我，我自有送進的門路方法。」法輪道：「只求停妥得，不來再要便好。」即命行者真空在箱內取出千金，交與宋喜明白，又與三十兩另謝了宋喜。宋喜將的去，又藏起了二百，止將八百送進提點衙內，

---

⑱ 丁一卯二：作「的的確確」解。

⑲ 浮財：作「虛浮之財」解。

⑳ 無端：作「毫無根據」解。

稟道：「僧家實無此鏡，備些鏡價在此。」宋喜心裏道：「量便是寶鏡，也未必值得許多，可以罷了。」提點見了銀子，雖然也動火的，卻想道：「有了聚寶的東西，這七八百兩，只當毫毛，有甚希罕？叵耐這賊禿！你總是欺心賴別人的，怎在你手裏了，就不捨得拿出來？而今只是推說沒有，又不好奈何得。」心生一計道：「我須是刑獄重情衙門，我只把這幾百兩銀做了贓物，坐他一個私通賄賂，夤緣刑獄，污衊官府的罪名，拏他來敲打，不怕不敲打得出來。」當下將銀八百兩封貯庫內，即差下兩個公人，竟到白水禪院拏犯法住持僧人法輪。法輪見了公人來到，曉得別無他事，不過寶鏡一樁前件未妥，分付行者真空道：「提點衙門來拏我，我別無詞訟干連，料沒甚事。他無非生端，詐取寶鏡，我只索去見一見，看他怎麼說話？我也講個明白。他住了手，也不見得。前日宋提控送了這些去，想是嫌少，拼得再添上兩倍，量也有數㉑。你須把那話㉒藏好些，一發露形不得了！」真空道：「師父放心！師父到衙門，要甚使用，只管來取。至於那話，我一面將來藏在人尋不到的去處，隨你甚麼人來，只不認帳㉓罷了。」法輪道：「就是指了我名㉔來要，你也決不可說是有的。」兩下約定好，管待兩個公人，又重謝了差使錢了，兩個公人，各各歡喜。法輪自恃有錢，不怕官府，挺身同了公人，竟到提點衙門來。渾提點升堂見了法輪，變起臉來，拍案大怒道：「我是生死衙門㉕，你這禿賊！怎麼將著重賄，營謀甚事？見獲贓

㉑ 有數：吳語中至今沿用，作「有限」解。

㉒ 那話：即「那樣東西」，暗指「寶鏡」。

㉓ 不認帳：「認帳」，吳語中至今沿用，作「承認」解。「不認帳」即「不承認」之意。

㉔ 指了我名：意即說：「假借我的名義」。

銀在庫，中間必有隱情，快快招來！」法輪道：「是相公差吏典要取鏡子，小寺沒有鏡子，吏典教小僧把銀子來准㉖的。」提點道：「多是一剗胡說！那有這個道理？必是買囑私情，不打不招！」喝叫皂隸拖番，將法輪打得一佛出世，二佛涅槃㉗，收在監中了。提點私下又教宋喜去把言詞哄他，要說鏡子的下落。法輪咬定牙關，只說：「沒有鏡子，寧可要銀子，去與我徒弟說，再湊些送他，贖我去罷！」宋喜道：「他只是要鏡子，不知可是增些銀子完得事體的，待我先討個消息，再商量。」宋喜把和尚的口語，回了提點。提點道：「與他熟商量，料不肯拿出來，就是敲打他，也無益。我想他這鏡子，無非只在寺中。我如今密地差人把寺圍了，只說查取犯法贓物，把他家資盡數抄將出來，簡驗一過，那怕鏡子不在裏頭！」就分付吏典宋喜監押著四個公差，速行此事。宋喜受過和尚好處的，便暗把此意通知法輪。法輪心裏思量道：「來時曾囑付行者，行者說：『把鏡子藏在密處。』料必搜尋不著，家資也不好盡抄沒了我的。」遂對宋喜道：「鏡子原是沒有，任憑箱匣中搜索也不妨，只求提控照管一二，有小徒在彼，不要把家計東西乘機散失了，便是提控周全處，小僧出去，另有厚報。」宋喜道：「這個當得效力。」別了法輪，一同公差，到白水禪院中來，不在話下。

且說白水禪院行者真空原是個少年風流淫浪的僧人，又且本房饒富，儘可憑他撒漫，只是一向礙著住持師父，自家像不得意。目前見師父官提了去，正中下懷，好不自繇自在。俗語云：「偷得爺錢沒使

㉕ 生死衙門：這是提點刑獄，自稱是可以左右人民生命的衙門。
㉖ 准：作「折價」解。
㉗ 一佛出世，二佛涅槃：見本書卷五㉞。

處。」不少結識的私情相交的表子，沒一處不把東西來亂擲亂用，費掉了好些過了。又偷將來各處寄頓下，自做私房，不計其數。猛地思量道：「師父一時出來，須要查算，卻不決撒㉘，況且根究鏡子起來，我未免不也纏在裏頭㉙。目下趁師父不在，何不捲擄了這偌多家財，連鏡子多帶在身邊了，星夜逃去他州外府，養起頭髮來做個俗人，快活他下半世，豈不是好？」算計已定，連夜把箱籠中細軟值錢的，併疊起來，做了兩擔。次日，自己挑了一擔，顧人挑了一擔。眾人面前只說到州裏救師父去，竟出山門去了。去後一日，宋喜纔押回四個公差來到，聲說「要搜簡住持僧房」之意，寺僧回說：「本房師父在官，行者也出去了。止有空房在此。」公差道：「說不得，我們奉上司明文搜簡違法贓物，那管人在不在？打進去便了。」當即毀門而入，在房內一看，裏面止是些觕重㉚家火，椅桌狼犺，空箱空籠，並不見有甚麼細軟貴重的東西了。就將房裏地皮翻了轉來，並不見有甚麼鏡子在那裏。宋喜道：「住持師父叮囑我，教不要散失了他的東西。今房裏空空，卻是怎麼呢？」合寺僧眾多道：「本房行者不過出去看師父消息，為甚把房中搬得恁空？敢怕是乘機走了？」四個公差，見不是頭，曉得沒甚大生意，且把遺下的破衣舊服，亂捲擄在身邊了。問眾僧要了本房僧人在逃的結狀，一同宋喜來回覆提點。提點大怒道：「這些禿驢！這等奸猾！分明抗拒我，私下教徒弟逃去了，有甚難見處？」立時提出法輪，又加一頓臭打。那法輪本在深山中做住持，富足受用的僧人，何曾喫過這樣苦？今監禁得不耐煩，指望折些銀子，早晚

㉘ 決撒：作「決裂」解。

㉙ 纏在裏頭：作「牽累」解，吳語中至今沿用。

㉚ 觕重：「觕」音「粗」，通作「粗」，「觕重」即「粗重」之意。

得脫。見說徒弟逃走，家私已空，心裏已此苦楚，更是一番毒打，真個雪上加霜，怎經得起？到得監中，不勝狼狽，當晚氣絕。提點得知死了，方才歇手。眼見得法輪欺心，盜了別人的寶物，受此果報。有詩為證：

贗鏡偷將寶鏡充，翻令施主受貧窮。
今朝財散人離處，四大元來本是空。

且說行者真空偷竊了住持東西，逃出山門，且不顧師父目前死活，一徑打點他方去享用，把目前寄頓在別人家的物事，多討了攏來，同寺中帶出去的，放做一處，駕起一輛大車，裝載行李，顧個腳夫推了前走。看官你道住持偌大家私，況且金銀體重，豈是一車載得盡的？不知宋時盡行官鈔，又叫得「紙幣」，又叫得「官會子」，一貫止是一張紙，就有十萬貫，止是十萬張紙，甚是輕便。那住持固然有金銀財寶，這個紙鈔兀自有了幾十萬，所以攜帶不難。行者身邊藏了寶鏡，押了車輛，穿山越嶺，待往黎州㉛而去。到得竹公溪頭，忽見大霧漫天，尋路不出。一個金甲神人閃將出來：

軀長丈許，面有威容。身披鎖子黃金，手執方天畫戟。

大聲喝道：「那裏走？還我寶鏡來！」驚得那推車的人，丟了車子，跑回舊路，只恨爺娘不生得四隻腳，不顧行者死活，一道烟走了。那行者也不及來照管車子，慌了手腳，帶著寶鏡，只是望前亂竄，走入林子深處。忽地起陣狂風，一個斑斕猛虎，跳將出來，照頭一撲，把行者拖的去了。眼見得真空欺心，盜了師父的物件，害了師父的性命，受此果報。有詩為證：

㉛黎州：今四川省漢源縣。

盜竊原為非分財，　　況兼寶鏡鬼神猜。
早知虎口應難免，　　何不安心守舊來？

再說漁翁王甲討還寺中寶鏡，藏在家裏，仍舊貧窮。又見寺中，日加興旺，外人紛紛議論，已曉得和尚欺心掉換，沒處告訴。他是個善人，只自家怨悵命薄，夫妻兩個說著寶鏡在家時節，許多妙處，時時嘆恨而已。一日，夫妻兩個同得一夢，見一金甲神人分付道：「你家寶鏡今在竹公溪頭，可去收拾了回家！」兩人醒來，各述其夢。王甲道：「此乃我們心裏想著，所以做夢。」妻子道：「想著做夢也或有之，不該兩個相同。敢是我們還有些造化？故神明有些警報。既有地方的，便到那裏去尋一尋看也好。」王甲次日問著竹公溪路徑，穿山度嶺，走到溪頭。只見一輛車子，倒在地上，內有無數物件，金銀鈔幣，約莫有數十萬光景左右。一看並無人影，想道：「此一套無主之物，莫非是天賜我的麼？夢中說寶鏡在此，敢怕也在裏頭？」把車內逐一簡過，不見有鏡子。又在前後地下草中，四處尋遍，也多不見。笑道：「鏡子雖不得見，這一套富貴也勾我下半世了。不如趁早取了他去，省得有人來。」整起車來，推到路口，僱一腳夫推了，一直到家裏來。對妻子道：「多蒙神明指點，去到溪口，尋寶鏡。寶鏡雖不得見，卻見這一車物事在那裏，等了一會，並沒個人來。多管是天賜我的？故取了家來。」妻子當下簡看，盡多是金銀寶鈔，一一收拾，安頓停當，夫妻兩人不勝之喜。只是疑心道：「夢裏原說寶鏡，今雖得此橫財，不見寶鏡影蹤，卻是何故？還該到那裏，仔細一尋。」王甲道：「不然，我便明日再去走一遭。」到了晚間，復得一夢，仍舊是個金甲神人來說道：「王甲！你不必癡心！此鏡乃神天之寶，因你夫妻好善，故使暫出人間，作成你一段富貴，也是你的前緣。不想兩入奸僧之手。今奸僧多已受報，此鏡仍歸天上去矣，你不要再妄想！昨日一車之物，原即是寶鏡所聚的東西，所以仍歸于你。你只堅心好善，就這些也享用不盡了。」颯然驚覺，乃是南柯一夢。王甲逐句記得明白，一一對妻子說。明知天意，也不去尋鏡子了。夫妻享有寺中之物，儘勾豐足，仍舊做了嘉陵富翁，此乃好善之報，亦是他命中應有之財，不可強也。

休慕他人富貴！　命中所有方真，
若要貪圖非分，　試看兩個僧人。

卷三十七　疊居奇程客得助　三救厄海神顯靈

詩曰：

窈渺神奇事，　　文人多寓言。

其間應有實，　　豈必盡虛玄。

話說世間稗官野史中，多有紀載那遇神、遇仙、遇鬼、遇怪，情慾相感之事。其間多有偶因所感撰造出來的，如牛僧孺周秦行紀❶。道是僧孺落第時，遇著薄太后，見了許多異代本朝妃嬪美人，如戚夫

❶牛僧孺周秦行紀：據唐宋傳奇集云：「僧孺性堅僻，與李德裕交惡，各立門戶，終生不解。又好作志怪，有玄怪錄十卷，今已佚。惟輯本一卷存。而周秦行紀則非真出僧孺手。晁公武（郡齋讀書志十三）云：『賈黃中以為韋瓘所撰。瓘，李德裕門人，以此誣僧孺。』者也。案是時有兩韋瓘，皆嘗為中書舍人。一年十九入關，應進士舉，二十一進士狀頭，牓下除左拾遺，大中初任廉察桂林，尋除主客分司，見莫休符桂林風土記。一字茂宏，京兆萬年人，韋夏卿弟正卿之子也。『及進士第，累仕中書舍人，與李德裕善。李宗閔惡之，德裕罷，貶為明州長史。』見新唐書（一六二）夏卿傳，則為作周秦行紀者。胡應麟（筆叢三十二）云：『中有沈婆兒作天子等語，所為根蒂者不淺，獨怪思黯罹此巨謗，不亟自明，何也？牛、李二黨曲直，大都魯衛間。牛撰玄怪等錄，亡隻詞搆李，李之徒，顧作此以危之。二子者，用心睹矣！牛迄功名終，而子孫累葉貴盛；李挾高世之才，振代之績，卒淪海島，非忌刻忮害之報耶？輒因是書播告夫世之工播慝者。』乞靈於果報，

人、齊潘妃、楊貴妃、昭君、綠珠，詩詞唱和；又得昭君伴寢，許多怪誕的話。卻乃是李德裕與牛僧孺有不解之讐，教門客韋瓘作此記誣著他。只說是他自己做的，中懷不臣之心，妄言污衊妃后，要坐他族滅之罪。這個記中事體，可不是一些影也沒有的了。

又是那后土夫人傳，說是韋安道遇著后土之神，到家做了新婦，被父母疑心是妖魅，請明崇儼行五雷天心正法，遣他不去。後來父母教安道自央他去，只得去了，卻要安道隨行。安道到他去處，看見五嶽四瀆之神多來朝他；又召天后之靈，囑他予安道官職錢鈔。安道歸來，果見天后傳令洛陽城中訪韋安道，與他做魏王府長史，賜錢五百萬。說得有枝有葉。元來也是借此譏著天后的。

後來宋太宗好文，太平興國年間，命史官編集從來小說，以類分載，名為太平廣記❷。不論真的假的，一總收拾在內。議論的道：「上自神只仙子，下及昆蟲草木，無不受了淫褻污點。」道是「其中之事，大略是不可信的。」不知天下的事，纔有假，便有真。那神仙鬼怪，固然有假托的，也原自有真實的，未可執了一個見識，道總是虛妄的事。只看太平廣記以後許多記載之書，中間儘多遇神遇鬼的，說得的的確確，難道盡是假托出來不成？

只是我朝嘉靖年間，蔡林屋所記遼陽海神❸一節，乃是千真萬真的。蓋是林屋先在京師，京師與遼

殊未足以饜心。然觀李德裕所作周秦行紀論，至欲持此一文，致僧孺於族滅，則其陰譎險很，可畏實甚，棄之者眾，固其宜矣。」

❷太平廣記：書名，凡五百卷，宋太平興國（太宗年號）二年（西元九七八年）李昉等奉敕撰，凡五十五部，所採書三百四十五種云。

陽相近，就聞得人說有個商人遇著海神的說話，半疑半信。後見遼東一個僉憲一個總兵到京師來，兩人一樣說話，說得詳細，方信其實。也還只曉得在遼的事，以後的事不明白。直到林屋做了南京翰林苑孔目，撞著這人來遊雨花臺。林屋知道了，著人邀請他來相會，特問這話，方說得始末根由，備備細細。林屋敘述他覿面自己說的話，作成此傳，無一句不真的。方知從古來有這樣事的，不盡是虛誕了。說話的，畢竟那個人是甚麼人？那個事怎麼樣起？看官，聽小子據著傳聞，敷演出來。正是：

怪事難拘理，　　明神亦賦情。
不知精爽質，　　何以戀凡生？

話說徽州商人姓程名宰，表字士賢，是彼處漁村大姓，世代儒門。少時多曾習讀詩書。卻是徽州風俗，以商賈為第一等生業，科第反在次著。正德初年與兄程寀將了數千金，到遼陽地方為商，販賣人參、松子、貂皮、東珠之類，往來數年。但到處必定失了便宜，耗折了貲本，再沒一番做得著。徽人因是專重那做商的，所以凡是商人歸家，外而宗族朋友，內而妻妾家屬，只看你所得歸來的利息多少為重輕。得利多的，盡皆愛敬趨奉；得利少的，盡皆輕薄鄙笑。猶如讀書求名的中與不中歸來的光景一般。程宰兄弟兩人因是做折了本錢，怕歸來受人笑話，羞慚慘沮，無面目見江東父老❹，不思量還鄉去了。那徽州有一般做大商賈的，在遼陽開著大鋪子。程宰兄弟因是平日是慣做商的，熟於帳目出入，盤算本利，

❸ 蔡林屋所記遼陽海神：明蔡羽（明史卷二百八十七有傳）字九逵，吳人，由國子生授南京翰林院孔目，自號林屋山人，有林屋南館二集。此處所指者，即其所著的遼陽海神記，亦即本篇故事的來源。

❹ 江東父老：江東指長江下游之地。此處亦即用作「家鄉父老」之意。

這些本事，是商賈家最用得著的。他兄弟自無本錢，就有人出些束脩，請下了他專掌帳目，徽州人稱為二朝奉。兄弟兩人，日裏只在鋪內掌帳，晚間卻在自賃的下處歇宿。那下處一帶兩間，兄弟各駐一間，只隔得中間一垛板壁，住在裏頭，就像客店一般湫隘，有甚快活？也是沒奈何了，勉強度日。

如此過了數年，那年是戊寅❺年秋間了，邊方地土，天氣早寒，一日晚間風雨暴作，程宰與兄各自在一間房中，擁被在床，想要就枕。因是寒氣逼人，程宰不能成寐，翻來覆去，不覺思念家鄉起來。只得重復穿了衣服，坐在床裏浩嘆數聲。自想如此淒涼情狀，不如早死了到乾淨。此時燈燭已滅，又無月光，正在黑暗中苦挨著寒冷。忽地一室之中，豁然明朗，照耀如同白日，室中器物之類，纖毫皆見。程宰心裏疑惑，又覺異香撲鼻，氤氳滿室，毫無風雨之聲，頓然和暖，如江南二三月的氣候起來。程宰越加驚愕，自想道：「莫非在夢境中了？不免走出外邊，看是如何？」他原披衣服在身上的，亟跳下床來，走到門邊，開出去看，只見外邊陰黑風雨，寒冷得不可當。慌忙迸了進來，纔把門關上，又是先前光景，滿室明朗，別是一般境界。程宰道：「此必是怪異。」心裏慌怕，不敢移動腳步，只在床上高聲大叫。其兄程寀止隔得一層壁，隨你喊破了喉嚨，莫想答應一聲。程宰著了急，沒奈何了，只得鑽在被裏，把被連頭蓋了，撒得緊緊向裏壁睡著，圖得個眼睛不看見，憑他怎麼樣了。卻是心裏明白，耳朵裏聽得出的，遠遠的似有車馬喧闐之聲，空中管絃金石，音樂迭奏，自東南方而來。看看相近，須臾之間，已進房中。程宰輕輕放開被角，露出眼睛偷看，只見三個美婦人，朱顏綠鬢，明眸皓齒，冠帔盛飾，有像世間圖畫上后妃的打扮，渾身上下，金翠珠玉，光采奪目；容色風度，一個個如天上仙人，絕不似凡間模

❺ 戊寅：按明武宗正德年間，有戊寅年，適當十三年（西元一五一八年）。

樣。年紀多只可二十餘歲光景。前後侍女無數，盡皆韶麗非常，各有執事，自分行列。但見：

或提罏，或揮扇，或張蓋，或帶劍，或持節，或捧琴，或秉燭花，或挾圖書，或列寶玩，或荷旌幢，或擁衾裀，或執巾帨，或奉盤匜，或擎如意，或舉殽核，或陳屏障，或布几筵，或陳音樂。

雖然紛紜雜沓，仍自嚴肅整齊，只此一室之中，隨從何止數百！說說的，你錯了，這一間空房，能有多大，容得這幾百人。若一個個在這扇房門裏走將進來，走也走他一兩個更次，擠也要擠坍了。看官，不是這話，列位曾見維摩經❻上的說話麼？那維摩居士止方丈之室，乃有諸天❼皆在室內，又容得十萬八千獅子坐❽，難道是地方著得去？無非是法相神通。今程宰一室有限，那光明境界無盡。譬如一面鏡子能有多大，內中也著了無盡物像。這只是個現相，所以容得數百個人，一時齊在面前，原不是從門裏一個兩個進來的。

閒話休絮，且表正事。那三個美人，內中一個更覺齊整些的，走到床邊，將程宰身上撫摩一過。隨即開鶯聲吐燕語，微微笑道：「果然睡熟了麼？吾非是有害於人的，與郎君有夙緣，特來相就，不必見

---

❻維摩經：佛經名，全名為維摩詰所說經。有三種：一、秦鳩摩羅甚譯本；二、吳支謙譯本；三、唐玄奘譯本。三譯中流行最盛者為羅甚譯的今經三卷。

❼諸天：佛經言欲界有六天；色界之四禪有十八天；無色界之四處有四天；其他尚有日天、月天、韋馱天等諸天神，總稱之曰「諸天」。

❽獅子坐：一作「獅子座」，佛所坐之處，叫作「獅子座」。智度論云：「佛為人中獅子，凡所坐若床若地，皆名『獅子座』。」

疑。且吾已到此，萬無去理，郎君便高聲大叫，必無人聽見，枉自苦耳。不如作速起來，與吾相見。」程宰聽罷，心裏想道：「這等靈變光景，非是神仙，即是鬼怪。他若要擺佈著我，我便不起來，這被頭裏，豈是躲得過的？他既說是有夙緣，或者無害，也不見得。我且起來見他，看是怎地？」遂一轂轆❾跳將起來，走下臥床，整一整衣襟，跪在地下道：「程宰下界愚夫，不知真仙降臨，有失迎迓，罪合萬死，伏乞哀憐。」美人急將纖纖玉手一把拽將起來道：「你休懼怕，且與我同坐著。」挽著程宰之手，雙雙南面坐下。那兩個美人，一個向西，一個向東，相對侍坐。坐定，東西兩美人道：「今夕之會，數非偶然，不要自生疑慮。」即命侍女設酒進饌，品物珍美，生平目中所未曾睹。纔一舉筯，心胸頓爽。美人又命取紅玉蓮花巵進酒。巵形絕大，可容酒一升。程宰素不善酌，竭力推辭不飲，美人笑道：「郎怕醉麼？此非人間麯蘖所醞，不是喫了迷性的，多飲不妨。」手舉一巵，親奉程宰。程宰不過意，只得接了到口，那酒味甘芳，卻又爽滑清洌，毫不粘滯；雖醴泉甘露的滋味，有所不及。程宰覺得好喫，不覺一巵俱盡。美人又笑道：「郎信吾否？」一連又進數巵，三美人皆陪飲。程宰越喫越清爽，精神頓開，略無醉意。每進一巵，侍女們八音齊奏，音調清和，令人有越凡遺世之想。酒闌，東西二美人起身道：「夜已向深，郎與夫人可以就寢矣。」隨起身褰帷拂枕，疊被鋪床，向南面坐的美人告去，其餘侍女一同隨散。眼前凡百具器，霎時不見，門戶皆閉，又不知打從那裏去了。當下止剩得同坐的美人一個，挽著程宰道：「眾人已散，我與郎解衣睡罷。」程宰私自想道：「我這床上布衾草褥，怎麼好與這樣美人同睡的？」舉眼一看，只見枕衾帳褥，盡皆換過，錦綉珍奇，一些也不是舊時的了。程宰雖是有些驚惶，

❾ 一轂轆：轂轆，車輪，「一轂轆」三字用來形容「翻身一滾」之意。有時作「一骨魯」或「一砧碌」。

卻已神魂飛越，心裏不知如何纔好，只得一同解衣登床。美人卸了簪珥，徐徐解開髻髮綹辮，總綰起一窩絲來。那髮又長又黑，光明可鑑。脫下裏衣，肌膚瑩潔，滑若凝脂，側身相就。程宰湯著遍體酥麻了。真個是：

豐若有餘，柔若無骨，雲雨初交，流丹浹藉。若遠若近，宛轉嬌怯。儼如處子，含苞初坼。

程宰客中荒涼，不意得了此味，真個魂飛天外，魄散九霄，實出望外，喜之如狂。美人也自愛著程宰，枕上對他道：「世間花月之妖，飛走之怪，往往害人，所以世上說著便怕，惹人憎惡；我非此類，郎慎勿疑。我得與郎相遇，雖不能大有益於郎，亦可使郎身體康健，資用豐足。倘有患難之處，亦可出小力周全，但不可漏洩風聲。就是至親如兄，亦慎勿使知道。能守吾戒，自今以後，便當恆奉枕席，不敢有廢；若一有漏言，不要說我不能來，就有大禍臨身，吾也救不得你了。慎之！慎之！」程宰聞言甚喜，合掌罰誓道：「某本凡賤，誤蒙真仙厚德，雖粉骨碎身，不能為報；既承法旨，敢不銘心，倘違所言，九死無悔！」誓畢，美人大喜，將手來勾著程宰之頸說道：「我不是仙人，實海神也。與郎有夙緣甚久，故來相就耳。」語話纏綿，恩愛萬狀。不覺鄰雞已報曉二次。美人攬衣起道：「吾今去了，夜當復來。郎君自愛。」說罷，又見昨夜東西坐的兩個美人，與眾侍女，齊到床前，口裏多稱：「賀喜夫人郎君。」美人走下床來，就有捧家火的侍女，各將梳洗應用的物件，伏侍梳洗罷。仍帶簪珥冠帔，一如昨夜光景。美人執著程宰之手，叮嚀再四，不可洩漏。徘徊眷戀，不忍捨去。眾女簇擁而行，尚回顧不止。人間夫婦，無此愛厚。程宰也下了床，穿了衣服，佇立細看，如癡似呆。歡喜依戀之態，不能自禁。轉眼間室中寂然，一無所見。看那門窗還是昨日關得好好的。回頭再看房內，但見：

土坑上鋪一帶荊筐，蘆蓆中拖一條布被。欹頹墻角，堆零星幾塊煤烟；坍塌地罏，擺缺綻一行缾罐。渾如古廟無香火，一似牢房不潔清。

程宰恍然自失道：「莫非是做夢麼？」定睛一想，想那飲食笑語，以及交合之狀，盟誓之言，歷歷有據，絕非是夢寐之境，肚裏又喜又疑。頃刻間天已大明，程宰思量道：「吾且到哥哥房中去看一看，莫非夜來事體，他有些聽得麼？」走到間壁，叫聲：「阿哥⑩。」程寀正在床上起來，看見了程宰大驚道：「你今日面上神彩異常，不似平日光景，甚麼緣故？」程宰心裏躊躇道：「莫非果有些甚麼樣樣，惹他們疑心？」只得假意說道：「我與你時乖運蹇，失張失志，落魄在此，歸家無期。昨夜暴冷，愁苦的當不得，展轉悲嘆，一夜不曾合眼。阿哥必然聽見的，有甚麼好處？卻說我神彩異常起來。」程寀道：「我也苦冷，又想著家鄉，通夕不寐。聽你房中靜悄悄地，不聞一些聲響，我怪道你這樣睡得熟。何曾有愁嘆之聲，卻說這個話！」程宰見哥哥說了，曉得哥哥不曾聽見夜來的事了，心中放下了跎踏。等程寀梳洗了，一同到鋪裏來。

那鋪裏的人見了程宰，沒一個不喫驚道：「怎地今日程宰哥面上，這等光彩！」程寀對兄弟笑道：「我說麼？」程宰只做不曉得，不來接口。卻心裏也自覺神思清爽，肌肉潤澤，比平日不同，暗暗快活。惟恐他不再來了。是日頻視晷影，恨不速移。剛纔傍晚，就回到下處，托言腹痛，把門扃閉，靜坐虔想，等待消息。到得街鼓初動，房內忽然明亮起來，一如昨夜的光景。程宰顧盼間，但見一對香罏前導，美人已到面前。侍女止是數人，儀從之類稀少。連那傍坐的兩個美人，也不來了。美人見程宰嘿坐相等，

⑩ 阿哥：吳中習稱「哥哥」做「阿哥」。

笑道：「郎果有心如此，但須始終如一方好。」即命侍女設饌進酒，歡謔笑談，更比昨日熟分親熱了許多。須臾徹席就寢，侍女俱散。顧看床褥，並不曾見有人去鋪設，又復錦綉重疊。程宰心忖道：「床上雖然如此，地下塵埃穢污，且看是怎麼樣的？」纔一起念，只見滿地多是錦裀鋪襯，毫無寸隙了。是夜兩人綢繆好合，愈加親狎。依舊雞鳴兩度，起來梳妝而去。此後人定即來，雞鳴即去，率以為常，竟無虛夕。每來必言語喧鬧，音樂鏗鏘，兄房只隔層壁，到底影響不聞，也不知是何法術如此。自此情愛愈篤。程宰心裏想要甚麼物件，即刻就有，極其神速。一日偶思閩中鮮荔枝，即有帶葉百餘顆，香味珍美，顏色新鮮，恰像樹上纔摘下來的；又說此味只有江南楊梅，可以相匹。便有楊梅一枝，墜於面前。枝上有二萬餘顆，甘美異常。此時已是深冬，況此二物，皆不是北地所產，不知何自得來；又一夕談及鸚鵡，程宰道：「聞得說有白的，惜不曾見。」纔說罷，更有幾隻鸚鵡飛舞將來，白的五色的多有，或誦佛經，或歌詩賦，多是中土官話。一日程宰在市上看見大商將寶石二顆來賣，名為硬紅。色若桃花，大似拇指，索價百金。程宰夜間與美人說起，口中嘖嘖稱為罕見。美人撫掌大笑道：「郎如此眼光淺，真是夏蟲不可語冰，我教你看著。」說罷，異寶滿室：珊瑚有高丈餘的，明珠有如雞卵的，五色寶石有大如栲栳的，光艷奪目，不可正視。程宰左顧右盼，應接不暇。須臾之間，盡皆不見。程宰自思：「我夜間無欲不遂，如此受用，日裏仍是人家傭工，美人那知我心事來！」遂把往年貿易耗折了數千金，以致流落於此，告訴一遍，不勝嗟嘆。美人又撫掌大笑道：「正在歡會時，忽然想著這樣俗事來，何乃不脫灑如此！雖然，這是郎的本業，也不要怪你。我再教你看一個光景。」說罷，金銀滿前，從地上直堆至屋梁邊，不計其數。美人指著問程宰道：「你可要麼？」程宰是個做商人的，見了偌多金銀，怎不動火。心熱口饞，支手舞腳，卻待要取。美人將筯去饌椀內，夾肉一塊，擲程宰面上道：「此肉粘得在你面上麼？」程宰道：「此是他肉，怎粘得在吾面上！」美人指金銀道：「此亦是他物，豈可取為己有？若目前取了些，也無不可。只是非分之物，得了反要生禍。世人為取了不該得的東西，後來加倍喪去的，或連身子不保的，何止一人一事。我豈忍以此誤你！你若要金銀，你可自去經營，吾當指點路徑，暗暗助你，這便使得。」程宰道：「只這樣也好了。」

其時是己卯⓫初夏，有販藥材到遼東的，諸藥多賣盡，獨有黃栢、大黃兩味賣不去，各剩下千來斤，此是殘物，所值不多。那賣藥的見無人買，只思量丟下去了。美人對程宰道：「你可去買了他的，有大利錢在裏頭。」程宰去問一問價錢，那賣的巴不得脫手，略得些就罷了。程宰深信美人之言，料必不差。身邊積有傭工銀十來兩，盡數買了他的。歸來搬到下處，哥子程寀看見，纍纍堆堆偌多東西，卻是兩味草藥。問知是十多兩銀子買的，大罵道：「你敢失心風了！將了有用的銀子，置這樣無用的東西。雖然買得賤，這偌多幾時脫得手去？討得本利到手，有這樣失算的事。」誰知隔不多日，遼東疫癘盛作，二藥各鋪多賣缺了，一時價錢騰貴起來，程宰所有，多得了好價，賣得罄盡，共賣了五百餘兩。程寀不知袖裏，只說是兄弟偶然造化到了，做著了這一樁生意。大加欣羨道：「倖不可屢僥，今既有了本錢，該圖些傍實的利息，不可造次了。」程宰自有主意，只不說破。

過了幾日，有個荊州商人販綵段到遼東的，途中遭雨濕壓黳，多發了斑點，一疋也沒有顏色完好的。荊商日夜啼哭，惟恐賣不去，只要有捉手便可成交，價錢甚是將就。美人又對程宰道：「這個又該做了。」

⓫ 己卯：當是正德十四年（西元一五一九年）。

程宰罄將前日所得五百兩銀子，買了他五百疋。荊商大喜而去。程寀見了道：「我說你福薄，前日不意中得了些非分之財，今日就倒竈⑫了。這些綵段，全靠顏色，顏色好時，頭二兩⑬一疋還有便宜；而今斑斑點點，那個要他？這五百兩不撩在水裏了？似此做生意，幾時能勾掙得好日回家？」說罷大慟。眾商夥中知得這事，也有惜他的，也有笑他的。誰知時運到了，自然生出巧來。程宰頓放綵段，不上一月，江西寧王宸濠造反⑭，殺了巡撫孫公⑮、副使許公⑯，謀要順流而下，破安慶，取南京，僭寶位，東南一時震動。朝廷急調遼兵南討，飛檄到來，急如星火。軍中戎裝旗幟之類，多要整齊，限在頃刻，這個邊地上，那裏立地有這許多段疋，一時間價錢騰貴起來。只買得有就是，好歹不論。程宰所買這些斑斑點點的盡多得了三倍的好價錢。這一番除了本錢五百兩，分外足足撰⑰了千金。

庚辰⑱秋間，又有蘇州商人販布三萬疋到遼陽，陸續賣去，已有二萬三四千疋了。剩下齷些的，還

---

⑫ 倒竈：俗謂時運多乖曰「倒竈」。

⑬ 頭二兩：吳語，「一二兩」。

⑭ 江西寧王宸濠造反：宸濠，明太祖子寧王權之後，弘治中襲封寧王。時武宗無嗣，遊幸不時，宸濠遂蓄異志。適武宗遣使收其護衛，乃據江西南昌反，後為王守仁戰敗，被擒，誅於通州。舉兵的時候，確是正德己卯年。

⑮ 巡撫孫公：即巡撫江西右副都御史孫燧。孫字德成，餘姚人，宸濠反，被執，不屈死，明史卷二百八十九有傳。

⑯ 副使許公：即南昌兵備副使許逵。許字汝登，固始人，與孫燧同時遇害。明史卷二百八十九有傳。

⑰ 撰：同「賺」。

⑱ 庚辰：即正德十五年（西元一五二〇年）。

有六千多疋，忽然家信到來，母親死了，急要奔喪回去。美人又對程宰道：「這件事又該做了。」程宰兩番得利，心知靈驗，急急去尋他講價。那蘇商先賣去的，得利已多了。今止是餘剩，況歸心已急，只要一夥賣，便照原來價錢也罷。程宰遂把千金，盡數買了他這六千多疋回來。明年辛巳三月，武宗皇帝駕崩⑲，天下人多要戴著國喪。遼東遠在塞外，地不產布，人人要件白衣，一時那討得許多布來。一疋粗布，就賣得七八錢銀子。程宰這六千疋，又賣了三四千兩。如此事體，逢著便做，做來便希奇古怪，得利非常，記不得許多。四五年間，展轉弄了五七萬兩，比昔年所折的，到多了幾十倍了。正是：

人棄我堪取，奇贏自可居。
雖然神暗助，不得浪貪圖。

且說遼東起初聞得江西寧王反時，人心危駭，流傳訛言，紛紛不一。有的說在南京登基了，有的說兵過兩淮了，有的說過了臨清到德州了。一日幾番說話，也不知那句是真，那句是假。程宰心念家鄉切近，頗不自安。私下問美人道：「那反叛的到底如何？」美人微笑道：「真天子自在湖湘之間，與他甚麼相干！他自要討死喫，故如此猖狂，不日就擒了，不足為慮！」此是七月下旬的說，再過月餘報到，果然被南贛巡撫王陽明⑳擒了解京。程宰見美人說天子在湖湘，恐怕江南又有戰爭之事，心中仍舊懼怕。再問美人。美人道：「不妨，不妨。國家慶祚靈長，天下方享太平之福，只在一二年了。」後來嘉靖自

⑲ 武宗皇帝駕崩：武宗確於正德十六年（即辛巳）逝世。

⑳ 王陽明：明餘姚人，字伯安，學者稱他做陽明先生。弘治進士，歷官至右僉都御史，巡撫南贛，定宸濠之亂，旋陞南京兵部尚書，封新建伯，卒謚文成。明史卷一百九十五有傳。

湖廣興藩，入繼大統，海內安寧，悉如美人之言。

到嘉靖甲申年間，美人與程宰往來，已是七載，兩情繾綣，猶如一日。程宰囊中幸已豐富，未免思念故鄉起來。一夕對美人道：「某離家已二十年了，一向因本錢耗折，回去不得；今蒙大造，囊資豐饒，已過所望。意欲暫與家兄歸到鄉里，一見妻子，便當即來，多不過一年之期，就好到此永奉歡笑，不知可否？」美人聽罷，不覺驚嘆道：「數年之好，止於此乎？郎宜自愛，勉圖後福。我不能伏侍左右了。」欷歔泣下，悲不自勝。程宰大駭道：「某暫時歸省，必當速來，以圖後會。豈敢有負恩私！夫人乃說此斷頭話。」美人哭道：「大數當然，彼此做不得主；郎適發此言，便是數當永訣了。」言猶未已，前日初次來的東西二美人，及諸侍女儀從之類，一時皆集。音樂競奏，盛設酒筵。美人自起酌酒相勸，追敘往時初會與數年情愛，每說一句，哽咽難勝。程宰大聲號慟，自悔失言。恨不得將身投地，將頭撞壁，兩情依依，不能相捨。諸女前來稟白道：「大數已終，法駕齊備，速請夫人登途，不必過傷了。」美人執著程宰之手，一頭垂淚，一頭分付道：「你有三大難，今將近了，時時宜自警省，至期吾自來相救。過了此後，終身吉利，壽至九九，吾當在蓬萊三島等你來續前緣。你自宜居心清淨，力行善事，以副吾望。吾與你身雖隔遠，你一舉一動吾必曉得，萬一做了歹事，以致墮落，犯了天條，吾也無可周全了。後會迢遙，勉之！勉之！」叮寧了又叮寧，何止十來番。程宰此時神志俱喪，說不出一句話，只好唯唯應承，蘇蘇落淚而已。正是：

世上萬般哀苦事，　無非死別與生離。
天長地久有時盡，　此恨綿綿無限期。

須臾鄰雞群唱，侍女催促，訣別啟行。美人還回頭顧盼了三四番，方纔寂然，一無所見。但有：

蟋蟀悲鳴，孤燈半滅，淒風蕭颯，鐵馬玎璫。曙星東升，銀河西轉。頃刻之間，已如隔世。

程宰不勝哀痛，望著空中禁不住的號哭起來。纔發得聲，哥子程寀隔房早已聽見，不像前番隨你間壁翻天覆地，總不知道的。哥子聞得兄弟哭聲，慌忙起來，問其緣故。程宰支吾道：「無過是思想家鄉。」口裏強說，聲音還是悽咽的。程寀道：「一向流落，歸去不得。今這幾年來，生意做得著，手頭饒裕，要歸不難，為何反哭得這等悲切起來？從來不曾見你如此，想必有甚傷心之事，休得瞞我！」程宰被哥子說破，曉得瞞不住。只得把昔年遇合美人，夜夜的受用，及生意所以做得著，以致豐富，皆出美人之助，從頭至尾，述了一遍。程寀驚異不已，望空禮拜。明日與客商伴裏說了，遼陽城內外沒一個不傳說程士賢遇海神的奇話。程宰自此終日鬱鬱不樂，猶如喪偶一般。與哥子商量收拾南歸。其時有個叔父在大同做衛經歷，程宰有好幾時不相見了。想道：「今番歸家，不知幾時又到得北邊？須趁此便，打那邊走一遭，看叔叔一看去。」先打發行李資囊，付托哥子程寀監押，從潞河下船內，沿途等候著他。他自己卻顧了一個牲口，繇京師出居庸關，到大同地方，見了叔父，一家骨肉，久別相聚，未免留連幾日，不得動身。晚下睡去，夢見美人走來催促道：「禍事到了，還不快走！」程宰記得臨別之言，慌忙向叔父告行。叔父又留他餞別，直到將晚方出得大同城門，時已天黑，程宰道總是前途趕不上多少路罷了，不如就在城外，且安宿了一晚，明日早行。睡到三鼓，夢中美人又來催道：「快走！快走！大難就到。略遲脫不去了。」程宰當時驚醒，不管天早天晚，騎了牲口忙趕了四五里路，只聽得砲聲連響，回頭看那城外時，火光燭天，照耀如同白日。元來是大同軍變。且道：如何是大同軍變？大同參將賈鑑不給軍士行糧，軍士鼓噪，殺了賈鑑。巡撫都御史張文錦㉑出榜招安，方得平靜。張文錦密訪了幾個為頭的，要行正法，正差人出來擒拏。軍士重番鼓噪起來，索性把張巡撫也殺了，據了大同，謀反朝廷。要搜尋內外壯丁一同叛逆，故此點了火把出城，凡是飯店經商，盡被拘刷了轉去，收在夥內，無一得脫。若是程宰遲了些個，一定也拏將去了。此是海神來救了第一遭大難了。

程宰得脫，兼程到了居庸，夜宿關外。又夢見美人來催道：「趁早過關，略遲一步，就有牢獄之災了。」程宰又驚將起來，店內同宿的多不曾起身。他獨自一個急到關前，挨門而進。行得數里，忽然宣府軍門行將文書來，因為大同反亂，恐有奸細混入京師。凡是在大同來進關者，不是公差吏人有官文照驗在身者，盡收入監內，盤詰明白，方准釋放。是夜與程宰同宿的人，多被留住下在獄中。後來有到半年方得放出的，也有染了病竟死在獄中的。程宰若非文書未到之前先走脫了，便乾淨無事，也得耐煩坐他五七月的監。此是海神來救他第二遭的大難了。

程宰趕上了潞河船隻，見了哥子，備述一路遇難，因夢中報信得脫之故，兩人感念不已。一路無話。已到了淮安府高郵湖中，忽然：

黑雲密布，狂風怒號。水底老龍驚；半空猛虎嘯。左掀右蕩，渾如落在簸箕中；前蹻後顛，宛

㉑ 巡撫都御史張文錦：張文錦，安邱人，弘治十二年進士。任安慶知府時，宸濠反，浮江下，張與都指揮楊銳禦之，宸濠卒不能克。嘉靖元年拜右副都御史巡撫大同。張性剛，以拒賊得重名，銳意整刷，操切頗無序。參將賈鑑督役嚴，卒已怨，張又欲徙鎮卒二千五百戍新增城北九十里外五堡，眾憚往，張堅持，賈又承旨杖其隊長，眾憤，遂倡亂殺賈鑑，最後將張亦殺害。事見明史卷二百。

似滾起飯鍋內。雙桅折斷，一舵飄零。等閒要見閻王，立地須游水府。

正在危急之中，程宰忽聞異香滿船，風勢頓息。須臾黑霧四散，中有彩雲一片，正當船上。雲中現出美人模樣來，上半身毫髮分明，下半身霞光擁蔽，不可細辨。程宰明知是海神又來救他，況且別過多時，不能廝見，悲感之極，涕泗交下。對著雲中只是磕頭禮拜，美人也在雲端舉手答禮，容色戀戀，良久方隱。船上人多不見些甚麼，但見程宰與空中施禮之狀，驚疑來問。程宰備說緣故如此，盡皆瞻仰。此是海神來救他第三遭的大難。此後再不見影響了。

後來程宰年過六十，在南京遇著蔡林屋時，容顏只像四十來歲的，可見是遇著異人無疑。若依著美人蓬萊三島之約，他日必登仙路也。但不知程宰無過是個經商俗人，有何緣分？得有此一段奇遇。說來也不信，卻這事是實實有的。可見神仙鬼怪之事，未必盡無。有詩為證：

流落邊關一俗商，卻逢神眷不尋常。
寧知鍾愛緣何許，談罷令人欲斷腸。

卷三十八　兩錯認莫大姐私奔　再成交楊二郎正本

詩云：

李代桃殭；　　羊易牛死。
世上冤情，　　最不易理。

話說宋時南安府大庾縣❶有個吏典黃節，娶妻李四娘。四娘為人心性風月，好結識個把風流子弟，私下往來。向與黃節生下一子，已是三歲了。不肯收心，只是貪淫。一日黃節因有公事，住在衙門中了十來日。四娘與一個不知姓名的奸夫說通了，帶了這三歲兒子，一同逃去。出城門不多路，那兒子見眼前光景生疎，啼哭不止。四娘好生不便，竟把兒子丟棄在草中，自同奸夫去了。

大庾縣中有個手力人李三，到鄉間行公事。纔出城門，只聽得草地裏有小兒啼哭之聲，急往前一看，見是一個小兒眠在草裏，擂天倒地價哭。李三看了，心中好生不忍，又不見一個人來保他，不知父母在那裏去了。李三走去抱扶著他。那小兒半日不見了人，心中虛怯，哭得不耐煩；今見個人來偎傍，雖是面生些，也倒忍住了哭，任憑他抱了起來。元來這李三不曾有兒女，看見歡喜，也是合當有事，道是天賜與他小兒，一徑的抱了回家。家人見孩子生得清秀，盡多快活，養在家裏，認做是自家的了。

❶大庾縣：今縣名，屬江西省，明清皆為南安府治。

這邊黃節衙門中出來，回到家裏，只見房闥寂靜，妻子多不見了。駭問鄰舍，多道是押司出去不多日，娘子即抱著小哥不知那裏去了。鬧得門戶寂悄悄的，我們只道那裏親眷家去，不曉得備細。黃節情知妻四娘有些毛病的，著了忙，各處親眷家問，並無下落。黃節只得寫下了招子，各處訪尋，情願出十貫錢，做報信的謝禮。一日偶然出城數里，恰恰經過李三門首。那李三正抱著這拾來的兒子，在那裏與他作耍。黃節仔細一看，認得是自家的兒子，喝問李三道：「這是我的兒子，你卻如何抱在此間？我家娘子那裏去了？」李三道：「這兒子吾自在草地上拾來的，那曉得甚麼娘子？」黃節道：「我妻子失去，遍貼招示，誰不知道！今兒子既在你處，必然是你作奸犯科，誘藏了我娘子，有甚麼得解說？」李三道：「我自是拾得的，那知這些事！」黃節扭住李三，叫起屈來。驚動地方鄰里，多走將攏來。黃節告訴其事，眾人道：「李三元不曾有兒子，抱來時節，實是有些來歷不明，卻不知是押司的。」黃節道：「兒子在他處了，還有我娘子不見，是他一同拐了來的。」眾人道：「這個我們不知道。」李三發極道：「我那見甚麼娘子？那日草地上，只見得這個孩子在那裏哭，我抱了回家；今既是押司的，我認了悔氣，還你罷了，怎的還要賴我甚麼娘子！」黃節道：「放你娘的屁。是我賴你，我現有招貼在外的，你這個奸徒，我當官與你說話。」對眾人道：「有煩列位與我帶一帶，帶到縣裏來。事關著拐騙良家子女，是你地方鄰里的干係，不要走了人！」李三道：「我沒甚欺心事，隨你去見官，自有明白。一世也不走。」黃節隨同了眾人，押了李三，抱了兒子，一直到縣裏來。

黃節寫了紙狀詞，把上項事一一稟告縣官。縣官審問李三。李三只說：「路遇孩子，抱了歸來是實。並不知別項情繇。」縣官道：「胡說！他家不見了兩個人，一個在你家了，這一個又在那裏？這樣奸詐，不打不招。」遂把李三上起刑法來，打得一佛出世，二佛生天，只不肯招。那縣裏有與黃節的一般吏典二十多個，多護著吏典行裏體面，一齊來跪稟縣官，求他嚴行根究。縣官又把李三重加敲打，李三當不過，只得屈招道：「因為家中無子，見黃節妻抱了兒子在那裏，把來殺了，盜了他兒子回來；今被捉獲，情願就死。」縣官又問：「屍首今在何處？」李三道：「恐怕人看見，拋在江中了。」縣官錄了口詞，取了供狀，問成罪名，下在死囚牢中了。分付當案孔目，做成招狀，只等寫完文卷，就行解府定奪。孔目又為著黃節，把李三獄情做得沒些漏洞，其時乃是紹興十九年八月二十九日，文卷已完。獄中取出李三解府，係是殺人重犯，上了鐐肘，戴了木枷，跪在庭下，專聽點名起解。忽然陰雲四合，空中雷電交加，李三身上枷扭，盡行脫落。霹靂一聲，掌案孔目震死在堂上，二十多個吏典頭上吏巾，皆被雷風掣去。縣官驚得渾身打顫，須臾性定。叫把孔目身屍驗看，背上有硃紅寫的「李三獄冤」四個篆字。縣官便叫李三問時，李三兀自癡癡地立著，一似失了魂的，聽得呼叫，然後答應出來。縣官問道：「你身上枷扭，適纔怎麼樣解了的？」李三道：「小人眼前昏黑，猶如夢裏一般，更不知一些甚麼，不曉得身上枷扭怎地脫了？」縣官明知此事有冤，遂問李三道：「你前日孩子，果是怎生的？」李三道：「實實不知誰人遺下，在草地上啼哭，小人不忍，抱了回家。至於黃節夫妻之事，小人並不知道，是受刑不過屈招的。」縣官此時又驚又悔道：「今日看起來，果然與你無干。」當時遂把李三釋放，叫黃節與同差人別行尋緝李四娘下落。後來畢竟在別處地方尋獲。方知天下事專在疑似之間，冤枉了人。這個李三若非雷神顯靈，險些兒沒辨白處了。而今說著國朝一個人也為妻子隨人走了，冤屈一個鄰舍往來的，幾乎累死，後來卻得明白，與大庾這件事，有些彷彿。待小子慢慢說來，便知端的。

佳期誤洩桑中❷約，好事訛牽月下繩。
只解推原平日狀，豈知局外有翻更？

話說北直張家灣有個居民，姓徐名德，本身在城上做長班。有妻莫大姐，生得大有容色，且是興高好酒，醉後就要趁著風勢，撩撥男子漢，說話勾搭。鄰舍有個楊二郎，也是風月場中人，年少風流，閒蕩遊耍過日，沒甚根基。與莫大姐終日調情，你貪我愛，弄上了手，外邊人無不知道。雖是莫大姐平日也還有個把梯己人往來，總不如與楊二郎過得恩愛。況且徐德在衙門裏走動，常有個月期程，不在家裏。楊二郎一發便當，竟像夫妻一般過日。後來徐德掙得家事從容了，衙門中尋了替身，不消得日日出去，每有時節歇息在家裏。漸漸把楊二郎與莫大姐光景看了些出來。細訪鄰里街坊，也多有三三兩兩說話。徐德一日對莫大姐道：「喒辛辛苦苦了半世，掙得有碗飰喫了，也要裝些體面，不要被外人笑話便好。」莫大姐道：「有甚笑話？」徐德道：「鐘不扣不鳴，鼓不打不響；欲人不知，莫若不為。你做的事，外邊那一個不說的？你瞞喒則甚！喒叫你今後仔細些罷了。」莫大姐被丈夫道著海底眼，雖然撒嬌撒癡，說了幾句支吾門面說話，卻自想平日忒做得滲瀨，曉得瞞不過了，不好十分強辨得，暗地忖道：「我與楊二郎交好，情同夫妻，時刻也閒不得的。今被丈夫知道，必然防備得緊，怎得像意？不如私下與他商量，捲了些家財，同他逃了去他州外府，自繇自在的快活。豈不是好？」藏在心中。一日看見徐德出去，便約了楊二郎密商此事。楊二郎道：「我此間又沒甚牽帶，大姐肯同我去，要走就走。只是到外邊去，須要有些本錢，纔好養得口活。」莫大姐道：「我把家裏細軟盡數捲了去，怕不也過幾時。等住定身子，

❷桑中：詩鄘風篇名，刺衛公室淫亂。後世指淫奔，稱做桑中之約。

慢慢生發做活就是。」楊二郎道：「這個就好了。一面收拾起來，得便再商量走道兒罷了。」莫大姐道：「說與你了，待我看著機會，揀個日子，悄悄約你走路。你不要走漏了消息！」楊二郎道：「知道。」兩個趁空處，又做了一點點事，千分萬付而去。

徐德歸來幾日，看見莫大姐神思撩亂，心不在焉的光景。又訪知楊二郎仍來走動。恨著道：「等我一時撞著了，怕不斫他做兩段。」莫大姐聽見，私下教人遞信與楊二郎，目下切不要到門前來露影。自此楊二郎不敢到徐家左近來。莫大姐切切在心，只思量和他那裏去了便好，已此心不在徐家，只礙著丈夫一個是眼中釘了，大凡女人心一野，自然七顛八倒，如癡如呆，有頭沒腦，說著東邊，認著西邊，沒情沒緒的。況且楊二郎又不得來，茶裏飯裏多是他，想也想癡了。因是悶得不耐煩，問了丈夫，同了鄰舍兩三個婦女們約了要到嶽廟裏燒一炷香。此時徐德曉得這婆娘不長進，不該放他出去纔是。卻是北人直性，心裏道：「這幾時拘繫得緊了，看他恍恍惚惚，莫不生出病來。便等他外邊去散散。」北方風俗：女人出去，只是自行，男子自有勾當，不大肯跟隨走的。當下莫大姐自同一夥女伴，帶了紙馬酒盒，擡著轎，飄飄逸逸的出門去了。只因此一去，有分交：

閨中佚女，竟留烟月之場；枕上情人，險作囹圄之鬼。直待海清終見底，方令盆覆得還光。

且說齊化門外有一個倬峭的子弟，姓郁名盛，生性淫蕩，立心刁鑽，專一不守本分，勾搭良家婦女，又喜討人便宜，做那昧心短行的事。他與莫大姐是姑舅之親，一向往來，兩下多有些意思，只是不曾得便，未上得手。郁盛心裏道是一樁欠事，時常記念的。一日在自己門前閒立，只見幾乘女轎擡過。他窺頭探腦去看那轎裏擡的女眷，恰好轎簾隙處，認得是徐家的莫大姐。看了轎上挂著紙錢，曉得是嶽廟進香；又有閒的挑著盒擔，乃是女眷們游耍喫酒的。想道：「我若廝趕著他們去，閒蕩一番，不過插得些寡趣，落得個眼飽，沒有實味。況有別人家女眷在裏頭，便插趣也有好些不便。不若我整治些酒饌，在此等莫大姐轉來。我是親眷人家，邀他進來，打個中火，沒人說得。亦且莫大姐儘是貪杯高興，十分有情的，必不推拒。那時趁著酒興營勾他，不怕他不成這事。好計，好計。」即時奔往鬧熱衚衕，只揀可口的魚肉葷肴，榛松細菓，買了偌多，擺弄得齊齊整整。正是：

安排撲鼻芳香餌，　　專等鯨鯢來上鉤。

卻說莫大姐同了一班女伴到廟裏燒過了香，各處去游耍，挑了酒盒，野地上隨著好坐處，即便擺著喫酒。女眷們多不十分大飲，無非喫下三數盃，曉得莫大姐量好，多來勸他。莫大姐並不推辭，拿起杯來就喫就乾，把帶來的酒喫的罄盡，已有了七八分酒意。天色將晚，然後收拾家火上轎擡回。回至郁家門前，郁盛瞧見，忙至莫大姐轎前施禮道：「此是小人家下，大姐途中口渴了，可進裏面告奉一茶。」莫大姐醉眼朦朧，見了郁盛是表親，又是平日調得情慣的，忙叫住轎，走出轎來，與郁盛萬福道：「元來哥哥住在這裏。」郁盛笑容滿面道：「請大姐裏面坐一坐去。」莫大姐帶著酒意，踉踉蹌蹌的跟了進門。別家女轎，曉得徐家轎子有親眷留住，各自先去了。徐家的轎夫住在門口等候。莫大姐進得門來，郁盛邀至一間房中，只見酒菓肴饌，擺得滿桌。莫大姐道：「甚麼道理？要哥哥這們價費心。」郁盛道：「難得大姐在此經過，一杯淡酒，聊表寸心而已。」郁盛是有意的，特地不令一個人來伏侍，只是一身陪著，自己斟酒，極盡慇懃相勸。正是：

茶為花博士；　　酒是色媒人。

莫大姐本是已有酒的，更加郁盛慢櫓搖船捉醉魚，靦覥著面龐央求不過，又喫了許多。酒力發作，乜斜了雙眼，淫興勃然到來，丟眼色，說風話。郁盛挨在身邊同坐了，將著一杯酒，你呷半口，我呷半口，又噙了一口，勾著頸子度將過去。莫大姐接來嚥下去了，就把舌頭伸過口來，郁盛咂了一回。彼此春心蕩漾，偎抱到床中，褪下小衣，弄將起來。

一個醉後掀騰，一個醒中摩弄。醉的如迷花之夢蜨；醒的似採蕊之狂蜂。醉的一味興濃，擔承愈勇；醒的半兼趣勝，玩視偏真。此貪彼愛不同情，你醉我醒皆妙境。

兩人戰到間深之處，莫大姐不勝樂暢，口裏哼哼的道：「我二哥，親親的肉，我一心待你，只要同你一處去快活了罷，我家天殺的不知趣，又來拘管人，怎如得二哥這等親熱有趣。」說罷，將腰下亂顛亂聳，緊緊抱住郁盛不放，口裏只叫：「二哥親親。」元來莫大姐醉得極了，但知快活異常，神思昏迷，忘其所以，真個醉裏醒時言，又道是酒道真性，平時心上戀戀的是楊二郎，恍恍惚惚，竟把郁盛錯認，幹事的是郁盛，說的話多是對楊二郎的話，郁盛原曉得楊二郎與他相厚的，明明是醉裏認差了。郁盛道：「叵耐這浪淫婦！你只記得心上人，我且將計就計，餂他說話，看他說甚麼來？」就接口道：「我怎生得同你一處去快活？」莫大姐道：「我前日與你說的，收拾了些家私，和你別處去過活，一向不得空。便今秋分之日，那天殺的進城上去，有那衙門裏勾當，我與你趁那晚走了罷。」郁盛道：「走不脫卻怎麼？」莫大姐道：「你端正下船兒，一搬下船連夜搖了去。等他城上出來知得，已此趕不著了。」郁盛道：「夜晚間把甚麼為暗號？」莫大姐道：「你在門外拍拍手掌，我裏頭自接應你。我打點停當好幾時了，你不要錯過。」口裏糊糊塗塗，又說好些，總不過肉麻說話。郁盛只揀那幾句要緊的記得明明白白在心。須與雲收雨散，莫大姐整一整頭髻，頭眩眼花的，走下床來。郁盛先此已把酒飯與轎夫喫過了，叫他來打著轎，挽扶莫大姐上轎去了。郁盛回來，道是占了采頭，心中歡喜，卻又得了他心腹裏的話。笑道：「咤異，咤異，那知他要與楊二郎逃走，盡把相約的事，對我說了。又認我做了楊二郎，你道好笑麼？我如今將錯就錯，顧下了船，到那晚剪他這綹，落得載他娘在別處去受用幾時，有何不可？」郁盛是個不學好的人，正撓著的癢處，以為得計。一面料理船隻，只等到期行事，不在話下。

且說莫大姐歸家，次日病了一日酒，昨日到郁家之事，猶如夢裏，多不十分記得。只依稀影響，認做已約定楊二郎日子過了。收拾停當，只待起身。豈知楊二郎處，雖曾說過兩番，曉得有這個意思，反不曾精細叮嚀得，不做整備的。到了秋分這夜，夜已二鼓，莫大姐在家裏等候消息。只聽得外邊拍手響，莫大姐心照，也拍拍手開門出去。黑影中見一個人在那裏拍手，心裏道是楊二郎了。急回身進去，將衣囊箱籠，逐件遞出。那人一件件接了，安頓在船中。莫大姐恐怕有人瞧見，不敢用火，將房中燈打滅了，虛鎖了房門，黑裏走出。那人扶了上船，如飛把船開了。船中兩個多是低聲細語，況是慌張之際，莫大姐只認是楊二郎，急切辨不出來。莫大姐失張失志，歷碌了一日，下得船纔心安。倦將起來，不及做甚麼事，說得一兩句話，那人又不十分回答。莫大姐放倒頭和衣就睡著了去。比及天明，已在潞河❸，離家有百十里了。撐開眼來，看那艙裏同坐的人，不是楊二郎，卻正是齊化門外的郁盛。莫大姐喫了一驚道：「如何卻是你？」郁盛笑道：「那日大姐在嶽廟歸來途中，到家下小酌，承大姐不棄，賜與歡會，是大姐親口約下我的，如何倒喫驚起來？」莫大姐呆了一回，仔細一想，纔省起：「前日在他家喫酒，

❸ 潞河：一名潞水，今稱白河，亦稱北運河。

酒中淫媾之事，後來想是錯認，把真話告訴了出來。醒來記差，只說是約下楊二郎了，豈知錯約了他？今事已至此，說不得了，只得隨他去。只是怎生發付楊二郎呵？」因問道：「而今隨著哥哥到那裏去纔好？」郁盛道：「臨清❹是個大馬頭去處，我有個主人在那裏。我與你那邊去住了，尋生意做。我兩個一窩兒作伴，豈不快活？」莫大姐道：「我衣囊裏儘有些本錢，哥哥要營運時，足可生發度日的。」郁盛道：「這個最好。」從此莫大姐竟同郁盛到臨清去了。

話分兩頭。且說徐德衙門公事已畢，回到家裏，家裏悄沒一人，箱籠甚物，皆已搬空，徐德罵道：「這歪剌姑❺一定跟得奸夫走了。」問一問鄰舍，鄰舍道：「小娘子一個夜裏不知去向。第二日我們看見門是鎖的了，不曉得裏面虛實。你老人家自想著，無過是平日有往來的人約的去。」徐德道：「有甚麼難見處？料只在楊二郎家裏。」鄰舍道：「這猜得著，我們也是這般說。」徐德道：「小人平日家醜須瞞列位不得。今日做出事來，眼見得是楊二郎的緣故。這事少不得要經官，有煩兩位做一做見證。而今小人先到楊家去問一問下落，與他鬧一場則個。」鄰舍道：「這事情那一個不知道的。到官時，我們自然講出公道來。」徐德道：「有勞，有勞。」當下一岔之氣，逩到楊二郎家裏。恰好楊二郎走出來，徐德一把扭住道：「你把我家媳婦子❻拐在那裏去藏過了？」楊二郎雖不曾做這事，卻是曾有這話關著

---

❹臨清：今縣名，屬山東省，在高唐縣西，城瀕運河東岸，舊時漕船南下，經此，謂之出口，今亦以水運便利稱。

❺歪剌姑：見本書卷十四㊵。

❻我家媳婦子：相當吳語「我家老婆」。

心的，驟然聞得，老大喫驚，口裏嚷道：「我那知這事！卻來嫌我。」徐德道：「街坊上那一個不曉得你營勾了我媳婦子？你還要賴哩。我與你見官去。還我人來！」楊二郎道：「不知你家嫂子幾時不見了？我好耽耽在家裏，卻來問我要人，就見官，我不相干。」徐德那聽他分說，只是拖住了交付與地方，一同送到城上兵馬司❼來。徐德衙門情熟，為他的多。兵馬司先把楊二郎下在鋪裏，次日徐德就將奸拐事情，在巡城察院衙門告將下來，批與兵馬司嚴究。兵馬審問楊二郎。楊二郎初時只推無干。徐德拉同地方眾口證他有姦，兵馬喝叫加上刑法，楊二郎熬不過，只得招出平日通奸往來是實。兵馬道：「奸情既真，自然是你拐藏了。」楊二郎道：「只是平日有姦。逃去一事，委實與小的無涉。」兵馬又喚地方與徐德問道：「他妻子莫氏，還有別個姦夫麼？」徐德道：「並無別人，只有楊二郎姦稔是真。」地方也說道：「鄰里中也只曉楊二郎是姦夫，別一個不見說起。」兵馬喝楊二郎道：「這等還要強辨，你實說拐來藏在那裏。」楊二郎道：「其實不在小的處，小的知他在那裏？」兵馬大怒，喝叫重重夾起，必要他說。楊二郎只得又招道：「曾與小的商量要一同逃去，這說話是有的。小的不曾應承，故此未約得定。而今卻不知怎的不見了。」兵馬道：「既然曾商量同逃，而今走了，自然知情。他無非私下藏過，只圖混賴一時。背地裏卻去姦宿。我如今收在監中，三日五日一比，看你藏得到底不成！」遂把楊二郎監下，隔幾日就帶出鞠問一番。楊二郎只是一般說話，招不出人來。徐德又時時來催稟。不過做楊二郎屁股不著，打得些屈棒，毫無頭緒。楊二郎正是俗語所云：

從前作事，　　沒興齊來。

❼ 兵馬司：官署名，明始置五城兵馬司，城各設正副指揮，掌京師的巡捕盜賊等事。

烏狗喫食，　　白狗當災。

楊二郎當不過屈打，也將霹誣枉禁事情，在上司告下來。提到別衙門去問，卻是徐德家裏實實沒了人，姦情又招是真的，不好出脫得他。有矜疑他的，教他出了招帖，許下賞錢，募人緝訪，然是十個人內，倒有九個說楊二郎藏過了是真的，那個說一聲其中有冤枉？此亦是楊二郎淫人妻女應受的果報。

女色從來是禍胎，　　姦淫誰不惹非災？

雖然逃去渾無涉，　　亦豈無端受枉來。

且不說這邊楊二郎受累，累年不決的事。再表郁盛自那日載了莫大姐，到了臨清地方，賃間閒房住下，兩人行其淫樂，混過了幾時。莫大姐終久有這楊二郎在心裏，身子雖現隨著郁盛，畢竟是勉強的。終日價沒心沒想，哀聲嘆氣。郁盛豈初綢繆相處了兩個月。看看兩下裏各有些嫌憎，不自在起來。郁盛自想道：「我目下用他的帶來的東西，須有盡時。我又不會做生意，日後怎生結果？況且是別人的妻小，留在身邊，到底怕露將出來，不是長便。我也要到自家裏去的，那裏守得定在這裏！我不如尋個主兒賣了他。他模樣儘好，到也還值得百十兩銀子。我得他這些身價，與他身邊帶來的許多東西，也儘勾受用了。」打聽得臨清渡口驛前樂戶魏媽媽家裏養許多粉頭，是個興頭的鴇兒，要的是女人。尋個人去與他說了。魏媽只做訪親來相探望，看過了人物，還出了八十兩價錢，交兌明白，只要擡人去。郁盛哄著莫大姐道：「這魏媽媽是我家外親，極是好情分。你我在此異鄉，圖得與他做個相識，往來也不寂寞。魏媽媽前日來望過了你，你今日也去還拜他一拜纔是。」莫大姐女眷心性，巴不得尋個頭腦，外邊去走走的。見說了，即便梳妝起來。郁盛就去顧了一乘轎，把莫大姐竟擡到魏媽家裏。莫大姐看見魏媽媽笑嘻嘻相頭相腳，只是上下看覷，大剌剌的不十分接待。又見許多粉頭在面前，心裏道：「甚麼外親？看來是個衒衒人家了。」喫了一杯茶，告別起身。魏媽媽笑道：「你還要到那裏去？」莫大姐道：「家去。」魏媽媽道：「還有甚麼家裏？你已是此間人了。」莫大姐喫一驚道：「這怎麼說？」魏媽媽道：「你家郁官兒得了我八十兩銀子，把你賣與我家了。」莫大姐道：「那有此話？我身子是自家的，誰賣得我！」魏媽媽道：「甚麼自家不自家，銀子已拿得去了。我那管你！」莫大姐道：「等我去和那天殺的說個明白。」魏媽媽道：「此時他跑自家的道兒，敢走過七八里路了，你那裏尋他去？我這裏好道路，你安心住下了罷，不要討我殺威棒兒喫！」莫大姐情知被郁盛所賺，叫起撞天屈來，大哭了一場。魏媽媽喝住，只說要打。眾粉頭做好做歉的來勸住。莫大姐原是立不得貞節牌坊的，到此地位，落了圈套，沒計奈何，只得和光同塵，隨著做娼妓罷了。此亦是莫大姐做婦女不學好，應受的果報。

婦女何當有異圖？　貪淫只欲閃親夫。
今朝更被他人閃，　天報昭昭不可誣。

莫大姐自從落娼之後，心裏常自想道：「我只圖與楊二郎逃出來快活，誰道醉後錯記，卻被郁盛天殺的賺來，賣我在此。而今不知楊二郎怎地在那裏？我家裏不見了人，又不知怎樣光景？」時常切切於心。有時接著相投的孤老❽，也略把這些前因說說，只好感傷流淚，那裏有人管他這些嘮叨？光陰如箭，

❽ 孤老：「孤老」有兩義：（一）應作「婟嫪」，張自烈正字通云：「娼妓謂游壻曰婟嫪。」朱駿聲說文通訓定聲云：「今謂女所私人曰婟嫪，俗作『孤老』。」（二）應作「夃老」，周祈名義考云：「秦以市沽多得為『夃』，蓋負販之徒。『夃老』猶言『客人』。」

不覺已是四五個年頭。一日有一個客人來嫖宿飲酒，見了莫大姐，目不停瞬，只管上下瞧覷。莫大姐也覺有些面染，兩下疑惑。莫大姐開口問道：「客官貴處？」那客人道：「小子姓幸名逢，住居在張家灣。」莫大姐見說張家灣三字，不覺潸然淚下，道：「既在張家灣，可曉得長班徐德家裏麼？」幸客驚道：「徐德是我鄰人，他家裏失去了嫂子幾年。適見小娘子面龐有些廝像，莫不正是徐嫂子麼？」莫大姐道：「奴正是徐家媳婦，被人拐來，坑陷在此。方纔見客人面龐，奴家道有些認得，豈知卻是日前鄰舍幸官兒。」元來幸逢也是風月中人，向時看見莫大姐有些話頭，也曾嗾著乾嚥的，故此一見就認得。幸客道：「小娘子你在此不打緊，卻害得一個人好苦。」莫大姐道：「是那個？」幸客道：「你家告了楊二郎，累了幾年官司，打也不知打了多少，至今還在監裏，未得明白。」莫大姐見說，好不傷心，輕輕對幸客道：「日裏不好盡言，晚上留在此間，有句說話奉告。」幸客是晚就與莫大姐同宿了。莫大姐悄悄告訴他，說：「委實與楊二郎有交，被郁盛冒充了楊二郎拐來，賣在這裏。」從頭至尾，一一說了。又與他道：「客人可看平日鄰舍面上，到家說知此事，一來救了奴家出去；二來脫清了楊二郎，也是陰功；三來喫了郁盛這廝這樣大虧，等得見了天日，咬也咬他幾口。」幸客道：「我去說，我去說。楊二郎徐長班多是我一塊土上人，況且貼得有賞單。今我得實，怎不去報？郁盛這廝有名刁鑽，天理不容，也該敗了。」莫大姐道：「須得密些纔好。若漏了風，怕這家又把我藏過了。」幸客道：「只你知我知，而今見人再不要提起。我一到彼就出首便是。」兩人商約已定。幸客竟自回轉張家灣來見徐德道：「你家嫂子已有下落，我親眼見了。」徐德道：「見在那裏？」幸逢道：「我替❾你同到官面前，還你的明白。」徐德遂

❾替：作「和」、「同」解。

同了幸逢齊到兵馬司來。幸逢當官遞上一紙首狀，狀云：

首狀人幸逢，係張家灣民，為舉首略賣事。本灣徐德失妻莫氏，告官未獲。今逢目見本婦身在臨清樂戶魏鴇家，倚門賣姦。本婦稱係市棍郁盛略賣在彼，的是販良為娼，理合舉首。所首是實。

兵馬即將首狀判准在案。一面申文察院，一面密差兵番拏獲郁盛到官刑鞫。郁盛抵賴不過，供吐前情明白。當下收在監中，俟莫氏到時，質證定罪。隨即奉察院批發明文，押了原首人幸逢與本夫徐德，行關到臨清州，眼同認拘莫氏，及買良為娼樂戶魏鴇，到司審問。原差守提，臨清州裏即忙添差公人，一同行拘。一干人到魏家，好似：

甕中捉鱉，
手到拿來。

臨清州點齊了，發了批迴，押解到兵馬司來。楊二郎彼時還在監中，得知這事，連忙寫了訴狀，稱是「與己無干，今日幸見天日」等情投遞。兵馬司准了，等候一同發落。其時人犯齊到聽審，兵馬先喚莫大姐問他。莫大姐將郁盛如何騙他到臨清，如何哄他賣娼家，一一說了備細。又喚魏鴇兒問道：「你如何買了良人之婦？」魏媽媽道：「小婦人是個樂戶，靠那取討娼妓為生。郁盛稱說自己妻子願賣，小婦人見了是本夫做主的，與他討了，豈知他是拐來的。」徐德走上來道：「當時妻子失去，還帶了家裏許多箱籠貲財去；今人既被獲，還望追出贓私，給還小人。」莫大姐道：「郁盛哄我到魏家，我只走得一身去，就賣絕在那裏。一應所有，多被郁盛得了，與魏家無干。」兵馬拍桌道：「那郁盛這樣可惡！既拐了人去姦宿了，又賣了他身子，又沒了他貲財，有這等沒天理的！」喝叫重打。郁盛辨道：「賣他在娼家，是小人不是，甘認其罪。至於逃去，是他自跟了小人走的，非干小人拐他。」兵馬問莫大姐道：「你當時為何跟了他走？不實說出來討拶。」莫大姐只得把與楊二郎有姦，認錯了郁盛的事，一一招了。兵馬笑道：「怪道你丈夫徐德告著楊二郎。楊二郎雖然屈坐了監幾年，徐德不為全誣。莫氏雖然認錯，郁盛乘機盜拐，豈得推故？」喝教把郁盛打了四十大板，問略販良人軍罪，押追帶去贓物，給還徐德；莫氏身價八十兩，追出入官；魏媽買良，係不知情，問個不應罪名，出過身價，有幾年賣姦得利，不必償還；楊二郎先有姦情，後雖無干，也問杖贖釋放寧家；幸逢首事得實，量行給賞。判斷已明，將莫大姐發與原夫徐德收領。徐德道：「小人妻子背了小人逃出了幾年，又落在娼家了，小人還要這濫淫婦做甚麼！情願當官休了，等他別嫁個人罷。」兵馬道：「這個繇你。且保領出去，自尋人嫁了他，再與你立案罷了。」

一干人眾各到家裏。楊二郎自思別人拐去了，卻冤了我坐了幾年監，更待干罷。告訴鄰里，要與徐德廝鬧。徐德也有些心怯過不去，轉央鄰里和解。鄰里商量調停這事，議道：「總是徐德不與莫大姐完聚了。現在尋人別嫁，何不讓與楊二郎娶了，消釋兩家冤仇。」與徐德說了。徐德也道：「負累了他，便依議也罷。」楊二郎聞知，一發正中下懷，笑道：「若肯如此，便多坐了幾時，我也永不提起了。」鄰里把此意三面約同，當官稟明。兵馬備知楊二郎頂缸⑩坐監，有些屈在裏頭，依地方處分，准徐德立了婚書讓與楊二郎為妻，莫大姐稱心像意得嫁了。舊時相識，因為喫過了這些時苦，也自收心學好，不似前時惹騷招禍，竟與楊二郎到了底。這莫非是楊二郎的前緣，然也為他喫苦不少了，不為美事。後人

⑩ 頂缸：吳俗稱「代人受過」做「頂缸」。

當以此為鑑。

枉坐囹圄已數年，　而今方得保嬋娟。
何如自守家常飯，　不害官司不損錢。

卷三十九　神偷寄興一枝梅　俠盜慣行三昧戲

詩曰：

劇賊從來有賊智，其間玄巧亦無窮。
若能收作公家用，何必疆場不立功？

自古說孟嘗君❶養食客三千，雞鳴狗盜的，多收拾在門下。後來被秦王拘留，無計得脫。秦王有個愛姬傳語道：「聞得孟嘗君有領狐白裘，價值千金。若將來送了我，我替他討個人情，放他歸去。」孟嘗君當時只有一領狐白裘，已送上秦王收藏內庫，那得再有？其時狗盜的便獻計道：「臣善狗偷，往內庫去偷將出來便是。」你道：「何為狗偷？」乃是此人善做狗嘷，就假做了狗，爬墻越壁，快捷如飛，果然把狐白裘偷了出來，送與秦宮愛姬，纔得善言放脫。連夜行到函谷關，孟嘗君恐怕秦王有悔，後面追來，急要出關。當得關上直等雞鳴纔開。孟嘗君著了急，那時食客道：「臣善雞鳴，此時正用得著。」就曳起聲音，學作雞啼起來，果然與真無二。啼得兩三聲，四下群雞皆啼，關吏聽得把關開了，孟嘗君纔得脫去。孟嘗君平時養了許多客，今脫秦難，卻得此兩小人之力。可見天下寸長尺技，俱有用處。而

❶ 孟嘗君：戰國齊靖郭君嬰子，姓田氏名文，相齊，封於薛，號孟嘗君，養賢士食客數千人。史記卷七十五有孟嘗君列傳。

今世上只重著科目，非此出身，縱有奢遮的❷一概不用，所以有奇巧智謀之人，沒處設施，多趕去做了為非作歹的勾當；若是善用人材的，收拾將來，隨宜酌用，未必不得他氣力，且省得他流在盜賊裏頭去了。

且如宋朝臨安有個劇盜，叫做我來也，不知他姓甚名誰，但是他到人家偷盜了物事，一些蹤影不露出來，只是臨行時，壁上寫著「我來也」三個大字。第二日人家看見了字，方纔簡點家中，曉得失了賊。若無此字，竟是神不知鬼不覺的，煞好手段！臨安中受他蒿惱不過，紛紛告狀。府尹責著緝捕使臣，嚴行挨查，要獲著真正寫「我來也」三字的賊人。卻是沒個姓名，知是張三李四，拿著那個纔肯認帳？使臣人等受那比較❸不過，只得用心體訪。元來隨你巧賊，須瞞不過公人，占風望氣，定然知道的。只因拿得甚緊，畢竟不知怎的緝著了他的真身，解到臨安府裏來。府尹升堂，使臣稟說緝著了真正我來也，雖不曉得姓名，卻正是寫這三字的。府尹道：「何以見得？」使臣道：「小人們體訪甚真，一些不差。」

那個人道：「小人是良民，並不是甚麼我來也，公人們比較不過，拿小人來冒充的。」使臣道：「的是真正的賊口，聽他不得。」府尹只是疑心。使臣們稟道：「小人們費了多少心機，纔訪得著。若被他花言巧語脫了出去，後來小人們再沒處拏了。」府尹欲待要放，見使臣們如此說，又怕是真的，萬一放去了，難以尋他，再不好比較緝捕的了。只得權發下監中收監。

那人一到監中，便好言對獄卒道：「進監的舊例，該有使費，我身邊之物，盡被做公的搜去。我有

❷ 奢遮的：作「了不得的」、「有本事的」解。

❸ 比較：責令限期辦事，到期不成，加以重責，再限再不成再責，以做成為止。叫做「比較」。

一主銀兩，在嶽廟裏神座破磚之下，送與哥哥做拜見錢。哥哥只做去燒香取了來。」獄卒似信不信，免不得跑去一看，果然得了一包東西，約有二十餘兩。獄卒大喜，遂把那人好好看待，漸加親密。一日那人又對獄卒道：「小人承蒙哥哥盛情，十分看待得好，小人無可報效，還有一主東西，在某處橋垛之下，哥哥去取了，也見小人一點敬意。」獄卒道：「這個所在，是往來之所，人眼極多，如何取得？」那人道：「哥哥，將個筐籃盛著衣服，到那河裏去洗，摸來放在籃中，就把衣服蓋好，卻不挐將來了？」獄卒依言，如法取了來，沒人知覺。簡簡物事，約有百金之外，獄卒一發喜謝不盡，愛厚那人，如同骨肉。晚間買酒請他，酒中那人對獄卒道：「今夜三更，我要到家裏去看一看，五更即來。哥哥可放我出去一遭。」獄卒思量道：「我受了他許多東西，他要出去，做難不得。萬一不來了，怎麼處？」那人見獄卒遲疑，便道：「哥哥不必疑心，小人被做公的冒認做我來也，送在此間，既無真名，又無實跡，須問不得小人的罪。小人少不得辨出去，一世也不私逃的。但請哥哥放心，只消兩個更次，小人仍舊在此了。」獄卒見他說得有理，想道：「一個不曾問罪的犯人，就是失了，沒甚大事。他現與了我許多銀兩，拚得與他使用些，好歹糊塗得過，況他未必不來的。」就依允放了他。那人不繇獄門，竟在屋簷上跳了去。屋瓦無聲，早已不見。到得天未大明，獄卒宿酒未醒，尚在朦朧，那人已從屋簷跳下，搖起獄卒道：「來了，來了。」獄卒驚醒，看了一看道：「有這等信人！」那人道：「小人怎敢不來，有累哥哥。多謝哥哥放了我去，已有小小謝意❹，留在哥哥家裏，哥哥快去收拾了來。小人就要別了哥哥，當官出監去了。」獄卒不解其意，急回到家中。家中妻子說：「有件事，正要你回來得知。昨夜更漏盡時，不知梁上甚麼

❹ 謝意：吳俗「用金錢送人，謝人厚意」，叫做「謝意」。

響，忽地掉下一個包來，解開看時，盡是金銀器物，敢是天賜我們的？」獄卒情知是那人的緣故，急搖手道：「不要露聲！快收拾好了，慢慢受用。」獄卒急轉到監中，又謝了那人。須臾府尹升堂，放告牌出，只見紛紛來告盜情事，共有六七紙，多是昨夜失了盜，墻壁上俱寫得有「我來也」三字，懇求著落緝捕。府尹道：「我元疑心前日監的，未必是真我來也，果然另有這個人在那裏，那監的豈不冤枉！」即叫獄卒分付快把前日監的那人放了，另行責著緝捕使臣，定要訪個真正我來也解官，立限比較，豈知真的卻在眼前放去了？只有獄卒心裏明白，伏他神機妙用，受過重賄，再也不敢說破。看官，你道如此賊人智巧，可不是有用得著他的去處麼？這是舊話不必說，只是我朝嘉靖年間，蘇州有個神偷懶龍，事蹟頗多，雖是個賊，煞是有義氣，兼帶著戲耍，說來有許多好笑好聽處。有詩為證：

誰道偷無道？　神偷事每奇。
更看多慷慨，　不是俗偷兒。

話說蘇州亞字城東玄妙觀前第一巷有一個人，不曉得他的姓名。後來他自號懶龍，人只稱呼他是懶龍。其母村居，偶然走路，遇著天雨，走到一所枯廟中避著，卻是草鞋三郎廟。其母坐久，雨尚不住，昏昏睡去。夢見神道與他交感，歸來有娠。滿了十月，生下這個懶龍來。懶龍生得身材小巧，膽氣壯猛，心機靈變，度量慨慷。且說他的身體行徑：

柔若無骨，輕若御風。大則登屋跳梁，小則捫墻摸壁。隨機應變，看景生情。撮口則為雞犬狸鼠之聲；拍手則作簫鼓絃索之弄。飲啄有方，律呂相應，無弗酷肖，可使亂真。出沒如鬼神，去來如風雨。果然天下無雙手，真是人間第一偷。

嬾龍不但伎倆巧妙，又有幾件希奇本事，咤異性格。自小就會著了靴在壁上走；又會說十三省❺鄉談，夜間可以連宵不睡，日間可以連睡幾日，不茶不飯，像陳摶❻一般；有時放量一喫，酒數斗飯數升，不彀一飽，有時不喫起來，便動幾日不餓；鞋底中用稻草灰做襯，走步絕無聲響；與人相撲，掉臂往來，倏忽如風，想來劍俠傳❼中白猿公，水滸傳中鼓上蚤❽，其矯捷不過如此。自古道性之所近，嬾龍既有這一番唓嗻❾，便自藏埋不住，好與少年無賴的人往來，習成偷兒行徑。一時偷兒中高手，有：

蘆茄茄　骨瘦如青蘆枝，探丸白打最勝。

刺毛鷹　見人輒隱伏，形如蠆螢，能宿梁壁上。

白搭膊　以素練為腰纏，角上挂大鐵鉤，以鉤向上拋，擲遇罥挂，便攀緣腰纏上升，欲下亦藉鉤力，梯其腰纏，翩然而落。

這數個，多是吳中高手。見了嬾龍手段，盡皆心伏，自以為不及。嬾龍原沒甚家緣家計，今一發棄了，到處為家，人都不曉得他歇在那一個所在。白日行都市中，或閃入人家，但見其影，不見其形。闇夜便

---

❺ 十三省：明制，置十三布政使司，分領天下府、州、縣及羈縻諸司，名曰山東、山西、河南、陝西、四川、湖廣、浙江、江西、福建、廣東、廣西、雲南、貴州。此處所稱「十三省鄉談」，即是說他能說「全國各地方言」。

❻ 陳摶：宋真源人，五代時隱居華山，相傳寢處常百餘日不起。

❼ 劍俠傳：相傳唐段成式所撰，共二卷。

❽ 鼓上蚤：水滸傳中神偷時遷的綽號。

❾ 唓嗻：同「奢遮」，參閱本篇❷。

竊入大戶朱門尋宿處，玳瑁梁間，鴛鴦樓下，綉屏之內，畫閣之中，縮做刺蝟一團，沒一處不是他睡場，得便就做他一手。因是終日會睡，變幻不測如龍，所以人叫他懶龍。所到之處，但得了手，就畫一枝梅花在壁上，在黑處將粉寫白字，在粉墻將煤寫黑字，再不空過，所以人又叫他做一枝梅。

嘉靖初年，洞庭兩山❿出蛟，太湖邊山崖崩塌，露出一古塚，朱漆棺寶物無數，盡被人盜去無遺，有人傳說到城，懶龍偶同親友汎湖，因到其處，看見藤蔓纏棺，已被斬斷開發。棺中惟枯骸一具，塚傍有斷碑模糊。懶龍道：「是古來王公之墓。」不覺惻然，就與他掩蔽了。即時出些銀兩，顧本處土人，聚土埋藏好了，把酒澆奠。奠畢將行，懶龍見草中一物礙腳，俯首取起，乃是古銅鏡一面，急藏袜中，不與人見。及到城中，將往僻處刷淨泥滓，細看那鏡小小只有四五寸，面上精光閃爍，背上鼻鈕四傍，隱起窮奇⓫饕餮⓬魚龍波浪之形，滿身青綠盡蝕朱砂水銀之色。試敲一下，其聲泠然，曉得是件寶貝，將來佩帶身邊。到得晚間將來一照，暗處皆明，雪白如晝。懶龍得了此鏡，出入不離，夜行更不用火，一發添了一助。別人怕黑時節，他竟同日裏行走，偷法愈便。卻是懶龍雖是偷兒行徑，卻有幾件好處：不肯淫人家婦女；不入良善與患難之家；與人說了話再不失信；亦且仗義疎財，偷來東西，隨手散與貧窮負極之人；最要蕁惱那慳吝財主，無義富人，逢場作戲，做出笑話。因此到所在，人多倚草附木，成

❿ 洞庭兩山：江蘇太湖中有洞庭山。分東西二山：洞庭東山古名胥母山，又名莫釐山；洞庭西山亦名林屋山，即包山。

⓫ 窮奇：古惡獸名，相傳其狀如牛而蝟毛，其音如嗥狗，食人。

⓬ 饕餮：古惡獸名，古代鐘鼎彝器，多琢其形以為飾。

行逐隊來皈依他，義聲赫然。嬾龍笑道：「吾無父母妻子可養，借這些世間餘財，聊救貧人。正所謂損有餘補不足，天道當然，非關吾的好義也。」

一日有人傳說一個大商下千金在織人周甲家，嬾龍要去取他的。酒後錯認了所在，誤入了一個人家，其家乃是個貧人，房內止有一張大几，四下一看，別無長物。既已進了房中，一時不好出去，只得伏在几下，看見貧家夫妻對食，盤餐蕭瑟。夫滿面愁容，對妻道：「欠了客債要緊，別無頭腦⑬可還，我不如死了罷。」妻子道：「怎便尋死？不如把我賣了，還好將錢營生。」說罷，夫妻淚如雨下。嬾龍忽然跳將出來，夫妻慌怕。嬾龍道：「你兩個不必怕我，我乃嬾龍也。偶聽人言，來尋一個商客，錯走至此。今見你每生計可憐，我當送二百金與你，助你經營，快不可別尋道路，如此苦楚！」夫妻素聞其名，拜道：「若得義士如此厚恩，吾夫妻死裏得生了。」嬾龍出了門去，一個更次，門內鏗然一響，夫妻走起看時，果然一個布囊，有銀二百兩在內，乃是嬾龍是夜取得商人之物。夫妻喜躍非常，寫個嬾龍牌位，奉事終身。有一貧兒，少時與嬾龍遊狎，後來消乏，與嬾龍途中相遇，身上襤褸，自覺羞慚，引扇掩面而過。嬾龍掣住其衣，問道：「你不是某舍⑭麼？」貧兒跼蹐道：「惶恐，惶恐。」嬾龍道：「你一貧至此，明日當同你到一大家，取些來付你，勿得妄言！」貧兒曉得嬾龍手段，又是不哄人的，明日傍晚來尋嬾龍。嬾龍與他共至一所，乃是士夫家池館，但見：

暮鴉撩亂，　碧樹蒙蘢。

---

⑬ 別無頭腦：「頭腦」即「頭緒」，俗指「一無辦法」情形。

⑭ 某舍：「舍」即「舍人」的略稱，用來尊稱貴顯殷富人家子弟的。

萬籟淒清，　　四隅寂靜。

嬾龍分付貧兒，止住在外，自己竦身攀樹，踰垣而入，許久不出。貧兒屏氣吞聲，蹲踞墻外，又被群犬嘷吠，趕來咋嚙，貧兒遶墻走避，微聽得墻內水響，倏有一物如沒水鸕鷀，從林影中墮地，仔細看看，卻是嬾龍，渾身沾濕，狀甚狼狽。對貧兒道：「吾為你幾乎送了性命。裏面黃金無數，可以斗量。我已取到了手，因為外邊犬吠得緊，驚醒裏面的人，追將出來，只得丟棄道傍，輕身走脫，此乃子之命也。」貧兒道：「老龍平日手到拿來，今日如此，是我命薄！」歎息不勝，嬾龍道：「不必煩惱！改日別作道理。」貧兒怏怏而去。過了一個多月，嬾龍路上又遇著他，哀告道：「我窮得不耐煩了。今日去卜問一卦，遇著上上大吉，財爻發動。先生說當有一場飛來富貴，是別人作成的。我想不是老龍，還那裏指望？」嬾龍笑道：「吾幾乎忘了。前日那家金銀一箱，已到手了。若竟把來與你，恐那家發覺，你藏不過，做出事來，所以權放在那家水池內，再看動靜。今已個月期程，不見聲息，想那家不思量追訪了，可以取之無礙，晚間當再去走遭。」貧兒等到薄暮，來約嬾龍同往。嬾龍一到彼處，但見：

度柳穿花，　　捷若飛鳥；
馳波濺沫，　　矯似游龍。

須臾之間，背負一箱而出。急到僻處開看，將著身帶寶鏡一照，裏頭盡是金銀。嬾龍分文不取，也不問多少，盡數與了貧兒。分付道：「這些財物，可勾你一世了，好好將去用度。不要學我嬾龍，混帳半生，不做人家⓯。」貧兒感激謝教，將著做本錢，後來竟成富家。嬾龍所行之事，每多如此。

⓯ 做人家：吳語，作「省喫省用」解。

說話的，嬾龍固然手段高強，難道只這等游行無礙，再沒有失手時節？看官聽說，他也有遇著不巧，受了窘迫，卻會得逢急智生，脫身溜撒。曾有一日走到人家，見衣櫥開著，急向裏頭藏身，要取櫥中衣服；不匡這家子臨上床時，將衣櫥關好，上了大鎖，竟把嬾龍鎖在櫥內了。嬾龍出來不得，心生一計，把櫥內衣飾緊纏在身，又另包下一大包，俱挨著櫥門。口裏就做鼠咬衣裳之聲，主人聽得，叫起老嫗來道：「為何把老鼠關在櫥內了？可不咬壞了衣服！快開了櫥趕了出來。」老嫗取火開櫥，纔開得門，那挨著門口包兒，先滾了下地。說時遲，那時快，嬾龍就這包滾下來頭裏，一同滾將出來，就勢撲滅了老嫗手中之火，老嫗喫驚大叫一聲。嬾龍恐怕人起難脫，急取了那個包，隨將老嫗要處一撥，撲的跌倒在地，望外便走。房中有人走起，地上踏著老嫗，只說是賊，拳腳亂下。老嫗喊叫連天，房外人聽得房裏嚷亂，盡迸將來，點起火一照，見是自家人廝打，方喊得住，嬾龍不知已去過幾時了。

有一織紡人家客人，將銀子定下紬羅若干，其家夫妻收銀箱內，放在床裏邊，夫妻同寢在床，夜夜小心謹守。嬾龍知道，要取他的，閃進房去，一腳踏了床沿，挽手進床內搬那箱子。婦人驚醒，覺得床沿上有物，暗中一摸，曉得是隻人腳，急用手抱住不放。忙叫丈夫道：「快起來，吾捉住賊腳在這裏了。」嬾龍即將其夫之腳，用手抱住一掐，其夫負痛忙喊道：「是我的腳，是我的腳。」婦人認是錯拿了夫腳，即時把手放開。嬾龍便掇了箱子，如飛出房。夫妻兩人還爭個不清，妻道：「分明拿的是賊腳，你卻教放了。」夫道：「現今我腳掐得生疼，那裏是賊腳？」妻道：「你腳在裏床，我拿的在外床。況且吾不曾掐住。」夫道：「這等是賊掐我的腳，你只不要放那隻腳便是。」妻道：「我聽你喊將起來，慌忙之中，認是錯了，不覺把手放鬆，他便抽將去了，著了他賊見識，定是不好了。」摸摸裏床箱子，果是不見，夫妻兩個，我道你錯，你道我差，互相埋怨不了。

懶龍又走在一個買衣服的鋪裏，尋著他衣庫，正要揀好的捲。他黑暗難認，卻把身邊寶鏡來照。又道是：

隔墻須有耳；門外豈無人？

誰想隔鄰人家，有人在樓上做房。樓窗看見間壁衣庫，亮光一閃，如閃電一般，情知有些尷尬，忙敲樓窗向鋪裏叫道：「隔壁仔細！家中敢有小人了？」鋪中人驚起，口喊：「捉賊！」懶龍聽得在先，看見庭中有隻大醬缸，上蓋篷罩。懶龍慌忙揭起，蹲在缸中，仍復反手蓋好。那家人提著燈各處一照，不見影響，尋到後邊去了。懶龍在缸裏想道：「方纔只有缸內不曾開看，今後頭尋不見，此番必來。我不如往看過的所在躲去。」又思：「身上衣已染醬，淋漓開來，掩不得蹤跡。」便把衣服卸在缸內，赤身脫出來，把腳蹤印些醬跡在地下，一路到門，把門開了。自己翻身進來，仍入衣庫中藏著。那家人後頭尋了一轉，又將火到前邊來，果然把醬缸蓋揭開看時，卻有一套衣服在內，認得不是家裏的，多道這分明是賊的衣裳了。又見地下腳跡，自缸邊直到門邊，門已洞開。盡皆道：「賊見我們尋慌，躲在醬缸裏面，我們後邊去尋時，他卻脫下衣服逃走了。可惜看得遲了些個，不然，此時已被我們拏住。」店主人家道：「趕得他去也罷了，關好了門歇息罷。」一家盡道賊去無事，又歷碌⑯了一會，放倒了頭，大家酣睡，詎知賊還在家裏。懶龍安然住在錦綉叢中，把上好衣服，繞身繫束得緊峭，把一領青舊衣外面蓋著；又把細軟好物，裝在一條布被裏面，打做個包兒。弄了大半夜，寂寂負了從屋簷上跳出，這家子沒一人知

⑯ 歷碌：即「忙亂」。

覺。跳到街上，正走時，天尚黎明，有三四一起早行的人，前來撞著。見懶龍獨自一個負著重囊，侵早行走，疑他來路不正氣，遮住道：「你是甚麼人？在那裏來？說個明白，方放你走。」懶龍口不答應，伸手在肘後摸出一包，團圞如毬，抛在地下就走。那幾個人多來搶看，見上面牢捲密紮，道他必是好物，爭先來解。解了一層又有一層，就像剝筍殼一般，且是層層緊得緊，剝了一尺多，裏面還不盡，剩有拳頭大一塊，疑道不知裏著甚麼。眾人不肯住手，還要奪來解看。那先前解下的多是敝衣破絮，零零落落，堆得滿地。正在鬧嚷之際，只見一夥人趕來道：「你們偷了我家鋪裏衣服，在此分贓麼？」不繇分說，拿起器械蠻打將來。眾人呼喝不住，見不是頭，各跑散了。中間拏住一個老頭兒，天色黯黑之中，也不來認面龐，一步一棍，直打到鋪裏。老兒口裏亂叫亂喊道：「不要打，不要打，你們錯了。」眾人多是興頭上人，住馬不住，那裏聽他。看看天色大明，店主人仔細一看，乃是自家親家翁，在鄉裏住的。連忙喝住眾人，已此打得頭虛面腫。店主人忙陪不是，置酒請罪。因說失賊之事，老頭兒方訴出來道：「適纔同兩三個鄉里人，作伴到此。天未明亮，因見一人背馱一大囊行走，正攔住盤問，不匡他丟下一件包裹，多來奪看，他乘鬧走了。誰想一層一層多是破衣敗絮，我們被他哄了，不拏得他，卻被這裏人不分皂白混打。這番把同伴人驚散，便宜那賊骨頭，又不知走了多少路了。」眾人聽見這話，大家驚悔。鄰里聞知某家捉賊，錯打了親家公，傳為笑話。元來那個毬，就是懶龍在衣櫥裏，把閒工結成，帶在身邊，防人尾追，把此抛下做緩兵之計的。這多是他臨危急智，脫身巧妙之處。有詩為證：

巧技承蜩⑰與弄丸⑱，當前賣弄許多般。

---

⑰ 承蜩：見莊子外篇達生第十九，「承蜩」是「以竿取蟬」，比喻巧技。

雖然賊態何堪述，　　也要臨時猝智難。

嬾龍神偷之名，四處布聞。衛中巡捕張指揮訪知，叫巡軍⑲拏去。指揮見了問道：「你是個賊的頭兒麼？」嬾龍道：「小人不曾做賊，怎說是賊的頭兒？小人不曾有一毫贓私犯在公庭，亦不曾見有竊盜賊夥扳及小人，小人只為有些小智巧，與親戚朋友作耍之事，間或有之。爺爺不要見罪小人，或者有時用得小人著，水裏火裏，小人不辭。」指揮見他身材小巧，語言爽快，想道無贓無證，難以罪他；又見說肯出力，思量這樣人有用處，便沒有難為的意思。正說話間，有個閶門陸小閒，將一隻紅嘴綠鸚哥來獻與指揮。指揮教把鎖鐙挂在簷下，笑對嬾龍道：「聞你手段通神，你雖說戲耍無贓，偷人的必也不少；今且權恕你罪，我只要看你手段。你今晚若能偷得我這鸚哥去，明日送來還我，凡事不計較你了。」嬾龍道：「這個不難，容小人出去，明早送來。」嬾龍叩頭而出，指揮當下分付兩個守夜軍人：「小心看守架上鸚哥，倘有疎失，重加責治。」兩個軍人聽命，守宿在簷下，一步不敢走離，雖是眼皮壓將下來，只得勉強支持。一陣盹睡，聞聲驚醒，甚是苦楚。夜已五鼓，嬾龍走在指揮書房屋脊上，挖開椽子，溜將下來。只見衣架上有一件沉香色潞綢披風，几上有一頂華陽巾，壁上挂一盞小行燈，上寫著：「蘇州衛堂」四字。嬾龍心思有計，登時把衣巾來穿戴了，袖中拿出火種，吹起燭煤，點了行燈，提在手裏，裝著老張指揮聲音步履，儀容氣度，無一不像。走到中堂壁門邊，把門剨然開了，遠遠放住行燈，踱出廊簷下來。此時月色蒙朧，天光昏慘，兩個軍人大盹小盹，方在困倦之際，嬾龍輕輕剔他一下道：「天

⑱ 弄丸：見莊子雜篇徐無鬼第二十四，楚勇士宜僚，善弄丸，後世亦常用來比喻巧技。

⑲ 巡軍：巡邏的軍卒。

色漸明，不必守了，出去罷。」一頭說，一頭伸手去提了鸚哥鎖鐙，望中門裏面搖擺了進去。兩個軍人閉眉刷眼，正不耐煩，聽得發放，猶如九重天上的赦書來了，那裏還管甚麼好歹，一道烟去了。須臾天明，張指揮走將出來，鸚哥不見在簷下，急喚軍人問，他兩個多不在了，忙教拏來。軍人還是殘夢未醒。指揮喝道：「叫你們看守鸚哥，鸚哥在那裏？你們到在外邊來。」軍人道：「五更時，恩主親自出來，取了鸚哥進去，發放小人們歸去的，怎麼反問小人要鸚哥？」指揮道：「胡說，我何曾出來？你們見鬼了。」軍人道：「分明是恩主親自出來，我們兩個人同在那裏，難道一眼齊花了不成？」指揮情知尷尬，走到書房，仰見屋椽有孔道：想必在這裏著手去了。正持疑間，外報：「懶龍將鸚哥送到。」指揮含笑出來，問他：「何繇偷得出去？」懶龍把昨夜著衣戴巾，假裝主人取進鸚哥之事，說了一遍。指揮驚喜，大加親幸。懶龍也時常有些小孝順，指揮一發心腹相托，懶龍一發安然無事。普天下巡捕官偏會養賊，從來如此。有詩為證：

> 貓鼠何當一處眠？總因有味要垂涎。
> 繇來捕盜皆為盜，賊黨安能不熾然？

雖如此說，懶龍果然與人作戲的事體多。曾有一個博徒，在賭場得了采，背負千錢回家，路上撞見懶龍。博徒指著錢戲懶龍道：「我今夜把此錢放在枕頭底下，你若取得去，明日我輸東道，若取不去，你請我喫東道。」懶龍笑道：「使得，使得。」博徒歸到家中對妻子說：「今日得了采，把錢藏在枕下了。」妻子心裏歡喜，殺一隻雞，盪酒共喫。雞喫不完，還剩下一半，收拾在廚中。上床同睡，又說了與懶龍打賭賽之事，夫妻相戒，大家醒覺些個。豈知懶龍此時已在窗下，一一聽得。見他夫婦惺憁⑳，難以下手，心生一計，便走去竈下，拾根麻骨，放在口中，嚼得膈膊有聲，竟似貓兒喫雞之狀。婦人驚起道：「還有老大半隻雞，明日好喫一餐，不要被這亡人抱了去。」連忙走下床來，去開廚來看。懶龍閃入天井中，將一塊石頭抛下井裏，「洞」的一聲響，博徒聽得驚道：「不要為這點小小口腹，失腳落在井中了，不是耍處。」急出門來看時，懶龍已隱身入房，在枕下挖錢去了。夫婦兩人黑暗裏叫喚相應，方知無事，挽手歸房。到得床裏，只見枕頭移開，摸那錢時，早已不見。夫妻互相怨悵道：「清清白白，兩個人又不曾睡著，卻被他當面作弄了去，也倒好笑。」到得天明，懶龍將錢來還了，來索東道。博徒大笑，就勒下幾百放在袖裏，與懶龍前到酒店中，買酒請他。兩個飲酒中間，細說昨日光景，拍掌大笑。酒家翁聽見來問其故，與他說了。酒家翁道：「一向聞知手段高強，果然如此。」指著桌上錫酒壺道：「今夜若能取得此壺去，我明日也輸一個東道。」懶龍笑道：「這也不難。」酒家翁道：「我不許你毀門壞戶，只在此桌上，憑你如何取去。」懶龍道：「使得，使得。」起身相別而去。酒家翁到晚分付牢關門戶，自家把燈四處照了，料道進來不得。想道：「我停燈在桌上了，拚得坐著守定這壺，看他那裏下手？」酒家翁果然坐至夜分，絕無影響。意思有些不耐煩了，倦怠起來。瞌睡到了，起初還著實勉強，支撐不過，就斜靠在桌上睡去，不覺大鼾。懶龍早已在門外聽得，就悄悄的扒上屋脊，揭開屋瓦，將一豬脬緊紮在細竹管上，竹管是打通中節的，徐徐放下，插入酒壺口中。酒店裏的壺，多是肚寬頸窄的，懶龍在上邊把一口氣從竹管裏吹出去，那豬脬在壺內漲將起來，已滿壺中，懶龍就掐住竹管上眼，便把酒壺提將起來。仍舊蓋好屋瓦，不動分毫。酒家翁一覺醒來，桌上燈還未滅，酒壺已失。急起四下看時，

⑳ 惺憁：見本書卷二十一㉒。

窗戶安然，毫無漏處，竟不知甚麼神通攝得去了。

又一日，與二三少年同立在北潼子門酒家，河下船中有個福建公子，令從人將衣被在船頭上晒曝，錦綉璨爛，觀者無不嘖嘖。內中有一條被，乃是西洋異錦，更為奇特。眾人見他如此炫耀，戲道：「我們用甚法取了他的？以博一笑纔好。」盡推懶龍道：「此時懶龍不逞技倆，更待何時？」懶龍笑道：「今夜讓我弄了他來，明日大家送還他，要他賞錢，同諸公取醉。」懶龍說罷，先到混堂㉑把身子洗得潔淨，再來到船邊看相㉒動靜。守到更點二聲，公子與眾客盡帶酣意，潦倒模糊，打一個混同鋪㉓，吹滅了燈，一齊籍地而寢。懶龍倏忽閃爍，已雜入眾客鋪內，挨入被中，說著閩中鄉談，故意在被中挨來擠去。眾客睡不像意，口裏和囉埋怨。懶龍也作閩音說睡話，趁著挨擠雜鬧中，扯了那條異錦被，捲作一束，就作睡起要瀉溺的聲音，公然拽開艙門，走出瀉溺，徑跳上岸去了。船中諸人一些不覺，及到天明，船中不見錦被，滿艙鬧嚷，公子甚是歎惜。與眾客商量，要告官又不直得，要住了又不捨得。只得許下賞錢一千，招人追尋蹤跡。懶龍同了昨日一干人下船中，對公子道：「船上所失錦被，我們已見在一個所在，公子發出賞錢，與我們弟兄買酒喫，包管尋來奉還。」公子立教取出千錢來放著，待被到手即發。懶龍道：「可叫管家隨我們去取。」公子分付親隨家人，同了一夥人走到徽州當內，認著錦被，正是元物。親隨便問道：「這是我船上東西，為何在此？」當內道：「早間一人拿此被來當。我們看見此錦，不是

㉑ 混堂：吳俗稱「大眾共同入浴的浴池」做「混堂」。

㉒ 看相：此處作「伺察動靜」解。

㉓ 混同鋪：一名「總鋪」，即不分彼此，同在一個鋪上睡也。

這裏出的，有些疑心，不肯當錢與他。那個人道：『你每若放不下時，我去尋個熟人來，保著秤銀子去就是。』我們說：『這個使得。』那人一去竟不來了。我元道必是來歷不明的，既是尊舟之物，拿去便了。等那個人來取時，小當還要捉住了他，送到船上來。」眾人將了錦被去還了公子，就說當中說話。公子道：「我們客邊的人，但得元物不失罷了，還要尋那賊人怎的？」就將出千錢，送與嬾龍等一夥報事的人，眾人收受，俱到酒店裏破除了。元來當裏去的人，也是嬾龍央出來，把錦被卸脫在那裏，好來請賞的。如此作戲之事，不一而足。正是：

臚傳能發塚㉔，　穿窬何足薄？
若託大儒言，　是名善戲謔。

嬾龍固然好戲，若是他心中不快意的，就連真帶耍，必要擾他。有一夥小偷，置酒邀嬾龍遊虎丘。船經山塘，暫停米店門口河下，穿出店中㉕買柴沽酒。米店中人嫌他停泊在此出入攪擾，厲聲推逐，不許繫纜。眾偷不平爭嚷。嬾龍丟個眼色道：「此間不容借走㉖，我們移船下去些，別尋好上岸處罷了，

㉔ 臚傳能發塚：出莊子雜篇外物第二十六云：「儒以詩禮發塚，大儒臚傳曰：『東方作矣。』」成玄英疏云：「從上傳語告下曰：『臚』，『臚』，『傳』也。」「儒以詩禮發塚」一語，乃是莊子不滿儒家的言論，所以成玄英疏云：「田恆資仁義以竊齊，儒生誦詩禮以發塚，由是觀之，聖迹不足賴。」

㉕ 穿出店中：按山塘係蘇州城外河名，自城西北流遶虎丘，沿水一帶市街名叫山塘街。因此，在這一帶市街的兩岸房屋，後邊都面河，差不多家家都有「水站」(即逐級下降的石堦沿)，可洗衣服飯米等，並可泊船上下，因此，路過船隻，頗多借泊，上岸買物等等。因而必須穿過內室或店堂，一般為店家和住家所不喜。此處此語，如不了解蘇地實在情況的人，是不容易懂得的。

何必動氣！」遂教把船放開，眾人還忿忿。懶龍道：「不須角口，今夜我自有處置他所在。」眾人請問，懶龍道：「你們去尋一隻站船來，今夜留一樽酒、一個榼、及煖酒家火薪炭之類，多安放船中，我要歸途一路賞月色到天明，你們明日便知，眼下不要說破。」是夜虎丘席罷，眾人散去。懶龍約他明日早會，止留得一個善飲的為伴，一個會行船的持篙，下在站船中回來。經過米店河頭，店中已扃閉得嚴密。其時河中賞月歸舟，吹唱過往的甚多。米店裏頭人安心熟睡，懶龍把船貼米店板門住下。日間看在眼裏，有米一囤，在店角落中，正臨水次近板之處。懶龍袖出小刀，看板上有節處一挖，那塊木節囫圇的落了出來，板上老大一孔。懶龍腰間摸出竹管一個，兩頭削如藕披㉗，將一頭在板孔中插入米囤，略擺一擺，只見囤內米簌簌的從管裏瀉將下來，就如注水一般。懶龍一邊對月舉杯，酣呼跳笑，與瀉米之聲相雜，來往船上多不知覺。那家子在裏面睡的，一發夢想不到了。看看斗轉參橫，管中沒得瀉下，想來囤中已空，看那船艙也滿了，便叫解開船纜，慢慢的放了船，去到一僻處，眾偷皆來。懶龍說與緣故，盡皆撫掌大笑。懶龍拱手道：「聊奉列位眾分，以答昨夜盛情。」竟自一無所取。那米店直到開囤，纔知其中已空，再不曉得是幾時失去？怎麼樣失了的？

蘇州新興百柱帽，少年浮浪的無不戴著裝幌㉘。南園側東道堂白雲房一起道士，多私下置一頂，以

㉖ 借走：因為有上述情形，停船米店門口，穿出店中，所以稱做「借走」（即借道）。

㉗ 藕披：蘇浙多藕，春間名產食品，叫做「焐熟藕」。一頭斜切，藕孔中裝滿糯米（北京叫做「江米」），然後將切下的那斜片（中亦裝米），用竹簽小條插在原切部分，使它恢復原形，放紅糖煮，其味極美。斜切部分叫做「藕披」。此處懶龍所以把竹管兩頭，斜削成藕披模樣，乃是便於從板孔中插入米囤之故。

備出去游耍，好裝俗家。一日夏月天氣，商量游虎丘，已叫下酒船。有個紗王三，乃是王織紗第三個兒子，平日與眾道士相好，常合伴打平火。眾道士嫌他慣討便宜，且又使酒難堪，這番務要瞞著了他。不想紗王三已知道此事，恨那道士不來約他，卻尋嬾龍商量，要怎生敗他游興。嬾龍應允，即閃到白雲房將眾道常戴板巾㉙，盡取了來。紗王三道：「何不取了他新帽，要他板巾何用？」嬾龍道：「若他失去了新帽，明日不來游山了，有何趣味？你不要管，看我明日消遣他。」紗王三終是不解其意，只得繇他。明日一夥道士，輕衫短帽，裝束做少年子弟，登舟放浪。嬾龍青衣相隨下船，蹲坐舵樓。眾道只道是船上人，船家又道是跟的侍者，各不相疑。開得船時，眾道解衣脫帽，縱酒歡呼。嬾龍看個空處，將幾頂新帽，捲在袖裏，腰頭摸出取去的那幾頂板巾，放在其處。行到斟酌橋邊，攏船近岸，嬾龍已望岸上跳將去了。一夥道士正要著衣帽登岸瀟洒，尋帽不見，但有常戴的紗羅板巾，壓摺整齊，安放做一堆在那裏。眾道大嚷道：「怪哉！怪哉！我們的帽子多在那裏去了？」船家道：「你們自收拾，怎麼問我？船不漏針，料沒失處。」眾道又各處尋了一遍，不見蹤影。問船家道：「方纔你船上有個穿青的瘦小漢子，走上岸去。叫來問他一聲，敢是他見在那裏？」船家道：「我船上那有這人？是跟隨你們下來的。」眾道嚷道：「我們幾曾有人跟來？這是你串同了白日撞㉚，偷了我帽子去了。我們帽子幾兩一頂結的，決不與你干休！」扭住船家不放，船家不伏，大聲嚷亂。岸上聚起無數人來，蜂擁爭看，人叢中走出一個

㉘ 裝幌：此處作「出風頭」解。
㉙ 板巾：道士所戴的帽，俗稱「瓦楞帽」，可以壓摺。
㉚ 白日撞：吳俗稱「白天藉故入人家伺隙行竊的人」做「白日撞」。

少年子弟，撲的跳下船來道：「為甚麼喧鬧？」眾道與船家各各告訴一番。眾道認得那人，道是決幫他的。不匡那人正色起來，反責眾道道：「列位多是羽流，自然只戴板巾上船；今板巾多在，那裏再有甚麼百柱帽？分明是誣詐船家了。」看的人聽見，纔曉得是一夥道士，板巾見在，反要詐船上賠帽子。發起喊來，就有那地方游手好閒，幾個攬事的光棍來出尖㉛，伸拳擄手道：「果是賊道無理，我們打他一頓，拏來送官。」那人在船裏搖手止住道：「不要動手！不要動手！等他們去了罷。」那人忙跳上岸，眾道怕惹出是非來，叫快開了船，一來沒了帽子，二來被人看破，裝幌不得了，不好登山，怏怏而回，枉費了一番東道，落得掃興。你道：「跳下船來這人是誰？」正是紗王三。懶龍把板巾換了帽子，知會了他，趁擾攘之際，特來證實道士本相，掃他這一場。道士回去，還纏住船家不歇。紗王三叫人將幾頂帽子送將來還他，上覆道：「已後做東道要曬眼㉜那帽子時，千萬通知一聲，」眾道纔曉得是紗王三耍他。又曾聞懶龍之名，曉得紗王三平日與他來往，多是懶龍的做作了。

其時鄰境無錫有個知縣，貪婪異常，穢聲狼籍。有人來對懶龍道：「無錫縣官衙中金寶山積，無非是不義之財，何不去取他些來？分惠貧人也好。」懶龍聽在肚裏，即往無錫地方，晚間潛入官舍中，觀看動靜。那衙裏果然富貴，但見：

連箱錦綺，累架珍奇。元寶不用紙包，疊成行列；器皿半非陶就，擺滿金銀。大象口中牙，蠢

㉛ 出尖：瞿灝通俗編卷八云：「俗以強出任事曰：『出尖』。」又引汪雲程蹴踘譜云：「三人定位，一人當頭，名『出尖』。」因此，一般作「領頭」或「首先發難」解。

㉜ 曬眼：在人前出風頭。

婢將來揭火；犀牛頭上角，小兒拿去盛湯。不知夏楚追呼，拆了人家幾多骨肉；更兼苞苴混濫，
捲了地方到處皮毛。費盡心要傳家裏子孫，覥著面且認民之父母。

懶龍看不盡許多奢華，想道：「重門深鎖，外邊梆鈴之聲不絕，難以多取。」看見一個小匣，十分沈重；料必是精金白銀，溜在身邊。心裏想道：「官府衙中之物，省得明日胡猜亂猜，屈了無干的人。」摸出筆來，在他箱架邊墻上，畫著「一枝梅花」，然後輕輕的從屋簷下，望衙後出去了。過了兩三日，知縣簡點宦囊，不見一個專放金子的小匣兒，約有二百餘兩金子在內，價值一千多兩銀子。各處尋看，只見傍邊畫著「一枝梅」，墨跡尚新。知縣喫驚道：「這分明不是我衙裏人了，臥房中誰人來得？卻又從容畫梅為記？此不是個尋常之盜，必要查他出來。」遂喚取一班眼明手快的應捕，進衙來看賊跡。眾應捕見了壁上之畫，喫驚道：「覆官人，這賊，小的們曉得了，卻是拏不得的。此乃蘇州城中神偷，名曰懶龍。身到之處，必寫一枝梅在失主家為認號，其人非比等閒手段，出有入無，更兼義氣過人，死黨極多，尋他要緊，怕生出別事來，失去金銀還是小事，不如放捨罷了，不可輕易惹他。」知縣大怒道：「你看這班奴才，既曉得了這人名字，豈有拏不得的？你們專慣與賊通同，故意把這等話黨庇他，多打一頓大板纔好。今要你們拏賊，且寄下在那裏。十日之內，不拏來見我，多是一個死。」應捕不敢回答。知縣即喚書房，寫下捕盜批文，差下捕頭兩人，又寫下關子，關會長吳二縣㉝，必要拏那懶龍到官。應捕無奈，只得到蘇州來走一遭。正進閶門，看見懶龍立在門口，應捕把他肩甲拍一拍道：「老龍，你取了我家官人東西罷了，賣弄甚麼手段？畫著梅花。今立限與我們必要拏你到官，卻是如何？」懶龍不慌不忙道：

㉝ 長吳二縣：明代蘇州為州治，共分為吳縣、長洲縣二縣。

「不勞二位費心，且到店中坐坐細講。」嬾龍拉了兩個應捕一同到店裏來，占副座頭喫酒。嬾龍道：「我與兩位商量，你家縣主，果然要得我緊，怎麼好累得兩位？只要從容一日，待我送個信與他，等他自然收了牌票，不敢問兩位要我何如？」應捕道：「這個雖好，只是你取得他的忒多了。他說多是金子，怎麼肯住手？我們不同得你去，必要為你受虧了。」嬾龍道：「就是要我去，我的金子也沒有了。」應捕道：「在那裏了？」嬾龍道：「當下就與兩位分了。」應捕道：「老龍不要取笑！這樣話當官不是耍處。」嬾龍道：「我平時不曾說誑語，原不取笑。兩位到宅上了一看便見。」扯著兩個人耳朵說道：「只在家裏瓦溝中去尋就有。」應捕曉得他手段，忖道：「萬一當官這樣說起來，真個有贓在我家裏，豈不反受他累？」遂商量道：「我們不敢要老龍去了，而今老龍待怎麼分付？」嬾龍道：「兩位請先到家，我當隨至。包管知縣官人不敢提起，決不相累就罷了。」腰間摸出一包金子，約有二兩重，送與兩人道：「權當盤費。」從來說公人見錢，如蒼蠅見血，兩個應捕看見赤艷艷的黃金，怎不動火？笑欣欣接受了，就想此金子未必不就是本縣之物，一發不敢要他同去了。兩下別過，嬾龍連夜起身，早到無錫。晚來已閃人縣令衙中，縣官有大小孺人，這晚在大孺人房中宿歇。小孺人獨自在帳中，嬾龍揭起帳來，伸手進去一摸，摸著頂上青絲髻，真如盤龍一般。嬾龍將剪子輕輕剪下，再去尋著印箱將來撬開，把一盤髮髻擡在箱內，仍與他關好了。又在壁上畫下「一枝梅」，別樣不動分毫，輕身脫走。次日，小孺人起來，忽然頭髮紛披，覺得異樣，將手一摸，頂髻俱無，大叫起來，合衙驚怪，多跑將來問緣故。小孺人哭道：「誰人使促掐㉞，把我的頭髮剪去了。」忙報知縣來看，知縣見帳裏坐著一個頭陀，不知那裏作怪起？想著

㉞ 使促掐：一作「使作狹」，吳語指「捉弄人」或「惡作劇」。

只得抱了空匣出來。此時地方水夫俱集，把火救滅，只燒得廚房兩間，公廨無事，察院分付把門關了。這個計較，乃是失印之後，察院預先分付下的。知縣回去思量道：「他把這空匣交在我手，若仍舊如此送還，他開來不見印信，我這干係，須推不去。」展轉無計，只得潤開封皮，把前日所偷之印，仍放匣中，封鎖如舊。明日升堂抱匣送還，察院就留住知縣，當堂開驗印信，印了許多前日未發放的公文，就於是日發牌，起馬，離卻吳江，卻把此話告訴了巡撫都堂。兩個會同把這知縣不法之事，參奏一本，論了他去㉟。知縣臨去時，對衙門人道：「懶龍這人是有見識的，我悔不用其言，以至於此。」正是：

枉使心機，自作之孽。
無梁不成，反輸一帖。

懶龍名既流傳太廣，未免別處賊情，也有疑猜著他的，時時有些株連著身上。適遇蘇州府庫失去元寶十來錠，做公的私自議論道：「這失去得沒影響，莫非是懶龍？」懶龍卻其實不曾偷，見人錯疑了他，反要打聽明白此事。他心疑是庫吏知情，夜藏府中公廨黑處，走到庫吏房中靜聽。忽聽庫吏對其妻道：「吾取了庫銀，外人多疑心懶龍，我落得造化了。卻是懶龍怎肯應承？我明日把他一生做賊的事跡，纂成一本，送與府主，不怕不拿他來做頂缸㊱。」懶龍聽見，心裏思量道：「不好，不好。本是與我無干，今庫吏自盜，他要卸罪，官面前暗栽著我。官吏一心，我又不是沒一點黑跡的，怎辨得明白？不如逃去了為上著，免受無端的拷打。」連夜起身，竟走南京。詐妝了雙盲的，在街上賣卦。蘇州府太倉夷亭㊲

㉟ 論了他去：「決罪」叫做「論」。此處說：「確定了他犯罪的事實，把他去職。」
㊱ 頂缸：見本書卷三十八⑩。

有個張小舍，是個有名極會識賊的魁首。偶到南京街上，撞見了道：「這盲子來得蹺蹊？」仔細一相，認得是懶龍詐粧的。一把扯住引他到僻靜處道：「你偷了庫中元寶，官府正在追捕，你卻遁來這裏，粧此模樣躲開麼？你怎生瞞得我這雙眼過？」懶龍挽了小舍的手道：「你是曉得我的，該替我分剖這件事，怎麼也如此說？那庫裏銀子是庫吏自盜了，我曾聽得他夫妻二人床中私語，甚是的確。他商量要推在我身上，暗在官府處下手。我恐怕官府信他說話，故逃亡至此。你若到官府處，把此事首明，不但得了府中賞錢，亦且辨明了我事。我自當有薄意孝敬你。今不要在此處破我的道路！」小舍原受府委，要訪這事的。今得此的信，遂放了懶龍，走回蘇州出首。果然在庫吏處，一追便見，與懶龍並無干涉。張小舍首盜得實，受了官賞。過了幾時，又到南京撞見懶龍，仍粧著盲子在街上行走。小舍故意撞他一肩道：「你蘇州事已明，前日說話的，怎麼忘了？」懶龍道：「我不曾忘，你到家裏灰堆中去看，便曉得我的薄意了。」小舍欣然道：「老龍自來不掉謊的。」別了回去，到得家裏，便到灰中一尋，果然一包金銀，同著白晃晃一把快刀，埋在灰裏。小舍伸舌道：「這個狠賊！他怕我只管纏他。故雖把東西謝我，卻把刀來嚇我。不知幾時放下的？真是神手段！我而今也不敢再惹他了。」懶龍自小舍第二番遇見回他蘇州事明，曉得無礙了。恐怕終久有人算他，此後收拾起手段，再不試用。實實賣卜度日，棲遲長干寺中數年，竟得善終。雖然做了一世劇賊，並不曾犯官刑刺臂字。至今蘇州人還說他狡獪耍笑事體不盡。似這等人，也算做穿窬小人中大俠了。反比那面是背非，臨財苟得，見利忘義，一班峨冠博帶的不同。況兼這番神技，若用去偷營劫寨，為間作諜，那裏不幹些事業！可惜太平之世，守文之時，只好小用伎倆，

㊲ 夷亭：今江蘇省吳縣東，唯亭鎮的古名。當地人口語中，仍稱「夷亭」。

供人話柄而已。正是：

世上於今半是君，猶然說得未均匀。

嬾龍事蹟從頭看，豈必穿窬是小人！

卷四十　宋公明鬧元宵雜劇

貴耳集　紀事
甕天脞語
即空觀　填詞

第一折　提綱（末上）

【青玉案】東風未放花千樹，早吹隕星如雨。寶馬雕車香滿路，鳳簫聲動，玉壺光轉，一夜魚龍舞。○蛾兒雪柳黃金縷，笑靨盈盈暗香去。眾裏尋香千百度，驀然回首，那人卻在燈火闌珊處。

李師師手破新橙，周待制慘賦離情。
小旋風簪花禁苑，及時雨元夜觀燈。

第二折　破橙（生扮周美成上）　用支思韻

【仙呂引子】【紫蘇丸】窮秀才學問不中使，是門庭那堪投止。甚因緣得逗女嬌姿？揔君王禁不住相思死。

【憶秦娥】香馥馥，樽前有個人如玉。人如玉，翠翹金鳳，內家❶裝束。○嬌羞愛把眉兒蹙，逢人只唱相思曲。相思曲，一聲聲是怨紅愁綠。自家周邦彥❷，字美成，錢塘人氏。才學擬揚雲❸，曾獻汴都之賦❹；

---

❶ 內家：見本書卷五㉕。

風流欺柳七❺，同傳樂府之名。典冊高文，不曉是翰墨林中大手；淫詞艷曲，多認做繁華隊裏當家。只得混俗和光，偷閒寄傲，見作開封監稅，權為吏隱金門❻。此間有箇上廳行首❼李師師❽乃是當今道君皇帝❾所幸。此女風情不凡，委是烟花魁首。亦且善能賞鑒，鍾愛文人。小生蒙彼不棄，忝在相知。今日天氣寒冷，料想官家❿不出來了，不免步至他家取醉一回則個。（行介）

【仙呂過曲】【醉扶歸】他九重兀自關情事，我三生結下小緣兒。兩字溫柔是證明師，儘樹起鶯花

---

❷周邦彥：宋代有名詞人，錢塘人，字美成（西元一〇五七—一一二一年）。曾獻汴都賦，由諸生升為太學正，徽宗時，頒大晟樂，召為秘書監，進徽猷閣待制，提舉大晟樂府。宣和三年卒，年六十六歲。他自號清真居士，有清真詞集，後有陳元龍作註釋，更名為片玉集。他和李師師的風流故事，是過去盛傳一時的。

❸揚雲：應是「揚子雲」，即漢揚雄，有名的文學家。

❹汴都賦：參閱本篇❷。

❺柳七：即宋代另一有名詞家柳耆卿（柳三變）。古今小說第十二卷眾名姬春風弔柳七，即敘述他的故事。參閱本書卷五❸。

❻金門：「金馬門」之略，漢宮門名。史記東方朔傳：「避世金馬門」，出此。

❼上廳行首：見本書卷二❽。

❽李師師：宋汴京名妓，文人如秦觀、周邦彥輩，多作詞題贈，徽宗也屢次微行至其家，後曾冊立為明妃。靖康之亂，廢為庶人，流落湖湘之間。她的軼事，散見於貴耳集、浩然齋雜談、青泥蓮花記、汴都平康記、大宋宣和遺事、墨莊漫錄、甕天脞語、李師師外傳等文字之中。

❾道君皇帝：見本書卷八⓬。

❿官家：見本書卷五❾。

幟。任奇葩開煖向南枝，這芳香自惹蜂蝶恣。（旦扮李師師上）

【前腔】舞裙歌扇烟花市，便珠宮蕊殿，有甚參差？誰許輕來覷罘罳⑪！須不是閒堦址。花衚衕排下箇海神祠⑫，破題兒先把君王試。

奴家李師師是也。誰人在客堂中？上前看去。（相見介）呀！元來是周官人，甚風吹得到此？（生）小生心緒無聊，願與賢卿一談。想今日天氣嚴寒，官家不出，故爾造訪。（旦）既如此，小妹煖酒與官人敵寒清談。丫鬟！取酒過來。（丑扮丫鬟持酒上）有酒。（旦）（送介）

【桂枝香】高賢未至，撩人清思。俺這家門戶呵！假饒終日喧闐，只算做黃昏獨自。論知心有幾？論知心有幾？多情相視，甘當陪侍。（合）意孜孜最是疼人處，吹燈帶笑時。（生）

【前腔】迂疎寒士，饞窮酸子。謝娘行眼底鍾情，早賞識胸中奇字。論知音有幾？論知音有幾？這般憐才誰似？辨取志誠無二。（合前）（小生扮宋道君道服帶二內侍上）

【賺】美玉於斯，微服潛行有所之。風流事，誰知王者必無私？（內侍喝：「駕到！」）（生旦慌介）（旦）忙趨俟，（生）書生俏膽無雙翅，（躲床下介）且向床陰作伏雌。（小生）聽宣示，從容只對無遷次。（旦拜介）妾當萬死！妾當萬死！

（小生）賜卿平身。（旦）願官家萬歲！（小生）愛卿坐了講話。（旦謝恩介）聖駕光臨，龍體勞頓，臣妾敢奉卮酒上壽。（內作樂，旦送酒介）（小生）朕有新物，可以下酒。（袖出橙介）（旦）芳香酷烈，此地所

⑪ 罘罳：即「屏」，指「連闕曲閣」。

⑫ 海神祠：指王魁與妓女桂英在海神廟盟誓事。

未有也。（小生）此江南初進到，與卿同之。（旦）容臣妾手破，以刀作虀，配鹽下酒。（小生進酒介）

【棹角兒序】這新橙芳香正滋，驛傳來江南初至。須不是一騎紅塵，也煩著幾多星使。試看他下并刀，蘸吳鹽，勝金虀，同玉膾，手似凝脂。（吹笙合唱）寒威方肆，獸烟裊絲。笑欣欣調笙坐對，醉眼迷眵⑬。

（小生）酒興已闌，朕將還宮矣。（旦）臣妾有一言，向官家敢道麼？（小生）恕卿無罪。（旦附耳作低唱）

【前腔】問今宵誰行侍私？（小生笑介）不要管他。（旦）這些時猶煩唇齒。聽嚴城鼓已三撾，六街⑭中少人行止。試看他露霜濃，驅馬滑，到不如休回去，著甚嗟咨。（合前）（小生）愛卿愛朕，言之有理。傳與內侍，明早還宮。（摟旦肩介）

【尾聲】留儂此處歡情恣。拭多少昭陽殿裏夢迴時。（合）怎知道行雨行雲在別一司。（同下）

（生作床下出介）奇哉！奇哉！嚇殺我也！僥倖殺我也！你看他剖橙而食，促膝而談，欲去欲留，相調相謔。若有史官在旁，也該載入起居注⑮了。小臣何緣？得以親見親聞。不免將一時光景，作一新詞，以記其事。（詞寄少年遊）（念介）「并刀如水，吳鹽勝雪，纖手破新橙。錦幄初溫，獸烟不斷，相對坐調笙。○低聲問，向誰行宿？城上已三更，馬滑霜濃，不如休去，直是少人行。」詞已寫完，明日與師師看了以博一笑。

⑬ 迷眵：吳語，即「模糊」。

⑭ 六街：唐宋時京師皆有六街，此處指「京城街道」。

⑮ 起居注：本係官名，職掌侍候皇帝起居，記述他言行的。唐宋時有起居郎、起居舍人，他們所記的文字，就叫做「起居注」。此處指後者。

【皂羅袍】偶到陽臺左次，遇東皇雨露正洒旁枝。新橙剖出傲霜姿，玉笙按就纖纖指。低聲廝諢，含嬌帶嗤，不如休去。殷勤致辭，怕官家不押箇鴛鴦字！

未許流鶯過院墻，天家於此賦高唐。
大鵬飛在梧桐上，自有傍人說短長。

第三折　訊燈（外扮宋公明領從人上）　用江陽韻

【中呂引子】【粉蝶兒】四海無人，誰知俺滿懷忠壯！這些時且自埋藏，借山東烟水寨，三關興旺。問誰當，這橫行一時無兩。

一水窪中能出令，萬山深處自鳴金。包身義膽奇男子，也自稱名在綠林。我乃山東宋江，表字公明。現為梁山寨主，替天行道，人多稱我為及時雨。目下天氣嚴寒，不知山下有甚事體？且待眾兄弟到來，試問則箇。（眾扮梁山泊好漢，淨扮李逵照常上場詩，通姓名，相見介）（外）眾兄弟，山下有甚事來？（眾啟）哥哥得知，朱貴酒店裏拿得一班萊州府燈匠往東京進燈的。未敢擅便，押在關前聽令。（外）休得要驚嚇他！押上堂來我問咱。（眾）得令。（雜扮燈匠挑燈上）朝為田舍郎，獻燈忠義堂。寨主本無種，男兒當自強。（眾）燈匠當面。（外）

【中呂過曲】【尾犯序】率土戴君王，豈是吾儕不曉倫常？諂佞盈朝，致閭閻盡荒。燈匠，無非是繁華景物，纔顯出精工伎倆。爭知道脂膏盡處，黃雀覷螳螂！（雜叩頭介）

【前腔換頭】應當，燈鋪乃官行。里甲排門，痛比錢糧。今年官家大張燈火，慶賞元宵，著落本州解造五架好燈。這燈呵，妙手雕鏤，號玲瓏玉光。（外）我多取了你的，你待如何？（雜）驚惶。若還是山中盡取，難銷破京師業帳。（作悲介）從何處重尋兒女？更一度哭爹娘。

（外）聽之可傷！我逗你耍來。若取了你的，恐怕你喫苦，不當穩便。只要你小的一架，值多少價錢？（雜）本錢二十兩。大王跟前，不敢說價。（外）就與你二十兩，其餘的你們自解官。（雜）多謝大王。雙手劈開生死路，一身跳出是非門。（下）（外）眾兄弟，據燈匠所言，京師十分好燈，我欲往看一遭。

【前腔換頭】京華靡麗鄉，少長山東，未得徜徉。改換規模，到天邊日旁。（眾）斟量。若不遇風波競險，須難免干戈鬧嚷。分明是龍居淺地，索是要隄防！

（外）我日間只在客店裏藏身，夜晚入城看燈，不足為慮。且聽我分撥：我與柴進戴宗燕青一路；史進與穆弘一路；魯智深與武松一路；朱仝與劉唐一路。只此四路人，暗地相隨，緩急策應。其餘兄弟，盡數在家守寨。（淨李逵云）說東京好燈，我也要去走一遭。（外）你如何去得？（淨）我如何去不得？（外）你生性不善，面龐醜惡。（淨）幾曾見我那裏嚇殺了別人家大的小的？若不帶我去，我獨自一個先趕到東京殺他一場，大家看不安穩。（外）既然要去，只打扮作伴當，跟隨著我，不許惹事便了。

【前腔】王都本上邦，須勝似軍州，馬壯人強。此去私游要行蹤歛藏。（眾）須仗一隊隊分行佈擺，一步步回頭顧望。從今日長安夢裏，攪起是非場。

（外）明日黃道吉日，就此起行。（眾）得令。

且解征袍脫茜巾，洛陽如錦舊知聞。
相逢何用通名姓，世上於今半是君。（眾調陣下）

第四折　詞忤（旦扮李師師上）　用庚青韻

【南呂過曲】【一江風】是生來落得排場勝，那個曾紅定？但相逢便有姻緣，暮雨朝雲，暫主巫山令。嫦娥不恁撐，君王取次行。是風流占盡無餘剩。

妾身李師師，前日正與周美成飲笑，恰遇官家到來，倉忙避在床下。後來官家言語舉止，盡為美成所見。美成填作一詞，眼前說話，盡作詞中佳料。似此才人，真堪愛敬。今日無事在此，且把此詞展玩一遍則個。

（小生道服扮道君上）

【前腔】離宮闈，喜踏閒花徑，種下風流性。但相從，可意冤家，別樣溫柔，反如多徯倖。知他是怎生？拚傾若個城。在朝端，絜不了窮三聖⑯。

已到師師家了。師師那裏？（旦迎駕介）臣妾候迎聖駕，願官家萬歲！（小生）賜卿平身。愛卿，朕因元宵將近，暫息萬機，乘此清閒，訪卿閒話。（旦）臣妾潔除几席，專候駕臨。（小生看案上介）愛卿在此看些甚麼？（見詞介）元來是一首詞。（念前詞介）此乃前日與卿晚夕的光景，何人隱括入詞？（旦不敢隱瞞）實出周邦彥之筆。（小生）周邦彥為何知得這等親切？似目見耳聞的一般。（旦）臣妾該死，前日偶與周邦彥在此閒話，適遇駕到，邦彥無處躲避，竄伏床下。故彼時官家與臣妾舉動言語，悉被窺見，作此詞以紀其事。（小生怒介）輕薄如此，可恨！可恨！

⑯ 絜不了窮三聖：「窮三聖」指的是儒家所常引的禹、周公、孔子，這是表示徽宗厭聽一般儒生常套迂闊的言論。

【鎖寒窗】是何方劣相酸丁？混入花叢舉止輕。看論黃數黑，畫影描形。機關逗處，唇鎗廝逞。怎當他風狂行徑！（合）思量。直恁不相應，便早遣離神京！

（旦跪介）邦彥之罪，皆臣妾之罪也。望天恩寬宥。（起介）

【前腔】念他們白面書生，得見天顏喜倍增。任一時風欠，寫就新聲。知他那是違條干令？總歌謳太平時境。（合）思量。直恁不相應，便早遣離神京？

（小生）這個斷難饒他，明日分付開封府逐他出城便了。

（旦）一曲新詞話不投，（小生）明朝謫遣向邊州。

（合）是非只為多開口，煩惱皆因強出頭。

第五折　鬧禁（末儒巾扮柴進貼小帽扮燕青同上）　用齊微韻

（末）金吾不禁夜，玉漏莫相催。則俺是梁山泊上第十位頭領小旋風柴進。這個兄弟是第三十六位頭領浪子燕青，隨俺哥哥宋公明下山到東京看燈。哥哥在城外住下，俺和這個兄弟先進城來，探聽光景，做一番細作⑰，早已入城來了也。

【北】【正宮端正好】卻離了水雲鄉，早來到繁華地。路傍人不索猜疑，滿朝中不及俺那山間位，銜⑱一味懷忠義。

---

⑰ 細作：即「間諜」。

⑱ 銜：作「真正」解。

（貼）哥哥，來到東華門外，你看街上的人好不多也！（末）

【滾繡毬】景色奇，士女齊，滿街衢遊人如蟻。大多來⑲肉眼愚眉。（手指介）兄弟，你看那！戴翠花，著錦衣，一班兒紛紛濟濟。走將來別是容儀，多管是⑳堂中朱履三千客？須不似山上兜鍪八面威，煞有蹺蹊。

兄弟，俺到酒坊中坐下。你去看那錦衣花帽的，與我賺將一個來者。（貼）理會得。（丑扮王班直上）花有重開日，人無再少年。俺乃穿宮班直老王的便是。方纔宮中承應出來，且到街上走一走。（貼迎揖介）觀察，小人聲喏。（丑作不認介）你是何人？咱不認得。（貼）小人的東人和觀察是舊交，特使小人來相請。觀察莫不姓張？（丑）俺自姓王。（貼）小人貪慌央錯了。正是叫小人請王觀察。（丑）你主人是誰？（貼）觀察同小人去見面，就曉得。（丑）而今在那裏？（貼）在這閣兒裏。（走到介，對末云）請到王觀察來了。

（末迎介）

【倘秀才】見說著良朋遇值。（揖介）忙舉手，當前拜禮。（丑還禮介）在下眼拙，失忘了足下，願求大名。（末笑介）俺是恁二十年前一舊知，這些時離別久，往來稀，今朝廝會。

（丑想介）其實一時想不起。（末）小弟且不說，等兄長再想，想不出時，只是罰酒。（雜送酒肴上，末送酒介）

【滾繡毬】俺這裏殷勤待舉觴，尊兄且莫推，誰教你貴人忘記？辭不得罰盞淋漓。（丑）在下喫不得

⑲ 大多來：即「大多數」。
⑳ 多管是：即「大概是」。

急酒，醉了，誤了點名。（末）正要問兄長，頭上為何戴這朵翠花？（丑）官家慶賞元宵，我們左右內外，共有二十四班。每班二百四十人，通共五千七百六十人。每人皆賜衣襖一領，翠葉金花一枝，上有小小金牌一個，鑿著「與民同樂」四字，因此每日在這裏點視，如有宮花錦襖，便能勾入內裏㉑去。（末）小弟卻不省得。元來是打扮喬，入內直。便飲一不妨。總無過隨行逐隊，料非關違了軍機。小的每，鏇一杯熱酒來，奉敬兄長者。（貼取酒下藥介，末奉酒介）兄長領此一杯，小弟敢告姓名。（丑）在下實在想不起，願求大名。（末灌酒介，丑飲介）（末）你早忘眼底人千里，且盡尊前酒一杯，則交我含笑微微。

（丑作醉倒介）（末）早已麻倒了也。且脫他錦衣花帽下來，待俺穿戴了，充做入直的，到內裏看一遭去。（換衣帽介）兄弟，你扶他去床上睡著。酒保來問時，只說觀察醉了，那官人出去未回，好生支吾者。（貼）不必吩咐，自有道理。（扶丑下）（末）俺如此服色進內去，料沒擋闌也呵。（行介）

【倘秀才】本是箇水滸中魔君下世，權做了皇城內當筵傀儡。抵多少壯士還家盡錦衣，從此去到宮闈，沒些兒迴避。

呀！你看禁門上並無阻礙，一直到了紫宸殿，殿門上多有金鎖鎖著，進去不得。且轉過凝暉殿，殿旁有路，轉將入去。原來又是一個偏殿，牌上金書「睿思殿」三字，側首一扇硃紅槅子，且喜開著，不免閃入去。

【滾繡毬】幸逢著殿宇開，闖入個錦繡堆。耀人睛簾垂翡翠，看不迭案滿珠璣。則見架上籤，盡典籍，奚超墨龍文象筆。薛濤箋子石端溪，御屏上山河一統皆圖畫，比及俺水泊三關也在範圍，這的是帝王宏規。

㉑ 內裏：指「宮裏」。

轉過御屏後邊，元來這是素面，卻有幾個大字在上，待我看者。（念介）山東宋江，淮西王慶，河北田虎，江南方臘。呀！好不利害也！

【叨叨令】御屏上寫得淋淋侵侵地，多是些綠林中一派參參差差諱。列兩行墨印，分分明明配，俺哥哥早占了高高強強位。（拔刀介）俺待取下來也麼哥，俺待取下來也麼哥。（作挖下走介）急抽身，且自慌慌忙忙退。

已把四字挖下，急忙走出殿門回去者。

【滾繡毬】這事兒好駭驚，這事兒忒罕希！到那帝王家一回兒戲，俏一似出函關，夜度鳴雞㉒。（貼上接介）哥哥來了也。看得如何？（末）且禁聲，莫笑嬉，幹著的一樁機密，免教他姓字高題！（將字與貼看介）略施萬丈深潭計，已在驪龍頷下歸，落得便宜。

（貼）請問哥哥，這是甚麼意思？（末）此處耳目較近，不便細說，到下處見了大哥，自知明白。且脫下衣帽咱。（換衣帽介）（貼）這人還未醒，把衣服交與店家罷。（叫介）酒保。（酒保上）官人有何分付？（末）俺和這王觀察是兄弟，恰纔他醉了，俺替他去內裏點名了回來，他還未醒。俺卻在城外住，恐怕誤了城門。剩下的酒錢，多賞了你。他的服色號衣，多在這裏，你等他醒來，交付還他。俺們自去了。（酒保）官人，你請放心。男女自會伏侍。（笑介）這樣好主顧，剩錢多賞了我，明日再來下顧一下顧，若要號衣用時，我在戲房中借一付與你。（下）（末）

【尾聲】俺入宮的，俏冥冥已將望帝㉓春心遞，那醉酒的，黑魆魆兀自莊周曉夢迷，卻不道他是何人

㉒ 出函關，夜度鳴雞：此指孟嘗君度關故事，參閱本書卷三十九篇首人話。

我是誰?借得宮花壓帽低，天子門庭去復回，御墨鮮妍滿袖攜。少不得驚動官家心下疑，索盡宮中甚處追?空對屏兒三嘆息。怎知俺小旋風爺爺親身來看過了你?

（同下）（丑弔場上）一覺好睡也。酒保，方纔請我的官人，那裏去了?（內應）他見你醉了，替你去點了名回來，你還未醒，恐怕誤了城門，他出城去了。留下號衣在此還你。（丑）好沒來繇，又不知姓張姓李，說是我的故人，請我喫得酩酊，敢是拐我當酒喫的?酒保，他會鈔過不曾?（內）會鈔過了。（丑）奇怪，酒錢又不欠，衣服又在此，他拐我甚麼?我不是落得喫的了。看來我是箇刷子㉔，他也是箇癡人。詩云：「有人請喫酒，問著不開口。灌我醺醺醉，他自往外走。這樣好主人，十番撞著九。」好造化!好造化!（笑下）

第六折　折柳（生扮周美成上）　用先天韻

【雙調引子】【搗練子】愁脈脈，意懸懸，奪去微官不值的錢。只恨元宵將近矣，嫦娥從此隔天邊。

桃溪不作從容住，秋藕絕來無續處。人如風後入江雲，情似雨餘粘地絮。下官周美成，只因今上微行妓館，偶得竊窺，度一新詞，致觸聖怒。宣示蔡京丞相，著落開封府要按發我課稅不登。府尹說：「惟有此官，課額增羨。」蔡京道：「聖意如此，只索遷就屈坐，」劾上一本，隨傳聖旨，「周邦彥職事廢弛，日下押出國門!」好不冤枉也!我想一官甚輕，不做也罷，只是元宵在即，良辰美景，萬民同樂，獨我一人不得與觀，這也猶可。怎生撇下心上李師師呵?他著人來說：「要到十里長亭，送我起程，」敢待來也?（旦上）

㉓ 望帝：即古蜀帝杜宇。

㉔ 刷子：金瓶梅第二回中，亦見此二字，對照著看，其意似用來譏刺作「廢物」的隱語。

【海棠春】何處是離筵？舉步心如箭。

呀！美成已在此了。（相見介）（旦）官人，風波忽起，離別須臾，無限衷情，特來面語。（生）賢卿遠至，足感深情。只是我事出無端，非意所料。這分別好難割捨呵！（旦）小妹聊具一杯，與君話別。（生）生受你，想小生呵！

【仙呂入雙調過曲】【園林好】書生命，隨方受邅，書生態，無人見憐。投至得娘行繾綣，徯倖煞並香肩，平白地，降災愆。（旦）

【前腔】遇君王，承恩最偏，遇多才，鍾情最專。強消受皇躬垂眷，一謎裏㉕慕英賢，怎知道事相牽？（生）想那日呵！

【江兒水】寒夜挑燈話，爐中火正燃。君王驀地來游宴，躲避慌忙身還顫。眼爭饞口涎空嚥，剗地艻心思展。（合）一曲新詞，到做了陽關三轉。（旦）

【前腔】當日心中事，君前不敢言。誰知驀地龍顏變，判案些時無情面。笑啼兩下恩成怨，教我如何過遣？（合前）（生）

【五供養】窮神活現，一箇新橙，剖出冤纏。開封遵聖意，不論羨餘錢。官評坐貶，端只為床頭詮選，一霎分離去，怎俄延？（合）何日歸來舊家庭院？（旦）

【前腔】君王不辨，掃煞風光，當甚傳宣？知心從避地，無計可回天。奴身命蹇，禁不住淚痕如線。愁看元宵月，兩地自為圓。（合前）

㉕一謎裏：即「一味地」。

（旦）君家以詞得名，以詞得罪，今日之別，豈可無詞？（生）小生試吟一首，以紀折柳㉖之情。（詞寄蘭陵王）（念介）柳陰直，烟裏絲絲弄碧。隋堤上曾見幾番拂水，飄綿送行色。登臨望故國，誰惜京華倦客？長亭路年去歲來，應折柔條過千尺。○閒尋舊蹤跡，又酒趁哀絃，燈照離席。梨花榆火催寒食。愁一箭風快，半篙波煖，回頭迢遞便數驛，望人在天北。○悽惻，恨堆積。漸別浦縈回，津堠岑寂，斜陽冉冉春無極。念月榭攜手，露橋吹笛。沉思前事，似夢裏，淚暗滴。

【玉交枝】題詞一遍，謝承他舉賢薦賢。而今再把詞來顯，真箇是舊病難痊。鴛鴦折開為短篇，長吟只怕還重譴。（合）拼今宵孤身自眠，又何妨重重寫怨。（旦）

【前腔】心中生羨，看詞章風流似前。雖經折挫留餘喘，尚兀自揮灑聯翩。本是連枝並頭鐵石堅，到做了伯勞東去西飛燕。（合前）

（生）俺和你就此拜別。（拜介）（生）

【川撥棹】辭卿面，記平時相燕婉。再不能整宿停眠，再不能整宿停眠。立斯須三生有緣。（合）怎教人著去鞭？任從他足不前。（旦）

【前腔換頭】訴不了離愁只自煎，搵不了啼粧只自漣。從此去度日如年，從此去度日如年。願君家長途保安全！（合前）（生）

【尾聲】臨行執手還相戀，歸向君王一句言，道床下人兒今去的遠。

㉖ 折柳：三輔黃圖：「灞橋在長安東，跨水作橋，漢人送客至此橋，折柳贈別。」後人本此，用此二字，表示依依惜別之情。

一番清話又成空，　　滿紙離愁曲未終。
情到不堪回首處，　　一齊分付與東風。

第七折　賜環（貼扮燕青上）

用齊微入聲韻

【商調引子】【遶地遊】來遊上國，到處無人識，向章臺尋消問息。

白雲本是無心物，又被清風引出來。俺浪子燕青，前日隨著柴大官人進城探路，被柴大官人計入禁苑，挖出御屏上四字。俺公明哥哥曉得官家時刻不忘，思量尋箇關節，討箇招安。那角妓李師師與官家打得最熱，今欲到他家飲一巡兒酒，看取機會。著我先去送贄見之禮，來到此間，不免扯箇謊哄他。裏面有人麼？（丑扮媽媽上）談笑有鴻儒，往來無白丁。是那箇？（貼拜介）是我。（丑）小哥貴姓？（貼）老娘忘了，小人是張乙的兒子張閒便是。從小在外，今日方歸。老娘怎的不認識了？（丑想介）你不是太平橋下的小張閒麼？（貼）正是。（丑）你那裏去了？許多時不見。（貼）小人一向不在家，不得來看老娘。如今伏侍箇山東梁客，是燕南河北第一箇有名的財主，來此間做買賣。一者就賞元宵，二者要求娘子一面。怎敢說在宅上出入，只求同席一飲，稱心滿意，先送一百兩金子為進見之禮，與娘子打些頭面㉗器皿，若得往來往來，還有罕物相送。（出禮物介）（丑看伸舌介）好赤金也！火塊一般的。只一件，我女兒今日為送周監稅出城去了，卻不在家，怎麼是好？（貼）少不得回來的，小人便閒坐一坐，等箇回音。（小生上）

【遶地遊後】和風麗日，憶嬌姿來相探覓，是光陰怎生閒得！

㉗ 頭面：舊日俗稱首飾做「頭面」。

自家道君皇帝便是。前日睿思殿上失去了「山東宋江」四字，想城中必有奸細，已分付盤詰去了。心下好生不快，且與師師閒話去。（內喝）駕到。（丑慌介）官家來了，怎麼好？女兒不在，誰人接待？張小乙哥，便與我支應一番則箇。（貼）我正要認一認官家，借此機會上前答應去。（叩頭介）男女萬死！叩頭陛下，願陛下萬歲！（小生）師師怎麼不見？（貼）師師城外去了。（小生）你是何人？（貼）男女是師師中表兄弟，一向出外，今日回來。（小生）擡起頭來我看。（貼擡頭介）（小生）怪道也一般俊秀的。你既是師師兄弟，必有技藝。（貼）男女吹彈歌舞多曉得些。（小生）賜卿平身，唱曲奉酒。（貼送酒，隨意唱時曲一隻介）（小生）此時已是更餘，師師還未見到，可惱！可惱！（旦愁妝上）

【憶秦娥】愁如織，歸來別淚還頻滴。還頻滴，翠幃春夢，江南行客。（見介）（貼暗下）（小生）更餘兀守岑寂，何來俏臉添悲慽！添悲慽，向時淹潤，這番浪籍。

（怒介）你看啼痕滿面，憔悴不勝。適自何來？意態如此！（旦）臣妾萬死！臣妾知周邦彥得罪，押出國門，略致一杯相別，不知官家來此，接待不及，臣妾罪當萬死！（小生冷笑介）癡妮子！只知與那酸子相厚。這酸子輕口薄舌，專會作詞，今日你去送別，曾有詞否？從實奏來。（旦）有蘭陵王調一詞。（小生）你起來唱一遍看。（旦）容臣妾奉一杯，歌此詞為官家壽。（小生）使得。（旦送酒介）

【商調過曲】【二郎神】柳陰直，在烟中絲絲弄碧。曾見隋堤凡幾歷，飄綿拂水，從來專送行色。無奈登臨望故國，誰憐惜京華倦客？算長亭年來歲去，柔條折過千尺。

【集賢賓】閒尋舊日蹤與跡，趁哀絃燈照離席。榆火梨花知在即，一霎時催了寒食，風高箭急。待回首，迢遙多驛，人在北，怎生不恨情堆積？

【琥珀貓兒墜】縈回別浦，津堠已岑寂。冉冉斜陽春景極，念相攜素手，露橋笛。悽惻，前事沉思，暗淚空滴。

（小生笑介）好詞，好詞。關情之處，令人淚落，真一時名手！怪不得他咬文嚼字，明日元宵佳節，正須好詞，不免赦其罪犯，召他轉來，為大晟樂正，供應詞章。傳旨與兩府[28]施行去。（旦叩頭介）如此，多謝天恩。（小生笑介）連你也歡喜了。

【尾聲】道一聲赦也歡交集，詞去詞來還則是詞上力。（旦）可正是成敗蕭何一笑值。

（旦）新詞動聽不爭多，成也蕭何敗也何。

（小生）遇飲酒時須飲酒，得高歌處且高歌。（下）

（旦弔場）（丑引貼旦見旦介）小乙哥過來見了姐姐。（旦）我正要問這是那一箇？（丑）兒，這是太平橋張小乙哥，他引了一箇大財主，是山東梁員外，送了一百兩金子為見禮，要與你喫一杯兒酒。因你未回，留他在此。恰遇聖駕到來，無人接待，虧得他認做了你的中表兄弟，支持答應。俄延這一會，等得你回來，也是箇道地人兒。（貼）小人有幸，得瞻天表。且候著了娘子，小人回去，回復員外，還著他幾時來？（旦）明日是元宵，駕幸上清宮，必然不來，卻請員外過來，少飲便是。（貼）小人理會得。正是：

嫦娥曾有約（丑旦）明夜早些來（同下）

第八折　狎游（外宋江上）　用蕭豪韻

[28] 兩府：宋代稱中書省和樞密院做「兩府」。

【雙調引子】【梅花引】留連客舍已元宵，誰能識恁根苗？（末柴進上）憑是宮庭魚服曾行到。（合）宿衛重重成底事？待看盡鶯花春色饒。

（外）不入虎穴，焉得虎子？差之一時，失之千里。俺宋江不到東京看燈，怎曉得御屏上寫下名字？虧得俺柴進兄弟取了出來。這兩日聞得城門上隄防甚緊，卻是人山人海，誰識得破？俺一來要進去觀燈；二來要與當今打得熱的李師師往來一番，覷箇機會。昨日燕青兄弟已到他家約定了今日，又兼得見了官家回來。俺想若得我宋江遇見，可不將胸中之事，表白一遍，討得箇招安，也不見得。（末）哥哥，招安也不是這樣容易討的！借這機會通些消息，或者有用也未可知。目今且落得去游耍一番。（貼燕青上）欲赴天邊約，須教月下來。哥哥，此時正好進城了。（外）我與柴大官人做伴，同去走遭。戴宗、李逵兩箇兄弟，扮做伴當，遠遠跟著便了。（同行介）

【仙呂入雙調過曲】【六么令】官街亂嘈，趁著人多，早過城壕，無人認識大英豪。齊胡混，醉酕醄，鎮聞滿市皆喧笑，鎮聞滿市皆喧笑。

（貼）從此小街進去，便是李家瓦子㉙了。（衆行介）

【前腔】笙歌院落，煞是撩人，一曲魂消。君王外宅貯多嬌，燈光映，月輪高。畫欄十二珠簾悄，畫欄十二珠簾悄。（旦同鴇女童上）

【前腔】遊人如潮，昨日相期，佳客遊遨。此時月色上花梢，（貼）近前去，把門敲。（旦出見迎外

㉙ 李家瓦子：據宋孟元老東京夢華錄卷二東角樓街巷條中云：「……街南桑家瓦子，近北則中瓦，次裏瓦。其中大小勾欄五十餘座。」「瓦子」是北宋汴京倡優劇場所在。李師師既係妓家，所以住的地方，當然在瓦子裏頭。此處即指李家所在地點。

末介）（外末）慕名特地來相造，慕名特地來相造。

（相見禮介）（貼向旦指外介）這位就是員外。（旦）昨日張閒多談大雅，又蒙厚賜。今辱左顧，綺閣生光。（外）山僻之客，孤陋寡聞。得睹花容，生平願足。（旦）這位官人，是員外何人？（外）是表弟華巡簡。（旦）多是貴客，夙世有緣，得遇二君，草草杯盤以奉長者。（外）在下山鄉，未曾見此富貴。花魁娘子，名播寰宇，求見一面，如登天之難。何況促膝笑談，親賜杯酒。（旦）員外獎譽太過，何敢當此！（丫鬟將酒過來）

【二犯江兒水】（五馬江兒水）逢霽色，皇都春早，融和雪正消。看爭馳玉勒，競睹金鰲，賽蓬萊結就的島。迤邐御香飄，群賢不待邀。樓接層霄，鐵鎖星橋，大家來看一箇飽。（朝元歌）幸遇著風流俊髦，廝覷了軒昂儀表。（一機錦）不枉了兩相輝，燈月交。

（外）多蒙厚款，美酒佳肴，清歌妙舞，鄙人遇此，如在天上。不勝酒狂，意欲亂道一詞，盡訴胸中鬱結。呈上花魁尊聽。（末）哥哥，花魁美情，正當請教。（外）待不才先訴心事呵！

【前腔】問何處堪容狂嘯？天南地北遙，借山東烟水，暫買春宵。鳳城中，春正好。薄倖怎生消？神仙體態嬌。（起介）想汀蓼洲蒿，皓月空高，雁行飛，三匝繞。（做裸袖揎拳勢介）誰識我忠肝共包？只等待金雞㉚消耗。（拍桌介）愁萬種，醉鄉中兩鬢蕭蕭。

（末）表兄從來酒後如此，娘子勿笑！（旦）酒以合歡，何拘於禮？只是員外言語含糊，有許多不明處。（外）借紙筆來，寫出請教。（旦）取筆硯過來，向員外告珠玉。（外寫介）詞寄念奴嬌（念介）天南地北，

㉚金雞：唐書百官志：「初赦日，樹金雞於仗南，竿長七尺，有雞高四尺，黃金飾首……」此處用來指「赦書」。

問乾坤何處可容狂客？借得山東烟雨寨，來買鳳城春色。翠袖圍香，絳綃籠雪，一笑千金值。神仙體態，薄倖如何消得？〇想蘆葉灘頭，蓼花汀畔，皓月空凝碧。六六雁行連八九，只等金雞消息。義膽包天，忠肝蓋地，四海無人識。離愁萬種，醉鄉一夜頭白。（旦）細觀此詞，員外是何等之人！心中有甚不平之事？奴家文義淺薄，解不出來，求員外明言。（外欲語介）（內叫）聖駕到後門了！（旦慌介）不能相陪，望乞恕罪！（急下）（外對末貼介）我正要訴出心事，卻又去接駕了。我們且未可去，躲在暗處瞧一回。（末貼）大哥有些酒意了，小心些則箇。（外）曉得。

始信桃源有路通，　這回陡遇主人翁。
今宵賸把銀釭照，　猶恐相逢是夢中。（各虛下）

第九折　鬧燈（淨扮李逵大帽青衣內抹額束腰雜扮戴宗隨上）　用東鐘韻

（淨）浩氣沖天冠斗牛，英雄事業未曾酬。手提三尺龍泉劍，不斬奸邪誓不休！俺黑旋風李逵便是。俺大哥好沒來繇，看燈，看燈，竟與柴大官人燕小乙哥走入衏衏人家喫酒去了。卻教我與戴院長扮做伴當，跟隨在門外坐守。這可是俺耐煩的？不要惱起俺殺人放火的性子來，把這家子來殺箇罄盡。（做勢介）（戴）哥哥怎生對你說來？（淨）只怕大哥又說我生事，俺且權思片時也呵！

【北雙調】【新水令】看長安燈火照天紅，似俺這老蒼頭也大家來胡哄。恕面生也花世界，少拜識也錦衚衕。偌大英雄！偌大英雄！替他每守門闌，太知重！（虛下，小生旦上）

【南仙呂入雙調過曲】【步步嬌】三五良宵冰輪湧，帝輦宸游動。（旦）今日該駕幸上清宮，歡情那處濃？（小生）朕今日幸上清宮方回，教太子在宣德殿賜萬民御酒，御弟在千步廊買市，約下楊太尉同到卿家。久等不至，只得自來。（旦）不道餘恩，又得陪從。（小生）今日佳辰，宜有佳詞。斟酒泛金鍾。這些時值得佳詞供。傳旨宣周邦彥。（生上）

小臣周邦彥聞得陛下在此，特來獻元宵新詞。（小生）念與朕聽。（生念介）詞寄解語花：風銷焰蠟，露浥烘罏，花市光相射。桂華流瓦纖雲散，耿耿素娥欲下。衣裳淡雅，看楚女纖腰一把。簫鼓喧人影參差，滿路飄香麝。〇因念帝城放夜，望千門如晝，嬉笑游冶，鈿車羅帕。相逢處自有暗塵隨馬。年光是也，惟只見舊情衰謝，清漏移，飛蓋歸來，從舞休歌罷。（小生）好詞，好詞。得景，得景。才子佳人，俱在朕前，可喜，可喜。周邦彥陞為大晟樂府待制，賜與御酒三杯。（生領酒謝恩介）（同唱）斟酒泛金鍾，這些時，值得佳詞供。（同下）（淨上戴隨上）（淨）

【北】【折桂令】漸更闌，古寺聲鐘。等的人心熱腸鳴，坐的來背曲腰躬。須知俺兄弟排連，盡多是江湖志量。怎走入花月樊籠？一壁廂主人情重，那堪俺坐客心慵。折倒威風，做啞妝聾。這的是黑爹爹，性格溫柔。今日裏學得箇舉止從容。（下）（外末貼上）

【南】【江兒水】萬里君門遠，乘輿驀地逢，天顏有喜親承奉。（外）何不急趁樽前無攔縱？把一生忠義多相控。（末貼）這箇使不得！便親寫下招安何用？打破沙鍋，少不得受那奸邪搬弄。（下）（淨戴上）

【北】【雁兒落帶得勝令】俺則待向章臺猛去衝。（戴）這裏頭沒你的勾當。（淨）莽兒郎認不得鸞和鳳。俺則待踏長街，獨自游。（戴）我不與你去，你須失了隊。（淨）急忙裏認不出桃源洞，因此上權做箇不惺憁㉛，酩子裏㉜且包籠。困騰騰眼底生春夢，實丕丕心頭拽悶弓，難容無明火渾身迸。宋公明也！尊兄！這踏兒也算不公。（坐場上介）（丑扮楊太尉上）

【南】【僥僥令】君王曾有約，游戲晚來同。（作走進門，戴走避，淨坐不理介）（丑）是何處兒郎真懵懂？見我貴人來，不斂蹤。

（問淨介）你是那裏來的狗弟子孩兒？見了俺楊太尉，站也不站起來，從人拿住者。（淨大喊脫衣帽露內戎裝介）

【北】【收江南】呀！要知咱名姓呵！須教認得黑旋風！（將丑打倒介）一拳兒打箇倒栽葱。（丑跌介，戴勸介）使不得，使不得！（淨）方纔洩俺氣填胸。（放火介）不是俺性兇，不是俺性兇，只教你今朝風月兩無功。

（淨大叫介）梁山泊好漢全夥在此。（外末貼急上）

【南】【園林好】聽喧鬧魚游釜中，急奔脫鳥飛出籠。渾一似山崩潮湧，你看官家也從地道走了。驚鳳輦，離花叢，回首處，隔巫峰。

（內喊介）休教走了黑旋風！（外）燕小乙哥，黑廝性發了，只怕有失。你是他降手，快去接了他出城。

（淨舞介）

【北】【沽美酒帶太平令】誰人來犯俺鋒？誰人來犯俺鋒？（貼撲淨跌介）（淨看貼起笑介）元來是舊降

㉛ 不惺憁：即「不伶俐」。

㉜ 酩子裏：即「糊糊塗塗地」。

手又相逢。（貼）不要生事！隨哥哥去罷。（淨隨眾走介）恁道是保護哥哥第一功，頓金鎖，走蛟龍。須知是做郎君，要擔怕恐。（扮高俅追敗下）（五虎將上接介）（淨同眾唱）看明晃晃旌旗簇擁，雄糾糾貔虎相從。宋公明翠鄉一夢，楊太尉傷司告訟。俺呵一班兒弟兄逞雄，脫離呀禍叢。呀！這的是鬧東京一場傳誦。

【北】【清江引】宋三郎豈是柔情種？只要把機關送。惹起黑天蓬，好事成虛閧，則落得鬧元宵一會兒哄。

周美成蓋世逞詞豪，宋公明一曲念奴嬌。
李師師兩事傳佳話，合編成敉點鬧元宵。

中國古典名著

專家校注考訂　古典小說戲曲大觀

世俗人情類

紅樓夢
脂評本紅樓夢
金瓶梅
老殘遊記
平山冷燕
品花寶鑑
野叟曝言
綠野仙踪
禪真逸史
海上花列傳
九尾龜
醒世姻緣傳
三門街
花月痕
孽海花
魯男子
遊仙窟　玉梨魂（合刊）
筆生花
浮生六記
玉嬌梨
好逑傳
啼笑因緣
歧路燈

公案俠義類

水滸傳
兒女英雄傳
三俠五義
七俠五義
小五義
續小五義
蕩寇志
綠牡丹
羅通掃北
楊家將演義
萬花樓演義
粉妝樓全傳
七劍十三俠
包公案
海公大紅袍全傳
施公案
乾隆下江南

歷史演義類

三國演義
東周列國志
東西漢演義
隋唐演義
說岳全傳
大明英烈傳

神魔志怪類

西遊記
封神演義
濟公傳
三遂平妖傳
南海觀音全傳　達磨出身傳燈傳（合刊）

諷刺譴責類

儒林外史
官場現形記
文明小史
鏡花緣
二十年目睹之怪現狀
何典　斬鬼傳　唐鍾馗平鬼傳（合刊）

擬話本類

拍案驚奇
二刻拍案驚奇
喻世明言
警世通言
醒世恒言
今古奇觀
豆棚閒話　照世盃（合刊）
石點頭
十二樓
西湖佳話
西湖二集
型世言

著名戲曲選

竇娥冤
漢宮秋
梧桐雨
琵琶記
第六才子書西廂記
牡丹亭
荊釵記
荔鏡記
長生殿
桃花扇
雷峰塔
倩女離魂

今古奇觀

抱甕老人／編　李平／校注
陳文華／校閱

《今古奇觀》是從馮夢龍的「三言」和凌濛初的「二拍」中擷選編成，兼顧「動人」的趣味性與「訓人」的勸世作用，概括了宋、元、明話本和擬話本的藝術，是一本優秀的古典白話短篇小說集。它以明代的城市生活與商業活動為主要背景，自政治、經濟、婚姻、道德等各個角度，廣泛而深入地反映了當時中下階層的生活面貌及人情世態。本書採用《古本小說集成》所影印的上海圖書館藏《今古奇觀》為底本，同時參據有關版本詳為校訂，典故、史實亦擇要加注，是讀者欣賞與研究明代社會風情的最佳選擇。

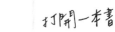